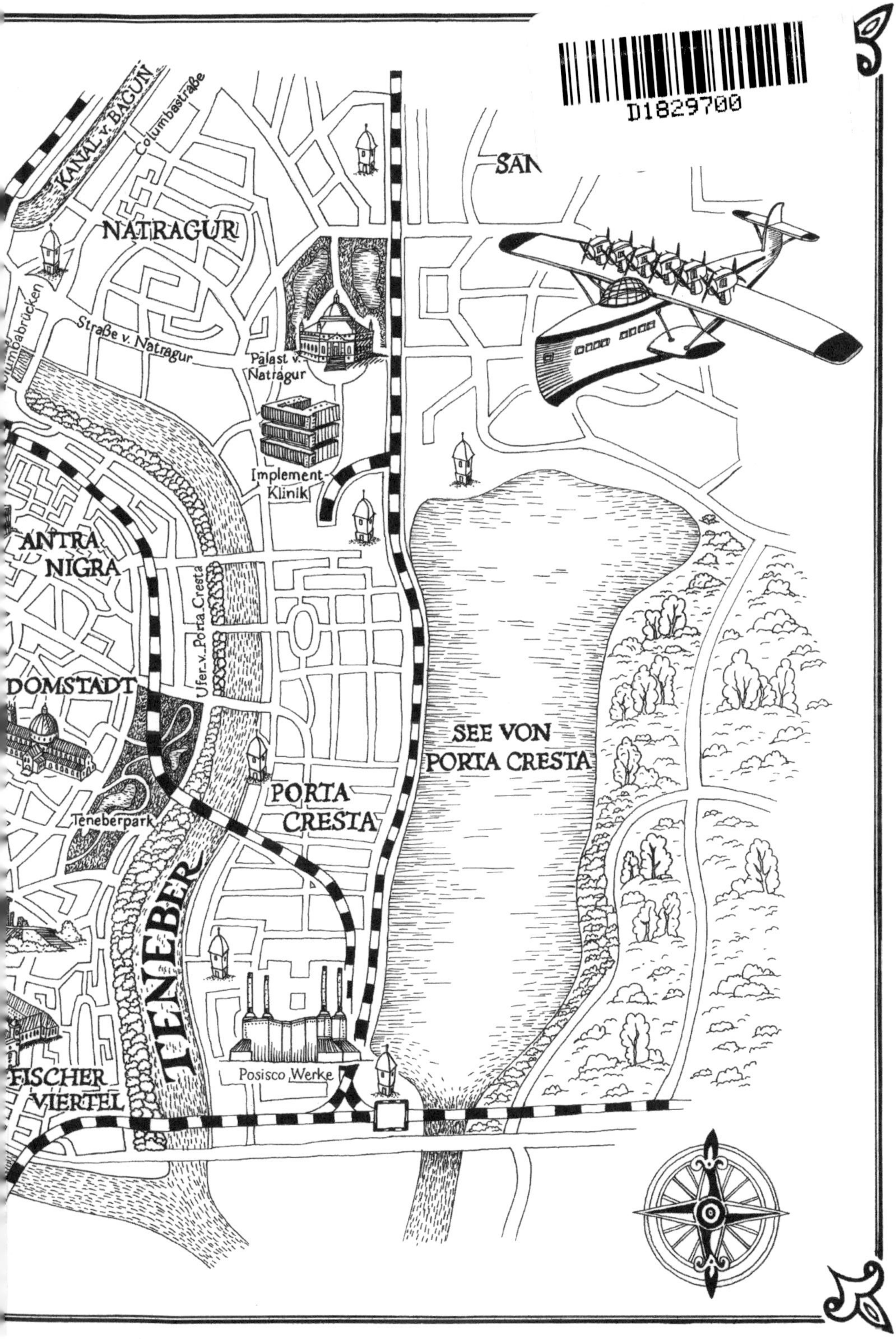
KANAL v. BAGUN
Columbastraße
NATRAGUR
Columbabrücken
Straße v. Natragur
Palast v. Natragur
Implement-Klinik
ANTRA NIGRA
Ufer v. Porta Cresta
DOMSTADT
Teneberpark
SEE VON PORTA CRESTA
PORTA CRESTA
TENEBER
Posisco Werke
FISCHER VIERTEL

Thomas Krüger

Die Fänger des Himmels

Die Fänger des Himmels

Thomas Krüger

Baumhaus

Zitat S. 5 aus: Charles Baudelaire, »Die Blumen des Bösen/Les Fleurs du Mal«, vollständige zweisprachige Ausgabe, Deutsch von Friedrich Kemp, Carl Hanser Verlag München und Wien 1975.

Dieser Titel ist auch als E-Book erschienen

Originalausgabe

Illustration der Karten und Einband-Typo: Jochen Windecker, Börrstadt
Lektorat: Carola Henke
Einbandgestaltung: Guter Punkt, München
Einbandmotiv: Katarzyna Oleska
Satz: Greiner & Reichel, Köln
Gesetzt aus der Weiss Std
Druck und Einband: GGP Media GmbH, Pößneck

Printed in Germany
ISBN 978-3-8339-0331-1
5 4 3 2 1

Sie finden uns im Internet unter: www.baumhaus-verlag.de
Bitte beachten Sie auch www.luebbe.de

In meinem Hirn geht, als wär es ihre Wohnung, eine schöne Katze spazieren, kraftvoll, sanft und reizend. Wenn sie miaut, hört man es kaum, so zärtlich und verstohlen ist der Klang; ob aber ihre Stimme sich sänftigt oder grollt, stets tönt sie reich und tief. Das ist ihr Zauber und ihr Geheimnis.

Charles Baudelaire

Es waren oft nur Worte, die uns verbanden in den Zeiten der Flucht. Niemand hatte sie aufgeschrieben. Sie hätten uns verraten können.

Baba Faab

Ich habe überlebt. Ich, Alissa. Die Kämpferin. Aber wer bin ich? Was ist geblieben von mir? Und was wird werden?

Worte sind so schwer – und so leicht. Sie fließen dahin und sie stehen doch fest. Ich wollte dir dies schreiben, Tiras. Ich wollte, dass du weißt, wie sehr ich dich liebe, denn die Tage sind oft so dunkel. In allem, was zerbrochen ist, sind wir geblieben, haben uns gefunden – auf diesem langen Weg.

Manchmal scheint mir, dass die Welt um uns herum zerfallen ist, weil sie uns ... Wie soll ich es sagen? Weil sie uns freigeben wollte – uns aus sich herauslassen, freilassen. Dich und mich.

Tiras und Alissa. Alissa und Tiras.

Aber wäre das nicht schrecklich?

Erinnerst du dich noch an den Abend, als alles begann? Dein Lager unter der Brücke? Wir kannten uns schon so lange, und wir wussten nichts – nichts voneinander und nichts von der Stadt, der Nigrana, der Geschichte der Berber, der kommenden Katastrophe. Alles erschien uns so friedlich. Doch der Krieg hatte längst begonnen. Wir waren noch wie Kinder, damals – vor wenigen Wochen. Ich jedenfalls war ein Kind, die Tochter eines Wissenschaftlers, der das Dunkel am Himmel erkannt hatte, ohne es mir zu zeigen, geschweige denn zu erklären. Und du warst ein Freund – und ein Fremder.

Dann mussten wir kämpfen. Du und ich.

Ist der Kampf nun vorüber?

Werden wir es schaffen, die Welt – unsere Welt – aus den Trümmern neu zu errichten? Manchmal erwarte ich eine Antwort von dir, der du nie Antworten geben wolltest. Und manchmal wüte ich gegen das Dunkel um eine Antwort, schreie meine Wut hinaus in das Dunkel, das diejenigen hinterlassen haben, die gestorben sind.

Ich weiß, dass auch du auf Antworten wartest. Auf meine Antworten. Auf die des Dunkels. Und ich hoffe, dass wir zusammen eines Tages eine Stimme hören, die sprechen wird über das, was geschehen ist.

Tiras, ich wollte dir mit diesem Brief so vieles sagen – dir und auch mir. Doch jetzt, während ich schreibe, weiß ich, dass du diese Zeilen nie lesen darfst. Ich werde sie bei mir tragen. So wie ich dich in meinem Herzen trage, Tiras. Für immer …

Es sind Worte, die mir helfen, die kommenden Zeiten zu verstehen. Worte, die mir ein Spiegel sein werden, in dem ich mich wieder und wieder betrachten muss.

Woher komme ich?

Wer werde ich sein?

Wer werden *wir* sein?

Alissa

JENSEITS DER LICHTER

Sie saßen gespannt da und warteten. Noch ein oder zwei Minuten, dann würden sie es sehen. Es war jeden Abend dasselbe Schauspiel. Und doch war es jedes Mal wieder verstörend und berauschend, unglaublich und beängstigend: ein Wunder.

Alissa betrachtete den Himmel. Es war der Abend des 4. September im 21. Jahr der Statthalterschaft Zanja Patrias'. Die Sonne verschwand am Horizont. Tief im Westen, am Fuß der Schwarzen Berge, sank sie wie eine riesige, flirrende rote Scheibe in die Ebene der Tenebersümpfe. Das Blau des Himmels nahm ein eigentümliches Glühen an.

»Alles leuchtet«, sagte Alissa. Tiras nickte.

Sein Gesicht war regungslos. Er hatte die Augen geschlossen, konnte das Glühen spüren. Bilder stiegen in ihm auf. Die Bilder hatten sich verändert in den vergangenen Wochen. Immer waren sie verstörend gewesen. Jetzt wurden sie beklemmend, ja bedrohlich.

Alissa fühlte eine merkwürdige Spannung. Sie horchte und lauschte der Stadt, den immergleichen Geräuschen von Metronas zu dieser Stunde.

Die schwere, dunkle Zeltplane in ihrem Rücken schien die Wärme des Tages wieder abzugeben. Die Träger der stählernen Brückenkonstruktion über ihnen summten vom Strom der Waggons, die Richtung Mahnfeld rollten.

Das Zelt am Fuß des Brückenpfeilers zwischen dem Flusslauf des Teneber und dem Kanal nach Bagun öffnete sich wie eine Muschel zur Stadt hin. Tiras hatte sich hier eingerichtet in seinem Nomadenleben. Eine Matte zum Schlafen. Ein paar Decken, Kleider. Eine Holzkiste als Tisch. Eine geschwärzte Feuerstelle vor den dunkelroten Ziegeln des Pfeilersockels. Er hätte seine Habseligkeiten in wenigen Minuten zusammensuchen, in ein Bündel schnüren, über die Schulter werfen und zu einem anderen Ort hin mitnehmen können. Aber das Zelt auf der Anhöhe des Brückendamms hatte ihm immer das Gefühl gegeben, die Stadt in sicherer Distanz zu wissen, ihre Bewegungen und Regungen vorausahnen zu können. Diese Sicherheit wollte er nicht aufgeben.

Alissa erhob sich und trat neben den Pfeiler. Hinter ihnen, im Nordwesten, wo der Fluss aus der Stadt strich und vor den Schwarzen Bergen ins Sumpfland abbog, flackerte das ferne Felsmassiv, als würden die Erze des Gebirgsrückens durchs Gestein schimmern. Aber diese Erscheinungen gehörten nur zum üblichen Lichtspiel des Abends.

Es steuerte auf den Höhepunkt zu – und nun war es so weit.

»Jetzt«, sagte Alissa.

Tiras hatte die Augen noch immer geschlossen. Er lauschte. Er betrachtete seine eigenen Bilder. Seine Gesichtszüge verhärteten sich. Der Schmerz nahm zu.

Das fein verteilte Glühen am Himmel zog sich in einer atemberaubenden Bewegung zusammen. Es verdichtete sich zu schmalen, deutlich konturierten Bahnen, orangeroten Wülsten, Schlangen, die in miteinander verwobenen Spiralen wie ein Netz über der Stadt hingen.

»Die Botenstromschneisen«, sagte Alissa und starrte gebannt nach oben. Das Schauspiel dauerte nur wenige Minuten. Es begann, kurz nachdem die Sonne endgültig unter den Horizont getaucht war. Dann lösten sich die Schneisen auch schon wieder auf. Sie zerfielen wie ein Netz flüchtiger Kondensstreifen. Die Botenstromschneisen waren glühende Himmelsgebilde, mit denen das Kontinuum in der Morgen- und Abenddämmerung seine Existenz verriet. Tag für Tag.

An diesem Abend schien das Glühen intensiver als sonst. Irgendwo über der Nigrana grollte der Himmel wie in einem fernen Gewitter. Ein merkwürdiges, heulendes Grollen, das Alissa nie zuvor gehört hatte. Minutenlang hielt es an, und sie hatte plötzlich das beklemmende Gefühl, es würde nie wieder enden.

Tiras rührte sich nicht. Ein Flimmern lief über seine Augenlider.

»Was siehst du?«, fragte Alissa nach einer Weile. Er saß noch immer da wie ein Mönch in angespannter Meditation.

»Die … die schwarze Burg«, sagte er. Seine Stirn glänzte. Seine Hände zitterten. »Die schwarze Burg über der Stadt. Sie ist viel größer als die Zitadelle und so düster … so unglaublich düster. Wie der Schatten eines Ungeheuers über der Ebene. Das habe ich noch nie gesehen. Der Schatten fällt auf die Häuser. Und das schwarze Heer …«

Sein Mund zuckte. Er saß starr wie in tiefer Trance. Alissa wurde nervös:

»Aber das Innere der Burg, was kannst du erkennen? Hat es sich verändert?«

»Das Bild, es … es schmerzt. Der Schwarze Lord. Er steht nur da und er blickt … in mich hinein. In der Mitte eines großen, hohen Raums. Ich sehe einen schwarzen Tisch. Mehrere Gestalten stehen um den Tisch herum. Sie tragen dunkle Uniformen … Vielleicht sind es Generäle. Ich kann es nicht erkennen. Sie haben keine Gesichter. An den Türen des Raums stehen Wachsoldaten … mit Hellebarden und Helmen. Die Visiere sind heruntergeklappt. Die Körper der Soldaten sind irgendwie … verschwommen.«

Tiras atmete schwer. Die Starre, die ihn befallen hatte, ließ nur langsam nach. Die Bilder, die er seit Monaten sah, meist zum abendlichen Aufglühen der Botenstromschneisen, waren intensiver als je zuvor. In den vergangenen Wochen war manches Detail hinzugekommen und manches hatte sich verändert. An diesem Abend hatte sich vieles verändert. Nie hatte er die Bilder so nah erlebt. Nie hatte er dem Schwarzen Lord so direkt gegenübergestanden, seinen Blick so sehr gespürt. Alissa betrachtete Tiras, wie er versunken dasaß, den Blick in die Ferne gerichtet, wo die Dunkelheit begonnen hatte, die Ebene von Porta Cresta zu verhüllen.

Ein Brummen war zu hören. Ein Geräusch, das sich aus den Geräuschen von Metronas löste und anschwoll. Alissa wandte den Kopf und sah jenseits des Hafens von Mahnfeld ein riesiges Wasserflugzeug herannahen. Es war der weiße Leib einer sehr alten, ehrwürdigen Propellermaschine. Ein Hochdecker wie aus einem Museum.

Das Flugzeug verlor langsam an Höhe und drehte schwerfällig nach Osten. Es kam von den Tenebersümpfen her und steuerte im Sinkflug nun scheinbar direkt auf Tiras und Alissa zu.

Es dauerte nur eine knappe Minute, dann rauschte die Maschine mit blinkenden Flügelspitzen über sie hinweg: im dröhnenden Bass ihrer Motoren. Im Osten, wo im Stadtteil Porta Cresta mehr und mehr Lichter aufflammten, hoben sich wie leuchtende Edelsteine zwei eng beieinanderliegende glitzernde Punkte aus dem Dämmer: der Palast von Natragur und die Implement-Klinik der Stadt.

Das Flugzeug sank beim Landeanflug auf den See von Porta Cresta genau auf diese Punkte zu. Das Gewässer war nur noch eine fahle Zunge hinter den Häusern der äußeren Stadt. Vom Brückendamm aus wirkte der See auch an Sommerabenden bleich und verwunschen.

Die Landung des Wasserflugzeugs gehörte zu den abendlichen Ritualen von Metronas. »Die Weiße Taube«, eine für Rundflüge restaurierte und modernisierte Maschine der Firma Posisco, zog ihre Schleifen über der Nigrana und kehrte zurück. Vermutlich waren Geschäftsfreunde Skanda Borlunds an Bord – des Mannes, dem Posisco gehörte. Vermutlich hatte er täglich zahlreiche Gäste, denn Posisco war wichtig für Metronas. Und vermutlich hatten diese Gäste das Schauspiel der aufglühenden Botenstromschneisen aus nächster Nähe betrachtet. Nun würden sie den Abend im Palast von Natragur verbringen, von ihren Eindrücken schwärmen und Geschäfte abschließen.

Alissa sah dem Flugzeug gedankenverloren nach, beobachtete, wie der düster-weiße Leib jenseits von Porta Cresta auf den See niederging, bis er nur noch ein blinkender Punkt war in der verschwommenen Ferne.

Tiras hatte sich dem Flugzeug nicht ein einziges Mal zugewandt. Der Schmerz hatte nachgelassen. Jetzt kreisten seine Gedanken um Alissa.

»Wirst du dich anmelden?«, fragte er. »Du bist schon sechzehn. Die meisten melden sich an, sobald sie fünfzehn sind. Das neue Gesetz erlaubt es ja nun sogar schon früher.«

Alissa antwortete nicht. Und er fragte nicht nach. Sie wusste, wie empfindlich er bei diesem Thema reagieren konnte. Sie drehte sich zu ihm, jedoch ohne ihn anzusehen. Ihr Blick schweifte wieder in die Ferne, nach Westen. Unterhalb des Hafens erhob sich die Zitadelleninsel wie der schimmernde, gebäudebewachsene Rücken eines uralten, gigantischen Wals.

Alissa fiel wieder auf, wie alt die Stadt war. Sie betrachtete das Cabanisviertel, das stolze Viertel der Erzhändler und Kaufleute. Dahinter erstreckte sich der Ferrobotanische Garten. Die grotesken Gestalten alter Fördertürme, Hochöfen und Kokereigebäude waren mit Bäumen und Büschen zu einem düster-diffusen Grün verschmolzen.

Unweit des Gartens erhob sich ein schwaches orangefarbenes Leuchten. Es verharrte dort wie eine Halbkugel oder ein durchsichtiger Dom, eine Aureole. Aus der Entfernung wirkte diese Halbkugel nicht größer als eine aufgesetzte Seifenblase, um die sich die winzigen Patrizierhäuser mit ihren geschmückten Fassaden gruppierten.

Fünf weitere dieser Aureolen zählte Alissa. Schmarotzer, die sich an der alten Substanz von Metronas festgesaugt hatten. So hatte ihr Vater es einmal beschrieben.

Tiras lauschte, prüfte, ob er aus den Geräuschen der Stadt Musik heraushören konnte.

»Wo findet es statt?«, fragte er. »Lass mich raten. Im Ferrobotanischen Garten?«

»Erstaunlich«, sagte Alissa. »Es ist tatsächlich nicht weit von der Hauptwache. Noch auf dem Gelände des Gartens, wenn ich das richtig sehe. Gehört wohl neuerdings dazu. Zum Kontinuum meine ich. Auch am Teneberpark leuchtet es. Die anderen Orte, Moment ... Irgendwo bei Murna oder San Mintra. Ist zu weit weg. Und natürlich gleich drei Mal in Porta Cresta. Wie immer. Ich glaube, die Shows haben grad begonnen.«

»Und? Willst du sie sehen? Willst du ... dabei sein?«

»Kein Bedarf«, sagte sie lachend. »In der letzten Woche war ich plötzlich mittendrin, als einer von diesen Memoporter-Showstars, Drago Bliss, in der Schule auftauchte. Kurz vor Ferienanfang. Ich hatte gar nicht damit gerechnet, weil die Schulen doch außerhalb des Kontinuums liegen. Vermutlich haben sie das mit dem neuen Gesetz auch gleich geändert. Oder es hat mit der Verhüllung zu tun. Eine Werbeshow, eine von vielen. Jedenfalls kam er auf mich zu und tanzte und sprach mich an und redete und redete. Dauerte ziemlich lange, bis er merkte, dass ich seinen Charme nervtötend fand. Als ich verschwunden war, hat er, glaube ich, immer noch versucht, uns die Vorzüge des neuesten Implements zu verkaufen. Na ja, die anderen haben ihm ja zugehört. Und dann erschien auch noch seine zweite Hälfte, Dragona, das blonde Lächeln ohne Kopf.«

Nun stand sie wieder im Raum: die Frage nach dem Implement.

»Du wirst es also nicht machen?«

Tiras' Stimme verriet, wie nervös er war. »Du meldest dich nicht an?«

Alissa verzog den Mund und zuckte mit den Schultern.

»Ich weiß nicht. Ich hab ein dummes Gefühl. Und Bendar ist auch dagegen. Es ist immerhin eine Operation ... Aber ich würde schon gern mal ausprobieren, wie es ist, wenn man ein Implement trägt. Die neuen sollen ja richtig gut sein ...«

»Vielleicht bist du nicht mehr dieselbe danach«, sagte Tiras schnell. »Vielleicht verändert es dich, und du kannst es nicht kontrollieren.«

Der Gefühlsausbruch war ihm sofort peinlich. Sein leerer Blick ging an Alissa vorbei, doch die Regungen in seinem Gesicht verrieten eine tiefe Verunsicherung.

»Das ist doch Quatsch«, meinte Alissa genervt. Sie hatte befürchtet, dass diese Diskussion wieder aufflammen würde. »Du weißt doch selbst, dass es alle machen. So schlimm kann es dann ja wohl nicht sein, oder?«

Tiras schwieg. Alissa wartete herausfordernd auf seine Antwort. Natürlich, jetzt schwieg er. Lieber schwieg er, weil er sie damit besser unter Druck setzen konnte. Je näher das Fest rückte, desto schwieriger und häufiger wurden die Auseinandersetzungen mit Tiras. Und wenn sie ihn auf seine Launen ansprach, zog er sich zurück.

Sie starrten aneinander vorbei wie ein Paar, das sich gestritten hatte und nun überlegte, wie es am besten über den Vorfall hinweggehen konnte. So, als hätte es den Streit nie gegeben. Alissas Herz schlug schnell. Ihre Gedanken gingen durcheinander. Ja, alle machten es, dachte sie. Alle. Bloß weil Tiras die fixe Idee hatte, dass er selbst nie ein Verhüller sein und ein Implement tragen konnte, sperrte er sich dagegen. Längst hatte Alissa den Ruf eines Sonderlings, weil sie …

Sie stoppte den Gedanken und holte tief Luft. Es war unfair. Sie wusste, dass es unfair war. Tiras musste vermutlich so reagieren. Solange Alissa ihn kannte, hatte er den Kontakt zu den Menschen der Stadt gescheut. Und Bendar? Na ja. Wer wusste mehr über memotechnische Dinge als ihr Vater? Er hätte einer der reichsten Unternehmer der Stadt werden können mit seinen Kenntnissen über Memoportale, Kenton-Relaisstationen und Transpersonalisations-Implemente und wie diese komplizierten Dinge hießen. Aber seine Vorsicht, seine Skepsis, seine Zögerlichkeit hatten immer wieder über seinen Fortschrittsdrang gesiegt. Wahrscheinlich war das Haus ihres Vaters der einzige Ort innerhalb von Metronas, an dem ein Memoportal niemals Empfang haben würde. Auch nicht, wenn die ganze Stadt in ein Durando-Kontinuum verwandelt war – und das konnte ja nicht mehr lange dauern.

Zugleich waren ihr Vater, der preisgekrönte Wissenschaftler Bendar Kamladis, seine Assistentin Stella van Vesperen und sein Geschäftspartner Lando Dandihla die gefragtesten Experten der Stadt, wenn es um das Durando-Kontinuum und die Botenstromschneisen ging. Selbst die Wissenschaftler, die für Posisco arbeiteten, hatten keinen solchen Ruf wie Bendar. Und Posisco war immerhin für das Netz der Memoportale von Metronas verantwortlich. Posisco war ein Konzern. Ein gigantischer, mächtiger Konzern. Posisco war die Zukunft von Metronas und der Nigrana, so hieß es. Posisco war beinahe mächtiger als die Zitadelle, der Sitz des Großen Rates unter dem Statthalter Zanja Patrias.

Alissa dachte nicht zum ersten Mal über diese Dinge nach. Und nicht zum ersten Mal überkam sie Frustration, fühlte sie sich in einer Sackgasse.

Selbst wenn sie auf Tiras und seine Eifersüchteleien keine Rücksicht nehmen wollte: Bendars Skepsis gegenüber Implementen und Memoporting verunsicherte sie. Sie geriet immer wieder in Konflikt mit ihrem Wunsch nach neuen, abenteuerlichen Erfahrungen. Dieser Wunsch vernebelte jeden Ansatz eines klaren Gedankens. Und es ärgerte sie umso mehr, wenn auch die Argumente ihres Vaters im Nebel blieben – wie bei den Implementen, die er ablehnte, ohne es wirklich zu begründen. Manchmal fragte sie sich, ob er anders reagieren würde, wenn ihre Mutter noch lebte.

Alissa hatte ihre Mutter nicht kennengelernt. Sie war kurz nach ihrer Geburt gestorben. Der Tod seiner Frau hatte Bendar zu einem besonders vorsichtigen Menschen gemacht – insbesondere, wenn es um Alissa ging. Ihre Mutter war krank gewesen. Unheilbar krank. Bendar hatte ihr nicht helfen können. Er gab sich die Schuld an ihrem Tod. Bendar war Wissenschaftler. Die Wissenschaft hatte versagt und also auch er. Bendar war kein Arzt, doch der Tod seiner Frau ließ dieses Argument nicht gelten.

Er wird es sich nie verzeihen, dachte Alissa.

War es ein schlechtes Gewissen gegenüber Bendar, das sie zögern ließ?

Sie kam nicht weiter. Sie wurde den Verdacht nicht los, etwas Einzigartiges zu versäumen. »Du kannst es dir nicht vorstellen«, hatten sie gesagt. »Du musst es erleben! Du fühlst dich, als hätte die ganze Welt in dir Platz! Es ist wie eine Explosion deiner Gedanken, deiner Gefühle. Wahnsinn!«

Seit Monaten schon redeten sie auf sie ein. In der Schule. Vor allem in der Schule – und allen voran ihre Freundin Daila: »Was ist bloß los mit dir, Alissa? Weshalb zierst du dich so?« Immer wieder diese Fragen. Dann kam der Streit mit Daila. Und jetzt schienen Daila und die anderen Alissa aufgegeben zu haben. Den Sonderling Alissa, *der mit diesem Typen rumhängt* ... War Daila überhaupt noch ihre Freundin?

Zum Glück hatten die Ferien begonnen. Spät im Jahr diesmal. Wegen der Verhüllung ...

»Träumst du?«

Tiras war unsicher geworden, weil Alissa so lange schwieg. Aber die Formulierung »Träumst du?« traf bei ihr genau den richtigen – das heißt den falschen – Nerv.

»Träumen? Ich dachte, das sei deine Abteilung!«, giftete sie, und Tiras zuckte zusammen. Er wusste genau, was in ihr vorging. Er konnte ihre Gedanken jetzt beinahe sehen.

»Entschuldigung«, sagte er. »Ich mache mir einfach Sorgen.«

»Du bist nicht mein Vater!«

»Nein.«

»Ich weiß, was ich tue. Ich erlaube mir nur, ein wenig länger über manche Dinge nachzudenken, okay?«

»Okay.«

Alissa öffnete den Mund. Sie wollte noch eine giftige Bemerkung hinterherschleudern. Aber dann verrauchte ihre Wut. Sie betrachtete Tiras, seine langen, wirren blonden Haare, die in ungeordneten

Strähnen um sein schmales Gesicht fielen. Dieses Gesicht, das so wunderbar verträumt aussehen konnte. Tiras war immer irgendwo anders. Und immer hatte Alissa das Gefühl, ihn zurückholen zu müssen.

Tiras, von dem sie so wenig – und doch so viel – wusste.

Tiras, der eines Tages einfach in ihr Leben getreten war – als der Graf Bendar besuchte und Tiras ihn begleitete.

Also hatte sie ihn irgendwie ihrem Vater zu verdanken …

Alissa lächelte.

Nach einer Weile meinte sie:

»Was hältst du davon, wenn wir uns morgen die Columbastatue ansehen?«

»Die Verhüllung?« Tiras wirkte augenblicklich alarmiert, er wollte diesmal aber vorsichtiger sein. »Kannst du von hier aus was erkennen?«

Die Dämmerung war mittlerweile so weit fortgeschritten, dass die Schwarzen Berge mit dem Himmel im Hintergrund verschmolzen. Alissa blickte angestrengt nach Norden, wo sich auf der Columbahöhe der schwache Umriss eines Turms abzeichnete. Doch es war kein Turm. Dort oben stand der Freiheitskoloss, wie das Monument in Metronas genannt wurde: eine hundert Meter hohe Statue, deren hundertster Geburtstag zusammen mit dem zehnten Jahrestag der Inbetriebnahme des Durando-Kontinuums gefeiert werden sollte. Die Memoporting-Technologie hatte der Stadt unglaubliche Impulse gegeben. Vor wenigen Jahrzehnten waren Porta Cresta und Santo Belo noch reine Badeorte gewesen am Rande von Metronas. Dann war Posisco immens gewachsen. Die Stadt war gewachsen. Die Zukunft sah glänzend aus.

»Es ist zu dunkel«, sagte Alissa. »Lass uns morgen nachsehen, was sie da oben so treiben.«

Tiras seufzte. »Der Graf meint, es gibt schon Tausende freiwillige Helfer«, sagte er zögernd.

»Kann schon sein.«

Der Graf war Tiras' Vater. Alissa hatte sich längst daran gewöhnt, dass Tiras ihn immer *der Graf* nannte anstatt Vater. Es war Ausdruck seines schier unbändigen Drangs zur Selbstständigkeit.

Alissa bewunderte ihn insgeheim für diesen Drang, aber in den Augen ihrer Freunde war Tiras ein Sonderling.

Sie überlegte, wie es nach den Ferien weitergehen würde – mit Daila und den anderen. Sie musste an die Uniformierten denken, die seit Wochen in Metronas umherstreiften: Menschen im Königsblau der Verhüller. Tausende, die im Bewusstsein ihrer Aufgabe durch die Straßen zogen. Sie hatten geholfen, ein gigantisches Gerüst um die Statue hochzuziehen. Dann war die Statue mit silberweißen Stoffbahnen verhängt worden und wurde nun renoviert. Am 15. September, dem Jahrestag ihrer Einweihung, würde man den Freiheitskoloss zur Mittagsstunde der Öffentlichkeit präsentieren. Dann würde er in neuem Glanz über Metronas erstrahlen, und niemand wusste bisher, welche Einfälle den Planern von Posisco gekommen waren, um die ehrwürdige Statue mit dem Geist der neuen Zeit zu vereinen.

Bis zum Fest waren es nur noch knapp zwei Wochen – genauer: elf Tage. Fast alle, die noch nicht fünfzehn Jahre alt waren, hatten sich als freiwillige Helfer, als Verhüller, gemeldet. Scharen von ihnen harrten als ständige Wache auf der Columbahöhe aus. Sie sangen, freuten sich auf den großen Tag und veranstalteten von Zeit zu Zeit Fackelzüge durch die Stadt.

»Was ist?«, fragte Tiras. Er spürte, dass Alissas Gedanken abschweiften.

»Ach, nichts. Mir fiel nur grade ein, wie sehr sich die Stimmung an der Schule verändert hat, seit die Uniformen dort in der Überzahl sind.«

»So viele sind es schon? Das ging schnell.«

Alissa nickte.

»Um ehrlich zu sein: Seit der letzten Woche bin ich in der absoluten Minderheit. Wir sind zwar schon zu alt, um noch Verhüller zu werden. Aber alle anderen tragen jetzt ein Implement, und ich muss mir dauernd anhören, dass ich dumm bin, weil ich mir das entgehen lasse. Das neueste Modell gibt es für die, die an der Verhüllung teilnehmen, sogar umsonst. Mitsamt Operation. Und du weißt, wie teuer das sonst ist.«

Tiras wusste es nicht, aber er schwieg. Alissa war in den vergangenen Wochen bei jeder Gelegenheit auf die Geschehnisse an der Statue zu sprechen gekommen. Das Jubiläum hatte zu einem Ansturm auf die Implement-Klinik geführt. Irgendwie hatte die Gesetzesänderung, die es nun auch Jüngeren erlaubte, sich ein Implement einsetzen zu lassen, zusammen mit dem unermüdlichen Werben Posiscos wie ein Dammbruch gewirkt. Täglich ließen sich nun Hunderte operieren.

Plötzlich schrie Tiras:

»Die Katze!«

Er sprang auf, strauchelte, rannte aus der Zeltmuschel geradewegs auf die Straße zu, die unterhalb des Pfeilersockels verlief.

»Tiras, bist du wahnsinnig? Bleib stehen!«

Panik erfasste Alissa. Nach einer Schrecksekunde jagte sie dem stolpernden, sich immer wieder aufrappelnden Tiras nach.

»Tiras, die Straße! Bleib doch stehen!«

Die Lichter von Fahrzeugen zackten vorbei. Um diese Zeit schwoll der Verkehr noch einmal an. Doch Tiras hielt weiter auf die Straße zu, auf die Rampe der Brücke über den Teneber. Weder der Verkehrslärm noch Alissas Schreien brachten ihn zur Besinnung. Der schwarze Schatten des schmächtigen Körpers tanzte in gespenstischen Bewegungen. Die flackernden Lichter im Hintergrund erschienen Alissa wie Feuer.

»Tiras! Bleib stehen!«

Alissas Herz hämmerte. Sie spürte einen stechenden Schmerz im Gesicht und rollte zur Seite. Abgase drangen in ihre Lungen. Sie atmete in schnellen, pulsenden Stößen, schnappte nach Luft. Sie hatte die Augen geschlossen, als das brüllende Hupen erklang und der Lärm sie fast taub machte. Ihre Faust umklammerte das Stoffstück, den Zipfel der Jacke, den sie hatte fassen können, um Tiras zu Fall zu bringen. Am Rand der Straße.

»Du Irrer! Du verdammter Irrer!«, schrie sie. Sie hustete und richtete sich auf. Tiras saß neben ihr. Ein Schmutzstreifen zog sich von seiner linken Schläfe quer über Wange und Mund.

Er wirkte völlig abwesend. »Ich habe sie gesehen«, sagte er. »Die schwarze Katze. Plötzlich war das Bild da. So deutlich ...«

Hören konnte Alissa das nicht. Seine Worte verloren sich im Lärm der Straße. Sie sah den Mund, der sich mechanisch bewegte. Die Augen, die auf sie gerichtet waren, ohne sie wahrzunehmen. Den Glanz auf diesem entrückten Gesicht.

»Es gibt diese schwarze Katze nicht, hörst du? Du träumst! Du bist ein verrückter Träumer! Es passiert alles nur in deinem Kopf! Diese Katze, von der du dauernd sprichst, ist nichts als ein Produkt deiner Fantasie!«

Tränen traten ihr in die Augen, als sie Tiras schüttelte. Die Worte, die Schreie: Sie erreichten ihn nicht. Seine Augen ruhten im Zentrum eines Universums, das mit dem Lärm und den Lichtern der Straße nichts zu tun hatte.

»Du bist blind!«, schrie Alissa. »Blind, blind, blind!« Dann konnte sie die Tränen nicht mehr halten, und sie drückte Tiras an sich.

BESUCHE IN DER NACHT

Es war kurz nach 22 Uhr an diesem 4. September, als Alissa über die Columbabrücken zurück in die Stadt ging. Die Lichter der Nacht spiegelten sich im Teneber. Reste der Tageswärme hingen über dem Fluss und zwischen den Häusern des nahen Cabanisviertels.

Alissas Gedanken lösten sich nur langsam von Tiras. Sie war hin- und hergerissen zwischen dem Gefühl, ihn beschützen zu müssen, und dem Wunsch, ihn auf den Irrfahrten seiner Fantasie zu begleiten.

Was bedeutete er ihr? Und was sah Tiras in ihr? Tiras, der nicht sehen konnte und doch voller Bilder steckte und Hellsichtigkeit.

»Du bist ich, und ich bin du«, sagte er manchmal – und lachte. In solchen Momenten strahlten seine schwarzen Augen, diese Augen eines Blinden, und betrachteten Alissa mit unheimlicher Kraft.

Mit einem Blick weit stärker als der Blick eines Sehenden.

Hin und wieder rauschte ein Transporter an Alissa vorbei, aber der Verkehr hatte um diese Stunde schon wieder nachgelassen. Alissa überlegte, ob die Stadt eine völlig andere sein würde, wenn Memoporting erst einmal überall möglich war. Würde es dann noch Fahrzeuge auf den Straßen geben? Würde Metronas aus einer einzigen Aureole bestehen, in der es vor künstlichem Leben nur so wimmelte?

Aber war das Leben im Kontinuum denn künstlich?

Beim Gedanken an das Leuchten der Shows fiel Alissa wieder ein, dass Memoporting längst einen technischen Stand erreicht hatte, der fast ohne jede Form von Lichterscheinungen auskam. Des Effekts wegen wollte man bei den Shows jedoch nicht auf die Aureolen verzichten.

Als sie die Mitte der Brücke erreicht hatte, sah sie sich um. Hoch über der Stadt, wo die Dunkelheit der Schwarzen Berge auf die Dunkelheit der Nacht traf, stand die in Stoffbahnen gekleidete Statue des Freiheitskolosses, angestrahlt von zahlreichen Scheinwerfern. Vermutlich arbeitete im Inneren des Monuments auch zu dieser späten Stunde noch immer ein Trupp von Technikern. Die Arbeiten schritten voran. Unermüdlich und enthusiastisch unterstützt von den Verhüllern. Nun bewachten sie die Statue. Offiziell, so hieß es, damit niemand die Renovierung störte oder heimlich herauszufinden versuchte, wie der Koloss nach der Schönheitskur aussehen würde.

Was für ein Zirkus, dachte Alissa. Und doch fühlte sie sich von der Statue und ihrem Geheimnis angezogen.

Werbebotschaften mit hypnotisierenden Klängen mischten sich in Alissas Gedanken, als sie im Schein der Brückenlaternen das Gesicht Skanda Borlunds erkannte: die hohe Stirn, das heroische und gewinnende Lächeln, mit dem er für »die Sache« warb. Skanda Borlund war allgegenwärtig. Die fein geschwungenen Geheimratsecken gaben seinem schwarzen Haar das nötige Profil, um aus einem Playboy den nachdenklichen, gleichwohl jugendlichen Direktor der Posisco-Werke zu machen. Einen Mann, der bei allem Charme wusste, was er wollte. Einen Wirtschaftsführer, der zugleich populär war wie ein Schauspieler. Plakatwände mit seinem Bild und seiner Botschaft säumten sogar das Strebewerk des Brückenbogens: »Mach AUCH DU mit – dann gehört die Zukunft AUCH DIR«. Wie schaffte es dieses Gesicht nur, bei solch einer penetranten Aussage glaubwürdig zu bleiben? Alissa wunderte sich darüber, denn auch sie konnte sich dem Blick Borlunds kaum entziehen.

Und dann sah sie ihn. Wie eine grelle, künstliche Erscheinung betrat er die Brücke von der Stadtseite her. Sein Lächeln wirkte verklemmt. Noch war er Dutzende Meter entfernt, aber Alissa vermutete, dass er zwei oder drei Jahre älter war als sie. Und sein brennendes, suchendes Schauen galt ihr. Er taxierte sie.

Doch da war noch etwas anderes …

Alissa sah geradeaus, ließ den kurzen Blickkontakt abreißen, als könnte das noch helfen. Die Art, wie dieser Typ sie ansah, hatte etwas Körperliches. Er trug ein Jackett. Seine Kleidung war leger und zugleich förmlich, steif, unpassend. Ein Jackett in dieser Abendwärme. Und was trug er da am Revers? Eine Blume?

Nein, keine Blume, dachte Alissa, und sie merkte, wie sich ihr Körper versteifte. Das war keine Blume … Wenige Meter vor ihr blieb er stehen. Sein dunkler Wuschelkopf machte ihn jünger, als er tatsächlich war. Ein Lausbubengesicht und der Körper eines kräftigen jungen Mannes. Wie nannte man diese Hormone, die Typen in seinem Alter verströmten?

Der Gedanke heiterte Alissa nicht grade auf.

»Hey, Eisprinzessin!«, rief er plötzlich. Sein Kopf ruckte hoch. Sein Adamsapfel kollerte auf und ab. Jetzt wirkte auch er nervös. Das Grinsen war lauernd geworden. Er leckte sich über die Lippen, unbewusst. Alissa blieb stehen. Sie spürte ihren rasenden Herzschlag …

»Was machst du hier so allein? Wollen wir nicht zusammen was trinken gehen?«

Er war noch näher gekommen. Und je näher er kam, desto unwirklicher erschien ihr seine Gestalt. Alissa sah ihm in die Augen. Sein brennender Blick flackerte auf wie ein Feuer, in das ein Windstoß hineinfuhr.

Sie wurde ruhiger.

Eine Kopie.

Der Typ war eine Kopie, ein memoportierter Körper, der die Unsicherheit seines Originators – so nannten sie das in der Sprache Posiscos – widerspiegelte.

»Ich kenne eine schicke Bar hier ganz in der Nähe!«

Seine Stimme überschlug sich fast. Ein Krächzton, viel zu hoch – was ihm selbst auffiel und ihn noch nervöser machte. Die Eisprinzessin, die er angesprochen hatte, wurde ihrem Bild gerecht. Alissa konnte seine Gedanken nun beinahe lesen. Das machte sie stark. Und die Rolle der Eisprinzessin hatte sie ja üben können in den vergangenen Monaten.

Alissa, die sich so gar nicht mitreißen ließ, die immer so kühl blieb und abweisend.

Sie sah ihn an, ausdruckslos. Jetzt war er es, der den Blickkontakt abreißen ließ.

Aber er hatte ja die Kamera am Revers. Er trug am Revers tatsächlich eine kleine, getarnte Kamera, die aussah wie eine Blume. Alissa hatte von solchen Fällen gehört. Gestörte Typen, die ...

»Guckt noch jemand zu?«, fragte sie und zeigte auf das Jackett. »Wenn ihr zu zweit seid, dann sollte ich vielleicht eine Freundin mitbringen, oder?«

Ein nur leicht spöttischer Ton, eher gelangweilt. Aber er tat seine Wirkung. Alissa wusste, dass sie diese Erscheinung eines Verklemmten der nahen Transmetronas-Station am Columbaufer zu verdanken hatte. Der Typ hatte, weil das Kontinuum von Metronas noch immer sehr begrenzt war, kaum Bewegungsfreiheit. Im Cabanisviertel würde er sich auflösen.

Ein Wagen fuhr langsamer als gewöhnlich über die benachbarte Brücke, kam vermutlich direkt von der Hauptwache. Ein Wagen der Vigilanz, dem die zwei Jugendlichen auf der anderen Fahrbahn vielleicht aufgefallen waren. Der Typ jedenfalls verlor nun vollends die Kontrolle. Er sah sich hektisch um, sein verschwitzter Blick zuckte noch einmal zu Alissa und dann ...

Es war nur ein kurzes Flirren und ein Zischen. Das Zischeln einer Schlange oder ein pfeifendes, verpuffendes Geräusch. Nie war der Körper einer Transpersonalisation so dicht neben ihr verschwunden. Es hatte etwas von Sekundentod, von totaler Vernichtung. Es erschreckte Alissa – und erleichterte sie zugleich. Auf dem trockenen Pflaster der Brücke blieb ein feuchter, dunkler Fleck, der sich nur verzögert auflöste. Er verblasste, während sich die organischen Bauteile des künstlichen Körpers bis ins Flüchtige zertrümmerten. Alles verlief nach einem chemischen Programm mit seltsamem Effekt: Im Davonschweben und weiteren Zerbrechen ließen diese flüchtigen Teile die Luft an sich kondensieren und zauberten ein feines, geisterhaftes Nebelgespinst, das schnell verwehte.

Irgendwie erschien Alissa auch das Bild des feuchten Flecks passend, und sie fragte sich, wie die Schmähung zu Hause bei dem Typen ankam. Der hatte vielleicht irgendwo in einer dunklen Kammer gesessen, um sich ihr mit seinem Kamera tragenden, memotechnisch erzeugten Kompagnon zu nähern. Hatte man je auf die Auswirkungen von schlimmen Erfahrungen beim Rückfluss der Persönlichkeit hingewiesen? War wirklich alles so rosig beim Memoporting?

Zu welch bizarren Verhaltensweisen würde die Technik noch führen?

Vielleicht war dies einer der Gründe, weshalb Bendar skeptisch blieb beim Thema Implemente ...

»Alles in Ordnung bei Ihnen?!«

Die Vigilanz. Die Ordnungshüter hatten angehalten und das Fenster heruntergelassen. Alissa sah kurz auf und versuchte zu lächeln. »Ja, alles in Ordnung, danke!«, gab sie zurück – und ging weiter. Der Wagen nahm wieder Fahrt auf. Alissa bog von der Brückenauffahrt ins Cabanisviertel ab und verdrängte die Gedanken an den Typen. Sie erreichte den ihr vertrauten Teil der Stadt.

In alten Zeiten war Metronas von einer Mauer umgeben gewesen, um die sich wie ein weiterer Schutz der Ring des Teneber legte. Aber diese Mauer mit ihren Wehrtürmen und Toren gab es schon lange nicht mehr. Das Selgestertor am südwestlichen Ende des Viertels war ein einsames Relikt. Metronas wirkte wie das freigelegte Museum der goldenen Zeit, in der die Stadt den mittelalterlichen Handel im Schwarzen Land dominiert hatte.

Alissa betrat diesen Boden der Vergangenheit über eine schmale Gasse, die von der quer durch die Stadt verlaufenden Hauptverkehrsstraße abzweigte. Eine Gasse, eingesponnen in ein Netz weiterer

Gassen. Das Kopfsteinpflaster hier hatte sich im Lauf der Jahrhunderte gesenkt. Das gesamte Viertel lag etwa einen halben Meter tiefer als die umgebenden Bezirke und die Uferstraße am Teneber. Häuser, Gärten und Wege schienen – mal mehr, mal weniger – in den Boden gesackt. Gusseiserne Laternen, über 100 Jahre alt, tauchten das Viertel in ein warmes Licht, und die Patrizierhäuser stellten ihre aus vielen Epochen zusammengesetzte Architektur heraus. Im Cabanisviertel offenbarte sich die Geschichte von Metronas kunstvoller als anderswo in der Stadt.

Alissa verließ die Gasse und bog am Nordende des Viertels zum Fluss ab, wo sie den Uferwiesen in einem weiten Bogen folgte. An diesen Rändern der Altstadt spielte sich das Nachtleben ab. Bars und Restaurants strahlten und wetteiferten mit ihren Lichtreklamen um die Gunst der Nachtschwärmer. Immer wenn Alissa in den späten Stunden des Tages von Tiras kam und auf dem Heimweg war, wählte sie diese Route anstatt einen der verwinkelten Gänge durch das Innere des Viertels.

Eine Gruppe blau Uniformierter kam in diesem Moment die Uferstraße heraufgezogen. Alissa vermied es, sie direkt anzublicken. Aus dem Augenwinkel nahm sie Gesichter wahr, in denen etwas Entrücktes und zugleich Ernstes lag. Einige jedoch wirkten seltsam abwesend. Sie mussten ungefähr in Alissas Alter sein. Ihren Uniformen fehlte das gelbe Halstuch. Es waren also keine offiziellen Verhüller. Sie gehörten zu den zahlreichen Menschen, die in der Stadt Unterstützung für das Projekt demonstrierten.

Oder waren Transpersonalisationen darunter?

Der Gedanke verunsicherte Alissa. War das Kontinuum bereits erweitert worden? Auf die Uferzone? Der verklemmte Typ, der sie in eine Bar hatte abschleppen wollen: Das Bild seines Gesichts kehrte zurück. War das Cabanisviertel schon stärker, als sie gedacht hatte, unter den Einfluss des Kontinuums geraten?

Die Mitglieder der Gruppe sprachen jetzt miteinander und lachten, aber das alles wirkte gesteuert, wie Teil eines Programms. Die ungezwungene Stimmung, die in früheren Jahren in den Sommermonaten geherrscht hatte, schien Metronas verlassen zu haben.

Auch die Zahl der Schwarzen Wächter hatte dramatisch zugenommen. Immer wieder begegnete man auf den Straßen von Metronas nicht mehr allein den grau-grün uniformierten Stadtwachen der Vigilanz: Posisco hatte ein eigenes Wächterkommando aufgestellt. Angeblich, weil es in der Vergangenheit zu schweren Fällen von Betriebsspionage gekommen war und weil die Sicherheitslage wegen der bevorstehenden Feierlichkeiten prekär war. Vor allem die Berber der Nigrana, so betonte Skanda Borlund immer wieder, stellten ein besonderes Risiko dar.

Da Posisco für die Stadt immens wichtig war, hatte Zanja Patrias, der Statthalter der Nigrana, diesen Truppen schießlich zugestimmt. Pero Nurta, Kommandant der Vigilanz, hatte zwar den Oberbefehl über die Schwarzen Wächter, aber in der Praxis hatte sich das nicht durchgesetzt.

Das Rumpeln eines Güterzuges von der gegenüberliegenden Flussseite schreckte Alissa aus ihren Gedanken. Sie nahm eine huschende Bewegung wahr. Im Vordergrund lag die schimmernde schwarze Wasserfläche des alten Kanals, der die inneren Stadtviertel durchschnitt. Eine Katze sprang von der Kaimauer über den Aufbau eines verrottenden Langbootes, das neben anderen Holzbooten vertäut am Kanalrand lag. Viele dieser Boote wurden nicht mehr genutzt. Sie leckten irgendwann und liefen voll. Dann hingen sie in den Tauen, bis die Taue ebenfalls verrottet waren oder, von Ratten zerfressen, rissen.

Unmittelbar hinter der nächsten Brücke – einem der zahllosen schmalen Eisenstege, die den Kanal im Cabanisviertel überspannten – lag die Stadtvilla, in der Alissa mit ihrem Vater lebte. Rosensträucher wucherten im Garten vor dem Haus und um die dunklen Mauern. Das Haus lag nicht direkt an der Gasse, sondern zurückgesetzt, am Kanal.

Alissa wunderte sich nicht über das offen stehende Gartentor. Vermutlich hatte Bendar mal wieder einen Termin vergessen und war Hals über Kopf losgestürzt, um einen Vortrag zu halten oder ein

Interview zu geben und vor den Augen der Öffentlichkeit den warnenden Finger zu heben. Und natürlich hatte ihr ach so vorsichtiger Vater die Haustür nicht abgeschlossen. Aber wenn es jemanden gereizt hätte, im Viertel auf Raubzug zu gehen, dann hätten die altehrwürdigen Häuser in den Nachbargassen sehr viel einladender gewirkt. Schon allein weil sie mehr Prunk zeigten als die Glas- und Ziegelstein-Fassade, hinter der Bendar Kamladis seine Forschungen und seine Firma betrieb.

Allerdings ging im Viertel niemand auf Raubzug.

Alissa trat ein. Im Haus war es still. Sie machte das Licht an und schloss die Tür.

»Bendar? Ich bin's!«

Keine Antwort.

»Bendar?«

Wie sie vermutet hatte. Er war nicht da. Ausgeflogen. Sie überlegte, ob er sich mit Lando Dandihla, seinem Geschäftspartner, oder mit seiner Assistentin und Mitarbeiterin Stella van Vesperen verabredet hatte. Aber im Grunde interessierte sie das gar nicht. Sie verriegelte die Haustür und ging die Treppe hoch in ihr Zimmer im ersten Stock.

Sie wollte sich gleich hinlegen und schlafen, aber dann, als sie sich fertig machte für die Nacht, sah sie, dass Bendar ihr einen Brief auf den Tisch gelegt hatte.

Ein Brief von Daila, die sie in den Ferien sicher gesehen hätte, hätte es da nicht diese Spannungen und Streitigkeiten gegeben …

Alissa legte sich hin, nahm den Brief und öffnete ihn.

Sie seufzte, als sie die ersten Sätze las:

Alissa, du bist echt langweilig. Es ist ein winziger Eingriff. Ein halber Tag Ruhe in der Klinik, und du könntest glatt vergessen, dass sie dir ein Implement in den Kopf gepflanzt haben. Weshalb ist dein Vater also so sehr dagegen? Weshalb lässt du dich behandeln wie ein Kind? Es ist so fantastisch, Alissa! Weißt du, was ich getan hab, als ich das erste Mal in einem Memoportal war? Ich hab dem Typen, der da die Einstellungen und so vornahm, auf die Frage, wo im

Kontinuum ich denn hin will, gesagt: hierhin, direkt neben mich will ich. Der hat nur gegrinst, weil es nämlich fast alle so machen. Fast alle, die sich das erste Mal in einem Memoportal verdoppeln, lassen ihr zweites Bewusstsein in einem Körper direkt neben sich entstehen. Irre, oder? Aber ich wollte sehen, wie es ist, wenn ich mir selbst gegenüberstehe. Und es war so leicht! Ich war so frei, und ich hab genau gesehen, dass SIE – also, dass ICH, mein anderes Ich, dass es genau weiß, was ich wollte. Es hat gelächelt, und dieses Lächeln war voller Wärme. Ich hätte heulen können! Es klingt alles so verrückt, Alissa, aber ich stand mir selbst gegenüber, und alles zwischen dir und dem anderen, der du auch bist, ist eine warme, fließende Verbindung! Und dann hat sie, diese zweite Daila, wieder gelächelt, und ist los. Und ich wusste, was SIE wollte. ICH hatte es ja auch gewollt! Ich war so leicht, so frei, so glücklich in den nächsten Stunden! Ich habe gar nichts von dem mitbekommen, was sie erlebt hat. Du weißt ja, die Körper, die im Memoportal entstehen und dein Bewusstsein tragen, handeln völlig losgelöst von dir. Aber du wirst dieses Gefühl nicht los – dieses Gefühl, dass du immer weißt, was du, dieses andere Du, dass du jetzt bist, grade tut. Du wirst dich nie hintergehen! Im Gegenteil, du wirst tun, was du immer schon tun wolltest, und dich einfach nicht getraut hast. Dieses zweite Ich ist für dich da! Du bist viel mutiger! Ach Alissa. Und dann kam der Moment der Rückkehr. Wenn der andere Körper sich wieder auflöst und dein verdoppeltes Bewusstsein zu dir zurückkehrt. Diese Wärme! Diese unglaubliche Wärme! Es war so fantastisch! Sie hatte es tatsächlich getan! Sie hat ihn geküsst!!! Und alle ihre Gefühle hat sie mir hinterlassen, als ich wieder eins wurde mit mir selbst. Du verpasst wirklich was, Alissa, wenn du dieses Gefühl nie spürst! Aber was schreibe ich dir lange Briefe. Du wirst vermutlich die ganzen Ferien über mit diesem Typen rumhängen. Weißt du, dass Suna gedacht hat, er ist dein Bruder? Deinem Vater traut man ziemlich was zu, merkst du's? Vermutlich wirst du mir eines Tages erzählen, dass er es echt wert ist, auf ein Implement zu verzichten. Und vermutlich kann ich mir auch abschminken, dich auf der Enthüllungsfeier zu sehen? Du hast dich verändert, Alissa, und unser Streit tut mir weh. Du wirst eine Grüblerin, und ich bin vermutlich die Letzte, die dir noch Signale aus der alten Welt sendet. Ich will jetzt nicht sentimental klingen, aber es gab mal eine Zeit, da warst du wie mein zweites Ich. Da war dieses Band zwischen uns …

Okay, ich werde tatsächlich melancholisch ... Ich würde mich riesig freuen, wenn wir uns am Festtag sehen! Und wenn du diesen Typen mitbringst, dann weiß ich wenigstens den Grund, weshalb du dich dem wirklich Großartigen entziehst (ich verstehe einfach nicht, was du an dem findest ...) Oh Mann, wie blöd ist das denn? Wir hatten grade Streit, und ich mäkel schon wieder an dir rum. Lass dich umarmen! Ich freu mich auf das FEST!! Bitte komm und lass alles wieder gut sein, ja???

Daila

Alissa lächelte und legte den Brief mit den vielen Ausrufungszeichen beiseite. Sie fragte sich, was geschehen wäre, wenn Dailas Transpersonalisation einem Eisprinzen begegnet wäre. Irgendwo in ihrem tiefsten Inneren spürte sie, dass sie diesen Gedanken so ernsthaft verfolgen sollte, wie es ihr Vater tun würde. Aber jetzt war sie müde, und die Gedanken an Daila mischten Wehmut in ihre Müdigkeit. Sie würde ihr zurückschreiben, gleich morgen. Sie würde über so vieles nachdenken müssen: morgen, übermorgen, in den nächsten Wochen – und dann fielen ihr die Augen zu und sie schlief ein.

Zunächst war da nur ein Geräusch. Ein Knistern. Eine knisternde Melodie, die sich im Dunkeln versteckte. Etwas, das Vorsicht walten ließ, aber ebenso neugierig schien wie ein kleines Tier. Dann wurde es hell. Das Licht entzündete die Ebene am Rand der Schwarzen Berge. Alissa sah sich auf einer Anhöhe. Morgenkühle strich ihr ums Gesicht. Es musste eine Anhöhe sein weit vor der Stadt, die unten, in der Ferne, wie eine zusammengerollte Katze in einem Meer von Dunstschleiern lag. Im Griff der Helligkeit begannen die Schleier zu leuchten und das Licht löste sie auf.

Sie sah die Ameisen. Den Zug der Ameisen in langsamer Bewegung. Ein schwarzer Keil, der sich seitlich in die Ebene schob und bald seine Form verlor. Er begann ziellos zu mäandrieren, als suchten die Tiere etwas. Nach einer Weile schwenkten die Ameisen und bewegten sich auf sie zu. Die Insekten wurden größer. Sie wuchsen mit rasender Geschwindigkeit, obwohl sie sich ihr nur langsam näherten.

Das Bild glitt vollends ins Groteske. Die Ameisen waren noch weit entfernt, doch unmittelbar vor ihren Augen wuchsen schwarze Reiter aus der Masse. Und jeder Reiter trug einen Helm mit heruntergelassenem Visier, hielt in der Rechten die Lanze mit der gezipfelten Kriegsfahne, der wehenden Oriflamme des schwarzen Landes …

Das Geräusch spaltete sich in den Klangbrei der trommelnden Pferdehufe und den Gesang der Reiter. Die Ebene verschwand hinter dem Brodeln des so nahen, so fernen Heeres. Und dann erhob sich jenseits der Schwarzen Berge der Kopf einer Katze aus der Schwärze des Weltalls, wie eine gleißende, zweiäugige Sonne.

Und wieder hörte sie das Geräusch. Dieses Geräusch. Dieses …

Alissa erwachte mitten in der Nacht. Sie war sehr weit fort gewesen. Ihr Herz raste, hämmerte gegen die Dunkelheit des Zimmers. Ihre Gedanken taumelten zurück in die Wirklichkeit. Wieder dieser Traum, dachte sie. Dieser verstörende Traum, als würde Tiras im Schlaf ihre Gedanken dirigieren. Er hatte ihr schon oft von seinen Visionen erzählt.

Aber was hatten diese Bilder zu bedeuten?

Die Bilder waren ihr nah – und zugleich so fern. In den vergangenen Nächten war sie immer wieder hochgeschreckt, weil sie sich in dieser fremden Traumwelt verlor:

Aber jetzt …

Was war das? Ein Donnern?

Draußen grummelte es: ein abklingendes Gewitter. Aber da waren doch Stimmen. 0 Uhr 30 zeigte der Wecker an ihrem Bett. Ihr erster Gedanke: Bendar war zurück. Mit wem konnte er sich um diese Zeit noch so laut unterhalten?

Während sie lauschte, beruhigte sich ihr Puls. Die Wirklichkeit verdrängte die Bilder des Traums, und Müdigkeit kehrte zurück. Alissa drehte sich in ihr Kissen und versuchte weiterzuschlafen. Sie ärgerte sich über die Rücksichtslosigkeit, die Bendar an den Tag legte, wenn er, in Gespräche über seine Forschungen vertieft, alles um sich herum vergaß. Ein gutes Thema für den Streit am Frühstückstisch.

Mit einem Mal schreckte sie hoch. Ein lautes Klirren drang von unten herauf. Gefolgt von einem kurzen, heftigen Wortwechsel, von dem Alissa kaum etwas verstehen konnte, der ihr aber schlagartig die Gewissheit gab, dass ...

»Bendar?!«

Sie unterdrückte den Ruf. Fremde waren im Haus. In den Räumen der Firma. In Bendars Heiligtum. Was war mit ihrem Vater? Ein starkes Gefühl wallte durch ihre Panik: die plötzliche Ahnung, dass es sich nicht um gewöhnliche Einbrecher handelte ...

DIE RUINE DER VILLA

Jolo hatte sich angewöhnt, eine Melodie zu pfeifen, wenn er sich der Eisenbahnbrücke näherte. Tiras hatte ihn schon vor Tagen erwartet und war nun beinahe überrascht, als er ihn kommen hörte, kaum eine halbe Stunde nachdem Alissa gegangen war. Er war noch immer erschrocken darüber, wie sehr ihn das Bild der Katze aus der Wirklichkeit gerissen hatte. So weit war es noch nie gekommen.

»Wo bist du gewesen?«, fragte er, als sie sich begrüßt hatten. »Und wo ist der Graf?«

Jolo antwortete nicht sogleich. Er lächelte schräg und fragte vieldeutig, ob er nicht störe.

Tiras lachte nervös. Er wollte das Thema lieber vermeiden. Seine Freundschaft zu Alissa ging niemanden etwas an. Auch Jolo nicht.

Sie hockten sich neben das Lagerfeuer, das Tiras für die Nacht angezündet hatte und dessen Glut bis in den frühen Morgen Wärme abgeben würde. Ein Orientierungspunkt in den Nachtstunden.

Jolo beobachtete die Flammen. Sie spiegelten sich in Tiras' reglosen Augen. Er überlegte, wie lange er ihn nun kannte. Seit sechs Jahren? Ganz sicher so lange. Aber kannte er ihn wirklich? Irgendwann war er an einen Punkt gekommen, an dem jede weitere Annäherung ins Leere lief. Sie wurden Freunde. Doch es gelang Jolo nicht, in den Schutzwall einzudringen, mit dem Tiras sich umgab. Nicht einmal dem Grafen gelang es, der … Nein, das war so nicht richtig, denn auch der Graf machte ein Geheimnis aus seiner Vergangenheit. Es gab einfach keine Möglichkeit, mit ihm oder Tiras über diese Vergangenheit zu sprechen.

Sie hatten jahrelang zusammen im Park nahe der Kentonbrücke gelebt. Seit Tiras neun oder zehn gewesen war – in dem Jahr, als Jolo sie kennenlernte. Sofort hatte er das Gefühl gehabt, Tiras beschützen zu müssen. Ihn und den Grafen, diesen wunderbaren, so vornehm freundlichen Menschen. Der Graf liebte seinen Sohn abgöttisch: den Jungen mit dem bleichen Gesicht, dem wirren strohblonden Engelshaar und den schwarzen, starren Augen, die blind waren und dennoch alles durchdrangen.

Irgendwann wurde der Park Teil des Kontinuums und »gesäubert«, wie es im Jargon der Schwarzen Wächter hieß. Doch im täglichen Trubel von memoportierten Besuchern und Shows war der Park so oder so für sie verloren gewesen. Die Nomaden, die Berber, die hier ihr Stadtquartier gefunden hatten, waren wieder zu Nomaden geworden. Sie suchten sich andere Plätze in Metronas oder verließen die Stadt.

Jolo mochte Tiras – und Tiras mochte Jolo. Wenn Jolo allerdings glaubte, dass nur Tiras einen Schutzwall um sein Leben gezogen hatte, dann verdrängte er, dass er selbst nicht weniger verschlossen war, wenn es um seine eigene Vergangenheit ging.

Daran dachte Tiras jetzt, als er sagte:

»Fliegen, das wär's, oder? Die Weiße Taube ist heute Abend wieder tief über der Brücke reingeschwebt, hast du sie gesehen?«

Wie selbstverständlich sprach Tiras vom Sehen. Jolo nickte, sagte aber nichts. Geschichten vom Fliegen hatte er schon viele erzählt. Und Tiras hatte ihm gern zugehört. Aber heute brannte Jolo etwas anderes auf der Seele:

»Das Umherziehen könnt jetzt erst mal vorbei sein für uns«, sagte er mit unterdrückter Nervosität. »Wir haben 'ne schicke Villa gefunden, der Graf und ich. 'Ne Ruine am Rand der Domstadt. Der Graf ist dageblieben. 'N richtiger Palast ist das. Also, war das mal!«

Er grinste so breit, dass sich das Büschel Haare auf der Stirn seines kugeligen Kopfes aufrichtete. Tiras wirkte auf gewisse Weise sehr viel älter als Jolo, obwohl Jolo mindestens doppelt so alt war wie er.

Wann immer er bei Tiras war, spürte er die Energie, die Tiras ausstrahlte. Und es erstaunte ihn, dass Tiras so vieles wahrnahm. Er bewegte sich mühelos in einer Welt, die manchen Sehenden überforderte. Jedes Auftauchen der Vigilanz oder der brutalen Schergen von Posisco sah er voraus. Wie oft hatte er sie in der Nacht vor den Launen der Stadtwache bewahrt, vor betrunkenen Milizen, die gern ihr Spielchen trieben mit den Berbern in Metronas. Es gab unter den Schwarzen Wächtern ein paar finstere Typen, denen es Vergnügen bereitete, den Grafen zu demütigen. Jolo machte es nicht viel aus, wenn man sie stundenlang in der Hauptwache schmoren ließ. Er konnte sich ducken, konnte ausweichen, erriet sadistische Gedanken und wusste zu reagieren. Der Graf aber verstand in diesen Momenten die Welt nicht mehr und klammerte sich an eine Würde, die sie ihm mit Wonne zertraten.

Der Graf war der feinste Mensch, den Jolo kannte.

Tiras dachte ebenso. Und er machte sich Sorgen.

»Er ist allein in dieser Ruine geblieben?«, fragte er beunruhigt.

Jolo wiegelte ab. Tiras schien immer noch nicht begriffen zu haben: Sie hatten etwas entdeckt, etwas Großartiges. Seine Stimme wurde drängender:

»In der Domstadt«, sagte er. »Zwischen der Domstadt und dem Fischerviertel. Da passiert nichts. War doch immer 'ne friedliche Gegend. Auch für uns. Ich hab gedacht, ich muss dir das sofort erzählen. Der Graf weiß gar nicht, dass ich hier bin.«

Er warf einen halb verkohlten Ast ins Feuer und Funken wirbelten in die Luft.

»Das muss ein tolles Haus gewesen sein«, fuhr er fort. »Nicht mal im Cabanisviertel findste so was. Nirgendwo in der Stadt. Liegt aber trotzdem versteckt. Wir sind in diesen Garten geschlichen, und dann standen wir davor. Von Feuer zerstört, aber immer noch schön.«

Die Stadt war für Tiras eine Landschaft aus imaginierten Bildern. Er erinnerte sich nicht bewusst an Gesehenes, aber seine Vorstellungswelt war in einem Maße ausgeprägt, dass er sich ziemlich sicher war, nicht immer blind gewesen zu sein. Als er jetzt versuchte, das Bild einer Ruine aufzurufen, sperrte sich etwas dagegen. Das knisternde Feuer holte ihn immer wieder zurück an den Platz unter der Brücke. Jolo saß da, zusammengekauert, die Arme verschränkt, und wippte nervös vor und zurück. Ein angespanntes, unsicheres Lächeln lag auf seinen Zügen.

Eine Weile schwieg Tiras, dann sagte er:

»Erzähl mir von der Ruine.«

Sein Tonfall hatte etwas gezwungen Sachliches.

»Erzähl mir von diesem unbekannten Haus.«

»Unbekannt ist vielleicht nicht richtig«, entgegnete Jolo. »Es ist ... Der Graf, glaube ich, er kennt es. Der Garten. Das riesige Grundstück in 'nem Straßen-Kreis. Nicht weit vom Kanal. Da im Südzipfel der Stadt. Weißt du?«

Tiras legte die Stirn in Falten. Aber die Bilder blieben aus.

»Es ist mittlerweile total zugewachsen. Ich glaub, nicht mal im Ferrobotanischen Garten gibt's so viel Gewucher. Und wir sind da auch nur rein, weil wir uns verstecken mussten.«

»Du hast doch gesagt, die Gegend ist sicher?«

»Ja doch. Aber ... Spinner gibt's ja immer. Da war 'ne Lücke in der Mauer ...«

»Eine Mauer?«

»Ja, 'ne hohe Mauer. So aus Bruchsteinen. Die Bäume hängen überall drüber. Wie ein Wald sieht das da aus. Aber es gibt eine Lücke in der Mauer. Da sind wir also rein. Und dann dieses Haus, hinter all dem Grün, den Bäumen und dem Gestrüpp. Ein Palast, sag ich dir. War bestimmt mal so schön wie der Palast von Natragur. Nur kleiner.«

Der Palast von Natragur lag im Nordosten, außerhalb der Inneren Viertel von Metronas. In den alten Zeiten beherbergte er den Stadtsitz des Patronars der Nigrana. Der Patronar herrschte über das Land und die Stadt. Seine Burg war die Burg auf dem Ardenfels, bei den Wasserfällen von Nicobra. Mit dem Aufstieg von Metronas zur Metropole und dem Machtzuwachs des Statthalters aber war das Amt des Patronars irgendwann abgeschafft worden. Die Burg verfiel und der Palast hatte lange leer gestanden. Seit einigen Jahren gehörte er nun zum Besitz von Skanda Borlund. Der hatte ihn zu seinem Wohnsitz gemacht, und nun war er vermutlich pompöser als zu den glorreichsten Zeiten des Patronars.

Wann immer Tiras an den Palast dachte, trat ihm das Bild der schwarzen Burg aus seinen Träumen vor Augen. Sein Herzschlag beschleunigte sich.

Jolo sprach weiter:

»Die Villa ist 'ne Ruine, 'n richtiges Trümmerfeld. Säulen und Dachziegel liegen da rum. Und vieles ist schwarz. Muss ziemlich heftig gebrannt haben. Nur die Treppen sind kaum beschädigt. Vier Treppen. Von jeder Seite eine. Und unter einer davon gibt es 'ne Kammer. Haben wir zufällig gefunden, und ...«

Er verstummte, blickte hinauf zu den Sternen. Er wollte Tiras bitten, mit ihm zu kommen und den Grafen zu überreden, in dieser Villa zu bleiben. Die Ruine war ein ideales Quartier. Die Kammer unter der Treppe lag so gut versteckt, dass sie niemand finden würde. Der Eingang war perfekt getarnt. Dort wären sie sicher vor Nachstellungen. Was Jolo viel wichtiger war: Der Graf wäre sicher. Aber Jolo hatte das unbestimmte Gefühl, dass der Graf schnell weiterziehen wollte. Vielleicht konnte Tiras helfen. Jolo hatte die fixe Idee, dass Tiras den Grafen von den Vorzügen der Villa überzeugen konnte. Nur wusste er nicht, wie er dabei vorgehen sollte.

Er sah wieder zu Tiras:

»Der Graf sagt, vielleicht finden wir da sogar einen Schatz!«

Nun musste Tiras lachen: »Wie spannend«, sagte er. »Das hört sich ja alles ziemlich märchenhaft an.«

»Du glaubst mir nicht?«

Jolo sprang auf.

»So was hast du noch nicht gesehen«, rief er, und die Worte sprudelten nur so aus ihm heraus:

»Das muss alles mal ziemlich prächtig gewesen sein, groß und eindrucksvoll. Wie 'n Tempel. Vieles ist da eingestürzt jetzt. Das Feuer hat die Säulen und den Marmor geschwärzt. Und überall findste Gestrüpp. Der Garten ist völlig zugewachsen. Drum herum mein ich. Brennnesseln und Dornengestrüpp und jede Menge Gebüsch und so. Und die Villa, die Ruine ... Das Feuer hat die Villa zerstört, aber vieles steht noch. Und der Garten ist 'n wildes Königreich. Wirst schon sehen. Komm mit. Hier draußen vor der Stadt, das is' doch nichts!«

Erschrocken über die eigenen Worte hielt er inne. Er trieb ein falsches Spiel, versuchte Tiras zu manipulieren. Er war längst zu weit gegangen, hätte offen sagen sollen, worum er ihn bitten wollte.

Doch bevor Jolo dies tun konnte, schüttelte Tiras schon den Kopf. Er hatte ja längst begriffen. Der Gedanke, in die Stadt zu gehen, in der Stadt zu leben, bedrückte ihn. Es gab dort etwas, das belauerte ihn. Er wollte es in sicherer Distanz wissen.

»Nein«, sagte er. »Ich bleibe hier. Dein ausgebranntes Märchenschloss, das ist nichts für mich. Bestimmt nicht.«

Jolo seufzte. Er konnte hartnäckig sein, aber er kannte Tiras. Einen einzigen Trumpf hatte er allerdings noch.

»In der Nähe der Villa hab ich sie übrigens gesehn.«

»Was hast du gesehen?«

»Die Katze.«

Tiras wirkte mit einem Mal verunsichert. Er hielt den Kopf, als blicke er irritiert über das Feuer hinweg, nach der Stimme suchend, die mit ihm sprach.

»Was meinst du damit: die Katze?«

»Du hast sie doch beschrieben. Die Katze. Die Katze, von der du immer sprichst. Ich hab so eine gesehen. Auf dem Grundstück. Sie schlich durch die Ruine. 'Ne schwarze Katze, schwarz wie Kohle. Mit glühenden Augen. Und einem gelben Fleck auf der Stirn. So sieht sie doch aus, oder?«

»Ja, aber ... Das ist völlig unmöglich!«

Tiras erhob sich, hielt die Augen fixiert auf einen imaginären Punkt in der Stadt.

»Das kann nicht sein«, sagte er nachdrücklich. Doch Jolo setzte nach:

»Ehrlich, ich hab sie gesehn! Wenn du mir nicht glaubst, komm einfach mit.«

Mit diesen Worten sprang er auf, strich sich die Weste zurecht, die sich über seinen Bauch spannte, und wiederholte: »Komm mit. Vielleicht schleicht sie da noch irgendwo rum.«

Es war spät, sehr spät geworden. In dem Moment, als Jolo sich zum Gehen wandte, donnerte es. Wolken waren aufgezogen. Ein nächtliches Gewitter entlud sich über Metronas. Der Regen rauschte durchs Strebewerk der Eisenbahnbrücke, und Windstöße griffen nach den Flammen des Lagerfeuers. Jolo verdrängte den Gedanken, dass er sein manipulatives Spiel nun doch noch zu Ende gespielt hatte, denn kaum dass der Regen etwas nachließ, folgte ihm Tiras willig in die Stadt.

ENTFÜHRUNG

Das Licht fiel durch einen Schlitz. Da war nichts als ein weißer Strich, in dem alles zusammenfand, was draußen geschah. Die Helligkeit verschluckte die Details. Alissa hielt den Atem an und zog den Kopf zurück, als wollte sie gar nichts sehen. Die Stimmen waren jetzt nur noch wenige Meter entfernt. Und diejenigen, die dort sprachen, suchten etwas.

»Hier ist niemand. Ich sag doch, die ist nicht im Haus.«

»Vielleicht hat sie sich versteckt.« Die Stimme wurde lauter: »Chess, Kilmer, behaltet die Türen im Auge. Es gibt nur zwei Ausgänge. Passt auf!«

»Das Bett ist unberührt. Sie ist nicht hier. Akten und so was gibt's hier auch nicht. Ist vermutlich alles unten.«

»Vielleicht hat sie uns gehört und hat sich irgendwo verkrochen.«

»Wenn sie im Haus ist, hätte sie um diese Zeit im Bett gelegen. Wer weiß, wo die sich rumtreibt. In diesem Alter sind die nie zu Haus.«

»Dann suchen wir unten weiter. Wenn wir sie nicht finden, kümmern sich andere um sie. Wir haben noch einen wichtigeren Auftrag.«

Es dauerte eine knappe Minute. Alissa rechnete damit, dass die Tür ihres Verstecks plötzlich aufgerissen wurde. Wie froh sie jetzt war, in letzter Sekunde daran gedacht zu haben, die Bettdecke wieder zurechtzuziehen. Und wie gut, dass diese Typen nicht auf die Idee gekommen waren, das Bett auf Körperwärme zu untersuchen.

Es blieb hell im Zimmer und die Geräusche verzogen sich. Die Männer waren jetzt im Erdgeschoss und sprachen lauter als zuvor. Vermutlich waren sie nun tatsächlich davon überzeugt, dass sie sich allein im Haus befanden. Aber sie würden ganz sicher wieder hochkommen. Das Licht brannte ja noch. Sie verstand das als Signal.

Was wollten sie?

Je länger Alissa in ihrem Kleiderschrank blieb, desto fragwürdiger erschien er ihr als Versteck. Sie musste schnellstens hier raus.

Vorsichtig schob sie die Schranktür auf. Dann drückte sie den Kleiderberg, unter dem sie sich verborgen hatte, beiseite und kroch zurück ins Zimmer. Sie horchte einen Moment lang, ob die Geräusche aus dem Erdgeschoss wieder anschwollen. Sie hörte Stimmen, Türen, die geöffnet und geschlossen wurden, Schubladen, das metallene Rasseln von Aktenschränken, wieder Stimmen, das Klatschen eines Papierstoßes, der zu Boden fiel – aber keine Treppengeräusche. Alissa postierte sich an der Zimmertür und sah durch den Spalt hinaus auf den Galeriegang des oberen Stockwerks. Wohin sollte sie? Sie wollte näher heran, beobachten, was dort unten geschah. Gleichzeitig wollte sie weg, sich in Sicherheit bringen. Ihr Herz schlug schnell. Sie reagierte auf jedes Signal. Ihr Inneres tänzelte in höchster Anspannung.

Die Zimmer des oberen Stockwerks lagen an einem umlaufenden Galeriegang, von dem aus zwei gegenüberliegende Wendeltreppen nach unten führten. So beherrschte das Erdgeschoss den gesamten Kern des Hauses, erstreckte sich bis zum gläsernen Dach. Dieses Dach ruhte auf zwei etwa zehn Meter voneinander entfernten Marmorpfeilern. Es war eine kühne, luftige Konstruktion, aber nichts, worin es Nischen, Fluchträume, Plätze gab, um sich zu verstecken. Und es gab auch keinen Schlupfweg, den Alissa nehmen konnte, um unbemerkt das Haus zu verlassen. Sie würde abwarten müssen.

Die Stimmen und Geräusche aus dem Erdgeschoss waren laut und deutlich zu hören. Alissa hatte die Tür noch ein Stück weiter aufgeschoben und lauschte. Sehen konnte sie kaum etwas, nur dann und wann einen Schatten, der durch den schmalen Ausschnitt glitt, den sie von der unteren Etage wahrnahm. Aber sie konnte hören. Was sie nachts oft störte, kam ihr nun wie ein Glücksfall vor: Die offene Bauweise des Hauses verstärkte den Lärm, trug ihn direkt zu ihr. Sie hatte das Gefühl, dass die Einbrecher neben ihr standen und flüsterten – verärgert, aufgebracht, voller Ungeduld. Doch Alissa konnte sich kaum auf die Stimmen konzentrieren. Zwei Fragen gingen ihr wie Alarmsignale durch den Kopf: Wo war Bendar? Was war mit ihm geschehen?

Die Arbeitsräume im Erdgeschoss und der große, zentrale Raum waren ein einziges Chaos von Stell-Regalen, Aktenschränken, Schreibtischen, Zeichentischen, aufgerissenen Kartons mit teils noch verpackten Elektronik-Bauteilen, Sketchboards, Pinwänden und Wandtafeln, auf denen täglich ein Mix von Formeln wechselte. Die Firma führte ein Eigenleben, das dem Chaos von Bendars Denken entsprach und das die Geduld und die Aufnahmefähigkeit seiner engsten Mitarbeiter bisweilen ziemlich strapazierte. Lando Dandihla hatte schon mehrere Versuche unternommen, die Firma mit modernen Managementstrukturen zu versehen. Stella van Vesperen unterstützte Landos Versuche eher halbherzig, mehr aus Resignation denn aus Überzeugung. Im Grunde war sie genauso verrückt wie Bendar und liebte das kreative Chaos, dem die Firma so manche wichtige Entdeckung verdankte. Die »Kamdihla Cybercom AG« hatte sich unter den Spezialfirmen der Memo-Tech-Branche einen besonderen Namen gemacht. Allerdings war Bendar nicht allein durch bahnbrechende Entdeckungen, sondern auch durch Warnungen ins Rampenlicht getreten. Vor allem in letzter Zeit.

Waren die Typen deshalb hier? Hatte er Feinde?

»Verdammt, müssen wir diesen ganzen Mist durchwühlen? Da blickt doch keiner durch!«

Langsam schienen sie ungeduldig zu werden. Der Ton ihrer Unterhaltung wurde gereizter. Alissa vermutete, dass es vier Leute waren, die sich dort unten zu schaffen machten. Der Anführer sprach mit einer Stimme, die unvermittelt zwischen säuselnder Ironie und Eiseskälte wechselte. Ein paarmal hatte sie einen der Männer für einen kurzen Moment sehen können, wie zufällig eingefroren in dem schmalen Sichtschlitz, auf den sie sich konzentrierte.

Sie waren hochgefährlich.

»Achtet auf alles, was irgendwie mit Durando-Kontinuum, Posisco, Memoporting oder Implementen zu tun hat. Und jeder Fetzen Papier ist interessant, auf dem ihr die Worte Konglomerations-Effekt oder Transpersonalisation findet. Ganz besonders: Amplifikation. Verstanden? Amplifikations-Modul heißt das Zauberwort. Wenn es euch irgendwo auffällt, sofort melden. Strikte Anweisung von oben. Alles Gefundene in die Kisten.«

Dann, lauter: »Targo, schon was zu sehen?«

Etwas gedämpfter, anscheinend von der Haustür her, antwortete eine rauhe Stimme:

»Noch nicht. Der Wagen ist unterwegs. Barklas hat sich gemeldet. Zehn Minuten noch.«

»Und sonst?«

»Alles friedlich.«

Ein Rumpeln war zu hören. Dann schnarrte jemand lachend:

»Wir sollten das hier abfackeln, wenn wir abziehen. Schreckt ab. Und zu befürchten hätten wir nichts. Wir sind ja eigentlich eine Abteilung der Vigilanz, was?«

»Nichts da«, zischte der Anführer. Seine Stimme hatte nun jegliche Ironie verloren. »Kümmer dich um die Akten, Chess, und überlass das Denken mir! Wenn wir jetzt nichts finden, heißt das noch lange nicht, dass nichts zu finden ist. Brenn das Ding hier ab und ich möchte nicht in deiner Haut stecken. Verstanden? Außerdem kann er uns nicht mehr gefährlich werden.«

Gemurre war die Antwort. Die Autorität des Anführers stand außer Zweifel.

Wieder kam gedämpft die raue Stimme des Typen an der Haustür:

»He, Zoran. Er kommt. Soll ich raus?«

»Nein. Er soll direkt vor dem Gartentor parken und den Wagen abstellen. Sobald alles ruhig ist, mach Meldung!«

»Okay. Ist mistnass da draußen. Und es nieselt noch. Hält die Leute zurück.«

»Na, wunderbar. Wie viele Kisten sind es?«

»Acht.«

»Acht? Verdammt! Habt ihr jede Milchtüten-Quittung eingesammelt?!«

Die Worte klangen schneidend. Zoran, der Anführer, schien ein Typ zu sein, mit dem nicht zu spaßen war. Würden sie bald abziehen? Oder würden sie die Zimmer im ersten Stockwerk doch noch durchsuchen?

Alissa wurde wieder nervös. Sie konnte ihnen nicht entkommen. Und was hatte dieser Satz zu bedeuten? *Er kann uns nicht mehr gefährlich werden.* War Bendar gemeint?

»Die Luft ist rein!«, kam es von der Tür.

»Dann los. Kilmer, Chess, Targo: die Kisten zum Wagen. Und wenn ihr so weit seid, noch mal hoch. Vielleicht sind da oben doch noch irgendwelche Sachen gelagert. Beeilt euch. Borlund erwartet uns bald zurück.«

Skanda Borlund? Alissa begann zu zittern. Sollte sie zurück in den Schrank? Sobald sie die Galerie betrat, würde man sie entdecken. Das knarrende Holz würde sie verraten. Und die einzigen zwei Wege von der Galerie führten hinunter – direkt in die Arme der Typen.

»Los, schneller. Diese beiden Kisten hier auch noch. – Was zu sehen?«

»Ich weiß nicht. An der Brücke steht so ein Typ.«

»Was?! Auch das noch. Was tut er? Hat er was bemerkt?«

»Keine Ahnung. Er steht da rum und rührt sich nicht.«

»Was soll das heißen? Sag Barklas, er soll mal rüber. Zu Fuß. Ganz locker. Vielleicht verschwindet er. Targo, sieh oben nach. Es wird Zeit zu verschwinden!«

Alissa hörte einen unterdrückten Fluch. Und dann war da das Stapfen schwerer Schritte auf den hölzernen Treppenstufen. Sie huschte ungeachtet aller Risisken zum Schrank, verkroch sich unter den Kleiderhaufen und zog dabei die Tür zu. Die Schritte waren immer noch zu hören. Die Zimmertür wurde nun weit aufgestoßen und die Geräusche aus dem Erdgeschoss schwollen wieder an. Plötzlich kam ein Ruf:

»Mist! He, Zoran, da sind noch zwei andere. Jetzt sind es drei Typen. Einer von ihnen kommt näher. Barklas fragt, was er tun soll?

»Kommando zurück! Raus! Wir kommen später wieder. Targo, los. Wir verschwinden! Bloß nicht auffallen jetzt. Zurück in den Wagen, starten und ab!«

Targo gab die Anweisung über sein Funkgerät weiter. Innerhalb weniger Sekunden war es still im Haus. Die Haustür schlug zu, und in ihren aufgepeitschten Gedanken hörte Alissa den startenden Wagen, obwohl die Geräusche von der engen Straße gar nicht bis zu ihrem Schrankversteck vordrangen. Minutenlang lag sie vollkommen reglos und versuchte, die Angst zu verdrängen, den bohrenden Gedanken, dass dies alles nur geschehen war, um sie zu täuschen und den Einbrechern in die Arme zu treiben. Aber es blieb ruhig.

Als sie nach unten kam, hatte sie das Gefühl, durch die Zerstörungen eines Wirbelsturms zu schreiten. Blätter, Papiere, aus Schränken, Schubladen, Registerkladden gerissen, lagen am Boden verstreut. Ebenso Ordner, Aktenmappen, Bücher. Dies alles wieder in Ordnung zu bringen, schien ihr unmöglich. Aber das war jetzt ein eher unbedeutendes Problem. Sie musste Lando Dandihla anrufen und ihn warnen. Und Stella van Vesperen. Wahrscheinlich befanden sie sich in größter Gefahr.

Doch was war mit Bendar? Drängender als zuvor meldete sich diese Frage.

1 Uhr 30 war es mittlerweile. Alissa griff zum Telefon und suchte im Speicher nach Landos Nummer. Als sie auf die Ruftaste drücken wollte, klopfte es plötzlich an der Tür. Ein kraftvolles, schnelles Klopfen. Und dann schellte es – mit der Lautstärke eines Alarmsignals. Alissa hastete, ohne nachzudenken, zum Hinterausgang, verharrte dann jedoch. Langsam drang die Frage, weshalb sich die zurückkeh-

renden Einbrecher anmelden sollten, in das Chaos ihrer Gedanken vor.

»Alissa!«

Die Stimme kam von der vorderen Tür.

»Alissa, bist du okay?«

»Tiras?«

»Mach auf. Die Typen sind weg. Bist du okay? Ist alles in Ordnung bei dir?«

Es war Tiras. Ein Gefühl der Erleichterung erfasste sie. Sie lief zurück, öffnete die Haustür, und da standen, bis auf die Knochen durchnässt, Tiras, Jolo und der Graf. Ihre Gesichter spiegelten Verwirrung.

»Bendar ist verschwunden!«, rief Alissa. »Ich vermute, sie haben ihn entführt. Sie haben alles durchwühlt ... Ich ... Lando und Stella: Ich muss sie warnen! Sie haben gesagt, die Vigilanz ist auf ihrer Seite!«

Ihre Blicke blitzten hinaus in die Nacht, vorbei an Tiras, der in diesem Moment wie erstarrt dastand, als müsste er alles erst begreifen. Jolo schob die Gruppe energisch ins Haus und schloss die Tür. Womöglich wurde der Eingang beobachtet. Sie würden kaum Zeit haben, sich hier auszuruhen. Jolo fluchte leise vor sich hin. Er schaute nervös durch den Raum, von Fenster zu Fenster. Er schritt umher, ein wenig gebückt, wie es seine Art war. Der Graf verharrte bleich und stumm im Hintergrund. Er wirkte verloren in dieser Nacht.

Nachdem Alissa die Lage geschildert hatte, fiel die Starre langsam von Tiras ab, und er verriet, weshalb sie so unvermittelt aufgetaucht waren.

»Ich hatte befürchtet, sie haben dich gefunden und verschleppt«, sagte er. »Wir sind Wächtern begegnet, die davon sprachen, Kamdihla Cybercom auf den Kopf zu stellen. Jolo und der Graf haben eine zerstörte Villa entdeckt, eine Ruine im Süden der Stadt ...«

Er brach ab, als er Alissas fragenden Blick sah. Dann erzählte er ihr, wie Jolo am späten Abend zu ihm gekommen war und wie sie später zusammen in die Stadt gegangen waren, zu der mysteriösen Ruine. Aber er verschwieg zunächst, dass er das Grundstück schnell wieder verlassen musste, weil er plötzlich von seltsamen Visionen heimgesucht wurde – was Alissa möglicherweise gerettet hatte.

»'Ne alte, abgebrannte Villa«, sagte Jolo. Er konnte seine Unruhe kaum verbergen. »Und dann kamen sie und drangen da ein. Schwarze Wächter. Ich glaube, da waren auch Leute von der Vigilanz dabei!«

»Ich bin Jolo in diese Villa gefolgt, obwohl ich ein ... ein ungutes Gefühl hatte«, ergänzte Tiras. »Die Villa muss mal ein wichtiges Gebäude gewesen sein. Ein richtiges Prunkstück zu ihrer Zeit. Liegt versteckt zwischen Bäumen und Gebüsch. Als ich die Trümmer berührte, da hab ich ...« Er schüttelte den Kopf und schwieg.

»Da leben wir jetzt. In einer Kammer. Die ist heil geblieben. Unter einer der Treppen.« Jolo versuchte zu lachen. Aber seine Stimme klang heiser. »Sie kamen wie aus dem Nichts. Sprachen dauernd von Kamdihla. Und haben alles durchwühlt. Wir waren grade dabei, das Grundstück zu verlassen ...«

Alissa bemühte sich, die Geschehnisse der vergangenen Stunden und die verworrene Geschichte, der sie nun lauschte, zusammenzubringen. Es ergab keinen Sinn. Und es beantwortete keine ihrer drängenden Fragen.

»Wer kam? Und wann? Die Typen, die hier waren? Das passt doch nicht! Und Bendar? Haben sie was über Bendar gesagt? Verdammt, wir müssen Lando und Stella anrufen. Sofort! Und ...«

»Nein. Wir müssen schnell von hier verschwinden«, unterbrach Tiras sie. »Das Telefon zu benutzen, ist viel zu gefährlich! Wenn die Vigilanz hier alles überwacht!?«

Er griff nach Alissas Hand, als wollte er sicherstellen, dass sie jetzt genau das tat, was er für richtig hielt.

»Müssen ziemlich viele gewesen sein. Mit Transportern sind sie gekommen. Wir hatten Glück, dass wir so gut versteckt waren«, sagte Jolo. »Würd mich nicht wundern, wenn die den gesamten Schutt der Ruine durchsuchen. Wir konnten uns grad noch wegschleichen.«

Tiras wirkte plötzlich sehr nachdenklich. »Ich musste da raus«, flüsterte er, »ich bekam keine Luft mehr in diesen Trümmern ...«

Er hielt inne, drängte die Bilder zurück und konzentrierte sich:

»Wir haben mitbekommen, dass sie auch euer Haus durchsuchen wollten«, fuhr er fort. »Zwei von den Wächtern sprachen von Kamdihla Cybercom. Sie erwähnten Bendars Unterlagen und seine Forschungen. Sie sprachen von Durando-Akten. Sie sagten, dass die Firma jeden Fehler vermeiden will und dass …, dass Kamladis ihnen jetzt nicht mehr in die Quere kommen kann!«

Alissa starrte ihn fassungslos an.

»Der Lord!«, rief plötzlich Jolo.

Sein Blick flog zum Grafen, dann zu Tiras und Alissa, als erinnerte er sich erst jetzt an diese Worte: »Sie haben gesagt, der Lord duldet keinen Aufschub. Er will das Modul sofort. Ja. Der Lord wird sich Kamladis vorknöpfen. Wegen dem Modul. So hab ich's gehört …«

»Aber was …? Was soll das bedeuten!?«, rief Alissa. »Das Modul? Was hat das mit meinem Vater zu tun? Und was heißt, er will sich Bendar vorknöpfen? Du hast vorhin gesagt, er kann ihnen nicht mehr in die Quere kommen?!«

Der Graf, der die ganze Zeit über geschwiegen hatte, gab Jolo nervös ein Zeichen. Sie mussten aufbrechen. Wenn die Unbekannten das Haus umstellten, saßen sie in der Falle.

»Deinem Vater ist sicher nichts passiert«, versuchte Tiras zu beschwichtigen. »Weshalb sonst diese Suchaktionen? Sie haben seine Forschungsergebnisse mitgenommen. Kistenweise. Sie verstehen doch nichts davon. Wenn sie auf seine Forschungen aus sind, dann … dann brauchen sie ihn. Sie tun ihm nichts. Hörst Du? Vielleicht hat Bendar sich versteckt, und sie suchen ihn immer noch!«

Alissa schloss die Augen. Sie versuchte, sich taub zu stellen für das, was in ihr tobte. Sie musste es zurückdrängen.

Sie musste die Lage analysieren.

Als sie die Augen wieder öffnete, wandte sie sich an Jolo.

»Du hast von einem Lord gesprochen. Der Lord duldet keinen Aufschub, hast du gesagt.«

Jolo nickte.

»Ja, der Lord«, stammelte er. »Das ... das hab ich gehört. So haben's die Typen gesagt.«

Es gab in Metronas und in der Nigrana nur einen einzigen Menschen, den man Lord nannte. Zanja Patrias, Statthalter der Nigrana und Vorsitzender des Großen Rates, der in der Zitadelle westlich der Stadt residierte: Zanja Patrias oder auch Lord Patrias. Aber der Statthalter war kein Verbrecher. Mochten manche Abteilungen der Vigilanz zwielichtig erscheinen, die Herrschaft der Zitadelle war über den Verdacht, ein kriminelles Netzwerk zu betreiben, erhaben. Es gab auch die Gestalt in den Visionen, die Tiras heimsuchten. Doch das, was Tiras sah, waren Traumbilder, nichts weiter.

Tiras schwieg. Er war bleich geworden.

Plötzlich räusperte sich der Graf.

»Man spricht in der Stadt tatsächlich von einem ... Lord«, sagte er leise. »Es gibt Gerüchte. Ja. Seit den Vorbereitungen zur Verhüllung brodelt es. Besonders unter den Berbern, die das erhöhte Aufkommen von Wächtern und Patrouillen mit Sorge verfolgen. Wächter bedeuten für die Berber nichts Gutes. Und man darf nicht vergessen: Die Berber sind das Gedächtnis der Stadt.«

»Das Gedächtnis der Stadt?« Alissa sah ihn erstaunt an. »Was heißt das? Was hat das mit diesem Lord zu tun?«

»Es sind nur Geschichten«, meinte der Graf, »alte Geschichten und Sagen, die immer schon unter den Berbern kursieren. Geschichten aus dem Schwarzen Land, die sie sich an den Feuern erzählen, von Kämpfen zwischen der Stadt und der Nigrana. Geschichten von Heeren und Abenteuern, von den Schlachten im Hochland. Da wird manchmal ein Lord erwähnt, ein Schwarzer Lord, der ...«

»Nein!«, rief Alissa. »Es geht doch nicht um Geschichten oder um die Vergangenheit. Der Lord muss jemand sein, der sich jetzt, in diesem Moment, in der Stadt befindet. Hier. In Metronas. Und er hat irgendwie mit Posisco zu tun. Er ist jemand mit Macht, der seine Leute losschickt, um in Häuser einzudringen und sie zu durchsuchen. Ein Verbrecher, der es auf meinen Vater abgesehen hat. Der mit Skanda

Borlund gemeinsame Sache macht. *Borlund erwartet uns bald zurück* – ich hab's genau so hier im Haus gehört. Vielleicht ist Skanda Borlund dieser Lord. Jemand, mit dem Bendar aneinandergeraten ist. Der sehr viel Macht hat und dem Bendar ein Dorn im Auge ist. Jolo hat gesagt: *Er wird sich Bendar vorknöpfen, der Lord*. Wer auch immer es ist, ich fürchte, er hat es schon getan!«

Alissa war immer lauter geworden und die Wut in ihrer Stimme immer deutlicher. Der Graf machte ein gequältes Gesicht und wiegelte ab: »Alissa, beruhige dich doch! Ich habe ja auch gehört, was da gesprochen wurde. Es war alles sehr hektisch. Vieles ging durcheinander. Wir müssen besonnen bleiben ...«

Er sah Alissa und Tiras an, sah die Ungeduld in Alissas Augen und den Zweifel. Tiras wirkte verstört, in sich gekehrt. Und auch Jolo blieb stumm.

Schließlich machte der Graf einen Vorschlag:

»Vielleicht ist es das Beste, wenn wir zu den Berbern gehen und sie um Hilfe bitten«, sagte er. »Baba Faah ist in der Stadt. Sie kampieren in einem Schlupfwinkel am alten Kanal, wo sie zusammengekommen sind, um sich zu beraten in diesen unruhigen Tagen. Baba Faah kennt die alten Geschichten. Und ...«

Er rieb sich resigniert die müden Augen:

»Die alten Geschichten füllen sich mit neuem Leben. Die Berber sind alarmiert. Sie befürchten Schlimmes. Es geschehen seltsame Dinge in der Stadt und in der Nigrana.«

Er sah auf. Aber er wich Alissas Blick aus.

»Lasst uns aufbrechen«, fuhr er fort. »Wir gehen zu den Berbern. Ich kenne ihren Schlupfwinkel. Wir ruhen uns aus, bis der Tag anbricht. Dann sprechen wir mit Baba Faah und seinem Clan. Vielleicht wissen die Berber Rat.«

BABA FAAH

Die Dämmerung kam früh, nur wenige Stunden, nachdem sie sich zur Ruhe gelegt hatten. Die Botenstromschneisen leuchteten, traten als glühendes Netz von Spiralen aus dem Himmel. Dann verschwammen die Konturen, verblassten – und verloren sich. Und es begannen die Geräusche des Morgens.

Sie sahen und hörten nichts davon.

Tiras und Alissa schliefen noch. Der Graf hatte lange vor Sonnenaufgang begonnen, über die Ereignisse der vergangenen Stunden nachzudenken. Der Anbruch des neuen Tages drang kaum vor bis zu ihrem Platz im unterirdischen Abschnitt des alten Kanals. Diese Strecke von knapp zwei Kilometern führte von der Hauptwache bis zum Rand des Cabanisviertels. Trübes Licht stand geisterhaft unter den steinernen Luftschächten, die man fast zweihundert Jahre zuvor angelegt hatte. Damals, als der Kanal gebaut wurde. Oben, in den Straßen der Stadt, endeten die Schächte in durchbrochenen glockenförmigen Kuppeln, um das Rautenmuster der Luftlöcher verziert mit den Schwärzungen der Jahrhunderte.

Die Belüftung des unterirdischen Kanalabschnitts hatte gute Gründe gehabt. In früheren Tagen nahm der Kanal einen Teil der städtischen Abwässer auf. Der Faulgestank des Dreckwassers hätte die Arbeit im Tunnel unerträglich gemacht. Täglich wurden Dutzende Kohle- und Erzschuten durch den Kanal gezogen.

Aber diese Zeiten waren längst Geschichte. Der Kanal hatte viele seiner Funktionen verloren. Das Kanalstück unter der Erde, der Treidelpfad am Ufer, die Kammern, die den Tunnelrand säumten, die Lagerräume für Erze und Zuggeschirre, Ruderboote, Pferdefutter – sie spielten im Leben der Stadt keine Rolle mehr.

Der Duft von Kaffee und geröstetem Brot und der scharfe Geruch eines Holzfeuers kitzelten Tiras in der Nase. Er vernahm den dumpfen Hall der Kammer. Da waren Stimmen. Man redete leise miteinander, nahm Rücksicht auf die Schlafenden. Tiras hörte Jolo und den Grafen aus dem Gemurmel heraus – und Baba Faah: den Mann, den die Berber der Nigrana als ihren Vater betrachteten, als ihren König und Richter.

Baba Faah war über achtzig Jahre alt, ein großer, kräftiger Mann, an dem drei Dinge unveränderlich schienen: die schwarze Lederkappe auf dem Kopf, der weiße Haarkranz, der die Kappe umrahmte, und der weiße Bart, der wie ein Bausch aus Watte um Kinn und Hals quoll. Diese Attribute verliehen ihm das Aussehen eines Weisen, und als Weiser wurde er verehrt.

Der Graf gehörte zu den Vertrauten Baba Faahs. Sie schätzten sich sehr, auch wenn sie sich selten trafen. Der Graf und Jolo stießen nur sporadisch zu den Gruppen von Berbern, die durch die Nigrana zogen. Wenn diese sich aber in Metronas aufhielten, kamen Baba Faah und der Graf zusammen.

Nun erwachte auch Alissa. Sie brauchte einen Moment, um sich zu orientieren. Die Träume der kurzen Nacht hatten sie in Abenteuer gestürzt, die an allen möglichen Orten spielten. Nur nicht im Kanaltunnel unter der Stadt.

Nargo, der jüngste Sohn Baba Faahs, brachte Kaffee zu ihrem Schlafplatz. Sein kluger, freundlicher Blick, die schwarzen Augen unter den pechschwarzen Locken, gaben Alissa wenigstens für den Moment ein Stück der Zuversicht zurück, die ihr beim Erwachen im düsteren Tunnel entglitten war – als sich die Erinnerungen an die Schrecken des vergangenen Tages wieder einstellten.

Tiras strich ihr über den Arm. Alissa versuchte zu lächeln.

Baba Faah und der Graf waren in ein Gespräch vertieft. Sie saßen auf Würfeln aus zusammengeschnürten Fellstücken. Neben ihnen hockten Jolo und Gil Pandra, der älteste Sohn Baba Faahs, sowie drei weitere Berber: Männer, deren Gesichter im Feuerschein angespannt wirkten. Als sich Tiras und Alissa zu ihnen gesellten, verstummten die Gespräche. Alissa sah in den klugen Augen des alten Mannes, dass er sich große Sorgen machte:

»Der Graf hat berichtet mir, was ihr erlebet habt, in der Nacht«, sagte er mit tönender Stimme, in eigenwilligen Wendungen. Baba Faahs Sprechen war eine Melodie, die sich um die Gruppe am Lagerfeuer legte. Wenn man ihm lauschte, verriet allein der Klang seiner Worte etwas vom Wissen der Berber, vom Leben in Grenzräumen, von Gesetzen, die nur für die Nomaden der Nigrana galten. Vor allem, wenn er auf die alte Sprache seines Volkes zurückgriff: auf eine Sprache, die der Geschichte der Berber, ihren geheimsten Anliegen, vorbehalten war.

»Ich habe gehört, ja. Ich habe gehört von deinem Vater«, sagte er. »Und ich hoffe. Ich hoffe sehr. Ein guter Mann er ist, dein Vater!«

Alissa, die sich in stummer Übereinkunft mit Tiras vorgenommen hatte, allem und jedem zu misstrauen und sich vorsichtig zu verhalten, machte unwillkürlich einen Schritt auf ihn zu.

»Wo ist er?«, fragte sie leise. »Wissen Sie, wo er ist?«

Baba Faah machte eine undeutbare Kopfbewegung.

»Menschen. Viele Menschen. Viele Menschen gehen fort in Schwarzes Land. Sie gehen und doch – sie bleiben! Retour da milia, tantra milia da nigra …«

Er starrte auf einen unbestimmten Punkt in der Dämmerung des Tunnels, während er sprach. Er sah durch Alissa hindurch.

»Menschen sind verschwunden. Viele Menschen sind verschwunden. Die Stadt ist ein großes Heer von Menschen. Sie alle sind verschwunden. Und niemand, niemand, der sie vermisst. Die Nigrana, sie haben nicht gefunden. Viele. So viele. Marina hat gesehen alle.

Marina hat gekannt sie alle. Ein Heer. Ein mächtiges Heer. Retour da nigra patrona!«

Seine Worte waren voller Rätsel. Heere von verschwundenen Menschen? Was sollte das bedeuten? Den Namen Marina hatte Alissa nie gehört. Doch sie lauschte gebannt. Da war dieser Sog der Sprache. Baba Faah nahm die Hand des Grafen, als brauchte er Zustimmung oder als suchte er Verständnis. Der Graf saß nur da und schwieg. Und Baba Faah sprach wie in Trance:

»Der Lord. Er wird kommen und suchen. Und es wird groß und größer, sein Heer. Groß und größer. Und Tiras, dein Name. Schwarz und so groß. Es spricht deinen Namen. Es spricht auch Alissa. Viele. Es sind viele Geschichten. Und Nachrichten kommen. Aus den Sümpfen. Aus den Schwarzen Bergen. Viele Geschichten und Nachrichten. Kahfis und Balda Ssahn und Mol Pathuk: Sie haben gesehen Tiamandras, haben gesehen Feuerdrachen. Tiamandras ultra monta arason transmonta magentra. Retour! Auch Marina. Der Schwarze Lord, er kommet zurück. Alles hat Marina gesehen.«

Baba Faah schloss die Augen. Sein schwerer Körper wiegte langsam vor und zurück. Seine seltsamen, dunkel tönenden Aussagen verwirrten Alissa. Sie brannte darauf, ihrem Vater zu helfen, von seinem Schicksal zu erfahren. Und als ob Baba Faah diesen unausgesprochenen Wunsch hören konnte, gab er ihr Antwort:

»Dein Vater. Er ist gefangen. Wir kennen Verstecke in der Stadt. Viele Verstecke. Aber dein Vater ist verschwunden. Ratlos sind wir. Er ist ein guter Freund. Ein guter Freund. Er lebt. Wir wissen, er lebt. Aber sein Versteck, wir kennen es nicht. Kahfis und Danias Bargu und Raina Tabra, Siliva Aduun. Alle sagen sie, er lebt. Viele Berber, die jetzt in der Stadt sind, sagen, er ist gefangen hier. Es ist alles ein Rätsel. Ein Rätsel.«

Als er diese Worte sprach, glitt sein Blick vom Grafen zu Gil Pandra, dann zu den drei Berbern, die mit im engeren Kreis um das Feuer saßen: Kahfis, Balda Ssahn und Mol Pathuk: Anführer der Clans. Ihre Familien hatten sich vor vielen Jahren der Gruppe um Baba Faah angeschlossen. Wenn wichtige Entscheidungen anstanden, trafen sie diese in gemeinsamer Abstimmung.

Mol Pathuk, vielleicht der jüngste von ihnen, war ein Mann mit bulligem Gesicht und breiten Wülsten über den Augen. Balda Ssahn wirkte hager und sah übermüdet aus. In seinen Augen entdeckte Alissa etwas, das ihn mit dem Grafen verband: einen Blick voller Güte. Kahfis schließlich schien der nachdenklichste der drei zu sein. Der Bartschatten und das weit in die Stirn zurückweichende Haar mochten zu diesem Eindruck beitragen – und die Tatsache, dass Alissa sich kaum vorstellen konnte, ihn lachen zu sehen.

Die Berber lebten die meiste Zeit des Jahres in den Weiten der Tenebersümpfe, jenseits des Mühlenlands oder im Hochland von Arden. Manche bewohnten den Palustrinawald, der sich Hunderte von Kilometer östlich des Sees von Porta Cresta erstreckte. Es gab Clans, die den Wald nie verließen.

Gerüchte besagten, dass die Berber eine Art Hauptstadt in der versunkenen Stadt Kartas, mitten im Sumpfland, errichtet hatten. Metronas jedenfalls war für sie ein Ort, den sie nur selten aufsuchten, obwohl sie die Stadt und ihre Verstecke vermutlich besser kannten als die Bewohner selbst. Es gab einige wenige Handelsbeziehungen zwischen Berbern und Kaufleuten der Stadt. Doch Metronas, vor allem die herrschende Klasse, hatte die Berber stets abgewiesen. Man empfand sie als Fremdkörper, und von Zeit zu Zeit erlebte die Nigrana Gewaltexzesse gegen die Clans.

Kahfis meldete sich zu Wort:

»Centras da milia inunda nigrana, da nigra patrona.«

Baba Faah und die Clanführer nickten. Nun wandte sich Balda Ssahn der Runde zu: »Centras da milia da monta nigrana, da nigra patrona.«

Wieder gab es Zustimmung.

Schließlich sprach Mol Pathuk:

»Stirra da monta umbra a nigra patrona! Da montas nigra as nigra patrona! Stirra da milia tantras. Tiamandras!«

Tief und raunend klang das – eindringlicher noch als die Worte seiner Vorredner. Sie alle hatten ihre Botschaften mit heiligem Ernst vorgebracht.

Alissa konnte nur vermuten, dass es um Ereignisse im Schwarzen Land ging. Doch die Aussagen zu übersetzen verstieß gegen ein ungeschriebenes Gebot. Es blieb bei den dunklen Wortmelodien in der fremden Sprache, bei Andeutungen. Dann antwortete Baba Faah, und nannte mehrfach deutlich den Namen »Marina«. Diese Frau schien mit den unerklärlichen Vorgängen in der Nigrana auf rätselhafte Weise verbunden.

Wer aber war Marina?

Baba Faah fuhr fort:

»Die Geschichten«, sagte er. »Die Geschichten von Macht aus den Schwarzen Bergen und den Sümpfen des Teneber. Es stimmt alles. Es wiederholt sich. Der Schwarze Lord! Retour da nigra patrona tantra milia. Tantra milia! Gebet acht!«

Nun richtete er seine Worte an den Grafen:

»Gebet acht,« wiederholte er. »Tiras und Alissa. Sie sind in Gefahr. Retour da nigra patrona tantra da tantra milia.«

Der Graf musterte Baba Faah nachdenklich.

»Die Macht des Schwarzen Lords kehrt zurück. So deutet ihr die Ereignisse?«

Baba Faah nickte. Der Graf wirkte verunsichert.

»Die alten Geschichten«, murmelte er. »Ihr haltet sie für wahr. Ich weiß. Und ich sehe ja selbst, dass … Dinge geschehen …«

Es waren Feststellungen, und sie klangen doch wie Fragen.

Tiras und Alissa verfolgten das zögerlich verlaufende Gespräch mit seinen versteckten Gesten. Der Herrscher, den Tiras in seinen Träumen so oft gesehen hatte, nahm erneut Gestalt an. Tiras kämpfte mit sich. Die Bilder waren mächtig.

Gil Pandra bemerkte, wie schwer sich der Graf mit den Erzählungen der Berber tat. Er hatte auch Alissa und Tiras beobachtet. Jetzt erhob er sich:

»Ihr müsst wissen«, sagte er, »dass der Schwarze Lord in den alten Geschichten der Nigrana nicht unbekannt ist. Es war der heimliche Titel des Patronars der Nigrana. Das einfache Volk nannte ihn Schwarzer Lord. Wie auch die Berber. Aus Ehrfurcht. Aus Angst. Er war ein strenger Herrscher und sein Heer war gefürchtet. Aber seine Macht war nicht unumschränkt. Zu seiner besten Zeit regierte er die Stadt Metronas und die Nigrana mit harter Hand, und niemand konnte ihm gefährlich werden. Dann aber begann der Aufstieg der Stadt, und unter den Bürgern von Metronas bildete sich eine eigene Elite heraus. Der Statthalter von Metronas, der ein Vasall des Patronars gewesen war, wurde mächtiger und mächtiger. Er verstand es meisterlich, sich mit den Bürgern, den Erzhändlern, den Minenbesitzern, den Kaufleuten zu arrangieren. Sie akzeptierten ihn als ihren Herrn, und zusammen mit dem Kommandanten der Vigilanz bildete er bald eine Macht, die der des Patronars gleichwertig war. Anfangs gehörten sämtliche Burgen und Türme auf den Bergen der Nigrana zum Besitz des Patronars. Zum Schluss residierte er nur noch auf dem Ardenfels. Seine Gefolgsleute hatten sich nach und nach dem Statthalter von Metronas angeschlossen: Politik war schon immer ein reines Machtspiel. Und als sich der Statthalter von Metronas plötzlich Statthalter der Nigrana nannte, kam es zum offenen Kampf. Der Patronar, der einmal der absolute Herrscher des Schwarzen Landes gewesen war, musste sich am Ende einer blutigen Schlacht nahe dem Ardenfels geschlagen geben. Er zog sich mit den Resten seines Heeres ins Hochland zurück. In manchen Erzählungen wird behauptet, er sei im Kampf gefallen. Es kursierten viele Gerüchte über seinen Verbleib. Und seine Anhänger setzten die Sage von seiner Wiederkehr in Umlauf.«

»Und das soll der Hintergrund sein für alles, was jetzt geschieht?«, fragte Alissa irritiert und voller Ungeduld.

»Nein, die Sache ist komplizierter«, erwiderte Gil Pandra. »Die Erzählungen vom Schwarzen Lord sind alt und unter uns Berbern noch immer sehr lebendig. Kahfis, Balda Ssahn und Mol Pathuk haben aber wohl Dinge gesehen, die sich kaum mit den Legenden erklären lassen. Da draußen in der Nigrana geht etwas vor, das mit heutigen Kräften zu tun hat …«

»Stirra da monta umbra a nigra patrona! Tiamandras!«, fuhr plötzlich Mol Pathuk mit harschem Ton dazwischen.

Gil Pandra brach ab. Die Berber reagierten geradezu feindselig auf seine Worte. Baba Faah warf seinem ältesten Sohn einen warnenden Blick zu. Da nutzte der Graf die Gelegenheit, sich zu erheben.

Als er das Wort ergriff, fiel Alissa wieder auf, wie sehr er auf seine Formulierungen achtete. Aber er schien einen Entschluss gefasst zu haben. Womöglich wusste er etwas, das er auch den Berbern verschwieg. Hatte das vielleicht mit Tiras zu tun? Bendar hatte immer dafür gesorgt, dass Alissa von Schwierigkeiten, in denen er steckte, nichts erfuhr. Verhielt sich der Graf ebenso?

Unvermittelt kam er auf die Frau namens Marina zu sprechen

»Auch Marina hat erschreckende Beobachtungen gemacht«, sagte er. »Sie müssen ernst genommen werden.«

Marina. Wieder dieser Name.

»Wer ist sie? Wer ist Marina?!«, rief Alissa.

Der Graf zögerte, als sei er unschlüssig, ob er Alissa einweihen durfte. Dann aber antwortete er:

»Marina kommt aus einer Familie von Arbeitern in der Teuferstadt. Ihre Familie ist … Marina hat die Teuferstadt verlassen und sich den Berbern angeschlossen. Sie lebt irgendwo am Rand der Tenebersümpfe, besucht die Stadt nur selten. Aber sie hat Kontakt zu den Berbern der Nigrana.«

»Marina ist ein guter Mensch«, sagte Baba Faah bedächtig und blickte dabei in die Runde. »Aber manchmal«, fügte er hinzu, »manchmal ist Marina nicht sehr klug. Vor Wochen sie kam zurück aus dem Sumpfland, und …«

Er schüttelte den Kopf, hielt inne, versank in Gedanken. Gil Pandra antwortete an seiner Stelle – und wieder bemerkte Alissa, wie argwöhnisch die Berber den ältesten Sohn Baba Faas beobachteten.

»Marina hat sich in die Klinik eingeschlichen«, sagte er. »Sie will herausfinden, was dort vor sich geht. Was mit den Menschen geschieht, die Implemente eingesetzt bekommen. Wir stehen miteinander in Kontakt. Doch es ist schwierig, mit ihr zu sprechen. Die Klinik ist gut bewacht ...«

»Was?«

Plötzlich sprang Tiras auf.

»Was will diese Frau denn in der Klinik?«, sagte er entsetzt. »Das ist doch verrückt. Komplett verrückt!«

Baba Faah hob beschwichtigend die Hände. »Sie hat mit Gil Pandra gesprochen«, sagte er müde. »Ich konnte nicht sie zurückhalten. Aber Gil Pandra ist ein kluger Sohn. Ein sehr kluger Sohn. Und er hat ein großes Herz. Gil Pandra hat ein großes Herz ... Ist manchmal zu groß, das Herz von Gil Pandra ...«

»Es ist komplett verrückt«, wiederholte Tiras, ungeachtet der Worte Baba Faahs. »Sie sollte sich von der Klinik fernhalten. Die Klinik ist Posisco. Dieser ganze Irrsinn mit den Implementen. O Gott ...!«

Die Verzweiflung, die Tiras so unvermittelt zeigte, verwunderte Alissa. Und es ärgerte sie. Sie dachte, dass er diese Angst und Sorge bei ihrem Vater bisher hatte vermissen lassen. Sie wollte nicht unfair sein, aber das Schicksal ihres Vaters schien ihr doch wichtiger zu sein als das der unbekannten Frau.

Der Graf beobachtete Alissa. Er wusste, wie verzweifelt sie war. Und er rang schon seit Stunden mit der Entscheidung, ihr etwas mitzuteilen, was er bisher für sich behalten hatte. Nun hatte er das Gefühl, nicht länger schweigen zu können:

»Alissa«, sagte er, »Marina hat ... mit deinem Vater gesprochen. Vor einigen Tagen. Ich habe sie getroffen, bevor sie in die Klinik ging. Sie ... sie sprach von ungeheuren Verbrechen, für die Posisco verantwortlich ist und von denen Bendar wissen solle. Sie sagte, nur er könne diese Verbrechen aufklären. Sie schien mir verwirrt, und ich habe ihre Worte damals nicht ernst genommen ... Es ... es tut mir leid, dass ich dir das nicht schon längst gesagt habe.«

Sekundenlang starrte Alissa ihn an. Die Worte *ungeheure Verbrechen* eröffneten eine ganz neue Dimension. In ihrem Kopf ging alles durcheinander.

»Er hat sie getroffen«, murmelte sie – und sie überlegte, was sich daraus ergab. Sollte sie in die Implement-Klinik gehen und dort nach Marina suchen? Vielleicht wusste Marina, wo sich Bendar befand. Aber in die Klinik zu gehen war ein unkalkulierbares Risiko.

Baba Faah las ihre Gedanken.

»Es ist zu gefährlich!«, raunte er.

Der Graf legte ihr die Hand auf die Schulter. »Sei bitte vorsichtig«, sagte er. »Es wäre falsch, die Implement-Klinik aufzusuchen, um mit Marina Kontakt aufzunehmen. Es war schon falsch von Marina, sich dort einzuschleichen. Nirgendwo, außer in den Posisco-Werken selbst, halten sich mehr Wächter und Vertraute von Skanda Borlund auf. Denk daran, Alissa. Baba Faah hat recht. Vielleicht suchen sie dich. Vielleicht wollen sie Bendar erpressen, wenn sie dich in ihre Gewalt gebracht haben!«

Tiras schwieg. Er wirkte abwesend, doch er war Alissa jetzt sehr viel näher als jeder andere in diesem Tunnelraum am alten Kanal.

Das Feuer knisterte und zeichnete mit feinem Hall und kaum merklichem Flackern das Gewölbe des Kanaltunnels nach. Die Legende vom Schwarzen Lord war plötzlich merkwürdig real. Eine düstere Macht schwebte über ihnen. Eine Macht, deren Stärke sie noch nicht einmal ahnten.

Was war geschehen? Was hatten die Berber gesehen? Von welchen Verbrechen hatte Marina gesprochen? Wo hielten sie Bendar versteckt, wenn er noch lebte?

Immer wieder diese Frage: Wo?

Wenn er noch lebte …

Alissa blickte auf und sah zunächst den Grafen an, dann Baba Faah.

»Ich werde Bendar suchen«, sagte sie. »Ich muss ihn suchen. Ich kann hier nicht untätig herumsitzen und auf Hilfe hoffen. Ich muss handeln. Jetzt!«

Das Schweigen im Raum signalisierte ihr, wie sehr man mit dieser Entscheidung gerechnet hatte und wie wenig man sie guthieß.

»Ich werde vorsichtig sein«, setzte sie hinzu. Sie hatte das Gefühl, sich rechtfertigen zu müssen. »Ich verspreche, ich ... ich werde die Implement-Klinik nur betreten, wenn ich ganz sicher bin, dass ich dort nicht in eine Falle laufe. Vielleicht ist es das Beste, wenn ich noch einmal nach Haus zurückkehre und nachsehe, ob ich in Bendars durchwühlten Unterlagen Hinweise finde, die die Entführer übersehen haben. Oder ich gehe zur Ruine der alten Villa, die der Graf und Jolo gefunden haben. Wenn Bendars Entführer dort nach etwas gesucht haben, dann ... dann ...«

Sie spürte, dass ihre bemühten Erklärungen ins Leere liefen.

»Versteht ihr denn nicht!?«, rief sie. »Ich muss etwas tun. Es geht um meinen Vater!«

»Ich komme mit dir«, sagte Tiras in den Moment des aufkommenden Widerspruchs hinein. »Ich komme mit« – und mit seinen Worten kam er dem Grafen und Baba Faah zuvor, die Alissa erneut ins Gewissen reden wollten.

Alissa war erleichtert. Am liebsten wäre sie ihm um den Hals gefallen. Aber die Stimmung im Raum glich der einer Gerichtsverhandlung, also unterdrückte sie den Impuls. Sie sah, dass Baba Faah den Grafen, seinen Sohn Gil Pandra und die Clanführer zu sich bat, um sich mit ihnen zu besprechen. Die Männer steckten die Köpfe zusammen und diskutierten minutenlang. Dann kam der Graf zu ihr:

»Baba Faah respektiert deinen Wunsch«, sagte er, »und er spricht mit Hochachtung von deinem Mut, deinen Vater zu suchen. Aber er bittet dich ...«

Er blickte zu Tiras.

»... Er bittet euch, klug und vorsichtig zu sein. Ihr sollt in die Uniform der Verhüller schlüpfen, wenn ihr euch auf die Suche macht.«

»Die Uniform der Verhüller?«, fragte Alissa überrascht. »Was haben wir mit den Verhüllern zu tun? Die ganze Stadt ist voll von diesen Blauhemden. Man bekommt doch nur dann eine Uniform, wenn man sich ein Implement einsetzen lässt oder wenn man sich als Unterstützer anmeldet!«

Tiras verzog das Gesicht.

»Baba Faah meint, wir sollen uns tarnen, nicht wahr?«

»Ja«, sagte der Graf. »Baba Faah befürchtet, ihr würdet euch verdächtig machen, wenn ihr in eurer Kleidung durch die Stadt zieht. Fast alle in Metronas tragen mittlerweile Uniform. Als Wächter. Als Verhüller. Und wenn ihr in der Stadt nach jemandem sucht …«

»Ja«, murmelte Alissa. Sie wusste, dass Baba Faah recht hatte. »Sie sind alle verrückt geworden. Sie halten jeden für verdächtig, der die Sache mit der Statue nicht grandios findet und seine Begeisterung zeigt. Der Druck ist unerträglich geworden.«

Sie dachte an Daila und an den Brief. Und sie dachte an den Streit in der Schule.

Alissa, der Sonderling.

»Aber wie kommen wir an Uniformen?«, fragte Tiras. Der Gedanke, eine Uniform zu tragen, behagte ihm nicht. Ganz und gar nicht. Er hatte sich immer getarnt, hatte immer ein verstecktes Leben in der Stadt geführt. Dass er nun in aller Öffentlichkeit in der Kleidung der Verhüller auftreten sollte, erschreckte ihn. Doch er wusste so gut wie Alissa, dass ihnen kaum eine andere Möglichkeit blieb.

»Ihr werdet Uniformen bekommen«, sagte der Graf. »Die Berber sind schon unterwegs. Habt Geduld.«

Nargo und ein weiterer Junge waren unbemerkt verschwunden, und Alissa konnte sich denken, wohin. Sie erinnerte sich an Baba Faahs Worte über die Verstecke in der Stadt. Metronas hatte ein Netz geheimer Wege, war eine Metropole der verborgenen Orte. Die Lager, in denen die blauen Uniformen aufbewahrt wurden, waren den Berbern sicher nicht unbekannt.

Als sie auf die Rückkehr Nargos und seines Begleiters warteten, nahm Gil Pandra Alissa und Tiras beiseite. »Es wird immer jemand in eurer Nähe sein«, raunte er. »Wir haben Helfer in der Stadt, Kundschafter. Wir beobachten die Stadt. Wir müssen auf ihre Schritte vorbereitet sein. Mol Pathuk, Balda Ssahn und viele der Älteren sind der Meinung, dass wir uns zurückziehen sollten, um den Angriffen, die uns aus der Stadt drohen, auszuweichen. Doch sie täuschen sich. Metronas wird uns niemals in Frieden lassen. Seid vorsichtig. Aber ihr seid nicht allein dort draußen.«

IM FERROBOTANISCHEN GARTEN

Etwa eine Stunde später stiegen Tiras und Alissa aus der halb eingestürzten Kuppel eines Luftschachts mitten im Ferrobotanischen Garten. Der Schacht lag im Schutz hochgewachsener und vertrockneter Stauden hinter den Resten alter Hochofenanlagen und der Ruine einer Kokerei. Die Luft summte. Es war später Vormittag und ein leichter, aufgeheizter Wind strömte unablässig durch den Park. Alissa reckte den Kopf vorsichtig in die Höhe und sah sich um. Immer wieder patrouillierten Abteilungen der Vigilanz zwischen den monströsen, mehr an Wracks denn an Ruinen erinnernden Gebäuden. Auch mit Schwarzen Wächtern war zu rechnen. Aber jetzt, kurz vor Mittag, hatten sie Glück. Alissa entdeckte nur einen einzigen Wächter von ihrem Standort aus.

Der Ferrobotanische Garten war ein wundersames Biotop. Alissa blickte auf einen Fächer aus verrosteten Werkbahngleisen, versteckt zwischen Silbergras, Greiskraut und ähnlichem Wildwuchs. Zu ihrer Linken waren die Schienen demontiert. Dort öffnete sich der Garten wie eine freigeräumte Ebene von Schlackeschotter, aus der nur noch einzelne Gleisfeldleuchten ragten. Gegen die Mauerreste der alten Kokerei wallten Disteln und Brombeergestrüpp. Der Ferrobotanische Garten war ein Museum der alten Zeit. Ein sich selbst überlassenes Industriegelände inmitten der Stadt. Viele Bewohner von Metronas mieden den Garten, als fürchteten sie sich vor den Geistern der

Vergangenheit. Und doch gehörten Teile des Geländes seit Neuestem zum Kontinuum.

Als sich Alissa sicher war, dass sie ihr Versteck unauffällig verlassen konnten, zog sie Tiras hinter den Stauden hervor, und sie eilten auf den Parkweg.

»Diese peinliche Kluft klebt auf der Haut«, fluchte sie, kaum dass sie den Weg betreten hatten. »Und bewegen kann man sich auch nicht. Ausgerechnet ein Rock!«

Sie reckte sich und versuchte, den knielangen Stoff nach der Kletterei wieder in Form zu ziehen. Schwarzer Rock, himmelblaues Hemd, ein gelbes Dreieckstuch, über die Schultern gelegt und vorn akkurat geknotet. Das war die Uniform der Verhüller. Ohne gelbes Dreieckstuch trugen diese Montur viele in der Stadt. Mit Tuch war man Teil der offiziellen Bewegung.

Nargo hatte ihr die Sachen mit breitem Lächeln überreicht, und Alissa wurde den Verdacht nicht los, dass er sich über sie lustig machen wollte. Aber als sie Tiras nun außerhalb des Verstecks sah, musste sie lachen:

»Meine Güte, diese kurzen Hosen!«

»Wie gut, dass ich das nicht sehen kann, was?«, knurrte Tiras, der natürlich bemerkte, dass sich Alissa diesen Kommentar verbiss.

»Nimm's mir nicht übel, wir sehen einfach unmöglich aus.«

Tiras hielt den Blick ins Ungefähre gerichtet.

»Ein Grund mehr, die alte Methode vorzuziehen«, seufzte er.

»Und die wäre?«

»Mich, so gut es geht, fernhalten von allem Treiben. Im Verborgenen bleiben. Das Dunkel nutzen. So wie immer.«

»Du klingst wie ein Geisterbeschwörer«, sagte Alissa. »Mir gefällt diese Kluft auch nicht. Aber wir können uns unauffälliger bewegen, wenn wir so auffällig sind wie alle anderen.«

Tiras blieb skeptisch.

»Und wohin nun? Zur nächsten Memoporter-Party?«

Alissa ging auf die Bemerkung gar nicht ein. »Es gibt zwei Möglichkeiten«, überlegte sie. »Die Ruine dieser alten Villa: Es muss eine Verbindung geben zwischen dem Einbruch in Bendars Arbeitsräume und den Vorgängen in der Ruine.«

Tiras runzelte die Stirn.

»Worauf willst du hinaus? Wir machen uns also auf zur alten Villa?«

»Ich weiß nicht. Vielleicht …«

»Vielleicht?«

»Die Räume der Firma. Das Haus ist … wie soll ich sagen? Es ist der Ort, an dem Bendar immer irgendwie anwesend ist. Außerdem hab ich so ein Gefühl.«

»So ein Gefühl. Aha.«

Tiras beließ es bei diesem Kommentar. Ihm gingen hundert Gründe durch den Kopf, weshalb es keine gute Idee war, ins Cabanisviertel zurückzukehren. Doch die Ruine der Villa war vermutlich ein ebenso riskanter Ort. Also machte es keinen Unterschied, wo sie mit ihrer Suche begannen. Vielleicht barg die Villa sogar die größeren Gefahren. Das Gebäude war ihnen völlig unbekannt. Tiras war nur wenige Minuten dort gewesen und hatte sich in den Mauern extrem unwohl gefühlt. Die Ruine löste Visionen aus. Ein guter Grund, sie zu meiden.

Eine hohe Backsteinmauer umgab den Ferrobotanischen Garten. Immer wieder war die Mauer von Bogenpforten durchbrochen, was dem Park den eigentümlichen Charakter einer industriellen Festung verlieh, die Tag und Nacht offenstand.

Alissa und Tiras nahmen den kürzesten Weg zur Nordseite. Er führte über ein altes Zechengelände mit einem Förderturm, der wie ein düster drohender Hammerkopf über dem Gelände stand. Während sie den Garten durchquerten, wurde Alissa das Gefühl nicht los, dass man sie beobachtete. Sie mieden die offene Fläche zwischen verfallenden Zechengebäuden und dem die Ruinen umwuchernden Gestrüpp und Gesträuch. Stattdessen suchten sie sich Wege entlang der Parkränder.

Tiras wurde unruhig.

»Was ist?«, fragte Alissa und sah sich um.

»Irgendwas stimmt an diesem Park nicht«, sagte er. »Wenn ich nicht wüsste, dass es lächerlich klingt, würde ich sagen, es sind schlechte Schwingungen.«

»Vielleicht ist es das Kontinuum.« Alissa wusste, dass Tiras die Nähe des Kontinuums hasste. »Vielleicht ist dies der Teil des Parks, den sie neulich für das Memoporting erschlossen haben?«

Tiras nickte und wirkte bleich. Schweiß stand ihm auf der Stirn. Die Anspannung und die aufkommende Mittagshitze setzten ihm zu.

In diesem Moment entdeckte Alissa in einiger Entfernung eine Gestalt. Es war ein Mann. Er war zu weit entfernt, als dass sie mehr als bloß Schemenhaftes erkennen konnte. Die Gestalt stand dort und starrte in ihre Richtung. Ein großer, hagerer Mann mit schlohweißem Haar. Er rührte sich nicht.

Alissa machte Tiras auf den mysteriösen Beobachter aufmerksam.

»Ich glaub, ich hab den Typen vorhin schon mal gesehen«, sagte sie. »Ich könnte schwören, so ein Älterer mit langem weißem Haar ist vor ein paar Minuten an uns vorbeigegangen. Aber er trug andere Sachen.«

»Komm weiter!«, drängte Tiras. Er wollte den Park so schnell wie möglich verlassen. Sein Herz raste.

Während der nächsten Minuten drehte sich Alissa immer wieder nervös um, blickte zur Seite, nahm Umwege – bis ihr bewusst wurde, wie auffällig sie sich benahm.

Kurz bevor sie das Ende des Gartens erreicht hatten, blieb Tiras plötzlich stehen.

»Was hast du?«, fragte Alissa. »Hörst du was?«

»Ich weiß nicht. Ich glaube, jemand folgt uns ...«

Alissa zog Tiras hinter ein aufwallendes Brombeergestrüpp und spähte durch den oberen Blätterrand in Richtung des Wegs, den sie gekommen waren.

»Vielleicht sind es Berber. Wie Gil Pandra gesagt hat.«

Tiras schüttelte den Kopf. »Wenn es jemand ist, der bei den Berbern aufgewachsen ist, hätte ich nichts gehört. Die Berber sind perfekte Waldläufer.«

Alissa nickte und schob die Blätter ein Stück zur Seite, um besser sehen zu können.

Und dann tauchte sie auf. Eine Frau. Einige Dutzend Meter hinter ihnen stand sie, mitten auf der Lichtung: klein, in einen braunen Umhang gehüllt. Eine Frau mit vor Schreck geweiteten Augen. Das war alles, was der blitzlichterne Eindruck hinterließ, denn schon sprang die Frau zur Seite und war verschwunden.

Alissa berichtete Tiras von ihrer Beobachtung.

»Eine Wächterin? Trug sie Uniform?«

»Nein. Nein, auf keinen Fall eine Wächterin. Sie trug einen Umhang. Wie eine Berberin sah sie aus. Aber weshalb verschwindet sie so plötzlich? Als hätte man sie überrascht?«

»Wenn sie eine Berberin ist, hat sie vielleicht Wächter gesehen«, sagte Tiras alarmiert. »Komm, lass uns diesen Park verlassen.«

Das Cabanisviertel begann unmittelbar hinter der Straßenkreuzung am Nordostende des Gartens. Es war nun ziemlich genau 12 Uhr mittags, und um diese Zeit war hier üblicherweise nicht sehr viel los. Insbesondere an sommerlichen, heißen Tagen bestimmte die Hitze den trägen Bewegungsrhythmus auf den Straßen der Inneren Viertel.

Aber als Tiras und Alissa den Park verließen, hörten sie Rufe, hektische Befehle. Wie aus dem Nichts waren da Stimmen. Mehrere Uniformierte stürmten vorbei, andere näherten sich von der gegenüberliegenden Straßenseite. Schwarze Uniformen.

»Wächter!«

Alissa zog Tiras an sich und sah sich erschrocken um. Überall waren jetzt Menschen, rannten hin und her. Passanten wichen zurück. Alissa erkannte zwei Gruppen von Wächtern, die mehrere Blauhemden in einen Mauerwinkel trieben. Andere wiegelten das Geschehen ab und begannen, die Passanten abzudrängen. Waren das dort Rebellen, die sich als Verhüller getarnt hatten? War der Frieden in der Stadt also doch brüchig?

Alissa wollte auf jeden Fall vermeiden, in die Kontrollen zu geraten. Sie waren nun weit und breit die einzigen Blauhemden – außer denen, die vom Pulk der Wächter verschluckt schienen.

»Los, schnell. Über die Straße!«

Sie zog Tiras mit sich.

Auf der gegenüberliegenden Straßenseite befand sich der Eingang zu einer Station der Transmetronas-Bahn. Das unterirdische Verkehrsnetz verzweigte sich weitmaschig unter der Stadt. Sie eilten über die Straße und dann die Treppe hinunter, hinein in die modrige Kühle des Bahnhofs. Außer Atem erreichten sie den Bahnsteig.

Zum Glück folgte ihnen niemand.

Die Bahnen verbanden alle wichtigen Orte und Gebäude der Inneren Viertel miteinander und standen außerhalb des Flussrings mit dem Eisenbahnnetz in Verbindung. Alissa dachte, dass sie die Bahn nehmen konnten, um ins Cabanisviertel zu gelangen. Vom Ferrobotanischen Garten aus waren es etwa 15 Minuten Fahrt bis zum Mahnfelder Ufer, von wo aus sie zwar noch ein Stück Fußweg zurücklegen mussten bis zur Villa am alten Kanal, doch sie konnten jetzt unmöglich das Risiko eingehen, den Bahnhof wieder zu verlassen, um dann in ein noch größeres Aufgebot von Wächtern und Vigilanztruppen zu geraten.

Es gab Widerstand gegen Posisco. Immer wieder ging Alissa dieser Gedanke durch den Kopf.

Die Lage auf dem Bahnsteig schien friedlich zu sein. Eine Gruppe von uniformierten Schülern wartete auf den nächsten Zug: Fremde. Einen Moment lang war Alissa enttäuscht. Sie hätten Hilfe, Unterstützung finden können, wenn es Freunde gewesen wären – Daila vielleicht …

Aber nein, nein, dachte sie schnell. Das war völliger Unsinn. Das

Ansehen, das Posisco bei Daila, Suna und den anderen genoss … Was hätte sie sagen können? Nein, zum Glück war hier niemand, den sie kannte.

Das Wort *Freunde* kam ihr plötzlich so schal vor.

Tiras, dessen Gespür für die Anwesenheit Fremder so gut funktionierte, dass er in mancher Beziehung besser sehen konnte als Alissa, tat, was er immer tat, wenn ihm Unbekannte nahe kamen. Er gab sich abweisend, in Gedanken versunken. Aber die Gruppe war ohnehin mit sich selbst beschäftigt. Die Verhüller scherzten, lachten, sprachen miteinander. Sie nahmen keine Notiz von ihnen.

Minuten später kündigten ein Windstoß und anschwellendes Rauschen die Einfahrt des Zuges an. Fauchend schob der silberweiße Leib sich aus dem Tunnelloch, belegte die gesamte Strecke des Bahnsteigs und hielt mit kreischenden Bremsen. Ein merkwürdiges, sehr schwach orangerotes Leuchten ging von den Waggons aus. Alissas Herzschlag schnellte hoch, als die Türen aufglitten. Doch es gab kein Zurück. Tiras hatte das feine Summen sofort verstanden, und diesen Geruch der Bilder, den niemand sonst wahrnahm. Ausgerechnet jetzt musste es passieren. Sie konnten nur hoffen, dass der Zufall sie nicht ins Rampenlicht stieß, wo sich zeigen würde, dass sie anders waren als die Menschen in der Bahn.

Steigt ein, genießt es, sagten die Blicke derjenigen, die bereits im Zug saßen. *Schätzt euch glücklich. Wir sind Teil der täglichen Memoporter-Show. Heute in den Katakomben der Stadt. Im Netz der Transmetronas-Bahn. Heute leuchtet das Innere der Erde.*

Musik quoll aus dem langen Waggon. Musik und Lachen. Mittendrin erklangen die nervtötenden Stimmen der peinlichsten Menschen von Metronas, vermutlich des gesamten Schwarzen Landes: »Willkommen an Bord!«, heulte ein unerträglicher, wie aus dem Off kommender Sopran, und eine Art Tenor fügte, in eine süßliche Melodiefloskel verwoben, hinzu: »Ihr werdet es nicht vergessen!«

Die Türen des Zuges schlossen sich mit einem dumpfen Laut. Dann rückten Musik und Stimmen, die sich vorher in der Bahnsteighalle verloren hatten, den Insassen sehr nahe, drängten sich um Tiras und Alissa zusammen. Sie pressten sich an die Tür, versuchten, entspannt zu wirken, sich der heiteren, gelösten Stimmung in der Bahn hinzugeben. Aber das gelang ihnen nicht. Alissa lächelte gezwungen, ließ ihre Blicke hin- und herfliegen, wobei sie es vermied, irgendjemandem in die Augen zu schauen. Sie schob Tiras hinter sich. Er dankte es ihr stumm und zählte die Sekunden. Er hatte das Gefühl, die Kontrolle zu verlieren.

Da waren sie wieder, die Stimmen, noch körperlos, im nun aufglühenden Licht. Alissa entdeckte zwei freie Sitzplätze, die ihr wie eine geschützte Nische am Rand des Geschehens erschienen. Sie dirigierte Tiras dort hin.

Die Gesichter der Fahrgäste spiegelten den sanften, orangefarbenen Ton der Memoporter-Shows. Augen glänzten. Lippen bewegten sich. Aus dem lieblichen Summen löste sich dieses selige »Willkommen an Bord«, das jeder vor sich hin murmelte oder sang, mit verklärtem Blick. Alissa spürte den Druck, als wollte sich ein fremder Körper in ihr Bewusstsein hineinzwängen. Dann schwollen die Stimmen der Singenden an, und in einem Aufglühen, das den breiten Mittelgang des Waggons erfasste, erschienen Drago und Dragona. Sie in wallendem weißem Kleid. Er in einer Art weißem Höflingsgewand, mit Strumpfhosen und Hüftrock. Sie mit blondem, lockigem Engelshaar. Er mit kurzen, strohblonden Haaren. Ihre Gesichter nahezu identisch, lächelnd, strahlend – ein unwirkliches, junges Paar wie aus dem Mittelalter.

»Willkommen an Bord!«, hauchte Dragona und breitete die Arme aus. Ihre süßliche Stimme erreichte die Fahrgäste von innen heraus. Sie schien in den Köpfen zu sprechen. Im Kopf jedes Einzelnen. Auf Alissa wirkte die verzückte Hingabe der Menschen im Zug grotesk und zugleich faszinierend. Sie, die kein Implement trug, hatte diesen Nebeneffekt der Memoportershows, der mit Wechselwirkungen zwischen Implementen und Transpersonalisationen zu tun hatte, nie gespürt. Aber sie sah in den leuchtenden, verklärten Augen, dass ein

Teil der Show ganz tief im Bewusstsein dieser Menschen stattfand. Vielleicht jeweils ergänzt um einen sehr privaten Gruß, einen dahingehauchten Kuss, ein paar persönliche Worte. Die Grenzen der Körper schienen aufgelöst, und Drago und Dragona schritten durch ein Meer empfänglicher Seelen.

»Willkommen in der neuen Welt!«, jubelte Drago, während Dragona eine Pirouette drehte und lachte und sich bewundern ließ – von denselben Fahrgästen, in denen nun Dragos Stimme säuselte. Einige klatschten im Rhythmus der Worte und gaben das »Willkommen« flüsternd zurück. Immer fasziniert auf das synchrone Spiel von Dragona und Drago blickend.

»Ich spüre es ganz deutlich: Ihr tragt die neuesten Implemente!«, rief Dragona an die Verhüller gewandt, die zusammen mit Tiras und Alissa den Zug bestiegen hatten.

»Die allerneuesten Implemente«, ergänzte Drago. »Bravo!«

Dragona begann ein schnulziges Lied zu singen – von *»Ich-bin-überall«* und bunter Unendlichkeit und einem Flug ohne Wolken. Musik ertönte, gespielt von einem unsichtbaren, in allen Köpfen präsenten Orchester, und alle klatschten und sangen mit. Alissa fragte sich, an wie vielen Orten der Stadt sich diese Szenen abspielen mochten. Simultan und synchron mit je anderem Publikum. Gab es vier, fünf, sechs oder gar acht solcher Veranstaltungen?

Tiras war nicht mehr ansprechbar.

Der Zug fuhr an. Es hatte schier endlos lange gedauert, bis er sich wieder in Bewegung setzte, und nun beschleunigte er kaum. Tiras versuchte, sich zu verschließen vor dem Singsang, den Drago und Dragona anstimmten, dem rhythmischen Klatschen der Fahrgäste, die das Spektakel wohl schon zigmal erlebt hatten und gar nicht genug davon bekommen konnten: in der Bahn, an einem öffentlichen Platz, in der Mittagspause der Posisco-Werke, im Veranstaltungsbereich eines Parks. Es konnte jederzeit und überall geschehen, an jedem Ort innerhalb des Kontinuums. Weshalb waren Alissa und er so dumm gewesen, das zu vergessen?

»Die Verhüllung schreitet voran!«, sang Dragona, und ihre Augen glühten. Ihre Stimme schuf sich einen eigenen Raum. Drago nahm die Melodie auf und setzte das Lied mit der dümmlichen Zeile »Siiiie schreitet voran …« fort. Ohne es zu sehen, wusste Tiras, dass Dragona und Drago sich an den Händen hielten, dass Dragona in Dragos Arme hineinwirbelte, in eine angedeutete Kusspose. Dann wieder drehten sie sich tänzelnd auseinander, bis sie, nur noch über die Fingerspitzen miteinander verbunden, zurückgebeugt dastanden, die Blicke aufeinander gerichtet. Die Waggons waren längst zu einer Kathedrale geworden. Die Körper der Singenden waren nicht länger Körper, sondern ätherisch leuchtende, zarte Illuminationen, in ihre Umgebung hineingewoben. Man konnte den Pulsschlag Dragonas spüren, die schwere Wärme ihrer bedingungslosen Hingabe, ihres Glaubens an die Botschaft der Verhüllung: »Auch duuuuu«, säuselte Dragona. »Auch duuuuu!«, antwortete Drago. »Auch iiiiich«, summte es in den Köpfen der Zuschauer. »Mach auch duuuu mit!«, fügte Dragona hinzu. »Mach auch duuuu mit!«, wiederholte Drago.

Und der Zug schlich nur dahin.

Dann ging ein Raunen durch die Menge. Das Summen der Energien schwoll an. Den Grund dafür konnte Alissa zunächst nicht sehen, aber sie verstand, was geschah, als sie die Stimme hörte. Drago und Dragona hatten einen Gast, aufgetaucht wie aus dem Nichts. In der Aureole des Showgeschehens erstrahlte Skanda Borlund. Sein Erscheinen wurde beklatscht und kommentiert mit hysterischen Rufen, als sei der Messias persönlich erschienen. Wenn er öffentlich auftrat, posierte Skanda Borlund wie ein junger Kriegsgott in Maßanzug. So etwas verfehlte seine Wirkung selten.

Alissa stockte der Atem, als sie ihn sah. Plötzlich war derjenige, der das Verschwinden ihres Vaters erklären konnte, aus dem Flirren des Raums getreten. Und es ging eine unheimliche Anziehung von ihm aus.

Doch dann stutzte sie. Nein, das war nicht Skanda Borlund. Das war ein Schauspieler, der Skanda Borlund verdammt ähnlich sah.

Alissa war sich plötzlich ziemlich sicher, dass dort in der Mitte des Waggons nicht die Transpersonalisation des echten Borlund auftrat, sondern das Duplikat eines Doppelgängers.

Niemandem außer ihr schien der Betrug aufzufallen.

Oder wurde er bemerkt und verschwiegen? Verdrängt?

Der Borlund-Imitator setzte zu einer Rede an. Er sprach von der Zukunft. Von den unglaublichen Möglichkeiten des Memoporting. Von der Jugend und ihrer Kraft. Alissa fragte sich, ob es in der Stadt überhaupt noch Menschen unter fünfzehn gab, die sich nicht als Verhüller hatten registrieren lassen.

Dann aber fiel der Name Bendar Kamladis, und Alissa zuckte zusammen. Der Mann in der Mitte des Waggons hob die Hände und sprach von ihrem Vater: »Bendar Kamladis«, rief er, »der sich so kritisch über uns geäußert hat, ist nun ein glühender Anhänger unserer großartigen Technik. Er teilte es mir heute persönlich mit. Wir von Posisco haben mit Freude zur Kenntnis genommen, dass er von den Möglichkeiten des neuesten Implements hellauf begeistert ist!« Nach einer künstlichen Pause setzte er beschwörend hinzu: »Willkommen bei uns, Dr. Kamladis!«, und: »Die Gedanken der Kinder sind frei! Die Zukunft wird grenzenlos sein!«

Er breitete die Arme aus wie der Engel der frohen Botschaft. Sofort jubelte die Menge. Alissa wurde schwarz vor Augen. Skanda Borlund wusste, wo ihr Vater war. Aber sie hatte keine Möglichkeit, ihn zur Rede zu stellen. Sie zitterte am ganzen Körper, als das Bild des Borlund-Imitators verlosch; mit einer Kunstfertigkeit, die seinem Kopf, seinen Augen, seinem Lächeln den Schlusspunkt ließ – und feinem Nebel. Drago und Dragona stimmten ein letztes Lied an, wurden leiser und blasser, und das entzückte Publikum verabschiedete sie mit rhythmischer Wehmut, während der Zug quälend langsam in den nächsten Bahnhof einfuhr.

Dann erlosch auch die Aureole der Show. Die Türen öffneten sich. Alissa schleppte sich und Tiras hinaus ins Freie. Sie drückten sich auf dem Bahnsteig in eine Mauernische. Innerhalb weniger Sekunden schlossen sich die Zugtüren wieder, und das silberweiße Band der Transmetronas-Bahn setzte sich erneut in Bewegung.

Was weder Tiras noch Alissa bemerkt hatten, war ein Fahrgast gewesen, der lange wie unbeteiligt auf seinem Platz im Waggon gesessen hatte. Ein hagerer alter Mann in einer schwarzen Kutte, mit bleichem, fast weißem Gesicht. Ein Mann mit schneeweißem Haar, das bis über die Schultern herabfiel, und mit Augen, die ins Ungewisse starrten – rötlichen Augen, die etwas ausstrahlten, das die Menschen davon abhielt, ihn anzusprechen.

Dieser Mann hatte alles beobachtet, und zweimal hatte er gelächelt: einmal, als Alissa und Tiras in die Bahn einstiegen. Da hatten die Augen gefunkelt und das Lächeln hatte sogar etwas Warmes gehabt. Ein zweites Mal, als das Imitat Skanda Borlunds während der Show erschien. Da war das Lächeln ein Waffenzücken gewesen, und das Funkeln in den Augen hatte Verachtung signalisiert.

EINE ZELLE IM NIRGENDWO

Es war merkwürdig kühl an diesem Ort. Kühl und still. Er brauchte eine lange Zeit, bis er einigermaßen klar denken konnte. Als er die Augen öffnete, hatte er das Gefühl, in diesen Raum hineinzufallen. Er spürte keinerlei Halt. Er konnte sich nur mühsam und gegen den dumpfen Schmerz in seinem Kopf daran erinnern, was geschehen war, kurz bevor er das Bewusstsein verloren hatte. Die Frage, wo er war und wie er hierhergekommen war, erreichte ihn noch nicht.

Bendar Kamladis richtete sich halb auf. Er lag auf einer schmalen Pritsche in einem kleinen Raum, der nicht einmal dem Standard einer Gefangenenzelle in einem Militärcamp entsprach. Er sah sich um: die Pritsche, ein roh gezimmerter Tisch, ein Krug mit Wasser, sonst nichts. Nein, oben im Wandeck links über der Tür war eine Kamera angebracht, die alles im Raum erfasste.

Bald werden sie keine Kameras mehr brauchen, dachte er.

Der Raum war hell, aber das Licht hatte einen diffusen Schimmer. Es wirkte auf seltsame Art gefiltert, belegte die schmucklosen Wände mit einem feinen Grauschleier. Man brauchte kein Experte zu sein, um zu erkennen, dass dieser Raum absolut schallisoliert war. Die Geräusche waren hier ebenso eingesperrt wie er.

Bendar setzte sich auf und hatte das Gefühl, sein Kopf sei eine Schneekugel. Langsam, nur sehr langsam legte sich das Chaos der ersten Gedanken, und er versuchte, seine Lage zu analysieren. Sie hatten ihn betäubt, hatten ihn gezwungen, dieses Zeug zu trinken. Ihm war übel geworden und dann …

Sie hatten sich in diesem Hotel in San Mintra getroffen. Lando hatte noch gesagt, dass es eine Schnapsidee sei, das Treffen zur Vorbereitung der Pressekonferenz nicht in der Firma, sondern in einem Hotel am anderen Ende der Stadt abzuhalten. Aber sie überwachten die Firma ja längst. Also hatten sie ein Hotel gewählt. Und er, Bendar, hatte den Fehler gemacht, der Rezeption mitzuteilen, aus welchem Grund er das Zimmer benötigte.

Was für eine Dummheit.

Vermutlich war der Anruf, der Stella aus dem Hotel gelockt hatte, fingiert gewesen. Er konnte nur hoffen, dass er keinen anderen Hintergrund gehabt hatte. Insbesondere für Stella hoffte er das, denn Stella hatte sich in die Klinik eingeschlichen, als Ärztin. Die Gefahren der Implemente mussten bekannt gemacht werden: die Machenschaften in der Klinik. Aber natürlich war es bodenloser Leichtsinn gewesen, sich unter falschem Namen dort einstellen zu lassen. Stella war eine geniale Wissenschaftlerin. Sie hatte keine Mühe gehabt, eine Position an der Seite der Klinikleitung zu finden. Aber es war eben viel zu gefährlich. Sie waren zu mächtig. Sie hatten ihre Wächter überall. Stella war in Gefahr. Bendar warf sich jetzt vor, dass sie noch nicht einmal Lando über Stellas verdeckte Aktion informiert hatten: Lando, der immer einen Ausweg fand. Der sie vielleicht retten konnte. Der ein Versteck für sie finden würde, wenn sie ihr auf die Schliche gekommen waren.

Die Klinik.

Die Menschen-Manipulations-Fabrik.

Er lenkte seine Gedanken zurück zu dem Moment, als sie vor ihm standen. Kaum hatte er die Zimmertür geöffnet, ergriffen ihn zwei Männer, drehten ihm die Arme auf den Rücken, und dieser arrogant lächelnde Widerling mit dem graumelierten Scheitel trat ein.

Bendar hatte ihnen nichts verraten. Das wusste er. Auf dieses Wissen konnte er sich verlassen. Er funktionierte anders als die meisten.

Er hatte vorgesorgt. Er war unerpressbar. Sein Kopf ließ sich nicht austricksen. Es gab durchaus Momente, da war der sonst so bescheiden auftretende Bendar Kamladis stolz auf seine ganz besondere Intelligenz und seinen gepanzerten Willen.

Jetzt, wo seine Gedanken und Erinnerungen langsam wieder an Ort und Stelle fanden und er die Geschehnisse der vergangenen Stunden Revue passieren ließ, kam ihm eines allerdings dumm vor: die Sache mit der Ruine. Es war zumindest unüberlegt gewesen. Weshalb hatte er sich diesem spontanen Einfall hingegeben, ihnen einen Ort zu nennen, an dem sie die gesuchten Unterlagen finden konnten? Um Zeit zu schinden? Oder hatte er tatsächlich geglaubt, sie würden die Firma gar nicht erst durchsuchen, wenn er ihnen die alte Villa nannte. Die alte Durando-Villa. Wo sie rein gar nichts finden würden.

Aber es war immer noch die Durando-Villa, und falls seine Gegner auch nur über rudimentäre Kenntnisse in der Geschichte des Memoporting verfügten, würden sie die alte Villa vielleicht für ein mögliches Versteck halten.

Ja, so hatte er sich das zurechtgelegt. Und natürlich hatte er sich um Alissa gesorgt, die womöglich im Haus sein würde, wenn sie die Firma durchsuchten. Alissa durfte ihnen nicht in die Hände fallen. Nicht Alissa. Alles konnte er ertragen, aber nicht den Gedanken, dass Alissa in die Gewalt dieser Wahnsinnigen geriet. Vielleicht war der Einfall mit der Ruine also doch kein so schlechter gewesen.

Bendar Kamladis fühlte einen bohrenden Kopfschmerz. Die Lüge mit der alten Villa würde dazu führen, dass sie ihre Verhörmethoden verschärften. Aber er würde ihnen nichts verraten. Der Tod war leichter als Verrat. Auf seinen Kopf war Verlass.

Auch Lando würde ihnen nichts verraten. Abgesehen davon, dass Lando sehr viel weniger in der Materie steckte als er selbst. Lando würde ihnen gar nicht erst ins Netz gehen. Lando hatte ihn, Bendar, ja schon vor Wochen gewarnt, dass der Druck zunehmen würde. Aber er, Bendar Kamladis, hatte nichts davon wissen wollen. Lando war eben immer der Klügere, der Realist gewesen.

Und Stella? Wieder schwenkten seine Gedanken zu Stella, und er versuchte, sich Hoffnung zu machen. Nein, Stella war nicht ihr Ziel. Nicht in dieser Sache. Wenn es nicht um die Implement-Klinik ging, war Stella nicht in Gefahr, und er wollte sich jetzt nicht vorstellen, dass man Stella in der Klinik auf die Schliche gekommen war. Auch Stella war klug. Sehr klug.

Hier ging es um Posisco, um das Kontinuum, das Modul. Er, Bendar, war das Ziel gewesen. Sie hatten das Ziel erreicht. Sie hatten ihn entführt und hierher verschleppt, und nun würden sie ihn bearbeiten. Aber er konnte schweigen. Sie würden nichts aus ihm herausbekommen. Auch dieser Widerling nicht.

Wie war sein Name? Zoran Dakubra. Bendar erinnerte sich.

Sieh an, sieh an, der Meister ist allein im Zimmer. Wie günstig für ein nettes Gespräch. Der Widerling hatte einen seltsamen Humor gehabt. Zumindest solange er dachte, Bendar würde kooperieren. Das Wort *kooperieren* hatte er natürlich schnell aus dem Ärmel gezaubert. Bendar wusste, was sie wollten. Sie würden es nicht bekommen.

Er atmete tief durch und lauschte in die Stille hinein. Plötzlich meinte er, Geräusche zu hören. Er rätselte noch immer über die Frage, wo er sich aufhielt. Angesichts der kargen Ausstattung der Zelle hatte er einen Moment lang gedacht, es könnte die Klinik sein. Ein Kellerraum unter der Klinik. Auch die Kühle sprach dafür. Etwas an diesem Raum aber ließ ihn vermuten, dass er sich nicht unter der Erde befand.

Die Geräusche waren eine Art Rumoren.

Als er den Rücken gegen die Zellenwand presste, hatte er das Gefühl, die Struktur hinter ihm vibriere, wie in einem Maschinenraum. Sehr schwach. Befand er sich vielleicht an Bord einen Schiffes?

Wenn ja, dann musste es ein ziemlich großes Schiff sein, von Wassergeräuschen oder Bewegungen war nichts zu spüren. Auf dem See von Porta Cresta verkehrten größere Schiffe. Und es gab Lastkähne im Schwarzen Land, auf dem Teneber und dem Kanal nach Bagun. Aber wohin sollten sie ihn mit einem Schiff bringen?

Vielleicht befand er sich in einem Kenton-Relais. In einer der zahlreichen Relais-Stationen in der Stadt. Das schwache Rumoren konnte ein Indiz dafür sein. Größer allerdings schien ihm die Wahrscheinlichkeit, dass sie ihn in einem Winkel der Posisco-Werke gefangen hielten. Die Werksanlagen erstreckten sich über mehrere Kilometer. Die Hallen und Anlagen hatten die Dimension eines Stadtviertels. Dort würde ihn niemand finden.

Oder hielten sie ihn gerade deswegen von den Werken fern? Weil sie fürchteten, sich im unwahrscheinlichen Fall seiner Befreiung zu verraten?

Die Situation war verworren. Er kam nicht weiter. Dann dachte er wieder an Alissa, und Unruhe erfasste ihn. Er erhob sich von der Pritsche und schritt in der Zelle auf und ab. Alissa war in Gefahr. Wenn Alissa in ihre Gewalt geriet, war er erpressbar. Alissas Schicksal wog für ihn so viel wie das Schicksal der Welt. Und sie würde ihn suchen. Ganz sicher. Sie würde alles tun, um ihn zu finden. Sie und Tiras.

Sie ahnten ja gar nicht, worauf sie sich einließen.

Er hoffte, dass Lando die Situation verstanden hatte und Alissa beschützte und sie fortbrachte aus der Stadt, an einen sicheren Ort. Vielleicht konnte Lando mit Borlund verhandeln. Es war eine wahnwitzige Idee, denn Lando Dandihla und er hatten bisher wenig Glück gehabt im Umgang mit Posisco. Seit Jahren hatten sie Posisco gewarnt. Das Durando-Kontinuum steckte voller unkalkulierbarer Risiken. Allein der Konglomerations-Effekt bewies zur Genüge, dass es im Kontinuum keine Sicherheit gab. Und dann die Auswirkungen höherer Energielevel: Die neuen Implemente waren alles andere als ein Schritt in die Zukunft. Immer wieder hatten sie Borlund mit Expertisen bombardiert, und immer wieder waren sie beschwichtigt worden: *Posisco kennt die Probleme, Posisco hat die Probleme im Griff, Posisco hält sich an sämtliche gesetzlichen Vorgaben. Memoporting ist absolut sicher.* Manchmal kam sich Bendar wie ein frustrierter Wissenschaftler vor, der seinen Kollegen bei Posisco die Erfolge nicht gönnte. Sogar mit Lando war er schießlich in Streit geraten – weil er nicht nachgab. Weil er keine

Möglichkeit sah für einen diplomatischen Weg, wie Lando gern sagte. Bendar galt mittlerweile als rückwärts gewandter Nörgler, als Mann, dessen wissenschaftliche Karriere den Höhepunkt überschritten hatte und der das Potenzial neuer Entwicklungen nicht mehr sah. Aber es blieb dabei, das Kontinuum hatte seine Tücken. Und die Umstellung des Kontinuums auf Konverterspeisung war ein Verbrechen. Er hatte Borlund im Beisein des Wissenschafts-Stabs und seiner Chefentwickler die Theorie des Amplifikations-Moduls erklärt – und war gescheitert.

Niemals hätte er gedacht, dass sie auch Beweise ignorieren würden. Es hätte ihm die Augen öffnen müssen.

Das Motto von Posisco hieß nicht mehr Zukunft, sondern Zerstörung.

Nein, er hätte es nie für möglich gehalten, dass sie den Weg der Zerstörung wählten. Doch sie wollten das Modul. Die Möglichkeiten des Moduls schreckten sie nicht ab. Im Gegenteil: Sie wollten es, um jeden Preis.

Bendar setzte sich wieder auf die Pritsche und dachte an die vielen Aktivitäten Posiscos um die Columbastatue. Alles hatte mit Posisco zu tun.

Am 15. September sollte die Statue feierlich enthüllt werden.

Am 15. September wurden die neuen Implemente freigeschaltet.

Am 15. September würden fast sämtliche Bewohner der Stadt Metronas Träger eines Implements sein, vom kleinen Kind bis zum Greis. Die Zitadelle hatte dem Druck Posiscos nachgegeben und die Gesetze geändert.

Wenn er nur wüsste, was genau Borlund plante.

Bendar zuckte zusammen. Er hörte Schritte. Draußen war eine Tür geöffnet worden. Eine Schleusentür im Isolierungsbereich des Raums. Die Schritte wurden lauter. Mehrere Personen näherten sich der Zelle. Bendar hielt den Atem an, erhob sich von der Pritsche und blickte zum Stahlrahmen der Tür. Dann rasselten Schlüssel, die Tür flog auf und zwei bewaffnete Muskelberge in schwarzen Uniformen schoben sich durch den Eingang. In ihrer Mitte ein weiterer Gefangener. Ein Mann. Schmächtig und blass, unrasiert, die Augen zugeschwollen.

»Lasst mich endlich los!«, fluchte der Mann müde. »Habt ihr noch nicht genug?«

Die Antwort der Uniformierten war ein abfälliges Grunzen. Sie stießen den Mann in die Zelle.

Bendars Herz machte einen Sprung, als der Körper vor ihm zu Boden ging. Die Wächter blickten ihn an, verächtlich. »Wir kommen wieder!«, stieß der eine aus. Dann drehten sie sich um und verließen die Zelle. Die Tür fiel dumpf ins Schloss. Der Schlüssel knirschte. Schritte entfernten sich. Die zweite Tür wurde geschlossen.

Der Mann am Boden rollte sich ächzend zur Seite, drückte den Oberkörper hoch und hob den Kopf. Er sah Bendar an. Sie mussten alles, was er wusste, aus ihm herausgeprügelt haben. Er sah furchtbar aus.

Der Mund des Mannes öffnete sich, die Mundwinkel zuckten.

Bendar nickte nur. Und sprach aus, was er seit dem Moment, als er in dieser Zelle die Augen aufgeschlagen hatte, versucht hatte zu verdrängen:

»Es ist also tatsächlich alles verloren.«

Dann reichte er dem anderen die Hand.

ENTDECKUNGEN IN DER BIBLIOTHEK

Und nun?«

Alissa antwortete nicht. Sie befanden sich in der Nähe der Universität, am östlichen Ende des Platzes von Antra Nigra. Die Sonne des frühen Nachmittags drückte ihr Licht in das angegraute Weiß der Universitätsfassade. Auf dem Platz tummelten sich Studenten. Hier und dort hatte man ein Seminar ins Freie verlegt. Die Mittagshitze der Sommertage dämpfte den Lerneifer. Auf den Rasenflächen des Platzes, unter den Platanen, die in zwei langen Reihen zum Portal des Gebäudes verliefen, hatten Tiras und Alissa sich in den Schatten eines Baumes gesetzt, der seine dicken Hauptäste wie die langen Finger einer Schwurhand erhob.

»Bis zu eurem Haus kann es doch nicht mehr weit sein. Sollen wir den Rest zu Fuß gehen?«, fragte Tiras nun drängender. Er wusste, dass Alissa über Skanda Borlund nachdachte, über die Begegnung in der Bahn. Und er wusste, wie verwirrend Borlunds Andeutungen für sie sein mussten. Wenn Bendar Kamladis tatsächlich gesagt hatte, dass er die neuen Implemente für unbedenklich hielt, dann war er mehr als bloß erpresst worden.

Alissa antwortete noch immer nicht. Ihr gingen so viele Erinnerungen durch den Kopf. Sie dachte an Bendars Launen, an seine oft nächtelangen Gespräche mit Lando Dandihla und Stella van Vesperen, seine Briefe an die Zitadelle und an die Geschäftsleitung von Posisco.

Sie dachte an seine Warnungen, die er immer dann heruntergespielt hatte, wenn sie, seine Tochter, in der Nähe gewesen war. Alissa hatte seit Monaten gewusst, dass Bendar in Schwierigkeiten steckte. Und natürlich hatte er versucht, sie aus allem herauszuhalten. Er hatte ihr alles verheimlichen wollen. Umso härter traf sie nun die Erkenntnis, dass er in Lebensgefahr schwebte und vielleicht …

Sie wollte den Gedanken nicht zulassen. Wut und Sorge rissen sie von einem Extrem ins andere. Wut, weil er sie wie ein kleines Kind behandelt hatte. Wut auf sich selbst, weil sie die Zeichen nicht hatte sehen wollen – weil sie kämpfen wollte für ihn und nun ratlos an dieser Platane saß.

Was konnte sie tun? Was geschah in der Stadt?

Die Gedanken der Kinder sind frei. Weshalb hatte das Borlund-Imitat gerade diesen Satz gesagt?

»Alissa?«

Sie drehte den Kopf zu Tiras, blickte aber auf einen Punkt in der Ferne.

»Skanda Borlund ist ein paarmal bei uns gewesen, wusstest du das?«, sagte sie.

»Was?«

»Er kam in die Firma. Ich weiß nicht, was genau er mit Bendar besprochen hat. Mein Vater hat mich natürlich nach oben geschickt. Aber die Wortwechsel der beiden wurden nach kurzer Zeit immer ziemlich laut.«

»Wann war das?«

»Das letzte Mal? Vor einigen Wochen. Ich hatte das Gefühl, dass Borlund diesmal was ganz Konkretes von Bendar wollte. Ich glaube, Borlund hat ihm Geld angeboten, um Kamdihla Cybercom an Posisco zu verkaufen.«

»Und dein Vater wollte nicht?«

»Natürlich nicht. Ich habe ihn noch nie ein gutes Wort über Posisco verlieren hören. Als Skanda Borlund gegangen war, hatte er unglaublich schlechte Laune. Und die hielt noch einige Tage an. Er hat das dann alles mit Lando und Stella besprochen. Sie haben sich gestritten. Vor allem mit Lando hat er sich gestritten. Daher vermute ich, dass es um ziemlich viel Geld ging.«

»Wo liegt denn da der Sinn?«, sagte Tiras. »Wenn es nur um das Geld ging, dann hätten sie doch verkaufen und anschließend zusammen eine neue Firma gründen können.« Er verzog spöttisch den Mund. »Dein Vater, Lando und Stella sind doch die Firma. Ihre Forschungen ...«

»Verstehst du denn nicht?«, fiel Alissa ihm ins Wort. »Natürlich hätten sie Bendar gleich mitgekauft. Ohne Bendar ist Kamdihla kaum was wert. Hört sich vielleicht arrogant an, aber Borlund ist ja nicht dumm. Lando ist ein gewiefter Manager, ein guter Geschäftsmann. Aber die Wissenschaft, die ganze Forschung, die hat Bendar betrieben.« Nach einer Pause fügte sie hinzu: »Na ja, und Stella. Aber Bendar ist es, den sie wollten.«

Sie betrachtete das Universitätsgebäude. Dann sagte sie, wie zu sich selbst: »Es kann nicht sein. Es kann einfach nicht sein. Er hatte so viele Einwände gegen Posisco. Wenn er mit Stella zusammensaß, hat er so oft davon gesprochen, dass der Einfluss der Werke auf die Zitadelle, auf die Politik der Stadt eine Katastrophe ist. Niemals!«

»Posisco ist mächtig«, sagte Tiras vorsichtig.

»Ja, und es ärgert mich, dass ich mich für all das kaum interessiert hab. Ich habe vieles nur am Rand mitbekommen, wenn er mit Stella und Lando sprach und ich zufällig in der Nähe war.«

Tiras seufzte. »Hatte Bendar bei euch zu Haus ein Versteck für besonders wichtige, besonders geheime Unterlagen?«

Alissa zuckte mit den Schultern und sah wieder in die Ferne. Sie lehnte den Rücken an den Stamm der Platane und zog die Beine an.

»Sie haben alles auf den Kopf gestellt. Und sie haben sogar in dieser Ruine nach Unterlagen gesucht. Ich kenne die Villa nicht mal. Posisco wusste über Bendar offensichtlich mehr als ich. Wenn seine Entführer nichts gefunden haben, was soll ich dann finden? Und überhaupt, ich verstehe nichts von diesen wissenschaftlichen Dingen.«

»Und du glaubst nicht, dass er dir irgendwie ein Zeichen geben wollte?«, fragte Tiras. »Oder eine Botschaft? Vielleicht hat er dir eine Nachricht hinterlassen. Wie würde er sich verhalten, wenn er in Gefahr ist und dich warnen will?«

»Ich weiß es nicht«, sagte Alissa gereizt. »Ich weiß es nicht. Ich weiß es nicht. Ich weiß es nicht!«

Sie sah, wie Tiras ein Geräusch zu orten versuchte, das den Himmel über der Stadt erfüllte: Flugzeugbrummen. Die Weiße Taube war wieder unterwegs. Merkwürdig früh. Doch das Flugzeug interessierte Alissa jetzt kaum mehr als eine lästige Wespe.

»Ich – habe – ganz – einfach – keine – Ahnung!«

Sie stieß die Worte einzeln aus. »Ich komme mir vor wie ein dummes Partyhuhn, das plötzlich bemerkt, dass es Dinge gibt, die wichtiger sind als schicke Klamotten und gute Laune.«

»Mach dich nicht fertig«, sagte Tiras. »Du hättest hellsehen müssen, um zu erkennen, was auf euch zukommt. Lass uns lieber überlegen, wie wir jetzt vorgehen.«

Alissa nickte und wirkte doch niedergeschlagen. Die Universität mit ihrer steinernen Würde und Erhabenheit kam ihr auf einmal so einschüchternd vor: ein gigantischer Bau, angestrahlt von der Sonne, während sie hier ahnungslos im Schatten des Baums saßen …

Mit einem Ruck setzte sie sich auf.

»Die Bibliothek!«, rief sie. »Wenn ich wissen will, was zwischen Bendar und Posisco los ist, dann muss ich in die Bibliothek.«

Von einer Sekunde auf die andere war sie die Entschlossenheit selbst.

»Sie haben vielleicht alles mitgenommen, was Bendar an Aufzeichnungen zu Hause hatte, aber er hat vieles veröffentlicht. Er hat mit Zeitungsleuten gesprochen, Interviews gegeben, Artikel geschrieben. Dort muss ich suchen!«

»In der Bibliothek?« Tiras war wenig begeistert.

»Ja, in der Bibliothek! Es gab eine Reihe von öffentlichen Auseinandersetzungen zwischen Bendar und Skanda Borlund. In der

Bibliothek sind doch bestimmt sämtliche Zeitungen und Zeitschriften der Nigrana archiviert.«

Tiras blieb skeptisch. »Du bist keine Studentin, Alissa. Du brauchst einen Ausweis, sonst …«

»Kein Problem. Einen Ausweis habe ich. Sogar dabei. Ich hab ihn zwar selten benutzt, aber ich habe einen. Bendar hat ihn mir besorgt. Er hat immer gedrängelt, ich soll mich um meinen Kopf kümmern. Von innen. Das hielt er für witzig. Komm!«

Sie erhob sich und machte Anstalten, Tiras mit sich zu ziehen. Der jedoch rührte sich nicht.

»Ich … bleibe hier und warte«, sagte er zögernd. »Ich würde dich nur aufhalten. Jeder, der mich in dem Gebäude sieht, würde sich fragen, was ich da drinnen zu suchen habe. Ich wirke nicht grade wie ein Student …«

Er tastete nach dem Baum, neben dem sie standen.

Beim Suchen und Lesen von Zeitungsartikeln kann ich dir sowieso nicht helfen. Einen Ausweis habe ich auch nicht. Und zwei Leute, die in der Bibliothek nichts verloren haben, sind bestimmt keine gute Idee.«

Alissa blickte zunächst überrascht, dann lächelte sie.

»Vielleicht hast du recht«, sagte sie. »Aber zwei Stunden wird es schon dauern!«

»Sagen wir drei.« Tiras war erleichtert. »Ich warte und spiele solange Sonnenuhr. Wenn du nach drei Stunden nicht zurück bist … na, besser nach vier Stunden, verbreite ich das Gerücht, meine böse Schwester hätte mich allein zurückgelassen, um in der Bibliothek Bücher zu klauen. Du bist ja leicht zu erkennen in deinem schicken blauen … also, in deinem Akademikerinnenkostüm …«

Jetzt musste Alissa lachen. »Schon gut, schon gut!«, rief sie und setzte sich mit federnden Schritten in Bewegung. »Hab verstanden: in drei Stunden. Hier unter dem Baum. Rühr dich nicht vom Fleck, mein hilfloser Bruder!« Dann eilte sie die Reihe der Platanen hinunter zum Portal des riesigen Gebäudes.

Alissa fühlte sich gut. Mit jedem Schritt schien ein Teil einer Last von ihr zu fallen. Sie konnte handeln. Endlich! Sie stürmte über den Vorplatz des Gebäudes. Hier war es merklich wärmer als auf dem äußeren Grün, unter den Platanen.

Die Universität war mehr als hundert Jahre alt: ein massiver Bau, wie eine Kathedrale ohne Türme. Die Fassade mit ihren filigranen, zum Himmel strebenden Pfeilern und figuralen Details hob sich hell vom Dunkel der Stadt ab. Alissa erinnerte sich an jene mythische Geschichte, derzufolge die Erbauer der Universität den ungewöhlich hellen Travertin aus Ländern weit jenseits der Nigrana herbeiholen ließen, um das Gebäude zu einem Symbol für die Kraft des Geistes im alten Land von Kohle und Arbeit zu machen. Die Universität von Metronas war weithin geachtet. Sie hatte viele Forscher hervorgebracht, Gelehrte und Philosphen, die der Kultur des Landes ihre Prägung gegeben hatten. An den naturwissenschaftlichen Fakultäten hatten die größten Geister der Zeit gewirkt, hatten all die Entwicklungen vorausgedacht und vorangetrieben, die das Leben des Schwarzen Landes in so kurzer Zeit verändert hatten. Das erste Memoportal war vor vielen Jahren hier eingerichtet worden. Bendar hatte damals an der Fakultät für Memotechnologie geforscht, noch unter dem legendären Quentin Durando, und war für verschiedene Projekte verantwortlich gewesen. Er hatte Vorlesungen gehalten und einer neuen Generation von Wissenschaftlern die Grundlagen der bahnbrechenden Technik vermittelt.

Welchen Weg hatten diese Wissenschaftler danach eingeschlagen? Hatte Posisco von ihren Kenntnissen profitiert?

Als Alissa durch das Portal schritt, spürte sie eine Veränderung. Einen Moment lang fröstelte sie und nahm das Treiben in der hohen Vorhalle überdeutlich wahr. Ihr wurde bewusst, dass die blaue Uniform, die sie trug, an diesem Ort alles andere als unauffällig wirkte. Sie bemerkte, dass man sie betrachtete, abschätzig, herablassend, und auch spöttisch. Blicke und verhaltene Gesten deutete sie als stumme Kommentare: Hatte diese Schülerin sich verlaufen? Was suchte sie hier?

Alissa versuchte, sich von all dem nicht beeindrucken zu lassen. Sie konzentrierte sich auf den Weg ins Innere des Gebäudes. Die Bibliothek lag im hinteren Teil, in einem eigenen Trakt, verteilt über vier Etagen. Alissa schritt zügig über den glänzenden Marmorboden, vorbei an der Statue des Universitätsgründers und ehemaligen Statthalters Baskar Pardin, nahm eine Treppe zum rechten Umgang und folgte einem der zwei langen Flure, die den großen zentralen Hörsaal des Gebäudes einfassten.

Sie erreichte den Haupteingang der Bibliothek: die zentrale Ausleihe.

Nach der Mittagszeit begann die zweite Lernphase des Tages. Dutzende Studenten warteten an den Schaltern der Buchausgabe. Alissa reihte sich ein in eine der vielen Schlangen und beobachtete das Treiben. Sie wusste nicht, wie sie weiter vorgehen sollte. Den Bibliotheksausweis hielt sie in der Hand wie eine Eintrittskarte. Aber welche Zeitung, welche Zeitschrift oder welches Magazin würde ihr die Informationen liefern, nach denen sie suchte? Und wie funktionierte die Ausleihe?

Neben den Schaltern sah sie Blöcke von Karteikartenschränken. Einzelne Kästen waren herausgezogen und wurden durchblättert. Studenten füllten farbige Zettel aus und gaben sie an einem der Schalter ab. Bestellungen von Lesestoff, ohne Zweifel. Die einzige Zeitung, die für sie infrage kam, dachte Alissa, war *Der Kurier*. Der hatte eine sehr ausführliche Sonntagsausgabe und veröffentlichte gut recherchierte Hintergrundberichte. Sie würde den *Kurier* der vergangenen Monate nach Meldungen über Posisco durchsuchen. Außerdem meinte sie sich zu erinnern, dass Bendar der Zeitung jüngst ein längeres Interview gegeben hatte.

»Ja, bitte?«

Alissa zuckte zusammen. Die Reihe vor ihr hatte sich aufgelöst. Eine ältere Frau musterte sie mürrisch, die Hemdsärmel bis zum Ellbogen aufgekrempelt.

»Dein Ausleihzettel?«

»Ich … den … den *Kurier* hätte ich gern. Die Ausgaben der letzten Monate. Wenn das geht.«

Alissa hielt der Frau ihren Bibliotheksausweis entgegen. Die Frau blickte starr geradeaus. Ihre Hände hatte sie auf den Tresen gestützt.

»Du musst einen Zettel ausfüllen, wenn du was ausleihen willst.«

»Ich will ja nichts ausleihen«, sagte Alissa schnell. »Nur einen Blick in die Zeitungen werfen. In den *Kurier* der letzten zwei … oder besser: der letzten drei Monate. Ich suche alles über die Verhüllung, wissen Sie? Und über Posisco, die neuen Implemente …über Schwierigkeiten … und Probleme.«

Ihr Kopf fühlte sich plötzlich heiß an. Sie verfluchte sich, weil sie mit ihren Worten Aufmerksamkeit erregte. Ihr war, als lauschten all die hinter und neben ihr Stehenden und fragten sich, was dieses naive, uniformierte Mädchen tatsächlich wollte.

Die Frau am Schalter jedoch war durch Alissas Unachtsamkeit nicht neugieriger geworden. Im Gegenteil. Sie atmete geräuschvoll ein, weil Alissa den ordnungsgemäßen Ablauf des Ausleihverkehrs zum Stocken brachte. Fälle wie diesen hatte die Frau allerdings schon häufiger gelöst:

»Zum Magazin die Treppen rauf«, brummte sie. »Vierte Etage. Eingang Nord. Und Zettel ausfüllen. Blau für Soforteinsicht am Tisch – der Platz wird dir zugewiesen. Grün für Reservierungen und Deponie am Tischplatz. Maximal vier Wochen. Lass dir helfen.«

Kaum hatte sie das ausgesprochen, wandte sie ihre ohnehin reduzierte Aufmerksamkeit der nächsten in der Schlange stehenden Person zu. Alissa trat verwirrt ein paar Schritte zurück und versuchte, das Wort »Magazin« zu verstehen. Ihren Ausweis hielt sie von sich gestreckt wie einen Schlüssel. Einen Schlüssel, zu dem es momentan kein Schloss gab.

Eine Hand legte sich ihr auf die Schulter.

»Im Magazin kannst du die Sachen, die du lesen willst, bestellen. Bei Tageszeitungen zwei Monatsausgaben. Mehr leider nicht. Du kreuzt den Titel der Zeitschrift auf einem der Zettel dort an. Auf den blauen Zetteln. Die liegen bei den Karteikästen. Und die genaue Ausgabe, die musst du auch vermerken. Dann gibst du deine Bestellung ab, bekommst eine Tischnummer und nimmst an dem Tisch Platz. Es dauert dann so eine halbe Stunde und es erscheint jemand mit deinem Lesestoff. Ist ganz einfach.«

Alissa war bei der leichten Berührung der Hand herumgewirbelt und blickte in das lächelnde Gesicht einer kleinen Frau mit großen, dunklen, lebhaften Augen. Die Frau hatte kastanienbraunes, kurzes Haar, ein Mausgesicht, und sie wirkte an diesem Ort mindestens so exotisch wie Alissa selbst – obwohl sie keine Uniform trug, sondern ein seltsames herbstlaubfarbenes Wams. Sie sah aus wie eine Waldelfe.

Die Frau flüsterte und ruckte bei jedem Satz mit dem Kopf. Ihr Lächeln offenbarte verschämte Schüchternheit:

»Ich habe das auch grade erst gelernt, und schon benehme ich mich wie eine Lehrerin«, sagte sie. »Entschuldige bitte.«

Im nächsten Moment war ihr Blick wieder erfüllt von Neugier und Hilfsbereitschaft:

»Du willst dich über Posisco informieren?« Die Frage klang aufmunternd, und Alissa war zu verwirrt, um zu antworten.

»Der *Kurier* wird dir da kaum helfen.«

Die Frau senkte den Kopf. Ihr Flüstern wurde verschwörerisch:

»Lies die letzten Ausgaben des Magazins *Specular*. Da findest du, was du suchst. Ein Wissenschaftsmagazin. Nicht einfach. Ich hab's selbst versucht, aber all diese technischen Dinge … Ich weiß davon zu wenig, aber wenn du dich interessierst … Es ist das Beste, was du lesen kannst, wenn du was über Posisco herausfinden willst. Komm mit, ich zeige dir den Weg.«

Die Frau lächelte wieder, und obwohl Alissa noch immer nicht verstand, was diese merkwürdige Person von ihr wollte, folgte sie ihr. Sie gelangten durch eine Glastür zu einer breiten Treppe und begaben sich zwei Stockwerke höher.

Im Magazin herrschte eine ganz andere Atmosphäre als in der

zentralen Ausleihe. Kaum jemand hielt sich hier auf. Die Räume lagen ziemlich genau in der Mitte des Bibliothekstrakts. Es gab keine Fenster. Künstliches Licht erhellte Reihen mit hohen Regalen, vollgestopft mit bräunlichem Papier. Bücher waren hier selten. Dafür gab es reichlich Regalmeter voll mit hohen, einfarbigen Sammelbänden. Das Magazin hatte den Charme einer Lagerhalle.

In einem Nebenraum, zwischen weitere Regale gezwängt, hatte man eine Reihe nummerierter Tische platziert. Zu einem davon führte die Frau Alissa und nahm einen der blauen Zettel, die dort neben grünen Zetteln auslagen, zur Hand.

»Den musst du ausfüllen. Dann gibst du ihn ab. An dieser Durchreiche hinter dem Eingang. Wo wir die Bibliothek betreten haben. Da sitzt auch die Verwaltung für das Magazin. Die suchen alles für dich raus. Hast du einen Stift? Was zu schreiben?«

Alissa schüttelte den Kopf. »Nein«, sagte sie. Es war das erste Wort, das sie mit der Frau wechselte. Die nickte nachsichtig.

»Mach dir Aufzeichnungen von dem, was dir wichtig erscheint, ja? Du kannst die Zeitschriften aus dem Magazin nicht mitnehmen. Wenn du sie länger brauchst, musst du einen grünen Zettel ausfüllen. Dann bleiben die Sachen auf deinem Tisch. Zwei Wochen lang. Aber das ist keine gute Idee. Könnte verdächtig wirken, wenn *Specular* hier offen herumliegt.«

»Ja«, sagte Alissa wie hypnotisiert.

»Dann brauchst du also einen Stift. Hier.« Die Frau drückte Alissa einen Bleistiftstummel in die Hand. »Papier findest du auf den Tischen. Es ist genug da. Jetzt hast du alles.«

Alissa nickte. Doch die Situation war grotesk. Was wollte diese Frau von ihr? Und was wusste sie?

Die Frau betrachtete Alissa versonnen und zugleich erwartungsvoll. Sekundenlang stand sie da, als begutachtete sie ein gelungenes Werk. Und plötzlich, ohne jedes Vorzeichen, verdunkelte sich ihr Blick. Die großen Augen spiegelten Unruhe, Nervosität, Angst. Mit verschwörerischem Seitenblick beugte sie sich vor.

»Das Schwarze Land ist in Gefahr«, flüsterte sie. »Es gibt nur noch wenige, die ihnen nicht ausgeliefert sind. Es ist furchtbar. Sie morden. Sie haben schon Tausende, viele Tausende umgebracht. Ihre Macht wächst ins Unermessliche. Glaub mir. Ich habe es gesehen. Sie …!«

»Morde? Wovon sprechen Sie?!« Alissa starrte die Frau entgeistert an. Sie hatte es mit einer Verrückten zu tun. Alarmiert wich sie einen Schritt zurück.

Aber die Frau bedrängte sie weiter:

»Ich weiß, es klingt unglaublich. In den Inneren Vierteln von Metronas sind sie sehr viel vorsichtiger als dort, wo ich herkomme. In der Teuferstadt …«

»Sie kommen aus der Teuferstadt?«

»Ja«, sagte die Frau. »Ich komme aus der Teuferstadt. Dort bin ich aufgewachsen. Die Menschen dort sind die Sklaven Posiscos. Sie werden für die Machtspiele Skanda Borlunds und seines Herrn missbraucht und geopfert. Meine Familie, meine Brüder, sie sind alle tot oder verschleppt. Und viele Berber sind tot. Viele wurden geopfert. Im Namen der neuen Zeit! Aber diese Toten sind erst der Anfang. Glaub mir!«

»Was?«

Alissa fühlte sich wie in einem Albtraum.

»Von wem reden Sie?«

Die Frau sah sie eindringlich an.

»Ich weiß, es klingt alles verrückt, völlig verrückt. Aber glaub mir, in der Stadt geschehen Dinge, die sind furchtbarer als alles, was du dir vorstellen kannst. Es geht um Macht. Um absolute Macht. Ich habe es gesehen. Ich habe die Bilder gesehen … Und die Berber: Die Berber denken, die Macht kommt aus den Sümpfen. Aus den Schwarzen Bergen. Doch es ist Posisco!«

»Bilder?«, fragte Alissa. »Was für Bilder? Was haben Sie denn gesehen?«

Die Frau schwieg. Ihr Kopf ruckte zur Seite. Sie horchte in die

Stille des Magazins hinein. Niemand war zu hören. Dann richteten sich die angstvoll dunklen Augen wieder auf Alissa.

»Ich habe mich an Bord des Flugzeugs geschlichen. Dann bin ich über die Nigrana geflogen, und ich habe die Macht gesehen. Draußen, weit vor der Stadt. Draußen, in den Sümpfen, da draußen testen sie ihr Können. Ihre Macht.«

»Das Flugzeug?«

»Die Weiße Taube«, sagte die Frau. »Das Wasserflugzeug. Die alte weiße Maschine, die abends manchmal über Metronas kreist. Und über die Nigrana. Vor einigen Tagen habe ich mich an Bord versteckt. Es war ganz leicht. Und als das Flugzeug das Sumpfland erreichte, da habe ich es gesehen!«

Nun wurde es Alissa zu bunt:

»Was? Was haben Sie gesehen? Was soll das alles? Wer sind Sie und was wollen Sie? Worum geht es hier überhaupt!?«

Die Frau zuckte zusammen.

»Bitte«, flüsterte sie. »Du musst vorsichtig sein. Sehr vorsichtig! Sie patrouillieren überall!«

Ihre Blicke huschten wieder durch den Raum. Und sie lauschte.

»Du musst immer mit ihnen rechnen. Sei bitte vorsichtig, hörst du? Sie müssen aufgehalten werden!«

Die Frau betrachtete Alissa mit einem solch erwartungsvollen Blick, dass Alissa unwillkürlich nickte.

Ja, dachte sie. Die, die Bendar in der Gewalt haben, müssen gestoppt werden. Man muss sie finden. Aber vor allem muss ich Bendar finden …

»Mein Name ist Marina«, sagte die Frau plötzlich.

»Marina?«

In diesem Moment wusste Alissa, dass ihr die Frau schon einmal begegnet war:

»Du bist … Ich habe dich gesehen, im Ferrobotanischen Garten«, stammelte sie. »Baba Faah hat von dir erzählt. Und der Graf … Du hast meinen Vater gesprochen. Was haben sie mit ihm gemacht? Und weshalb bist du bei ihm gewesen? Baba Faah hat gesagt, dass du in der Implement-Klinik warst. Hatte es mit meinem Vater zu tun? Ich suche ihn …! Ich …!«

»Nicht so laut! Bitte!« Die Frau hob warnend die Hand. »Ich kenne dich. Ich habe deinen Vater vor einigen Tagen getroffen. Er ahnt, was in Metronas geschieht. Aber er weiß nichts. O Gott, er weiß gar nichts …!«

»Wo ist er? Weißt du, wo sie ihn festhalten?« Alissas Herz raste: »Bitte, sag es mir! Ich muss ihn finden!«

Alissa konnte sich kaum zurückhalten. Ihre Gedanken überschlugen sich.

»Bitte!«, flehte Marina. »Wir erregen Aufsehen, wenn du …«

»Du musst doch wissen, was mit ihm ist!«, fiel Alissa ihr ins Wort. »Du weißt, wer ihn gefangen hält und weshalb, nicht wahr?!«

Marina spürte einen Anflug von Panik.

»Du musst mir zuhören und still sein«, sagte sie hastig, um Alissa zu beruhigen. »Wir hatten uns verabredet, dein Vater und ich. Er ist der Einzige, der die Verbrechen von Posisco beweisen kann. Er ist der Einzige, der herausfinden kann, weshalb sie all diese Verbrechen begehen. All die Toten …«

Alissa schien Marinas Worte gar nicht wahrzunehmen: »Sie werden ihn umbringen!«, stieß sie aus. »Ich muss wissen, wo er ist! Sie werden …«

»Nein! Hör mir bitte zu!« Marina musste den Impuls unterdrücken, Alissa die Hand auf den Mund zu pressen. »Sie werden ihm nichts tun. Ganz bestimmt nicht. Er weiß etwas, das … Posisco braucht ihn. Er hat mir von einem Modul erzählt. Es hat mit den Implementen zu tun. Ich glaube, das ist der Grund, weshalb sie ihn entführt haben. Dieses Modul. Ich verstehe nichts davon, aber vielleicht kannst du …«

»Wo ist er?!«, zischte Alissa – in zorniger Ungeduld. »Wohin haben sie ihn verschleppt?!«

Marina schloss die Augen.

»Ich weiß es wirklich nicht«, sagte sie. »Es tut mir leid. Ich kann dir nicht helfen. Er ist verschwunden. Wie so viele …«

Sie senkte den Kopf und blickte zu Boden. Sie schwieg. Beide schwiegen. Dann, unvermittelt in die Stille hinein, fragte Alissa:

»Hast du schon einmal vom *Schwarzen Lord* gehört?«

Marina erschrak. Sehr langsam hob sie den Kopf, und ihre Augen verrieten, dass Alissa mit ihrer Frage etwas Ungeheuerliches ausgesprochen hatte. Doch als sie antworten wollte, wurde es im Hintergrund laut. Stimmen, Schritte hallten durchs Magazin, näherten sich. Marina warf Alissa einen flehenden Blick zu: die so stumme wie unerfüllbare Bitte, sie zu verstecken, irgendetwas zu tun, damit man sie nicht fand. Doch schon stürmten Männer herbei und nahmen Marina in ihre Mitte. Der eine, ein stämmiger, muskulöser Glatzkopf, trug die schwarze Uniform der Wächter. Der andere, kleiner und von schmächtiger Statur, einen weißen Arztkittel.

»Da bist du ja!«

Eine heisere Stimme: die des Arztes. Der Mann fasste Marina am Arm, schmerzhaft fest. Marina sagte nichts. Ihre Augen waren panisch weit aufgerissen. Auch der zweite Mann, der Wächter, ergriff sie am Arm. Obwohl er viel kräftiger war als der Arzt, wusste Alissa sofort, dass die größere Bedrohung von dem Mann im weißen Kittel ausging.

»Schon wieder bist du uns weggelaufen«, raunte er. Es klang wie ein Gemisch aus Enttäuschung und Drohung. »Da müssen wir in Zukunft wohl besser aufpassen, was?« Der zweite Satz war eindeutig eine Drohung.

Marina schwieg und starrte vor sich hin. Sie ließ geschehen, was nun folgte. Auch Alissa rührte sich nicht, aber natürlich hatten die Männer sie bemerkt.

»Sie hat dich hoffentlich nicht belästigt?«, fragte der Arzt mit geheuchelter Freundlichkeit. »Du musst wissen, dass sie ein kritischer Fall ist.«

Sein Blick durchbohrte Alissa.

»Ein sehr kritischer Fall.«

»Reißt immer wieder aus«, grollte der Wächter, dessen kräftige Hand den zierlichen Oberarm Marinas mühelos hätte brechen können. »Jetzt wollen wir aber brav sein, was?« Er riss sie zu sich herum und legte ihr Handschellen an.

Der Arzt nickte dem Wächter zu, und der stämmige Mann schob Marina aus dem Raum hinaus. Die Willenlosigkeit, mit der sie sich abführen ließ, hatte etwas Erschreckendes. Und der Blick, den sie Alissa zuwarf, bevor sie verschwand, war pure Verzweiflung.

Dann war Alissa mit dem Arzt allein. Ihr Herz raste. Das Blut rauschte ihr in den Ohren. Sie wusste, dass sie verloren war, wenn sie herausfanden, dass sie die Tochter von Bendar Kamladis war.

»Sie ist aus der psychiatrischen Anstalt ausgebrochen«, sagte der Arzt und musterte Alissa. Er näherte sich ihrem Gesicht bis auf wenige Zentimeter.

»Sie leidet unter Wahnvorstellungen. Sie hat dich doch nicht … erschreckt?«

»Nein, nein«, sagte Alissa hastig. »Nein. Sie war … sehr freundlich.«

Der Arzt nickte. Doch er konnte oder wollte seine Skepsis nicht verhehlen.

»Sie ist schon mehrfach ausgebrochen und hat Menschen mit ihren absurden Geschichten belästigt. Was hat sie dir denn erzählt? Schauermärchen von Heeren, versprengt in den Sümpfen? Geschichten von einem Drachen, der dort draußen … sein Unwesen treibt?«

Alissa schluckte. Sie musste ihre verdammte Nervosität in den Griff bekommen.

»Nein, sie hat nicht viel gesagt«, meinte sie leise. »Sie … Sie hat mir eigentlich nur geholfen. Ich habe einen Stift gesucht, den hatte ich vergessen. Da hat sie mir einen Bleistift geliehen. Hier!«

Sie holte den roten Stummel hervor, den Marina ihr gegeben hatte, und hoffte, dass die Neugier des Arztes damit befriedigt war. Doch der Mann ließ noch nicht locker.

»Du bist sehr jung«, sagte er. »Was machst du hier in der Bibliothek? Eine Studentin bist du wohl kaum. Oder?«

»Ich ... muss eine Hausarbeit schreiben. Für die Schule. Dazu muss ich alte Zeitungen lesen. Den *Kurier*. Den finde ich hier ... Sagt mein Vater.«

»Dein Vater?«

»Ja!«

Alissas begann zu zittern.

»Wer ist dein Vater?«

»Mein ... Mein Vater arbeitet bei ... bei Posisco. Wir müssen in der Schule über die Verhüllung schreiben, und ... und ich habe mich vor den Ferien für eine Hausarbeit gemeldet, bei der ich viel recherchieren muss. Deshalb bin ich hier und werde im *Kurier* alles nachlesen, was ich darüber finden kann. Über die Verhüllung.«

Der Arzt blickte sie einen Moment so durchdringend an, dass Alissa das Gefühl hatte, einen Lügendetektortest zu durchlaufen.

»Soso«, sagte er. »Die Verhüllung.«

Alissa nickte.

»Du freust dich auf die Verhüllung? Wie alt bist du?«

»Ja«, hauchte Alissa. »Ich freue mich sehr. Ich werde bald fünfzehn und ich warte schon auf das neue Implement. Ich bekomme es noch vor meinem Geburtstag, und ich bin wahnsinnig gespannt darauf, und die Verhüllung ist eine Riesensache ...!«

Die Worte sprudelten nur so aus ihr heraus. Alissa konnte sich gar nicht mehr bremsen. Sie musste hoffen, dass er ihr das nach unten gelogene Alter glaubte. Tatsächlich entspannten sich die Züge des Arztes, als Alissa ins Schwärmen geriet. Und dann näherte sich ein zweiter Wächter, der ein Bruder des uniformierten Muskelpakets hätte sein können, das Marina mit sich fortgeführt hatte.

»Dakubra ist jetzt da. Wir haben ...«, setzte er an. Als er Alissa bemerkte, wechselte er schnell den Ton. »Die Patientin wäre dann so weit, Doktor.«

Der Arzt wandte sich von Alissa ab.

»Gut«, seufzte er. »Die Pflicht ruft. Ich wünsche dir viel Erfolg bei deiner Hausarbeit. Gib dir Mühe. Die Verhüllung ist ein wichtiges Projekt.« Noch einmal blickte er sie durchdringend an. Dann nickte er, wandte sich dem Wächter zu und beide verließen den Raum.

Alissa blieb wie erstarrt stehen und lauschte den sich entfernenden Schritten. Sie verharrte noch minutenlang und rechnete damit, dass die Männer zurückkehrten.

Aber sie blieben verschwunden.

Es dauerte tatsächlich eine knappe halbe Stunde, bis ein Bibliotheksmitarbeiter mit einem Bücherwagen angeschlurft kam. Oben auf dem Wagen lag ein Stapel Zeitschriften. Der Mann prüfte die Kopieabschnitte der Ausleihzettel, die Alissa ihm gab, und legte die Zeitschriften einzeln und ungeordnet auf den Tisch.

»So, das wären alle«, sagte er. »Vier Ausgaben fehlen. Sind wohl verschwunden. Können nicht nachbestellt werden. So was kommt vor.«

Ohne eine Reaktion abzuwarten, schlurfte er wieder davon.

Alissa betrachtete die Zeitschriften. Es waren vierzehn schmale Zweimonatsmagazine, abgegriffen, bei manchen fehlte auch das Deckblatt. Vierzehn statt achtzehn.

Alissa sortierte die Zeitschriften zunächst nach dem Erscheinen. Dann nahm sie das erste Heft, schlug es auf und tauchte ein in die Rätsel der wissenschaftlichen Welt.

In den nächsten anderthalb Stunden las sie alles, was sie zu Posisco und der Arbeit ihres Vaters finden konnte. *Specular* informierte seine Leser tatsächlich sehr ausführlich – und sehr kritisch – über Posisco, über das Memoporting, die Implemente und was sonst alles mit der Welt des Kontinuums zu tun hatte. Alissa stieß auf ein Wirrwarr von Begriffen, die ihr nur vage etwas sagten. Bendar hatte diese Begriffe hier und dort benutzt, doch selten erklärt. Und Alissa hatte sich nie dafür interessiert.

Dieses Defizit musste sie nun ausgleichen, so gut es ging.

Neben bekannten Beiträgen zu den Themen *neue und alte Implemente* und *Memoportale als Tempel der Zukunft* war in den Artikeln wiederholt vom *Durando-Kontinuum* die Rede. Natürlich wusste Alissa, was das war, gehörte das Kontinuum doch mittlerweile zum Alltag in Metronas. Das Durando-Kontinuum bezeichnete den Zustand – oder den Raum –, in den man gelangte, wenn man ein Memoportal benutzte und sozusagen Kopien von sich selbst erzeugte. Die Energie, die das Kontinuum aufspannte, verteilte sich in den Botenstromschneisen, in einem Netz speziell ionisierter Luftschichten über der Stadt. Alissa stolperte über eine verwirrende Menge von Formeln und Fachbegriffen, die ihr zum großen Teil unverständlich blieben. *Specular* war zwar eine wissenschaftliche Zeitschrift, deren Redaktion sich bemühte, zwischen Wissenschaft und interessierten Laien zu vermitteln. Dennoch war die Lektüre alles andere als einfach. Nur dank der Tatsache, dass die Entwicklung der Memoporter-Technik in den vergangenen Jahren so rasante Fortschritte gemacht hatte, fand Alissa immer wieder grundsätzliche Erläuterungen zu dieser oder jener Weiterentwicklung und Innovation.

Da war von Kenton-Relais-Stationen im Vergleich zu neuen, leistungsfähigeren und noch sehr geheimen Zenon-Konvertern die Rede. Alissa erfuhr, dass die das Kontinuum erzeugenden Anlagen ganz unterschiedliche Energieniveaus erreichten. Ein Kenton-Relais war ein vergleichsweise kleines Kraftwerk. Zugleich war es ein Schalter im Verbund mit weiteren solcher Relais. Sie funktionierten nur in einem engmaschigen Netz. Das von ihnen gebildete Kontinuum war weder besonders energiereich noch besonders ausgedehnt. Alissa wusste, dass es in Metronas bisher nur ein sehr löchriges Durando-Kontinuum gab. Und außerhalb von Metronas war Memoporting reine Utopie.

Zenon-Konverter hingegen schienen wahre Energiemonster zu sein. Alissa fand einen sehr kritischen Bericht, der die Energiemengen eines Netzes von nur drei Zenon-Konvertern als ausreichend für ein Kontinuum für die gesamte Nigrana beschrieb. Der Autor des

Artikels war Lando Dandihla – doch Alissa erkannte hinter den Worten Landos den Ton ihres Vaters. Lando sprach mit großer Selbstverständlichkeit von Dingen wie *memoradialer Apathie* und *Konglomeration*. Alissa meinte zu verstehen, dass die sehr viel größere Energiedichte in einem von Konvertern erzeugten Kontinuum alle möglichen negativen Effekte haben könnte. Es war ein Artikel mit vielen Fragen: Wie gefährlich es etwa wäre, wenn die Nutzer von Memoportalen bis zu fünf oder sogar acht Duplikate von sich selbst erzeugten. Spreche nicht eine gewisse Wahrscheinlichkeit dafür, dass die Nutzung von Memoportalen im Verbund mit den neuen Implementen bleibende Schäden hinterließ?

Ein Wortungetüm wie *Lambda-Koeffizient* tauchte auf. Alissa meinte sich zu erinnern, dass Bendar den Begriff in seinen Gesprächen dann und wann hatte fallen lassen. Sie erfuhr nun, dass es zwei dieser Koeffizienten gab: *Lambda 1* und *Lambda 2*. Es waren Schwellenwerte für Energie-Niveaus. Lambda 2 schien ein besonders kritischer Wert zu sein. Das Energie-Niveau Lambda 2, so wurde spekuliert, könnte riskant sein für die Bewusstseine im Kontinuum. Und wieder und wieder tauchte der Begriff Konglomeration auf, eingefügt in rätselhafte Sätze wie: *Im hoch-psionischen Feld sind kristallisationsäquivalente Reaktionen wie der Konglomerations-Effekt schon gemäß den Bedingungen der Kamladis-Resonanz nicht unwahrscheinlich!!!* Alissa konnte nur staunen. Drei Ausrufungszeichen wie in den Text gesetzte Warnsignale hielten sie auf Distanz.

Alissa kam sich zunächst ziemlich verloren vor. Sie kannte natürlich vieles, was in den Artikeln erwähnt wurde, weil es im täglichen Leben von Metronas eine Rolle spielte. Zum Beispiel wusste sie, dass der Raum, innerhalb dessen sich der Nutzer eines Memoportals bewegen konnte, ohne die Stabilität seiner Duplikate, seiner *Transpersonalisationen*, zu gefährden, *memoradiales Feld* hieß. Aber viele der neuen Begriffe erschienen ihr wie Bausteine, die dazu beitrugen, ihr das Gebäude der Technik mächtiger und mächtiger und immer unübersichtlicher werden zu lassen, anstatt klarer und räumlicher. Nur langsam fand sie Zugang zu der oft versteckten Kritik, die *Specular* an Posisco und seinen Aktivitäten übte.

Posisco ins Spiel zu bringen, fiel allen, die für *Specular* schrieben, leicht. Der Name Posisco verbarg sich hinter nahezu jeder wissenschaftlichen Entwicklung und hinter jeder Formel der schönen neuen Memotech-Welt. Die Firma war der Inbegriff technischer Revolution im Schwarzen Land. Posisco und Memoporting waren nahezu ein und dasselbe. Mittlerweile war es ja längst Normalität, dass Menschen in Alissas Alter in Metronas ein Implement trugen. Sie betraten Memoportale und duplizierten sich an ausgewählten Orten innerhalb des Kontinuums. Solange die Nutzer des Portals das memoradiale Feld – in aller Regel ein Umkreis von circa zweihundert Metern um das Memoportal herum – nicht verließen, exisitierten die Transpersonalisationen, zumindest in der Theorie. Aufgrund von Interferenz-Effekten, die zu beseitigen ganze Forschungsabteilungen bei Posisco eingerichtet worden waren, wurden die verdoppelten Körper nämlich spätestens nach einem halben Tag instabil und lösten sich wieder auf. Dennoch: die Erlebnisse, Gefühle, Gedanken der Duplikate bewahrten sich im Gedächtnis, im Wissen, im Denken der Ausgangsperson. Beim Auflösen des zweiten Körpers flossen diese Erlebnisse, Gefühle, Gedanken sozusagen hinüber ins Bewusstsein des Implement-Trägers und dieser Moment war wie ein Kick, ein Flash, ein Aufblühen einer fremder Welt im eigenen Kopf. Intensive Erfahrungen entfalteten ihre Wirkung auf den Träger oft über Stunden. Kein Wunder also, dass manche Kritiker der Technik schon früh von Memoporting-Junkies sprachen, von Suchteffekten, und von der Verantwortung der Firma Posisco für diese Fälle.

Andere Kritiker konzentrierten sich auf die Implemente: jene mikrotechnischen Geräte, nicht größer als eine Knopfzelle, die in die Thalamus-Region des Zwischenhirns eingesetzt wurden. Der Eingriff erfolgte in den modernen Operations-Sälen der Implement-Klinik. Bis vor wenigen Monaten war die Operation nur erlaubt gewesen, wenn der Empfänger fünfzehn oder älter war. Innerhalb weniger Jahre hatte sich aufgrund dieser Gesetzeslage ein festes Ritual gebildet. Es gab kaum jemanden, der die Operation nicht am Tag des fünfzehnten Geburtstags vornehmen ließ – unter Teilnahme oft der gesamten Familie. Es war ein Fest. Ein teures Fest, denn Operation und Implement kosteten eine stattliche Summe.

Tja, und dann gab es nun die neueste Generation von Implementen. Nebenwirkungen älterer Modelle waren nicht mehr zu befürchten, verkündete Posisco, was Kritiker zu der Frage veranlasste, weshalb man erst dann von Nebenwirkungen sprach, wenn man diese medizinisch oder technisch im Griff hatte. War vorher etwas verschleiert worden?

Vorwürfe solcher Art hatten Posisco nie aufhalten können. Im Gegenteil. Nachdem Posisco die neuesten Implemente präsentiert hatte, wurde dafür gesorgt, dass der Große Rat der Stadt Metronas die Gesetze änderte. Die Altersbeschränkung wurde auf drei Jahre gesenkt. Nun konnten Eltern auch ihre Kinder operieren lassen und der Kreis der Memoportal-Nutzer erweiterte sich immens.

Um die Renovierung und das Jubiläum der Statue zu feiern, hatten Skanda Borlund und Posisco schließlich das Projekt der Verhüllung ins Leben gerufen. Die Bewohner von Metronas reagierten mit Begeisterung. Zigtausende junge Menschen ließen sich als Verhüller anwerben. Sie alle bekamen ein neues Implement sowie die Operation geschenkt. Das finanzielle Engagement von Posisco war erstaunlich.

Beinahe verzweifelt hatten kritische Stimmen darauf hingewiesen, dass Posisco den Besitz der Implement-Klinik durch ein merkwürdiges Geflecht von Firmenbeteiligungen einige Jahre lang verschleiert hatte. Tatsache war, dass Posisco mit jeder Operation Geld verdiente und zugleich den für die Erweiterung seines Marktes notwendigen neuen Menschen schuf. War Skanda Borlund also eine Art Dr. Frankenstein?

Borlund konterte mit dem Hinweis, dass die Einpflanzung eines Implements der neuesten Generation kostenfrei sei. Er rechnete den Kritikern das finanzielle Volumen der Aktion vor und präsentierte sich als spendabler Philanthrop. Der Vorwurf reiner Geldmacherei, wie hier und dort erhoben, könne vor solch einem Hintergrund nicht stehen bleiben. Und was die Vergangenheit betraf, sagte er, habe man sicher Fehler gemacht, aber man habe auch dazugelernt.

Und dann sprach er von den vielen Vorteilen des Memoporting. Die Technik sei ein Segen für die Menschheit. Jedem sei es bald möglich, nach Nutzung eines Memoportals zurück nach Haus zu gehen, während ein Doppelgänger zur Arbeit ging, ein anderer vielleicht den täglichen Einkauf erledigte, ein dritter den Teneberpark aufsuchte, ein vierter ein Museum oder den Ferrobotanischen Garten und so weiter.

Da es in der Stadt verteilt schon jetzt zahlreiche Memoportale gab, genossen viele Einwohner von Metronas die Möglichkeiten des Memoporting. Einige hatten deshalb sogar schon Karriere gemacht. Pfiffige Memoporter arbeiteten in zwei Berufen gleichzeitig, verdienten also doppeltes Geld. Oder man kombinierte Freizeit und Arbeit. Skanda Borlund nannte das Fortschritt – und seine Kritiker schmähte er mal als Kleingeister, mal als ideologisch verbohrt. Immer waren es Freiheitsfeinde.

Doch die Kritiker verstummten nicht. Die letzte Phase der Auseinandersetzungen hatte begonnen mit Hinweisen auf geheime Planungen von Posisco, eine neue Generation von Kenton-Relais-Stationen in Angriff zu nehmen. Die weitaus stärkere Variante dieser für das Energieniveau des Durando-Kontinuums notwendigen Kraftwerke hieß Zenon-Konverter, wie Alissa bereits erfahren hatte. Diese Konverter sollten in der Lage sein, das Durando-Kontinuum über die gesamte Nigrana zu erweitern.

Alissa stieß auf einen längeren Artikel, in dem die Technik von Zenon-Konvertern und Kenton-Relais-Stationen miteinander verglichen wurde. Obwohl noch kein einziger Konverter gebaut worden war, beschwor der Verfasser bereits die segensreichen Qualitäten eines neuen Zeitalters. Memoradiale Felder und Kontinuum würden deckungsgleich sein und auf ein Vielfaches ihrer jetzigen maximalen Ausdehnung anwachsen. Memoporting wäre zeitlich nahezu unbegrenzt möglich. *Der multiple Mensch und seine Zeit* seien dann endlich Realität, so tönte es euphorisch in einer der Lobeshymnen auf die Technologie der Posisco-Werke. Am Schluss jenes *Specular*-Artikels fand Alissa einen merkwürdigen Absatz, den sie sich mehrmals durchlas, obwohl er anscheinend gar nichts zu tun hatte mit dem, was sie suchte:

Das neue Zeitalter, hieß es da, *wird den Geist jener Männer spiegeln, die einst seine Grundlagen legten. Wenn einmal mächtige Zenon-Konverter ein Durando-Kontinuum mit ungeahnten Möglichkeiten erzeugen, erfüllt sich, was im Bund Zenon Siborgias und Quentin Durandos besiegelt worden war. Wir denken voller Schmerz an diese Pioniere, an ihre Größe, ihre Visionen: Wir vermissen Siborgias kühne Tatkraft, seinen Mut, seine Entschlossenheit, den Gefahren des Kontinuums zu trotzen, um dessen Möglichkeiten zu nutzen. Und wir erinnern uns an Durandos Genie, seine Entdeckungen, seine bahnbrechenden Erkenntnisse als Wissenschaftler. Die zwei Gründer der Posisco-Werke haben ein Fundament gelegt, dessen Weiterbau vielleicht niemand so gewaltig, so kühn, so atemberaubend hätte betreiben können wie sie. Wie wir alle wissen, sollte es nicht sein. Die Katastrophe kam aus heiterem Himmel, unvorhergesehen und umso tragischer. Sie erscheint uns wie eine Götterstrafe. Die Nacht, als die Villa Durando in Flammen stand, hat in uns allen, die wir an den Fortschritt der Menschheit glauben, Verwüstung und Zerstörung hinterlassen. Damals, als Zenon Siborgia und Quentin Durando in der Flammenhölle starben, schien ihr Wirken abrupt zu enden. Nun aber, im Abstand der Jahre und rückblickend auf die Geschichte Posiscos, können wir wieder hoffen, dass Zenon Siborgia und Quentin Durando Nachfolger finden. Es ist nicht zuletzt das Verdienst Skanda Borlunds, der nach dem Tod der Firmengründer die Geschäfte übernahm, dass Posisco und die Technik des Memoporting heute ein Bauwerk darstellen, welches auf Größeres verweist: auf einen Palast der Zukunft. Ein Bauwerk, das den Blick auf weitere bahnbrechende Entwicklungen erlaubt. Ja, es gibt in diesen Tagen das Moment des Glaubens – des Glaubens, dass Zenon Siborgia und Quentin Durando noch unter uns weilen!*

Alissa stellte verwundert fest, dass diese pathetischen Sätze etwas in ihr auslösten. Sie rührten vage an eine Erinnerung. Alissa war immer mal wieder auf die Namen Zenon Siborgia und Quentin Durando gestoßen. Sie waren Teil der jüngeren Geschichte von Metronas. Doch die Mühen des Autors, die Gründer der Posisco-Werke zu Heiligen zu verklären, standen in seltsamem Gegensatz zu Alissas eigenen Bildern. Bendar, der die zwei gekannt hatte, war mit Bemerkungen über sie sehr sparsam gewesen. Er hatte ihr Wirken eher zugeknöpft kommentiert – und nie im Gespräch mit Alissa. Alissa kam der Gedanke, dass Bendar womöglich sehr genau Bescheid wusste über sie und dass er Alissa von diesem Wissen hatte fernhalten wollen.

Was hatte es mit ihnen auf sich? Zenon Siborgia und Quentin Durando. Gestorben in einer brennenden Villa vor … Alissa überlegte: vierzehn oder fünfzehn Jahren.

Handelte es sich um die Villa, in der Tiras, der Graf und Jolo gewesen waren? Alissa schauderte. Es passte zu gut: Die Villa war abgebrannt. Das Leben in der Stadt ging weiter. Der Aufstieg Posiscos begann. Memoportale und Durando-Kontinuum nahmen den Betrieb auf. Man plante die Verhüllung …

Und schließlich Bendars Entführung.

Welche Rolle spielte ihr Vater bei all dem? Beim Lesen und Durchblättern der Magazine bemerkte Alissa sehr schnell, dass die vier fehlenden Ausgaben wichtig gewesen wären. Der Name ihres Vaters tauchte immer wieder auf – in den Artikeln diverser Autoren und als Autor selbst. Seine teils harsche Kritik an Posisco, den neuen Implementen, den Konvertern, kam in den Alissa vorliegenden Texten allerdings nur abgeschwächt zur Geltung. Es gab eine einzige längere Abhandlung, von Skanda Borlund verfasst, in der Borlund Bezug nahm auf Vorwürfe, Warnungen, Bedenken, die Bendar Kamladis in der vorangegangenen Ausgabe des Magazins geäußert hatte. Diese Ausgabe jedoch fehlte. Und leider hielt sich Borlund in seiner Entgegnung sehr allgemein, beschönigte vieles. Er behauptete zum Beispiel, die Technik der Zenon-Konverter lasse keineswegs eine Erweiterung der gängigen Definition des Lambda-Koeffizienten zu. So etwas hatte Bendar Kamladis wohl behauptet – was immer es bedeutete. Alissa konnte nur raten.

Lambda-Koeffizient: Sie hatte nur eine sehr vage Vorstellung von diesem Begriff. Ebenso *Lambda 1* und *Lambda 2*. Erläuterungen dazu waren in Wissenschafts-Chinesisch gehalten und weitgehend unverständlich. Borlund schien es vor allem um *Lambda 2* zu gehen. Er schrieb, es gebe dieses Energieniveau gar nicht. Also vermutete Alissa, dass Bendar das Gegenteil behauptet hatte. Weiterhin erwähnte Borlund den *Konglomerations-Effekt*. Er schrieb, dieser sei bisher in keiner einzigen ernstzunehmenden wissenschaftlichen Untersuchung bestätigt worden. Der Effekt sei ein Hirngespinst des verehrten Kollegen Kamladis, dessen Warnungen wohl mehr seiner Profilneurose entsprängen als dem Wunsch nach Fortschritt. Kamladis' Warnungen seien manipulativ, dienten der Verunsicherung, wollten Ängste unter den Menschen von Metronas schüren. Was solle man denn bitte schön davon halten, dass der verehrte Kollege sich standhaft weigere, das von ihm postulierte *Amplifikations-Modul*, das doch angeblich zeige, wie gefahrvoll das Kontinuum sei, zu bauen und vorzuführen? Dessen Funktionsfähigkeit könnten die Warnungen des Kollegen doch bestätigen. So wie eine Zeitreisemaschine die Relativitätstheorie des verehrten Professor Einstein bestätigen könnte. Aber vermutlich benutze der verehrte Kollege Kamladis dieses ominöse Modul nur als Chimäre, als Mittel, um die Arbeiten der Werke zu desavouieren. Das sei eines angesehenen Wissenschaftlers unwürdig. Nein, das sei schäbig.

In diesem Ton gingen Borlunds Ausführungen weiter.

Als sie die Worte Amplifikations-Modul las, erinnerte sich Alissa daran, dass die Frau namens Marina von einem Modul gesprochen hatte. Kurz bevor man sie festnahm. Und in der Nacht, als die Einbrecher das Haus und die Ruine durchsuchten, war ebenfalls von einem Modul die Rede gewesen. Ein Modul, nach dem Posisco suchte.

Amplifikations-Modul – nie hatte Bendar ihr gegenüber so etwas erwähnt.

Konglomerations-Effekt und Amplifiktions-Modul: Um diese Begriffe herum verdichtete sich etwas, und dennoch blieb in Alissas Vorstellungen nur ein Nebel. Oder eine dunkle Wolke. Schließlich stieß sie noch auf einen kurzen, in harschem Ton abgefassten Artikel, geschrieben von ihrem Vater. Bendar fragte sehr direkt, was denn das Interesse Posiscos an der alten Burg auf dem Ardenfels zu bedeuten habe. Er behauptete, Posisco habe etwas zu verbergen, wenn man zu verheimlichen suche, dass die Werke diese Ruine sowie weitere der alten Wehrbauten in der Nigrana gekauft habe. Es dränge sich ja geradezu die Vermutung auf, *dass Posisco die Wasserfälle von Nicobra …* – der Rest der Seite war herausgerissen.

Alissa blickte auf. Ihr Herz pochte, denn der Ton, den Bendar in diesem Artikel, oder was davon geblieben war, anschlug, war ein Ton, den sie von ihm nicht kannte. Sie kämpften miteinander: Skanda Borlund und Bendar Kamladis fochten einen Kampf aus. Und es war mehr als nur ein Kampf um wissenschaftliche Deutungen.

Was hatte der Ardenfels mit all dem zu tun? Die Burg auf dem Ardenfels war eine alte Ruine am Rand des Teufergrats, dem markantesten Höhenzug der Schwarzen Berge. Die Burgruine lag in unmittelbarer Nähe der Wasserfälle von Nicobra. Diese Wasserfälle waren ein gigantischer, steil herabstürzender, in mehrere breite Abschnitte unterteilter Fall des Aldion – ein wasserreicher Nebenfluss des Teneber. Der Aldion kam aus dem Hochland von Arden und erreichte die Niederungen der Nigrana etwa sechzig Kilometer westlich von Metronas. Das Donnern der Fälle war schon in weiter Entfernung zu hören. Und wenn die Sonne über der Nigrana aufging oder wenn die Luft sehr klar war, leuchtete eine mächtige Dunstwand vor dem Gebirgseinschnitt. Es war ein grandioses Naturschauspiel, neben dem sich der schwarze Rest der Burg wie eine Wächterfigur erhob.

Aber Posisco und der Ardenfels? Was gab es da für eine Verbindung?

Alissa hatte nicht gewusst, dass sich Bendar Gedanken um die ferne Burgruine gemacht hatte und dass der Ardenfels im Besitz von Posisco war. Weshalb sollte das wichtig sein? Und welche Rolle spielten die Wasserfälle in Bendars Befürchtungen?

All dies blieb ihr schleierhaft. Es lag alles viel zu weit entfernt von …

Das Flugzeug.

Marinas Worte.

Vielleicht hatte Marina deshalb das Flugzeug erwähnt: die Weiße Taube. Ein Flug über der Nigrana … Die Bilder, die Marina angeblich gesehen hatte: Der Flug hatte ihr vielleicht die Möglichkeit gegeben, einen Blick aus nächster Nähe auf die Ruine zu werfen. Vielleicht konnte man von oben in die Anlagen auf dem Ardenfels hineinsehen. Und vielleicht hielten sie Bendar in der Burgruine gefangen. Verkehrte das Flugzeug zwischen den Posisco-Werken am See von Porta Cresta und dem Ardenfels?

Was hatte Marina über dieses Flugzeug gesagt?

In der nächsten Stunde besorgte sich Alissa alles nur verfügbare Material zur Weißen Taube: Zeitschriftenartikel, Berichte über die Rolle der Maschine als Werksflugzeug von Posisco, Zeichnungen und Fotos. Und dann studierte Alissa ihre Funde:

Die Weiße Taube war schon über achtzig Jahre alt. Als sie gebaut worden war, galt sie als perfekte Kombination von Luxus und Technik. Knapp fünfzig Meter lang war das strahlend weiße Flugzeug mit der breiten Tragfläche, das einst mehr als hundertfünfzig Passagieren Platz geboten hatte – und allen erdenklichen Komfort.

Der Rumpf der Weißen Taube erinnerte an eine schnittige Fregatte. Um auf Wasser landen zu können, war die Unterseite des Rumpfs wie ein Schiffskiel geformt. Ein Luftschiff, ein Schiff aus den Wolken, das war die Weiße Taube.

Alissa versank in Betrachtungen und Gedanken.

Als Passagierflugzeug – so entnahm sie den Unterlagen – wurde die Weiße Taube allerdings nur wenige Jahre lang eingesetzt. Man baute sie bald zur Militärmaschine um – in Kriegsjahren, die lange zurücklagen. So wurde aus dem Passagierraum ein Frachtraum und der Rumpf erhielt einen Bombenschacht. Doch schon bald stellte sich heraus, dass ein solch schweres und schwerfälliges Wasserflugzeug für militärische Zwecke ungeeignet war. Also wurde das Schmuckstück kurzerhand außer Dienst gestellt und in einem Hangar am Ufer des Sees von Porta Cresta eingemottet. Dort vergaß man die Maschine, und es dauerte mehr als fünfzig Jahre, bis ein findiger Mitarbeiter von Posisco den mittlerweile zum Besitz der Firma gehörigen Hangar durchstöberte und auf den verstaubten und längst flugunfähigen Riesen stieß.

Alissa las, dass beim Umbau des Wasserflugzeugs eine Beobachtungskanzel eingebaut worden war und man dafür eine alte Geschützwanne aus schusssicherem Plexiglas verwendet hatte. Eine durchsichtige Halbkugel sozusagen. Diese Halbkugel war sehr auffällig angebracht und verlieh dem Flugzeug ein merkwürdiges Aussehen. Ohne diese Kanzel erinnerte der Rumpf an einen klobigen Entensteiß mit abgespreizten Schwanzfedern. Mit Kanzel hingegen … Nun, als das Flugzeug umgebaut und für Schauflüge in Betrieb genommen wurde, schrieb ein vorwitziger Kommentator in der Presse von dem *Vogel, der ein Ei legen will, aber nicht kann*.

Unzweifelhaft diente diese Halbkugel Beobachtungszwecken, und vermutlich wurde sie von Wissenschaftlern der Werke benutzt. Aber was beobachteten sie?

Dann stieß Alissa auf eine Randnotiz, die besagte, dass es für die Weiße Taube einen zweiten Landeplatz im Hochland von Arden gab. Nahe der Stelle, wo der Aldion die Wasserfälle von Nicobra erreichte, war vor Jahren ein breites Becken angelegt worden. Gab es also tatsächlich eine Art Flugverbindung zum Hochland? Zur Ardenburg?

Alissa fand darauf keine Antwort.

Sie las weiter und erfuhr, dass zu der Beobachtungskanzel des Flugzeugs eine zweite Kammer gehörte. Da die Plexiglas-Halbkugel aus einer alten Militärmaschine stammte und militärisch genutzt worden war, hatte diese zweite Kammer die Funktion einer Munitionskammer gehabt. Sie war durch eine Wand vom vorderen Teil der Kanzel getrennt und bis auf ein schmales Glasstück am Boden fast vollständig vom Metall des Rumpfs umkleidet. Vielleicht war es Marina gelungen, sich in diese zweite Kammer zu schmuggeln und über die Nigrana zu fliegen?

War sie gar auf der Ardenburg gewesen?

Alissa überraschte sich bei dem Gedanken, zusammen mit Tiras an Bord dieser Maschine aufzusteigen und …

Tiras.

Sie erschrak. Wie spät war es? Tiras wartete auf sie. Die vier Stunden, die sie vereinbart hatten, waren längst vergangen. Hastig sammelte Alissa ihre Aufzeichnungen ein, legte die Zeitschriften zurück auf einen der abseits stehenden Bücherwagen und verließ das Magazin.

Auf den Fluren und Gängen des Bibliotheksblocks herrschte nun Stille. Das Gebäude hatte sich gelehrt. Nur noch wenige Dozenten, die kurz vor Schließung der Buchausgabe nach Fachliteratur suchten, standen an den Karteikästen. Alissa bewegte sich verstohlen an ihnen vorbei, dachte an Marina, die Männer, die sie abgeführt hatten. Auf dem langen Weg zum Ausgang schienen überall auf den Geschossen Augen zu lauern: hinter Säulen und Schaukästen, in Wandnischen und auf Galeriegängen.

Doch niemand hielt sie auf.

Draußen hatte die Abenddämmerung bereits begonnen. Das angegraute Weiß des Universitätsgebäudes hatte einen zarten rötlichen Schimmer angenommen, und der hohe Bau warf einen langen Schatten auf den Vorplatz. Alissa hastete zum Grün unter den Platanen.

Tiras war verschwunden.

GESPRÄCHE IN DER ZELLE

Lando war kaum in der Lage, die Augen zu öffnen. Er legte den Kopf zurück, um Bendar durch den Schlitz zwischen den zugeschwollenen Lidern anblicken zu können. Verkrustetes Blut zog sich in mehreren Streifen von den Brauen herunter, am Nasenbein entlang und über die Wangen, wo der Druck der Knochen unter gezielten Faustschlägen Hämatome hinterlassen hatte.

Weitere Reste getrockneten Blutes hingen ihm wie brauner Rotz unter der Nase. Landos sonst so schwungvoll nach hinten gelegtes Haar stand wirr, schweiß- und blutverklebt, in alle Richtungen ab. Als er zu lächeln versuchte, verzog er das Gesicht in einem plötzlichen Schmerzanfall. Nur sehr langsam und mühsam richtete er sich auf.

»Mein Gott, was haben sie mit dir gemacht? Du siehst furchtbar aus.«

Bendar half ihm auf die Pritsche.

Lando setzte sich, wie ein Blinder, der den Ort, an den es ihn verschlagen hatte, mit großer Verzögerung wahrnahm.

»Warum bloß?«, fragte Bendar. »Was hast du ihnen getan?«

Landos Lächeln wurde noch eine Spur verzerrter.

»Nichts«, sagte er schwach. »Gar nichts. Nichts getan und nichts gesagt. Das weißt du doch.«

Bendar nickte.

»Ich vermute, dich haben sie auch bearbeitet, oder?«, fragte Lando. »Aber du siehst ausnahmsweise mal besser aus als ich.«

Bendar verzog den Mund. Er hatte den spöttischen Ton nicht überhört.

»Ja«, sagte er leise. »Natürlich. Sie haben es auch bei mir versucht. Und sie werden es weiter versuchen.«

»Aber bei dir sind sie vorsichtiger. Sie brauchen dich noch.«

Lando musste lachen, doch der Schmerz verwandelte das Lachen in einen Hustenanfall. Bendar machte einen Schritt nach vorn und versuchte, ihn zu stützen.

»Lass nur«, stöhnte Lando. »Ich gewöhne mich daran. Muss meine Kräfte aber zusammenhalten. Sie werden mich sicher bald wieder in die Mangel nehmen.«

Der spöttische Unterton. Bendar erwiderte nichts. Dann ließ er sich ebenfalls auf der Pritsche nieder.

Er sah kurz hoch zu der stummen, unbeweglichen Kamera in der Wandecke, horchte auf Geräusche. Da war nichts als das beständige Summen der unsichtbaren, unerklärlichen Maschinen.

»Wo haben sie dich erwischt? Ich hab nicht gedacht, dass sie dich finden.«

»Natürlich haben sie mich gefunden. Du unterschätzt sie immer noch.«

»Nein. Du irrst dich. Ich unterschätze sie nicht. Nicht mehr. Jetzt nicht mehr. Schon wegen … Ich darf sie nicht mehr unterschätzen.«

Lando holte Luft und wollte etwas erwidern. Aber er schwieg, sah Bendar in die Augen. Dann räusperte er sich:

»Du weißt nicht, wo sie ist, oder?«

Bendar schüttelte den Kopf.

»Und Tiras?«

Bendar schloss die Augen. Aber nun war es gesagt. Lando war zu unvorsichtig. Doch was sollten sie schweigen, in dieser Zelle, wo sie jeden ihrer Gedanken erraten konnten.

»Ich hoffe, sie sind in Sicherheit. Tiras ist vorsichtig. Er hasst die Stadt …«

»Sie werden sie suchen. Das weißt du.«

Bendar nickte. Plötzlich riss er den Kopf hoch:

»Sie kann ihnen nicht helfen. Sie würde ihnen nur eine Last sein. Sie haben *uns*, und *wir* sind es, die …!«

»Nein! Sie werden …«

»Sei still!«, rief Bendar, aber Lando ließ sich nicht mehr stoppen.

»Hör auf! Hör auf und nimm endlich Vernunft an! Sie werden Alissa benutzen, um dich unter Druck zu setzen. Begreif es endlich!«

Landos Stimme verging in einem Krächzen. Erneut schüttelte ihn ein Hustenanfall, der zumindest dafür sorgte, dass Bendar sich wieder beruhigte. Denn er wusste ja: Lando hatte recht. Auch in dieser Frage hatte er recht.

Bendar sah zur Zellenwand:

»Alissa weiß nichts. Sie ist vollkommen ahnungslos. Und dieses verdammte Modul wird sich kaum je bauen lassen …« Er stieß ein Lachen aus. »… Theorie und Praxis …«

O Gott, dachte Lando. Jetzt spielt er. Sie werden ihm nicht glauben. Er kann nicht glauben, dass sie sich täuschen lassen. Es ist eine unwürdige Vorstellung.

»Haben sie Stella auch erwischt?«, fragte Bendar schließlich.

»Stella sparen sie sich auf. Für den Fall, dass sie mit uns nicht weiterkommen. Ich habe keine Ahnung.«

»Was willst du damit sagen?«

Lando schreckte hoch: »Sie ist … Ich weiß es nicht, aber sie … sie haben sie aus dem Hotel gelockt, um dich ungestört festnehmen zu können. Sie hätten Stella bei dieser Gelegenheit doch auch gleich festnehmen können. Haben sie aber nicht.«

Bendar starrte ihn an.

»Woher weißt du das?«

»Was?«

»Dass sie Stella fortgelockt haben?«

Lando war einen Moment lang verwirrt, so als wüsste er nicht, wie die Frage gemeint war. Aber dann lachte er und schüttelte den Kopf.

»Sie hat mich angerufen und gewarnt. Was denkst du denn? Ich frage mich sowieso, weshalb du und Stella schon einen Tag vor dem Treffen in diesem Hotel abgestiegen seid. Musstet ihr noch Modelle aufbauen? Sie hatten wohl Zeit genug, euch ausfindig zu machen. Also wird sie durch einen fingierten Anruf aus dem Hotel gelockt, dann entpuppt sich der Kontakt als Luftnummer. Was tut sie also? Zwei und zwei zusammenzählen und mich warnen. Kam aber zu spät. Sie standen schon vor der Tür.«

Bendar senkte den Blick. Dann rieb er sich die Augen.

»Und was hast du gemacht, als sie kamen?«

»Hatte grad das erste Amplifikations-Modul zusammengebastelt, Heureka gerufen und ...!«

»Was soll das!?«

Bendar sprang auf und riss die Hände hoch. Lando spielte mit dem Feuer. Sie hatten ihn zu ihm gesteckt, um sich eine schlechte Gladiatorenvorstellung zu gönnen. Aber Lando verstand:

»Tut mir leid«, murmelte er. »War dumm und ein schlechter Scherz. Ich war auf dem Weg zur Zitadelle, als sie mich abfingen. Vielleicht habe ich sie auch unterschätzt. So wie du.«

»Zur Zitadelle?«

»Ja. Vielleicht bin ich ja auch so naiv wie du. Ich habe in meiner Verblendung gedacht, dass man dort Bescheid wissen sollte über das, was mit dir passiert ist.«

»Sie wissen Bescheid«, sagte Bendar vieldeutig. »Das war tatsächlich naiv von dir.«

Wieder schwiegen sie. Lando fuhr mit den Fingern vorsichtig über die Schwellungen im Gesicht, und in seinen Augen flackerte der Schmerz. Er dachte nach.

Sie konnten hier kein vernünftiges Gespräch führen.

»Weshalb kapitulieren wir nicht? Geben ihnen, was sie wollen?«, flüsterte er.

»Was?«

Bendar fuhr auf.

»Ich fragte, weshalb wir nicht mit ihnen zusammenarbeiten. Sie sind zu stark. Du kannst die Entwicklung doch in deinem Sinne steuern? Du könntest es wenigstens versuchen. Vielleicht liegen deine Ideen und ihre gar nicht so weit auseinander?«

Landos Worte kamen wohlgesetzt, leise. Bendars Antwort war schneller, lauter:

»Bist du jetzt komplett verrückt? Es geht nicht! Selbst, wenn ich wollte: Es ist unmöglich! Ich … Sie sind auf der falschen Spur. Und sie überschätzen mich …«

Seine Wut wuchs. Doch noch immer hielt er sich zurück. Sein Atem ging schneller.

Wieder dachte Lando an eine schlechte Theatervorstellung. Es war eindeutig Bendar, der sich auf der falschen Spur bewegte.

»Hör doch«, fuhr er fort. »Du bist nur noch ein Hindernis. Du hältst nichts mehr auf. Sieh es doch ein! Wenn wir mitmachen, können wir die Entwicklung der Memotechnologie weiter beeinflussen. Sie wollen letztlich auch nur …«

Mehr konnte er nicht sagen, denn Bendar fiel ihm ins Wort. Er brüllte ihn an. Er schrie, tobte, geiferte vor Wut:

»Du verdammter Idiot!«, brüllte er. »Sie wollen MACHT! Nichts als MACHT! Sie werden alles vernichten, was sich ihrem Machtwillen widersetzt. Es ist noch nicht einmal eine Frage ihres Willens. Es geschieht ganz einfach ZWANGSLÄUFIG! Will das in deinen verdammten Schädel nicht rein?!«

Mit einem letzten Quentchen Zurückhaltung ließ er davon ab, den geschundenen Körper seines Partners zu packen und zu schütteln. Doch diese Zurückhaltung bewahrte Lando nicht vor weiteren Schmerzen. Bendars Wutausbruch führte dazu, dass die Stahltür der Zelle aufschwang. Zwei Uniformierte traten ein, zwei weitere sicherten die Tür. Lando wurde ergriffen, schrie auf, wehrte sich kraftlos.

Es dauerte nur Sekunden, dann hatten sie den Körper aus der Zelle hinausgeschleift. Bevor sich auch die zweite Tür schloss, hörte Bendar noch schwach das Stöhnen, das Winseln, die kläglichen Hilferufe.

Ihm wurde schwarz vor Augen und dann, als es wieder still war, als nur noch ein dumpfes Echo von Worten, Schreien und Gedanken in seinem Kopf nachhallte, brach er zusammen.

ZORAN DAKUBRA

»Wohin gehen wir?«

»Wer hat dir erlaubt, Fragen zu stellen?«

Marina ignorierte den bissigen Ton des Arztes, der nun zunehmend nervöser wirkte, als befürchtete er, die Festnahme würde unerwünschte Aufmerksamkeit erregen. Marina hingegen hatte ihre Schreckstarre überwunden. Sie hatte diesen Arzt schon einmal gesehen. Er gehörte zur Implement-Klinik. Sie hätte vorsichtiger sein sollen. Baba Faah hatte recht gehabt. Jetzt blieb ihr nur die Hoffnung auf das Netz der Berber.

Der uniformierte Glatzkopf hatte bisher geschwiegen, hielt ihren Oberarm aber weiterhin so fest umklammert, dass er ihr das Blut abschnürte. Und jetzt verstärkte er den Griff noch.

Marina gab sich keinerlei Illusionen hin. Der Glatzkopf war eine Kampfmaschine. Er würde notfalls mit Gewalt reagieren, und Gewalt siegte immer. Es schien ihn auch herzlich wenig zu interessieren, dass die Gruppe in den Gängen der Universität auffiel: die Gruppe, bestehend aus dem Wächter, diesem Arzt, den Marina als Dr. Zarno in Erinnerung hatte, einem zweiten Wächter, der mit Zarno aus dem Magazin gekommen war, nachdem sie abgeführt worden war – und ihr. Der zweite Wächter konnte der Bruder des ersten sein. Sie hatte es also mit zwei Kampfmaschinen zu tun.

Urkan hieß der eine, Margos der andere.

An Flucht war nicht zu denken. An Hilfe ebensowenig. Als sie das Gebäude verließen, hatte Marina resigniert festgestellt, dass sich die Studenten abwandten, sobald sie versuchte, Blickkontakt mit ihnen aufzunehmen. Auch hier blieb man vorsichtig, wenn ein schwarz uniformiertes Einsatzkommando auftauchte.

Marina ärgerte sich über ihren Leichtsinn. Sie hatte die Universität für sicher gehalten. Sie hatte so viele Dinge in den geheimen Abteilungen der Implement-Klinik gesehen, und dann ...? Sie war durch die Stadt geirrt, mit all ihren Fragen... Sie hatte es wie eine Erleuchtung empfunden, als sie sah, dass dieses Mädchen den Weg zur Universität wählte: die Tochter von Bendar Kamladis. Sie suchte ihn. Sie musste die Dinge verstehen. Sie durfte dem Grauen nicht unvorbereitet entgegentreten ...

Sie gingen im Schatten der Fassade zu einem schwarzen, gepanzerten Fahrzeug, das am Rand des Vorplatzes parkte. Marina konnte zunächst nicht erkennen, wer da an dem Fahrzeug lehnte und wartete. Sie fragte sich, wohin man sie bringen würde. Angst wallte auf. Sie würden Verhöre durchführen, um herauszufinden, was sie wusste.

Aber weshalb sollten sie sich diese Mühe machen? Nein, man würde sie beseitigen. Ganz einfach.

Sie hatten den Wagen fast erreicht, als sich die dunkle Gestalt der Gruppe zuwandte.

Zoran Dakubra.

Mit herablassendem Lächeln stand er dort, blickte nicht sie an, sondern den Arzt. Sie kannte ihn. Zoran Dakubra kommandierte eine Truppe von Handlangern, die für Skanda Borlund Drecksarbeiten erledigte. Dakubra selbst gab sich gern als Feingeist, als Mann mit Manieren und Kultur. Doch sobald er die Möglichkeit sah, seine Hunde von der Leine zu lassen und seine Macht auszuspielen, ließ er die Fassade des Gentleman fallen. Wer ihn kannte, wusste, dass er intelligenter war als Skanda Borlund. Und manche fragten sich, ob er eines Tages nicht zu einer Gefahr auch für Borlund werden könnte.

Plötzlich kam Marina eine verwegene Idee. Sie wusste, dass Dakubra damit beauftragt worden war, die Räume von Kamdihla Cybercom zu durchsuchen. Und sie wusste, dass sie nicht gefunden hatten, wonach sie suchten. Borlund war nicht zufrieden gewesen. Vielleicht konnte sie sich das zunutze machen.

Dakubra begrüßte den Arzt mit einem förmlichen: »Dr. Zarno. Sieh an. Sie hatten also recht. Ein guter Fang. Vielleicht können wir über Ihren Fehler hinwegsehen. Aber lassen Sie sich das eine Warnung sein. Und geben Sie bei der Auswahl des Klinikpersonals demnächst besser acht!«

Zarno nickte, verstand den drohenden Unterton.

Dakubra betrachtete ihn, als versuchte er, die Gedanken des Arztes zu lesen. Die Gedanken eines Opfers. Eines weiteren Opfers, dachte Marina.

»Wie haben Sie sie gefunden?«, fragte er. Noch immer hatte er Marina nicht angesehen. Er schien es zu genießen, über sie zu sprechen wie über einen toten Gegenstand.

»Sie ...«, der Arzt zögerte. »Sie war in der Bibliothek. Sprach mit einer Verhüllerin ...«

»Verdächtig?«

Zarno machte eine beschwichtigende Geste.

»Kaum. Ein junges Mädchen, das vor Eifer über die Verhüllung ganz nervös war und eine Hausarbeit für ihre Schule anfertigt. Naives junges Ding. Sympathisch.«

Dakubra lachte: »Ich hoffe, Ihr Blick ist bei naiven jungen Dingern nicht allzu getrübt. Was hat unser Fundstück denn in der Bibliothek gesucht?«

Er wies kurz in Marinas Richtung, und Zarnos Blick bekam etwas Alarmiertes.

»Wie ich vermutete. Nachdem sie in der Klinik herumgeschnüffelt hatte, wollte sie sich wohl über Implementverpflanzungen und mögliche Risiken informieren. Ich glaube übrigens nicht, dass sie die zentrale Sicherheitszone betreten hat.«

Zoran Dakubras Mundwinkel zuckte.

»Sollte sich herausstellen, dass sie tatsächlich bis in die Innere Sektion vorgedrungen ist, wird Skanda Borlund sich ganz sicher noch mal bei Ihnen melden, Doktor. Allerdings kaum wegen einer Beförderung!«

»Nein, nein«, stammelte Zarno, »wir haben sie rechtzeitig entdeckt. Ich lege die Hand dafür ins Feuer! Sie ...«

»Verbrennen sie sich bloß nicht die Finger«, schnitt ihm Dakubra das Wort ab. Er hatte nun genug mit dem Arzt geredet. Jetzt wollte er sich Marina widmen. Jedoch nicht im Beisein des Arztes. »Sie können gehen«, sagte er brüsk. »Wir kümmern uns um das Fundstück. Und lassen Sie sich das eine Warnung sein!«

Der Arzt verzog keine Mine, nickte, drehte sich um und ging zurück zur Universität – wo er, wie Marina dachte, gar nichts zu suchen hatte.

Dann waren ihre Gedanken ganz bei Zoran Dakubra. Der Glatzkopf namens Urkan hielt sie noch immer fest. Auf einen Wink Dakubras ließ er sie los und trat einen Schritt zurück. Wieder zeigte Dakubra ein triumphierendes Lächeln – und diesmal fixierte er Marina genau.

»Sieh an«, raunte er, »die Lady aus der Teuferstadt. Wie lange haben wir uns schon nicht mehr gesehen?«

Marina sah ihn ausdruckslos an. Die Bedrohung, die von ihm ausging, lähmte sie. Er war ein Chamäleon. Zoran Dakubra beherrschte die Rhetorik eines Skanda Borlund ebenso mühelos wie die primitivsten Gesten der Brutalität. Er war nicht zu fassen. Jetzt hatte er ein Opfer gefunden, mit dem er spielen wollte.

»Ja«, sagte sie leise und bemüht, sich unter Kontrolle zu halten. »Wir haben uns lange nicht gesehen. Sehr lange nicht. Aber ... Sie und ich, wir haben ja auch ... gar nichts miteinander zu tun.«

Seit den Morden haben wir uns nicht gesehen, dachte sie.

Dakubra lächelte wieder. »Du bist selten in der Stadt, und ich, ich bin selten in der Teuferstadt. Es gibt da nur noch wenig zu tun, weißt du?«

Marina wurde schwarz vor Augen. Sie hatte das Gefühl, den Boden unter den Füßen zu verlieren. Und er würde auch die letzte Demütigung noch auskosten.

Er registrierte genüsslich, dass sie nicht antwortete. Eine Weile betrachtete er sie nur. Dann sagte er:

»Was macht übrigens deine Familie? Hast du Verwandte in der Klinik besucht? Hat sich jemand von ihnen ein Implement einsetzen lassen?«

Marina keuchte, hob plötzlich die Fäuste und warf sich ihm entgegen. Sofort wurde sie von Urkas zurückgerissen.

»Sie sind tot!«, schrie sie. »Sie wissen genau, dass sie tot sind. Umgebracht von Ihren Männern. Tot, weil sie sich geweigert haben, die Verträge zu unterschreiben. Ihr habt sie zu Rebellen erklärt. Sie sind tot. Ihr habt sie umgebracht wie all die anderen, weil sie euch ja angeblich angegriffen haben. Ihr habt sie gefangen nehmen lassen und …!«

Zitternd vor Wut stand sie da. Sie sprach es nicht aus. Sie wusste, sie durfte es nicht aussprechen: das Wort *Melonenspiel*. Doch Zoran Dakubra schien den Eindruck zu haben, eine gemütliche Unterhaltung fortsetzen zu können.

»Was machst du dann aber in der Klinik, wenn deine Familie nicht mehr lebt?«, fragte er scheinheilig und genoss es, Marina mit diesen Worten an den Rand des Wahnsinns zu treiben. Dann aber wurde sie ganz ruhig, blickte ihn kühl an. Es war falsch, den Sadismus seiner Worte an sich heranzulassen. Sie wusste, dass er keine Gefühle hatte und immer gewinnen würde, wenn sie sich an den Menschen in ihm wandte.

Dakubra bemerkte ihren Sinneswandel. Es enttäuschte ihn:

»Du hast doch keine Geheimnisse vor mir, oder? Wolltest du dir vielleicht selbst ein Implement einsetzen lassen?«

Seine Stimme war lauter geworden. Marina blieb ruhig. Sie musste auf die Gelegenheit warten, ihren Köder auszuwerfen. Es wäre ein Wunder, wenn es funktionierte. Aber sie musste es versuchen.

»Ich bin auf dem Weg in die Sümpfe«, sagte sie. »Ich habe Freunde unter den Berbern. Ich habe mich in der Stadt mit einigen von ihnen getroffen. Ich werde in die Sümpfe gehen, zu den Berbern.«

»Du willst in die Sümpfe gehen?«, lachte Dakubra. »Schön, das zu erfahren. Schreib mir, wenn du angekommen bist. Aber vorher hätte ich noch eine Frage ...«

Er trat auf sie zu. Urkan hielt sie nun an beiden Armen fest. Zora Dakubra senkte seinen Kopf bis auf wenige Zentimeter vor ihr Gesicht. Die Adern an seinem Hals traten hervor.

»... eine Frage, die ich dir schon einmal gestellt habe. Was hattest du in der Klinik zu suchen? Du hast dich dort eingeschlichen und spioniert. Als Stationsschwester. Glaubst du etwa, das wissen wir nicht? Und du hetzt die Verhüller auf. Wir haben dich schon länger im Visier, Lady. Erzähl mir nichts von Berbern!« – Dakubra trat zurück, lachte auf und wies theatralisch auf die Fassade der Universität – »... in diesem Klotz da findest du nur selten einen Berber. Oder willst du mir erzählen, dass du dich verlaufen hast? Ausgerechnet hier? Du schnüffelst herum und suchst nach Betriebsgeheimnissen von Posisco! Was wolltest du von der Verhüllerin da drinnen? Dieser sympathischen Kleinen, wie unser romantischer Arzt so schön sagte? Ich hoffe, Zarno trifft sie noch, um sie zu fragen, was ihr beiden miteinander besprochen habt!«

Marinas Herz raste. »Aber nein«, stammelte sie, »das ist ... das ist ein Missverständnis. Ich habe ... Ich wollte der Verhüllerin ... ich wollte dem Mädchen doch nur helfen. Sie ...!«

Was sollte sie sagen? Sie musste alles tun, um die Spur zu Alissa zu verwischen. Marina drohte, in Panik zu verfallen.

»Raus mit der Sprache«, herrschte er sie an. »Du hast versucht, die Arbeit der Klinik zu sabotieren. Und du hast dich mit Kamladis getroffen. Dieser Saboteur hat dich in seine Pläne eingeweiht, weil er deine Hilfe braucht, und du ...!«

»Saboteur?«

Dakubra griff das dahingeschleuderte Wort auf:

»Du bezweifelst also, dass der Mann, der die Pläne von Posico und Zanja Patrias hintergeht, der die Bestimmungen des Großen Rates und der Vigilanz boykottiert, ein Saboteur ist? Der Mann, der gegen die ganze Stadt arbeitet? Der bis zuletzt jede Zusammenarbeit mit Posisco verweigert hat? Der Skanda Borlund öffentlich kritisiert und nicht vor dem Unglück Hunderttausender zurückschreckt?«

»Das Unglück Hunderttausender ...? Das ist nicht Ihr Ernst?«

Marina starrte ihn fassungslos an, aber Dakubra ließ seinem Hass nun freien Lauf. »Kamladis hat sich versteckt und wichtige Unterlagen verschwinden lassen, die für Metronas und Posisco von immenser Bedeutung sind. Gib es zu, er hat dir Anweisungen gegeben, die neuen Implemente zu manipulieren. Deshalb warst du in der Klinik. Und was Kamladis und seine Unterlagen betrifft: Du weißt, wo er sich aufhält und wo die Sachen sind. Raus mit der Sprache! Denkst du, du kannst mich an der Nase herumführen? MICH!? Wir machen jetzt eine Fahrt – Urkan!«

Der Glatzkopf reagierte wie auf Knopfdruck. Er schob Marina zur Heckseite des Fahrzeugs. Der andere – Margos – ging ihnen voraus. Die hintere Tür öffnete sich und Marina konnte erkennen, dass dort im Transportraum auf der rechtseitigen Bank schon jemand saß: ein weiterer Wächter im Dienst Dakubras. Und hinter ihm, im Halbdunkel verdeckt, ein schmächtiger Junge in der blauen Uniform der Verhüller. Marina stutzte. Und dann erschrak sie. Sie erkannte ihn, den Sohn des Grafen, den blinden Freund des Mädchens – Alissas Begleiter, den sie im Ferrobotanischen Garten und an der Universität zusammen mit ihr gesehen hatte. Sie hatten ihn gefangen genommen. Wenn sie ihn bereits in ihrer Gewalt hatten, dachte Marina alarmiert, dann schwebte auch Alissa in höchster Gefahr.

Margos stieg als Erster in den geräumigen Wagen.

»Los, rein da«, knurrte Urkan und stieß sie auf die linke Seite in den Innenraum des Fahrzeugs. Sie stolperte neben Margos, der an der Trennwand zur Fahrerkabine saß, und ließ sich auf die Sitzbank neben ihn fallen. Dann stieg Urkan ein und setzte sich ebenfalls. Marina hockte nun eingequetscht zwischen den Wächtern, so als wollten sie ihr auch noch die Möglichkeit nehmen, durch die Luft zu entfliehen.

Ihre Gedanken kreisten um Tiras, den Jungen, der wie verloren ihr gegenüber saß. Sie vermied es, ihn direkt anzusehen. Er wirkte wie unter Schock, gefesselt an den breitschultrigen Mann, der mehr auf Marina achtete als auf seinen eigenen Gefangenen.

Zoran Dakubra stieg ebenfalls hinten ein. Marina hatte darauf gehofft. Wenn sie ihre Chance nutzen wollte, musste sie mit ihm sprechen. Sie hatte geahnt, dass er es sich nicht nehmen lassen würde, sie während der Fahrt zu verhören. Er schloss die Tür. Dann nahm er am Ende der Sitzbank Platz, Marina schräg gegenüber.

Tiras wurde plötzlich unruhig. Marina vermutete, dass er befürchtete, sie hätten auch Alissa in ihrer Gewalt.

»Wohin bringen Sie mich?«, fragte sie – und beobachtete Tiras jetzt aus dem Augenwinkel.

»Willst du das wirklich wissen?«

Dakubra setzte ein warnendes Lächeln auf.

»Ich ... Ich will in die Sümpfe. Ich will die Stadt verlassen, mehr nicht. Dann sind Sie mich los.«

»Wie mitfühlend«, höhnte er. »Das wird den Lord aber freuen!«

Der Lord. Für einen Moment schien es, als hielte jeder den Atem an. Sogar in den Gesichtern der Wächter zeigte sich Unruhe. Da war ein Name genannt worden, der besser ungenannt geblieben wäre. Tiras aber lauschte gebannt. Marina spürte, dass sie jetzt Kontakt aufnehmen konnte.

»Der Schwarze Lord?«, fragte sie und sah Dakubra herausfordernd an.

Dakubra fixierte sie, zeigte jedoch keine Regung.

»Der Schwarze Lord«, wiederholte er mit fester Stimme. »Er wird sich persönlich um dich kümmern. Um dich und unseren kleinen Zufallsfund.«

Ohne den Blick von Marina zu nehmen, ruckte sein Kopf in Tiras' Richtung. Und dann fügte er hinzu: »Ich weiß, dass ich dem Lord eine besondere Freude mache, wenn ich ihm zwei so außergewöhnliche Funde präsentiere. Und jetzt los, Abfahrt!«

Den letzten Satz hatte er Margos zugeworfen, der den Fahrer des Wagens über eine Funkvorrichtung an der Trennwand instruierte.

Marina war bleich. Sie musste handeln, sonst war es zu spät. Sie hoffte, dass der Junge – Tiras – ihre versteckten Signale zu deuten wusste.

»Ich weiß, wo die Unterlagen sind!«, rief sie gegen den anschwellenden Motorenlärm. »Die Unterlagen von Bendar Kamladis. Ich führe Sie hin. Und dann lassen Sie mich gehen.«

Hatte in ihrer Stimme zu viel Panik gelegen? Der Fahrzeuglärm rechtfertigte zumindest ihre Lautstärke.

Dakubra blickte sie ausdruckslos an. Nach kurzem Zögern ließ er den Wagen anhalten.

»Interessant«, sagte er. »Lass mich raten. Du denkst, du kannst uns in eine Falle locken und entkommen. Für wie dumm hältst du mich?«

»Das ist keine Falle«, beteuerte sie. »Wenn Sie mir nicht glauben, weshalb bringen Sie mich dann zum Schwarzen Lord?«

Tiras saß wie abwesend da. Aber er hatte verstanden. Sie sah es. Zum Glück hatte er verstanden.

Zoran Dakubra strich sich mit dem Daumen über das Kinn. Marina meinte, in seiner zur Schau gestellten Überlegenheit eine Spur von Unsicherheit zu entdecken. Eine Tür, die sich auftat. Er versuchte es mit einem taktischen Manöver:

»Was hältst du davon, wenn wir Verstärkung holen? Du sagst mir, wo sich die Sachen befinden, und wir nehmen so viele Kräfte mit, dass dir eine Flucht niemals gelingen wird.«

»Sie können gern eine Hundertschaft beauftragen, mich zu bewachen«, antwortete Marina lakonisch. Dakubra wollte die Früchte seines Erfolgs ernten. Er diente nicht Skanda Borlund. Er hatte einen wichtigeren Herrn. Marina und Tiras waren ein Coup, den er mit einem Sahnehäubchen krönen wollte. Eine Hundertschaft aber war ein Zeichen von Schwäche. Und wenn sich Marinas Aussage als falsch erwies, würde ihn die Stärke der herbeigerufenen Kräfte blamieren.

Zoran Dakubra musste sich entscheiden. Und das Risiko reizte ihn.

»Ich warne dich«, zischte er, »keine Tricks. Sonst sprechen wir zwei noch einmal Auge in Auge über die Teuferstadt, Lady.«

Marina vermied jede weitere Provokation. Dakubra war erregt. Die Adern an seinem Hals lagen wie dicke Stränge unter der Haut. Er hatte ihr seine Worte ins Gesicht gespuckt und nun bleckte sein Raubtiergebiss sie an:

»Also, was willst du mir sagen?«

»Der Garten.«

Er runzelte die Stirn.

»Was sollen wir dort finden außer Rost und Unkraut?«

»Kamladis hat seine wichtigsten Unterlagen im Kanaltunnel unter dem Ferrobotanischen Garten versteckt«, sagte sie. »In einer der alten Treidelkammern. Einer Kammer, die nur die Berber kennen. Von dort wollte er die Sachen aus der Stadt schaffen. Heimlich. Über den Kanal. Aber er hat … er hat es nicht mehr geschafft.«

»Soll das ein Hintertürchen sein?«

Marina wartete einen Moment, bevor sie antwortete.

»Nein«, sagte sie. »Die Unterlagen sind dort. Ich führe Sie hin.«

Dakubra nickte. Sein Mund bekam wieder diesen spöttischen Zug, mit dem er sie empfangen hatte. Er wandte sich an Margos:

»Folgen wir den Anweisungen der Lady. Sag Barklas, er soll Richtung Hauptwache fahren. Die Lady führt uns jetzt. Und Barklas soll sich mit Targo und Kilmer in Verbindung setzen. Weshalb sollte ich ein unnötiges Risiko eingehen?«

Dann fuhren sie los.

Tiras hatte die Augen geschlossen, schien zu meditieren. Als Marina zu sprechen begonnen hatte, hatte er die Katze gesehen. Die schwarze Katze, die ihn mit ihren so glühenden, so sanften Augen ansah. Die Katze, die seinen Träumen ein so unbestimmtes Ziel gab.

DER ZUG DER VERHÜLLER

Was, wenn sie Tiras gefangen genommen hatten?
Sie sagte sich immer wieder, dass Tiras keine Bedrohung für diese Leute war: die Unbekannten, die Bendar entführt hatten. Aber die Panik blieb. Wohin war Tiras verschwunden? Alissa hatte nun schon länger als eine halbe Stunde an der Platane gewartet. Sie hatte unter den Studenten nach ihm gefragt, nach dem Jungen in der Uniform der Verhüller. Dem schmalen Jungen mit dem hellen Haar.

Nichts.

Jetzt irrte sie durch die Stadt und wusste nicht, was sie tun konnte. Sollte sie zurück zum Ferrobotanischen Garten, um Baba Faah und die Berber um Hilfe zu bitten?

Alissa hoffte inständig, dass Tiras zurück war zu den Berbern. Vielleicht hatte er gedacht, ihr sei etwas zugestoßen, weil sie längst über der verabredeten Zeit war. Vielleicht hatte er die Männer bemerkt, die Marina gefangen genommen hatten. Was aber, wenn Marinas Gefangennahme Teil einer Razzia gewesen war, in deren Verlauf sie auch Tiras festgenommen hatten? Was war mit dem Schutz, den Gil Pandra ihnen versprochen hatte?

Alissa litt unter dem tauben Schmerz, der sie befiel, wenn sie den inneren Kontakt zu Tiras verlor. Die Blindheit, die ihn oft so weit und tief blicken ließ, erschien ihr dann nur noch gefährlich und bedrohlich.

Die Abenddämmerung glühte. Es lag eine merkwürdige Stimmung in der Luft. Die Schwüle des Tages schien greifbar, und ferne und nahe Lärminseln spielten mit einem seltsamen Ton von Spannung. Alissa streifte durch die Randbezirke des Cabanisviertels. Unbewusst hielt sie sich am Kanal. Das alte Gewässer gab ihr einen gewissen Halt. Es sandte die trügerische Botschaft aus, dass sich die Stadt nicht veränderte. Jede Veränderung, die Alissa in den vergangenen Monaten erlebt hatte, hatte ein Gefühl von Ohnmacht hinterlassen. Es geschahen Dinge, die waren unheimlich und unkontrollierbar zugleich. Und die Bedrohung, dieser dunkle Raum ohne Halt, wurde von Tag zu Tag größer.

Alissa hatte die Ardenallee verlassen. Sie wollte den labyrinthischen Weg durch die alten Gassen nehmen. Jetzt blickte sie in ein Bündel von Wegmündungen, die vor ihr in Düsternis abtauchten: eine Düsternis, die ihr wie ein Schutz erschien.

Doch in den nächsten Minuten brach dieses Gefühl zusammen.

Es begann mit Stimmen, Gesängen, undeutlichen Tönen, die sie vom Nachtleben am Teneberufer kannte, aber nicht aus dem Cabanisviertel. Gleich darauf sah sie Fackeln, tanzendes Licht. Lärm brach durch den widerschallenden Raum der Gassen. Lärm, der sich nicht bestimmen ließ. Der sie überfiel. Der lauter und lauter wurde.

Und dann tauchten sie auf. Uniformierte. Verhüller. Hunderte von ihnen. Sie sangen und grölten. Sie skandierten Parolen, die Alissa schon so viele Male gehört hatte, die ihr immer so lächerlich erschienen waren. Nun lösten sie Panik aus, erklangen im Rhythmus von Stechschritt und Militär: »MACH MIT, MACH MIT, MACH MIT – DANN GEHÖRT DIE ZUKUNFT AUCH DIR, DIR, DIR!« – heiser, gehetzt, Stimmen, die sich überschlugen. Gebrüll, hin- und herspringend.

Gebrüll, das jeden Winkel des Viertels erfasste.

Alissa wich in einen nahen Hauseingang aus. Die Menge wälzte mit ihren Fackeln heran wie ein Strom aus Lava, dessen erkaltende Oberfläche immer wieder aufbrach und glühende Stellen zeigte.

Es waren drei oder vier Gruppen, die sich in diesem Teil des Cabanisviertels vereinigten. Nun zogen sie an Alissa vorbei, die kaum wagte, sich zu rühren. Die Menge quoll durch ein Nadelöhr am Eingang der Gasse, wo die mit Steinpollern geschützen Ecken zweier gegenüberliegender Häuser den schmalen Weg zusätzlich verengten. Am Ende der Gasse drängten die Körper hinab zur nahen Kanalbrücke und dann zum Teneberufer. Von dort aus würde es weiter zu den Columbabrücken und hinauf zur Statue gehen.

Rauch- und Rußfäden drehten sich aus dem Hitzeflirren über dem Fackelmeer, stiegen auf wie zahllose kleine Wirbel. Über den glänzenden, in den Häuserschatten orange aufgehellten Gesichtern, hatte sich eine Schicht von Schwefelnebel gebildet. Innerhalb weniger Minuten waren sämtliche Fensterläden und Türen in der Gasse geschlossen worden. Die Häuser trotzten dem Strom, und Alissa fühlte ihre Schutzlosigkeit, ihre Blöße umso stärker. Sie war der Menge ausgeliefert. Und in diesem Moment hatte man sie bemerkt. Stimmen riefen, klar und fordernd: »Komm her zu uns! Schließ dich uns an! Hey! Auch du!«

Alissa versuchte, die Rufe zu ignorieren. Aber dann lösten sich drei der Verhüller aus dem Tross und drängten sie tiefer in den Hauseingang. Zwei Mädchen und ein Junge. Sie vermutete, dass die drei getrunken oder irgendwas Aufputschendes genommen hatten. Ihre Augen flackerten. Die Blicke waren entrückt. Sie schienen vollständig fixiert auf ihre Mission.

»Komm mit!«, rief eines der beiden Mädchen, eine kleine Brünette mit schmalem, blassem Gesicht. Der Junge hatte ihr den Arm um die Schultern gelegt. »Komm! Was wartest du noch? Heute Nacht beginnt die Woche der Verhüllung!«

Alissa antwortete nicht, versuchte zu lächeln. Sie hatte längst begriffen, dass ihr gelbes Halstuch sie als offizielle Verhüllerin auswies. Sie war Teil der Bewegung. Ihre Uniform war perfekt. Viel zu perfekt. Mit dem Halstuch hatten sie einen Fehler gemacht.

»Hey, wir ziehen den Berg rauf und halten Wache!« Der Junge

lachte und riss den Mund auf wie ein junges, noch unerfahrenes Raubtier. Seine Zähne glänzten. Er schüttelte sich. Das brünette Mädchen wirkte einen Moment lang, als müsste sie ihren betrunkenen Freund schultern, aber dann tänzelte sie sich unter seinem Arm frei und zeigte den gleichen entrückten Gesichtsausdruck.

»Wohnst du hier!?«, rief der Junge. Und ohne Alissas Antwort abzuwarten, setzte er hinzu: »Komm und mach mit!« Dann brüllte er heiser in die brodelnde Gasse hinaus: »Mach auch du mit! Du bist die Bewegung!«

Aus dem Strom der Vorbeiziehenden kam undeutlich so etwas wie ein Echo.

»Du bist die Bewegung«, sang das brünette Mädchen und umarmte Alissa tanzend. »Wir feiern die Statue. Komm!«

Alissa zuckte bei der Umarmung unwillkürlich zusammen: »Ich … ich warte noch auf jemanden!«, sagte sie. »Mein Freund … hat sich verspätet. Er … Ich komme nach. Lasst euch von mir nicht aufhalten!« Sie blickte hektisch in die Gesichter der drei und entdeckte darin eine Mischung aus Verwunderung und Naivität, aber auch eine Spur von Argwohn. Vor allem die Augen des anderen Mädchens, eine schlanke Schönheit mit langen schwarzen Haaren, fixierten sie. Diese Dritte, die bisher geschwiegen hatte, machte nun deutlich, dass ihr Schweigen Misstrauen und Beobachtung gewesen waren. Sie übernahm selbstbewusst die Führung des Trios:

»Wer ist dein Freund? Welcher Abteilung der Aktion ist er zugewiesen? Wenn ihr nicht zufällig in derselben Einheit seid, brauchst du auf ihn nicht zu warten. Die Einheiten werden nicht nach Freundschaften zusammengestellt. General Conano sagt: Alle sind gleich, niemand soll sich hervortun. Weißt du das nicht? Dein Verhalten ist merkwürdig!«

Jeder Satz ein Treffer.

»Er … Er ist … Wir …«, stammelte Alissa. Die Schwarzhaarige hatte Alissa mit ihren schnellen, gezielten Fragen verwirrt.

»Ja? Was denn?«

Sie brauchte nicht zu schreien, um sich verständlich zu machen. Ihr ganzes Wesen, ihre Augen, ihre Haltung verstärkten ihre Fragen. Und sie ließ nicht locker. Der Junge und das brünette Mädchen standen nur da und warteten ab, naiv interessiert und bereit, dem schwarzhaarigen Mädchen zu folgen: zu tun, was immer sie anordnete. Sie wirkte sehr viel älter als fünfzehn.

»In welcher Einheit bist du denn nun? Vielleicht fangen wir mit den einfachen Fragen an. Du trägst die Uniform, aber wo ist dein Einheitszeichen? Du hast kein Einheitszeichen. Das ist merkwürdig. Du siehst älter aus als fünfzehn.«

Alissas Herz raste. Sie presste ihren Rücken an die hölzerne Eingangstür des unbekannten Hauses. Es gab kein Entrinnen.

»Das Zeichen. Es ist ... Ich bin vorhin schon mal angesprochen worden. Man ... Ein Junge hat mich mitgerissen, und ich hab ihm gesagt, dass ich warten muss, und da bin ich gestolpert, und da muss mir jemand ... Da hat mir jemand das Zeichen vom Ärmel gerissen.«

Das schwarzhaarige Mädchen zog die Augenbrauen hoch, und auch ihre zwei Begleiter legten nun so etwas wie Misstrauen in ihre Mienen. Alissa begriff ihren Fehler zu spät. Die zwei Mädchen und der Junge trugen das Zeichen auf der Brust.

Verdammt.

»Interessant. Vom Ärmel gerissen. Du dürftest die Einzige sein, die das Einheitszeichen am Ärmel trägt. Zumal das Zeichen der neuen Stadt ...«

»Alissa? He, Alissa!« Alissas Blick huschte zur Straße, wo sich in der Menschenmasse das erhitzte, gerötete und überrascht zum Hauseingang starrende Gesicht eines Mädchens abzeichnete. Sie kämpfte sich durch die Körper zu ihnen vor.

Alissa hob zögernd die Hand, winkte. Was hier geschah, spielte seltsam launisch mit den Gesetzen von Albtraum und Unwahrscheinlichkeit.

»Daila?!«

Alissa war mindestens ebenso überrascht wie ihre Freundin, die da so unvermutet aus der Menge auftauchte. Das schwarzhaarige Mädchen und ihre Begleiter schwiegen, warteten auf Erklärungen. Auch Daila trug die Uniform. Allerdings ohne das gelbe Halstuch. Und es dauerte nur wenige Sekunden, da bemerkte Alissa, wie der Ausdruck überraschter Freude in Dailas Augen verblasste.

Stattdessen Fragen, Verwirrung, Enttäuschung. Alissa meinte, die Empfindungen, die in Dailas Augen aufblitzten, benennen zu können, denn Daila hatte den Betrug sofort bemerkt. Die Uniform, die Daila so wichtig war ...

Sie las die Worte in Dailas Blick:

Ein stummes und anklagendes: *Was tust du, Alissa?*

Ihre Freundschaft zu Daila zerschmolz in dieser Begegnung, die Daila wie ein Verrat vorkommen musste.

»Alissa, was ... Was machst *du* hier?«

Was machst *du* hier – Sie wollte Alissa nicht verraten.

»Du kennst sie?«

Das schwarzhaarige Mädchen sprach Daila an. Sie war in der Position der Offiziellen. Sie war die rechtmäßig Offizielle – anders als Alissa. Sie konnte Fragen stellen und Antworten verlangen. Von Daila. Von Alissa, die die Uniform missbrauchte.

Daila hatte es bemerkt.

»Ja, das ist ... Hallo, Alissa ...« – Daila starrte Alissa weiterhin an – immer noch war Staunen in ihren Augen, auch wenn ihre Stimme kälter geworden war. Alissa versuchte zu lächeln. Aber sie brachte kein Lächeln zustande, das Daila belog. Sie lächelte und gab Daila zu verstehen, dass sie den Schmerz um den Verlust ihrer Freundschaft teilte. Und sie lächelte, um zu sagen: Ich kann nicht anders. Ich muss. Es geht um Bendar. Und um Tiras.

Tiras.

»Ich suche Tiras!«, rief sie – gegen den Lärm der Menge. »Ich habe ihn hier irgendwo verloren! Ich ...« Sie stockte. Keine Lüge. Alissas Blick ging hinaus in die Menge.

»Wer ist sie? Was macht sie hier? Sie trägt die Uniform, aber sie ist keine Verhüllerin, oder? Du kennst sie. Sag schon! Mit ihr stimmt doch was nicht!«

Der Ton des schwarzhaarigen Mädchens war schneidend. Daila zuckte zusammen. Sie wehrte sich immer noch dagegen, Alissa zu verraten. Und Alissa dankte ihr dafür, als sie sich mit einem lauten »Tiras! Tiras! Hier! Hier bin ich!« in die Menge stürzte – so überraschend, dass es ihr tatsächlich gelang, einige Meter in das Körpergebrodel hineinzutauchen, bis das Mädchen und ihre Begleiter reagierten.

Alissa wirbelte davon. Ein letzter Blick auf Daila. Jetzt gestikulierte sie. Dann stürzte sich auch das Trio in die Menge. Sofort waren sie verschwunden. Irgendwo hinter Alissa gellte die Stimme des schwarzhaarigen Mädchens. Doch lauter und drängender tönten andere Stimmen: »ZUM BERG! ZUM BERG!«, jubelten sie. »Wartet! Wartet! Lasst sie nicht gehen! Haltet sie fest!«, schrie das Mädchen. Niemand reagierte auf ihre Rufe. Alissa stemmte sich gegen die Menge, schob, kämpfte. Sie murmelte die Parolen, die andere schrien. Sie wiederholte die Worte, als wären es Zaubersprüche, die ihr den Weg durch den Strom ermöglichten. Die Stimme des schwarzhaarigen Mädchens wurde schwächer. Alissa drehte sich herum, taumelte durch ein Gewirr von Armen und Körpern und heiserem Lachen. Plötzlich blickte sie in das Gesicht eines dunkelhäutigen Jungen mit schwarzem Haar. Sie sah in ein hintergründiges Lächeln. Das Gesicht verschwand noch einmal, war aber sofort wieder da. Der Junge schien Alissa zu umtanzen, als nutzte er die Kraft der Menge. Und Alissa erkannte ihn, als er sie durch den Strom hindurch in einen Schlupfwinkel am Treidelpfad zog, wo sie das zähe Stampfen und Drängen hinter sich ließen.

Sie erkannte ihn und schnappte nach Luft und flüsterte: »Nargo?«

DER WEG IN DEN SCHLUND

Es war gegen 19 Uhr. Der Wagen stoppte in der Nähe der Hauptwache. Targo und Kilmer sollten in einer Seitenstraße der Domstraße warten. Nicht weit von der Stelle, an der der Kanal unter der Straße von Antra Nigra in den Tunnel mündete, der weiter nördlich, an der Grenze zwischen Ferrobotanischem Garten und Cabanisviertel, endete. Die Tunnelöffnung hatte etwas Bedrohliches und zugleich Faszinierendes. Das Portal in der grob gemauerten Böschungswand glich dem offenen Maul eines gigantischen Fisches – ein Barschmaul mit lässig herabhängendem Unterkiefer und aufgebogenem Oberkiefer. Tatsächlich hatte man beim Bau des Tunnels dieses Bild hervorgehoben und die Mauersteine der Einfassung wulstig ausgeformt.

Direkt über dem Tunneleingang lag die Hauptwache.

Von der Brücke gegenüber aus gesehen ergab sich so der merkwürdige Eindruck eines mächtigen, dunklen Gebäudes, das mit verzerrter Miene den Untergrund der Stadt schluckte – oder ausspie, je nach Deutung. Die Hauptwache war der Sitz der Vigilanz und die Ordnungszentrale von Metronas. Sie war direkt der Zitadelle unterstellt. Der düstere Klotz machte keinen Hehl aus seiner Funktion, und es hatte in der Geschichte der Stadt immer wieder Zeiten gegeben, in denen kaum jemand wusste, was sich im Inneren der Hauptwache abspielte.

Marina fröstelte, als sie im letzten Licht des Tages dieses Bild erblickte. Sie hatte Zoran Dakubra zum Tunnelportal am Ferrobotanischen Garten lotsen wollen, aber Dakubra hatte mit herrischer Geste Anweisung gegeben, diesen anderen Eingang zu wählen.

»Du wirst es ja wohl finden. Egal von welcher Seite aus.«

Keine Frage. Eine Feststellung.

»Sicher«, hatte sie gesagt. Und geschwiegen.

Was hatte er vor? Marina spielte ein gewagtes Spiel, geboren aus der Not. Sie hoffte auf den Zufall – auf die Berber. Und immer wieder mischte sich Verzweiflung in ihre Gedanken.

Tiras wusste genau, was Marina im Sinn hatte. Tiras hatte sie durchschaut. Seine Ruhe war die Bestätigung. Es beruhigte sie – und beunruhigte sie zugleich.

Zoran Dakubra ließ sich von Barklas ein Funkgerät reichen und gab mit knappen Befehlen Anweisung an Targo und Kilmer. Sie sollten zur Kanalbrücke zwischen Domstraße und Parkstraße kommen.

»Ich erwarte euch in zwei Minuten!« Ende des Gesprächs.

Dann gab er Urkan Anweisung, ihm mit Marina zu folgen. Sie wechselten vom Transporterraum zum Fahrerhaus. Barklas saß am Steuer. Dakubra gab ihm einen Wink und nahm seinen Platz ein. Barklas ging ein Stück die Straße hinauf und beobachtete die Umgebung. Der dunkle Klotz der Hauptwache übte eine bedrückende Macht über die angrenzenden Straßen und Gebäude aus. Die Stadt um die Hauptwache lag wie paralysiert, dunkel, still. In der Ferne blitzten hier und da Lichter auf. Dort geschah etwas. Dakubra spürte die Energie des Bösen – und genoss es.

Mindestens eine Minute lang saß er hinter dem Steuer und blickte starr aus der Windschutzscheibe des Wagens. Marina saß neben ihm. Urkan an der Beifahrertür. Sie schwiegen.

Nach einer Weile raunte Dakubra: »Wenn du einen Fehler machst oder wenn sich die Unterlagen nicht dort unten befinden, war es das. Das ist dir hoffentlich klar.«

Wiederum keine Frage. Eine Feststellung.

»Ja«, antwortete Marina.

Targo und Kilmer näherten sich dem Wagen. Marina beobachtete sie. Ihre Gesichter glichen sich in aufgedunsener, ausdrucksloser Brutalität: kleine Augen, pockennarbige Haut, Boxernasen. Obwohl der eine, Targo, blondes Haar hatte und Kilmer rabenschwarzes, hätten sie Brüder sein können. Mit einem feinen Unterschied: Kilmer war dumm. Targo war schlau. Er genoss das Vertrauen Dakubras.

Targo beugte sich zum offenen Wagenfenster. Kilmer trat neben ihn.

»Habt ihr alles dabei?«, fragte Dakubra.

Targo deutete ein Nicken an. Kilmer präsentierte die Feuerwaffen, die Funkgeräte, die Stablampen. Dann erklärte Dakubra den Auftrag, den er zuvor, über Funk, nur umrissen hatte. Anschließend wies er zu Marina.

»Sie wird euch zeigen, wo die Sachen liegen. Urkan und Margos begleiten euch.«

Er wandte sich ab und sah nun halb zu Marina hinüber …

»Beim geringsten Anzeichen, dass sie euch reinlegen will oder dass sie flüchten will, entsorgt ihr sie. Ihr werdet euch dafür nicht rechtfertigen müssen. Verstanden? Eine Leiche im Kanal, der Selbstmord einer Haltlosen, einer Obdachlosen. Wen kümmert das? Wen kümmert der Abschaum aus der Teuferstadt? Keine Rechtfertigung später. Ihr habt freie Hand. Entsorgt sie!«

Targo verzog den Mund zu einem Grinsen, nickte wieder, und Kilmer fügte ein dumpfes »Ja!« hinzu.

»Dann los.«

Urkan zog Marina aus dem Fahrzeug, schob sie zur Straßenböschung. Margos ging voraus. Marina wurde Urkans bewährten Pranken anvertraut, während sich Kilmer und Targo hinter ihr hielten. Sie stiegen zum Kanal hinunter, an einer Stelle, wo der Treidelpfad vor dem Tunnelportal sehr schmal wurde. Nicht jedes Pferd hatte in früheren Zeiten den Weg durch den Tunnel heil überstanden. Im Halbdunkel unter der Stadt hatte es immer wieder Unfälle gegeben.

Und nun war es dunkel. Schemen und Schatten verblieben noch im Restlicht der Stadt unter dem sternklaren Himmel. Doch sie näherten sich einem tiefschwarzen Loch.

Als sie das Tunnelmaul erreichten, sah Marina sich flüchtig um. Wären sie doch nur früher aufgebrochen, dachte sie. Es hätte ihr die Möglichkeit gegeben, Zeichen, Hinweise, Signale wahrzunehmen.

Ihre Kopfbewegung genügte, um bei Targo Alarm auszulösen. Er drückte ihr den Schalldämpfer seiner Waffe in den Rücken und zischte: »Gradeaus!«

Marina überkam ein Schwindelgefühl.

»Alles in Ordnung«, sagte sie beschwichtigend. »Ich tu ja, was du sagst.«

Sie musste ihre aufwallende Angst unter Kontrolle behalten. Es war wenig hilfreich, dass ihre Begleiter so nervös agierten. Die Dunkelheit setzte allen zu. Marina vermied jede auffällige Bewegung. Vor ihr und neben ihr auf dem Wasser tanzten die Lichtlinsen der Stablampen wie nervöse Hunde.

»Wie weit?«, zischte Targo. Seine Stimme klang heiser.

»Fast bis zum anderen Ende«, sagte Marina und fügte schnell hinzu: »Ich habe Dakubra gesagt, dass der Eingang vom Ferrobotanischen Garten aus günstiger liegt.«

»Mist«, fluchte Kilmer. »Wieso schickt er uns den ganzen Weg durch dieses Loch? Das ist viel zu riskant! Diese verdammte Dunkelheit!«

»Sei still«, brummte Targo. »Du verstehst nichts. Wenn die Schlampe tatsächlich behauptet hat, der andere Tunneleingang ist näher, dann ist es ziemlich sicher, dass wir hier, auf dieser Seite, richtig sind.«

Seine Stimme klang herausfordernd, auftrumpfend. Wieder rammte er Marina den Lauf seiner Waffe in den Rücken. »Du wirst dir was einfallen lassen müssen. Beweis uns ganz schnell, dass wir hier nicht umsonst unterwegs sind. Urkan würde es nämlich gefallen, dich so lange unter Wasser zu drücken, bis die letzten Blasen aus deiner dreckigen Lunge kommen!«

Er lachte, und Marina fürchtete plötzlich, dass er einen hinterhältigen Plan verfolgte. Targo war schlau. Viel schlauer, als sie gedacht hatte. Er würde sicher nicht mehr allzu lange warten. Ihm waren die Unterlagen nicht wichtig. Die erste Gelegenheit, sie zu beseitigen und den gefährlichen Gang durch den Tunnel zu beenden, würde er nutzen. Er brauchte nur noch die Gewissheit, dass seine Begleiter mit ihm gemeinsame Sache machten. Dann würden sie Dakubra erzählen, dass sie ihnen einen Bären aufgebunden hatte. Kilmer würde Targo kaum widersprechen. Kilmer war der Abhängige der beiden. Auch Urkan wäre für Targo kein Problem. Nur Margos schätzte sie, nachdem sie ihn nun zwei Stunden lang kannte, als bedächtiger ein.

Dennoch begann Marina zu zittern.

»Frierst du?«, höhnte Targo. Marina konnte hören, dass Kilmer nervös lachte. Der schien langsam zu begreifen, was in Targo vorging ...

Sie hatten die erste Biegung des Tunnels erreicht und hinter ihnen schloss sich das ohnehin kaum wahrnehmbare Schimmern des Eingangs.

Targo und Kilmer hatten sich ein Stück weit zurückfallen lassen, weil sie befürchteten, Marina könnte sie überraschen. Urkan hielt Marinas Oberarm umklammert, als müsse er sich an ihr festhalten. Der Schmerz war anfangs kaum erträglich gewesen.

Die Schritte des kleinen Trupps hallten von der unebenen Steinfläche des schmalen Pfads zu den Tunnelwänden, sprangen hin und her, verwischten ihre Spuren. Da das Wasser des Kanals nur sehr langsam floss, war kaum ein Plätschern zu hören. Nur wenn ein herumliegender Kieselstein zufällig von einer Fußspitze in den Kanal befördert wurde, machte sich das Wasser bemerkbar. Oder wenn sich einer der uralten Kanalkarpfen rührte.

Targos Funkgerät meldete sich. Ein kaum verständliches Krächzen.

Dakubra?

Targo holte das Gerät umständlich aus der Tasche an seinem Gürtel. Er fluchte dabei, als wollte er das krächzende Teil augenblicklich ins Wasser schleudern. Aber dann fasste er sich wieder.

»Ja?«

...

»Fünfhundert Meter vielleicht.«

...

»Nein, nichts ... Ja ... Keine Sorge!«

Targo lachte auf. Marinas Herzschlag schnellte hoch. Sie vertrauten ihr nicht. Sie hatten ihr nie vertraut, aber sie hatten die Möglichkeit in Erwägung gezogen, dass die Unterlagen von Kamladis tatsächlich irgendwo hier unten lagen. Sie musste jetzt etwas tun. Und wenn es ein letzter verzweifelter Versuch war, noch ein paar Minuten herauszuschinden. Noch immer gab es kein Zeichen der Berber. Marinas Kopf dröhnte. Plötzlich war ihr einziger Gedanke die panisch wiederholten Worte: »Ich bin verloren! Wenn jetzt kein Wunder geschieht, bin ich verloren!«

Sie befanden sich bereits hinter der Hauptwache. Es war im Dunkeln schwierig, den langen Abschnitt ohne Lichtschächte, der das Gebäude über dem Tunnel markierte, auszumachen. Aber es gab weitere Merkmale: Der Tunnel unterhalb der Wache war besonders schmal, insbesondere der Seitenpfad. Es lagen keine Tunnelkammern am Rand. Unter den Fundamenten der Hauptwache hatte man solche Konstruktionen nicht geduldet. Nun aber hatte sich der Tunnel wieder geweitet. Über ihnen befand sich der Ferrobotanische Garten, hoffte Marina. Wenn ihr jetzt niemand zu Hilfe kam, dann ...

»Was ist das?«

Die Stimme von Margos.

»Targo!«

Kilmer klang heiser, sein Rufen unterdrückt und zugleich schneidend. Vor ihnen, in unbestimmter Entfernung, war ein Licht aufgeflammt. Marina stöhnte, als Urkan sie mit seiner ganzen Kraft am Arm riss und gegen die Tunnelwand zog. Der Abstand zwischen ihnen war im Bruchteil einer Sekunde zusammengeschmolzen. Zwischen Urkan und Kilmer gezwängt, konnte sie nichts in ihrer unmittelbaren Nähe erkennen. Doch sie wusste genau, dass die Männer in Richtung des Feuerscheins starrten. Kilmer hielt den Lauf seiner Waffe gegen ihre Seite gedrückt. Aber Targo zielte in die Ferne. Dann schlich er weiter. Die Stablampen hatten sie alle sofort und wie auf höheren Befehl ausgeschaltet.

»Was ist da los?«, zischte Kilmer.

Das Spiel setzte sich fort. Nächste Runde. Doppeltes Risiko. Ein kühner Gedanke schoss Marina durch den Kopf.

»Das musst du *mir* sagen«, flüsterte sie und versuchte, möglichst überrascht und genervt zu klingen. »Ihr kennt das Versteck doch längst!«

»Was?«

»Kamladis hat niemandem erzählt, wo seine Unterlagen versteckt sind. Niemandem. Und jetzt sind eure Leute schon dort? Weshalb habt ihr mich ...«

»Soll das heißen, das da vorne ist die Stelle, die wir suchen?«

Kilmer konnte seine Überraschung nicht verhehlen.

»Nein, das ist die Stelle, die *ihr* gefunden habt!«

Urkan hatte geschwiegen. Es war deutlich zu spüren, mit welcher Anspannung er dem hektisch geflüsterten, dahingefluchten Dialog folgte. Kilmer wirkte wütend und verwirrt, aber dieser Zustand währte sicher nicht lange. Marina spürte den starken Drang, den- oder diejenigen, die für das unvermutete Licht im Tunnel verantwortlich waren, auf sich aufmerksam zu machen. Doch sie musste vorsichtig sein. Die Situation konnte sehr leicht eskalieren.

»Was soll ich hier? Eure Leute sind längst dabei, das Lager auszuräumen?«, zischte sie in die Dunkelheit.

»Halt's Maul, verdammt!«, raunzte Kilmer. »Du kannst deine Märchen erzählen, wem du willst, aber nicht mir!«

Marina wartete nicht eine Sekunde, sondern setzte sogleich nach:

»Das ist kein Märchen. Wer soll es denn sonst sein? Dakubra muss euch doch sagen können, was hier unten los ist? Fragt doch ihn!«

Ihr Tonfall geriet eine Spur zu höhnisch, aber das war in der sich anbahnenden Eskalation ohnehin bedeutungslos.

»Sag mir nicht, was ich zu tun habe!«

Plötzlich ein unterdrücktes Stöhnen, aus dem Dunkel vor ihnen.

»Was wird hier gespielt, Targo?« Kilmer konnte seine Nervosität nicht länger zügeln.

»Sei still!«

»Da vorne tut sich doch was, Mann! Ich habe keine Lust, in diesem Drecksloch ...!«

»Ich sagte, sei still!«

»Wollt ihr die Typen auf uns aufmerksam machen? Wo ist Margos? Margos?!«

»Sei endlich still, Kilmer. Verdammt!«, zischte Urkan. Er versuchte, die Ruhe zu bewahren und den Trupp zur Ordnung zu rufen – der Handlanger, die muskelbepackte Tötungsmaschine, die nicht diskutierte, sondern Befehle ausführte. Aber auch in seiner Stimme lag Panik.

»Lass uns verschwinden!«, rief Kilmer. »Oder Verstärkung holen!«

Targo wollte vor allem eines: seine Autorität zurückgewinnen – also unterdrückte er den Impuls, erneut aufzubrausen, und antwortete so sarkastisch wie möglich:

»Wer's nicht vermeiden kann, soll sich in die Hosen machen. Das da drüben sind bloß ein paar Berber, die ein Feuer machen!«

»Quatsch! Margos ist verschwunden. Tu was!«

Von einer Sekunde auf die andere schwiegen sie alle. Auch Marina verhielt sich vollkommen ruhig. Jetzt war die beste Gelegenheit, sie umzubringen. Das wusste sie. Jetzt war deutlich, dass sie in eine Falle getappt waren. Jetzt hatte es sogar Kilmer begriffen. Jetzt mussten sie es tun ...

Aber Targo versuchte weiterhin, einen kühlen Kopf zu bewahren. Er holte das Funkgerät hervor und überlegte, wie er Zoran Dakubra von der Situation im Tunnel berichten konnte.

Kaum hielt er das Gerät in der Hand, wurde es vor ihm im feuerschimmernden Tunnelabschnitt blitzartig hell. Ein scharfes Fauchen ertönte – und eine Qualmwolke rollte über das Wasser.

»Vorsicht!«, schrie Kilmer. Sie blickten entgeistert hinüber zu der den Tunnel wie ein rötlicher Schleier trübenden Wolke.

»Ist 'ne merkwürdige Stimmung heute in der Stadt«, sagte Barklas, der noch immer neben dem Fahrzeug stand und in die Dunkelheit starrte. Dann und wann heulten Sirenen, irgendwo in der Unterstadt oder im Fischerviertel. Geräusche wie fern verhallende Schüsse knisterten vereinzelt im tiefen Rauschen der Züge, die den Rangierbahnhof von Mahnfeld verließen oder erreichten.

Geräusche der Nacht – doch manche dieser Geräusche passten so gar nicht zu Metronas.

Dakubra lächelte. »Die Tests gehen weiter«, sagte er vieldeutig. »Die nächste Stufe. Borlund nutzt die Gunst der Stunde. Die Widerstandsnester müssen ausgeräuchert werden. Eine gute Gelegenheit.«

Dann warf er Barklas ein diabolisches Grinsen zu.

»Es wird Tote geben. Heute ... und in den kommenden Tagen.«

»Tote?«

Barklas wirkte plötzlich erstaunt, als hätte er das Wort zum ersten Mal gehört.

»Ja, Tote. Aber keine Sorge, du wirst nicht darunter sein.«

Wieder das Grinsen – und Barklas stand nur da, fragend, mit blöde offenstehendem Mund, sodass Dakubra beinahe Mitleid bekam.

»Denk nicht so viel«, sagte er, »es steht dir nicht.«

Dann schwieg er, betrachtete das Funkgerät, die Dunkelheit des Tunneleingangs, wartete.

Einige Minuten später stieß Barklas ihn an und wies zum Tunnel: »Da drüben!«

Dakubra blickte auf. Er hatte mit einem Funkspruch gerechnet und genau in dem Moment nach dem Funkgerät gegriffen, als Barklas Alarm schlug.

»Wer ist das? Targo? Wieso meldet der sich nicht?«

Knapp hundert Meter vom Wagen entfernt, dort, wo sich im Dunkel die Tunnelöffnung befinden musste, wurde ein Licht geschwenkt. Und dann: aus, ein, aus, ein, aus, ein – dreimal schnelles Blinken. Ein Signal, das im Code der Sicherheitsleute von Posisco GEFUNDEN bedeutete oder auch ERFOLG, VOLLZUG, MISSION BEENDET.

Dennoch, da stimmte was nicht.

Dakubra drückte die Empfangstaste des Geräts.

Piepsen. Rauschen. Eine schwache Stimme. Kaum zu verstehen.

»Idiot, was hält der ans Gerät, dass es so rauscht? – Targo?«

Dakubra merkte, dass ihm die Nerven blank lagen. Barklas beugte sich unbewusst zu ihm hinüber. Beide mühten sich, den Klangbrei zu verstehen. Das Blinken ging beständig weiter:

»… rüber … es nicht … fantastisch … müsst kommen!«

»Verdammter Idiot! Wieso kommt er nicht her? Was steht er da herum? Was soll das?!«

Dakubra fluchte und schlug mit der Faust aufs Armaturenbrett. Dann krächzte wieder das Funkgerät. Diesmal lauter. So laut, als hätte ein unerwarteter Energieschub sämtliche Verstärker zerblasen:

»KOMMT HER! DAS IST DER WAHNSINN! KOMMT SCHON!«

»Haut der jetzt ab, oder was?«

Barklas wies ungläubig ins Dunkel der im V des Kanalbetts liegenden Tunnelöffnung. »Der haut ab! Der geht wieder rein. Haben die was gefunden?«

»Diese Versager!«

»Und jetzt?«

Dakubra überlegte kurz. Dann stieß er die Wagentür auf und schwang sich aus dem Fahrzeug.

»Wir gehen da rein. Nimm deine Feuerspritze und komm!«

Er zog seine Waffe, ging ein paar Schritte auf die Böschung zu, die zum Kanalbett hinabführte, und sah hinunter ins Dunkel.

Er drehte sich noch einmal um.

»Barklas!«, rief er. »Hol Chess – und den Jungen. Wir nehmen den Jungen mit!«

»Den Jungen? Sollen wir den Blinden jetzt auch noch …?«

»Tu, was ich dir sage. Der Junge ist wertvoll. Vielleicht werden wir ihn brauchen. Sie werden es jedenfalls nicht wagen, ihm ein Haar zu krümmen!«

»Sie?«

»Hol den Jungen, verdammt. Und hör auf, Fragen zu stellen!«

Barklas drehte sich widerwillig um und ging zum Heck des Transporters. Zwei Minuten später kam er mit Chess und Tiras zurück. Chess hatte Tiras mit Handschellen an sich gekettet.

Chess fluchte, als sie die Böschung hinunterstiegen. Barklas ging voraus, dann folgten Chess und Tiras, zum Schluss Dakubra.

Sie hatten die Tunnelmündung fast erreicht, als im Dunkel erneut Lichtzeichen aufleuchteten. Im selben Moment meldete sich Dakubras Funkgerät.

War es wieder Targo?

»Was will der Spinner? Weshalb kommt er nicht raus?«

»Da ist was faul, Boss!«

Dakubra hielt sich das Gerät ans Ohr und tat, als habe er Barklas' Warnung nicht gehört. Sein Gesichtsausdruck verriet, dass er plausible Nachrichten verlangte. Wieder krächzte das Gerät, als käme der Anruf aus der Nähe einer starken magnetischen Quelle, eines Senders, eines Geräts mit Rückkopplungseffekt. Aber diesmal war die Stimme deutlicher, wenn auch immer noch verzerrt. Die Sätze kamen vollständig, verpackt in starkes Rauschen:

»Das müsst ihr euch ansehen! Hier liegen Sachen, die absolut brisant sind! *Geheimsache Posisco.* Irgendwer wollte die Kisten grade wegschaffen. Wir haben sie ausgeschaltet, aber Margos und Urkan hat es schwer erwischt. Ich befürchte, die Typen kriegen jeden Moment Verstärkung. Sie konnten einen Warnruf absetzen. Ihr müsst sofort kommen und helfen, die Sachen hier rauszuschleppen! Und beeilt euch!«

Dann Husten. Keuchen. Sprachfetzen: »Verdammter Qualm. Es ...« Wieder Husten.

Dakubra stieß einen Fluch aus:

»Was quatschst du so viel? Weshalb bringt ihr diese Kisten nicht selbst raus?«

Während er sprach, bewegten sie sich weiter auf das Tunnelportal zu. Barklas sah sich immer wieder um.

»Wie denn?«, rauschte es aus dem Gerät. »Jede Kiste wiegt mindestens einhundert Kilo!«

Zoran Dakubra signalisierte Barklas, ein Stück weiter in den Tunnel zu gehen, was Barklas nur zögernd befolgte.

»Wer waren die Typen. Hast du sie erkannt?«

»Weiß nicht. Einen von denen hab ich, glaub ich, schon mal gesehen. Gehörte zu den Gestalten, die die Aktion bei Kamdihla gestört haben.«

»Bei der Durchsuchung?«

»Ja.«

Dakubra nickte.

»Und was sollte das mit *Geheimsache Posisco*?«

»Steht auf den Ordnern.«

»Und sonst?«

»Hab nicht alle in der Hand gehabt. Ein paar Sachen, die wir im Haus nicht gefunden haben. *Memoporting, Implemente und Risiken* und so was. Auf ein oder zwei von den Kisten stand was Merkwürdiges: *Teuferstadt Schrägstrich Dokumente Schrägstrich Melonenspiel*.«

»Was?!«

Dakubra blieb stehen. Sein Ausruf hallte über den Kanal.

»Sag das noch mal!«, fügte er leiser hinzu.

»Teuferstadt und Dokumente und Melonenspiel. Keine Ahnung, was das bedeuten soll. Kam mir aber wichtig vor.«

»Wo sind die Sachen?«

»Ein paar hundert Meter von hier. Eine Nische im Tunnel. Aber hinter einer Geheimtür. Absolut sicher, das Versteck!«

»Hat … *sie* es euch gezeigt?«

»War gar nicht nötig. Wir kamen grade zur rechten Zeit« – trotz des Rauschens war in der Stimme ein höhnischer Ton. Dakubras Mundwinkel zuckte.

»Was ist mit ihr?«, fragte er.

Die Antwort kam verzögert. Mit einem Räuspern, das eine gewisse Unsicherheit ausdrückte.

»Hat sich gewehrt. Selbst schuld.«

Auch Zoran Dakubra zögerte. Dann sagte er ein einziges Wort:

»Gut!«

Mehr nicht. Er lächelte.

Und er schritt durch das Tunnelportal.

Sie schlichen fast zehn Minuten lang am Rand des Kanals entlang. Dann gelangten sie an eine Biegung. Dakubras Stablampe erhellte den hinteren Ausschnitt der Biegung. Chess und Tiras waren einige Meter voraus, standen im Licht der Lampe, die Chess hielt. Barklas hatte sich an die Tunnelwand gedrückt und schob sich vorsichtig weiter. Das Funkgerät schwieg noch immer. Im Tunnel roch es verbrannt. Zoran Dakubra stoppte und sah im Licht Dunstschleier über dem Wasser. Ein merkwürdig lang gestrecktes, feines Gewebe. Ein langer Arm aus Nebel, der im Schwung um die Tunnelbiegung verschwand. Er meinte sogar, eine langsame Bewegung zu erkennen. Oder war es das flackernde Licht, das seine Reflexe über das Wasser warf? Das Licht der Stablampen irritierte, aber da war ein Gegenlicht. Und der Dunst wurde dichter. Quoll um die Biegung herum. Dakubra ging ein paar Schritte weiter. Der dünne Arm des Dunstschleiers wurde kräftiger. Der Rauch aus den Gewehrsalven. Es war ein plötzliches Bild und es fand seinen Weg in Dakubras nervöse Fantasie. Die Teuferstadt. Die Schüsse. Dann das Melonenspiel. Wieder musste er lächeln.

DAS WASSER DES TODES

»Nargo?«

Nargo drückte einen Zeigefinger auf seine Lippen und lächelte noch immer. Die Geste hatte etwas Bizarres, denn die singenden, vorwärtsdrängenden, durch die Gassen strömenden Verhüller wären allenfalls für Explosionsgeräusche noch empfänglich gewesen. Aber offensichtlich gefiel Nargo Alissas Überraschung. Er sah in ihre Augen, und sein Lächeln verlor den spöttischen Zug.

»Was machst du hier?«, flüsterte Alissa. Nargo blickte aus ihrem Schlupfwinkel hinaus auf die Straße, wo nur noch ein paar Nachzügler zu sehen waren. Ein kurzer Blick, wie zur Orientierung.

»Wie kommst du hierher?«, fragte Alissa. »Weißt du, wo Tiras ist?«

Nargo wirkte plötzlich sehr ernst. Sekundenlang starrte er auf einen unbestimmten Punkt zwischen den Häusern. Als Alissa seinem Blick folgte, sah sie im Dunkel einer höher liegenden Gasse Lichtpunkte aufblitzen. Ein schneller Code. Wenige Signale. Dann war es vorbei.

»Was ist?«

»Wir müssen zurück zu Baba«, sagte Nargo. »Gil Pandra hat mir den Auftrag gegeben, euch zu folgen. Viele sind in der Stadt unterwegs. Die Verhaftungen nehmen zu. Es ist alles sehr unübersichtlich geworden. Wir müssen zurück, zum Rat der Berber. Komm!«

Er drehte sich um, aber Alissa blieb stehen.

»Tiras ...?«

»Ich weiß nicht, wo Tiras ist.«

Die Art, wie Nargo diesen Satz aussprach, ließ Alissa aufhorchen. Der gepresste Ton: Nargo verheimlichte ihr etwas, drängte sie, ihm zu folgen.

Es war mittlerweile dunkel, und Alissa dachte, dass ihr kaum etwas anderes übrig blieb. So nahmen sie einen der versteckten Wege hinter den Häusern: einen winkeligen, nesselüberwucherten Pfad – und bald standen sie am Kanalufer.

Die Uferböschung fiel an dieser Stelle leicht ab. Der Randstein des Kanals war etwa einen halben Meter breit, ungesichert, und er begrenzte einen schmalen Pfad. Im Abstand von 10 bis 20 Metern waren pilzförmige, rostige Poller in die Kaimauer eingelassen. Hier und dort lag ein vertäutes, längliches Hausboot im Wasser. Aber Nargo hielt nach etwas anderem Ausschau.

Als er es gefunden hatte, lief er zum Ufer und winkte Alissa zu sich. Er löste ein Seil von der Mauer und schwang sich über den Rand des Kanals in ein altes, aber funktionstüchtiges Ruderboot.

»Komm!«, rief er.

Alissa stieg ins Boot und setzte sich Nargo gegenüber auf das schmale Bord, während Nargo die Ruder auslegte, sich von der Kaimauer abstieß und mit kräftigen Zügen schnell unter die nächste Brücke steuerte. Dort verharrte er, sah sich um, horchte in die Dunkelheit, und ruderte weiter. Von Brücke zu Brücke, in der Mitte des Kanals, bis sie schließlich in den Tunnel glitten und unter dem Ferrobotanischen Garten verschwanden.

Im Tunnel legte Nargo zügig nochmals einige hundert Meter zurück, bevor er die Ruder hochlegte und abwartete. Alissa wunderte sich über das geheimnisvolle Tun, aber sie sagte nichts. Im Tunnel hing der Geruch von Verbranntem. Die modrige Feuchte der alten Anlagen hatte sich mit etwas vermischt, das fern nach Schwefel und Feuer roch. Ihr war unheimlich zumute, als könnte jederzeit etwas Schreckliches zugreifen, ohne Vorwarnung, aus dem Nichts heraus.

Dann blitzte ein Licht auf, hinter ihnen. Alissa drehte reflexartig den Kopf: ein warmer gelber Punkt in der Dunkelheit. Das Licht gab Signale, sendete einen Rhythmus von längeren und kürzeren Impulsen. Nach wenigen Sekunden endete das Blinken, aber das Licht, kaum heller als eine Kerze, leuchtete weiter.

Nargo hatte die Signale aufmerksam beobachtet und Alissa meinte zu hören, wie er leise aufstöhnte.

Noch immer sagte er nichts.

Und sekundenlang rührte er sich nicht. Dann aber setzte er sich auf und steuerte den Kahn ans Kanalufer. Er legte ihn neben die Stufen einer Steintreppe, die zum Wasser herabführte.

Nargo hatte eine alte Sturmlampe an Bord, deren Licht sich bis zu einem kaum noch wahrnehmbaren Leuchten herunterdimmen ließ. Er entzündete sie und stellte die Blende so ein, dass der Schein der Lampe den Kahn und die nächste Umgebung schwach erhellte. Nun fasste er das Ruder, das zur Kanalseite im Wasser lag, und bewegte es langsam, als müsse er die Ausrichtung des Bootskörpers korrigieren. Er hatte den Blick aufs Wasser gerichtet, schielte jedoch immer wieder in die Richtung, aus der die Lichtsignale gekommen waren. Zwischen ihnen, unter dem mittleren, freien Sitzbord, entdeckte Alissa mehrere fingerdicke Seile mit Eisenhaken an den Enden: Haken wie Wurfanker. Die Seile lagen aufgewickelt am Boden, und Nargo versuchte, seine Nervosität in den Griff zu bekommen, indem er sie immer wieder vorsichtig ordnete und prüfte, ob sie sich nicht ineinander verschlungen hatten.

Alissa beobachtete ihn. *Er ist wie Tiras*, dachte sie. Doch Tiras hatte diese besondere Aura der Verletzlichkeit. Das hellblonde Haar und die fast weiße, durchscheinende Haut … Sie würde Tiras immer unterschätzen. Bei Nargo war es vielleicht das Gegenteil. Vielleicht überschätzte sie ihn. Aber Nargo war ohne Zweifel jemand, der sich durchschlug. Der ohne Hilfe zurechtkam.

Ein schriller Pfiff ertönte. Alissa fuhr zusammen. Zuerst dachte sie, es sei der Warnruf einer Ratte, einer der Zigtausenden Kanalratten, die hier lebten und durch Löcher und Risse in der Mauer Zugang zu den Gängen ihrer Bauten hatten. Nargo setzte sich ruckartig auf und richtete den Blick in die Ferne, entgegen der Richtung, aus der sie gekommen waren. Er öffnete die Blende der Lampe ein weiteres Stück. Nun reichte der Lichtstrahl bis zum gegenüberliegenden Ufer, und glänzendes Gegenlicht tanzte auf dem nassen Schwarz. Das Wasser bewegte sich kaum merklich. Seitdem der Kanal nicht mehr genutzt wurde und man die Schleusen am Mahnfelder Ufer und vor San Mintra nur noch in großen Abständen öffnete, standen die Regulationswehre immer ein Stück offen, damit das Wasser nicht stand und die Stadt mit Fäulnisgeruch verpestete. So war aus dem alten Kanal ein sehr langsam fließendes Gewässer geworden.

Alissa wollte sich vorbeugen, um zu sehen, wonach Nargo suchte. Aber Nargo streckte ihr, ohne sich umzudrehen, einen Arm entgegen und hob die Hand. »Bleib sitzen«, flüsterte er.

Da packte Alissa die Wut.

»Was wird hier gespielt?«, fauchte sie. »Ich habe die Geheimnistuerei langsam satt!«

Nargo blieb ruhig. »Bleib sitzen«, wiederholte er nachdrücklich. Und hätte er nicht ein versöhnliches »Bitte!« hinzugefügt, Alissa hätte ihn angeschrien, ganz gleich in welcher Gefahr sie sich befanden.

»Sag mir wenigstens, ob ich dir helfen kann.«

Wieder wehrte Nargo ab: »Nein, auf keinen Fall«, sagte er und blickte weiter ins Nichts. Alissa schluckte nur und schüttelte verärgert den Kopf. Es war sinnlos. Nun griff Nargo nach einer Art Enterhaken, der auf zwei schmalen Bügeln am Rand des Kahns lag. Alissa hatte ihn bisher gar nicht wahrgenommen. Dann schwankte der Bootskörper, weil sich Nargo erhob, den Enterhaken geschickt über den Kopf nach vorne zog und weit voraus ins Wasser langte.

Da!

Im Wasser trieb etwas. Nargo hakte das Eisen in einen Haufen treibender Lumpen. Ein schwarzes, klumpiges Etwas von länglicher Form. Es war …

Alissa starrte entsetzt auf das Wasser. Als sie den dunklen Umriss wahrgenommen hatte, war ihr sofort klar, worum es sich handelte: eine Leiche. Und in einem Ansturm wirrer Gedanken erhob sie sich und der Kahn schwankte bedrohlich.

»Verdammt. Setz dich hin!«, zischte Nargo. »Wir kentern!«

Alissa sackte in die Knie, blieb aber wie in Starterstellung hocken, die Hände auf die Bordwand gestützt.

Ein Toter. Nargo hatte es gewusst. Er hatte auf die Leiche gewartet. Fragen, Vermutungen, Anklagen hallten in Alissas Kopf.

Nargo arbeitete scheinbar ungerührt weiter, zog die Leiche heran. Ein kräftiger Ruck, und der mit dem Gesicht nach unten treibende Körper drehte sich. Jetzt konnte Alissa das fahle Gesicht der Leiche erkennen, und eine ihrer vielen Fragen klärte sich.

»Das ist ...Nargo, was ist hier passiert?«

Nargo schwieg. Alissa sah die schlaffen, verquollenen Züge, die hässliche breite Wunde am Hals des Toten. Der Kopf war fast abgetrennt. Alissa grauste es davor, dass ein weiterer Ruck mit dem Enterhaken vollenden könnte, was der Mörder mit seinem Messer begonnen hatte. Übelkeit stieg in ihr auf.

»Der war ... in unserem Haus. Vor zwei Nächten ...«, flüsterte sie, ein Würgen unterdrückend. Sie sprach, als ob ihre Worte gar nicht für Nargo gedacht gewesen wären, sondern für sie selbst. Sie verstand nichts mehr.

»Setz dich hin!«, sagte Nargo nachdrücklich.

Diesmal verzichtete er auf ein besänftigendes »Bitte!«.

Mit nur wenigen schnellen Bewegungen hatte er eines der Seile vom Boden des Kahns genommen, um die Leiche geschlungen und mit dem Haken am Ende des Seils festgezurrt.

Und dann musste sich Alissa übergeben. Sie sank auf die Bordwand des Kahns und würgte, als wollte ihr Körper all die furchtbaren Geräusche übertönen, die der Tunnel jetzt erzeugte. Doch die Bilder blieben. Und weitere Bilder kamen, weitere Leichen. Der zweite Körper, der Wächter, der Marina aus der Bibliothek gezerrt hatte. Er war kaum noch zu erkennen in seiner entwürdigenden Leblosigkeit; aber die Kleidung ... der Körper ... der geschorene Kopf ... – ohne Zweifel war das der muskelbepackte Kerl, der zusammen mit dem Arzt im Lesesaal des Magazins erschienen war. Und dann sah Alissa den dritten Toten. Und den vierten. Und den fünften. Nargo schlug mit dem Enterhaken wieder und wieder ins schwarze Wasser. Alissa wollte schreien, wollte die furchtbaren Bilder aus sich herausschreien. In ihrem Kopf nahm alles Farbe an, was in diesem Dämmer so blass und so dunkel erschien: die Toten, die ausgebluteten Leichen mit ihren bleichen Geisterfratzen, ihren zerschnittenen Hälsen, ihrem entsetzlichen Totenblick. Die schwarze Nässe auf den Uniformen konnte vom Wasser herrühren oder von Blut.

Alissas fiebriger Geist sah Nargo in der Gestalt eines Fischers, der auf die zappelnden, sterbenden Leiber der Fische im brodelnden Meer einschlug.

Alissa übergab sich, bis der Schmerz in ihrem Körper die Übelkeit zurückdrängte. Und dann war es irgendwann still in ihrem Kopf. Nargo hatte die Leichen zusammengebunden und den Kahn zu einer Stelle am Kanalrand gesteuert, wo eine gemauerte Aussparung, abgedeckt mit Brettern aus faulendem Holz, versteckt war. Alissa hatte keine Ahnung, welche Funktion diese verschalte Nische einmal erfüllt hatte. Jetzt aber diente sie Nargo als Versteck für die Leichen. Mit sicherem Griff hebelte er das hohe Brett, das die Nische zum Kanal hin abschloss, aus seiner Verankerung, und es schwang auf wie ein kleines Schleusentor. Dann bugsierte Nargo die Leichen in die Aussparung hinein und legte das Brett wieder davor. Das Ganze dauerte nur wenige Minuten. Alissa nahm die Bewegungen, das Wackeln des Kahns, wahr, aber alles, was um sie herum geschah, spielte sich in einer Sphäre der Unwirklichkeit ab. Die Wirklichkeit stellte pochend immer wieder dieselbe Frage:

Wer hatte diese Männer getötet?

Diese Männer, die nun vielleicht nie jemand finden würde.

Und was wusste Nargo von den Morden? Alissa hatte in die Gesichter der Toten geblickt. Drei der Männer hatte sie erkannt: die zwei Begleiter des Arztes, die Muskelpakete aus der Bibliothek, und einen der Männer, die im Haus im Cabanisviertel nach Bendars Unterlagen gesucht hatten. Einen, dessen Gesicht sie sich eingeprägt hatte, obwohl sie es nur kurz gesehen hatte. Sie hatte den Namen des Mannes vergessen. Aber sie wusste, dass sie in jener Nacht Namen gehört hatte. Nun hallten diese Namen durch ihre Gedanken, als durchsuchten sie die Bilder der Toten in ihrem Kopf.

Sie schloss die Augen, und diesmal blieb es schwarz.

Nargo setzte sich wieder an die Ruder. Er stieß einen Pfiff aus, der dem Rattenpfiff zu Beginn des Albtraums glich. Dann stieß er den Kahn ab und ruderte weiter kanalaufwärts, vorbei an der Stelle, an der das Lichtzeichen erschienen sein musste, das sie zum Stoppen gebracht hatte. Doch hier war niemand, der ein Lichtzeichen hätte geben können.

Wo befanden sie sich? An der Stelle, an der Alissa und Tiras am frühen Morgen aufgewacht waren? An jenem Abschnitt des Kanals, der den Berbern Unterschlupf bot? Der Kanaltunnel schien zu Verwandlungen fähig. Er schuf und verschluckte Schlupfwinkel, von denen selbst die Vigilanz nur die wenigsten kannte.

Wieder betrachtete sie Nargo, der den Kahn, einem geschickten Fährmann gleich, durch den Tunnel steuerte. Sie erinnerte sich daran, wie er ihr und Tiras am Morgen Uniformen besorgt hatte, damit sie sich unbehelligt in der Stadt bewegen konnten. War die Stadt bereits so unsicher geworden, dass es Tote gab? Gab es die Toten ihretwegen? Hatte Bendars Verschwinden damit zu tun? War er vielleicht ebenfalls längst ermordet worden? Immer wieder spulten sich dieselben Befürchtungen und Ängste in Alissas Gedanken ab. Und sie hatte nur den Jungen, den sie fragen konnte:

»Nargo. Was ist geschehen?!«

»Es hat Tote gegeben.«

Nargo sah an Alissa vorbei. Aber er konnte sich ihr nun nicht mehr entziehen. Die Arbeit – wie hässlich ihr dieses Wort vorkam – war getan.

»Wer hat diese Männer umgebracht? Weshalb hast du die Leichen zusammengebunden? Was ist in der Stadt passiert, seit wir heute Morgen aufgebrochen sind?«

Nargo stieß einen Seufzer der Verärgerung aus.

»Es sind Männer, denen ...« – er senkte die Stimme und beugte sich vor – »... sei froh, dass sie tot sind. Wenn man sie nicht umgebracht hätte, hätten sie uns getötet. Bei nächster Gelegenheit.«

Beim letzten Satz hatte er die Stimme wieder gehoben, zu einem heiseren Flüstern. Als gelte es, die Waffen zu kreuzen. Als wollte er sie einschüchtern. Doch Alissa ließ sich nicht mehr einschüchtern.

»Verdammt, Nargo, sag mir jetzt endlich, was los ist!«

»Sei doch still!«, zischte er. »Wenn wir ... Oh, Mann, warum musste sie auch so unvorsichtig sein.«

»Wer? Von wem redest du?«

»Von Marina. Der Frau, der du heute begegnet bist.«

Alissa starrte ihn ungläubig an.

»Woher weißt du, dass ich ...? Spionierst du mir nach?«

»Wir spionieren nicht. Wir sorgen dafür, dass euch nichts passiert, verdammt, das weißt du doch!«

»Seit wann beobachtet ihr mich? Und wen noch? Tiras? Meinen Vater? Nun sprich endlich, Nargo. Weißt du, wo Tiras ist? Er ist verschwunden!«

Alissa wollte wieder aufstehen, und brachte den Kahn dabei erneut fast zum Kentern. Nun platzte Nargo der Kragen:

»Sei endlich still und setz dich hin!«, rief er. »Du hast ja keine Ahnung, was in der Stadt los ist. Sie wollten Marina ermorden. Ermorden, verstehst du? Sie hätten sie kaltblütig *beseitigt*, so nennen sie das. Und Marina wäre nicht die Erste gewesen. Mein Gott, bist du naiv. Du ahnst gar nicht, wie viele Tote es schon gegeben hat. Wie viele sie schon *beseitigt* haben. Du bist kein Berber, Alissa. Du kannst das nicht verstehen. Wir weichen ihnen aus, wann immer und wo immer es geht. Aber sie rüsten auf. Sie lassen niemanden mehr in Ruhe, der ihren Plänen im Weg steht. Gil Pandra weiß das. Gil Pandra kämpft, und viele andere auch. Danias Bargu und Siliva Aduun. In dieser Stadt ist der Teufel los – und nicht nur in der Stadt. Wir versuchen, alles zu überwachen, weil wir uns schützen müssen, denn sie spüren uns nach. Sie verfolgen uns. Die Wächter. Du hast doch gesehen, wie viele schwarze Uniformen in der Stadt unterwegs sind. Sie haben deinen Vater, weil er ihrer Macht im Weg steht. Wir werden die Stadt verlassen müssen, und sie werden uns weiter verfolgen!«

Nargo brach ab. Seine Stimme bebte. Alissa hatte sich längst wieder gesetzt. Sie bemerkte, dass er mit den Tränen kämpfte. Sie ahnte plötzlich, unter welchem Druck er stand. Diese Worte, diese herausgeschleuderten Rechtfertigungen und Anklagen: Es waren die Worte eines Mannes gewesen, nicht die Worte eines Jungen.

»Bendar«, sagte sie leise. »Du hast gesagt, mein Vater … Und Tiras …?«

Alissa zitterte. Ihr war auf einmal merkwürdig kalt.

Nargo blickte verschämt zur Seite. Er bereute seinen Gefühlsausbruch, weil er merkte, wie sehr er Alissa getroffen hatte.

»Tiras ist in Sicherheit«, sagte er leise. »Es geht ihm gut.«

»Was? Woher willst du das wissen?«

»Die Lichtzeichen … Sie haben … Diese Männer hatten Tiras in ihrer Gewalt. Aber jetzt ist er befreit.«

»Und Bendar?«

Nargo schüttelte den Kopf.

»Es gibt keine Neuigkeiten«, sagte er. »Sie haben deinen Vater entführt und halten ihn gefangen. Wir wissen noch immer nicht, wo.«

Alisssa nickte, versuchte zu lächeln. Tiras lebte. Daran wenigstens wollte sie sich klammern. Er lebte.

Plötzlich ertönte ein Pfiff. Wiederum ein Signal. Nargo blickte sich hastig um. Ein zweiter Pfiff, eine Sequenz aus kurzen Tönen. Nargo steuerte den Kahn in eine Nische, eine Art Seitenbecken, und ruderte bis zu einer Stelle, wo eine rostige, ins Mauerwerk eingesenkte Eisenleiter hinauf zum Seitenpfad führte.

Nargo vertäute den Kahn, gab Alissa zu verstehen, dass sie ihm folgen sollte, und machte sich daran, nach oben zu klettern. Die Sturmlampe, in der noch immer schwach Licht brannte, baumelte an seinem Gürtel.

Als Alissa den verrosteten Rundlauf am Kopf des Leitergeländers ergriff, streckten sich ihr Hände entgegen. In der Dunkelheit meinte sie, einen der Berber aus der morgendlichen Versammlung zu erkennen. Sie befanden sich am Zugang eines leeren, kühlen Raums, vermutlich einem der alten Lagerräume. Nargo und der Berber durchquerten ihn und gingen auf eine niedrige Tür zu, verborgen in einem Gefüge von verrottenden, hölzernen Trennwänden, die wie Boxen in den Raum hineinragten. Die Tür war nur deshalb zu erkennen, weil sie offen stand: eine Geheimtür, eine versteckte Pforte, durch die sie hinüber in einen Treppenschacht stiegen.

Alissa folgte.

Sie gelangten in einen weit größeren, dämmrig beleuchteten Raum. Er war ausgekleidet mit alten Teppichen und Fellen, enthielt Feuerstellen, die wohl dann und wann benutzt worden waren, und schmucklose Sitzgelegenheiten. Rußende Öllampen brannten an den Wänden und beleuchteten die Gesichter von etwa 20 Berbern.

Alissa blickte in Gesichter, die gezeichnet waren von Angst und Sorge. Baba Faah saß auf einem fellbespannten Schemel, hinter ihm standen der Graf und Jolo. Baba Faahs kluge Augen waren klein und sahen müde aus. Die Lederkappe, die er sonst auf dem Kopf trug, hielt er in den Händen, knetete sie, bewegte sie wie eine Gebetskette.

Gruppiert um Baba Faah standen die Anführer der Clans: Mol Pathuk, Balda Ssahn, Kahfis und andere, die Alissa nicht mit Namen kannte. Nur einer, den sie morgens gesehen hatte, fehlte: Gil Pandra, Baba Faahs ältester Sohn.

In der Mitte des Raums, neben Baba Faah, saß Tiras. Klein und schmächtig und verloren, umrahmt von den Berbern. Totenbleich sah er aus. Die Augen mit ihrem haltlosen Suchen in der Dunkelheit, starrten durch Alissa hindurch. Er versuchte zu lächeln, aber es gelang ihm nicht. Er wusste, dass Alissa gekommen war, aber er erreichte sie nicht, denn ihre Augen waren nicht auf sein Gesicht gerichtet, sondern auf seine Kleider. Seine blutbesudelten Kleider. Das Hemd dieser lächerlichen Uniform war über und über bespritzt mit Blut. Es bedeckte den blauen Stoff mit großen, nass-schwarzen Flecken. Am Hals, am gelben Halstuch, hatte das Blut einen Rest seiner ursprünglichen Röte behalten. Dort am Hals erinnerte es Alissa an eine frisch aufgerissene Wunde. An eine durchschnittene Kehle.

Dann wurde ihr schwarz vor Augen.

DER SCHWARZE LORD

Der prächtige Stuhl, auf dem er saß, glich einem Thronsessel mit hoher Rückenlehne und ausladenden Armstützen. Der Salon, in dessen Mitte der Sessel zur Fensterseite gerichtet stand, war ein großer, achteckiger, aufragender Raum: das Zentrum des Palastes von Natragur. An den sechs Wänden zwischen Panoramafenster und der gegenüberliegenden doppelflügeligen Tür glimmten auf Kopfhöhe, Meter um Meter versetzt, filigrane Kristallleuchter in Form stilisierter Fackeln. Aber ihr Licht war so schwach, so fein, dass es den Salon nur schattenhaft erhellte. Es hob die Pilaster und Friese hervor, die dunkelrote Tönung der Wände, die Porträts von Regenten und Feldherren, von denen eines alle anderen dominierte: das Bild eines riesenhaften Königs, der mit erhobenem Schwert über das Land, das er beherrschte, hinauswuchs.

Neben dem Thronsessel gab es in dem Raum nur wenige größere Möbelstücke. Da stand ein Konzertflügel. Im schwachen Licht wirkte er schemenhaft wie ein lauerndes Monstrum. Gegenüber, ebenso schemenhaft, ein massiver Schreibtisch. Er hatte die Ausmaße eines Konferenztisches, und die Versammlung von Gemälden mit streng blickenden Gestalten an den Wänden ließ den Schluss zu, dass auf der geräumigen Tischfläche in der Vergangenheit militärische Planungen stattgefunden hatten – denn der Schreibtisch war sicher einige hundert Jahre alt.

Das Panoramafenster war viele Meter breit und wies auf die Stadt und die östlichen Viertel, die nun, in der Nacht, leuchteten. Der Palast von Natragur erhob sich auf einer ersten Stufe des Anstiegs zur Columbahöhe, unterhalb von Natragur und Santo Belo. Die Inneren Viertel von Metronas und Porta Cresta erstreckten sich auf tieferem Gelände. Der Herrscher in diesem Palast schien tatsächlich der Herrscher über die Stadt zu sein.

Die Stille im Salon arbeitete. Da war ein leises, gleichmäßiges Geräusch schleifender Atemzüge. Ein alter Mann saß auf dem hohen Stuhl, den Blick starr auf die Lichter der Stadt gerichtet. Die schwache Helligkeit des Salons sammelte sich auf seltsame Weise um diesen Mann, ließ das schlohweiße, über die Schultern hinabfallende Haar mit kalter Energie hervortreten, die blasse Gesichtshaut, die eingefallenen Wangen, die langgliedrigen Totenhände des hageren Körpers. Diese Hände lagen reglos auf den Armstützen. Und in allem fahlen Leuchten strahlten die Augen des Mannes mit besonderer Intensität.

Der Mann war in Schwarz gehüllt. Während Kopf und Hände das wenige Licht zu sammeln und zu verstärken schienen, bewirkte die Kleidung das Gegenteil – sie verschluckte, absorbierte. Es war eine Art tiefschwarzer Talar, der vermuten ließ, der Mann sei ein Priester, ein Prediger der Dunkelheit, dessen Atemgeräusche dem Raum etwas Bedrohliches gaben.

An der Eingangstür des Salons, die schon vor einiger Zeit geschlossen worden war, verharrte Skanda Borlund im Halbdunkel. Er wartete auf ein Zeichen, auf die Erlaubnis zu sprechen oder sich zu nähern. Vielleicht würde er auch – wie schon so oft – am Flügel Platz nehmen müssen, um zu spielen. Ein Stück, das der alte Mann aus einer Laune heraus vorgab.

Doch minutenlang geschah nichts. Der alte Mann genoss es, die Situation zu kontrollieren und zugleich unberechenbar zu sein. Vielleicht hatte er Skanda Borlund ganz einfach vergessen.

Skanda Borlund wusste, dass dem nicht so war.

Der alte Mann, den Borlund nicht sehen konnte, weil die breite

Rückenlehne seines Throns die Sicht auf ihn verdeckte, hatte den jüngeren genau im Blick. Die Armlehnen des hohen Sessels enthielten Tastaturen und mikrotechnische Bauteile der neuesten Generation. In einem Nebenraum des Salons befand sich die hochmoderne Überwachungszentrale des Palastes, mit der auch dieser Platz in Verbindung stand. Der alte Mann war das Zentrum aller Technik in den Räumen des Gebäudes – nein, in der gesamten Nigrana.

Dann, endlich, sprach er.

»Es braut sich etwas zusammen«, sagte er, leise und nachdenklich. Sein Atem ging jetzt schneller, erzeugte ein feines, pumpendes Pfeifen. Nach einer Weile seufzte er: »Wie friedlich die Stadt ist. Findest du nicht?«

Skanda Borlund wusste, wie diese Botschaft gemeint war – alles andere als friedlich.

»Sie wollten wegen Dakubra mit mir sprechen, nehme ich an, mein Lord?«

Die Antwort des alten Mannes war ein Lachen – und eine monotone Aufzählung:

»Dakubra, ja. Und Kilmer, Targo, Barklas, Urkan, Margos. Ich kenne auch die Namen der Toten.«

Ein Lächeln, unsichtbar für den Jüngeren, umspielte den Mund des alten Mannes. Die Mehrdeutigkeit seiner eigenen Worte schien ihm zu gefallen.

Skanda Borlund trat unsicher auf der Stelle. »Dakubra hat eigenmächtig gehandelt«, sagte er. »Es war ein Fehler, sich in diesen Tunnel zu begeben. Ohne Abstimmung …«

Der alte Mann lachte wieder. Es erzeugte ein hässliches Geräusch. Ein Schaben, dachte Skanda Borlund. Aber dieser Gedanke nahm dem Geräusch nicht seinen Schrecken.

»Dakubra wollte mir eine ganz besondere Freude machen«, meinte der alte Mann vieldeutig. »Er hat sehr viel gewagt – und verloren. Aber er hat es gewagt. Und er hatte ihn tatsächlich in der Hand. Er hätte sich nicht blenden lassen sollen …«

Skanda Borlund wusste, dass der alte Mann ihm Zögerlichkeit vorwarf. Er schwieg.

»Dakubras Fehler, sein Verlust, ist zu verschmerzen«, fuhr der alte Mann fort. Sein Tonfall war ernster geworden. »Wir haben noch Zeit«, fügte er hinzu, »was Tiras betrifft, haben wir Zeit. Es läuft alles sehr harmonisch.« Dann lächelte er wieder und sah eine Weile hinaus auf das nächtliche Metronas. »Er hat gute Augen«, sagte er versonnen. »Und er hat gewusst, dass ich ihn suche. Er ist schlau.«

Ein weiteres Lachen, ein schnelles, helles Röcheln. Skanda Borlund nickte stumm. Wie sollte er sich rechtfertigen?

»Wir haben die Wachen verstärkt«, versuchte er, das Thema in eine andere Richtung zu lenken. »Die Verhüllung ist abgeschlossen und die Arbeiten gehen voran. Die zweite Testphase hat begonnen. Die Wächter in der Stadt haben die Lage unter Kontrolle. Die wenigen Widerständler haben unter den Menschen in Metronas keinen Rückhalt. Und wir sind ihnen überlegen. Außerdem können wir ihnen die Toten zur Last legen. Die Stimmung wird sich gegen sie richten …«

»Fünf Leichen«, sagte der alte Mann. »Fünf Leichen, vertäut und versteckt am Kanal. Sie haben versucht, ihre Taten zu vertuschen. Sie unterschätzen mich. Aber man sollte die Morde als Warnung verstehen, findest du nicht?«

Skanda Borlund breitete die Hände aus, eine Geste der Beschwichtigung, und trat hastig ein paar Schritte vor:

»Wir werden sie finden«, sagte er schnell. »Dakubra hat sie unterschätzt. Das war sein Fehler, aber wir werden sie finden. Diese verfluchten Berber werden uns nicht entkommen. Dakubra wird seinen Fehler wiedergutmachen. Das Biest wird für ihre Heimtücke bezahlen!«

Der alte Mann lachte auf.

»Und du glaubst tatsächlich, dass diese Frau fünf deiner Leute auf dem Gewissen hat? Nein. Sie ist ungefährlich. Sie ist ein Symbol für die Hilflosigkeit der Teuferstadt. Sie stochert im Nebel. Sie hält die Entwicklung nicht auf.«

»Aber ihre Freunde!«, sagte Borlund. »Sie hat Freunde unter den Berbern. Und manche von den jüngeren machen uns zu schaffen. Sie spionieren herum. Wir haben die Sümpfe in der Vergangenheit zu sehr außer Acht gelassen. Wir hätten das Sumpfland unter unsere Kontrolle bringen müssen. Die Abteilungen, die wir ausgesandt haben, sind spurlos verschwunden. Kartas …«

»Kartas ist nicht wichtig«, sagte der alte Mann. »Wenn die Konverter genügend Energie für das fusionale Stadium erzeugen, wird sich das Problem Kartas von selbst lösen.«

Er hob den Kopf und sah in die Ferne, in das schwarze Loch der Werksanlagen von Posisco, am anderen Ende der Stadt.

»Ein Problem nicht größer als ein Wurm, den man zertritt«, raunte er. »Die Berber sind nicht wichtig …«

Skanda Borlund schien die letzten Worte überhört zu haben. Noch wollte er das Thema *Berber* nicht aufgeben:

»Sie sind heimtückisch, mein Lord«, sagte er. »Sie organisieren den Widerstand. Ich vermute, sie haben unsere Truppen im Sumpfland in einen Hinterhalt gelockt. Sie hat ziemlich viele Freunde unter den Berbern. Dakubra ist allzu hart mit ihr umgesprungen. Da haben sie sich gerächt. Er hätte das diskreter machen sollen. Dakubra ist nie besonders zimperlich gewesen. Der Dummkopf!«

Ein feines, rhythmisches Zischeln erfüllte den Raum. Der alte Mann lachte in sich hinein, und jedes Mal, wenn sich sein Zwerchfell zusammenzog, stieß er einen hohen Ton aus.

»Es war dumm von Dakubra, sie ausgerechnet am Kanal beseitigen zu wollen«, fuhr Skanda Borlund nervös fort. »Er hätte wissen müssen, dass ihre Freunde ihnen auflauern. Sie haben dort unten ihre Schlupfwinkel. Das hätte er bedenken sollen. Vermutlich hat er es nicht lassen können, diesem Miststück zu zeigen, wie mächtig er ist. Und Kilmer und Targo …«

»Unsinn!«, unterbrach ihn der alte Mann. »Er wollte sie nicht beseitigen. Es wäre eine reine Nebensache gewesen. Er war weiter, als du es vermutlich je sein wirst. Setz dich an den Flügel und spiel. Ein

Stück, das Größe hat und Drama. Die Sturm-Sonate. Wenigstens dein Klavierspiel ist brauchbar.«

Skanda Borlund schritt durch das Dunkel auf das Instrument zu, ging um den Flügel herum und nahm Platz. Der lang gestreckte Korpus war zum Eingang hin ausgerichtet, sodass die Männer wie selbstverständlich aneinander vorbeischauen konnten.

Die ersten Takte der Musik verklangen und sie verrieten die Anspannung des Spielenden. Der alte Mann lächelte, dann sprach er, klar und gebieterisch, und es war, als würde sich die Melodie der Sonate den Worten fügen:

»Du kümmerst dich von jetzt an hauptsächlich um Kamladis«, sagte er. »Wie lange habt ihr ihn bereits in eurer Gewalt? Zwei Tage? Ist er noch immer nicht zur Kooperation bereit?«

Der ironische Ton in der Stimme verriet Skanda Borlund, dass der alte Mann von den Fehlschlägen der vergangenen Tage wusste. Aber das wunderte ihn nicht. Er wusste fast immer alles.

»Wir sind nah dran, mein Lord«, sagte Borlund. »Wir bringen ihn zum Reden. Ich stehe zu meinem Wort.«

»Ich hoffe doch«, sagte der alte Mann verächtlich. »Ohne das Wissen von Kamladis bleibt der Konglomerationseffekt instabil. Die Zeit drängt. Cubras Paldian treibt den Ausbau der zentralen Umschaltanlage voran. Administator Conano meldet täglich Fortschritte. Tjoser Bran hat den Ardenfels so weit, dass die Konverteranlagen zum gemeinsamen Testlauf bereit sind. Bald werden wir die erste Ringschaltung vornehmen, denn auch Kiru Santri, Subitna Luus und Dubas Balaan haben in ihren Anlagen die Teststufe erreicht. Also, was ist mit dir?«

Skanda Borlund wand sich:

»Er ... er schweigt wie ein Grab, mein Lord. Und sämtliche Methoden der Gehirnwäsche versagen bei ihm. Wir haben seinen Geschäftspartner zu ihm in die Zelle gesteckt. Dr. Zarno hatte ihn wunderbar präpariert. Er musste davon ausgehen, dass wir Dandihla töten, wenn er nicht kooperiert, doch ... Er bleibt stur. Wir kommen an sein Wissen nicht heran, wenn er es uns nicht freiwillig mitteilt. Seine Unterlagen sind nicht auffindbar. Wir haben alles versucht. Alles!«

»Alles?!«

Das Wort erzeugte einen so plötzlichen Nachhall, dass Skanda Borlund abrupt zu spielen aufhörte. Die Musik war jetzt nicht mehr wichtig.

»Streng dich an, Borlund«, fuhr der alte Mann fort. »Das Modul ist ein wahrer Geniestreich. Ein Geniestreich, wie auch Quentin Durando kaum ein größerer gelang. Im Verbund mit den Konvertern bietet uns das Modul grandiose Möglichkeiten. Und Kamladis ahnt gar nicht, was mir, mir persönlich, dieses Modul und seine Wirkung bedeuten! Amplifikation. Auf mich geeicht …!«

Seine Stimme wurde laut, kraftvoll …

»Auf mich persönlich … Wenn Kamladis das Kontinuum kennen würde wie ich, der Meister des Raums, der Schwarze Lord …!«

Eine seltsame Schwingung hatte die Stimme des alten Mannes erfasst. Er schien auf seinem Thronsessel von einer Art feinem Licht durchglüht. Auch der Lord verzichtete nicht auf die Wirkung von Effekten …

»… er würde sich selbst töten, auf der Stelle, um sein Geheimnis zu wahren!«

Ein grausames Lachen hallte durch den Raum. Skanda Borlund schauderte. Er hatte sich vom Flügel erhoben und bemerkte ein orangefarbenes Flirren in der Dunkelheit. Der Salon war ein einzigartiges, technisch besonders ausgefeiltes Memoportal. Neben Borlund flimmerte das Schwarz in Gestalt einer mannshohen Säule. Und das Flirren nahm zu. Der alte Mann hatte die Armlehnen umgriffen. Seine totenweißen Hände waren in das Leder seitlich der Tastaturen verkrallt, als müsste er sich mit aller Kraft festhalten. Eine ungeheure Anstrengung zerrte an dem hageren Körper, der nach außen hin dennoch starr blieb, wie unbeeindruckt, unter Kontrolle. Der Kopf des alten Mannes blickte unverwandt zum Panoramafenster.

»Kamladis wird sich nicht unter Druck setzen lassen!«, rief er, und die Stimme waberte, kam jetzt aus mehreren Richtungen gleichzeitig. Skanda Borlund beobachtete das Flimmern in der Dunkelheit. Es wurde intensiver. Borlund wich zurück, drückte sich an die Wand neben dem Flügel. Die Stimme des alten Mannes rauschte in seinen Ohren, verwandelte den Salon in einen merkwürdig unnatürlichen Ort:

»Ich kenne ihn. Er wird niemals kooperieren. Und du wirst seine Aufzeichnungen niemals finden. Kamladis ist viel zu klug. Dein Plan war von Anfang an zum Scheitern verurteilt. Ihr müsst seine Tochter fangen, dann könnte dir vielleicht ...«

»Ich ... Es gibt noch eine Möglichkeit, ihn zu zwingen ...«, stammelte Borlund. »Die Teuferstadt ... Diese Marina ...«

Der alte Mann lachte auf, ein zerrissenes widerhallendes Lachen. Doch auf gespenstische Weise spiegelte sich das Lachen nicht auf dem Gesicht des Mannes. In den harten Zügen war nichts als Konzentration, und in den Augen glühte ein Feuer, als wollte er die Stadt in der Ferne in Flammen setzen.

Skanda Borlund stand Schweiß auf der Stirn. Sein Blick ging unruhig hin und her, registrierte die scheinbare Totenstarre des alten Mannes und die dunklen Wirbel im Raum, in denen es plötzlich heller wurde. Punkte, Schemen, ein flirrendes Aufglühen. Orangeroter Feuerschein. Die Stimme des alten Mannes multiplizierte sich, sprach aus allen Richtungen. Sie umkreiste ihn, hämmerte auf Skanda Borlund ein, in vielerlei Tonlagen: hämisch, wütend, hinterlistig, drohend.

Vor allem drohend.

Und dann schälten sich aus den Glutstrichen in der Luft acht weitere Körper des alten Mannes heraus: Krieger der Dunkelheit, Ehrfurcht gebietende Gestalten. Eines hatten sie gemeinsam: das lange weiße Haar, das harte, bleiche Gesicht. Die Gestalt auf dem Thron hatte sich nicht verändert. Sie war weiterhin in den schwarzen Talar gehüllt. Aber die acht Gestalten im Halbkreis um Skanda Borlund, die Multiplikationen des alten Mannes, trugen die Uniformen von Kämpfern, von Heerführern, von Sagengestalten. Es waren Uniformen in

Weiß und Gold, leuchtendem Rot und tiefem Blau. Sie zeigten das Grün und Gelb der Sumpflandlegionen und des Mühlenlands, das Stahlgrau der Grenzgebiete, das helle Braun der Hochlandtruppen. Ordensgeschmückte Uniformen, wie sie in früheren Zeiten die Heerführer der Nigrana und des Statthalters von Metronas getragen hatten. Die Uniformen der Verbündeten des Patronars und seiner Eliteeinheiten – und die seiner Gegner. Allen Uniformen gemeinsam war eine glänzend schwarze Ordensspange auf der Brust. Ein mit Schwertern stilisierter Schriftzug. Ein Wort, das aus nur drei Buchstaben bestand:

ZnS

Als die acht Personifikationen in ihrem je eigenen Licht vor Skanda Borlund erstrahlten, sprachen sie, einer nach dem anderen klar, unmissverständlich, befehlend:

»Deine Aufgabe ist Kamladis. Das Modul ist der Schlüssel!«

»Sichere die Anlagen. Die Anlagen sind der Schlüssel!«

»Verteile Implemente. Implemente sind der Schlüssel!«

»Suche Auserwählte. Die Auserwählten sind der Schlüssel!«

»Beachte den Zeitplan. Die Enthüllung ist der Schlüssel!«

»Beaufsichtige die Arbeiten. Die Statue ist der Schlüssel!«

»Untersuche die Toten. Die richtige Einstellung ist der Schlüssel!«

»Bewache und versorge die Erwartenden. Die Erwartenden der Teuferstadt sind der Schlüssel!«

Die letzte Stimme verklang mit einem Knistern. Die Körper der Heerführer begannen erneut zu flimmern. Die Farben ihrer Uniformen wurden flüssig, vermischten sich, verwirbelten zu einem Glühen und zerfielen im Dämmer des Raums. Und dann regte sich der alte Mann auf seinem Thron. Er erhob sich, trat ans Fenster, verweilte einen Augenblick, drehte sich herum und schritt auf Skanda Borlund zu.

Als die Gestalten erloschen waren, herrschte im Raum wieder die Stille mit ihren grässlichen Atemgeräuschen. Der alte Mann näherte sich Borlund bis auf drei Schritte, beachtete ihn aber nicht. Er schien etwas zu suchen. Die Anwesenheit Borlunds spielte dabei keine Rolle.

Plötzlich löste sich unter dem Konzertflügel ein Schatten und huschte an Skanda Borlund vorbei. Eine schwarze Katze mit seltsam golden glühenden Augen hielt auf den alten Mann zu und verharrte, als sie sich ihm bis auf Sprungweite genähert hatte.

Der alte Mann lächelte.

»Tiras«, sagte er. »Da bist du ja.«

Er sprach mit der Katze wie mit einem Kind. Skanda Borlund wagte es jetzt nicht, den Raum zu verlassen, obwohl er wusste, dass er nicht mehr hier sein sollte.

Die schwarze Katze hob den Kopf und sah den alten Mann an. Auf ihrer Stirn trug sie eine merkwürdige Zeichnung: einen länglichen gelben Fleck.

»Du bist auf der Jagd gewesen, nicht wahr?«, fragte der alte Mann sanft. »Deine Wege sind rätselhaft. Du bist ein geheimnisvolles Wesen, mein Freund.«

In seiner Stimme klang Anerkennung.

Als hätte die Katze das Lob aus den Worten herausgehört, machte sie einen letzten Satz auf den alten Mann zu und strich ihm sanft um die Beine, verschwand im Wurf des Talars, schlüpfte wieder heraus. Und der alte Mann, der so unnahbar gewesen war, zeigte sich empfänglich für die Gesten der Katze:

»Tiras, mein Freund«, säuselte er. »Was hältst du davon, wenn wir in die Ruhegemächer hinaufgehen. Der Tag war lang und anstrengend. Wir sollten uns ausruhen und die Nacht über der Stadt genießen. Die Nacht ist herrlich. Musik scheint mir eine passende Begleitung zu sein. Was denkst du, Tiras?«

Noch während er diese Worte sprach, schritt er hinüber zu dem massiven Schreibtisch und betätigte einen Schalter am Kopfende. Mit leisem Surren hob sich aus dem Boden eine Treppe, eine beleuchtete Wendeltreppe, während sich in der Decke ein kreisrunder Abschnitt öffnete und Licht von oben in den Salon warf. Sobald die Treppe ausgefahren war, flitzte der Schatten der Katze hinauf. Der alte Mann folgte ihm in einen Raum vollständig unter Glas: die Kuppel über dem Palast von Natragur.

Skanda Borlund wartete, bis die Wendeltreppe zurück in den Boden gesunken war und sich die Öffnung in der Decke wieder geschlossen hatte. Dann löste sich seine Anspannung und er verließ den Salon mit schnellen Schritten.

DER RAT DER BERBER

Ihr Traum hatte den Albtraum der Nacht fortgesetzt. Das Gespräch mit Tiras. Den Versuch eines Gesprächs. Der Traum hatte das getrocknete Blut auf seiner Brust, auf dem Blau dieses lächerlichen Uniform-Hemds glänzen lassen wie frisch aus einer Wunde geflossen. Alissa hatte ihn bestürmt mit ihren Fragen. Und Tiras hatte geschwiegen. Wieder und wieder hatte er statt einer Antwort das beredte Schweigen von Beschwichtigung gewählt. »Später«, hatte er gesagt. »Nicht jetzt. Beruhige dich doch, Alissa. Es ist alles gut. Alles ist gut. Hörst du? Nicht jetzt!«

Nichts war gut. Sein bleiches Gesicht, der tote Blick seiner glanzlosen Augen, das leichte Zittern seiner Hände: Das alles hatte zu ihr gesprochen – mit den Bruchstücken einer furchtbaren Antwort. Es hatte ihren verzweifelten Bemühungen um Vertrauen Berechtigung verliehen. »Antworte mir, Tiras! Hast du die Männer umgebracht? Hast du ihnen die Kehlen durchschnitten und die Leichen in den Kanal geworfen? Du?«

Niemand hatte sie zurückgehalten, als sie Tiras mit ihren Fragen, mit ihren Anklagen bestürmte. Niemand hatte den Mut gehabt, ihren Angriffen Einhalt zu gebieten. Es war kaum wahrscheinlich, dass allein Tiras für all die Toten verantwortlich war, aber niemand hatte ihr erklärt, was geschehen war. Und dann, plötzlich, hatte Alissa von Tiras abgelassen: ihr Blick ein schmerzender, vorwurfsvoller Ausdruck von Unverständnis. Reihum hatte sie sich stumm an all diejenigen gewandt, die das dunkle Geheimnis mit Tiras teilten. Und reihum hatte sich das Schweigen verfestigt, waren ihr die Blicke schuldbewusst ausgewichen.

Die Stunden bis zum nächsten Morgen waren unruhig, nicht nur in Alissas Träumen. Die ganze Nacht über kamen und gingen Berber, brachten Neuigkeiten aus Metronas, verschwanden mit Meldungen. Hitzige Berichte erreichten das Versteck: Nachrichten von Toten, von Verhaftungen. Leichen waren gefunden worden, zum Teil verbrannt, verstümmelt. In manchen Vierteln, in Porta Cresta etwa und in Santo Belo, schürte man die Stimmung gegen die Berber. Das Gerücht, dass Berber einen Aufstand planten, hing wie ein feiner Verbrennungsgeruch in den Straßen.

Die Berber in der Stadt standen unter Schock.

Alissa hatte geträumt, und in ihrem Traum hatte Tiras gesprochen. Nicht aber mit Worten. Er hatte den Mund geöffnet, und aus den Mundwinkeln war Blut geflossen. Seine Augen hatten gesprochen. Er hatte Alissa angesehen, hatte in seinem Blick jedes Anzeichen von Blindheit verloren. Und dann hatte er sie betrachtet – mit dem Blick einer Katze.

Alissa hatte den Traum wie eine Umklammerung erlebt. Als sie erwachte, war sie minutenlang unfähig gewesen, sich zu rühren. Lähmende Angst hatte sie an den Boden gepresst.

Als sie sich schließlich aufrichtete, rutschte die Decke, die ihr jemand im Schlaf übergelegt hatte, halb herunter. Sie rieb sich mit einer Hand die Augen. Dann hob sie den Kopf.

Tiras saß dort, neben ihr, und sie ahnte, dass er die ganze Nacht über gewacht hatte. Er sah sie an und blickte doch durch sie hindurch. Alissa wusste, dass es keinen Sinn hatte, die Fragen zu wiederholen.

»Gut«, sagte sie, mit brüchiger Stimme. »Was sollen wir jetzt tun?«

Tiras wollte antworten, schwieg dann aber. Kaffee wurde ihnen gebracht, von Nargo. Er sah schlecht aus, hatte nichts mehr von dem

Jungen voller Willenskraft, der noch die schwierigsten Situationen meisterte. Er kam und verschwand wieder.

Alissa trank einen Schluck und sah erneut zu Tiras.

»Du musst die Stadt verlassen«, sagte sie. »Sie werden dich suchen.«

»Weshalb?«

»Weil ...« – Alissa atmete tief durch und zwang sich, ruhig zu bleiben.

»Weil sie denjenigen suchen werden, der die fünf Männer umgebracht hat. Sie meinen es ernst. Denk an Bendar.«

»Weshalb sollten sie nicht dich in Verdacht haben?«

Die Wucht seiner Worte überraschte ihn selbst:

»Du hättest doch auch ein Motiv gehabt, diese Leute zu töten!«

Alissa fuhr auf: »Was soll der Unsinn, ich ...!«

Weiter kam sie nicht. Der Graf stand plötzlich neben ihnen und hob beschwichtigend die Hände. Und hinter ihm, wie ein schüchterner Begleiter, erschien Jolo.

»Bitte streitet nicht«, sagte der Graf. »Wir stehen alle unter Verdacht. Alle Berber der Stadt. Seit den Morden herrscht Generalverdacht. Die Situation in der Stadt ist außer Kontrolle.«

Alissa nickte. Es war falsch, Tiras zu beschuldigen. Ganz gleich, was geschehen war.

Was gab es denn Stärkeres zwischen ihnen als das Band des Vertrauens?

Wenigstens das Vertrauen musste ihnen bleiben.

Dann kamen auch Baba Faah, Mol Pathuk, Kahfis, Balda Ssahn zu ihnen. Allen stand Müdigkeit in den Augen.

»Wir müssen verlassen die Stadt«, sagte Baba Faah. »Sie suchen. Sie suchen Berber, suchen uns alle. Alle Berber sind in großer Gefahr. Wächter sind überall. Sie sind bewaffnet, sie haben gefunden viele Tote. Überall in der Stadt. Alles ist ... Terron, terron torrnatan ...«

Viele Tote? Erst jetzt verdichtete sich das diffuse Bild, das Alissa in den Träumen und im Halbschlaf der Nacht gewonnen hatte.

Die Toten im Kanal waren nur ein Teil einer weit größeren Katastrophe …

Ihre Überlegungen wurden unterbrochen, als man ihnen neue Kleider brachte. Alissa war froh, die verhasste Uniform gegen neutrale Kleidung eintauschen zu können. Und sie war dankbar dafür, das Blut nicht mehr sehen zu müssen, das Tiras' Hemd durchtränkt hatte.

»Sie patrouillieren überall«, sagte Baba Faah, als sie die Sachen gewechselt hatten. »Sie haben bemerkt, dass wir viele Späher haben in der Stadt, überall. Sie haben bemerkt Danias Bargu und Siliva Aduun und Suran Barkas.« Ein Ausdruck von Schmerz mischte sich in seinen Blick. »Die jungen Berber, sie sagen, wir sollen zeigen Widerstand. Sie werden uns den Frieden nicht lassen. Die Jungen sagen, ihre Pläne wir müssen durchschauen und verhindern ihre Planungen. Sie werden töten. Sie werden töten alle Berber.«

Nach einem Moment des Schweigens fügte er hinzu: »Aber sie verfolgen uns. Widerstand gibt ihnen das Recht. Sie geben Berbern die Schuld an Toten. Sie suchen die Berber. Sie werden töten. Retoura torrnatanas, terron torrnatan!«

Die Anführer der Clans, Mol Pathuk, Kahfis und Balda Ssahn, nickten düster.

»Torrnatan retoura. Danias Bargu duran stirra an Siliva ano Gil Pandra terron forrada magros undra e retaro tantra torrnatan e patrona nigrana, nigra patron!«, raunte Mol Pathuk – und ein Flüstern verschwörerischer Zustimmung hob an. Baba Faah nickte. In seinen Augen sah Alissa Kummer und große Sorge. Da meldete sich der Graf.

»Ich weiß, es hat viele Verbrechen gegeben«, sagte er zögernd. »Die Berber, sie … Die Stadt hat euch immer verfolgt. Die Vigilanz … Und nun, in den vergangenen Jahren, mit den Schwarzen Wächtern, ist es wieder schlimmer geworden. Aber wenn ihr euch jetzt zurückzieht und hofft, dass ihr im Sumpfland in Frieden werdet leben können …, wenn ihr Danias Bargu und den anderen …, wenn ihr ihnen die Unterstützung entzieht, dann …«

Er rang mit den Worten. Seine Formulierungen wirkten seltsam gewunden. Alissa hatte den Eindruck, dass der Graf aus einem Wissen heraus sprach, das er nur sehr zögernd preisgab – immer mit Blick auf Baba Faah.

»... Ihr mögt im Sumpfland eine Zeit lang unbehelligt bleiben, aber ... der Widerstand, den Danias Bargu und andere aufgebaut haben ...«

Plötzlich starrte Baba Faah den Grafen an, als habe der etwas Ungeheuerliches gesagt.

»Torrnatan«, stieß er hervor, und seine Augenlider zuckten: »Terron! Skeinendo de torrnatan! Ne de murde, de murde de terron. Skeinendo di timpas da misa, da misa a compla Nigra nada tellida, nadana scira, nadandra comprida. Torrnatanas terron!«

Immer wieder diese Worte.

Der Graf senkte den Kopf und schwieg nun, wie alle schwiegen nach den wütend dahingeschleuderten Worten Baba Faahs. Alissa schlug das Herz bis zum Hals. Den Berbern war anzumerken, wie aufgewühlt sie waren. Sie sah zu Tiras. Hatte er verstanden, was Baba Faah gesagt hatte?

Die Frage kam ihr sofort unsinnig vor. Nein, die Berber wahrten ihre Sprache wie ein heiliges Geheimnis, in das nur der Graf eingeweiht worden war.

Tiras wirkte angespannt, bleich vor Müdigkeit. Ein Totenbild, dachte Alissa. Wieder sah sie die Toten im Kanal.

Tiras und die Toten.

»Terron torrnatan retoura, na stirra!«

In diesem Moment trat Balda Ssahn vor. Mol Pathuk und Kahfis nickten zustimmend. Baba Faah schloss die Augen.

»Torrnatanas ssa stira, Baba, migras che da Karta da longeur?«

Was hieß das? Aufbruch nach Kartas? Ging es um die legendäre Stadt Kartas?

Baba Faah schwieg. Der Graf schüttelte resigniert den Kopf.

Eine merkwürdige Stille entstand.

Und dann, völlig unerwartet, war es Jolo, der das Wort ergriff. Seine Stimme zitterte:

»Ich ... ich bin vielleicht nicht richtig einer von euch«, stammelte er. »Der Graf ... er hat immer gesagt, dass ihr ihm geholfen habt. Wir haben immer auf euch zählen können. Und jetzt möchte ich nur sagen, dass der Graf euch nicht beleidigen wollte. Ganz bestimmt!«

Er sah unsicher in die Runde. Der Graf wollte etwas erwidern, weil er ahnte, was Jolo bewegte, aber der fuhr fort:

»Ich meine, ich hab nicht verstanden, was ihr da gesagt habt. Der Streit und so. Aber wir haben immer auf euch zählen können. Und ihr könnt auf uns zählen. Wir waren immer Freunde ...«

Dann, wie verwirrt über seinen eigenen Mut, hielt er inne. Baba Faah lächelte. Mol Pathuk, der so schweigsam reagiert hatte auf die Worte des Grafen, trat auf Jolo zu. Auch er wirkte plötzlich gelöst, legte Jolo die Hand auf die Schulter.

»Jolo ist eine große Seele«, sagte Baba Faah. »Er ist immer gewesen ein Freund!« – und er blickte in die Runde der Berber. »Wir müssen halten zusammen. Wenn wir verlassen die Stadt, wir werden nicht verlassen die Berber, die bleiben. Danias Bargu und Siliva Aduun und Suran Barkas. Sie handeln und denken an uns. Wir denken an sie, handeln mit ihnen. Immer!«

Sein runder Kopf mit dem Kranz weißer Haare und der Lederkappe hob sich, und dann blickte Baba Faah jeden im Raum lange an – zuletzt Tiras und Alissa und den Grafen. Schließlich sagte er:

»Jetzt besprechen wir, was ist zu tun. Und Alissa sagt uns, was sie gesehen hat in der Stadt. Wir müssen wissen, was ist zu tun.«

Alissa kam ein lähmender Gedanke:

»Was ist mit Marina?«, fragte sie. »Ich habe sie getroffen. In der Universität. Sie wurde dort gefangen genommen. Wisst ihr, wo sie ist? Lebt sie?!«

Alle Erinnerungen kamen zurück. Der Sturm der Gefühle. Baba Faah schien genau zu wissen, was in Alissa vorging. Sie sah die Traurigkeit in seinen Augen ...

Mit einem Mal verstand sie. Sie erinnerte sich an den Moment, als sie mit Nargo zu der Gruppe gestoßen war. Sie hatte Tiras gesehen und das Blut. Und ihr war aufgefallen, dass in der Gruppe jemand fehlte.

»Gil Pandra …«

Alissa hob den Kopf. »Er ist nicht hier. Wo ist er?«

In den Augen des alten Mannes glänzte es.

»Gil Pandra ga nowa, rega na scira. Babo, formida babo …«, sagte er: »Gil Pandra ist verschwunden. In der Nacht. Marina sie hatten gefangen. Und Tiras. Sie hatten … Danias Bargu und Gil Pandra, sie haben versucht, Marina zu befreien. Dann es gab Tote …«

Er stockte.

Da trat Tiras an seine Seite.

»Gil Pandra hat mich gerettet.«

Er setzte sich zu Füßen des alten Mannes und suchte tastend Babas Hand, als wären ihre Rollen vertauscht. »Gil Pandra hat gekämpft wie ein Löwe, und ich bin sicher, er lebt!«

»Niemand kann wissen, wo er ist«, sagte Baba Faah mit gebrochener Stimme.

»Er lebt!«, sagte Tiras nachdrücklich. »Ich weiß, dass er lebt! Ich …«

Tiras rang nach Worten. Alissa wusste, was er sagen wollte: Da gab es zwei Geschichten: eine, die er erlebt hatte, und eine, die sich in seinem Kopf abgespielt hatte.

»Gil Pandra hat versucht, Marina aus den Händen der Wächter zu befreien«, erklärte er. »Ihm und Danias Bargu und seinen Leuten war es gelungen, Marinas Entführer auszuschalten. Aber dann brachte dieser Sadist Dakubra mich in den Tunnel. Gil Pandra hat mich befreit, doch Dakubra konnte Marina wieder gefangen nehmen und mit ihr fliehen. Sie haben mich schützen wollen. Gil Pandra und Danias Bargu haben Dakubra verfolgt. Ich weiß, dass Gil Pandra lebt. Ich sehe ihn!«

Baba Faah lächelte. Ein stolzes und doch trauriges Lächeln.

»Er ist ihnen gefolgt, Baba«, wiederholte Tiras. »Er ist nicht tot. Gil Pandra ist ein großer Kämpfer!«

»Liondra Pandra«, murmelte Mol Pathuk. Viele sprachen diese Worte nach. Die Berber trauerten.

Da trat Alissa vor und setzte sich zu Baba Faah.

»Gil Pandra schafft es«, sagte sie. »Auch Bendar wird es schaffen. Es tut weh. Es tut so weh. Aber wir dürfen nicht verzweifeln!«

Baba Faah schloss die Augen und nickte.

»Wir müssen hoffen«, sagte er. »Wir müssen hoffen und handeln. Wir müssen handeln und für Sicherheit sorgen. Und wir dürfen nicht wehrlos sein. Wir hoffen, dass Gil Pandra und Marina leben.«

Er sprach wie zu sich selbst. Dann wandte er sich Alissa zu.

»Liondrana Alissa«, sagte er. »Du bist mutig. Du suchst deinen Vater. Du gehst in Gefahren und suchst deinen Vater. Liondrana Alissa. Sag uns, was du wirst tun.«

Alissa schluckte. Sie hatte sich diese Frage noch gar nicht gestellt. Aber es war wichtig, sie zu beantworten:

Was würde sie tun?

»Ich … Ich habe Marina getroffen«, begann sie zögernd. »Ich war in der Bibliothek der Universität. Ich wollte herausfinden, woran mein Vater arbeitete. Ich wollte wissen, was Posisco an Bendars Arbeiten so gefährlich erscheint. Und weshalb Bendar vor Posisco gewarnt hat. Ich habe mich immer aus allem herausgehalten, was Bendar bedrückte. Aber jetzt … Ich wollte endlich Klarheit.«

Dann holte sie ihre Aufzeichnungen hervor und berichtete, wie Marina ihr im Magazin geholfen hatte. Sie sprach von wissenschaftlichen Artikeln, von dem schwelenden Konflikt zwischen ihrem Vater und Posisco. Sie sagte, dass es beim Memoporting und bei den Implementen offensichtlich eine Reihe von Ungereimtheiten und Risiken gäbe. Und sie sprach von der Burg auf dem Ardenfels, wo Posisco größere Umbauten vornehme.

Die Berber wechselten düstere Blicke, als Alissa die Ruine erwähnte. Die Ardenburg. Und die Wasserfälle.

»Die Wasserfälle von Nicobra«, sagte sie. »Irgendetwas verbindet Posisco mit den Wasserfällen. Aber ich weiß nicht, was!«

Ihre Worte lösten Unruhe aus.

Mol Pathuk erhob sich.

»Stirra da monta umbra a nigra patrona!«, sagte er mit rollender Stimme. »Da montas nigra as nigra patrona. Stirra da milia tantras. Tiamandras. Restura as torre dalagan as torre silurgo as casta cabalusa!«

Ein Schauer lief Alissa über den Rücken, und Tiras trat unwillkürlich einen Schritt vor. Die Worte Mol Pathuks erinnerten an seine dunklen Aussagen, zwei Tage zuvor, am Morgen im Kanaltunnel. Als sie über den geheimnisvollen Schwarzen Lord sprachen.

»Centras da milia inunda nigrana, da nigra patrona«, sagte Kahfis

»Centras da milia da monta nigrana, da nigra patrona«, ergänzte Balda Ssahn.

Die Szene hatte etwas Gespenstisches, als wiederholte sich der Morgen ihrer ersten Begegnung oder als hätte die Macht der alten Geschichten die Berber fest in der Hand.

»Der Schwarze Lord versammelt sein Heer in den Sümpfen und in den Schwarzen Bergen. Der Schwarze Lord erweckt die Berge Tiamandras und besetzt die alten Türme.«

Alissa fuhr herum. Der Graf hatte gesprochen. Er hatte ein Gebot gebrochen. Er hatte Worte der geheimen Sprache übersetzt. Aber niemand klagte ihn deswegen an.

»Was bedeutet das?«, fragte Alissa verwirrt. »Was geschieht auf dem Ardenfels? Gibt es ihn also doch, den Schwarzen Lord?«

Der Graf sah zu Baba Faah, schwieg aber.

»Da tut sich doch etwas auf dem Ardenfels! Und der Schwarze Lord, auch Marina hat von ihm gehört. Ihr hättet sie sehen sollen, als ich sie nach dem Lord fragte. In der Bibliothek …«

Sie zögerte, dann fuhr sie fort:

»Gil Pandra! Gil Pandra hat behauptet, der Schwarze Lord sei der Patronar der Nigrana gewesen. Ein Mann, der schon lange tot ist.

Und es gibt all diese alten Geschichten. Jetzt taucht der Name aber im Zusammenhang mit Posisco auf. Und der Ardenfels: Es muss mehr dahinterstecken als bloß eine alte Geschichte. Da oben geschehen Dinge, die Bendar für gefährlich hielt!«

Der Graf war nun sehr nachdenklich geworden. Und dann sprach Baba Faah:

»Die Berber sagen, es sind Arbeiten. Die Ardenburg, eine Festung sie ist. Auch die Türme, Silurgo und Cabalusa. Und Torre Dalagan. Sie bauen. Sie bauen schon lange. Viele Berber sagen, es ist der Schwarze Lord. Der Schwarze Lord erobert zurück die Türme und die Burg. Und Metronas ist seine Stadt. Retour da inunda nigrana. Migrana da karta. Retour!«

Wieder betrachtete Baba Faah Alissa. »Und du, Alissa«, fragte er, »was du wirst tun? Liondrana Alissa?«

Alissa nickte, sah zu Tiras. Die Frage war noch nicht beantwortet. Sie hatte einen Zusammenhang gefunden, der ihr eine Antwort nahelegte. Sie musste diese Antwort nur noch aussprechen.

Die Burgen, die Türme, die Ruinen.

»Marina«, sagte sie. »Sie sprach von diesem Flugzeug. Der Weißen Taube.«

Sie wandte sich zu Baba Faah.

»Ich muss zur Ardenburg. Vielleicht liegt dort der Schlüssel zu allem. Vielleicht halten sie Bendar in der Burg gefangen. Marina ist an Bord des Flugzeugs gewesen. Sie hat über dem Sumpfland rätselhafte Dinge gesehen. Vielleicht landet das Flugzeug in der Nähe der Burg. Es soll nahe des Ardenfels ein Landebecken geben. Ich muss hinauf ins Hochland.«

»Mit dem Flugzeug?«

Tiras hatte lange geschwiegen. Nun konnte er sich nicht länger zurückhalten.

»Ja. Mit der Weißen Taube«, bekräftigte Alissa. »Ich werde mich in dieses Flugzeug schmuggeln und …«

»Du bist komplett verrückt!«, fuhr ihr Tiras ins Wort. »Glaubst du, du bleibst dort unbemerkt? Das Ding gehört Posisco. Die suchen dich. Hast du das vergessen?«

»Nein«, entgegnete sie kühl. »Aber sie werden kaum vermuten, dass jemand, den sie suchen, so leichtsinnig ist, sich heimlich an Bord der Maschine aufzuhalten! Es ist die einzige Möglichkeit, die Wahrheit über die Ardenburg und die Türme herauszufinden. Marina hat es vorgemacht. Ich will sehen, was sie gesehen hat.«

Einen Moment lang schwiegen alle. Doch Unruhe und Zweifel waren deutlich zu spüren.

»Tiras hat recht«, meinte der Graf schließlich, »es ist zu riskant. Vielleicht kannst du dich in der Maschine verstecken. Aber wie willst du hineinkommen? Der Landeplatz liegt am See, nicht weit von den Werken. Er ist gut bewacht!«

Jolo pflichtete ihm bei. »Es ist verrückt, Alissa. Du darfst das nicht machen. Denk an deinen Vater.«

»Aber genau das tue ich!«, rief Alissa. »Genau das! Ihr sprecht davon, die Stadt zu verlassen, weil es für die Berber zu gefährlich wird. Gut. Aber ich suche meinen Vater. Ich werde alles daransetzen, ihn zu finden. Und niemand wird mich daran hindern!«

»Dann komme ich mit.«

Alissa fuhr herum. Tiras war neben sie getreten.

»Du? Aber ...? Wie willst du ...?«

»Ich. Und sag mir nicht, dass ich mich da raushalten soll!«

»Du bist komplett verrückt!«, rief Alissa.

Stirn an Stirn, nur wenige Zentimeter voneinander entfernt, standen sie da. Ein Funkeln wechselte zwischen ihnen. Und dann fiel Alissa auf, wie lächerlich sie sich benahmen.

»Liondra Tiras«, sagte plötzlich Baba Faa. »Liondrana Alissa.« Er hatte Tränen in den Augen. Natürlich würden sie gemeinsam aufbrechen. Die Berber, der Graf und Jolo würden die Stadt verlassen, um Schutz zu suchen im Sumpfland, in der rätselhaften Stadt Kartas. Aber sie würden Kontakt halten zu den Berbern in der Stadt. Und sie würden weiter auf Nachrichten von Gil Pandra hoffen.

DAS SCHWARZE BUCH

Sie beschlossen, die Dunkelheit der Nacht abzuwarten, bevor sie sich gemeinsam auf den Weg machten. Ihr ursprünglicher Plan sah vor, in kleinen Trupps, sich gegenseitig sichernd, zum Teneber aufzubrechen, denn es machten weitere Nachrichten über Morde in der Stadt die Runde.

Kurz bevor sie losziehen wollten, drangen hektische Gesprächsfetzen an Alissas Ohr. Sie schreckte hoch. Sie war eingeschlafen, und es dauerte einen Moment, bis ihr die Situation bewusst wurde. Aus den Tiefen der Stadt waren zwei Berber im Kanaltunnel aufgetaucht. Zwei, die Alissa noch nie zuvor gesehen hatte. Sie waren in ein hitziges Gespräch mit Baba Faah, Kahfis und Mol Pathuk vertieft. Alissa vermutete, dass es wieder um Vorkommnisse in Metronas ging, um Tote, Verhaftungen, Berichte von den Spähern – solche Meldungen waren in den vergangenen Stunden nicht abgerissen.

Die zwei Berber aber schienen ganz besondere Nachrichten zu bringen, denn Baba Faah reagierte aufgebracht. Auch Mol Pathuk und Kahfis wirkten äußerst beunruhigt.

Baba Faah war niemand, den Alissa belauschen würde. Wenn es etwas gab, was die Gruppe betraf, würde er es allen mitteilen. Doch in den nächsten Stunden hüllte er sich in Schweigen. Unter den Berbern indes wurden weitere Gespräche geführt, mit Balda Ssahn, mit Unbekannten, die nachts ins Lager kamen: Gespräche, fast ohne Worte.

Gesten wurden ausgetauscht wie geheime Zeichen. Als die Berber die letzten Vorbereitungen trafen, sich aus der Stadt abzusetzen, fehlte Kahfis. Alissa machte Tiras darauf aufmerksam. Er sagte, er habe bemerkt, wie Kahfis mit einer Gruppe, zu der auch die zwei Neuankömmlinge gehörten, das Lager verlassen hatte.

Mehr wusste er nicht.

Dann war der Moment des Aufbruchs gekommen.

Die Berber hatten sich im Lauf der Jahrhunderte eine Reihe von Taktiken überlegt, die ihnen halfen, Metronas heimlich zu verlassen, wenn sie befürchteten, in der Stadt Verfolgungen ausgesetzt zu sein. Immer hatte der kürzeste Weg zum Fluss dabei eine Rolle gespielt.

An diesem Tag aber gab es besondere Gründe dafür, dass die Berber nicht in Richtung des nahe gelegenen Mahnfeld aufbrachen, sondern nach Süden – obwohl es bedeutete, dass sie eine gefährlich lange Strecke durch die Inneren Viertel zurücklegen mussten.

Am südlichen Ende von Metronas, wo der Kanal am Rand des Fischerviertels vom Fluss abzweigte, hatten sie Boote versteckt, einige alte Ruderkähne. Boote mit stumpfgrauen und fahlbraunen Rümpfen, die scheinbar nutzlos im Ufergras lagen, um langsam zu verrotten. Niemand hätte vermutet, dass sie den Berbern als Fluchtvehikel dienten.

Wenn eine Gruppe den Weg zu diesem Versteck wählte, machte sie sich in der Dunkelheit auf. Am Fluss angekommen, zogen sie die Boote ins Wasser, klemmten luftgefüllte Schweinsblasen an Bug und Heck, drehten die Kiele nach oben, schlüpften zu viert oder fünft darunter und ließen sich in der Flussmitte an der Stadt entlangtreiben. Vorbei an Murna und San Mintra. Die in der Nacht dahintreibenden Kiele waren im Wasser kaum zu erkennen, zumal bei bewölktem Himmel oder bei Neumond, wenn die Flussoberfläche kein Licht reflektierte. Man hielt sie für Baumstämme. Die unter den Booten versteckten Berber konnten so die Stadtgrenze erreichen. Anschließend im Sumpfland, verließen sie dann den Fluss und zogen ihrer Wege.

Bootsverstecke wie das im Fischerviertel an der Kanalmündung gab es mehrere in Metronas. Baba Faah und seine Gruppe hätten auch das Röhricht unter der Eisenbahnbrücke nördlich des Cabanisviertels wählen können. Es wäre schneller zu erreichen gewesen. Der Graf allerdings hatte am Nachmittag angekündigt, noch einige persönliche Dinge aus der Ruine der alten Villa holen zu müssen. Als er Baba Faah seinen Wunsch vortrug, entschied dieser, dass man gemeinsam den Umweg nehmen solle, allen Risiken zum Trotz.

Etwa eine Stunde vor Mitternacht verließ die Gruppe den Kanaltunnel. Nargo und weitere junge Berber waren als Späher vorausgeschickt worden. Schon als sie den Tunnel verlassen hatten, war Alissa die grollende Stimmung in der Stadt aufgefallen. Truppen der Vigilanz und Wächterkommandos zogen durch die Straßen. Bedrohung hing über allem, untermalt von fernen Sirenen, Rufen und plötzlichen dumpfen Lärm-Kaskaden.

Noch etwas anderes beunruhigte die Berber. Die Nacht war klar und warm: keineswegs ideale Fluchtbedingungen also. Und eine merkwürdige Spannung lag in der Luft. Tiras meinte, einen seltsamen hohen Ton zu hören, ein diffuses, klagendes Summen wie von tief aus der Nigrana.

Die Berber versuchten, ihren Weg so schnell wie möglich zurückzulegen. Nargo und die Späher leiteten die Gruppen. Vom Rand der Domstadt unweit der Hauptwache bis zur Höhe der alten Villa durchstreiften sie den Saum des Kanals. Kein Weg erschien ihnen zu eng, zu verwinkelt oder zu verschattet, wenn er nur nah genug am Wasser mit den dort aufgereihten Hausbooten verlief. Von jedem dieser Boote kannten sie den Zustand und den Besitzer – vor allem aber wussten sie, ob es als schnelles Versteck zu nutzen war.

Als sie die Brücke erreichten, die ins Fischerviertel führte, beschloss Baba Faah, mit seinen Leuten am Kanal zurückzubleiben. Nur ein kleiner Trupp, zu dem Nargo gehörte, sollte dem Grafen und seinen Begleitern Schutz geben. Je weniger zur Villa vorstießen, desto geringer war die Gefahr, entdeckt zu werden. Man verständigte sich also, dann teilte sich die Gruppe, und Nargo gab Signal, ihm zu folgen.

Die Ruine lag etwa einen Kilometer vom Kanal entfernt, auf einem

Grundstück unweit der Alten Abtei, einer Klosteranlage aus dem Mittelalter, um die herum das Fischerviertel vor Hunderten von Jahren gewachsen war. Die Reste der Villa verbargen sich im Zentrum einer von hohen Bäumen umgebenen Gartenanlage, um die wiederum sich die Straße legte.

Die Gegend galt als ruhig, aber es gab Nächte an den Wochenenden, da strömten zahlreiche Menschen zu den Bars und Lokalen am Ufer des Teneberparks. Dann war Musik bis weit ins Viertel hinein zu hören, und die Vigilanz zeigte verstärkt Präsenz.

Heute war so eine Nacht, und Nargo wusste, dass er besonders wachsam sein musste. Die Gruppe bestand aus acht Leuten: vier Berbern, dem Grafen, Jolo, Tiras und Alissa. Baba Faah war dagegen gewesen, dass die beiden den Grafen begleiteten, doch Tiras hatte sich nicht umstimmen lassen, und Alissa wäre es wie ein Verrat erschienen, ihn allein ziehen zu lassen.

Nargo lotste sie abseits der Straße auf das Grundstück zu.

Kaum dass sie die Kanalzone verlassen hatten, stießen sie auf einen Trupp der Vigilanz. Es war ein ungewohntes Bild. Die Vigilanz hatte sich fast überall zugunsten der Schwarzen Wächter zurückgezogen. Nur dort, wo es um Trunkenheit oder Ruhestörung ging, war noch mit den graugrünen Uniformen zu rechnen. Überall sonst war die Stadt in der Hand Posiscos.

Die Männer gingen weiter. Sie blieben unentdeckt.

Dann sahen sie das Grundstück. Der Graf hatte immer wieder nervös um sich geblickt. Alissa bemerkte das Flackern der Angst in seinen Augen, den blassen Ausdruck aufkommender Panik. Und sie bemerkte, wie sich Jolo um den Grafen sorgte. Die beiden flüsterten miteinander, als müssten sie etwas vor der Gruppe geheim halten.

Auch Tiras näherte sich dem Anwesen mit ungutem Gefühl. Wie Tage zuvor, als er mit Jolo zum ersten Mal hergekommen war, tauchten in seiner Erinnerung Bilder auf, die ihn beunruhigten. Die Laternenmasten mit ihren grellen Lichtkugeln … Sie waren wie golden glühende Augen …

Hitze erfasste ihn. Die schwarze Katze schlich wieder durch seine Gedanken. Manchmal genoss er es, wenn sich der Kopf der geheimnisvollen Gestalt wie die Lösung einer komplizierten Gleichung aus Bildern und Visionen ergab und ins Riesenhafte wuchs – ein Kopf, dessen Erhabenheit den Himmel füllte. Manchmal aber waren die glühenden Augen der Katze das Zentrum von Schmerz, und ihr stummer, bohrender Blick die Zurückweisung all seiner Fragen. Dann war es, als würde er auch in seinem Inneren erblinden.

Solche Momente waren schrecklich.

Tiras gab sich alle Mühe, seine Schwäche vor Alissa zu verbergen.

Die konzentrierte sich auf den Grafen und Jolo. Ihr Verhalten beunruhigte sie: Flüstern, gehetzte Blicke, hektisches Gestikulieren. Und immer wieder dieses Kopfschütteln von Jolo. Befürchteten sie Wächter auf dem Grundstück? Immerhin waren sie hier vor zwei Tagen von Wächtern überrascht worden.

Von Nargo allerdings kam kein Alarmzeichen. Er wies auf die Mauer um das Grundstück. Tief hingen Äste und Efeuranken diesseits der Mauer herunter. Einige Meter von ihrem Standort entfernt, wo die Mauer im Straßenbogen verschwand, klaffte eine Lücke in den Bruchsteinen. Und dann geschah es: Der Graf und Jolo liefen zur Mauer hinüber und verschwanden durch den Spalt. Alissa hatte sich der Szene nur halb zugewandt, aber sie bemerkte, dass Nargo und die anderen Berber hektisch Handzeichen wechselten. Das war nicht abgesprochen gewesen – und nun mussten sie schnell nachfolgen. Zum ersten Mal seit Stunden wirkte das Handeln der Gruppe planlos. Der Junge, mit dem Nargo die Vorhut gebildet hatte, rannte geduckt los, sprang behende durch den Spalt und war verschwunden. Kaum zwanzig Sekunden später tauchte sein Gesicht wieder auf. Er hob eine Hand und streckte zwei Finger nach oben. Und wieder war er verschwunden. Nargo sah sich um, hob beide Hände und legte seinerseits die Spitzen von Zeige- und Ringfinger aneinander: das Signal, Anschluss zu halten.

Sie huschten einer nach dem anderen über die Straße und schlüpften durch den Mauerspalt. Das Grundstück oder ein Winkel hinter dem Mauerspalt war ein besseres Versteck als die beleuchtete Straße.

Unmittelbar hinter der Mauer lag eine höhlenähnliche Ausbuchtung in dichtem Gestrüpp. Dornige Ranken und Büsche, die innen an der Mauer wucherten. Alissa konnte trotz der Dunkelheit zur Villa hin eine Rasenfläche erkennen. Der Graf und Jolo waren verschwunden.

Die nächste Straßenlaterne stand weit entfernt, aber Alissas Augen gewöhnten sich an das schummrige Licht. Es war still, bis auf leise Windgeräusche. Sie staunte, wie lautlos sich die Berber verhielten. Kein Ast knackte, kein Fußtritt knirschte im trockenen Untergrund von Laub und totem Geäst.

Alissa wagte es nicht, mit Tiras zu sprechen. Und Tiras war froh, nicht angesprochen zu werden. Er kämpfte mit den Bildern, die der verhexte Ort für ihn bereithielt. Nur mit Mühe konnte er seine Ängste bändigen.

Minutenlang geschah nichts. Der Wind frischte auf, und das Rascheln der Blätter befeuerte Alissas Fantasie. Nargo und die anderen rührten sich nicht. Wäre es nicht besser gewesen, sie wären dem Grafen in die Ruine gefolgt?

Dieses merkwürdige Grundstück war ein weißer Fleck in Alissas Gedächtnis. Weshalb hatte sie nicht versucht herauszufinden, wem die Villa gehörte? Sie erinnerte sich daran, wie sie in der Bibliothek gedacht hatte, es handelte sich um die Villa Durando. Sie hätte sich Gewissheit verschaffen sollen.

Sie saßen mit dem Rücken an die Mauer gelehnt. Die Mauer bot Schutz. Und sie war das Tor zur Flucht. Alissa dachte wieder an den Abend, als alles begann. Tiras' Lagerplatz unter der Eisenbahnbrücke im Norden der Stadt. Die letzten Momente in Frieden. Die Nähe.

Die Nähe gab Tiras Kraft, sich aus den Beklemmungen zu lösen, mit denen das dunkle Gebäude ihn heimsuchte. Er legte den Kopf an Alissas Schulter, und sie suchte seine Hand, umschloss sie. Es war ein wunderschöner, friedlicher Moment, der viel zu schnell vorbei war.

Tiras hob ruckartig den Kopf, und Alissas Herz machte einen Sprung. »Was ist?«, flüsterte sie, »hast du was gehört?«

»Ich weiß nicht, ich glaube, da war ... ein Lachen?«

Ein Lachen? Alissa sah ihn alarmiert an.

»Wo bleiben sie nur«, flüsterte sie. Die Lautstärke ihrer Worte erschreckte sie.

»Die Treppe befindet sich auf der anderen Seite der Ruine«, sagte Tiras, und Alissa war einen Augenblick lang verwirrt: die Treppe? Die Treppe, unter der das Versteck lag, in dem sich der Graf und Jolo einquartiert hatten? Ja, das war es, was Tiras meinte.

»Aber weshalb brauchen sie so lange? Was sucht der Graf denn nur?«

»Ich weiß es nicht.«

Tiras duckte sich, als habe ihn ein unhörbares Geräusch erschreckt. Und dann ging erneut ein Ruck durch seinen Körper.

Plötzlich bellten Schüsse. Drei Schüsse, kurz hintereinander. Dann Schreie. Wie aus der Tiefe der Nacht. Sie waren kaum auszumachen. Aber die Schüsse schienen direkt neben ihnen zu fallen.

»Der Graf!«

Alissa sprang auf, doch Tiras hielt sie zurück. »Nicht!«, rief er. Um sie herum gerieten die Schatten in Aufruhr. Nargo und die anderen Berber wechselten Worte in ihrer Sprache, aufgeregt, zischelnd. Sie hatten Order, bei Schwierigkeiten sofort den Rückzug anzutreten. Aber niemand hatte den Fall bedacht, dass der Graf und Jolo getrennt sein könnten vom Rest der Gruppe.

Und dann zogen sich die Berber zurück. Sie folgten ihrer Order. Es war besser so.

Tiras aber war hochkonzentriert.

Er starrte, als könnte er sehen, in Richtung des Gartens und hastete gebückt zu einem Abschnitt im Dickicht, wo es sich zum Garten öffnete.

Alissa folgte. Wieder hörten sie Stimmen, Rufe. Wieder fielen Schüsse. Zwei Schüsse. Im Dunkel des Gartens tanzten plötzlich Lichter: Irrlichter, die wie Spiegelungen von einem Abschnitt jenseits des Gebäudes hinüberleuchteten. Es wirkte für Sekunden wie ein gespenstisches Miniaturgewitter, und dann blitzte eines der Lichter auf, und in seinem Schein war der Schemen eines Menschen zu erkennen. Jemand rannte hinter dem Gebäude hervor und versuchte, den Scheinwerfern oder den Lichtkegeln der Lampen, die ihn immer wieder erfassten, auszuweichen. Der nächste Schuss spritzte eine Blüte grellroten Mündungsfeuers in die Dunkelheit, und Tiras und Alissa zuckten zusammen, duckten sich ins Gebüsch. Die abgefeuerte Kugel sirrte über ihren Köpfen hinweg durch die Blätter und prallte pfeifend von der Mauerkrone ab. Spätestens jetzt hätten sie die Flucht ergreifen müssen, aber sie blieben wie gelähmt in ihrem Versteck und fixierten den taumelnden Schatten, der näher und näher kam und den die Lichter wie lästige Insekten umschwirrten.

Jolo.

Es war Jolo. Die Lichter ließen keinen Zweifel. Sein Atem war zu hören. Das müde Keuchen am Ende eines Sprints, wenn der Körper ins Taumeln geriet.

»Hierher! Jolo! Wir sind hier!«

Alissa ruckte hoch.

»Wir müssen …!«

»Runter!«, zischte Tiras, aber Jolo schien ihren Ruf gehört zu haben. Er rannte auf sie zu. Ein kurzes Stück, dann wechselte er plötzlich die Richtung. Was tat er da?

»Er darf nicht entkommen, verdammt noch mal! Schießt!!«

Die Stimmen der Verfolger. Eine Meute aus Lauten.

Tiras zog Alissa an sich: »Er will uns nicht verraten!«

»Aber es ist der einzige Weg hier raus!«

Sie saßen in der Falle. Auch wenn Jolo versuchte, seine Verfolger von ihnen abzulenken – sie würden ihn fassen und dann das Gelände Meter für Meter absuchen. Und sie waren bewaffnet …

»Wir müssen …«

»Still!«

Im selben Moment fiel ein Schuss. Dann noch einer und noch einer, und der letzte Knall wurde begleitet von einem dumpfen Schlag. Jolo brach im Lauf zusammen, mit einem solch entsetzlichen Stöhnen, dass Tiras und Alissa aufschrien und losstürzten – sich aber im selben Augenblick zu Boden warfen. Rasselnd ging etwas neben ihnen nieder, fiel wie ein toter Vogel aus den Bäumen, erinnerte sie daran, dass man sie unweigerlich erschießen würde, wenn sie jetzt einen Fehler machten.

Wenige Meter von ihnen entfernt scharten sich vier oder fünf Wächter mit Lampen um den gestürzten Jolo. Sie redeten wild durcheinander: »Los, macht schon!«, hieß es, und: »Schafft ihn fort, los, Beeilung!« Immerhin sorgte ihre Lautstärke dafür, dass sie nichts von dem, was im nahen Gebüsch geschah, bemerkten. Alissa sah mit Entsetzen, dass sich Jolo nicht rührte. Sein Kopf war voller Blut.

Als die Männer den leblosen Körper hochhoben, um ihn zur Ruine hinüberzuschleifen, hing der Kopf schlaff nach unten, baumelte wie ein loses Anhängsel. Jolo war tot. Sie hatten ihn erschossen. Und jetzt, wo der Lärm nachließ, wo das Rennen, Schießen, Schreien vorüber war, ging ein Sturm durch Alissas Körper. Ihr Herz hämmerte. Sie konnte sich nicht bewegen. Sie konnte den Blick nicht abwenden von der Szene im Garten. Die Männer schleiften Jolo mit sich. Wo war der Graf? Lebte er noch, oder war er bereits getötet worden, als die ersten Schüsse fielen?

Plötzlich fing Tiras an zu zittern. Sein ganzer Körper zitterte. In seinem Kopf brannte ein Feuer. Er sah Flammen, er hörte Schreie, er sah eine schwarze Gestalt, und er blickte in die Augen dieser schwarzen Katze. Glühende Augen. Geheimnisvolle, in gleißendem Gold glühende Pupillen, die so stumm waren, so unglaublich stumm, und die ihm doch so viel sagen wollten. Es brannte so schmerzlich, dass er sich danach sehnte, zu verbrennen. In jenem Feuer, das er so oft gesehen hatte. Es machte alles keinen Sinn mehr.

»Komm!«, flüsterte Alissa. »Wir müssen hier raus! Sie werden für all das bezahlen. Aber komm! Wir werden Jolo rächen.«

Es war nicht der Wunsch nach Rache, der ihn folgen ließ. Der Ort stieß ihn ab, mit einer Gewalt, wie er sie niemals stärker empfunden hatte.

Als sich Alissa dem Mauerspalt näherte, berührte sie mit dem Fuß einen Gegenstand. Sie spürte den leichten Widerstand. Dort im Gras lag etwas, das war weicher und leichter als Stein. Sie bückte sich und griff danach, beinahe automatisch. Unbewusst dachte sie an den Vogel, der aus dem Baum gefallen war, getroffen von einer Kugel. Aber es war kein Vogel. Es war ein Buch. Ein kleines schwarzes Buch. Sie konnte kaum etwas erkennen, doch sie wusste, dass die klebrige Feuchtigkeit an ihren Fingern Blut war. Ein jäher Schreck durchfuhr sie. Jolo musste dieses Buch zu ihnen herüber geworfen haben, als die Kugel ihn traf. So musste es gewesen sein. Die tödliche Kugel. Schnell schob sie das Buch in eine der Seitentaschen ihrer Jacke und eilte auf den Mauerspalt zu.

DURCH DIE STADT UND IN DIE WÄLDER

Am Morgen lag eine Dunstschicht über Metronas. In der Dämmerungsstunde hatte es zu gewittern begonnen. Die Windstille in der letzten Phase der Dunkelheit war plötzlich grollend zerbrochen, und dann gingen innerhalb weniger Minuten sturzartige Regenfälle nieder. Am Himmel flackerten Blitze. Aus allen Richtungen zugleich, von den Bergen bis tief in die Ebenen der Sümpfe, des Mühlenlands und des Palustrinawalds zuckten die Blitze wie ein wütendes Irrlichtern an den Horizonten. Die Stadt, die ihnen in den letzten Tagen so menschenleer erschienen war, so unwirklich, wirkte in den Minuten des Unwetters ausgestorben und zugleich erregt. Der Wind zerrte an den Bäumen, die den Uferdamm von Murna säumten. Wind und Regen rüttelten an ihnen wie ein dem Wahnsinn verfallener Blinder.

Tiras wusste nicht, ob er geschlafen hatte oder ob das Wüten der Gewitter aus seinen Träumen stammte. Er wusste nicht mehr, wie er die Stunden zugebracht hatte, die seit den Schüssen im Garten der alten Villa vergangen waren. Daran zu denken, bereitete ihm noch immer Schmerzen. Ihm war, als läge er seit Stunden wach und fürchte sich doch vor der ersten Bewegung.

Das Rumpeln eines Güterzugs war zu hören: langes, in Rauschen übergehendes Rumpeln. Als es leiser wurde, erklangen irgendwo entfernt die Rufe junger Graureiher. Sie befanden sich am Fluss. Die nahen Bahnanlagen mit ihren auf- und abschwellenden Klängen erinnerten Tiras an seinen Lagerplatz nördlich der Stadt. Aber das Leben dort war ein Leben in einer anderen Zeit gewesen.

»Sind sie fort?«

Seine Stimme klang rau. Er räusperte sich. Alissa hatte sich schon vor einer ganzen Weile aufgesetzt, und Tiras wusste, dass sie zum Fluss hinüberblickte. Die hohlen Schwingungen in den Geräuschen der Züge waren die akustische Entsprechung der Eisenbahnbrücke, die von Murna in die Stadt führte. Die Bahnanlagen verliefen aufgestelzt ins Fischerviertel, durch den südlichen Zipfel der alten Stadt, und nahmen dann die nächste Eisenbahnbrücke, hinüber nach Porta Cresta, vorbei an den riesigen Werksanlagen von Posisco. Tiras brauchte den dunklen Klotz zwischen der Stadt und dem See von Porta Cresta gar nicht zu sehen, um seine dumpfe, bedrückende Schwere zu spüren.

»Sie sind fort, nicht wahr?«, wiederholte er

»Ja«, sagte Alissa. »Die Boote sind verschwunden.« Sie betrachtete das träge dahintreibende Wasser des Teneber. »Ich hoffe, sie haben es geschafft.«

»Für die Berber ist es überall sicherer als in der Stadt«, sagte Tiras, doch er traute seinen eigenen Worten nicht. Es würde ein strahlend schöner Tag werden. Nach den Gewitterstürmen war der Himmel gereinigt. Das kurze Aufleuchten der Botenstromschneisen glich einem glühenden Fangnetz, das die Reste von Dunkelheit und verbliebene Wolkenfetzen vom Himmel fischte und nichts als ein klares Blau zurückließ.

Tiras spürte die kommende Wärme, die Klarheit des Tages auf seiner Haut. Er erinnerte sich an Alissas Vorhaben, und er wünschte sich umso mehr, sie hätten die Stadt zusammen mit den Berbern verlassen.

Ein weiterer Güterzug näherte sich: ein Bandwurm leerer Flachwaggons, die in langsamer Fahrt zu den Sägewerken im Palustrinawald fuhren. Tiras deutete die Geräusche. Die Waggons würden in gemächlichem Tempo über die Brücken gleiten, nochmals langsamer durch die kleine Bahnstation an den Posisco-Werken rollen und dann den breiten Zufluss zum See von Porta Cresta überqueren, bevor sich der Bahndamm wieder auf das Niveau des Umlandes senkte und die Gleise in ihrer schmalen Schneise durch den schattigen Wald verliefen.

Wenn sie zum See gelangen wollten, gab es nur eine Möglichkeit. Und es war Tiras, der den Vorschlag machte.

Einmal hatten sie das irrsinnige Spiel bereits gewagt. Alissa wusste später nicht mehr, wie es dazu gekommen war. Aus einer Laune heraus vielleicht. Es war eine plötzliche Idee gewesen, die sie gereizt hatte. Ein Spiel, das sie in einem intensiven Moment zusammenführte. Ein Spiel von tödlichem Leichtsinn. Später, Stunden später hatte sie sich vorgeworfen, dass sie Leib und Leben riskiert hatten. Die Angst um Tiras hatte sie mit plötzlicher Gewalt erfasst. Ein Blinder sollte nicht auf einen fahrenden Zug aufspringen – auf ein Ungetüm, dessen malmende Räder schon manchem Sehenden das Leben gekostet hatten. Doch Tiras hatte sich beim Aufspringen geschickter angestellt als sie.

Und dann diese Euphorie: Unmittelbar nach dem Sprung hatte Alissa sich großartig gefühlt. Ihr jagendes Herz hatte die gesamte Welt bewegt. Sie waren eins gewesen, ein unschlagbares Team.

An diesem Morgen aber dachten sie nicht an ein Spiel.

»Der nächste Zug?«

Alissas Frage klang mehr wie eine Feststellung. Tiras nickte.

»Nimm einen der mittleren Waggons. Dann haben wir Deckung, wenn wir am See wieder abspringen. Zähl zehn Waggons vor. Immer, wenn die Kupplungen vorbeiziehen. Eins, zwei, drei … Klar? Ich zuerst, dann du. Wenn's Probleme gibt, ruf mir zu. Ich springe dann sofort ab.«

»Ja«, sagte Alissa. Sie wollte sich die Szene nicht vorstellen.

Der nächste Zug ließ nicht lange auf sich warten. Alissa und Tiras hatten sich am Bahndamm unterhalb der Krone niedergekauert, um nicht im letzten Moment noch vom Lokführer entdeckt zu werden. Tiras nahm das Anschwellen des dumpfen Rollens beinahe bildlich wahr. Dann wummerte die Zugmaschine auch schon an ihnen vorbei, und danach folgten die Waggons: Eins – klackklack – zwei – klackklack – drei – klackklack – vier ... Tiras zählte laut mit, während sie sich erhoben und Alissa bei jedem vorbeigleitenden Waggon den Griff um seinen Arm anspannte.

Als sie »Jetzt!« rief, stürmten sie los. Ein schmaler Pfad säumte den Bahndamm, eine Strecke mit nur wenigen Unebenheiten. Dennoch hatte Alissa eine Heidenangst davor, einen Fehler zu begehen. Wenn Tiras stolpern sollte, würde sie ihn sofort zur Seite reißen und sich mit ihm den Bahndamm hinabrollen. Aber was, wenn sie selbst ins Straucheln geriet?

Es durfte nicht geschehen.

Nach nur wenigen Schritten waren sie bereits so schnell wie der Zug. Wieder rief Alissa: »Jetzt!« und dann: »Der Holm! Zwei Meter hinter dir!«

Was sie als »Holm« bezeichnete, war die vordere der Stahl-Rungen des Flachwaggons, die wie Spieße links und rechts der Waggons nach oben ragten. Tiras wartete eine Sekunde, ließ sich ein wenig zurückfallen, griff zu und hatte mit unglaublicher Sicherheit den Stahl umfasst, sprang und zog sich hoch. Sofort ließ Alissa seinen Arm los und griff ihrerseits nach einer Runge. Es dauerte nur wenige Sekunden, dann lagen sie beide flach auf dem spanübersäten Boden des Waggons, zwischen Knäueln dicker Halteseile und einem Haufen achtlos zusammengeworfener Abdeckplanen, und sie spürten die harten Schläge der Schwellen bis in den Körper. Sie blieben geduckt liegen, während sich der Klang öffnete – der Raum um sie herum wurde größer. Tiras konnte es hören: Sie fuhren über die Teneberbrücke, und das Wasser, die Weite der Flussaue, antworteten. Langsam rollte der Zug dahin.

Alissa hob vorsichtig den Kopf. Der vordere Teil des Zuges hatte das Ende der Brücke erreicht und schob sich, als wollte er auf freier Strecke halten, beinahe tastend ins Fischerviertel. Die Hochbahnanlage lag etwa auf Höhe der Dachgeschosse und Mansarden dieses alten Viertels, dessen Häuser so viel Ähnlichkeit mit den eleganten, ehrwürdigen Häusern des Cabanisviertels aufwiesen. Tiras war geduckt liegengeblieben, hatte sich eng an die niedrige Seitenwand des Waggons gedrückt. Alissa war wie gelähmt. Die Fenster in der Stadt erschienen ihr unglaublich nah. Manch ein Fensterglas blitzte auf.

Der Gedanke, dass sich die Menschen des Viertels in ihren Häusern versteckten, so wie sie und Tiras sich auf diesem Waggon, erschreckte sie.

Was, wenn sie jemand von einem der Fenster aus entdeckte …?

Sie duckte sich ein wenig. Doch sie konnte sich nicht abwenden. Auch wenn die Häuser leer wirkten: Die Straßen waren es nicht. Überall patrouillierten Schwarze Wächter und hier und da einzelne Trupps der Vigilanz. Am Ufer von Murna, auf der Anfahrt zur Seebrücke: Gruppen von schwarzen, bisweilen auch graugrün Uniformierten kontrollierten die Straßen. Vielleicht fuhr der Zug deshalb langsamer als gewöhnlich? Wenn sie auch die Waggons überprüften, würde es verdammt brenzlig werden. Und wenn der Zug nicht zum Palustrinawald hinausfuhr, sondern am Abzweig hinter der Brücke auf das Werksgelände von Posisco bog?

Was dann?

Alissa bemerkte gerade noch rechtzeitig die Posten an der Eisenbahnbrücke, über die der Zug das Fischerviertel nun wieder verließ. »Bleib unten!«, zischte sie Tiras zu und presste sich wie er an die Innenwand des Waggons.

Dann hörten sie Stimmen.

Rufe, in einem seltsamen Rhythmus.

Die Rufe wurden lauter, je näher sie dem Brückenkopf kamen.

Die Wachposten auf den Sicherungstürmen links und rechts des Schienenstrangs informierten sich gegenseitig über das, was sie von dort oben aus in den Waggons sehen konnten. Ganz gleich, wie eng sie sich an die Seitenwand des Waggons drückten, einer der Posten würde sie entdecken, und …

Die Seile. Die Planen. Alissa zerrte an den schweren Stoffen und Tiras robbte sich heran. Sie hoben die oberste der Planen an und zogen sie über sich. Und dann verharrten sie und hofften, dass die Wächter keinen Verdacht schöpften.

Im Schritttempo zogen die Waggons an den Sicherungstürmen vorbei. Die Stimmen verstummten. Wie in Zeitlupe überquerte der Zug den Teneber und näherte sich den Werksanlagen von Posisco. Dann glitt er durch die kleine Bahnstation am Abzweig von Porta Cresta. Der Zug hielt nicht an, sondern rollte ohne Unterbrechung Richtung Waldgebiet östlich der Stadt. Alissa blieb geduckt liegen und zählte die Minuten. Bald passierten sie die Brücke über den Seezufluss. Dahinter würden sie abspringen. Sobald sie menschenleeres Gelände erreicht hatten.

Das Seeufer war gesäumt von Nadelbäumen und Gruppen von Erlen und Birken: Ausläufern des Palustrinawalds. Schon wenige Hundert Meter hinter dem See senkte sich der Bahndamm, und der Zug tauchte ab zwischen die Bäume. Von dem Moment an ging alles sehr schnell: Alissa fand eine Stelle, an der sie gefahrlos abspringen konnten, und Sekunden darauf rollten sie den flacher werdenden Bahndamm hinab und verbargen sich im Unterholz, bis der Zug vorüber war und das Rumoren der Räder verklang.

Der See von Porta Cresta erstreckte sich östlich von Metronas als beinahe rechteckiges Reservoir auf einer Länge von mehr als fünfzehn Kilometern nach Norden und endete vor dem Ortsteil Santo Belo, etwa auf Höhe der Implement-Klinik. Im Süden, wo Alissa und Tiras das Ufer wieder erreichten, war er durch ein Sperrwerk mit dem Teneber verbunden. Im Norden gab es einen kleinen Yachthafen. Der See war Erholungsgebiet, Badesee und Segelparadies. Seit vielen Jahrzehnten schon.

Alissa spähte durch das Uferdickicht und erblickte in der Ferne den pechschwarzen Block der Werkshallen von Posisco. Der gigantische Komplex glich einem Tafelberg, aus dem wie mächtige Eckpfosten vier Schornsteine in den Himmel ragten.

Jetzt quollen dort weiße Wolken empor. Alissa erinnerte sich an das, was sie gelernt hatte: Die Schornsteine der Werke wurden nicht mehr gebraucht. Die Zeiten, in denen von Dampfkraft und Kohlefeuern betriebene mechanische Riesenmaschinen hinter den schwarzen Mauern gearbeitet hatten, gehörten der Vergangenheit an. Das Herz der Stadt schlug nicht mehr den langsamen, schweren Takt der stählernen Vergangenheit, sondern vibrierte mit den neuen Techniken der Zukunft.

Und diese Techniken waren sauber.

Doch die Stadt hatte schwere Krisen durchlebt, und es hatte geradezu befreiend gewirkt, dass seit Monaten wieder Qualm aus den Schloten stieg. Niemand schien sich zu fragen, was die weißen Wolken bedeuteten. Entstammten sie den Kraftwerken für die Kenton-Relais-Stationen, die das Kontinuum erzeugten? In Metronas galt: Die Werke waren wieder aktiv. Posisco bestimmte das Wohl der Stadt. Wenn die Schornsteine Lebenszeichen gaben, dann war das gut. Mehr war nicht wichtig.

Alissa brach ihre Gedanken ab und konzentrierte sich auf ein anderes Weiß – ein Weiß, kaum größer als ein Punkt am Seeufer. Das Wasserflugzeug lag Hunderte von Metern von ihrem Beobachtungspunkt entfernt an einem Anlegesteg ganz in der Nähe der Werke. Wie um Himmels willen sollten sie dort an Bord gelangen?

Es war fast Mittag. Die Sonne stand hoch am Himmel, und das Wasser glitzerte im leichten Wellengang. Tiras horchte in den Wind.

»Die Schornsteine qualmen, nicht wahr?«

Alissa sah ihn verwundert an. »Woher weißt du das?«

Tiras zuckte mit den Schultern. »Ist so ein Gefühl. Liegt das Flugzeug am Ufer?«

»Ja«, sagte Alissa. »Ist aber noch ein ganzes Stück von hier. Neben einem … ich vermute, das ist ein Kenton-Relais. Die Maschine sieht aus wie eine weiße Larve. Und winzige Ameisen wimmeln drum herum. Ich hab keine Ahnung, wie wir an das Ding herankommen.«

Tiras räusperte sich. »Kannst du noch was erkennen? Einen Hangar zum Beispiel? Lagergebäude? Hallen?«

»Der Gittermast der Relais-Station steht auf einer Art Halle«, sagte sie. »Vielleicht ist es aber nur ein Schuppen. Sieht von hier zumindest wie ein Lagerschuppen aus. Weshalb fragst du?«

»Jolo«, sagte er.

Musste er ausgerechnet jetzt von Jolo sprechen? Sein Tod lag erst wenige Stunden zurück. Alissas Stimme wurde unsicher.

»Was … was hat Jolo damit zu tun?«

Tiras hob den Kopf, als würde er in die Ferne schauen.

»Wusstest du, dass Jolo mit der Weißen Taube geflogen ist?«

»Was? Er …? Er war Pilot?«

»Ja. Aber das weiß kaum jemand. Der Graf hat es mir erzählt. Jolo … hat lange für Posisco gearbeitet, als Pilot oder als Kopilot der Weißen Taube. Die Berber haben ihn aufgenommen, nachdem sie … Sie haben ihn gefunden, denn man hat schon einmal versucht, ihn umzubringen …«

»Wer hat versucht, ihn umzubringen?«

Alissa starrte Tiras an, als sei *er* das Rätsel, das sie lösen musste.

»Ich weiß es nicht. Es muss dreizehn oder vierzehn Jahre her sein. Damals haben die Berber ihn halbtot gefunden. Am Ufer des Teneber, westlich der Stadt. Der Graf meinte, man habe ihn niedergeschlagen und in den Fluss geworfen. Wie durch ein Wunder ist er am Leben geblieben und stromabwärts getrieben, bis er sich irgendwo hinter dem Hafen ans Ufer retten konnte.«

Alissa schüttelte den Kopf.

»Das ist verrückt. Weshalb hätte man ihn umbringen wollen?«

Tiras wirkte plötzlich abwesend, wie verloren in einer Erinnerung.

»Ich weiß es nicht«, antwortete er nach einer Weile. »Vielleicht … Der Graf … Er hat mal angedeutet, dass Jolo die Zeit vor dem Mordversuch ausblendet. Ich habe ihn nie darauf angesprochen. Jolo, meine ich. Von Zeit zu Zeit hat er mir von damals erzählt. Von sich aus. Aber so, als ginge es gar nicht um ihn selbst. Dann sprach er von diesem Flugzeug. Von der Weißen Taube …«

Er lächelte – mit Tränen in den Augen.

»Das Flugzeug hat ihn fasziniert. Ich konnte ihm stundenlang zuhören. Wir sind in seinen Erzählungen tatsächlich geflogen. Er … Jedenfalls habe ich eine Idee, wie wir an Bord des Flugzeugs kommen. Es ist riskant, aber es könnte funktionieren. Allerdings müssen wir erst mal auf die andere Seeseite.«

Alissa fuhr unbewusst mit der Hand in die Seitentasche ihrer Jacke und griff nach dem schwarzen Buch, das Jolo ihnen zugeworfen hatte, als ihn der tödliche Schuss traf. Sie hatte das Buch an sich genommen, ohne ein einziges Mal in den blutbeschmierten Seiten zu blättern. Weshalb?

Fürchtete sie sich vor den Antworten dieses Buches?

Oder vor den Fragen?

»Lass uns gehen«, sagte sie, »es ist noch ziemlich weit.«

EIN LANGER WEG

Er hörte den Lärm und die Rufe erst, als sich das Klebeband um seine Augen legte:

»Hoch mit dir!«

»Los! Nicht so lahm!«

Poltern. Das Krachen der zweiten Tür. Schwere Stiefel. Keuchen.

Das Herz jagte. Er erwachte mit dem Gefühl unterzugehen, zu ertrinken. Sie rissen ihn von der Pritsche und warfen ihn herum. Ein kurzer panischer Gedanke, dass man ihm ein Seil um den Hals gelegt hatte und die Schlinge zuzog. Der Schreck verschnürte ihm die Kehle. Er würde ersticken.

»Was …? Nein … ich …!«

Hustend stieß er die Worte aus und duckte sich, legte instinktiv den Kopf auf die Brust. Waren sie gekommen, um ihn zu foltern? Um ihn erneut zusammenzuschlagen? Sie hatten begonnen, härtere Verhörmethoden anzuwenden. Wenigstens war da kein Seil um seinen Hals. Aber sie hatten ihm die Augen verbunden. Und die Hände gefesselt.

»Na, nicht so grob. Er soll ja nicht abkratzen!«

Seltsamerweise hatte die Häme dieser Worte etwas Beruhigendes. Bendar spürte, wie der Druck in seiner Brust nachließ. Er geriet ins Stolpern, als man ihn voranstieß und zur Zellentür hinausdrängte.

»Was ist los? Wohin bringt ihr mich?«

»Der Herr hat eine Frage gestellt!«

»Der Herr wird Fragen beantworten. Los, weiter!«

Ein Schlag in den Rücken. Bendar taumelte vorwärts. Schneller, als er wollte. Die Dunkelheit um ihn herum konnte jede seiner Bewegungen jederzeit bestrafen. Er stieß gegen einen Mauervorsprung oder eine Wandkante und stöhnte auf.

»Herrjeh, passt doch auf! Nehmt ihn in die Mitte – und beeilt euch endlich!«

Sie hatten den Auftrag, ihn zu holen. Sie brachten ihn zu jemandem, dem er Fragen beantworten sollte. Obwohl Bendar der Schreck des Überfalls in den Knochen steckte, versuchte er, seine Lage zu analysieren. Was immerhin den Effekt hatte, dass er sich beruhigte, auch wenn es taumelnd und atemlos voranging und sich sein Herzschlag immer wieder beschleunigte.

Wenn er doch nur etwas sehen könnte – aber das Klebeband um seine Augen schloss vollkommen dicht ab, lag ihm wie ein stählerner Reif um den Kopf.

Von Zeit zu Zeit stieß ihn einer der Männer herum, und dann gröhlten die anderen, und Bendar drehte sich im Kreis, bis der Anführer des Trupps sein »Jetzt ist es genug. Weiter!« grunzte und sie die nächsten Minuten schwiegen. Dann hallten im stockdunklen Nirgendwo nur noch die schweren Stiefel der Unbekannten, die ihn abgeholt hatten.

Vermutlich ahnten sie, dass Bendar versuchte, sich zu orientieren, und ihre Rempeleien sollten genau dies verhindern. Doch Bendar wusste ja noch nicht einmal, an welchem Ort man ihn während der vergangenen Tage gefangen gehalten hatte. Was sollten sie also befürchten?

Der Weg kam ihm endlos vor. Mindestens eine Stunde lang trieben sie ihn über steinernen, fugenlosen Boden, durch hallende Gänge. Manchmal glaubte er, einen Luftzug zu spüren. Die Luft war warm, schien aber doch kühler zu sein als draußen, in der sommerlichen Stadt. Bendar fragte sich, ob der Weg, den sie nahmen, in einem großen Gebäude verlief. Durch Kellerräume vielleicht. Weite Räume: Die hallenden Schritte legten so etwas nahe. Überdies hatte die Luft einen metallischen und erdigen Geruch, wie in abgeschlossenen Grüften oder Kerkersystemen.

Die Eindrücke waren verwirrend, aber als der Trupp wenige Minuten später haltgemacht und eine geräumige Fahrstuhlkabine betreten hatte und dann minutenlang nach unten gefahren war, wo es noch mal deutlich kühler wurde, stand für Bendar fest, dass sie von nun an unter der Erde marschierten. Sie folgten einem Weg mit zahlreichen Kehren und Kurven. Einem Weg ohne längere Abschnitte mit Steigungen oder Gefälle.

Das Wort *Katakomben* kam ihm in den Sinn.

Dann und wann gab es eine Abwechslung im Klang der Schritte. Als würde sich der Raum öffnen und sofort wieder zusammenziehen. Bendar konnte sich das Phänomen zunächst nicht erklären. Aber nach einigem Rätseln begriff er, dass sie in einem Tunnelsystem mit Quergängen unterwegs waren. Immer wenn sie eine Gangkreuzung passierten, änderte sich die Akustik. Zunächst geschah das nur im Abstand von mehreren Minuten. Dann aber erreichten sie einen Abschnitt mit einem dichten Geflecht von Quergängen. Die Luft zirkulierte plötzlich stärker, transportierte Wärme. Und ein zunächst schwaches, summendes Geräusch wurde lauter und lauter, bis es einen gleichbleibend dumpfen Pegel erreicht hatte: ein Summen mit schwingenden Obertönen. Bendar war sich ziemlich sicher, dass sie sich in der Nähe großer Maschinen befanden. Generatoren vielleicht, die eine Art Kraftfeld erzeugten. Maschinen, irgendwo unter der Erde. Die Geräusche der Maschinen blieben allerdings merkwürdig fern und unbestimmbar. Sollten sie sich tatsächlich in der Nähe einer Maschinenhalle befinden, dann filterten Wände die Feinheiten des Lärms heraus – und vollständig den Anteil, den Menschen verursachten. Von arbeitenden Menschen war nichts, aber auch gar nichts zu hören.

Bendar dachte an Posisco, als er die Geräusche hörte. Große Maschinen waren die Domäne von Posisco. Doch ihn verwirrten die vielen Eindrücke, die auf die Stollen und Schächte der alten Bergwerke in der Umgebung von Metronas hinwiesen. Bergwerke, in denen schon lange niemand mehr arbeitete – und in denen niemand etwas verloren hatte. Gab es auch unterhalb der Werke Stollensysteme? Er hatte nie davon gehört.

Wenige Minuten später tauchte das nächste Rätsel auf, als der Trupp einen Waggon bestieg, der zu einer Schienenbahn gehörte. Es musste sich um eine Schienenbahn handeln, gezogen von einer Elektrolok, die quietschend und rumpelnd vorfuhr. Sie befanden sich in einer Art unterirdischem Bahnhof. Dann war da das scharrende Geräusch sich öffnender Türen.

»Los. Rein hier! Und fall nicht auf die Nase!«

Kurzes Gelächter. Sie stießen Bendar zwei schmale Stufen hinauf, durch den engen Einstieg des offenen Waggons. Dann drängten sie ihn nach rechts auf eine harte Sitzbank. Zwei Männer drückten sich neben ihn. Rumpelnd fuhr der Zug wieder an. Dass es sich nicht um einen Zug der Transmetronas-Bahn handelte, wäre Bendar selbst dann noch aufgefallen, wenn man ihm nicht nur die Augen verbunden, sondern auch die Ohren verstopft hätte. Er war jetzt mehr und mehr davon überzeugt, sich irgendwo im alten Stollengefüge der Nigrana zu befinden. Weit entfernt von Metronas. Er meinte sich zu erinnern, dass es nur in der Gegend um Bagun und Zittkau, also jenseits der Schwarzen Berge, im Hochland von Arden, noch Bergbau gab und unterirdische Schienennetze.

Aber was sollte er dort?

Die Fahrt über die ausgeschlagenen Gleise verlief eintönig und holpernd, begleitet von monoton auf- und abschwellendem Rauschen. Bendar schätzte, dass sich diese Grubenbahn mit nur wenigen Kilometern pro Stunde durchs Gebirge bewegte. Mindestens eine halbe Stunde lang. Und meistens ging es geradeaus. Er versuchte, alles zu registrieren – obwohl es sinnlos war.

Der leichte Fahrtwind war angenehm kühl. Dann hielt die Bahn, rumpelnd und quietschend, so wie sie in den Ausgangsbahnhof eingefahren war. Wieder betraten sie einen hallenden Gang und wieder trieben die Männer Bendar voran, aber schon bald gab der Anführer des Trupps den Befehl zu stoppen. Die Geräusche verrieten einen Aufzug: anschwellendes Summen und das Scharren der sich öffnenden Tür. Sie betraten eine Fahrstuhlkabine, und diesmal ging es hinauf. Der Fahrstuhl hielt an. Die Tür öffnete sich, und die Wärme eines klimatisierten Flures schlug Bendar entgegen.

»Raus mit dir!«

Sie stießen ihn aus der Kabine und er stolperte auf glatten, polierten Steinfußboden.

»Wo sind wir?«

Es war natürlich naiv, eine Antwort auf diese Frage zu erwarten. Was folgte, war Gelächter. Der Anführer dröhnte: »Du bist angekommen. Das sollte dir genügen!«, und erneut lachten die Männer – ein Lachen, das allerdings seltsam verhalten klang, als hätten die schroffen Worte des Anführers auch ihnen gegolten.

Bendar hatte keine Zeit, darüber nachzudenken. Hände packten ihn, bogen die auf seinem Rücken zusammengebundenen Arme ruckartig nach oben, sodass er sich aufschreiend nach vorn beugte. Der plötzliche dumpfe Schmerz in den Schultergelenken überrumpelte ihn. Die Wächter nutzten den Moment, Bendars Handfesseln durchzuschneiden und ihn mit einem Fußtritt in einen Seitenraum des Flurs zu befördern. Er taumelte gegen eine Wand. Eine Tür schlug zu. Und von den Männern war nichts mehr zu hören.

Stille. Pfeifen in den Ohren. Rasender Herzschlag.

Bendar hob vorsichtig die schmerzenden Arme. Dann tastete er nach seinem Kopf, suchte den Ansatz des Klebestreifens und löste ihn – was eine ziemlich unangenehme Angelegenheit wurde, da das Klebeband in seinen Haaren haftete. Aber nach einigen Minuten hatte er es geschafft.

Doch er sah noch immer nichts.

Der Raum, in den sie ihn geworfen hatten, war stockfinster. Bendar bewegte sich tastend umher. Die Wände waren gepolstert. Vermutlich waren sie schallisoliert. Kaum zwei mal zwei Meter maß diese neue Zelle. An der Wand zu seiner Linken stieß er auf eine Pritsche. Eine Decke lag darauf. Er fand einen Stuhl, einen Tisch. Mehr nicht.

Was sollte er hier?

Wozu das alles, dachte er. Wozu hatten sie ihn diese lange Strecke durch den Untergrund geführt? Nur, um ihn erneut in eine spartanisch ausgestattete Zelle zu stecken? Wollten sie auf diese Weise versuchen, seine Bereitschaft zur Kooperation, wie sie es nannten, zu befördern? Wollten sie ihn mürbe machen?

Zum ersten Mal seit Stunden konnte Bendar wieder versuchen, klare Gedanken zu fassen. Er fragte sich, wie die Situation in der Stadt aussehen mochte. Er fragte sich, wohin sie Lando verschleppt hatten. Und was mit Stella war. Hatte es in der Stadt einen Aufstand gegeben? Hatte Skanda Borlund mit seinen Getreuen die Macht in Metronas an sich gerissen? Hatten sie Zanja Patrias, den Statthalter der Nigrana, und den Kommandanten der Vigilanz gestürzt? Nein: Vermutlich arbeitete Pero Nurta mit Borlund zusammen. Nurta war zwar ein Mann von Ehre und Treue, seine Loyalität zu Zanja Patrias stand außer Frage. Aber waren Truppen der Vigilanz und Wachkommandos von Posisco nicht schon in den vergangenen Wochen gemeinsam aufgetreten?

Erst jetzt bemerkte Bendar das Leuchten in der Ferne. Eine der Wände seiner Zelle hatte sich lautlos geöffnet. In der Dunkelheit dahinter glühte es schwach. Ein bläuliches Glühen, das nun zunahm. Und dann hörte er die Stimme:

Skanda Borlund.

»Wer, wenn nicht ihr, ist die Zukunft des Schwarzen Landes? Wer, wenn nicht ihr, wird eine Zukunft erleben, von deren Möglichkeiten wir heute noch kaum zu träumen wagen. Euch gehört diese Zukunft. Macht sie groß, damit ihr groß werdet!«

Herrje, dachte Bendar. Dieser Unsinn. Das Erste, was ihm auffiel, waren diese unsäglichen Verstöße gegen Logik und Grammatik. Doch dann ärgerte sich Bendar über seine Arroganz. Ganz gleich, wie falsch die Worte klangen, sie waren gefährlich. Er musste sie ernst nehmen. Er hatte sie schon viel zu häufig gehört, um nicht zu wissen, wie sie wirkten und was sie bedeuteten.

Bendar verließ seine Zelle und schritt auf das Glühen zu. Mittlerweile war es ein viele Meter breites Bild geworden. Eine Panoramaleinwand an der gegenüberliegenden Seite eines riesigen Raums, auf der nun die Implement-Klinik im schönsten Sonnenschein zu sehen war. Die Stimme Skanda Borlunds schwang sich in melodramatische Höhen, und dann setzte Musik ein.

O Gott, dachte Bendar. Diese Werbesequenz kannte er noch nicht.

Ein Chor. Mädchen und Jungen, in die blauen Uniformen der Verhüller gekleidet. Links trat lächelnd Dragona Bliss ins Bild. Von rechts der unvermeidliche Drago, das Gegenlächeln. Und schon begann der Gesang:

»Mach auch du mit, dann gehört die Zukunft auch dir!«

»Auch dir!« – Dragos Echo.

»Mach auch du mit, dann seid ihr einmalig und eins!«

»Und eins!« – Dieses dämliche Echo – diesmal Dragona.

Der Chor übernahm die nächste Strophe der Gehirnwäsche-Hymne. *Alles erleben. Alles erreichen. Blablabla.* Bendar wurde es übel. Er unterdrückte einen spontanen Impuls, sich die Ohren zuzuhalten. Was sollte diese peinliche Vorführung von Werbematerial, dessen dürftige Inhalte er zur Genüge kannte?

Wo war er hier?

In einem Kino?

Wo steckten seine Bewacher?

Wieder sprach Skanda Borlund, mit sonorer Stimme. Bendar hörte nur halb hin: »Meldet euch an … Nutzt die Chance … Das neueste Implement … Umsonst …«

Die Bilder der Implement-Klinik begannen sich in einem wirren Muster schneller Schnitte zu verlieren. Züge der Transmetronas-Bahn huschten durchs Bild. Tricksequenzen simulierten Reisen in verschiedene Persönlichkeiten. Willige Verhüller ließen sich berauschen von den Botschaften zur Zukunft des Memoporting. Borlund skandierte die Weisheiten Posiscos wie ein Glaubensbekenntnis, und seine Jünger nahmen seine Worte willig auf, wiederholten sie. Auch das war nichts Neues für Bendar. Er stand vor dieser umgreifenden Panoramaleinwand und hätte sich doch am liebsten abgewendet. Aber irgendetwas hielt ihn.

Plötzlich bewegte sich Skanda Borlund auf die Kamera zu, und es sah aus, als würde er aus dem Film heraustreten in den nur vom Filmlicht schwach beleuchteten saalweiten Vorführraum. Hinter Borlund betrat ein zweiter Mann die Szene. Auch er näherte sich Bendar. Kurz darauf geschah etwas Merkwürdiges. Dieser zweite Mann spaltete sich auf. Aus einem wurden zwei, dann vier, dann acht. Acht Gestalten gekleidet in martialische Uniformen. Die Männer waren nicht zu erkennen. Sie trugen Helme, die ihre Köpfe in seltsame, groteske Insektenköpfe verwandelten. Die Gesichtspartie war jeweils bedeckt von einer Maske. Und die Maske hatte die Farbe der dazugehörigen Uniform: Weiß oder Gold, leuchtendes Rot und tiefes Blau, Grün und Gelb und ein schimmerndes Grau – mit unterschiedlichen farbigen Zeichnungen und mit einer goldenen Spange rechts neben dem Revers, auf Höhe der Ordensleiste:

Z n S

Bendar kannte die Uniformen des Schwarzen Landes, die Insignien der Heerführer aus den alten Zeiten. Was hatten diese Gestalten mit Skanda Borlund zu tun?

In diesem Moment nahm Bendar in Borlunds Blick einen Zug wahr, den er nicht erwartet hatte – einen Zug, der ihn irritierte. War das Furcht? Dieser machtbewusste Mensch, mit dem er sich manches Mal auseinandergesetzt hatte und dessen Handeln beispiellos kalt und brutal sein konnte – fürchtete er sich?

»Der Schwarze Lord!«

Bendar zuckte zusammen. Die Stimme war aus dem Halbdunkel des Raums gekommen. Er blickte zur Seite und erkannte schemenhaft eine Gestalt, die, wie er, der Filmvorführung folgte. Eine Frau, eine zierliche Frau mit kurzen Haaren. Ihr Gesicht leuchtete im Profil, angestrahlt vom kalten Licht des großen Bildschirms. Und sie …

Bendar erschrak ein zweites Mal. Er erkannte sie. Er hatte mit ihr gesprochen. Nein, sie hatte mit ihm gesprochen. Sie hatte ihn angesprochen, vor einigen Tagen, plötzlich, in der Stadt. Es war kurz vor dem Tag gewesen, an dem sie ihm dieses Mittel verabreicht und ihn verschleppt hatten. Sie hatte sich in der Firma gemeldet, als Stella und Lando gerade gegangen waren. Sie hatte ihn angestarrt wie jemand, der verfolgt wurde und Schutz suchte. Zunächst hatte er sie für geistig verwirrt gehalten. Ihre Worte waren … zu fantastisch gewesen. Aber dann … Sie hatte von Posisco gesprochen. *Sie töten*, hatte sie gesagt. *Nur Sie können verhindern, dass es noch mehr Tote gibt. Es gibt schon so viele Tote. Tausende. Tausende sind gestorben, sind bestialisch umgebracht worden.* So oder ähnlich hatte sie sich ausgedrückt. Das Wort Posisco hatte ihn hellhörig gemacht. Es hatte seinem Argwohn die Kraft genommen. Sie hatten kurz miteinander geprochen, obwohl Bendar immer noch vorsichtig blieb. Er hatte ihr von dem Modul erzählt, und sie verabredeten ein weiteres Gespräch an einem anderen Ort. Einem Ort, der ihm sicherer erschien. Ein Gespräch, das nie stattgefunden hatte.

Ein plötzliches starkes Gefühl sagte ihm, dass diese Frau und er dasselbe Schicksal teilten. Sie war aus dem gleichen Grund wie er in diesem Raum: Man hatte sie festgenommen. Man hatte sie verhört. Man wollte sie erpressen.

Bendar spürte den Drang, auf sie zuzugehen und sie anzusprechen. Aber die überlebensgroßen Bilder von Skanda Borlund und den unbekannten acht Kriegern hielten ihn zurück. Er verharrte im Hintergrund, als müsste er sich vor den martialischen Gestalten verstecken.

Die Frau hatte Bendar noch gar nicht bemerkt. Sie starrte weiterhin auf den Bildschirm, gab sich der Szene hin und einem Skanda Borlund, auf dessen Gesicht sich ein Lächeln ausbreitete, als könnte er seine Zuschauer erkennen und ihnen seine ganze Überheblichkeit entgegenschleudern. Die Furcht war aus seinem Lächeln verschwunden.

Waren die Bilder, die Bendar und die Frau sahen, mehr als eine vorbereitete Filmvorführung, an der sie gezwungenermaßen teilnahmen?

Bevor Bendar die Gedanken weiterverfolgte, wurden sie auf bizarre Weise bestätigt. Plötzlich fraß sich die Helligkeit der Filmszene, die vor dem Portal der Implement-Klinik spielte, in die Dunkelheit des Raums – begleitet von teuflischem Lachen und einer Lautstärke, die Bendar zusammenzucken ließ. Auch die Frau erschrak – was einen beißenden Kommentar Borlunds zur Folge hatte:

»Sieh an, sieh an, zwei hochsensible Seelen. Die Edlen der Nigrana. Darf ich sie miteinander bekannt machen? Oder kennen Sie sich bereits? Marina Zabrian, der Engel der Teuferstadt, und der berühmte Wissenschaftler Bendar Kamladis: Mahner und Warner, Skeptiker und – ja, man muss es leider sagen: Genie.«

Wieder brandete Gelächter auf. Die Frau – Marina – fuhr herum und erkannte Bendar. In ihren Augen wechselten im Bruchteil einer Sekunde Verständnislosigkeit, Bestürzung, Angst und bodenlose Traurigkeit. Sie waren Gefangene, wurden vorgeführt, erniedrigt, gedemütigt. Hier ging es darum, zwei der schärfsten Kritiker Posiscos gefügig zu machen, ihren Widerstand zu brechen.

»Genug der bunten Bilder!«, rief Borlund, und riss die Handlung wieder an sich. Die acht Krieger in ihren Rüstungen hatten sich in den vergangenen Minuten nicht gerührt.

»Bendar Kamladis. Sie kennen Marina Zabrian. Wir wissen, dass sie sich getroffen haben. Und wir wissen, dass sie Ihnen viel zu erzählen hat! Nicht wahr, Marina?«

Borlund wirkte in diesem Moment riesenhaft. Der Film, aus dem heraus er sprach, nutzte jeden Trick, um die Machtverhältnisse im Raum zu unterstreichen. Marina starrte zu Borlund hoch. Sie ahnte, was nun kommen würde.

»Nein!«, schrie sie. Wie ein in die Enge getriebenes Tier schwankte sie zwischen Angriff und Flucht. Aber wie sollte sie angreifen? Und wohin sollte sie flüchten?

»Nein!«, wiederholte sie schnell – und lief zu Bendar hinüber, unter dem seltsam gnädigen Blick Borlunds, der aus großmütiger Geste heraus darauf zu verzichten schien, ihren emotionalen Ausbruch mit einer kleinen technischen Machtdemonstration zu bestrafen.

»Sie dürfen sich nicht mit ihnen einlassen«, flehte sie Bendar an. »Ganz gleich, was sie Ihnen sagen oder versprechen werden. Hören Sie? Diese Leute lügen immer. Immer!«

Marina hatte Bendar an den Schultern gefasst, als wollte sie ihn wachrütteln. Aber ihr fehlte die Kraft. Und Bendar brachte kein Wort heraus. Starrte sie nur an, als müsse er tatsächlich wachgerüttelt werden.

»Die Teuferstadt, Marina!«, höhnte die Stimme Borlunds. »Erzählen Sie unserem Wissenschaftler doch die Geschichte der Teuferstadt. Oder überlassen Sie das einem wahren Fachmann. Darf ich bitten, General?«

Der Panoramawinkel des Bildes wechselte. Ein weiterer Mensch erschien. Mit grotesker, übergroßer Bewegung trat Skanda Borlund auf jemanden zu: einen herrisch aussehenden, hühnenhaften Mann mit dichtem Bart, Feldherrenblick und schwarzer Kampfmontur. Zugleich verengte sich der Bildschnitt auf den Kopf des mit General Angesprochenen, sein von Größenwahn und Sadismus zerrissenes Grinsen. Es war Che Conano, offiziell der Administrator der Verhüllung, tatsächlich aber die Exekutive Posiscos, der Mann, der ausführte – und zugleich ein gewiefter Taktiker.

»Erzählen Sie Ihrem Freund Kamladis alles«, sagte Conano zu Marina. »Schildern Sie ihm Ihre Version dessen, was in der Teuferstadt geschehen ist. Das wollten Sie doch, neulich, als Sie ihn trafen, nicht wahr?«

»Die Teuferstadt?«, fragte Bendar verwirrt.

»Hören Sie auf!«, schrie Marina, blickte zu Bendar, dann zum Panoramaschirm hinüber. Wütend und zugleich hilflos. Bendar wusste nicht, worum es ging. Die Teuferstadt war die östliche Vorstadt von Metronas. Ein Ort, *da draußen*. Eine unscheinbare Massensiedlung. In gewissem Sinne ein bedeutungsloses Stadtviertel. Kein Ort jedenfalls, den Bendar mit Posisco in Verbindung brachte. Die Teuferstadt war…

Tausende Tote. Die Berber und die Toten der Teuferstadt …

Jetzt fiel es ihm wieder ein.

Das waren Marinas Worte gewesen.

In diesem Moment – als Marina verstummte, weil sie begriff, dass es ihr unmöglich sein würde, die Bilder zu stoppen – in diesem Moment lief ein Kameraschwenk über den Panoramaschirm und Bendar hatte das Gefühl, sich festhalten zu müssen, so sehr geriet er in den Sog der Bewegung. Musik erklang, klebrige, hymnische Töne, die ein plötzlich auf Schwarzweiß geschaltetes Heer von Arbeitern begleitete: die Arbeiter der Teuferstadt, in langen Kolonnen vor den Zügen, die sie nach Bagun, Zittkau, den Teufergrat hinaufbrachten. Suggestive Bilder im Wechsel von Nah- und Panorama-Aufnahmen. Flüge über die Bergkette, auf der die Arbeiter Schächte anlegten. Bilder von den alten Stahlwerken am Hafen, den Fabriken im Mahnfeld und am westlichen Teneberbogen. Bilder von Gebäuden, die mittlerweile abgerissen waren oder längst leer standen.

Auch Marina starrte auf die Bilder. Sie waren von nostalgischer Kraft. Die Kamera verharrte über den Häusern der Teuferstadt. Sie warf einen Blick entlang der langen Schneisen jenes Ortes, in dem die Menschen gelebt hatten, die sich für den Reichtum des Schwarzen Landes gequält hatten. Die Gruben- und Stahlarbeiter der Nigrana. Hunderttausende von ihnen. Sie lebten in grauen, gleichförmigen Mietskasernen im Schachbrettmuster der Straßen. Die Teuferstadt war immer etwas gewesen, mit dem Metronas, die mondäne Metropole, so wenig wie möglich zu schaffen haben wollte. Und nun?

»Die Arbeiter der Teuferstadt – sie brachten der Stadt Reichtum!«

Wer hielt diese Rede? Skanda Borlund stand lächelnd im Vordergrund. Neben ihm Che Conano. Hinter ihnen und über das gesamte Bild verteilt, flimmerten Aufnahmen kilometerlanger Kohlezüge, die sich an der Columbahöhe vorbei Richtung Nordstadt schlängeln. Marina hatte Tränen in den Augen.

»Die Arbeiter der Teuferstadt – sie sind das Fundament einer großen Vergangenheit!«, dröhnte die Stimme Conanos.

Vergangenheit? Fundament? Dieser Mann sprach über die Menschen wie über Dinge. Aber Bendar fragte sich auch, weshalb er sich nie ernsthaft dafür interessiert hatte, was aus den Menschen der Teuferstadt geworden war. Die vergangenen Jahre hatten immense wirtschaftliche Umwälzungen gebracht. Was also war aus den Arbeitern geworden? Vor Jahren hatte es Unruhen gegeben, Streiks, Demonstrationen gegen das Verschwinden des Bergbaus, der Stahlerzeugung. Doch dann hatten sich die Unruhen gelegt. Was war geschehen? Hatte sich die Stadt in der Folge der Unruhen um ihre Arbeiter gekümmert? Hatten sie neue Arbeit gefunden? Bei Posisco?

Bendar, in Gedanken versunken, sah überrascht hoch. Unvermittelt wechselten die Bilder von Schwarzweiß auf Farbe. Auf grelle Farben und schrille Töne. Die melancholische Musik des historischen Rückblicks wechselte zum drängenden Rhythmus der Moderne. Und als habe er auf diesen Moment gewartet, sprach wieder Che Conano:

»Ich hoffe, Kamladis, unser sentimentaler Bericht hat Sie gut unterhalten. Und Sie natürlich ebenfalls, Marina. Freundin der Berber. Die alle ihre Tricks und Machenschaften kennt …«

»Verbrecher!«, schrie Marina. »Was habt ihr mit den Menschen gemacht? Ihr habt sie umgebracht, wie die Berber! Habt ihr sie alle umgebracht?!«

Schnitt. Ein plötzlicher Wechsel der Szene.

Die Bilder, die bunt und laut Menschen gezeigt hatten, gefroren in einer schockartigen Sequenz. Bendar fuhr herum. In seinem Kopf pulsierte es heiß. Ein Gedanke, der so nahegelegen hatte und den er doch immer verdrängt hatte, jagte ihm einen solchen Schreck ein, dass ihm fast das Herz stehen blieb.

Dann sah er es. Ein Raum. Eine Halle voller Menschen. Am Rand der Halle Uniformierte. Die Menschen in weißer Kleidung, weißen Overalls, mit auf den Rücken verschränkten Armen. Mit Nummern auf der Brust. Gefesselte. Ein Summen setzte ein. Die Uniformierten gerieten in Erregung. Bendar erkannte einen von ihnen. Einer der Uniformierten war bei seiner Entführung beteiligt gewesen. Dann hörte und sah er die Schreie. Die ersten der gefesselten Menschen begannen zu zittern, und ihre Gesichter verformten sich zu schrecklichen, von Angst und Schmerz zerrissenen Fratzen … Dem Gesicht, in das Bendar starrte, tröpfelte Blut aus den Augen. Ein Zischeln erklang, und eine plötzliche Detonation wie von einem Sprengsatz im Inneren des Gehirns ließ den Kopf des vor Schmerzen weinenden Mannes zerplatzen. Der Blutbrei spritzte mit einem hässlichen Klatschen auf die weißen Overalls der Nächststehenden, die mit aufgerissenen Augen nur Sekundenbruchteile entfernt waren vom Zerplatzen ihrer eigenen Köpfe. Ein Zischeln, ein kurzes, schleifendes Husten und die Köpfe der Gefesselten zerstoben. Einer nach dem anderen. Die Uniformierten wurden lauter. Ihr Gröhlen wilder. Ihr Wetteifer größer …

Schnitt. Und Stille.

»Was …?«, stammelte Bendar. »Was ist …?!« Er musste würgen »O Gott, was …!«

»Mörder!«, schrie Marina. »Diese wahnsinnigen Mörder! Lassen Sie sich nicht mit ihnen ein! Ich komme aus der Teuferstadt! Meine Familie, meine Brüder, alle sind verschwunden! Und sie haben Hunderte, Tausende umgebracht. Sie haben es Melonenspiel genannt! Das Melonenspiel!«

Dann brach sie zusammen. Ihr Oberkörper sackte nach unten. Doch plötzlich stürmte sie vor, auf Bendar zu. Bendar hob reflexartig die Arme und wich zurück, wollte sich ducken. Marina ergriff seine Hände, die er sich schützend vor das Gesicht hielt. Er fürchtete, sie sei wahnsinnig geworden, wolle ihn mit einer Waffe, einem Messer oder was immer sich in ihren Gewändern verstecken ließ, attackieren. Weil sie auch ihn für schuldig hielt. Aber da war nur dieser gequälte Blick. Dieser Versuch, zu ihm und niemand anderem zu sprechen – unter den wachsamen, riesigen Augen Borlunds und Che Conanos.

Marina hielt Bendars Hände ganz fest, umschloss sie, umkrallte sie. Doch er konnte den Impuls nicht unterdrücken, sich loszureißen. Diese Bilder: Nie würde er diese Bilder vergessen. Er wich zurück.

»Sie haben alle umgebracht!«, flüsterte sie kraftlos. »Sie dürfen diesen Wahnsinnigen nicht helfen …«

»Es ist genug!«, hallte da die Stimme Borlunds, der aus dem Bildrand in die Mitte trat. Wieder wuchs seine Gestalt. Sein Lächeln war einem Blick eisiger Entschlossenheit gewichen. »Ich danke Ihnen für die Vorführung, General«, sagte er zu Che Conano, der sich salutierend verabschiedete und aus dem Bild verschwand. Auf ein Handzeichen Borlunds öffnete sich im Dunkel des Saals eine seitliche Tür und zwei Wächter eilten herbei, rissen Marina von Bendar fort. Sie schwieg.

»Umgebracht … Mörder … Was für Worte? Was für einseitige Anklagen?«, fuhr Borlund fort, in einem Ton väterlicher Güte. Bendar konnte sich kaum noch beherrschen:

»Anklagen?«, schrie er. »Wie können Sie es jetzt noch leugnen? Was sollten denn diese Bilder, wenn sie nicht widerliche, durch nichts zu rechtfertigende Verbrechen gezeigt haben?«

»Ich sagte bereits, es ist einseitig. Wir haben Ihnen den Bericht über die Teuferstadt gezeigt, um Ihnen die Verbindung von Vergangenheit und Zukunft zu verdeutlichen. Die Arbeiter der Teuferstadt haben die Stadt reich gemacht. Aber die alten Zeiten sind vorbei. Nun beginnt die neue Zeit. Sie hat bereits begonnen. Und wieder werden es die Arbeiter der Stadt sein, die diese Zukunft formen …«

»Was soll das, Borlund?«, zischte Bendar. »Was reden Sie da? Sie haben mir furchtbare Morde gezeigt! Was wollen Sie? Was haben die Menschen aus der Teuferstadt mit Ihren wahnwitzigen Ideen zu tun?«

Das Lächeln kehrte auf Borlunds Lippen zurück. »Ach, die Bilder. Wenn Sie unsere Forschungen und Arbeiten rechtzeitig unterstützt hätten, Dr. Kamladis, wären diese Bilder vielleicht nie entstanden. Die Implemente … Die hohen Energien … Wer kennt schon die richtige Einstellung? Wer weiß denn, wie Menschen auf so mächtige

Energieströme reagieren? Die Konverter sind eine Herausforderung. Alle Technik musste angepasst werden. Es war ein mühsamer Weg. Aber wir hatten gute … Helfer.«

Sein Lächeln wurde unerträglich.

»Nun aber«, fuhr er fort, »haben wir alles erreicht für die nächste Stufe in der Geschichte der neuen Nigrana. Die Bewohner der Teuferstadt werden bald unsterblich sein. Mit ihrer Hilfe wird sich ein neues Geschlecht aus den elenden Hütten der Vorstadt erheben. Ein geistiger Riese, ein gigantischer Mensch … Nein, Mensch ist ein zu kleines Wort …«

»Hören Sie auf, Borlund!«, brüllte Bendar Kamladis. »Sie werden nicht weiterkommen, indem Sie mich mit Ihren Fantastereien belästigen!«

»So, ich belästige Sie?« Borlunds Kopf rückte auf dem riesigen Bildschirm noch ein Stück näher an Bendar heran. Das Lächeln auf Borlunds Gesicht erstarrte. Dann sprach er, sehr deutlich und in trommelfellzerreißender Lautstärke, die von den Wänden des abgedunkelten Saals widerhallte:

»*Sie* sind ein Mörder, Kamladis. Besser gesagt: Sie werden ein Mörder sein. Die Worte Marina Zabrians werden auf *Sie* zurückfallen. Wenn Sie uns das Geheimnis des Moduls nicht verraten, werden die Menschen der Teuferstadt tatsächlich sterben. Sie wissen ja: Bilder kann man interpretieren. Interpretieren Sie also die unschönen Szenen, die Sie gesehen haben – und dann multiplizieren Sie. Sie können wählen zwischen zehntausend und fünfzehntausend Toten. Hören Sie? Ich sagte *Tote*! Unsere Forderung lautet: Sie verraten uns die technischen Hintergründe des Amplifikations-Moduls, oder Sie werden in der nächsten Vorführung hier in diesem Raum erleben, wie wir die Arbeiter aus der Teuferstadt – um die wir uns in den vergangenen Jahren gekümmert haben, als sie der Stadt lästig wurden – töten. Sie werden sehen, wie sie sterben. Zu Hunderten, zu Tausenden werden Sie die Menschen sterben sehen, Kamladis! Haben Sie verstanden? Haben sich die Bilder bei Ihnen eingebrannt? Geben Sie diesen

Menschen Unsterblichkeit – oder lassen Sie sie sterben. Das ist Ihre Wahl!«

Er schwieg. Dann wandte er den Kopf, und sein Blick ging zu Marina, die nur dastand, innerlich zerbrochen, die Augen geschlossen.

»Und für Sie, Marina, gilt das Gleiche: Wir wissen, dass Sie mit den Berbern zusammenarbeiten. Sie kennen ihren Aufenthaltsort. Sie kennen ihre geheimen Wege, ihre Pläne, ihre Tricks, unsere Arbeit zu sabotieren. Sie verraten uns alles – oder die Menschen der Teuferstadt sind Geschichte. Vernichtete Geschichte. Haben Sie verstanden?«

Nun wurde Bendar alles klar. Sein Widerstand wurde ihm zum Mordinstrument umfunktioniert. Marina hob den Kopf, blickte ihn an, Tränen liefen ihr übers Gesicht.

Tausende Tote, dachte er. Wie konnte er sich der Mitarbeit jetzt noch entziehen?

»Für Sie habe ich übrigens noch etwas ganz Besonderes, Kamladis«, raunte Borlund plötzlich. »Schauen Sie her.«

Bendar drehte sich zum Bildschirm. Und schloss die Augen.

Es genügte dieser Sekundenbruchteil, um jede Einzelheit zu erkennen. Die gequälten Augen. Der fragende Blick. Die seelischen Wunden.

»Der Graf – so wird er wohl genannt. Nicht wahr?«

Nie war Borlunds Lachen hämischer gewesen.

»Auch dieser Mann hätte uns helfen können. Er besitzt etwas, das er uns trotz freundlicher Bitte nicht überlassen wollte. Nun, um Ihnen die Entscheidung noch leichter zu machen, schlage ich vor, wir schauen uns hier an dieser Stelle morgen gemeinsam an, wie der Graf stirbt. Sie werden jede Sekunde seiner Qual erleben, als wären es Stunden. Sie glauben ja nicht, wie langsam ein Mensch sterben kann. Und wenn das alles nichts hilft, dann zeigen wir Ihnen, wie schnell es bei Tausenden von Menschen gehen kann.«

DIE WEISSE TAUBE

Dunkelheit. Gedämpfte Geräusche. Stimmen.

Dann das Heulen des hydraulischen Lastenhebers, den sie gesehen hatten, als sie in den Hangar geschlichen waren.

Diese seltsamen Kisten …

Ein Ruckeln.

Es war ein Fehler gewesen.

Der Gedanke jagte durch Alissas Kopf. Sie saßen in der Falle. Was, wenn sie die Kisten doch noch untersuchten? Oder wenn sie nur eine der Kisten einluden? Wenn Tiras oder sie hierblieb? Weshalb hatten sie sich nicht zu zweit in eine Kiste hineingezwängt? Wie hatte sie nur auf die Idee kommen können, es sei besser, zwei der Kisten zu nehmen, weil sonst vielleicht jemand vom Bodenpersonal bemerken würde, wie schwer das Ding geworden war? Und was, wenn im Frachtraum außer diesen Kisten auch Mitglieder der Wachmannschaft transportiert wurden? Wie sollten sie herausfinden, ob sie die Kisten verlassen konnten, ohne sofort entdeckt zu werden?

Fast zwei Stunden hatten sie gebraucht, um an die andere Seite des Sees zu gelangen und in diesen Hangar, von wo aus das Flugzeug beladen wurde.

Unterwegs hatte ihr Tiras erzählt, dass ihm Jolo aus seiner Zeit als Pilot der Posisco-Werke berichtet hatte, wie er regelmäßig Ladungen leerer weißer Kisten hinauf auf den Teufergrat fliegen musste. Er hatte nicht sagen können, wozu die Kisten gebraucht wurden. Aber diese Kisten wären vielleicht eine Möglichkeit, an Bord zu gelangen.

Zum Glück waren nicht allzu viele Leute mit dem Beladen der Weißen Taube beschäftigt. Es lief vieles vollautomatisch.

Wieder ein Rucken. Vermutlich hatte der Greifarm des Hebers eine Kiste ganz in der Nähe angehoben und schwenkte nun zu dem Förderband, das zum Frachtraum des Flugzeugs führte.

Die Kiste, in der sich Tiras versteckte?

Erneut überkam Alissa Panik. Es war völliger Irrsinn, sich zusammen mit einem Blinden an Bord zu schmuggeln. Die Aktion war überstürzt gewesen. Sie waren durch das Loch in der Wellblechwand des Hangars hinter die Stellflächen gekrochen und hatten darauf gewartet, dass dieser Typ, dieser Aufseher oder Vorarbeiter mit seiner Inspektion fertig wurde. »Die, die und die«, hatte er gesagt und auf drei Blocks mit Kisten verwiesen. »Die gehen mit dem nächsten Flug ab.« Dann hatten der Mann und seine zwei Helfer den Hangar verlassen.

Es war einfach keine Zeit gewesen, nachzudenken, und jetzt fühlte sich Alissa in diesem Ding wie in einem Sarg.

Plötzlich spürte sie, wie ihre Kiste angehoben wurde und unter dem Heulen der Ladeanlage durch die Luft schwenkte. Sie hatte gar nicht damit gerechnet und konnte einen Aufschrei gerade noch unterdrücken. Mit einem Ruck polterte die Kiste auf das Förderband und glitt aus dem Hangar hinaus. Nur weil das Band nicht ganz gleichmäßig lief, nahm Alissa die Bewegung wahr.

»Stopp!«

Ein knirschendes Geräusch. Kaum, dass sich das Band in Bewegung gesetzt hatte, hielt es auch schon wieder an. Alissa hatte das Gefühl, nur noch aus Herzschlag zu bestehen.

»Was ist los? Die ganze Reihe hier sollte nach oben!«

»Heute nicht. Anordnung vom K2. Zwei Beobachter kommen an Bord. Sektor 2 und 3. Nimm zusätzlich Treibstoff auf. Kann spät werden.«

Statt einer Antwort kam nur ein mürrisches Schnaufen. Nach einigen Sekunden dröhnte die Stimme des Befehlsempfängers: »Also los, die hier wieder runter! Zurück damit. Beeilt euch. Die hohen Herren werden gleich kommen. Dann muss es zack zack gehen. Ihr wisst ja!«

Ein kurzes, bellendes Lachen. Alissas Kiste wurde erneut in die Höhe gehoben. Diesmal aber von Männern des Bodenpersonals. Was war hier los? Schaffte man sie zurück in den Hangar?

»Verdammt, ich denke, die Dinger sind leer? Die vollen kommen doch gleich in die Verbrennung!«

»Nur die verriegelten, Mann! Ist diese etwa verriegelt?«

»Nein, aber – ich bin doch nicht blöd, die ist voll!«

»Du spinnst!«

»Nein. Die ist voll!«

Obwohl Alissa in ihrem stockdüsteren Gefängnis nichts sehen konnte, hatte sie die Augen geschlossen. *Jetzt ist alles aus*, dachte sie.

Die Kiste wurde auf den Boden gestellt.

»Die ist nicht verriegelt, Mann!«

»Dann sieh nach!«

»Bist du wahnsinnig? Du weißt doch, was mit Leuten passiert, die gegen die Vorschriften verstoßen!«

»Dann hol Jarko zum Verriegeln. Der hat 'ne Plombier-Zange. Oder weißt du, wie das geht?«

Das Gespräch kam Alissa endlos vor. Was redeten sie so lange? Enthielten diese Kisten Material, das verbrannt wurde? Und wenn sie die Box jetzt verschlossen, was dann?

Ein Ruf:

»Jarko!? Die Transbox hier …!«

»Verdammt, ihr werdet nicht fürs Trödeln bezahlt! Der Boss ist im Anmarsch. Die Box an Bord und dann raus da, verstanden?«

Wieder Murren. Die Box wurde angehoben. Ruckeln. Leise Flüche: »Das Ding ist voll, sag ich dir. Aber scheiß was drauf. Jarko hat die Verantwortung, wenn rauskommt, dass die nicht verbrannt wurde.«

Wenig später stand die Kiste still. Es rumste und die Stimmen waren verstummt. Alissa befand sich an Bord des Flugzeugs. Die Ladeluke war verschlossen worden.

Aber was war mit Tiras?

Wann konnte sie die Kiste öffnen und nachsehen?

In diesem Moment wurden die Motoren angelassen. Ein tiefes Rumoren, das die Maschine vibrieren ließ, ertönte. Nach wenigen Minuten schwoll der Lärm an. Der Pilot gab Schub auf die Turbinen, und Alissa hatte das Gefühl, taub zu werden. Die Aluminiumhülle des Flugzeugs leitete das Dröhnen der Motoren direkt an sie weiter. Es rumpelte und wackelte. Und dann spürte sie einen steigenden Druck im Kopf. Die Maschine hob ab. Man hatte die Kiste so gelagert und gesichert, dass Alissas Kopf Richtung Heck wies.

Nach etwa fünfzehn Minuten ließ der Lärm nach. Das Flugzeug hatte die Steigphase abgeschlossen. Alissa wartete weitere fünf Minuten. Schließlich fasste sie sich ein Herz und drückte vorsichtig gegen den Deckel.

Sie hatte Glück. Er ließ sich anheben. Ein Ruck, dann drang Licht durch den Schlitz.

Im Frachtraum des Flugzeugs war es nicht so düster, wie sie gedacht hatte. Ein Band schmaler Sichtfenster verlief ihr gegenüber an der Bordwand. Einige der Fenster waren von Kisten verdeckt. Sie hingen dort verankert in einer Art Hakenkonstruktion. Weitere Kisten standen auf dem Boden, auf Halterungsleisten befestigt. Außer Kisten und sonderbaren Rucksäcken an der Bordwand schien der Frachtraum nichts zu enthalten.

Aber wo war Tiras? War er an Bord? Oder steckte er in einer der Kisten, die nicht mitgenommen worden waren? Alissas Puls raste. Zentimeter für Zentimeter hob sie den Deckel und erweiterte ihren Blickwinkel.

Niemand war zu sehen. War nicht die Rede davon gewesen, dass zwei Beobachter mitfliegen sollten?

Die gläserne Kanzel unter dem Flugzeug. Wo befand sich der Einstieg zu diesem Ding? Alissa hob den Deckel noch ein Stück, schob den Kopf aus der Kiste hinaus und suchte den Boden des Frachtraums nach so etwas wie einer Luke ab.

Plötzlich war da ein scharfes Knacken. Der Fluglärm schwoll an. Dann hörte sie Lachen. Und Stimmen.

Der Schmerz hätte sie fast aufschreien lassen, als sie den Kopf zurückzog und der Deckel der Kiste auf ihre Finger knallte. Sie war sich fast sicher, dass die große Gestalt, die sich da so unvermittelt durch die Cockpittür beugte, sie bemerkt hatte. Es war alles im Bruchteil einer Sekunde geschehen, und sie hatte nur diesen dunklen Umriss im hellen Licht wahrgenommen: das Licht, das jäh von vorne in den Frachtraum fiel. Instinktiv machte sie sich in ihrer Kiste so klein wie möglich. Die Stimmen wurden lauter. Die Stimmen zweier Männer. Sie konnte nicht alles verstehen. »Dämmerung … Viertelstunde noch« … wieder Lachen … »… wirklich sehr gespannt …!«

Ein Pfeifen wie von einem scharfen Luftzug drängte die Worte in den Hintergrund. Und das auf- und abschwingende Rumoren der Motoren. Doch trotz des Lärms hatte Alissa genug hören können, um festzustellen, dass ihr zumindest eine der Stimmen bekannt vorkam.

Skanda Borlund?

Oder gehörte sie einem der Männer, die in das Haus im Cabanisviertel eingedrungen waren?

Ein lautes, knarrendes Geräusch erklang. Dann schwoll der Fluglärm wieder an.

Erneut hob Alissa den Deckel der Kiste: nur ein, zwei Zentimeter. Sie sah die Männer links von ihr. Im Heck des Frachtraums. Beide hatten ihr den Rücken zugewandt. Der erste beugte sich vor und ließ sich durch eine Luke nach unten gleiten.

Befand sich dort der Einstieg zu der Glaskanzel unter dem Flugzeug?

Wenige Sekunden später war auch der zweite Mann verschwunden. Eine Hand griff nach oben, umschloss die Arretierung des Lukendeckels und zog ihn herab. Klack-Klack – die Luke war verschlossen, der Frachtraum war wieder leer.

Im selben Moment sah Alissa, wie sich gegenüber der Luke der Deckel einer zweiten Kiste hob. Mit großer Selbstverständlichkeit richtete sich Tiras auf, hob seinen Oberkörper und drehte seinen blonden, wirrhaarigen Kopf hin und her, als würde er in diesem engen Raum so etwas wie Weite durchmessen. Alissa konnte es nicht fassen, er grinste. Und diese dunklen, unergründlich tiefen Augen, die nie etwas direkt ansahen, sprühten vor Übermut. Tiras schien genau zu wissen, dass ihn niemand bemerkt hatte – außer Alissa: Ihre Gegenwart war ihm selbstverständlich nicht entgangen.

»Pssssst!«

Natürlich konnte er das nicht hören. Hoffentlich befand sich außer den Piloten nicht noch jemand im Cockpit. Und hoffentlich war diese Glaskanzel unter dem Heck ein von Wind und Motorenlärm umtoster Raum, den die Geräusche aus dem Frachtraum nicht so leicht erreichten.

Tiras grinste noch breiter. Er machte Alissa ein Zeichen, zu ihm zu kommen.

Sie zögerte. Dann aber schlüpfte sie aus der Kiste, ließ sich behutsam auf den Boden gleiten, und schlich los.

Und stoppte.

Was war jetzt?

Tiras schüttelte heftig den Kopf, wies mit der Hand zu ihrer Bordseite.

Mist, dachte Alissa. Er hat recht. Aber wie hat er das wissen können?

Sie machte verwundert kehrt und schloss die Kiste. Dann huschte sie ein zweites Mal los – und schlich zu jener Stelle, an der sich Tiras mittlerweile niedergekauert hatte – in einer dunklen Lücke im Winkel zwischen Kiste und Bordwand.

»Und nun?«

Sie steckten die Köpfe zusammen. Alissas Flüstern war ein warmes

Kitzeln an seinem Ohr. Tiras legte ihr die Hände auf die Schultern und lächelte selig.

»Hey, wie geht's jetzt weiter? Wir sind doch komplett verrückt? Und wieso lachst du die ganze Zeit, du Irrer?«

Sie sah ihn an und wurde wütend.

»Herrgott, ich hab gedacht, du bist wer weiß wo!«, zischte sie. »Das ist nicht witzig! Weißt du, was ich mir für Sorgen gemacht hab?!«

Doch sein Lächeln blieb. Es wurde eine Spur versonnener, weicher, melancholischer. Und dann bemerkte Alissa die Tränen in seinen Augen. Sie las plötzlich all die Gedanken, die ihn gequält hatten, als sie getrennt gewesen waren in diesen Todeskisten. Jetzt flogen die Gedanken davon. Sie zog Tiras an sich und hielt ihn sekundenlang so fest, als wollte sie sich vergewissern, dass er tatsächlich da war, dass er bei ihr war, dass sie zusammen waren, in diesem Flugzeug. *O Gott*, dachte Alissa, *das ist verrückt. Verrückt, verrückt, verrückt.* Und es war ihr vollkommen egal, ob man sie hier fand – so töricht leichtsinnig, wie sie sich aufführte. Dieser Moment war es wert. Sie hielt seinen Kopf. Sie sah Tiras an. Das schmale Gesicht. Das Engelshaar. Sie sah den ernsten und doch spöttischen Zug um den Mund. Mit einem Mal hatte er etwas Verlorenes, hatte sich wie ein scheues Tier zurückgezogen hinter Verunsicherung und Überraschung. Doch sein fortwährend suchender Blick blieb ihr nah. Da war etwas so Traumverlorenes. Tiras erwiderte ihre Geste, ließ sich fallen in die Umarmung, gab ihr sein pochendes Herz. Sie strich ihm über die Stirn, sachte, ganz sachte. Sie fuhr mit den Fingerspitzen über diese Stirn, hinter der die Gedanken so weit fliegen konnten. Und dann küsste sie ihn, und in dieser Sekunde war sie so hilflos wie nie zuvor in ihrem Leben – und es war gut.

Das gedämpfte Quäken einer Funkstimme riss sie aus ihren Träumen. Sie duckten sich.

»Zwei Männer«, flüsterte Alissa. Sie hatte das Gefühl zu taumeln. Sie stürzte. Aber sie musste zurück in die Wirklichkeit. Jetzt. Sofort. Sie waren so töricht gewesen.

»Wissenschaftler!«

Sie zwang sich zur Ruhe und hob zwei Finger, als könnte sie sich damit ein paar verräterische Worte sparen.

»Eine Luke. Rechts von uns. Sie sind da runter.«

Ihre Stimme klang atemlos. Tiras nickte nur, klammerte sich an die Bordwand. Er wirkte verwundbar. Auch er musste sich zurückkämpfen in die Wirklichkeit, zurück in seinen Panzer, der ihm das Überleben sicherte.

Alissa wiederholte in Gedanken, was sie über die Glaskanzel unter dem Flugzeug wusste.

»Sie beobachten was«, sagte sie. »Ich muss eine Möglichkeit finden, einen Blick nach unten zu werfen, auf die Nigrana.«

Sie spähte hinüber zur Cockpittür. Dann schlich sie zu der Luke. Tiras blieb dicht bei ihr.

Die ursprüngliche Idee, die Munitionskammer neben der Glaskanzel aufzusuchen, verwarf Alissa sofort, obwohl sie die zweite Luke schnell entdeckte. Sie drehte sich zu Tiras und drückte ihren Mund gegen sein Ohr:

»Wenn ich den Hebel bewege, der dieses Ding verschließt, hören die zwei das unter Garantie.«

»Was dann?«

Die Worte kamen gepresst. Tiras fühlte sich unwohl. Die Situation erschien ihm immer unwirklicher. Auch er hatte im Hangar am See das Wort »Verbrennung« gehört. Aber da war noch etwas anderes. Die Bilder und die Schwäche kehrten zurück …

»Komm mal hierher.«

Alissa zupfte an seinem Arm. Sie hatte sich zur anderen Seite, Richtung Bug gedreht und wies auf einen hellen Punkt zwischen der vordersten Reihe weißer Kisten. Sie ging auf diesen Punkt zu und zog ein lappiges Gummistück beiseite. Der Punkt wurde größer. Es war ein Fenster.

Der Frachtraum bildete im Rumpf des Flugzeugs so etwas wie eine Wanne. Am hinteren Ende fast gradlinig begrenzt, am vorderen jedoch abgerundet. Dort, seitlich, wo die Rundung begann, waren links und rechts Vertiefungen in den Rahmen gepresst: Fallschirm-Boxen unter einer Anordnung roter Hebel. Viel interessanter für Alissa aber waren die vier ellipsenförmigen Fenster im Scheitel der Rundung. Vier Fenster aus Plexiglas, eingefügt in den Rahmen. Dick mit Gummi abgedichtet und mit einer Gummilasche abgedeckt. Beim Beladen des Flugzeugs hatte vermutlich eine der Kisten die linke der Abdeckungen ein Stück beiseitegeschoben.

Alissa zog an der halb herunterhängenden Lasche und legte das Beobachtungsfenster frei. Dann blickte sie hindurch. Das Glas war ein wenig zerkratzt, aber sie konnte draußen alles sehr gut erkennen, wenn sie die Augen nur dicht genug ans Glas drückte.

»Was ist?«

Tiras hatte sich neben sie gekauert und fröstelte.

»Die Sonne geht unter«, sagte Alissa. »Wir sind irgendwo über dem Mühlenland. Ich kann den Teneber sehen. Und da hinten liegt, glaube ich, Kartas.«

»Fliegen wir sehr hoch?«

Alissa blickte gebannt hinaus. Das Zittern in seiner Stimme fiel ihr gar nicht auf. Sie flog jetzt mit ganzem Körper.

»Wahnsinn!«, sagte sie. »Diese Fenster sind vermutlich dazu da, dass man beim Landen einen Blick unter den Bug werfen kann. Vom Cockpit aus geht das bestimmt nicht. Das liegt ja oben, auf dem Rumpf. Was hast du gesagt?«

»Ob wir sehr hoch fliegen?«

Seine Zähne klapperten. Aber Alissa nahm davon keine Notiz. Wie gefangen im Sog der Ferne, starrte sie hinaus in die dämmrige, die flammenwerfende Nigrana.

»Ich weiß nicht … Noch unterhalb der Berggipfel, würde ich sagen.«

Sie drückte die Augen noch dichter ans Fenster, hielt nach dem Ardenfels und der Burgruine Ausschau. Aber die Tatsache, dass die Maschine das Niveau der Hochlandebene noch nicht erreicht hatte, machte ihre Versuche sinnlos. Einzig, wenn die Maschine eine Kurve flog und das Fenster – mal das linke, mal das rechte – nach oben, gen Himmel schwenkte und dabei rasend schnell über die Bergwand glitt, erhaschte sie flüchtige Impressionen vom Teufergrat. Und erst als das Flugzeug weiter Höhe gewonnen hatte, sah sie die Burg.

Ein paarmal konnte sie so für Sekunden einen Blick auf die Burgruine werfen – auf den wuchtigen schwarzen Turm mit seinen zinnenbewehrten kleinen Abschlusstürmen. Auf die quadratische Wehrplattform, die mindestens so groß war wie der Innenhof der Alten Abtei im Fischerviertel von Metronas. Es war ein gewaltiger Wohnturm in einem gewaltigen, von geschwungenen Wehrmauern eingefassten Burghof.

Das düstere Bauwerk wirkte verlassen.

War es eine Ruine?

War es möglich, aus dieser Höhe Menschen zu erkennen?

Wo würde das Flugzeug landen? Sie suchte das Schimmern des Aldion, aber von einem Landebecken für die Weiße Taube war nichts zu sehen. Zu schnell war der Bildausschnitt weitergerückt.

Und dann fielen Alissa in der Nähe dieser Burganlage quadratische und rechteckige Gebäude auf. Dunkel wirkten sie, ein Feld aus schwarzen Hallen, von außen mit Scheinwerfern angestrahlt. So zumindest war der Eindruck aus der Höhe – im Bruchteil jener Sekunde, die das Flugzeug benötigte, um vom Teufergrat wieder abzuschwenken und weiter seine Kreise zu ziehen.

Der Zweck dieses Fluges blieb Alissa völlig schleierhaft.

Die Bilder zogen so schnell vorbei, dass sie ihre Eindrücke nicht überprüfen konnte. Sämtliche Abbildungen, die sie von der Ardenburg kannte, zeigten die vier quadratischen Seitentürme des Hauptturms als halb zerfallene Spitzen einer Ruine. Auf diesen Bildern ragten die Mauerabschlüsse mit den wenigen noch intakten Zinnen wie abgebrochene Zähne in den Himmel. Soeben aber hatte sie vollkommen unbeschädigte Anlagen gesehen.

Und was stellten die angestrahlten Hallen, die dunklen Gebäude neben der Burg dar?

Das Flugzeug legte sich zurück in die Horizontale und Alissas Augen sprangen die Hänge des Massivs wieder hinab. Das letzte Sonnenlicht des Tages entflammte die Konturen der Berge, überzog die Schwärze des Gesteins mit rötlichem Glühen, sodass Alissa viel zu gebannt war, um weiter über den Ardenfels nachzudenken. Das Teneberband glänzte in einem silbrigen Ton, der zugleich warm schimmerte. Nichts in der Luft trübte nun die Sicht auf die satte grüne Ebene des Mühlenlands. Die Mühlen dort unten waren Punkte. Die Wege zwischen ihnen glichen, kaum erkennbar, den Fäden eines hingehauchten Spinnennetzes. Zwei dunklere Linien zeichneten sich ab: die alte Bahntrasse nach Kartas und weiter südlich die nach Zarena. Hier und da blitzten Wasserflächen im Sumpfland nördlich des Teneber auf. Wenn dies geschah, schien die Ebene wie mit Augen zu blinzeln. Es war atemberaubend.

»Alissa!«

Sie hörte nichts. Sie sah. Sie flog.

»Das ist ... Wahnsinn! Diese Aussicht ist gigantisch ... Aber ich verstehe nicht, was Marina von hier oben aus?«

»Alissa! Der Schwarze Lord!«

Ein Schrei. Tiras röchelte.

»Was?« Sie riss sich vom Fenster los und blickte ihn entgeistert an. »Tiras? Was ist mit dir?«

Er lag zusammengekrümmt am Boden des Frachtraums und zitterte am ganzen Körper. Sein Gesicht war kalkweiß und seine Pupillen zuckten hin und her.

Krämpfe. Ein epileptischer Anfall. Das war das Erste, was Alissa in den Sinn kam. Sie versuchte, ihn hochzuziehen, ihn aufzurichten.

»Du bist ja eiskalt. Was ist los? Tiras, bitte! Was ist mit dir?!«

»Der schwarze Lord«, keuchte er. »Ich kann ihn sehen. Das Heer! Die schwarzen Reiter ...!«

»Tiras, du fantasierst! Du hast Fieber! Du musst ...!«

Alissa verstummte. Sie rechnete jede Sekunde damit, dass sich die Cockpittür oder die Bodenluke öffnete. Herrje: Sie musste Tiras dazu bringen, sich wieder in der Kiste zu verstecken, bis der Anfall vorüber war. Und sie konnte nur hoffen, dass es ihm bald besser ging. Sonst würde man sie unweigerlich finden.

Aber Tiras wiegelte ab: »Nein«, stöhnte er und wies zu dem kleinen Fenster. »Sieh hinaus. Du musst hinaussehen. Es beginnt jede Sekunde. Der schwarze Lord versammelt ein riesiges Heer. Es sind Tausende. Die Oriflamme des Schwarzen Landes zieht voran. Und die schwarzen Stander, die Reiter ... sie ziehen in die Schlacht ... sie kommen näher ... immer näher ... die Katze ... Die ...!«

»Tiras, wach auf!«

Alissa hatte den Schrei nicht länger unterdrücken können. Aber Tiras schüttelte nur wild den Kopf: »Jetzt!«, rief er. »Jetzt! Die Schneisen!«

Und dann war es Alissa, als schlüge eine Flamme gegen ihren Kopf, ein Licht, verbunden mit einem Hitzeschwall. Sie stürzte ans Fenster und blickte hinaus. Genau in dem Moment, als die Botenstromschneisen über der Nigrana ihr Schauspiel entfalteten. Das Flugzeug flog mitten hindurch. Es raste durch ein Gewitter aus Gold, und doch schien die Maschine auf der Stelle zu stehen, inmitten glühender Wolkenberge, in denen ein tiefes Grollen den Ton unheimlicher Macht erzeugte. Kein Donnerschlag folgte, aber kein noch so gewaltiger Donner hätte die Stärke, die Kraft, die Macht dieser Spannung wiederzugeben vermocht: einer Macht, die in den gigantischen Glutstraßen des Himmels tobte. Ein unheimliches Gefühl ergriff von Alissa Besitz. Es war ihr, als würde sie aus dem Flugzeug heraus- und tief, immer tiefer in die Ebene hinuntergezogen ...

»Siehst du es? Kannst du es sehen?«

Tiras stöhnte vor Schmerzen. Er lag, die Beine angezogen, die Arme krampfhaft um die Knie geschlungen, verkrümmt am Boden, als suchte er Schutz vor den quälenden Feuern im Kopf. Wieder schrie er auf – und dann taumelte Alissa zurück. Sie musste sich festhalten. Sie griff ins Gestänge der Bordwand, um nicht zurückgeschleudert zu werden. Das Flugzeug hatte mittlerweile stark an Höhe verloren, rauschte im Tiefflug über die Ebene, folgte dem Lauf des Tenebers nach Westen. In diesem Augenblick zog sich am Boden eine schwarze Masse zusammen, wurde zu einem Strom schwarzer Ameisen. Alissa hatte kaum Zeit, das Bild zu erfassen, als der Strom aus der Ebene hochschoss: wie eine Fontäne, eine dunkel-violett schimmernde Explosionswolke. Nein, nicht hochschoss: Sie erhob sich, als würde dort innerhalb weniger Sekunden Bild auf Bild gesetzt – Bilder, die miteinander verschmolzen und ein riesenhaftes neues Bild ergaben. Bilder von Pferdeköpfen mit wehenden Mähnen und schäumenden Nüstern. Bilder flatternder Standarten, wogender Helme, Lanzenfelder und durcheinanderwirbelnder schwarzer Leiber. Mitten in der glühenden Luft über der Ebene stieg die Bilderwolke auf, wuchs und wankte – wurde ein gigantischer Turm. Dann begann das Fundament zu wabern, zu schwanken, verbreiterte sich. Zugleich durchlief auch die Turmspitze eine merkwürdige Veränderung. Sie blähte sich auf, nahm die Gestalt einer seltsam ausgestülpten, gestreckten Kugel an. In dieser Kugel vollzogen sich die wildesten Bildwechsel: aufgerissene Mäuler, glänzende Helme, die flatternde Oriflamme – alles vermischte sich.

Und dann blitzte der Himmel auf, als würde er in einer gigantischen Explosion gesprengt. Tiras schrie. Der Schmerz war unerträglich. Auch Alissa konnte einen Aufschrei nicht unterdrücken. Zum Greifen nah und doch mitten im Himmel ragte fauchend, mit Augen gleich Toren ins Zentrum der Hölle, mit gleißenden Zotteln um ein aufgerissenes Maul, der Kopf eines schwarzen Drachen auf. Er schnappte nach dem Flugzeug, als wollte er ein lästiges Insekt verschlucken.

Nur den Bruchteil einer Sekunde währte diese Erscheinung, dann wurde das Flugzeug zur Seite gerissen. Den Piloten schien die gigantische Höllengestalt ebenso zu überraschen wie Alissa. Aus dem Cockpit drangen Rufe. Tiras schlug krachend gegen die Bordwand, und Alissa wurde von den Füßen gerissen, als die Maschine ächzend unter dem Druck der engen Kehre hochschoss und dem Drachen mit angedeutetem Looping auswich.

Und es war vorbei.

Von einem Augenblick auf den anderen war der Himmel wieder klar. Die Botenstromschneisen waren verschwunden. Die Maschine flog ruhig dahin, als habe es das hektische Wendemanöver und den Drachenangriff nie gegeben. Die Tumulte des Himmels endeten so unvermittelt, wie sie gekommen waren. Draußen sank der Abend nieder.

An Bord der Maschine allerdings ging der Tumult nun erst los.

Alissa, die sich an die Halterungen der Bordwand gekrallt hatte, als das Flugzeug sein waghalsiges Wendemanöver begann, stürzte zu Tiras hinüber, der bewusstlos und seltsam verdreht neben einer der Kisten lag. In diesem Moment flog die Cockpittür auf, und es öffnete sich auch die Bodenluke im Heck des Frachtraums. Alissa hatte es kommen sehen. Jetzt aber, wo es geschah, fühlte sie sich seltsam unbeteiligt. Sie kauerte neben Tiras. Die Angst um ihn war viel größer als die Angst vor den wütenden Gestalten, die herbeistürzten.

»Tiras! Tiras, sag doch etwas!«

Ein hässlicher Aufschrei:

»Ich werde verrückt! Das ist die Tochter von Kamladis. Und dieser blinde Berberjunge. Hier an Bord. Das gibt's doch nicht!«

Alissa musste nicht hochsehen. Sie wusste, zu wem die Stimme gehörte, und sie versetzte ihr einen Stich. Dennoch war dieser Mann jetzt nicht wichtig:

»Tiras!«

Sie nahm seinen Kopf hoch, drückte ihn an ihre Brust. Er war so kalt.

»Wie kommen die denn hier rein?!«

»Ich fasse es nicht! Das wird sein Schweigen brechen. Jetzt haben wir Kamladis, wo wir ihn haben wollten. Wenn es um seine Tochter geht, wird er sich nicht länger verweigern!«

Gehässiges Lachen.

»Tiras, bitte wach auf. Bitte!«

»Was machen wir mit ihnen? Ist der Berber tot?«

»Das ist eine Überraschung, Alissa.«

Als die Stimme ihren Namen nannte, sah Alissa auf. Auch durch den Tränenschleier hindurch erkannte sie ihn. Seine Stimme hatte ihn längst verraten. Sie erkannte ihn trotz der schwarzen, mit Rangabzeichen verzierten Uniform, die ihn als leitenden Mitarbeiter von Posisco auswies, und trotz des teuflischen Lächelns, das sie in diesem Gesicht nie für möglich gehalten hätte.

Die Blicke des Piloten sowie des Begleiters, mit dem er zusammen aus der Beobachtungskanzel geklettert war, waren erwartungsvoll auf ihn gerichtet.

»Das hätte ich nie von dir gedacht, Lando!«

Was ein Schrei wütender Anklage werden sollte, verstummte zu einem hilflosen Krächzen. Lando Dandihla trat näher und legte ihr die Hand auf die Schulter, und sie hatte noch nicht einmal die Kraft, diese Hand wegzuschlagen.

In Landos Augen flackerte es. Aber dann kehrte etwas Weiches in seine Züge. Hätte Alissa ihn angesehen, sie hätte Lando wieder als den erkannt, dem sie als kleines Mädchen Dinge anvertraut hatte, die sie noch nicht einmal mit ihrem Vater teilte. Denn Lando war ein Freund gewesen.

Lando betrachtete sie, als erinnerte er sich an diese Tage. Als ihm der Pilot ein ungeduldiges Zeichen gab, die Sache zu beschleunigen, legte er die Stirn in Falten und schüttelte unwillig den Kopf. *Haltet euch da raus*, schien er zu sagen.

Der Pilot grummelte etwas Unverständliches und verließ den Frachtraum Richtung Cockpit, wo der Copilot die Maschine steuerte.

Lando wartete noch einige Sekunden, dann sagte er:

»Er lebt.«

»Was?«

Alissas Blick schnellte hoch. Der Zorn aus ihren Augen war verflogen.

Lando ging neben ihr in die Hocke und griff nach Tiras Hand, die schlaff am Boden lag.

»Sein Puls ist noch da. Schwach und unregelmäßig. Aber das Herz schlägt. Er lebt.«

Ein Räuspern in ihrem Rücken machte deutlich, dass darüber an Bord nicht nur Erleichterung herrschte. Alissa sah beklommen zwischen Lando und Tiras hin und her. Sie wollte etwas sagen, doch Lando kam ihr zuvor:

»Arbeite mit uns zusammen und alles wird gut. Wir brauchen deine Hilfe.«

»Was hast du getan, Lando? Du hast Bendar verraten!«

Alissas Wut kehrte zurück. Lando schüttelte nur den Kopf und schloss die Augen.

»Du verstehst das nicht. Bendar ist ein Sturkopf, der nicht begreift, was uns wirklich hilft. Du willst doch, dass es deinem Freund wieder besser geht, oder?«

Alissa musste den Impuls unterdrücken, ihm ins Gesicht zu schlagen.

»Was hat Tiras damit zu tun? Ihr müsst ihm helfen! Das ist Erpressung, was du vorschlägst. Ich glaube dir kein Wort, Lando!«

»Alissa, sei vernünftig. Wenn Bendar sich weiterhin stur stellt ...«

»Wo ist er? Wo habt ihr meinen Vater versteckt? Wie geht es ihm? Was habt ihr mit ihm vor?!«

Alissa schrie. Lando hob abwiegelnd die Hände, aber dann antwortete nicht er, sondern sein Begleiter.

»Was soll das Ganze, Dandihla? Wir stecken den Berber jetzt in eine der Kisten und verriegeln sie. Dann ist das Problem beseitigt. Und um die junge Dame hier kümmern wir uns auch. So kommen wir nicht weiter.«

»Nein! Lando!« – Alissa fuhr panisch herum. »Tiras hat mit der Sache nichts zu tun!«

Lando erhob sich und trat einen Schritt zurück.

»Hilf uns. Wir bringen dich zu Bendar und du sprichst mit ihm.«

Alissa zog sich an der Bordwand hoch. Lando beobachtete sie. Alissa sah, dass der zweite Mann seine Hand zum Waffengurt führte.

»Wie stellst du dir das vor«, sagte sie. »Du weißt doch ganz genau, dass Bendar nichts verraten würde. Nicht mal, wenn ich …«

»Es reicht jetzt!« Landos Begleiter – Tulian Padur: ein Wissenschaftler, etwa so alt wie Lando Dandihla und ihm trotz markanterer Gesichtszüge nicht unähnlich – riss seine Waffe aus dem Gurt und beugte sich über Tiras.

»Nein!«, schrie Alissa. »Lasst ihn!«

Landos Mundwinkel zuckte hektisch. Die Situation entglitt ihm.

»Tulian, ich habe doch gesagt …!«

»Du redest zu viel, Dandihla. Der Junge hier kommt jetzt in die Verbrennungs-Kiste. Dann sieht das Schnuckchen, dass wir es ernst meinen!«

Er riss Tiras hoch, der wie eine Marionette leblos in seinem Griff hing. Und wieder schrie Alissa. Die Cockpittür ging auf und der Pilot streckte seinen Kopf hindurch.

»Was ist los? Du wirst doch mit einem Mädchen fertig werden, Dandihla!«

Tulian Padur lachte auf. Doch in diesem Moment stürzte Alissa auf ihn los, um ihm die Waffe zu entreißen. Er reagierte blitzschnell, und nach einem Schlag an den Kopf ging Alissa zu Boden.

»Was soll das?!«, schrie Lando. »Lass den Jungen los. So wird sie uns garantiert nicht helfen!«

»Du lässt dich von dem Liebchen einwickeln, Dandihla«, knurrte Padur. »Du sollst hier nicht den Papa spielen. Dafür haben wir keine Zeit.«

»Lando«, rief Alissa. Sie lag am Boden, hatte sich eng an Tiras gedrückt und hielt sich den schmerzenden Kopf.

»Padur hat recht«, rief der Pilot. »Der Junge muss weg. Dann wird sie schon verstehen, dass wir es ernst meinen. Der Nächste, den sie beweinen kann, wird dann nämlich ihr Vater sein!«

»Lando! Ich helfe euch, aber tut Tiras nichts. Bitte!!«

Alissas Stimme überschlug sich. Tulian Padur hatte Tiras wieder hochgerissen und wollte ihn zu einer der leeren Kisten zerren.

»Okay, hört zu!«, rief Lando. »Wir zeigen ihr, dass wir es ernst meinen. Aber glaubt mir. Wenn wir den Jungen töten, kommen wir nicht weiter. Sie wird nichts sagen. Ich kenne sie.«

Er ließ seine Worte wirken. Dann fügte er hinzu: »Und wenn ihr die Sache hier verbockt, werden Borlund und General Conano alles andere als begeistert sein!«

Tulian Padur und der Pilot wechselten einen langen Blick. Alissa beobachtete das Geschehen alarmiert.

»Was schlägst du also vor?«, fragte Padur schließlich. »Der Junge muss weg. Der stört nur.«

Lando nickte. »Ja, er stört. Und sie …«, er zeigte auf Alissa, »sie muss wissen, dass wir es ernst meinen.«

Er blickte Alissa mit toten Augen an. Ihr stockte der Atem.

»Wir legen ihm einen Fallschirm um und werfen ihn über der Ebene ab. Dann sind wir ihn los und können uns ganz ihr widmen.« Sein Lächeln wirkte gequält und er wich Alissas Blick aus.

Tulian Padur und der Pilot überlegten, dann nickten sie. Aber als Padur einen der Fallschirme von der Bordwand riss und sich daranmachte, ihn Tiras umzuschnallen, sprang Alissa auf.

»Bitte!«, rief sie. »Lasst mich das machen, bitte. Lando! Es ist Tiras, und …«

Die Männer lachten.

»Sie will ihren Liebsten anziehen«, meinte Padur verächtlich. »Musstest du ihn auch ausziehen? Beim ersten Mal …?«

Er warf ihr den Fallschirm zu und lachte dreckig. Alissa fing den olivgrünen Wulst auf und wurde vom Gewicht des sperrigen Rucksacks fast umgeworfen. Während die Männer sich weiter über Padurs Anzüglichkeiten amüsierten, zwängte sie Tiras' Arme durch die Träger-Schlaufen des Fallschirms und schloss den Brustgurt. Dann zog sie einen der zwei Bauchgurte um den schlaffen Körper, schloss auch diesen Gurt und zog ihn fest. Schließlich machte sie sich an den Beingurten zu schaffen. Sie schien Probleme damit zu haben, denn es dauerte eine ganze Weile, bis der erste Gurthaken einrastete.

Während sie sich mit dem Fallschirm abplagte, hatte sie Tiras langsam ein Stück in Richtung der Bordwand gezogen, an der sie sich befunden hatten, bevor die Männer in den Frachtraum stürmten.

»Bist du endlich so weit?«, rief der Pilot. Padur lachte wieder. Und Lando schwieg.

»Einen Augenblick noch«, sagte Alissa. »Wie öffnet sich der Fallschirm, wenn ihr ihn aus dem Flugzeug werft?«

»Ich wünschte, meine Frau würde sich solche Sorgen um mich machen«, rief Padur. Und wieder lachte er, und der Pilot stimmte in das Lachen ein. Dann sagte er: »Wir befestigen den roten Auslösegriff am Karabinerhaken über der Falltür. Da im Absprungschacht.« Seine Hand zeigte auf einen Punkt über Alissas Kopf, wo im Aluminiumgestänge des Flugzeugrumpfs Ösen angebracht waren. Darin hingen Seilstücke mit Haken daran. Alissa nickte, und ihr Blick schweifte über die Bordwand, blieb an einem gesicherten Hebel hängen, der mit einer ganzen Reihe von Warnhinweisen gekennzeichnet war.

»Was machst du da?«

Die Stimme des Piloten klang alarmiert. Alissa zog Tiras eng an sich, was Tulian Padur zu einer weiteren Bemerkung reizte, die ihm aber im Hals stecken blieb, als Alissa unvermittelt und mit aller Kraft an dem Hebel riss, worauf sich knirschend und im Lärm pfeifender Flugwinde die Bodenluke des Flugzeugs öffnete.

»Bist du wahnsinnig!«, schrie Lando und griff instinktiv nach etwas, woran er sich festhalten konnte. Die Maschine schwankte, da sich die Strömungsbedingungen so plötzlich geändert hatten. Aus dem Cockpit kam brüllend die Stimme des Copiloten. Die Männer im Frachtraum taumelten zurück. In diesem Moment stürzten einige der Kisten hinaus in die Dunkelheit. Auch Tiras und Alissa verloren das Gleichgewicht. Alissa stolperte voran. In einer kippenden Vorwärtsbewegung umklammerte sie Tiras, als wollte sie ihm einen letzten Kuss geben. Sie umschlang ihn, und als sie den leblosen Körper mit ihrem eigenen Körper zu Fall brachte, schlug sie ihre Beine hinter Tiras kreuzweise übereinander. Dann rasten sie, nachdem sie wie ein Knäuel über die abgesenkte Falltür gerollt waren, gemeinsam ins Nichts.

Als die Männer im Frachtraum wieder Halt gefunden hatten und die Lage checken konnten, war es schon zu spät. Mit einem Freudenschrei, der sogar den Lärm der Motoren und des Flugwindes übertönte, stürzte Alissa, fest um Tiras geschlungen, in die Tiefe.

ENTSCHEIDUNG AUF LEBEN UND TOD

Was sollte er hier?

Weshalb unterbrachen sie ihr Verwirrspiel? Sie konnten unmöglich davon ausgehen, dass er nicht wusste, wo er sich befand. Das Zimmer – an das Wort Zelle wollte er gar nicht denken – lag in einem der oberen Stockwerke der Implement-Klinik. Der Blick auf Metronas am Abend verriet ihm die Lage innerhalb des Klinik-Komplexes sehr genau: im westlichen Teil, an der Frontseite des u-förmigen Gebäudes. In der Ferne glimmte die Beleuchtung der Brücke von Porta Cresta. Dahinter schimmerten die beiden anderen Brücken über den östlichen Teneberarm. Die Lichterbänder von Porta Cresta erinnerten wegen des rechtwinkligen Straßennetzes an glühende Kreuze. Die Lichter von Metronas hingegen waren ein bunt leuchtendes Durcheinander. Die Bilder strahlten etwas Friedliches aus, aber der Friede war trügerisch. Die vielen orangefarbenen Aureolen in der Stadt verhießen nichts Gutes. Und tief im Hintergrund gab es diese Dunkelheit, in der alle Lichter endeten. Dort lag das schwarze Zentrum der Nigrana – das alles verschlingende schwarze Loch der Posisco-Werke.

Bendar stand am Fenster des winzigen, schmucklosen Krankenzimmers, in das sie ihn gesteckt hatten. Vor der Tür hatten sie Wächter postiert. Das wusste er. Die Fenster konnte man allenfalls mit einer panzerbrechenden Waffe öffnen. Und vermutlich hatten sie ein ganzes Bataillon Wächter vor dem Gebäude und um das Gebäude herum verteilt. Die Finger seiner linken Hand glitten hinter den Gürtel, in eine kleine, dort verborgene Ledertasche, und holten etwas daraus hervor. Dann schloss er die Hand.

Bendar kam der Gedanke, dass er gar nicht aus einem Fenster sah, sondern auf einen Illusions-Bildschirm, der ihm das friedliche Bild der Stadt bloß vorgaukelte. Die Filmvorführung in dem abgedunkelten Saal, die Schau dieser auf furchtbare Art realen Panoramabilder, lag nur wenige Stunden zurück und wirkte noch nach. Doch die Illusion wäre zu perfekt. Er sah die Stadt, wie sie tatsächlich war, an diesem Abend des 8. oder 9. September. Er konnte sich auf sein Zeitgefühl nicht mehr verlassen. Metronas hatte sich in wenigen Tagen in etwas Fremdes verwandelt und lag doch noch immer friedlich und scheinbar unverändert da.

Ein plötzliches Schwindelgefühl erfasste ihn. Die vergangenen Tage hatten ihm zugesetzt. Er schätzte, dass sie in den frühen Morgenstunden kommen würden, um ihn zu holen. Für das zweite Verhör. Wie sie es angedroht hatten. Er musste sich entscheiden.

In der Ferne senkte sich ein blinkendes Licht auf den See. Die Weiße Taube kehrte von ihrem abendlichen Flug zurück. Sehr spät, wie ihm schien. Bendar hatte sich nie gefragt, was diese Flüge bedeuteten. Dieses seltsam stolze, alte Flugzeug passte nicht zu Posisco. Der weiße Leib mit der zerbrechlichen Eleganz eines riesigen Papierfliegers strahlte Unschuld aus, erinnerte an ein ruhiges, ein ruhigeres, friedliches Gestern – obwohl die Maschine so alt war, dass sie auch Kriege erlebt hatte. Doch das war nebensächlich. Dass er die Maschine gerade jetzt sah, stimmte ihn wehmütig.

Er dachte an Alissa. Sie hatten noch immer nicht versucht, seinen Willen mit Drohungen gegen Alissa zu brechen. Das ließ ihn hoffen. Alissa musste es geschafft haben, aus der Stadt zu entkommen. Und wenn nicht, dann hatte sie sich verstecken können. Bei den Berbern vielleicht. Bendar dachte an die letzten Bilder, die ihm Skanda Borlund gezeigt hatte. Der Graf war in ihrer Gewalt. Sie gingen willkürlich vor und äußerst brutal. Er hoffte auf die Weisheit der Berber. Baba Faah und die seinen waren immer auf der Flucht gewesen. Wenn Alissa bei ihnen war, dann bestand Hoffnung.

Er wandte seinen Blick Richtung Westen. Von seinem Fenster aus konnte er nur ein Stück der Teneber-Gabelung sehen, die das alte Metronas umfloss. Hinter den Lichtern der Stadt ragte die Zitadelle auf, der majestätische Sitz des Statthalters der Nigrana. Südlich der Zitadelle blieb die Stadt seltsam dunkel. Dort ungefähr musste die Teuferstadt liegen. Aber da war nichts als Düsternis. DieTeuferstadt blieb unsichtbar.

Was sollten die Andeutungen, die Drohungen Borlunds bedeuten?

Würde Borlund wirklich zehntausend oder fünfzehntausend Menschen umbringen lassen, wenn er, Bendar, sich der Mitarbeit verweigerte? Die Zahl erschreckte ihn, aber sie war so unvorstellbar, dass er es einfach nicht glauben konnte. Und was bedeuteten Borlunds Worte: *Geben Sie diesen Menschen Unsterblichkeit – oder lassen Sie sie sterben. Das ist Ihre Wahl?*

Die Teuferstadt war immer das Armenhaus der Nigrana gewesen. Dort lebten Menschen, deren Vorfahren von weither in die Nigrana wie ins gelobte Land gekommen waren, und die es, obwohl sich Generation für Generation bemüht hatte, nie zu Wohlstand gebracht hatten. Die Arbeiter der Teuferstadt galten den vornehmen Kaufleuten des Cabanisviertels oder der Domstadt als Parias. Und selbst die Bewohner von Porta Cresta, die doch ebenfalls mehrheitlich von Arbeit lebten – von der Arbeit in den Posisco-Werken –, schauten auf die Teuferstadt herab. Von den Menschen aus Natragur, Santo Belo und anderen Vierteln der Neureichen ganz zu schweigen.

Die Teuferstadt mit ihren grauen Mietskasernen, den ebenso gleichförmigen wie hässlichen Reihenhäusern, war ein Werk des vergangenen Jahrhunderts, als reiche Philanthropen aus Metronas den einfachen Arbeitern *da draußen* gute Wohnungen stifteten. Der Gedanke war edel, aber er half nicht, ein Band zwischen der reichen Stadt und ihren Armen zu schmieden. Und als Kohle und Stahl ihre

Bedeutung für die Nigrana verloren, als Metronas sich zur Stadt des Memoporting, der Posisco-Werke entwickelte, gerieten die Arbeiter der Teuferstadt und ihr Schicksal in Vergessenheit.

Bendar dachte über all dies nach, als er in die Ferne blickte. Er dachte an Marina, die aus den Vierteln dort draußen stammte. Er versuchte, die Bilder zerplatzender Köpfe zu verdrängen, und wusste doch, dass diese Bilder der Schlüssel für das Furchtbare waren, von dem Marina gesprochen hatte. Mit einem plötzlichen Gefühl von Beklemmung glaubte er, die zehntausend, fünfzehntausend anonymen Menschen zu sehen, für die der kommende Tag vielleicht der letzte sein würde, wenn er, Bendar, sich selbst treu blieb.

Und wieder und wieder dachte er an Alissa.

Sie war alt genug, ihr Leben zu meistern.

Sie war der Mensch, für den er alles geben würde.

Sie war der Mensch, den er davor bewahren wollte, sich seinetwegen ins Unglück zu stürzen.

Es war nun Nacht und Bendar war noch einen Schritt näher ans Fenster getreten. Er lächelte, denn als das nächtliche Panorama der Stadt sein Blickfeld vollständig ausfüllte, fühlte er sich sekundenlang frei. Er schwebte über der Stadt. Die Klinik lag auf einer Anhöhe, die sich sanft in Richtung Columbahöhe fortsetzte. Bendar Kamladis flog in den Himmel davon, und die Lichter der Straßen und Häuser befeuerten seine Startbahn. Es war ein geräuschloser Flug, ein sanftes Abheben aus all den Widernissen der vergangenen Monate.

Dann hörte er Geräusche vom Flur her, und er war wieder ein Gefangener. Er wusste nicht, wie er in die Implement-Klinik gekommen war, vielleicht lag der Saal mit dem Panorama-Bildschirm innerhalb des Gebäudes, dann hatten sie ihn direkt zur Klinik gebracht.

Seine Erinnerungen an die letzten Minuten mit Skanda Borlund waren mehr als verschwommen. Erst jetzt fiel ihm auf, dass er es als sehr viel natürlicher empfunden hätte, wenn Borlund ihm als Memoporting-Duplikat begegnet wäre anstatt in einem mit der Wirklichkeit verbundenen Film. War dieser Film also Teil einer besonderen Art von

Memoporter-Show gewesen? Aber trugen Männer wie Borlund ein Implement? Sie wussten doch um die Gefahren.

Nein, dachte er. Skanda Borlund und Che Conano gehörten zur Minderheit derer, die kein Implement trugen. Sie waren den anderen Menschen der Stadt auf paradoxe Weise überlegen.

Er drehte sich um und betrachtete das Bett, auf dem er gelegen hatte, als er aufgewacht war: eine schmale, fahrbare Krankenliege. Hartes schwarzes Kunststoffpolster. Drei Paar Gurte zum Festschnallen. Nichts sonst. Aber sie hatten ihn nicht fixiert. Oder sie hatten ihn losgeschnallt, als sie fertig waren mit ihm.

Die Krankenliege erinnerte Bendar an eine Hinrichtungspritsche, und er war sich jetzt ganz sicher, dass sie ihn betäubt hatten. Vielleicht hatten sie sogar versucht, ihn mit Drogen zum Sprechen zu bringen. Vielleicht war das der tiefere Grund, weshalb man ihn über Nacht hier in der Klinik festhielt.

Wieder drangen Geräusche vom Flur ins Zimmer. Die Implement-Klinik, an der Tag für Tag Menschen willenlos gemacht wurden, ohne dass sie es ahnten, war eine Stadt in der Stadt. Bendar konnte sich die Flure und Zimmer, die Operationssäle, die Ärztezimmer, die Labors dieser Anstalt bildlich vorstellen. Und er sah die glücklichen Gesichter von Kindern und Eltern vor seinem geistigen Auge. Menschen wie Alissa – und sehr viel jüngere –, die sich bereitwillig ein Implement einpflanzen ließen, um die Freiheiten des Durando-Kontinuums zu genießen. Kinder, die das Implement wie ein kostbares Geschenk mit ihren Familien feierten.

Sie würden kommen und ihn noch einmal mit Drogen bearbeiten. Mit einem Medikament vielleicht, das nur sie kannten. Einem neu synthetisierten Mittel aus den Labors von Posisco. Er war sich sicher, dass er die tiefsten Geheimnisse seiner Wissenschaft niemals preisgeben würde. Man würde ihm sein Wissen nicht entlocken können.

Aber Posisco war skrupellos. Vielleicht verfügten sie mittlerweile über Substanzen, die seine kühnsten Fantasien überstiegen.

Das Melonenspiel …

Er war ein Warner gewesen. Seine Warnungen waren ignoriert worden, aber er hatte eine Stimme gehabt. Dann waren seine Warnungen nebulöser geworden, weil er die Entwicklungen bei Posisco nicht mehr überschauen konnte. Man begann, ihn für einen notorischen Nörgler zu halten. Die Menschen hörten ihm nicht mehr zu, und er selbst begann, sich zu misstrauen. Er wusste ja längst nicht mehr, wohin die Entwicklung führte.

Er hob die linke Hand und hielt sie vor seine Brust. Er hatte die Hand die ganze Zeit über geschlossen gehalten. Jetzt öffnete er sie und betrachtete die dunkle Kapsel, die dort in der Handfläche lag. Zwischen der Lebenslinie und der Schicksalslinie.

Eine heftige Umarmung …

Sie hatten nichts gemerkt.

Er hatte es ja selbst kaum bemerkt.

Und offensichtlich hatten sie ihn, auch als er bewusstlos war, nicht noch einmal durchsucht.

Sie waren nachlässig gewesen.

Er hatte in einem ersten Schreck befürchtet, die Frau, Marina, wollte ihn angreifen. Nun konnte er sich philosophische Gedanken darüber machen, ob es nicht tatsächlich so etwas wie ein Angriff gewesen war. Sie hatte Borlund, Conano und ihre Wächter hinters Licht geführt. *Sie hat sie alle überlistet*, hatte er verwundert gedacht, als er nachsah, was sie ihm heimlich zugesteckt hatte. Und nun, wo er die Kapsel betrachtete, stimmte es ihn traurig, dass sie – vielleicht genau in diesem Moment – das Gleiche tat wie er. Sie würde die Hand zum Mund führen und die Kapsel auf die Zunge legen. Sie würde den faden Geschmack der Kapsel wahrnehmen. Und dann würde sie die Kapsel zwischen die Zähne schieben und zerbeißen.

So wie er.

Jetzt …

NEBEL IM SUMPFLAND

»Du hast *was* gemacht?«

Tiras fühlte sich noch immer sehr schwach und er fror in seinen nassen Sachen. Da half es auch nichts, dass Alissa ihm einen Teil des Fallschirms über die Schultern gezogen hatte und nun, ihren rechten Arm um seine Hüfte gelegt, neben ihm saß. In der Nacht schienen die Sümpfe sehr schnell auszukühlen.

Alissa lachte – vor Erleichterung, obwohl auch sie fror –, sie lachte so sehr, dass ihre Zähne bei der Antwort aufeinanderschlugen:

»Ich habe mich an dir festgeschnallt. Und dann habe ich den Schacht geöffnet, und wir sind abgesprungen. Du meine Güte, dass ich mich mal so sehr an dir festklammern würde …« – sie lachte.

Dann wurde sie plötzlich ernst.

»Ich habe gedacht, du stirbst.«

Tiras zog fröstelnd Luft ein. Diese verdammte Kälte. Er schien ihre letzten Worte überhört zu haben.

»Ausgerechnet über den Sümpfen«, sagte er. »Wie bist du bloß auf die Idee mit dem Fallschirm gekommen?«

Alissa hatte versucht, die vergangenen Stunden zu verdrängen. Nur den einen, wunderbaren, törichten Moment nicht. Er stand jetzt wie etwas, das sich langsam auflöste, zwischen ihnen.

Alissa starrte lange und versonnen in die Düsternis der Ebene.

»Ich weiß nicht«, sagte sie. »Es hat sich so ergeben. Sie wollten dich aus dem Flugzeug werfen, und ich habe gedacht: wir beide oder keiner. Dann habe ich diesen Hebel gesehen und wir sind wie ein Knäuel in die Schwärze gestürzt.«

Sie schwieg wieder. Tiras nickte.

Sie wusste nicht, was in ihm vorging.

Nach einer Weile sagte sie: »Ich hätte nie gedacht, dass Lando mit ihnen gemeinsame Sache macht.«

»Sie sind mächtig«, sagte Tiras. »Vielleicht haben sie ihn gezwungen …«

Alissa schüttelte den Kopf: »Es klang ganz anders. Er hat sich bewusst für Posisco entschieden.«

Tiras hustete und Alissa wechselte das Thema:

»Was ist denn los gewesen? Du hast mit einem Mal dagelegen und vor Schmerzen geschrien. Und dann …«

Sie wollte vermeiden, ihm von den Eindrücken des Fluges zu berichten. Von jenem Moment, in dem er bewusstlos wurde und sie in glühende Drachenaugen am Abendhimmel über der Nigrana blickte. Doch Tiras kannte auch ihre Bilder.

»Du hast den Schwarzen Lord gesehen«, sagte er. Und er betonte es so beiläufig, als habe der Schmerz, den er durchlitten hatte, jegliches Empfinden ausgelöscht.

Alissa war froh, in der Dunkelheit nur Schemen erkennen zu können.

»Ich habe Dinge gesehen, die sind mir absolut unerklärlich. So unerklärlich, dass ich mir wünsche, ich hätte fantasiert«, sagte sie leise.

Sie dehnte die letzten Worte, als wolle sie ihre Bedeutung begreifen. Tiras verstand die Botschaft sofort. Der Schwarze Lord durfte keine Berechtigung haben jenseits ihrer Fantasie und seiner Visionen. Auf keinen Fall.

Sie wandte sich ab.

Tiras schüttelte den Kopf. Alissa bemerkte es nicht. Sie lauschte ins Dunkel, wo sich ein leichter Wind und die glucksenden, zirpenden und raschelnden Geräusche der Sümpfe mischten.

»Was du gesehen hast, war die Macht des Schwarzen Lords«, sagte er.

»Nein! Der Lord ist eine Sagengestalt. Was ich gesehen habe …«

Wieder tauchten die Bilder auf – die Bilder, die ihre Worte Lügen straften.

»Was ich gesehen habe, hat mit Energie zu tun. Mit Posisco. Diese Konverter. Marina muss genau dies gemeint haben. Vielleicht erzeugt der Kopf Trugbilder in diesen Energiefeldern. So wie du sie in deinen Visionen …«

»Alissa«, Tiras vermied jede Emotion in seiner Stimme, »diese Bilder sind keine Halluzinationen. Und keine Visionen. Ich habe das lange geglaubt, aber was in der Stadt geschieht und was ich sehe, was ich spüre, in diesem dunklen Raum um mich herum, das hat miteinander zu tun.«

»Hör auf!« Plötzlich schrie sie. »Wir haben es mit Verbrechern zu tun und nicht mit Geistern. Mit Verbrechern, die Bendar entführt haben!«

Ihre Worte verhallten. Tiras erwiderte nichts.

»Tut mir leid«, sagte sie. »Es ist nur … Wir sitzen hier draußen im Sumpf und können nichts tun. Nichts. Wir unterhalten uns über Träume, über Träume und über Trugbilder. In diesem verdammt kalten Niemandsland voller Frösche und Matsch.«

Eine Weile schwiegen sie nun beide. Dann, weil Alissa ihren Gefühlsausbruch bereute, fügte sie hinzu:

»Ich habe wirklich gedacht, du stirbst, als du plötzlich bewusstlos warst. Ich hab wahnsinnige Angst gehabt …«

»Es war wie ein Feuer im Kopf«, sagte er. »So schlimm wie noch nie.«

Ein Lächeln zuckte über seine Lippen – als wären ihm seine Worte unangenehm.

Alissa blickte wieder hinaus in die düstere Ferne. Wenn Marina bei ihrem Flug über der Nigrana ähnliche Dinge gesehen hatte, dann musste sie die Bilder befragen.

Ihre Bilder – und die von Tiras.

»Ich habe einen Drachen gesehen. Einen riesigen Drachen.«

Tiras schien nicht darauf einzugehen.

»Manchmal denke ich, ich kann spüren, wie Bewusstseine durch mich hindurchfließen«, sagte er zögernd. »Es ist verrückt, aber seit sie die Sache mit dem Kontinuum vorantreiben ... Vielleicht hat es tatsächlich mit dem Kontinuum zu tun. Mit dem Kontinuum und den Bewusstseinen da drinnen. Ich frage mich manchmal, weshalb mich die Vigilanz nie erwischt hat, als ich bei den Berbern lebte. Weshalb ich den Grafen und Jolo so oft warnen konnte, obwohl ich doch blind bin und ...« – er versuchte ein schiefes Lächeln – »... hilflos.«

Alissa nickte. Das Kontinuum. Die Bewusstseine. Die Bilder: Es waren nur drei Puzzleteile, aber sie schillerten in Millionen von Kombinationsmöglichkeiten.

»Was hast du gesehen?«, fragte sie. »Was hast du gesehen, als das Feuer in deinem Kopf brannte?«

Das Lächeln auf seinem Gesicht verhärtete sich.

»Ich hatte das Gefühl, eine ganze Armee drängt in meinen Kopf, um ihn von innen zu zerstören«, sagte er. »Es war ein Turm ineinander verwirbelter Leiber. Kämpfer. Glühende Krieger. Eine stumme, fast zähe Masse: Das war es zuerst. Aber dann wurde die Masse von einer Faust gepackt und hochgerissen. Wie eine zuckende Flamme schlug sie hoch, und etwas raste in mich hinein. Ein fauchender Raubtierschädel. Ein Pantherkopf aus schwarzer Glut.«

»Es war ein Drache«, flüsterte Alissa. »Ich habe einem schwarzen Drachen in die brennenden Augen geschaut. Einem Drachenkopf, der größer war als das Flugzeug. Das Flugzeug schien ihm auszuweichen. Ich vermute, sie sollten die Erscheinung beobachten. Aber der Drache war einfach zu riesig. Ich habe gedacht, er wollte das Flugzeug zerreißen.«

Die Erinnerungen befeuerten seine Fantasie. Wieder sah Tiras den Schwarzen Lord. Dann wurde ihm bewusst, wie kalt ihm war. Das

Frösteln holte ihn zurück. Es passte nicht zu den Bildern, die nicht vergehen wollten – die im Dunkel, in der Ferne, weiterglühten. Die sich beständig wandelten, brennend, vernichtend.

Die Nacht war kalt und düster und voller Gespenster, die ihr Spiel mit ihnen trieben.

Tiras bemerkte die Stille neben sich.

»Alissa?«

Sie antwortete nicht. Er spürte das Zittern. Er griff nach Alissas Hand und sie krallte sich fest. Sie gab all ihre Wut und Verzweiflung und den Zorn und diese unerträgliche Ohnmacht in die stummen Worte, die sie nur für sich in eine leere, tote Welt hinausschrie.

Tiras zog sie an sich und hielt sie, und ihr zitternder, zuckender, von Krämpfen geschüttelter Körper löste sich.

Wie hatte sich die Welt in wenigen Tagen so vollständig verwandeln können?

Als Tiras am nächsten Morgen erwachte, lagen sie ineinander verschränkt im grünen Stoff des Fallschirms. Im fahlen Licht der Dämmerung hingen Nebelschwaden wie schwebende Leichentücher über der Ebene. Das Sumpfland erstreckte sich westlich von Metronas am Fuß der Schwarzen Berge, im Winkel zwischen dem Fluss Aldion und dem Teneber bis weit nach Westen. Wiederholt hatten die Herrscher der Nigrana versucht, es trockenzulegen. Aber sie waren allesamt gescheitert: Das Land zwischen den Flüssen und den Bergen lag in einem Keil stauender Tonschichten. Es bildete ein viele Tausende Quadratkilometer großes Dreieck, bestehend aus Inseln von Bruchwäldern, ausgedehnten Feuchtwiesen, von mit Grasinseln durchwachsenen Flachwasserzonen und schlammig-morastigen Flächen. Ein Sumpfgebiet, besiedelt von Wasservögeln, Bisamratten und glitschigen Amphibien aller Arten. Man hörte bisweilen auch von Alligatoren, aber sie waren in den Sümpfen sehr selten. Insekten hingegen waren häufig – und lästig. Besonders in der Hitze der Sommertage.

Wer sich im Sumpfland aufhielt, musste entweder verrückt sein, oder er kannte das geheime Wegenetz durch die Todeszonen. Tiras und Alissa kannten es nicht. Das Sumpfland gehörte den Berbern der Nigrana.

Als Alissa die Augen aufschlug, drang die Sonne bereits durch den dünner werdenden Nebel, und schnell heizte sich die Ebene wieder auf. Tiras spürte die leichte Bewegung neben sich, sagte aber nichts. Er rührte sich beiläufig, als Signal, dass er da war und dass alles in Ordnung war.

Alissa setzte sich auf.

»Wo sind wir hier?«

Da konnte Tiras ein Lachen nicht unterdrücken.

»Das wirst du wohl besser wissen als ich. Ich kann nur sagen, dass es hier ziemlich sumpfig ist.«

Alissa rappelte sich auf und versuchte, in den Nebelschemen der Umgebung etwas zu erkennen. Sie hatten die Nacht zwischen dichten Grasbüscheln verbracht, die auf einer flachen Kuppe in einem Netz von Tümpeln wuchsen. Zwar zog sich der Nebel langsam zurück, aber jenseits von zwanzig oder dreißig Metern war nichts zu erkennen außer grauen Schemen, die weitere Grasbüschel darstellen mochten. Sie schienen tatsächlich in der Mitte des Sumpfgebietes gelandet zu sein. Dort, wo es außer ein paar mickrigen Birken mit faulenden Wurzeln nur Gras und Wasser gab. Und jede Menge Möglichkeiten, bis zu den Knien oder tiefer in schwarzem Morast zu versinken.

»Hörst du das?«

Tiras hatte sich nun ebenfalls erhoben und lauschte in die Morgenstille hinein.

Mit klarer werdender Luft schien sich die Geräuschkulisse des Sumpfes zu verändern.

»Was ist das?«, fragte Alissa. Sie beobachtete Tiras, der, den Kopf in nordöstliche Richtung gewandt, ein kaum vernehmbares Rauschen zu deuten versuchte. Ein Rauschen ohne jede Verbindung zur sichtbaren Welt.

»Das Flugzeug?«

Tiras schüttelte den Kopf.

»Nein. Dafür ist das Geräusch zu gleichmäßig. Ein Flugzeugmotor würde immer wieder anders klingen. Je nachdem, wie die Maschine zu den Bergen steht. Es ist der Wasserfall.«

»Die Fälle von Nicobra«, sagte Alissa. »Dann sind wir nicht sehr weit von Kartas entfernt. Wir könnten versuchen, dorthin zu gelangen.«

»Kartas ist eine Ruinenstadt. Was willst du da?«, fragte Tiras verwundert.

»Die Berber der Nigrana suchen in Kartas Unterschlupf. Hast du die Gespräche bei den Berbern vergessen? Und kannst du dir nicht denken, dass ich langsam verhungere? Und du? In Kartas könnten wir uns versorgen. Und danach könnten wir weiterziehen. Hier sind wir mitten im Nichts.«

Tiras blieb skeptisch. Er hatte guten Grund, denn es war fraglich, ob sie die Berber in Kartas finden würden. Die Stadt Kartas – die versunkene Stadt Kartas, wie sie in Metronas halb offiziell hieß – war kaum mehr als hundert Jahre alt. Sie war der letzte Versuch gewesen, das Sumpfland zu erschließen. Gegründet wurde sie von Baskar Pardin, dem Statthalter der Nigrana in jener Zeit. In mühseligen, kräftezehrenden Kampagnen, an denen sich die reichen Familien von Metronas beteiligt hatten, errichtete man mitten im Sumpfland eine Stadt für mehrere tausend Siedler. Haus für Haus wurde auf dicken Eichenpfählen in den nassen Grund gesetzt. Die Siedler, die sich in Kartas niederließen, versuchten, das Sumpfland trockenzulegen. Doch schon ein knappes Jahr nach Gründung der Stadt, in der nie mehr als eintausend Menschen lebten, brach plötzlich eines der Gebäude weg. Und schnell folgten weitere. Die Strömungen des Sumpfwassers waren unberechenbar und unzähmbar. Der gesamte Untergrund der Sümpfe, die Schlamm-, Morast- und Sandschichten oberhalb der stauenden Tone und Lehme verschoben sich beständig und veränderten die Struktur des Gebietes immer wieder. Was an einem Tag fest gefügt im Boden stand, konnte sich schon wenig später neigen und irgendwann einstürzen oder fortgerissen werden.

So gaben die Siedler Kartas bald wieder auf, zogen, entmutigt vom Kampf gegen die Tücken des Sumpfes, zurück nach Metronas oder verließen das Schwarze Land. Doch Kartas existierte fort. Es blieben die Reste einer alten Pfahlbau-Architektur aus Holz und Stein: schief, geborsten, zersplittert, vermodert und zum Teil eingesunken in den Untergrund.

Und es hielten sich Gerüchte. Trotz aller Zerstörungen sollte es noch immer den einen oder anderen Schlupfwinkel, den einen oder anderen nutzbaren Raum in den zerstörten Häusern geben. Diejenigen, die, aus welchem Grund auch immer, durch das Sumpfland zogen, konnten in Kartas Station machen – wie zum Beispiel die Berber. Es hieß, die Berber hätten Kartas besiedelt. Hinter vorgehaltener Hand munkelte man gar, Kartas sei nur deshalb noch nicht im Untergrund verschwunden, weil die Berber dies verhinderten. Wer ein Freund der Berber war, konnte in Kartas überleben. Doch solche Gerüchte konnte niemand belegen. Für Metronas war Kartas ähnlich in Vergessenheit geraten wie die Teuferstadt.

Alissa allerdings klammerte sich an diesem Morgen an die Hoffnung, in Kartas Hilfe zu finden. Sie mussten nach Kartas. Baba Faah hatte von Kartas gesprochen. Die Berber waren dort – wenn sie es geschafft hatten, aus Metronas zu entkommen.

Schließlich gab auch Tiras seinen Argwohn auf.

»Wir warten, bis sich der Nebel vollständig verzogen hat«, sagte Alissa, »dann orientieren wir uns und gehen los. Einverstanden?«

Tiras lächelte müde. »Ich würde ja am liebsten warten, bis es wieder dunkel ist, aber ich vermute, dann sind wir beide verhungert. Also gut.«

Alissa setzte sich zurück ins Gras, auf den Fallschirm, den sie, so gut es ging, zusammengerollt hatten, und der mit seiner mattgrünen

Farbe kaum auffiel auf dem Boden. Langsam wurde es warm, aber der Fallschirmstoff war immer noch das Trockenste, was ihnen in der feuchten Einöde zur Verfügung stand.

Nach einigen Minuten, in denen sie beide geschwiegen hatten, sah Alissa Tiras an.

»Wie geht es dir?«, fragte sie. »Fühlst du dich kräftig genug, um gleich losziehen zu können?«

»Geht schon«, murmelte Tiras. »Mit mir ist alles so weit in Ordnung. Aber ich habe vermutlich genauso viel Hunger wie du.«

Alissa nickte. Sie griff in ihre Jackentaschen, in der vagen Hoffnung, dort doch noch etwas Essbares zu finden. Stattdessen zog sie etwas anderes hervor.

Das schwarze Buch, das sie seit der Nacht im Garten der Villa bei sich trug.

Das Buch mit den vertrockneten Blutspuren.

Der Nebel kehrte zurück wie ein mächtiges Schwindelgefühl. Alissa hatte dieses Buch fast vergessen. So wie sie versuchte, den Tod Jolos zu vergessen.

»Was ist?«, fragte Tiras.

Alissa saß nur da, unfähig zu sprechen. Dann öffnete sie vorsichtig das Buch. Der Einband gab ein leises Knarren von sich.

»Jolo« – mehr sagte sie nicht.

Tiras setzte sich neben sie. Alissa starrte auf das Vorsatzblatt des Buchs.

Das Papier war vergilbt und fleckig. Es trug die Spuren vieler Jahre, nicht nur die Blutspuren aus der Nacht des Mordes.

Narud Capra.

Kleine, eng gesetzte Buchstaben einer mal mehr, mal weniger lesbaren Handschrift.

Der Name eines Unbekannten.

»Du hast etwas mitgenommen, aus dem Garten, in dem Jolo erschossen wurde, nicht wahr?«

Wie ein Hitzeschwall durchlief Alissa das Gefühl, ertappt worden zu sein. Tiras hatte ihr auf die Hände gestarrt und natürlich nicht sehen können, was sie betrachtete.

Hatte sie diesen Namen schon einmal gehört?

»Kennst du jemanden, der Narud Capra heißt?«, fragte sie nach einer Weile.

Tiras schüttelte den Kopf.

»Was hast du da? Ein Buch? Von Jolo?«

»Ja«, sagte sie. »Er hat es fortgeworfen, in dem Moment, als er erschossen wurde. Es fiel wie ein toter Vogel vom Himmel.«

»Und du hast es eingesteckt.«

»Ja.« Alissa blätterte weiter. Die Seiten waren eng beschrieben. Immer wieder war der Text unterbrochen von Zeichnungen, Symbolen, wissenschaftlichen Zeichen. Namen waren da beim Überfliegen keine zu finden. Stattdessen jede Menge Fachwörter, so kam es ihr vor. Vor manchen Einträgen stand ein Datum. Aber diese Einträge waren sehr unregelmäßig.

Sämtliche Datierungen verwiesen auf eine Zeit, die mehr als vierzehn Jahre zurücklag.

»Glaubst du, er hat dieses Buch vor seinen Mördern verstecken wollen? Was ist es?«, fragte Tiras.

»Ein Notizbuch«, sagte Alissa. »Ein schwarzes Notizbuch, in das jemand mit sehr eigenwilliger Handschrift hineingeschrieben hat.«

»Ein Tagebuch?«

»Kann sein. Hier sind einige Einträge mit Datum. Und jede Menge Formelzeug. Vielleicht ist es so was wie ein wissenschaftliches Notizbuch und ein Tagebuch in einem.«

»Von Jolo?«

Tiras klang verwundert.

»Du hast mir doch erzählt, dass er für Posisco gearbeitet hat«, sagte sie, »als Pilot. Vielleicht gibt es ja noch mehr, was wir über ihn nicht wissen.«

Er schien noch immer nicht überzeugt.

»Was steht drin?«, fragte er, und Alissa blätterte zurück an den Anfang der Aufzeichnungen.

»Die ersten Seiten scheinen tatsächlich so was wie ein Tagebuch zu sein. Die Aufzeichnungen beginnen im Juli des fünften Jahres der Statthalterschaft Zanja Patrias'. Das war vor sehszehn Jahren.«

»Nun lies schon«, drängelte Tiras.

Alissa fühlte noch immer eine gewisse Scheu vor dem Buch. Aber sie wollte sich das nicht anmerken lassen.

»Also ... Himmel, ist das schwer zu entziffern. Adris Brahmin ... Besuch. S. – oder ein Zeichen wie ein S – so ein mathematisches. Du weißt schon ... also: S. Pläne für Trans... Transkutane Tsion-Sensoren ...«

»Tsion?«

»Ja, Tsion. Oder Psion. Transkutane Psion-Sensoren. Weißt du, was das ist?«

Tiras zuckte nur mit den Schultern. »Was steht da noch?«

»Brahmin ist besorgt ... S. ... komisches Zeichen ... 3 ...«

»Komisches Zeichen?«

»Ja, so ein seltsames N. Und dahinter eine Drei.«

»Ein seltsames N? Na großartig!«

»Hör mal, ich hab die Zeichensprache dieser Wissenschaftler nicht erfunden. Das Ding sieht aus wie ein kleines N – mit Wellenfrisur.«

»Klar«, sagte Tiras. »Ich kann's mir vorstellen. Was steht denn so zwischen den Zeichen?«

Alissa warf ihm einen verärgsten Blick zu, fuhr dann aber fort:

»Brahmins Unterlagen ... brisant ... S. – oder dieses Zeichen – geheime Pläne ... seltsames N 3 – das kann aber auch so ein umgedrehtes E sein. Ich hab's mal in einem Buch von Bendar gesehen, ist aber auch egal ... Zustand statischer Dispersika... nein: Dispersifikation ... irreversibel ... – Oh Mann, das bringt gar nichts. Ich verstehe kein Wort. Aber da war jetzt mehrmals von Brahmin die Rede. Adris Brahmin. Kennst du jemanden mit diesem Namen?«

Tiras überlegte, schüttelte dann aber den Kopf.

»Nein«, sagte er, »genauso wenig wie einen Narud Capra. Keine Ahnung, wer die sind. Gibt's noch irgendwas in den Aufzeichnungen, was halbwegs verständlich klingt?«

Alissa blätterte weiter. Es waren vielleicht achtzig oder hundert Seiten. Die letzten zehn Seiten waren frei geblieben. Als hätte der Verfasser des schmalen Buches die Aufzeichnungen plötzlich abgebrochen. Und der gesamte Inhalt des Notizbuches wirkte skizzenhaft.

»Nur Zeichen, Zeichen, Zeichen«, sagte Alissa. »Und immer wieder der Name Adris Brahmin und dieses S. und das N. Jede Menge Abkürzungen. B. K. Das könnte vielleicht mein Vater sein. Und hier ist einmal eine größere Zeichnung: N 1, Pfeil zu N 2 und dann teilt es sich: je ein Pfeil zu N 3 und N 4. Der Pfeil zu N 3 mit Strichellinie ... *manifest* steht da ... und bei N 4 steht ... Oh Himmel ...«

»Oh Himmel?«

»Nein, Quatsch. Da steht natürlich, also nicht *natürlich* – da steht ... also ... fusin... fusionales Phänomen wahrscheinlich, steht da.«

»Gut, gut«, sagte Tiras abwiegelnd. »Das ist ziemlich erhellend. Das bringt uns überhaupt nicht weiter. Das müsste jemand lesen, der sich mit dem ganzen wissenschaftlichen Zeug auskennt.«

»Und dem wir vertrauen können«, fügte Alissa hinzu.

Und genau das war ein schier unlösbares Problem.

Sie schloss das Notizbuch und ließ es zurück in ihre Jackentasche gleiten. Mittlerweile war etwa eine Stunde vergangen, und die Sonne leuchtete über der Nigrana. Es begann, heiß zu werden. Und es wurde ungemütlicher, wie das Summen und Surren und vor allem das Blutsaugen von Stechmücken, Bremsen und ähnlichen Insekten andeutete.

Alissa sah in die Ferne, nach Norden. In einigen Kilometern Entfernung hoben sich die Schwarzen Berge aus der Ebene. Der Teufergrat war ein gigantischer monolithischer Block und verschmolz an seinen Enden mit dem Horizont. Die Sonne stand hoch und schraffierte das Felsgestein. Die vorspringenden Grate und Felsnasen warfen lange, über den gesamten Hanganstieg verlaufende Schatten. Deutlich hoben sie sich in dieser Stunde vom leuchtenden schwarzen Fels ab. Der Nebel des Morgens hatte sich aufgelöst, und der Dunst der heißen Mittags- und Nachmittagsstunden war noch nicht aufgezogen. Der Blick über die Ebene war imposant, farbenprächtig, monumental und endete in diesem atemberaubenden Spiel aus Licht und Schwarz. Es war beinahe paradox, dass sich Alissa so klein vorkam, so unbedeutend, so verloren. Aber die Bergkette, dieses seltsam gestreifte Massiv, erstreckte sich dort in der Ferne wie ein riesenhafter schlafender Tiger.

Doch Alissa sah noch etwas anderes.

»Merkwürdig.«

»Was ist?«

Noch immer ging ihr Blick angestrengt nach Norden, wo fern in der Felswand ein weißer Wolkenschlauch zu stehen schien, umgeben von Regenbögen: das breite Band der Wasserfälle von Nicobra. Das Wasser des Aldion stürzte dort nahezu fünfhundert Meter in die Tiefe. Wenn die Sonne, so wie jetzt, gegen den Gischtvorhang des Flusses stand, war es ein gigantisches Schauspiel. Aber das war es nicht, was Alissa so erstaunte.

»Ich kann tatsächlich die Wasserfälle sehen«, sagte sie. »Es sind bestimmt noch zwanzig Kilometer bis dort. Wir müssen uns genau gegenüber der Fälle befinden, sonst würde die Schlucht die Sicht viel stärker versperren. Aber die Gischt … Das ist … Nein, über den Bergen steht Rauch!«

»Rauch? Wie meinst du das?«

Alissa war sich nicht sicher, ob sie nicht gerade das Opfer einer optischen Täuschung wurde. »Über den Wasserfällen ist der Himmel … dunkler. Ich habe zuerst gedacht, das ist eine Wolke, aber das passt nicht. Wenn wir nur ein Fernglas hätten. Moment …«

Sie starrte konzentriert auf den dunklen Fleck, den sie oberhalb der Fälle ausmachen konnte.

»Die Burg!«, rief sie. »Die Ruine auf dem Ardenfels. Von hier aus ist sie kaum zu erkennen: nur ein winziger Stummel auf der Felskuppe. Über der Burg hängen Rauchschleier. Da brennt es!«

»Dann hast du vielleicht doch recht«, murmelte Tiras. »Leute von Posisco machen sich da oben zu schaffen.«

»Und irgendwas ist schiefgegangen«, fügte sie hinzu.

»Das muss nicht sein«, sagte Tiras. »Vielleicht geht da oben alles nach Plan. Und der Rauch gehört dazu.«

»Zu was?«

»Keine Ahnung. Du bist doch in der Bibliothek gewesen.«

Alissa kramte gedankenverloren ihre zusammengefalteten Notizzettel hervor: die Aufzeichnungen, die sie in der Universität angefertigt hatte, und betrachtete ihr Geschreibsel. Plötzlich erhellte sich ihr Blick:

»Ich glaube, ich weiß jetzt, was dieses seltsame N bedeutet«, sagte sie. »Es heißt Lambda. Das Zeichen wurde in einem der Artikel in der Bibliothek erklärt. Von Lambda war da ständig die Rede. Es ist eine Größe, die bei der Energie des Kontinuums eine Rolle spielt. Lambda 1 und Lambda 2 – verschiedene Energieniveaus des Kontinuums. Seltsam nur, dass im Buch auch von Lambda 3 und 4 die Rede ist.«

»Aha«, meinte Tiras lakonisch. »Na, ob Lambda oder seltsames N, das macht für mich keinen großen Unterschied. Hast du auch was zum Ardenfels?«

Alissa nickte. »Ja, aber nicht viel. Bendar hat vermutet, dass die Burg von Posisco übernommen wurde. Die Burg und noch andere Gebäude. Und irgendwas ist mit den Wasserfällen von Nicobra. Aber der Artikel, in dem er über die Wasserfälle und die Gebäude spricht, war zum Teil herausgerissen. Der Abschnitt mit den Erklärungen fehlte.«

»Andere Gebäude? Welche anderen Gebäude?«, fragte Tiras.

Alissa zuckte mit den Schultern. »Ich habe keine Ahnung, was Bendar gemeint haben könnte. Die halbe Stadt scheint doch schon von Posisco kontrolliert zu werden.«

»Vielleicht hatte er Gebäude ähnlich wie die Burgruine im Sinn«, meinte Tiras nachdenklich.

»Den Torre Dalagan? Oder den Turm von Silurgo? Die alten Wachtürme?« Alissa sah ihn fragend an. »Was sollen sie mit den Ruinen anfangen? Die haben doch gar keine Funktion mehr. Als der Patronar über die Nigrana herrschte, waren die Wachtürme ein Schutz gegen feindliche Heere, aber heute?«

»Das Heer des Schwarzen Lords«, sagte Tiras vieldeutig. Er schien in die Ferne zu schauen. Zu den Bergen und der Ruine, wo die Andeutung von Rauch im blauen Himmel verschwand.

Alissa schwieg. Sie wollte das Thema Schwarzer Lord lieber ruhen lassen.

»Mir fällt noch ein anderes Gebäude ein, das Bendar gemeint haben könnte«, sagte Tiras plötzlich. »Ein Gebäude, an dem Posisco schon seit einer ganzen Weile arbeitet. In Metronas ...«

Alissa sah verwirrt auf. Dann begriff sie:

»Die Columbastatue?«

Sie war überrascht. »Natürlich! Die Verhüllung ...!«

»Die Verhüllung hat nichts mit dem Jubiläum der Statue zu tun«, meinte Tiras lakonisch. »Die Statue wird umgebaut ...«

»Du meinst, unter der Stoffhülle ... Aber es ist doch nur eine Statue?«

Tiras verzog spöttisch den Mund. »Posisco tut doch nichts ohne Hintergedanken. Im Grunde ist die Statue ein Turm. Ein Turm, so hoch wie der Turm von Silurgo.«

»Die Statue, die Türme und die Ardenburg«, sinnierte Alissa. »Und die Wasserfälle.«

Tiras nickte. »Du hast gesagt, Bendar hat in einem dieser Artikel auch was zu den Wasserfällen geschrieben.«

»Ja« – Alissa zog die Notizen wieder hervor. »In dem Artikel, dessen Schluss herausgerissen war. Bendar schreibt: *Was hat denn das Interesse der Firma Posisco an der alten Burg auf dem Ardenfels zu bedeuten? Hat Posisco etwas zu verbergen, wenn sie zu verhüllen suchen, dass sie diese Ruine sowie weitere Bauwerke in der Nigrana übernommen haben? Es drängt sich geradezu die Vermutung auf, dass Posisco die Wasserfälle von Nicobra ...* – der Rest fehlt.«

Sie sah Tiras an.

»Die Ardenburg und die Wasserfälle sind der Schlüssel«, sagte er. »Was Bendar schreibt, ist eindeutig. Die Fragen, die er stellt, hatte er sich selbst schon beantwortet. Wir müssen da hoch, wenn wir seine Antworten finden wollen.«

»Ja«, sagte Alissa. »Aber wir brauchen eine Ausrüstung. Und Proviant. Der Aufstieg zur Burg ist alles andere als einfach. Ich darf gar nicht daran denken, worauf wir uns einlassen. Wir müssen nach Kartas und hoffen, dass wir dort auf Berber stoßen, die uns helfen. Keine Ahnung, wie wir sonst vorgehen könnten.«

»Die Berber kennen vielleicht einen Weg hinauf ins Hochland«, meinte Tiras, »einen Felsaufstieg, einen geheimen Pfad den Teufergrad hinauf. Aber wir müssen damit rechnen, dass der Weg bewacht wird. Wenn Posisco die Ardenburg nutzt, werden sie das Gelände und den Aufstieg im Auge behalten. Ganz sicher.«

Alissa blickte hinauf zu dem Punkt in der Ferne, wo sich der Gischtnebel über den Wasserfällen abzeichnete. »Lass uns nach Kartas aufbrechen«, sagte sie schließlich. »Wenn wir uns jetzt nicht beeilen, verlieren wir einen ganzen Tag.«

Das Sumpfland der Nigrana war trügerisch, denn der feuchte Untergrund erwies sich gerade dort als besonders tückisch, wo er beinahe trocken und sicher schien. Die saftigsten Wiesen schwammen auf ihrer eigenen Grasnarbe – und ein einziger fester Tritt konnte ein Schritt ins eigene Grab sein.

Zum Glück gab es in diesem Gewässerpuzzle etwas, an dem sich Wanderer orientieren konnten. Beim Bau der Stadt Kartas hatte man eine Bahnlinie durch das Sumpfland verlegt. Dieser Bau scheiterte zwar ebenso wie der Bau der Stadt, aber von den Anlagen des Schienenstrangs blieben monumentale Reste zurück.

Die Bahntrasse war zunächst auf ein Gerüst aus Pfählen montiert worden. So verlief sie als eine Art Viadukt aus Eichenholz einige Meter über dem Sumpf. Doch weil die Verschiebungen des Sumpflands immer wieder zu Gleisbrüchen führten, versuchte man später, die gesamte Strecke über Pontons zu führen. Es waren große stählerne Schwimmwannen, verkettet mit Stahlplatten, auf denen die Schienen lagen. Die Pontons schwammen also auf dem Sumpf, und man hoffte, das Gleisbett würde auf diese Weise genügend Möglichkeiten finden, den langsamen Fließbewegungen des Untergrunds zu trotzen. Doch immer wieder verbogen sich die Schienen, und weil die Stahlwannen tonnenschwer waren, wurden Korrekturen immens aufwendig.

Nach nur wenigen Jahren, als auch Kartas zu verfallen begann, gab man das Projekt Kartasbahn wieder auf. Es blieben verrostende Pontons und eine Strecke, die sich von Jahr zu Jahr weiter verkrümmte – wie eine schier endlose eiserne Schlange.

Als Tiras und Alissa aufbrachen, fühlten sie sich in einer seltsamen euphorischen Stimmung. Alissa schätzte, dass sie noch mindestens einen knappen Tagesmarsch von Kartas entfernt waren. Sie war sich nicht sicher, ob der alte Schienenstrang südlich oder nördlich ihres Standortes verlief. Schließlich traf sie eine Entscheidung – wenn sie sich irrte, würde der Umweg allerdings gewaltig sein.

»Und?«, fragte Tiras.

»Nach Süden.«

»Gut. Inspiration oder Wissen?«

»Angeber«, sagte Alissa und lachte. »Die Berge sind noch ein gutes Stück entfernt und das Gelände scheint nach Norden hin abzufallen. Ich kann da nichts erkennen, was mich an Schienen erinnert. Den Teneberdamm sehe ich auch nicht. Also nach Süden.

Tiras grinste. »Nach Ihnen, Madame. Es sei Ihnen gewährt, zuerst im Boden zu versinken.«

Alissa ging in die Hocke, drückte ihre Hand in den schwarzen Schlamm, und als genügend Dreckwasser in die Handfläche gelaufen war, riss sie die Hand hoch.

»Ahhh, du Irre!«, schrie Tiras, den die kalten Wassertropfen völlig überraschten. »Na warte, wenn wir noch eine weitere Nacht in dieser Wildnis verbringen müssen, werde ich jedem Frosch im Umkreis von zwei Kilometern den Weg in deine Unterwäsche verraten!«

»Vorher sorge ich dafür, dass du auf dem Weg nach Kartas mit jedem Frosch der Umgebung von Angesicht zu Angesicht über deine lüsternen Pläne sprechen kannst – und zwar bis zum Hals im Wasser!«

Alissa war herumgewirbelt, um Tiras auszuweichen, der sich nach der unerwarteten Tropfen-Attacke noch unbeholfen auf der Stelle drehte. Aber dann griff er zielsicher ihre Hand und zog Alissa an sich.

»So so, die Frösche also. Die hässlichen kleinen Schlammspringer haben es dir wohl angetan. Kannst glücklich sein, dass ich nichts sehe. Vermutlich bist du so hübsch wie ein Frosch und liebst ihre Unarten?«

»Aber ja, mein … Prinz!«

Alissas Lachen und der ironische Tonfall, in den sie das Wort *Prinz* hüllte, vertrieben die letzten Nebelschleier aus ihren Gedanken. Sie standen einfach nur da und hielten sich aneinander fest, und Tiras konnte Alissa sehen. Er sah ihr Lächeln. Ihr strahlendes, verträumtes Gesicht. Er sah ihren Herzschlag.

Sie waren sich so nahe, dass sie eins wurden. Der Wind frischte auf. Das Summen der Insekten war plötzlich nicht mehr lästig. Die Mücken konnten ihnen nichts anhaben. Der Sumpf und seine Gefahren. Posisco. Die Welt, die aus den Fugen geriet. Sie waren die einzigen Menschen in ihrer eigenen Welt. Und das war gut so.

ZANJA PATRIAS

Am Morgen des 9. September erwachte Metronas wie aus künstlichem Schlaf. Die Stadt schien seltsam bedrückt. Überall patrouillierten Wachmannschaften. Es wurden Verhaftungen vorgenommen. Uniformierte holten Verdächtige, Saboteure, Aufwiegler, wie es hieß, aus ihren Wohnungen, begleiteten sie zu bereitstehenden Fahrzeugen mit abgedunkelten, vergitterten Fenstern, lieferten sie in der Hauptwache ab oder verfrachteten sie in die Gefangenenzellen, die Posisco in den Werksanlagen eingerichtet hatte. Stundenlang dauerten diese Aktionen.

Seit den frühesten Morgenstunden ließ sich Zanja Patrias, der Statthalter der Nigrana, von den Geschehnissen in der Stadt berichten. Im großen Herrschersaal der Zitadelle hatte er schon kurz nach Sonnenaufgang Administrator Che Conano empfangen, der die Arbeiten auf der Columbahöhe in den vergangenen Tagen mit höchster Effizienz vorangetrieben hatte. Conano war auch an diesem Morgen in seine für ihn so typische Montur gekleidet: Er trat in Kampfstiefeln und schwarzer Uniform auf, ein bärtiger Hüne mit dem Adlerblick des selbstbewussten Generals. Zanja Patrias hatte die Werksleitung von Posisco noch Stunden zuvor aufgefordert, *zu gewissen Vorwürfen, Eigenmächtigkeiten der Firma hinsichtlich Wohnungsdurchsuchungen und Festnahmen, Stellung zu beziehen* – so hatte er sich weitschweifig ausgedrückt. Doch jetzt dirigierte Che Conano den Statthalter fast nach Belieben.

Conano, der Zanja Patrias um gut einen Kopf überragte, lächelte milde:

»Ich kann Ihnen versichern, Lord Patrias, dass die Festnahmen der vergangenen Tage im Einklang mit den zwischen Posisco und der Zitadelle ausgehandelten Verträgen stehen. Und Verhaftungen vornehmen mussten wir.«

Zanja Patrias öffnete den Mund, und sein rundliches Gesicht zuckte:

»Aber die Art und Weise, Conano. Ich meine, die Beschwerden über, sagen wir, unötig drastische Aktionen. Das verwundert doch alles sehr. Ich kann ihnen nicht verhehlen, dass mir schon seit Wochen immer wieder Berichte zu Ohren kommen, die besagen, die Stimmung in der Stadt sei nicht ganz so friedlich und wohlgestimmt, wie es dem Anlass gemäß wäre. Sie verstehen?«

»Gewiss, Lord Patrias«, antwortete Che Conano, mit raunendem Unterton. »Und genau das ist der tiefere Grund der Aktionen.«

Zanja Patrias nestelte am Ärmelaufschlag seiner Uniform.

»Wie soll ich das verstehen?«, fragte er und blickte Conano unsicher an.

»Nun, Pero Nurta wird Ihnen doch berichtet haben, dass die Sicherheitslage in der letzten Zeit bedenklich!«

»Nurta ... ah!«, sagte der Statthalter und hob gedankenverloren den Kopf. Er unterbrach Conano auf eine Art, die andeutete, wie gern er dem Gespräch mit dem Abgesandten Skanda Borlunds ausgewichen wäre.

»Pero Nurta«, fuhr Conano fort, »hat uns vor zwei Wochen um Unterstützung gebeten, weil sich Gerüchte über einen geplanten Anschlag auf die Verhüllungsfeierlichkeiten am 15. September verdichteten. Da mussten wir handeln.«

Der Statthalter nickte, doch in seinem Blick lag ein Ausdruck von Schmerz.

»Diese Gerüchte sind mir bekannt«, sagte er gedehnt. »Meine Berater allerdings betonen, dass ...« – er zögerte, als bemühe er sich, die

Wirkung seines Einwands abzuschwächen – »… dass es besser wäre, den Widerstand gegen die Pläne Posiscos – die natürlich auch die Pläne der Zitadelle sind – weniger massiv anzugehen. Es könnte denjenigen, die uns – ja, wie soll ich sagen – Machtmissbrauch vorwerfen, Argumente für ihre Thesen geben. Nicht wahr?«

Conano hatte den Statthalter ausreden lassen, obwohl es einen Moment gab, in dem er den bedachtsam formulierenden Mann abrupt zum Schweigen bringen wollte. Aber immerhin hatte er es mit dem Herrscher der gesamten Nigrana zu tun. Zanja Patrias, der in Fragen der Macht zwar ein schwacher Herrscher war, genoss doch immenses Ansehen in Metronas, den Städten des Hochlands und des Mühlenlands.

»Ich glaube kaum, dass diese Menschen die Vorsicht der Zitadelle zu würdigen wissen«, meinte Conano zynisch und sah aus den hohen Fenstern des Herrschersaals hinaus auf die Stadt. »Die Widerständler schrecken auch vor Mord nicht zurück, wie Sie wissen.«

Der Statthalter schlug die Augen nieder.

»Soviel ich gehört habe, waren die Toten an einer Verhaftungsaktion beteiligt?«

»Sie haben ihre Pflicht getan. Im Dienst für die Stadt. Und ihre Mörder …«

Zanja Patrias räusperte sich:

»Minos Tabor sprach von einer – nun – nicht mit der Vigilanz abgestimmten, also illegitimen Verhaftungsaktion. Man hört auch, dass die Berber in Notwehr …«

»Notwehr!?«, bellte Conano, und für den Bruchteil einer Sekunde hätte ein Beobachter glauben können, der Hüne beuge sich drohend über den Statthalter, der sofort erschrocken zusammenfuhr.

Schnell beruhigte sich Conano wieder:

»Ich bitte um Verzeihung, Statthalter«, raunte er. »Was Minos Tabor da erzählt, entbehrt jeder Grundlage.« Er lachte. »Wussten Sie, dass auch Tabor, Ihr Berater, schon bei den Berbern gesehen worden ist? Er hat sich mit einigen Getreuen Baba Faahs getroffen – und Sie wissen, dass bei den Berbern nichts geschieht, was nicht den Segen Baba Faahs hat.«

»Minos Tabor? Aber …« Zanja Patrias machte einen entsetzten Eindruck. »Er hält guten Kontakt zu den Menschen in der Stadt. Er …«

»Lord Patrias« – Conano blickte den Statthalter verschwörerisch an –, »die Berber sind nicht die Menschen der Stadt. Sie sind die Feinde der Stadt. Aller Widerstand gegen die Verhüllungsaktionen, gegen die Modernisierungspolitik der Stadt, geht von ihnen aus. Kamladis hat in ihnen von Anfang an Unterstützung gefunden, um gegen die neue Technik der Implemente und des Memoporting zu polemisieren, und …!«

»Aber …!«

»Nein.« Conano hob die rechte Hand. »Hören Sie, Lord Patrias. Diese Morde sind nicht die einzigen Verbrechen der vergangenen Wochen. Vielleicht nimmt Ihr Berater zu viel Rücksicht und verschont Sie mit den dramatischen Meldungen der vergangenen Tage. Vielleicht hat er Gründe, die Dinge anders darzustellen, als sie sind. Es sind Menschen verschwunden. Hunderte von Menschen. Menschen, die der Verhüllung – wie die meisten Bewohner der Stadt – freudig entgegensahen. Wir haben gute Gründe anzunehmen …«, er hielt inne, dann fuhr er mit seiner tiefen, raunenden Stimme fort: »Nein, wir wissen, dass es in der Stadt zahlreiche Widerstandsnester gibt. Es gibt hier Kräfte, die am Tag der Verhüllung einen Umsturz planen …«

Mit dem Zeigefinger seiner Rechten berührte Conano kurz die Ordensleiste der königsblauen Herrscheruniform. Dann zog er die Hand zurück – so langsam, als ginge es ihm darum, den Verstoß gegen die Etikette provokant zu unterstreichen.

Zanja Patrias überspielte den Vorfall. Er trat einen Schritt zur Seite und wandte den Blick nachdenklich ab.

»Aber die Berber haben sich doch nie, hören Sie, Conano, niemals in die Politik der Stadt eingemischt.«

»Statthalter, Sie verkennen den Ernst der Lage!« Conano wurde laut. Dann fuhr er in gemäßigtem Ton fort. »Gut: Alles, was Sie anführen, ist uns bekannt. Aber gerade weil sich geändert hat, was lange galt, ist die Lage umso dramatischer. Ich fasse zusammen: Die Berber ermorden fünf Mitarbeiter Skanda Borlunds. Wir stoßen auf Forschungsunterlagen von Kamdihla Cybercom, die klar belegen, dass man Posisco mit zielgerichteter Fehlinformation schädigen und die Umsetzung neuester, bahnbrechender Forschungen verhindern will …«

»Unterlagen? Fehlinformationen?«

Che Conanos Blick verdüsterte sich.

»Wenn Sie diese Unterlagen nicht erhalten haben, ist die Situation schlimmer, als ich dachte. Der Widerstand tritt offen zutage. Ich muss es immer wieder betonen: Mittlerweile hat es Tote gegeben. Wir müssen den Mördern hart und deutlich entgegentreten. Pero Nurta selbst hat angeordnet, den Notstand auszurufen.«

Zanja Patrias dachte, nicht richtig gehört zu haben.

»Nurta hat den Notstand ausgerufen!?«, rief er – und zum ersten Mal während dieses Gesprächs schien er die dominante Figur im Raum zu sein. »Weshalb weiß ich davon nichts? Ich hätte diese Maßnahme billigen müssen!«

»Nurta ist hier«, sagte Conano schnell. »Es war Gefahr im Verzug. Wir mussten handeln …!«

»Die Zitadelle ist der Ort der Exekutive. Herrgott, hat Skanda Borlund das vergessen!?« Die Stimme des Statthalters bebte. Es kostete ihn große Mühe, seine Verwirrung hinter der Fassade von Empörung zu verbergen. Aber Conano durchschaute die Befangenheit des Statthalters – und dirigierte das Spiel in seinem Sinn. Er wiegelte ab, scheinbar nachgebend:

»Nurta wird alles erklären. Er muss jeden Moment hier sein.«

»Er kommt hierher? Aber wann hat Pero Nurta, der mich doch gestern Abend noch konsultierte … Wann sollte ihm klar geworden sein, dass er ohne Abstimmung mit mir diesen Schritt tun musste? Conano, wie wollen Sie mir das erklären?«

Che Conano hob zu einer Antwort an, da wurden Schritte laut, schwere Tritte, die den herbeieilenden Kommandeur der Vigilanz ankündigten. Und als Zanja Patrias das vertraute Gesicht erblickte, erschrak er. Pero Nurta schien um Jahre gealtert. Das schüttere graue Haar, die tiefen Wangenfalten, der traurige Zug um den schmalen Mund, alles trat deutlich hervor. Nurta war aschfahl, und in seinen Augen stand das gleiche Unverständnis, das auch Zanja Patrias quälte. Der Statthalter eilte auf den Kommandanten zu:

»Colonel Nurta! Pero! Was geht hier vor? Die Verhaftungen erfolgen im Rahmen der Notstandslage?«

»Die Situation gerät außer Kontrolle, Lord Patrias.«

Pero Nurta sprach die Worte sehr leise aus. Seine Stimme klang gebrochen, als habe er sich lange gegen diese Erkenntnis gewehrt und dann, erschöpft, aufgeben müssen. In Nurtas Blick lag ein tiefer Ausdruck von Fassungslosigkeit, und Zanja Patrias hatte plötzlich das Gefühl zu schwanken. Er glaubte, von der Verzweiflung, die ihn erfasste, fortgerissen zu werden. Was war geschehen?

Er suchte Halt in der Autorität seines Rangs:

»Nurta, General Conano hat mir berichtet, die Vigilanz habe in der Nacht beschlossen, die – nun – die … verschärften Sicherheitsmaßnahmen Posiscos zu unterstützen? Weshalb geschah das ohne Abstimmung mit der Zitadelle? Weshalb hast du nicht mit mir gesprochen, Pero?«

Pero Nurta, der einen halben Kopf kleiner war als Zanja Patrias, sah auf, und in dieser Geste, in der Art, wie Nurta den Blick auf ihn richtete, erkannte der Statthalter ein so wichtiges Moment ihrer langen Freundschaft.

Che Conano, der scheinbar diskret abseits stand und das Gespräch des Statthalters mit dem Kommandanten der Vigilanz verfolgte, bemerkte etwas anderes: Er erkannte in den Gesten der alten Freundschaft die große Schwäche seiner Kontrahenten. Wie zwei Kinder versuchten sie, aneinander Halt zu finden.

Der Statthalter bemühte sich, den um Hilfe bittenden Ton in seiner Stimme zu unterdrücken.

»Du hättest mit mir sprechen müssen, Pero! Was ist denn los in Metronas, dass du so unvermittelt die Befehle änderst?«

Es war Pero Nurta anzumerken, dass er nicht wusste, wie er die Lage erklären sollte. Es blieb ihm nur die Wahrheit. Die unverständliche, unglaubliche Wahrheit:

»Zanja ... Lord Patrias, die Stadt ist voller Toter!«

»Was? Was sagst du da? Aber ...?«

Der Statthalter fuhr herum. Er sah Che Conano an, der es mit geschicktem Blick verstand, die Fragen des völlig verwirrten Zanja Patrias an Pero Nurta weiterzugeben.

»Tote?«

»Es sind mehr als hundert«, sagte Nurta und konnte das Grauen, das er empfand, nicht verhehlen. »Verbrannte, verstümmelte Leichen beim alten Tanklager südlich von Natragur und nahe den Gleisen.«

Der Statthalter war fassungslos. In seinem Kopf ging alles durcheinander. Che Conano hatte schon zuvor von Toten gesprochen – aber es hatte abstrakt geklungen, unwirklich. Er, Zanja Patrias, hatte diese Behauptungen gar nicht zur Kenntnis genommen, während er sich bemüht hatte, gegenüber Conano nicht die Autorität zu verlieren. Und nun diese Worte aus dem Mund Pero Nurtas ...

»Ich wurde gegen 3 Uhr früh benachrichtigt«, fuhr der Vigilanzkommandeur fort. Mehrere Patrouillen der Wachmannschaften waren ausgerückt, weil Unbekannte einige der Waggons auf den Abstellgleisen nahe der Tanks in Brand gesetzt hatten. Man hatte Berber gesehen, die unweit der Implement-Klinik mit einer Reihe von Holzbooten angelandet waren. Zwei Mitgliedern eines Wachbataillons, die von den Berbern offensichtlich überrascht worden waren, hatte man am Flussufer die Kehlen durchschnitten. Die Leichen, so wurde mir berichtet, waren noch warm. Die Tat musste also kurz zuvor geschehen sein. Und dann drangen die Wächter vor auf das Gelände des Tanklagers, wo die Feuer gemeldet worden waren. Und dort stießen sie auf die anderen Toten.«

»Weitere Tote?«

»Auf dem Feld zwischen den Tanks und den Gleisen. Wir kamen dazu, als sie die Leichen gerade gefunden hatten«, sagte Pero Nurta. »Wie auf einem Schlachtfeld sah es dort aus. Dreißig halb verbrannte Leichen. Wir wissen noch nicht, was genau geschehen ist, aber unter den Toten fanden wir auch zwei Berber.«

Wieder fuhr Zanja Patrias herum und starrte Che Conano an.

»Wie ich euch gesagt habe, Statthalter«, meinte Conano ruhig. »Die Berber sind die Feinde der Stadt.«

»Aber wenn sie doch zu den Opfern gehören?«

»Die Berber unter den Toten trugen Messer«, sagte Nurta mit schleppender Stimme. »Sie haben ganz offensichtlich einige der Menschen, die wir dort fanden, umgebracht. Auf die gleiche Art und Weise, wie sie die fünf Männer am Kanal umgebracht, bestialisch abgeschlachtet haben. Und dann sind sie vermutlich selbst getötet worden.«

»Getötet? Von zwei Berbern? Dreißig Ermordete? Pero, wie soll ich mir dieses Rätsel erklären?«

Statt Pero Nurta trat Che Conano vor und räusperte sich:

»Wir haben den Fundort genau untersucht, wie Colonel Nurta schon angedeutet hat«, sagte er, und nickte Pero Nurta zu. »Die dreißig Menschen – vierunddreißig, um genau zu sein – sind zum großen Teil an anderen Orten getötet worden.«

»Spuren an ihren Kleidern deuten darauf hin«, ergänzte Nurta.

»Richtig. Vermutlich hat ein ganzer Trupp von Berbern versucht, die Leichen zu beseitigen. Vielleicht wollte man sie zunächst verbrennen, und das schlug fehl oder es erregte in der Stadt zu viel Aufmerksamkeit. Dann beschloss man, die Leichen auf Booten aus der Stadt zu bringen.«

»Boote?« Zanja Patrias runzelte die Stirn, aber dann erinnerte er sich. »Die Holzboote, die gefunden wurden?«

»Holzboote – wie sie die Berber benutzen«, bestätigte Che Conano.

»Der Leichentransport sollte vermutlich in der Nacht erfolgen«, fügte Pero Nurta hinzu. »Dann ist wohl etwas dazwischengekommen.

Die Mörder wurden überrascht oder man lauerte ihnen auf. Es kam zu einem Kampf ...«

»... und das Ergebnis fanden wir heute früh vor«, beendete Che Conano die Erklärungen. Er richtete sich auf und sah den Statthalter herausfordernd an.

Zanja Patrias wirkte unentschlossen. Er hoffte, dass ihm Pero Nurta zur Seite sprang. Aber der Colonel blieb stumm.

Dann erklangen von der Saaltür her plötzlich Geräusche: Scheppern. Rufe.

Sekunden später eilte der Camerarius, der oberste Kammerdiener und Verwalter des Statthalters, herbei, und ihm folgte ein Wachbeamter in der schwarzen Uniform von Posisco.

Der Camerarius verbeugte sich:

»Lord Patrias, ich bitte um Verzeihung. Dieser Wächter hat Nachrichten für Administrator Conano!«

Che Conano trat vor, doch Zanja Patrias winkte den Wächter zu sich:

»Was gibt es so Wichtiges, dass Sie diese Besprechung stören?«

Der Soldat blickte unsicher zu Che Conano:

»Ich habe eine Meldung für den Administrator.«

»Der Administrator wird nichts dagegen haben, wenn ich diese Meldung höre«, sagte Zanja Patrias mit unterdrückter Wut in der Stimme. Der Wachbeamte schien unschlüssig, was er tun sollte. Da rief Conano:

»Herrgott, nun raus damit! Der Statthalter hat jedes Recht zu erfahren, was es zu hören gibt!«

»Administrator, Skanda Borlund schickt mich. Es hat Mordanschläge gegeben in der Implement-Klinik. Die Frau, die wir neulich im Kanaltunnel festgenommen haben ...!«

»Was heißt das?!«, rief Che Conano aufgebracht und drängte sich an Zanja Patrias vorbei. »Berichte, Mann! Was ist mit der Frau!?«

Der drohende Blick Conanos ließ den Wachsoldaten zusammenfahren. Aber dann erzählte er stockend, dass es in der Implement-

Klinik in den frühen Morgenstunden einen Giftanschlag auf eine dort gefangen gehaltene Frau gegeben habe, die im Zusammenhang mit den Morden an fünf Wächtern festgenommen worden war.

»Marina Zabrian?«

Der Wachsoldat nickte: »Jawohl. Die Frau, die wegen Geheimbündelei, Spionage und Widerstand gegen die öffentliche Ordnung gesucht wurde. Man hat ihr in der Nacht ein starkes Gift verabreicht. Der Anschlag wurde nur deshalb vereitelt, weil ihre Zelle überwacht wurde.«

»Ein starkes Gift?«, fragte der Statthalter. »Wer ist die Frau? Weshalb weiß ich nichts von ihrer Verhaftung?«

Sein Blick ging von Pero Nurta zu Che Conano. Nurta räusperte sich:

»Es lagen gewisse allgemeine Verdächtigungen gegen sie vor«, sagte er ausweichend.

»Die Vigilanz hat auffallend lange gebraucht, um zu begreifen, wie ernst die Lage ist!«, donnerte Che Conano plötzlich. »Marina Zabrian hat ein Netzwerk von Saboteuren aufgebaut. Und nun, als das Netzwerk aufzufliegen drohte, weil wir Zabrian in den Verhören zum Reden gebracht hatten, wird sie beseitigt. Von den Berbern. So einfach ist das!«

»Aber Conano!« Pero Nurta hob die Hände. »Soviel ich weiß, gehörte Marina Zabrian selbst zu den Berbern. Und die Berber pflegen ihre eigenen Leute nicht umzubringen!«

»Sie sind falsch informiert, Nurta«, raunte Che Conano. »Marina Zabrian war keine Berberin. Sie arbeitete mit den Berbern zusammen, aber sie stammt aus der Teuferstadt.«

»Aus der Teuferstadt? Aber ...?«

»Ich verstehe nicht, was die Berber mit diesem Fall zu tun haben?«, bemerkte der Statthalter gereizt. »Wo sind die Beweise für all Ihre Anschuldigungen, Administrator Conano?«

»Lord Patrias, die Berber stecken dahinter. Die vergangenen Wochen sind ein einziger Beweis für die Machenschaften dieser Leute!«

»Der Administrator hat recht«, meldete sich da der Wachsoldat, und Che Conano schien in einem Moment des Aufbrausens zu erstarren.

»Im Zimmer der Gefangenen haben wir einen Fellbeutel gefunden, wie ihn die Berber verwenden. Den scheinen die Eindringlinge dort vergessen zu haben.«

»Aber das sind doch keine Beweise!«, rief der Statthalter. Doch Che Conano unterbrach ihn ungehalten.

»Statthalter, Sie begreifen offensichtlich nicht, wie dramatisch sich die Lage seit gestern verändert hat!«

»Administrator, Sie ...!«

»Nein, Statthalter!« – schwungvoll drehte Conano sich zum Kommandanten der Vigilanz:

»Colonel Nurta: Weshalb sagen Sie dem Statthalter nicht die Wahrheit?«

Pero Nurta trat vor. Langsam und wie auf Befehl.

»Was soll das?« Zanja Patrias schüttelte den Kopf. »Pero, mit welchen Überraschungen muss ich noch rechnen?«

Zanja Patrias hatte mehr und mehr das Gefühl, von Che Conano benutzt zu werden, aber es gelang ihm nicht, den Verlauf des Gesprächs zu ändern.

»Die Berber haben in dieser Nacht ganze Arbeit geleistet«, begann Pero Nurta, und er sprach wieder mit schleppender Stimme. Er entrollte ein Dokument, das er die ganze Zeit in der Hand gehalten hatte.

»Wir haben überall in der Stadt Leichen gefunden. Siebzehn bei den Kenton-Relais von Natragur, zwischen Murna und San Mintra zwölf. An der Seebrücke und im Teneberpark je sechzehn. Vielen der Toten fehlten die Köpfe. Die Halsstümpfe waren verbrannt. Alle Schädel wiesen schwere Brandverletzungen auf. Im nördlichen Mahnfeld lagen acht Leichen in der Nähe eines alten Kohlelagers unweit der Station. Und am Zitadellenufer, am Rand der Unterstadt an der Gartenmauer einer alten Villa, achtzehn Tote. Dreiundzwanzig im südöstlichen Santo Belo. Hier war die Station aufgebrochen ...«

»Das sind die Relaisstationen im gesamten Gebiet der Teneberschleife und des Sees von Porta Cresta«, sagte der Statthalter wie unter Schock.

»Richtig, Lord Patrias. Und in mehreren Fällen wurden bei den Toten Spuren gefunden, die auf die Berber verweisen.«

»Herrgott, was soll das? Conano?«

»Berichten Sie weiter, Nurta«, sagte der Administrator – und sah dem Statthalter in die Augen, als habe er einen überführten Schwerverbrecher vor sich.

»Im Fischerviertel, nahe dem Ufer von Murna haben wir Feuerstellen gefunden mit Knochenresten von mindestens zwanzig Ermordeten. Weitere Tote lagen am Kanal. In dem Abschnitt nordlich des Kanaltunnels. Und zwar im Bogen zwischen der Hauptwache und der Parkstraße. Sie schienen angeschwemmt worden zu sein. Wiederum Leichen, zum Teil ohne Köpfe, mit Verbrennungsspuren. Wir fanden Tote unter der Rampe zur Mühlenwegbrücke und unweit des Selgestertores. An beiden Orten stießen wir darüber hinaus auf Ausrüstungen für Sprengaktionen: Zünder, Sprengpulver …«

»Verstehen Sie nun, weshalb wir die Stadt noch in der Nacht mit allen verfügbaren Kräften durchsuchen, weshalb wir jedem Hinweis auf Widerstandsnester nachgehen mussten? Jemand plant einen Angriff auf die Zitadelle! Und es gibt Pläne, das Relais-Netz der Stadt außer Betrieb zu setzen. Vergessen Sie nicht, Lord Patrias, der Mordanschlag auf Marina Zabrian erfolgte in der Implement-Klinik. Mehrere Aufständische wurden dort festgenommen. Eine ganze Charge vergifteter Narkotika wurde sichergestellt. Wenn dieses Mittel bei den Implementierungen eingesetzt worden wäre, hätte es Tote unter den Kindern gegeben – und man hätte uns angeklagt. Die Debatte um Sinn oder Unsinn der Operationen wäre neu angefacht worden. Die gegen Posisco angetretenen feindlichen Kräfte gehen mittlerweile völlig skrupellos vor. Die höchste Notstandsstufe ist das absolute Gebot der Stunde!«

Che Conano hatte sich vorgebeugt, um seinen Worten Nachdruck zu verleihen. Die Zornesader auf seiner Stirn war hervorgetreten. Pero Nurta schwieg. Der Wachsoldat verharrte wie erstarrt. Der Statthalter aber wendete sich ab und trat an das große Fenster, von dem aus er die gesamte Stadt überblicken konnte. Die Fahrzeuge in den Straßen erschienen von hier oben wie schleichende Punkte. Es war ein Netz von Punkten, unter denen die auffälligsten die schwarzen Panzerfahrzeuge Posiscos und die dunkelgrünen Gefangenentransporter der Vigilanz waren.

»Sie leisten ganze Arbeit, Conano.«

»Es ist notwendig, Statthalter«, erwiderte der General.

»Wollen Sie die gesamte Stadt verhaften lassen?«

Che Conano runzelte die Stirn, weil er die Worte und den Tonfall des Statthalters nicht sofort einordnen konnte. Aber dann entspannten sich seine Züge:

»Lord Patrias, vertrauen Sie mir. Die Maßnahmen der vergangenen Stunden haben nur ein einziges Ziel: die Zitadelle und die Stadt zu schützen. Lassen Sie mich Ihnen den Stand der Verhüllungsaktionen zeigen. Ihnen und Colonel Nurta. Fahren wir durch die Stadt und schauen uns an, wie weit unsere unermüdlichen Helfer die Vorarbeiten schon vorangetrieben haben. Sie werden sehen: Die Freude über das Ereignis übersteigt bei Weitem die Skepsis, die Vorbehalte, den Widerstand.«

Der Statthalter schien mit seinen Gedanken ganz woanders. Schließlich nickte er.

Eine knappe halbe Stunde später fuhr ein gepanzerter Wagen durch das Selgestertor. Im Fahrzeug saßen Zanja Patrias, Che Conano, Pero Nurta und vier Wachsoldaten, je zwei Beamte der Zitadelle und zwei aus dem Tross Conanos. Der Statthalter und seine zwei Begleiter hatten im geräumigen Fond der königsblauen Limousine Platz genommen.

Das kantige, überlange Gefährt bewegte sich wie ein Anachronismus und wie in Zeitlupe durch die Stadt der Botenstromschneisen und Memoportale. Es war jetzt etwa neun Uhr morgens. Die Sonne leuchtete kräftig über der Silhouette der Posisco-Werke. Es würde ein heißer Tag werden. Die noch kilometerweit entfernten Schornsteine der Werke ragten so hoch auf, dass sie beinahe von überall in der Stadt, auch von den niedriger gelegenen Vierteln aus gesehen werden konnten.

Auch an diesem Morgen quollen wieder weiße Wolken in den Himmel.

Die Stadt hat sich verändert, dachte Zanja Patrias unwillkürlich, und es wurde ihm bewusst, wie lange er schon nicht mehr in Metronas gewesen war. Pero Nurta saß schweigend da und schien trüben Gedanken nachzuhängen. Che Conano hatte schon vor Beginn der Fahrt mit einem Vortrag über den Stand der Verhüllung und die gute Resonanz unter den jungen Menschen begonnen. Patrias kannte diese Monologe. Er musste nicht zuhören. Er sah sich um und warf einen Blick auf das von Platanen gesäumte Zitadellenufer am Rand des Cabanisviertels. Dort entdeckte er die ersten Menschen an diesem Morgen, die keine Uniform trugen. Vielleicht war es ein Liebespaar …

Als sich die Häuser der Straße in den Blick schoben, sah der Statthalter noch, wie das Paar von Uniformierten angesprochen wurde. Dann war die Limousine so weit zwischen die alten Häuser der Stadt vorgedrungen, dass die Szene hinter Mauern verschwand.

Zur selben Zeit herrschte in der Implement-Klinik am Rand von Natragur größte Hektik. Hunderte von Operationswilligen warteten an diesem Morgen auf ihren Eingriff. So voll wie an diesem Tag war die Klinik selten gewesen. Seitdem auch Kindern Implemente eingesetzt werden durften, waren oft ganze Familien anwesend, um den kleinen Patienten beizustehen. Am Empfang – in der Aufnahme – unterschrieben die Eltern die Einwilligungserklärung. Dann wurden sie mit dem Kind in eines der Spielzimmer verwiesen, wo sie die Zeit bis zum Eingriff überbrücken konnten. Die Kleinen genossen das sehr, denn man hatte an nichts gespart, um der Angst vor dem Eingriff zu begegnen. Nervös waren denn auch in aller Regel nicht die Kinder, sondern die Eltern.

Auch im weiträumigen Kellergeschoss der Klinik ging es an diesem Morgen hektisch zu. Die Räume, die hier unten lagen, kannte niemand, der die Klinik als Patient besuchte. Das heißt, womöglich lernte er sie kennen, wenn etwas schiefging. Aber er oder sie würde sich später nicht daran erinnern – aus verschiedenen Gründen.

Entlang eines hell ausgeleuchteten zentralen Flurs lag eine Reihe von Abteilungen, die in einem normalen Krankenhaus wahrscheinlich die Intensivstation gewesen wären, die Notaufnahme oder die Operationsräume. Aber die Bauweise des Geschosses erinnerte eher an das Innere einer Festung als an ein Krankenhaus. Die Stationstüren waren Stahltüren, an denen Wachposten standen. Zwischen Ärzten und Stationsschwestern, die in Eile über den Flur hasteten, an Türen Passwörter eintippten oder Legitimationen vorzeigten, um von bewaffneten Wächtern eingelassen zu werden, bewegten sich Dutzende Uniformierte.

Am Ende des neonhellen Flurs öffnete sich die breite Tür eines Fahrstuhls. Er gehörte nicht zu dem Block der zentralen Klinik-Lifte, sondern war eine spezielle Einrichtung, die den Keller der Klinik mit einem anderen Gebäude in der Stadt verband – dem höher gelegenen Palast von Natragur.

Aus der Tür traten Skanda Borlund, der Arzt Dr. Zarno, Zoran Dakubra und ein finster blickender Begleiter Dakubras. Skanda Borlund schob den Wachbeamten, der ihn beim Verlassen des Fahrstuhls nicht sofort erkannt hatte, mürrisch zur Seite, ohne das Gespräch zu unterbrechen, das er schon auf dem Weg in die Klinik begonnen hatte:

»Zarno, erzählen Sie mir doch nicht, dass Sie nicht wissen, ob Kamladis und diese Frau gerettet werden können! Sie sagen, sie liegen im Koma. Wie schlimm ist der Zustand also?«

Dr. Zarno bemühte sich, einen Blick stoischer Ruhe zu bewahren.

»Sie haben Gift geschluckt. Ein starkes Gift auf der Basis eines Acethylcholin-Antagonisten. Dieses Gift wirkt aber schon über den Verdauungstrakt und nicht erst bei Aufnahme über den Blutkreislauf. Daher ...«

»Verschonen Sie mich mit Ihrem Gefasel, Zarno!«, unterbrach Borlund den Arzt. »Werden sie überleben oder nicht?«

Dr. Zarno atmete tief durch: »Wir sind schon froh, dass sie überhaupt noch leben. Normalerweise sind Gifte dieser Art absolut tödlich. Doch die Modifikation des Absorptionsweges – also die Tatsache, dass es schon über den Verdauungstrakt wirkt – hat vermutlich, so paradox es klingen mag, zu einer gewissen Wirkungsverzögerung geführt, sodass wir den Mechanismus noch rechtzeitig blockieren konnten. Wir arbeiten fieberhaft an einem Gegenmittel. Aber so etwas dauert. Und da wir die genaue Zusammensetzung des Gifts nicht kennen, ist äußerste Vorsicht geboten. Eine Reihe von Derivaten dieser Giftklasse ist sehr tückisch. Das Procedere der Gegengiftgewinnung kann niemand beschleunigen. Und ein einziger Fehler, aus Eile oder Unachtsamkeit ...«

»Erwähnen Sie das Wort Fehler nicht!«, fluchte Skanda Borlund und warf einen vielsagenden Blick hinüber zu Zoran Dakubra, der das Treiben auf dem Klinikflur gelangweilt beobachtete. Borlunds Anspielung auf die Geschehnisse im Kanaltunnel – die Dakubra sehr wohl verstand – quittierte er mit einem Zucken im Mundwinkel. Hätte er seinen Auftrag damals ausgeführt, wäre diese Frau längst tot. Nun kämpfte man um ihr Leben. Was sollte er sich also vorwerfen?

Sie näherten sich einer versteckten Stahltür mit der Aufschrift »Innere Sektion – zentrale Sicherheitszone«, was Eingeweihten den Hinweis gab, dass sie die geheimsten Abteilungen der Implement-Klinik erreicht hatten.

Skanda Borlund scheuchte die vor der Tür stehenden Wächter beiseite, dann wischte die Stahltür auf und sie traten ein.

Als die Limousine die Hauptwache passiert hatte und in die Straße von Antra Nigra einbog, hatte Che Conano in seinem Monolog das Kapitel »Vorbildliche Unterstützung der Absicherung aller um die Verhüllungsfeierlichkeiten angesiedelten Aktivitäten durch die Truppen der Vigilanz« erreicht. Pero Nurta nickte beifällig, war aber in Gedanken ganz woanders. Und der Statthalter bemerkte mit gewisser Unruhe, dass auch im Viertel um die Universität mehr Uniformen als Bürger zu sehen waren. Die Stadtbezirke, in denen Studenten lebten, zeichneten sich durch ihr buntes, zwangloses Leben aus. An diesem Morgen aber war von Zwanglosigkeit nichts zu spüren. Als sie den Vorplatz der Universität passierten, war das Bild erschreckend: einzelne Wächter, ansonsten gähnende Leere. Hatten Meldungen über die Leichenfunde am Morgen zu einer allgemeinen Verunsicherung geführt? Einer Verunsicherung, deren Ergebnis nun diese überwachte leere Stadt war? Aber hatte es überhaupt Meldungen gegeben? Zanja Patrias wusste nicht mehr, was er denken sollte, als der Wagen die große Bahnüberführung am Nordrand der Altstadt passierte und die Rampe zur Columbabrücke hochfuhr.

In diesem Moment wandte sich der hagere alte Mann mit dem schlohweißen Haar jenem Bildschirm zu, der den Hauptraum der Abteilung »Innere Sektion – zentrale Sicherheitszone« zeigte. Um genau zu sein: Es war einer von zahlreichen Bildschirmen, die den großen Klinikraum – und die angrenzenden kleineren Räume – bis in den letzten Winkel einsehbar machten. Der Mann lächelte. Von seinem Sessel aus konnte er die Bildschirmwand steuern. Sein wächsernes Gesicht reflektierte die Lichtstrahlungen der zahlreichen Monitore. In seinen Pupillen spiegelten sich die Bewegungen auf den Stationen.

Er sah Skanda Borlund und seine Begleiter an das Krankenbett der Frau herantreten. Krankenbett war vielleicht nicht das richtige Wort: Sie lag dort im Zentrum einer Lebenserhaltungs-Apparatur, verbunden mit einer ganzen Reihe von Infusionsschläuchen und angeschlossen an ein Beatmungsgerät. Sie war umgeben von flimmernden, piependen, rauschenden Geräten, die ihren Kreislauf stabilisierten und die Vitalfunktionen überwachten. Und jedes Geräusch, das dort im versteckten Klinikraum ertönte, jeder Satz, der am Krankenbett gesprochen wurde, wurde in den Überwachungsraum übertragen.

In den Überwachungsraum neben dem großen Salon.

Der hagere Mann dachte über die Frau nach, und hinter seinem Lächeln zeigte sich ein nachdenklicher Blick. Die Frau hätte längst tot sein sollen, hätte sich Borlund durchgesetzt. Aber er hatte versagt. Borlund war unzuverlässig geworden in der letzten Zeit. Das hatte vielleicht mit seinen Aufgaben zu tun. Nicht jeder war zu großen Dingen berufen. Nicht jeder war würdig, ein Auserwählter zu sein.

Die Frau lag im Koma, und die Ärzte kämpften um ihr Leben. Vielleicht war es sogar gut, dass Borlund versagt hatte, dachte der Mann. Diese Frau hatte Verbindungen zu den Widerstandskräften in der Stadt. Wenn es Pläne gab, die dem großen Werk noch gefährlich werden konnten, dann wusste sie womöglich davon. An dieses Wissen zu gelangen, konnte hilfreich sein. Ihr Tod wäre also ein Fehler.

Für Bendar Kamladis galt das natürlich umso mehr.

Als sich der hagere Mann in Gedanken Kamladis zuwandte, bekam sein nachdenklicher Blick einen Zug ins Sorgenvolle. Das Lächeln verschwand. Wie hatte es der Frau gelingen können, Bendar Kamladis das Gift zu verabreichen? Dr. Zarno war ein besonnener, guter Mediziner. Er konnte nur hoffen, dass es ihm und seinem Team gelang, die Zusammensetzung des Giftstoffes zu entschlüsseln und Kamladis wieder aus dem Koma zu holen. Andernfalls ...

Er hätte sich gern gesagt, dass der Fall Bendar Kamladis ähnlich war wie der Fall Marina Zabrian. Dann wäre sein Tod ein Problem, aber ein lösbares. Doch im Fall Kamladis lagen die Dinge anders.

Hier ging es um das Modul.

Das Modul war ein wichtiger Schritt in die Zukunft.

»Wo liegt Kamladis?«

Als Skanda Borlund diese Frage stellte, blickte der hagere Mann wieder auf den Bildschirm. Die vier Männer lösten sich aus dem Stab von Medizinern und Operationsschwestern um das Krankenbett und gingen hinüber in einen benachbarten Raum, der identisch ausgestattet war, mit dem einzigen Unterschied, dass der dort wie tot an den Apparaten liegende Patient ein Mann war.

Wenn er starb, dann war auch dies auf das Versagen Skanda Borlunds zurückzuführen – und als wollte er nicht in Wut über diesen Gedanken geraten, wandte sich der hagere Mann von den Bildschirmen ab. Er lehnte sich zurück, stützte die Arme auf die breiten, gepolsterten Lehnen seines Sessels und legte die Hände vor seiner Brust zu einem Dreieck zusammen. Lange verharrte er in dieser Pose und überlegte.

Er dachte an die Berber, die seine Pläne empfindlich gestört hatten und weiter stören würden. Aber nun hatten die Berber ein Problem weit größer als seins. Sie waren Massenmörder. Die Stimmung in der Stadt verlangte nach Schuldigen. Zwar hatten viele Berber aus Metronas entkommen können, doch die Abteilungen, die dem Administrator, General Che Conano, unterstellt waren, arbeiteten sehr gut. Auch in der Nigrana. Er war gespannt.

Und Lando Dandihla? Würde er sich zu einem zweiten Skanda Borlund entwickeln? Oder zu einem zweiten Conano?

Dandihla hatte die Kinder entkommen lassen – aber in einem kaltblütigen Doppelmord hatte er die Schuld diesem großmäuligen Tulian Padur zugeschoben. Dandihla war es tatsächlich gelungen, Padur und den Piloten der Maschine nach dem Absprung der Kinder zu ermorden und aus dem Flugzeug zu werfen und mit diesen Zeugen seines Versagens jeden Beweis für seine Schuld zu beseitigen.

Der alte Mann schätzte Menschen mit solchen Qualitäten.

Vielleicht würde Lando Dandihla ein zweiter Zoran Dakubra werden. Er hatte jedenfalls noch eine Chance verdient ...

Die Sache mit den Kindern im Flugzeug berauschte den alten Mann: Es war wie ein Riss im Gefüge eines sauber gearbeiteten Plans. Ein Riss, der sich plötzlich ausbreitete und Alarmrufe auslöste und hektische Aktivitäten. Sie hatten es tatsächlich geschafft, aus dem Flugzeug zu entfliehen. Der alte Mann lächelte wieder.

Die Kinder.

Er überlegte, weshalb er nicht lassen wollte von dem Wort Kinder.

Ginge es nicht um Tiras, würde er dieses Mädchen niemals Kind nennen – aber sie war mit Tiras untrennbar verbunden.

Die Zeit würde kommen, da würden sie die besondere Qualität ihrer Verbindung begreifen.

Tiras.

Er sehnte sich nach ihm. Das wurde ihm wieder bewusst.

Und das Verlangen wurde stärker.

Er zwang sich, das Gefühl zu verdrängen. Langsam hob er die rechte Hand und führte sie, dem Kopf einer Schlange gleich, zum Schaltpult, welches die Monitore steuerte. Dann drückte er eine Kombination mit mehreren Fingern, als würde er in die Klaviatur des Flügels greifen, an dem er zu dieser Stunde gern saß.

Klicken. Surren. Neue Bilder.

Die Limousine blitzte in der Sonne auf, als sie das Plateau auf der Columbahöhe erreichte. Im Hintergrund – durch die Monitorperspektive nur noch zu erahnen – ein schwindelerregend tiefer Horizont. Darüber der dunstig blaue Sommerhimmel. Leichter Wind, der die Fahnen und Standarten an der breiten Zufahrtsfront zur Statue bewegte. Der flüsternde Ton des Winds, der die unsichtbaren oder versteckten Mikrofone fand. Und all die vielen Menschen, die das Plateau füllten.

Wie viele es waren ... Der alte Mann staunte.

Wieder bewegte er die rechte Hand auf dem Tastenfeld der Monitorsteuerung. Bildschirm für Bildschirm richtete sich auf die Columbahöhe, auf die Statue, den Festplatz, das Podium für die Ehrengäste, das Zeltdorf der Verhüller, den Containerblock, in dem der Planungsstab Büros und Unterkünfte fand, die verschiedenen Abschnitte der meterhohen Sicherheitsumzäunung, die das Plateau großräumig einfasste, die Wachhäuschen an den Zugängen. Es gab so viel zu sehen auf dem Plateau. Am beeindruckendsten aber erschien dem alten Mann der Gegensatz zwischen den vielen blau uniformierten Verhüllern, die den Geist fiebriger, erwartungsfroher Unruhe ausstrahlten, und der hundert Meter hohen Statue, die sich wie ein in silberweißglänzenden Stoff geschnürtes, gigantisches Paket präsentierte.

Die Gestalt der Statue – der alten Statue – war jedem Bewohner des Schwarzen Landes bekannt: ein hockendes Wesen, eine magische Figur, hervorgegangen aus den ganz und gar unmagischen Umrissen eines Förderturms.

Die Gestalt der renovierten Statue war ein Geheimnis, das man in der Stadt fieberhaft diskutierte. Alles lief nach Plan.

Der hagere Mann wandte sich dem Wagen zu. Die königsblaue Limousine hatte die Mitte des Vorplatzes erreicht und hielt an. Sie stoppte dort, wo die Haupttribüne angelegt worden war. Die Türen wurden geöffnet. Zuerst stiegen die bewaffneten Begleiter aus. Dann folgten Che Conano, der Statthalter und Pero Nurta.

Die Traube, die sich schnell um das Fahrzeug gebildet hatte, konnte den alten Mann nicht täuschen. Sein Lächeln nahm einen spöttischen Zug an. Es mochte so aussehen, als gelte die Aufmerksamkeit der Herbeigeeilten dem Statthalter: Zanja Patrias, dem Herrn der Stadt und der Nigrana. Aber wer die Bewegungen und Gesten der Verhüller lesen konnte, der sah, dass sie ihrem Administrator ergeben waren: Che Conano.

Zanja Patrias bemerkte dies nicht.

Natürlich nicht, dachte der alte Mann.

Dann wurde sein Blick ernst. Ein Lichtwechsel ging wie ein Schauer über die Wand der Monitore, als er die nächste Umschaltung vornahm. Auf dem Bildschirm ihm gegenüber erschien ein Gesicht, das in die Kamera starrte.

Es gehörte einem Kommandanten, kaum jünger als Zanja Patrias.

»Sie haben gerufen, mein Lord.«

Der alte Mann kostete die Anrede einige Sekunden lang aus, was die Anspannung im Blick des Gegenübers nicht minderte. Hinter ihm öffnete sich eine weiträumige Halle voller metallglänzender, mehrstöckiger Maschinenblöcke, an denen Menschen arbeiteten.

»Tjoser Bran«, sagte der alte Mann, »die Versuche der vergangenen Nacht waren ein Fehlschlag.«

Der mit Tjoser Bran Angesprochene nickte.

»Es fehlte die additive Energie, mein Lord. Wie wir befürchtet hatten.«

Das *wir* ließ die Augenbrauen des alten Mannes hochzucken. Und es löste erneutes Lächeln aus. Ein anerkennendes Lächeln, konnte man meinen:

»Du willst mir also sagen, die Schuld liegt auf Seiten der anderen Kommandanten? Subitna Luus, Kiru Santri, Dubas Balaan haben versagt?«

Tjoser Bran reagierte nicht auf den Spott in der Stimme.

»Nein, mein Lord«, sagte er. »Die Vorbereitungen der Türme sind auf unterschiedlichem Stand. Dass die Koordination fehlschlug, war vorauszusehen. Aber es war den Versuch wert. Wir wissen nun, was notwendig ist, um das fusionale Stadium zumindest für Stunden stabil zu halten.«

Da lachte der alte Mann auf:

»Tjoser Bran, du bist gerissen,«, sagte er, »aber die Energiemenge genügt nicht. Bei Weitem nicht. Die Zahl der Erwartenden liegt hundertmal höher. Es muss im Verbund gelingen, Handlungsfähigkeit und Stabilität des fusionalen Stadiums zu halten. Ihr dürft nicht versagen!«

»Es wird gelingen«, sagte Tjoser Bran, und der alte Mann spürte, dass der Kommandant der Ardenburg sich von seinen Worten nicht einschüchtern ließ. Aber Bran war ein unersetzlicher Praktiker. Das war wertvoll.

»Wie viele Tote waren es?«, fragte der alte Mann.

»Wir haben nach dem Kollaps fünfhundertsiebzehn Leichen beziehungsweise Überreste von Toten gefunden. Das Material ist entsorgt worden. Hundertfünfzig davon auf dem Gebiet der Stadt. Wie befohlen.«

»Gut. Es hat seine Wirkung getan. In diesem Punkt also: Gratulation!«

»Danke, mein Lord«, sagte Tjoser Bran.

»Und nun die Schäden.«

Der alte Mann schaltete die Monitore zu Kameras in den Gewölben unterhalb der Ardenburg. Die Bilder zeigten Zerstörungen und Reparaturarbeiten.

»Eine der vier Verstärker-Batterien ist aufgrund übergroßer psionischer Spannungsschwankungen ausgefallen«, sagte Tjoser Bran. »Das hat zum Kollaps des Verbunds geführt und einen Brand im Transformatorensegment B verursacht. Solche Energiebrände im hoch-psionischen Niveau können sich leicht verselbstständigen und stundenlang Material vernichten, weil sie kaum zu löschen sind. Es hat fast einen halben Tag gedauert und das Segment und einen Teil der Halle nahezu atomisiert. Aber nun haben wir alles unter Kontrolle. Die Reparaturen werden noch im Laufe des Tages abgeschlossen sein. Wir haben Kräfte genug, die das bewerkstelligen.«

Der alte Mann schien zufrieden mit der Aussage. Er verabschiedete sich von Tjoser Bran. Der Bildschirm mit Brans Konterfei erlosch, um gleich darauf erneut aufzuleuchten und ein anderes Gesicht zu zeigen. Wieder sprach man ihn mit *mein Lord* an. Und wieder entwickelte sich ein kurzes Gespräch.

Noch insgesamt drei Mal spielte er das durch. Er ließ sich Bericht erstatten von Subitna Luus, der Kommandantin des Turms von Cabalusa. Dann sprach er mit Dubas Balaan, dem Kommandanten des Turms von Silurgo. Und schließlich, weil er ihren Anblick besonders schätzte, mit Kiru Santri, der atemberaubend schönen Kommandantin des Torre Dalagan.

Selbstverständlich dauerte dieses Gespräch, obwohl es kein sehr wichtiges war, länger als die anderen.

Danach schaltete er die Bildschirmwand ab, erhob sich und schritt hinüber zu einer Nische des Raums, die den Hauptraum erweiterte. Dort glomm schwaches orangefarbenes und bläuliches Licht. Es umfloss die Apparaturen einer Anordnung von Steuerpulten und war nichts anderes als das Memoportal des Überwachungsraums: ein Modell älterer Bauart. Er hatte überlegt, die Apparaturen, wie im angrenzenden Salon, in den Steuersessel zu integrieren. Aber dafür bestand keine Notwendigkeit. Memoportale waren für ihn, in dem das Herz des Kontinuums schlug, eher unwichtig. Bald würden ihm alle Türen offenstehen.

Eine schöne Redewendung, dachte er.

Er sah sich um und wirkte verwirrt. Eine ganze Weile lang schien er nach etwas zu suchen. Dann hellte sich sein Blick auf. Die schwarze Katze mit der gelben Stirnzeichnung und den gold-glühenden Augen huschte über das Parkett. Er ging in die Hocke, streckte eine Hand aus, sodass die Katze geschmeidig unter die Finger gleiten konnte.

Sie schnurrte und der alte Mann schloss die Augen.

»Tiras«, sagte er. »Jetzt hast du mich wirklich überrascht.«

Die Katze machte einen Buckel und hob den Schwanz in einer langsamen Schlangenbewegung.

»Wie gern würde ich mit dir sprechen. Du bist ein Wesen mit Geheimnis, Tiras. Das unterscheidet dich von den Menschen.«

Der alte Mann erhob sich, trat an das Pult des Memoportals, aktivierte es mit wenigen Schaltungen, und das Licht wurde für einige Sekunden heller. Ein surrendes Geräusch ertönte, ein Zischeln. Mit einem letzten Lichtreflex schloss das Memoportal den Arbeitsprozess ab. Dann verließ der Mann, als habe sich nichts verändert, die Nische und widmete sich wieder der schwarzen Katze, die ihn interessiert beobachtete. Sie gingen gemeinsam hinauf in den Ruheraum über dem Salon. Doch zeitgleich tauchte der alte Mann in der Inneren Sektion der Implement-Klinik auf und sorgte dort mit seiner Anwesenheit für einige Nervosität.

SCHIENEN IM NEBEL

Er schmeckt nach Tod.«

»Was?«

»Der Nebel. Das ist kein normaler Nebel. Er schmeckt nach Tod.«

Tiras war aufgestanden und spürte, wie sich der fette Nebel an ihn drückte. Die Schwaden zogen träge dahin, wie ein Fluss ohne Grenzen. Ein Fluss in der Luft. Man konnte atmen. Aber zugleich war da dieses Gefühl zu ertrinken und mit der Strömung fortgeschwemmt zu werden. Und da war dieser Geruch.

»Was soll das heißen, der Nebel schmeckt nach Tod?«

Alissas Stimme klang angespannt. Der Nebel war eine Veränderung, die ihnen seit einer knappen Stunde Rätsel aufgab. Plötzlich waren die Schwaden aufgezogen. Obwohl die Sonne schien und der Tag bis dahin so warm und auch so trocken gewesen war.

Und dann hatte Tiras diesen Satz gesagt: »Der Nebel schmeckt nach Tod.«

»Ich weiß nicht«, meinte er. »Es ist ein Gefühl. Mit diesem Nebel stimmt was nicht. Er gehört nicht hierher. Und es haftet ihm ein Geruch an … nach Feuer und Tod. Nach Verbrennung. Nach Blut. Ganz fein. Ich kann es spüren, aber ich kann es nicht erklären.«

Und während er sprach, nahmen die Empfindungen weiter zu.

Alissa war sitzen geblieben an dieser Stelle im Sumpf, an dieser traurigen Birke, die ihnen wie ein Wegzeichen erschienen war, als der Nebel dichter wurde. Mittlerweile war der Sichtkreis auf kaum mehr als einen Meter beschränkt. Wenn Tiras nur noch einen Schritt tat, würde er wie durch eine Tür in einer Wand aus fahler Milch verschwinden. Es war eine unheimliche Vorstellung.

»Bleib hier!«, bat sie energisch.

»Ist die Sicht immer noch nicht besser geworden?«

Seine Stimme klang dünn. Es bahnte sich etwas an.

»Nein«, sagte sie. »Aber diese verdammte Suppe wird ja wohl wieder verschwinden. Gott, habe ich Hunger.«

»Ich auch.«

Tiras setzte sich wieder. Sie hatten einige Kilometer zurückgelegt. Er war ihr gefolgt, durch das Sumpfland. Alissa war vorangegangen, immer nach Süden, auf der Suche nach der Bahnlinie, auf Pfaden, die sie für sicher hielt. Wenn ihre Augen drohten, sie zu täuschen, hatte er Alissa gewarnt. So waren sie gut vorangekommen.

Als der Nebel dann aufzog, vertauschten sich ihre Rollen. Tiras hatte sich zugetraut, den Weg auch weiterhin zu finden. Doch bald hatte sich der Nebel verwandelt.

Auch die Wärme hatte nicht gepasst zu diesem Nebel. Tiras hatte Mühe gehabt, die Bilder zurückzuhalten. Er hatte versucht, sich nichts anmerken zu lassen.

»Als der Nebel kam, dachte ich, wir betreten ein Treibhaus. Das klingt vielleicht seltsam, aber es war plötzlich so warm und feucht um mich herum.«

Es war eine klebrige Wärme gewesen, die sie umfasst hatte. »Ich habe zuerst vermutet, wir sind irgendwie aus einem Schatten heraus in die Sonne getreten«, sagte er. »Aber dann war da dieser Geruch. Der Geruch von Feuer, Tod und Untergang.«

Tiras' Schilderungen veränderten Alissas Wahrnehmung. Bemerkte sie diesen Geruch nicht ebenfalls? Die Nebelschwaden schienen immer noch dichter zu werden.

Und plötzlich erinnerte sie sich: der Boden, die Spuren … ihre Gedanken, als sie den Boden betrachtete, kurz bevor sie im Milchwald des Nebels verschwanden. Ein verwundeter Boden, aufgerissen schwarz …

»Gibt es im Sumpfland Wasserbüffel?«, fragte sie unsicher. »Ich meine, Herden, die hier frei herumziehen?«

»Wasserbüffel?«

»Ja«, sagte Alissa. »Kurz bevor der Nebel hier alles zudeckte, hab ich gedacht, eine Herde von wilden Tieren muss hier durchgezogen sein. Es war alles zertrampelt. Matschig und zerpflügt. Schwere Schritte müssen es gewesen sein. Wasserbüffel vielleicht. Eine große Herde …«

Die Bilder. Tiras fühlte, wie sie ihn einkreisten. Wie er zu zittern begann. Die Bilder des Schwarzen Heers drängten gegen den Schutzwall, den er errichtet hatte. Er durfte jetzt nicht nachgeben. Jetzt nicht. Nicht schon wieder.

Und dann zuckte er zusammen. Schlagartig war alle Anspannung verschwunden.

»Was ist …?!«

»Still!«, zischte er.

Er horchte. Unbewusst hatte er Alissas Arm berührt. Sie hielt den Atem an.

»Hörst du das?«

»Da ruft jemand«, flüsterte sie. »Nein, jemand schreit! Schreie!«

Drei fauchende Geräusche, irgendwo in der Ferne.

»Schüsse! Da wird geschossen!«

Alissa sah sich hektisch um. Aber der Nebel war undurchdringlich. Die Stimmen wurden lauter.

Wumm! Wumm!

Wieder zwei Schüsse.

Tiras und Alissa hockten sich an den Stamm des verkrüppelten Baums, machten sich so klein, wie sie konnten.

Bamm! Bamm! Bamm! Bamm!

Je näher die Schüsse kamen, desto härter klangen sie. Als wäre der Nebel ein Schutz, der nun schwächer wurde.

»Da ist er!«, gellte plötzlich eine Stimme. »Dieser verdammte Hund. Er hält sich an die Schienen. Feuert auf die Schienen! Zidra, Brent, Romura: Hoch mit euch!«

Knatternde Explosionen. Dauerfeuer. Bababamm!!! Und das Kreischen von Querschlägern. Aus allen Rohren wurde da jemand unter Beschuss genommen. Jemand, der irgendwo im Nebel abgetaucht war, der für seine Verfolger so wenig sichtbar war wie für Tiras und Alissa.

»Schienen. Hast du gehört?«, flüsterte Alissa, Kopf an Kopf mit Tiras und voller Angst, dass eine verirrte Kugel zu ihnen finden könnte.

Ba-Ba-Ba-Ba-Bammm!!!

Eine weitere Salve raste durch die Luft. Die Schüsse kreischten, wenn sie von der Stahlwanne eines Pontons abprallten.

»Die Bahnlinie. Wir müssen ganz nah an der alten Bahnlinie sein!«

Tiras nickte. Die Gedanken überschlugen sich: »Wer ist das? Wen verfolgen sie da?«, fragte er gehetzt – und wurde sofort vom neu aufflammenden Geschrei der Unbekannten zum Schweigen gebracht:

»Dieser stinkende Berber darf uns nicht entkommen. Feuert auf die Schienen. Immer zu zweit um die Pontons. Er muss sich an die Schienen halten. Feuert!!«

Mit ohrenbetäubendem Krachen wurde der Befehl befolgt. Tiras war alarmiert. Sein Kopf war jetzt frei. So frei, wie seit Stunden nicht mehr …

Er musste dem Berber helfen. Was sollten sie tun? Wie weit entfernt lagen die Schienen noch? Würden die Männer mit den Waffen unweigerlich auf sie stoßen, wenn sie ihren Weg am Schienenstrang weiter verfolgten? Und der Berber?

Er würde es nicht schaffen. Es waren zu viele.

Tiras stoppte jedes Nachdenken und traf eine Entscheidung.

»Bleib hier«, rief er im Schutz des Lärms. »Bleib auf jeden Fall hier am Baum. Ich bin bald zurück!«

»Bist du verrückt? Tiras!«

Alissa versuchte, ihn zurückzuhalten, aber Tiras rannte bereits los und verschwand, hechtete gebückt in den Nebel hinein. Alissa wollte ihm einen wütenden Schrei hinterherschicken, unterdrückte aber den Impuls. Sie konnte nur hoffen, dass er Glück hatte. Dass sie ihn im Nebel nicht fanden.

Dass sie ihn nicht erschossen.

Das Herz pochte ihm in den Schläfen. Er hatte nur eine Chance: *Er* war der Sehende – *sie* die Blinden. Er stoppte den Gedanken. Er horchte. Er schmeckte. Er fühlte.

Er tastete sich mit schnellen Schritten durch den Nebel.

Der Boden stieg leicht an. Der Untergrund wurde trockener. Die Pontons mit den auf dicken Stahlplatten aufgelagerten Gleisen lagen nun ganz in der Nähe. Wenige Meter von ihm entfernt. Tiras hörte die hechelnden Verfolger. Sie waren auf der anderen Seite der Gleise, die von den wuchtigen Stahlwannen in etwa einem Meter Höhe gehalten wurden. Da war eine kaum wahrnehmbare Dämmung zwischen ihm und den Lauten der Verfolger. Sie bewegten sich auf der gegenüberliegenden Seite der Schienen. Und es war gut, dass sie dort drüben waren, dachte Tiras, denn auf dieser Seite wären sie …

Nein. Da war *doch* jemand. Schnell duckte sich Tiras, hastete ein Stück den leichten Anstieg hinauf, ertastete den Stahlbug eines Pontons. Seine Gedanken waren kurze Implse: Weiter. Weiter. Atemgeräusche. Schleichende Menschen. Drei Verfolger. Sie stürzten in weniger als fünf Metern Entfernung an ihm vorbei. Tiras sah alles. Das kalte Metall in ihren Händen. Das Blut, das durch ihre Körper jagte. Er *sah* ihre Anspannung – und sie sahen nichts. Gar nichts. Und dann tauchte in seinem Kosmos von Sinneseindrücken der andere auf. Und Tiras wusste plötzlich, wer er war. Die Erkenntnis brachte ihn fast dazu, sich zu verraten.

Sie durften den Mann nicht finden.

Wie eine Schlange schob sich Tiras weiter und weiter den Gleisstrang entlang – pirschte sich von Ponton zu Ponton. Er musste Distanz zu Alissa schaffen. Das war das Wichtigste.

Der andere befand sich ihm gegenüber. Er hatte sich einige Meter von den Schienen zurückgezogen. Ja, der dort drüben wusste ganz genau, dass sie versuchten, Katz und Maus mit ihm zu spielen. Er hielt sich von den Schienen fern, weil sie auf die Gleisanlagen zielten. Also würden sie beim nächsten Feuerstoß …

Es krachte.

Das Bellen der Schüsse und das Echogewitter der Querschläger dauerte mehrere Sekunden. Schlagartig wurde Tiras klar, wie leichtsinnig er sich verhalten hatte. Dumpfe Schmatzlaute verrieten die Kugeln, die in seiner unmittelbaren Nähe in den Boden schlugen. Die von den dicken Stahlblechen der Pontons und der Gleise abprallenden Geschosse schwirrten um ihn herum. Wäre Tiras ein Sehender gewesen, der Lärm hätte jede Ortung von Schüssen und Schützen unmöglich gemacht.

Aber er war kein Sehender. Er war auf geradezu unheimlich perfekte Art blind. Und die Geräusche, die Schüsse, die Rufe, das Rasen, Hecheln, Widerhallen – es hatte ihm im Sekundenbruchteil eines schwarzlichternen Blitzschlags alles gezeigt.

Er würde es versuchen.

»Passt besser auf, ihr Hunde!«, brüllte jemand, nicht allzuweit entfernt. Die Männer, die ihm eben noch fast auf die Finger getreten wären, hatten sich offensichtlich zu weit vorgewagt und waren nun in das eigene Feuer geraten.

Zu dumm. Tiras lächelte.

Vielleicht hatten sie ihn tatsächlich gehört und zielten nun vage auf einen Umkreis, in dem sie ihn vermuteten. Wenn es half, den anderen zu schützen, war es die Sache wert.

Lautlos schob er sich weiter bis zum nächsten Ponton. Als er die Schienen erreicht hatte, zog er sich hoch und prägte sich die Stelle ein, mit allen Einzelheiten.

Er hüstelte.

Es war ein kaum wahrnehmbares Geräusch. Ein Zischeln im Nebel.

»Da vorne. Da muss er sein. Los!«

Tiras wartete noch einige Sekunden. Die Geräusche veränderten sich. Er wusste, dass sie jetzt nicht schießen würden. Sie würden versuchen, schlau zu sein. Die Geräuschkette des Schießens war zu lang. Im Widerhall der Schüsse würden sie sekundenlang ohne Orientierung sein. Außerdem waren sie sich sicher, ihn sofort und gezielt töten zu können, sodass sie auf die Gelegenheit zum Fangschuss warteten.

Tiras drückte sich flach auf den Stahlboden. Er erzeugte ein leises, schabendes Geräusch.

In der Nähe wurde das Geräusch erwidert.

Jetzt! Tiras lachte auf. Er lachte triumphierend und schwang sich im selben Moment geräuschlos von den Schienen. Und dann rasten die Schüsse heran. Die Kugeln sirrten. Kreischten. Brachten den Metallstrang zum Singen. Tiras schickte ein Stoßgebet hinaus in das Milchmeer. Dann hörte er die Schmerzensschreie. Die Todesschreie. Das Stöhnen. Das Röcheln.

Zwei von ihnen waren schwer getroffen. Und ein dritter rief verletzt um Hilfe. Chaos brach aus. Tiras sprang auf, stieg zurück auf die Schienen, und hechtete, mal aufrecht, mal auf allen vieren, davon. Alle seine Sinne waren auf den Schienenstrang konzentriert. Jede Änderung des Verlaufs, jede Verkrümmung der Gleise, jeden Sprung musste er vorausahnen. Ein Fehler konnte tödlich sein. Er floh, und die Schreie der Verletzten waren sein Schutzraum. Sie schossen nicht noch einmal. Sie waren also immer noch Menschen.

Nach einigen hundert Metern ließ er sich neben die Schienen fallen und wartete. Sie hatten ihn gehört. Tiras hoffte, dass sie die falschen Schlüsse ziehen würden.

Der eine aber, den er kannte und suchte, würde seine Taktik durchschauen.

Alissa konnte sich nicht rühren, als die Schüsse fielen. Es geschah alles ein ganzes Stück von ihr entfernt. Aber der Lärm der Waffen löschte die Distanz.

Jeder Schuss war ein Treffer.

Sie zuckte zusammen: Bei jedem Schuss sah sie Tiras und befürchtete, dass er im Kugelhagel starb.

Was trieb er für ein irrsinniges Spiel?

Sie unterdrückte einen Fluchtimpuls und horchte. War das der Wind oder waren das Schritte? Die Nebelwand blieb undurchdringlich. Wieder Schüsse. Ein langer Feuerstoß aus zahllosen Waffen. Als Tiras dieses irre Lachen ausstieß, zersprang auch ihre letzte Hoffnung wie Glas. Die Schreie, das Stöhnen …

Aber dann wurde ihr bewusst, dass nicht Tiras geschrien hatte. Hatte er sich bewaffnen können? Und der andere? Erst jetzt machte sie sich Gedanken über den anderen. Die Verfolger hatten von einem Berber gesprochen. War Tiras aufgebrochen, weil er im Nebel Gil Pandra vermutete?

Ein Taumel erfasste sie. Der Gedanke an Gil Pandra gab der Hoffnung neue Nahrung. Und zugleich rasten blutdurchtränkte Bilder auf sie zu.

Die Nacht am Kanal. Tiras und die Morde.

Tiras, der Mörder?

Schnitt. Sie riss eine wütende Grimasse, die niemand in diesem Nebelfeld sah. Die Gedanken an die Mordnacht hatten keinen Platz an diesem Ort, in diesem verdammten Nebelgefängnis. Der Wunsch, sich in den Nebel zu stürzen und Tiras zu helfen, wurde unbändig. Aber sie hatte keine Chance. Sie musste warten und die Dinge geschehen lassen. Immer wieder durchbrachen Bilder ihren Panzer. In einem Feuerwerk von Bildern sah sie Tiras, wie er loslief, weil er glaubte, die Katze gesehen zu haben.

Diese rätselhafte schwarze Katze.

Er war davongerannt wie abends, vor einigen Tagen, unter der Brücke. Aber diesmal hatte sie ihn nicht zurückhalten können …

Eine Viertelstunde verging, und die Geräusche hinter der Nebelwand wurden schwächer. Schon seit mehreren Minuten waren keine Schüsse mehr gefallen. Das Stöhnen der Verletzten hörte auf. Alissa horchte in den Nebel hinein.

Nach einer halben Stunde lag vollkommene Stille über dem Nebel. Selbst die Sumpfgeräusche verstummten – die Tiere, die doch unablässig Geräusche erzeugten in ihrer wässrigen Welt.

Entweder spürten sie eine Bedrohung und verharrten, oder die Nebelwelt war in den Zustand völligen Friedens zurückgefallen.

Weitere Minuten vergingen, und Alissa meinte zu erkennen, dass der Nebel dünner wurde. Zuerst hielt sie es für eine Sinnestäuschung. Aber dann weitete sich das milchige Dunkel, das die Sicht auf den Boden in einem engen Kreis begrenzt hatte. Der Baumstamm, an dem sie lehnte, wuchs langsam und trüb in die Höhe. Die Äste, die dürre Krone des Baums lösten sich aus dem Dunst. Es wurde heller.

»Alissa.«

Als Tiras plötzlich als Umriss im Nebel erschien, war die Überraschung eine Explosion, die alles hinwegsprengte, was die Schattenwelt an Wahngebilden erzeugt hatte. Alissa stürzte zurück in die Realität, und die zweite Gestalt, die aus dem Nebel trat, war tatsächlich Gil Pandra.

Ihre Begrüßung fiel stumm aus. Noch immer war der Nebel dicht genug für Überraschungen. Falls doch noch Wächter in der Nähe waren, mussten sie vorsichtig sein. Alissa umarmte Tiras. Dann Gil Pandra – und zuckte zusammen.

»Du bist verletzt?«

Sie wich erschrocken zurück, als sie das Blut an Gil Pandras Schulter sah.

»Nichts Schlimmes«, sagte er. »Ein Streifschuss. Sie waren nicht schlecht, diese Hunde.«

Alissa betrachtete die Wunde.

»Nur eine Fleischwunde«, sagte Gil Pandra. »Sie verfolgen mich schon eine ganze Weile. Und vermutlich hätten sie mich geschnappt, wenn dieser Nebel nicht gekommen wäre.«

Er lachte grimmig.

»Wie kommst du hierher?«, bestürmte ihn Alissa. Sofort ging ihr die Versammlung der Berber durch den Kopf: Baba Faah und die

Clans, die mit ihm zogen. Die Trauer des alten Mannes, der nicht wusste, ob sein ältester Sohn noch lebte. Aber wusste Gil Pandra, wie es seinem Vater ging? Hatten die Berber Metronas verlassen können?

Tiras wurde unruhig.

»Wir sollten hier nicht bleiben. Sie werden wiederkommen. Sie werden die Richtung wechseln, wenn sie merken, dass sie uns verloren haben. Noch haben wir Schutz.«

Gil Pandra blickte mit zusammengekniffenen Augen in den sich weiter lichtenden Nebel. Alissa beobachtete ihn.

»Wir wollen nach Kartas«, sagte sie. »Baba Faah hat von Kartas gesprochen. Sie haben die Stadt verlassen.«

Alissa sah, wie sich Gil Pandras Blick verhärtete.

»Sie haben die Stadt verlassen«, wiederholte sie. Und es klang wie eine Beschwörung.

Gil Pandra nickte nur.

»Tiras hat recht. Wir müssen weg von hier. Und bis Kartas ist es noch weit«, sagte er. Dann brachen sie auf.

Wie selbstverständlich übernahm Gil Pandra die Führung. Alissa hatte gedacht, er würde einen Weg zurück zur Bahnlinie wählen, um entlang der Strecke und im Schutz der Pontons weiter Richtung Kartas zu ziehen. Aber Gil Pandra befürchtete, seine Verfolger würden ihnen an der Trasse auflauern.

Also schlugen sie einen großen Bogen zunächst nach Süden. Damit ihre Verfolger die Spur verloren, nahm Gil Pandra einen tückischen Weg durch Hochgraszonen voller Wasserinseln und lehmiger Flächen, die sich bei Druck regelrecht verflüssigten. Es blieb Alissa rätselhaft, wie er den trittfesten Pfad von jenen Stellen unterschied, auf denen man unweigerlich einsank, obwohl der Boden dort so ausgetrocknet schien.

Zwei Stunden lang bewegten sie sich mühsam durch ein Labyrinth aus Fallen, dann stießen sie auf eine merkwürdige Erscheinung.

Es begann damit, dass Tiras unvermittelt anhielt.

»Es kommt zurück!«, keuchte er unter Schmerzen.

»Was?« Alissa blickte sich irritiert um. Noch immer zogen vereinzelte Nebelschwaden über den Boden. Obwohl die Sonne leuchtend hell über der Nigrana stand, blieben diese seltsamen Gebilde und strahlten in einem fratzenhaften, überirdischen Weiß. Und jetzt wirkten sie plötzlich wieder unwirklich. Tiras, der die letzten Meter zurückgeblieben war, stand nur da, den Kopf erhoben und die Augen geschlossen.

»Der Nebel. Da vorn. Eine neue Nebelwand!«, rief Gil Pandra – und wies voraus. Ein breiter, sehr niedrig stehender Nebelstreifen verharrte unmittelbar vor ihnen. Flach, wie eine gigantische Scheibe, die über dem Sumpf schwebte.

»Woher kommt diese gespenstische Suppe nur?«, fragte Alissa nervös. Tiras stand noch immer reglos da, als würde er einer unhörbaren Stimme lauschen.

»Feuer«, flüsterte er. »Die Luft ist voller Feuer …«

»Du hast Fieber. Komm. Wir müssen weiter.«

Alissa zwang sich zur Ruhe. Es war Nebel. Nichts als eine weiße Nebelfläche. Wie Stunden zuvor, am Schienenstrang. Sie musste Tiras mit sich ziehen, denn Gil Pandra schritt langsam in den Nebel hinein, den Boden prüfend.

Was war nur los mit Tiras? Er sagte nichts, aber der Ausdruck in seinem Gesicht sprach Bände. Die Visionen der Flugnacht kehrten zurück. Sie mussten fort von hier. Je schneller sie den Nebel hinter sich ließen, desto besser. Zum Glück ließ sich Tiras beinahe willenlos führen.

Der Nebel lag so tief, dass Gil Pandra, als ihn der Schwaden umfloss, nur bis zur Brust eintauchte. Minutenlang verharrte er und wartete ab. Dann ging er Schritt für Schritt weiter. Alissa, mit Tiras im Schlepp, folgte zögernd. Wie eingehüllt in Milch bewegten sie sich. Alissa musste sich darauf verlassen, dass Gil Pandra auch ohne Sicht zum Boden einen Weg fand.

So kamen sie nur langsam voran. Doch nach einigen hundert Metern wurde der Nebelstreif dünner, und schließlich öffnete sich vor ihnen der Ausblick auf einen kreisrunden See mit pechschwarzem, dampfendem Wasser.

Gil Pandra hockte sich am Ufer nieder und betrachtete den See. Dann tauchte er eine Hand hinein. Als er sie wie eine Schöpfkelle hob, troff eine ölige, ins Rötliche und Bräunliche spielende, zähe Flüssigkeit herab.

»Es ist warm«, sagte er.

Alissa verzog angewidert das Gesicht.

»Dieser Geruch. Was ist das?«

In der Luft hing ein fast beißender Geruch von Energie, ein Gemisch aus ionisierter Luft und etwas Fremdem, Metallischem, das so gar nicht passen wollte zu dem modrigen Schwarz der Suppe in diesem Pechsee.

»Könnte das ein alter Arm des Teneber sein?«

Gil Pandra schüttelte gedankenverloren den Kopf.

Alissa hatte sich neben ihn gehockt. Der See hatte einen Durchmesser von vielleicht hundert Metern. Die runde Form machte es unwahrscheinlich, dass sie einen Altarm des Flusses erreicht hatten. Überhaupt, die Flüssigkeit in diesem See, das war kein Wasser. Aber worum handelte es sich? Der Boden am Ufersaum wirkte zerwühlt, zerstampft. Auf der gesamten Breite des Ufers, soweit es innerhalb des Nebelrings sichtbar blieb, bot sich Alissa der Anblick einer Viehtränke ohne Tiere. Sie erinnerte sich an die Spuren, die sie nah dem Schienenstrang gesehen hatte.

Wasserbüffel?

Ein absurder Gedanke.

Gil Pandra betrachtete die Spuren ebenfalls. Sah dann Alissa an. Seine Augen glühten.

»Lasst uns weitergehen!«

Die schwache Stimme schreckte sie auf. Tiras stand hinter ihnen, und Alissa fürchtete, er würde jeden Moment zusammenbrechen.

Erneut taumelten durch ihre Gedanken die Bilder des nächtlichen Flugs. Sie sah Tiras, wie er sich am Boden des Frachtraums vor Schmerzen wand.

»Weg von hier. So schnell wie möglich!«, rief sie.

Gil Pandra nahm Tiras an seine Seite und schleppte ihn mit sich. Vorbei am See. Immer Richtung Süden. Zum Glück dehnte sich das Nebelfeld nicht allzu weit aus. Als sie das Gewässer etwa einen halben Kilometer hinter sich gelassen hatten, kam Tiras wieder zu Kräften. Doch als ihn Alissa fragen wollte, was gewesen war, blockte er ab. Als schämte er sich in Gegenwart Gil Pandras für seine Visionen und seine Schwäche.

Von da an gab es keine Unterbrechungen mehr. Sie kamen gut voran, immer südwärts, im Schutz von Schilfgras und Streifen von Sumpfwald. Sie hielten sich an den Rändern von Sumpfwiesen an Schleichpfade, versteckt im angrenzenden Weidengebüsch, und umgingen die weit in die Sümpfe hineinlangenden Altwässer des Teneber.

Später am Tag erblickten sie am südlichen Horizont das Midianische Gebirge, und Gil Pandra wies auf einen fernen, schemenhaften Waldstreifen – die Flussaue des Teneber. Alissa meinte, im Dunst der Weite die Umrisse des Torre Dalagan und des Turms von Silurgo zu erkennen – auf dem westlichen und dem östlichen der Midianischen Gebirgszüge. Eine Zeit lang hatte sie gedacht, Gil Pandra wolle nach Zarena und nicht nach Kartas, denn von dort, wo Alissa Kartas vermutete, entfernten sie sich immer weiter. Aber Zarena, die wichtigste Stadt des Mühlenlandes, lag noch mindestens eine Tagesreise südwestlich ihres jetzigen Standorts.

Die Teneber-Aue verschmolz mit den Rändern des Sumpflands. Gil Pandra nutzte den Schutz des Auenwalds, um einen versteckten Pfad durch wuchtige Stelzwurzeln, Riedgras, Gesträuch und Schwemmholz zu nehmen, der sie am Fluss entlang nun nach Westen führte. Flussaue und Sumpfland lagen fast auf einer Ebene. Das hatte mit den seit Jahrtausenden erfolgten Verlagerungen des Teneber zu tun. Die

Waldstreifen in der Nähe des Flusses – oft am Rand alter Flussarme – lagen sogar leicht erhöht. Die dicht stehenden Bäume und das hohe Gras in Flussnähe waren ideal für Trampelpfade und Geheimgänge.

Gil Pandra schien all diese Routen zu kennen.

Am späten Nachmittag, als der Hunger sich nicht mehr verdrängen ließ, machten sie Rast. Gil Pandra besorgte Beeren, Pilze und essbare Wurzeln. Sie lagerten in einem Halbkreis von Büschen, unterhalb ihres versteckten Pfades, und aßen stumm. Alissa war erschöpft. Mit den ersten Bissen jedoch erwachte in ihr wieder der Wunsch, von den Ereignissen im Kanaltunnel zu erfahren.

War es, weil diese Nacht ihr Bild von Tiras erschüttert hatte?

Weil da ein Verdacht schwelte, den sie nicht zerstreuen konnte?

Je länger sie Gil Pandra und Tiras beobachtete, desto mehr hatte sie den Eindruck, dass sich das Schweigen der beiden gegen sie richtete. Ein verrückter Gedanke, der sich selbstständig machte – bis sie es nicht mehr aushielt:

Sie schluckte den faden Bissen, den sie minutenlang gekaut hatte, hinunter, und sah Gil Pandra an:

»Wir haben uns große Sorgen gemacht, als du in der Nacht verschwunden warst«, sagte sie. »In Metronas. Dein Vater und die anderen Berber – wir haben alle gedacht, du bist tot.«

Gil Pandra drehte ein Stück Wurzel in seinen Händen. »Formida Baba«, sagte er nur – und schwieg wieder.

»Tiras hat gesagt, du hast ihn gerettet. In dieser Nacht. Im Kanaltunnel.«

Tiras reagierte nicht. Er hatte aufgehört zu essen, aber er sagte nichts. Alissa spürte, wie ihre Fragen auf Widerstand stießen.

Schließlich räusperte sich Gil Pandra:

»Ich habe den Mann verfolgt, der Marina in seiner Gewalt hatte. Aber bevor ich sie befreien konnte, bekam er Verstärkung. Sie versuchten, mich zu umzingeln. Ich musste fliehen. Der Kontakt zu den Berbern brach ab. Es war nicht leicht, ihn wiederherzustellen.«

»Und die Toten? Die Männer im Kanal?«

Gil Pandra wich der Frage aus.

»Die Stadt ist eine einzige Falle«, sagte er und spuckte auf den Boden. »Ich habe versucht, mich zu Baba und unseren Leuten durchzuschlagen. Aber dann erfuhr ich, dass die Berber planten, nach Kartas aufzubrechen. Und man sagte mir, dass ihr ...« – er deutete mit einer Kopfbewegung auf Tiras und Alissa – »... diese Idee hattet, euch an Bord des weißen Flugzeugs zu verstecken. Als ich mich endlich bei Baba melden konnte, ließ ich ihm sofort ausrichten, ich würde versuchen, die Flucht der Berber mit einem Ablenkungsmanöver zu erleichtern.«

»Mit einem Ablenkungsmanöver?«

»Ja«, sagte Gil Pandra. »In der Regel fällt es uns nicht besonders schwer, Verfolger abzuschütteln. Aber in dieser Nacht war der Teufel los. Die Späher in der Stadt hatten gehört, dass die Wächter Aktionen gegen die Berber planten. Es ging das Gerücht, dass General Conano von Babas Plänen erfahren hatte und die Flucht verhindern wollte. Die Gründe waren vermutlich andere. Baba ist Posisco nicht wichtig genug. Conano und Borlund planen in größeren Maßstäben. Die Berber sollen bluten, um die Pläne Posiscos vor der Zitadelle zu verheimlichen. Aber wie dem auch sei, Blut sollte fließen unter den Berbern. Ich wollte also einen Weg entlang der Bahnstrecke nach Zarena nehmen, ins Mühlenland, und die Wächter auf meine Spur locken.«

»Damit Baba Faah nach Westen über den Fluss entkommen konnte? Nach Kartas?«

»Ja, so war der Plan« – Gil Pandra hatte einen Moment geschwiegen, nickte nun gedankenverloren. »Doch Baba war skeptisch. Er schickte mir Kahfis zu Hilfe. Kahfis und einige andere.«

Alissa erinnerte sich daran, wie Kahfis am Tag des Aufbruchs aus Metronas plötzlich aus dem Lager verschwunden war. Deswegen also hatte er sich heimlich abgesetzt.

»Und dann?«

Gil Pandras Stimme klang plötzlich kalt.

»Es hat sich alles verzögert«, sagte er. »Wir waren in der Nähe der Klinik. Am nördlichen Ufer des Teneber, am Rand eines alten Tanklagers. Auf den Abstellgleisen wollte Kahfis Waggons in Brand setzen und die Wächter zu einem Großeinsatz nötigen. Damit Baba und die Clans sicher über den Teneber fliehen konnten. Aber als wir am Rangierfeld ankamen, fanden wir überall zwischen den Gleisen Tote, halb verbrannte Leichen. Schrecklich zugerichtet. Ich habe geahnt, was da gespielt wurde, doch wir waren geschockt. Die Wächter lauerten uns auf. Wir haben sie viel zu spät bemerkt. Ihre Spitzel hatten uns beobachtet. Sie müssen direkt aus Porta Cresta, vom Werk, gekommen sein. Wir haben versucht, über den Fluss zu fliehen, womit sie allerdings gerechnet hatten. Es war ein furchtbarer Fehler ...«

»Aber du bist entkommen,«, sagte Alissa. »Und Baba Faah? Kahfis?«

»Kahfis und seine Begleiter sind tot.«

»Tot?«

Alissas Blick flog zu Tiras, der schweigend dasaß, die Augen wie erloschen zum Himmel gerichtet. Es kam noch immer kein Laut über seine Lippen.

»Was ist mit Baba Faah?«

»Ich weiß es nicht«, sagte Gil Pandra tonlos. »Schwarze Wächter waren mir auf den Fersen. Hunderte. Stundenlang konnte ich sie narren. Ich habe kaum noch eine Erinnerung daran, wie es mir gelang, sie zu überlisten. Irgendwann konnte ich mich ins Mühlenland absetzen. Südlich von San Mintra. Dort gibt es Routen ... Ich hoffe, dass ich die Verfolger von Baba ablenken konnte. Doch viel zu viele wissen längst, dass es die Berber nach Kartas zieht. Viel zu viele.«

Er sah auf, blickte Alissa an. Ein Blick voller Argwohn, dachte sie. Es irritierte sie. Dieser Vorwurf in seinen Augen ... Was war mit ihm geschehen? Er hatte ihnen im Kanaltunnel die Hilfe der Berber versprochen. Er wollte kämpfen, zusammen mit ihnen. Und nun?

Gil Pandra senkte erneut den Blick.

»Ich ging nach Norden in die Sümpfe. Sie hatten längst von mir abgelassen. Aber als ich gestern am Abend den Teneber überquert hatte ...«

Wieder hielt er inne, lächelte nun müde.

»Vielleicht hat Baba recht«, sagte er resigniert. »Unsere einzige Chance ist die Flucht. Wir müssen uns zurückziehen und hoffen. Die Macht ist zu groß. Sie wird uns vernichten. Ich habe gestern das Heer gesehen.«

»Das Heer?« Alissa war sofort alarmiert: Die Visionen. Die Bilder, die Tiras seit Wochen heimsuchten. Und kaum hatte Gil Pandra die Worte ausgesprochen, konnte auch Tiras nicht länger schweigen. Er kämpfte. Die Bilder kehrten zurück. Er kämpfte gegen sie. Sie durften ihn nicht überwältigen:

»Das Schwarze Heer. Das Heer des Schwarzen Lords« – seine Stimme zitterte. »An Bord des Flugzeugs. Der Drache, Alissa ...«

»Es ist eine furchtbare Macht«, sagte Gil Pandra, »und jeder, der sich vor dieser Macht zu verbergen sucht, tut das Richtige. Das einzig Richtige.«

Alissas Herz raste.

»Was hast du gesehen?«

Gil Pandra atmete tief ein. »Es kam ganz plötzlich«, sagte er. »Zuerst konnte ich nur ein feines Rauschen hören. Ein gleichmäßiges, durchdringendes Rauschen. Und dann sah ich es: Am Himmel schien alles in goldenes Glühen gefasst. Plötzlich steigerte sich das Rauschen. Wie das Rauschen der Wasserfälle von Nicobra. Aber die Wasserfälle waren Dutzende von Kilometern entfernt. Und dann marschierten sie auf: Schwarze Soldaten. Weit verteilt in der Ferne, stampfend und schweigend. Ein riesiges Heer. Eine fließende, amöbische Masse. Sie bewegten sich seltsam künstlich. Das Schwarz hielt sie zusammen, und über ihnen flirrte die Luft. Doch noch in vielen Kilometern Entfernung war in diesem Flirren deutlich das rote Wehen der Kriegsbanner zu sehen.«

Alissa hing ihm an den Lippen und Tiras wirkte wie in Trance.

»Der Schwarze Lord«, flüsterte er.

»Ja«, sagte Gil Pandra. »Die Sage vom Heer des Schwarzen Lords ging mir durch den Kopf. Baba und Balda Ssahn und Mol Pathuk. Sie haben recht. Terron torrnatan da retoura nigrana. Torrnatanas terron. Die Sonne verschwand und die Schneisen am Himmel glühten auf. Ich habe es so oft gesehen, in Metronas oder vom Sumpfland aus. Aber dieses Mal war es, als würde der Himmel Feuer fangen. Ich starrte nach oben. Ich entdeckte in einem Meer von Glut das Flugzeug, und genau in diesem Moment stieg am Horizont eine schwarze Fontäne empor. Ich sah, wie das Heer, diese schwarze Masse, sich aufblähte und in den Himmel hinaufwuchs. Ein Heulen setzte ein. Ein über die Sümpfe hinwegrasender Ton, als würde ein Komet niedergehen und das Land vernichten. Und dann stand er da, dieser Riese, und ich dachte, er würde im nächsten Moment das Schwarze Land zerreißen.«

»Der Drache. Der Drache mit dem Feuerkopf.«

Alissa hatte die Augen geschlossen. Gil Pandra hob an, in der alten Sprache zu sprechen:

»Mordres, tan mordres da terron as nigra patrona retour. Der Schwarze Lord kommt zurück. Niemand kann ihn aufhalten!«

Tiras bewegte die Lippen, als würde er die Worte stumm mitsprechen. Alissa aber fieberte noch immer in den Bildern, die Gil Pandras Schilderungen wachgerufen hatten. »Und was geschah dann?«, drängte sie. »Ich habe den Drachen nur für Sekunden gesehen. Bis das Flugzeug herumgerissen wurde.«

»Der Drache verglühte. Nach wenigen Sekunden war es vorbei. Das Schwarz der riesigen Gestalt wurde von der Glut der Botenstromschneisen erfasst. Und alles verglühte. Alles. Dann war Stille. Und Dunkelheit.«

Sie schwiegen. Tiras atmete schwer. Die Bilder funkelten noch.

Minutenlang schwiegen sie.

»Kommt. Wir müssen weiter«, sagte Gil Pandra schließlich. Alissa widersprach nicht. Sie sah zu Tiras.

»Alles in Ordnung?«, fragte sie vorsichtig.

Er nickte.

Als er sich erhob, wirkte er müde, seine Bewegungen fahrig.

Gil Pandra sah ihn an, und ein Lächeln huschte über sein so ernstes Gesicht: »Ein paar Stunden noch«, sagte er. »Haltet durch!«

Dann war es mit Gil Pandras Gesprächigkeit wieder vorbei. Alissa hatte natürlich bemerkt, dass er es vermied, von den Morden im Kanaltunnel zu sprechen. Und sie spürte diese besondere Nähe zwischen ihm und Tiras. Die beiden, dachte sie, teilten ein Geheimnis. Ein Geheimnis, das ihr zu schaffen machte. Doch der anstrengende Marsch unterdrückte jeden weiteren Gedanken an die Mordnacht.

Sie folgten weiter dem Fluss. Der Teneber zog sich in einem lang gestreckten Bogen nach Norden. Gil Pandra hielt auf eine Gruppe von Pappeln zu: hohe, kräftige Bäume, die von Weitem an einen Fächer aus Federn erinnerten.

Wind war aufgekommen. Die Pappeln bewegten sich in sanftem, gleichmäßigem Rhythmus, als würde ein riesiger Flügel die Luft unter sich verteilen und in Wellen durch seine Federn gleiten lassen. Die Wärme des Tages hatte sich so weit aufgestaut, dass die Luftmassen über der Nigrana in Bewegung gerieten – was häufig geschah in den Sommermonaten.

Je näher sie den Pappeln kamen, desto vorsichtiger verhielt sich Gil Pandra, als vermutete er hinter jedem Erdhügel, jedem Strauch, hinter jeder Biegung des Pfades ein Überfallkommando der Schwarzen Wächter.

Was sie aus der Ferne als Reihe hoher Bäume gedeutet hatten, war tatsächlich ein breiter Waldstreifen, in dessen Mitte eine dichte Gruppe von Schwarzpappeln wuchs. Modriges, teils noch feuchtes, teils von schlierigem Grün überzogenes Bruch- und Schwemmholz, das sich im dichten Unterholz verfangen hatte, zeugte von häufigen Überschwemmungen. Die Hochwasser hatten ihr Treibgut nach und nach hier abgelagert, verfestigt zu einem Ring, der die inneren Bäume umschloss. Die Pappeln vermochten dem nassen Grund zu trotzen. Ihre Wurzeln lagen irgendwo versteckt im Gehölz.

Gil Pandra zog am Rand dieses an einen Biberdamm erinnernden Bollwerks mehrere überkreuz liegende Äste auseinander. Es kostete ihn einige Mühe, aber nach und nach legte er eine Art Gang ins Innere einer Senke frei. Dass es sich um eine Senke handelte, bemerkte Alissa jedoch erst, als sie gemeinsam ein Stück ins verkeilte Holz eingedrungen waren – wie in einen Mangrovenwald bei Niedrigwasser. Der Geruch von Feuchtigkeit und Moder war überwältigend. Die Aststücke, auf die sie traten, waren glitschig und dicht mit Moos bewachsen oder bedeckt von matschigen Flussalgen. Zwar stand die Sonne hoch am Himmel, aber hier am Grund des angeschwemmten Materials schimmerte das Licht grünlich düster. Sie kamen immer nur wenige Meter am Stück voran. Sie stießen in den Gang vor wie in eine Abfolge von Schleusenkammern. Nach vorne zog Gil Pandra Äste beiseite und öffnete den Gang, nach hinten verschloss er ihn wieder – Tür für Tür sozusagen.

Nach einiger Zeit befanden sie sich im Inneren der Senke wie in einem Festungsring. In der Mitte der Senke erhob sich ein merkwürdiger Hügel, bedeckt mit angetrocknetem Schlick und schmierigem Grün. Gil Pandra stieg auf diesen Hügel hinauf, legte mit seinen Händen zwei mit Schlick gefüllte Vertiefungen frei, griff hinein und hob mit großer Anstrengung eine Art Kanaldeckel hoch.

Alissa glaubte ihren Augen nicht zu trauen. So etwas hätte sie überall erwartet, aber nicht mitten in der Wildnis der Nigrana.

»Kommt«, sagte Gil Pandra. »Wir müssen die Fackeln benutzen.«

Er fasste mit der Hand tief in das Einstiegsloch und zog einen wasserdicht gemachten Leinensack hervor, den er öffnete.

»Fackeln?«

Alissa beobachtete erstaunt, wie Tiras ein Bündel dunkler, etwa sechzig Zentimeter langer, wachsumhüllter Stäbe entgegennahm und dazu einen roten Beutel. Beides hatte Gil Pandra dem Leinensack entnommen.

»Später«, sagte er. »Lasst uns zuerst von hier verschwinden. Wir müssen den Einstieg schnell wieder schließen. Verteilt die Sachen.«

Tiras, der die Fackeln am wenigsten benötigte, übergab Alissa und Gil Pandra je einen der Stäbe und reichte dem Berber den roten Beutel, in dem sich ein in Folie verpackter Phosphorzünder befand.

»Sie werden nicht sehr hell brennen«, sagte Gil Pandra. »Die Luft im Schacht ist kostbar und die Versorgung mit Frischluft ist an manchen Stellen ein Problem. Die Anlagen sind alt. Wenn wir unten sind, entzünden wir die Fackeln. Kommt.«

Er schob Fackel und Zünder in seine Jacke und schwang die Beine über das Einstiegsloch. Dann beschrieb er Tiras den Einstieg, ließ sich tiefer gleiten und trat mit dem rechten und dem linken Fuß in gegenüberliegende Aussparungen in der Schachtwand. So hangelte er sich hinunter, den linken, den rechten Fuß Stufe für Stufe tiefer setzend. Mit den Händen stützte er sich ebenso, rechts und links, Stufe für Stufe, ab. Nach ihm folgte Alissa und zum Schluss Tiras.

Als sie unten waren, riss Gil Pandra die Folie des Zünders auf, der bei Luftkontakt entflammte, und setzte die Fackeln in Brand. Dann stieg er noch einmal hinauf, kletterte aus dem Loch, nahm den Kanaldeckel, füllte die oberen Grifflöcher mit Schlick und wuchtete ihn, nachdem er wieder in den Schacht gestiegen war, mühsam zurück in Position. Zum Schluss prüfte er, ob der Deckel dicht auflag und kletterte zurück zu Tiras und Alissa.

Sie befanden sich in einem Tunnel, einem alten Stollen, wie Alissa zunächst dachte. Im schwachen Schein der Fackeln erkannte Alissa das rostfarben-feucht glänzende Muster von Ziegelsteinen. Der Boden, die Seitenwände, die Decke, alles war geziegelt. Der Tunnel hatte einen hufeisenförmigen Querschnitt und war so hoch, dass die Decke selbst den Größten von ihnen, Gil Pandra, noch um zwei Köpfe überragte.

An den Wänden verliefen links und rechts zwei dicke schwarze Rohre. Alissa hatte keine Ahnung, wozu sie dienten. Wie überhaupt ihr die ganze Anlage rätselhaft blieb. Das Gemäuer machte einen uralten Eindruck. Und die Feuchtigkeit, die überall hervorsickerte, verlieh dem Gang den kühlen Charme eines Burgverlieses.

Wohin führte dieser Tunnel?

Und woher kam er?

Gil Pandra nahm Tiras die Fackel aus der Hand und leuchtete die Tunnelwände ab, zuerst in die eine Richtung, dann in die andere. Er hielt die Fackel nah an die Wand, dorthin, wo, etwa auf Kopfhöhe, die Rohre verliefen. An der Unterseite der Rohre waren in regelmäßigen Abständen zylindrische Behälter angebracht.

»Was ist das? Wo sind wir hier?«, fragte Alissa.

Gil Pandra senkte die Fackel und drehte sich zu ihr um.

»Dieser Tunnel gehört zum größten Geheimnis der Berber des Schwarzen Landes«, sagte er. »Niemand darf davon erfahren. Wenn die Berber überleben wollen, müssen sie dieses Geheimnis wahren. Wenigstens dieses Geheimnis muss uns bleiben.«

Dann wandte er sich ab und wies mit seiner Fackel voraus in den Gang. »Hier entlang«, rief er – als seien damit alle Fragen beantwortet.

Tiras machte Anstalten, Gil Pandra zu folgen. Aber Alissa blieb stehen.

»Was in aller Welt hat dieser Tunnel zu bedeuten?«, fragte sie – so laut, dass ihre Worte in der Tunnelröhre widerhallten.

Tiras und Gil Pandra waren ein Stück vorausgegangen und Tiras horchte in die Dunkelheit hinein. Gil Pandra holte tief Atem und schüttelte den Kopf.

»Nur die Berber wissen von den Tunneln.« Seine Antwort klang beinahe drohend. »Andere, die in das Tunnelsystem eindringen, überleben meist nicht lange. Wir müssen dieses Geheimnis verteidigen. Unser Schicksal hängt davon ab.«

In Alissas Augen funkelte der Zorn. Vertraute er ihnen nicht? Hatte Posisco es geschafft, die Menschen so weit zu kontrollieren, dass Vertrauen unmöglich geworden war?

»Was soll das heißen?«, rief sie. »Werden Tiras und ich uns fürchten müssen, weil wir in euer Heiligtum eingedrungen sind? Du hast uns doch hergeführt! Ich bin mit Tiras aus Metronas geflohen, wie die Berber. Wir werden verfolgt, wie die Berber. Wir kämpfen auf der Seite der Berber. Wenn wir nicht zusammengehören, dann sag es, sag es jetzt – und ich verlasse diesen Tunnel. Sofort!«

Sie bebte vor Wut. Tiras hingegen wirkte bleich, auch im Licht der Fackeln. Gil Pandra musterte Alissa.

Er musste sich eingestehen, dass er sie bewunderte.

Für ihren Mut.

Für den Kampf um ihren Vater.

Ja, auch sie kämpfte für ihren Vater – und für Tiras, das spürte er. Tiras, der eine Last trug …

Liondrana Alissa, dachte er.

»Also gut. Du sollst es erfahren. Der Tunnel ist von den Berbern vor über vierhundert Jahren angelegt worden. In der Zeit der Kämpfe zwischen dem Patronar der Nigrana und dem Statthalter von Metronas. Der Tunnel gehört zu einem System von Tunneln, die das Sumpfland in großer Tiefe durchziehen. Sie alle münden in Kartas. In der Stadt der Berber.«

Alissa sah ihn verwundert an. Schlagartig war ihre Wut verraucht.

»Aber Kartas ist doch eine Ruinenstadt? Eine Stadt, die Metronas erbaut hat. Ich meine, Siedler aus Metronas haben Kartas geplant und gebaut. Damals, vor zweihundert Jahren oder so. Soll das heißen, die Berber haben Kartas danach wieder besiedelt? Nachdem die Siedler fort waren? Und was geschah davor? Bevor die Siedler kamen? Wozu haben die Berber Tunnel angelegt vor so vielen Jahrhunderten?«

Gil Pandra lächelte matt.

»Die Siedler haben Kartas nicht erbaut«, sagte er. »Die Siedler kamen an einen Ort im Sumpfland, der nicht ganz so tückisch war wie der Rest der Sümpfe. Die Stadt, die sie dort gründeten – die sie zu gründen versuchten –, nannten sie Kartas. Das Wort war schon Hunderte von Jahren alt. Es schien irgendwie zu dieser Region des Sumpflands zu gehören. In Metronas vermutete man, es komme von *Garten* und meine eine halbwegs trockene und fruchtbare Zone im Sumpfland. Aber Kartas war immer ein Wort der Berber. Es bedeutet *Die Gründung*.«

Dann fügte er mit hasserfüllter Stimme hinzu: »Doch das weiß niemand, denn die Geschichte der Berber wurde aus den Geschichtsbüchern der Nigrana getilgt!«

»Was? Die Berber haben Kartas gegründet?«, rief Alissa überrascht.

»Vor fast fünfhundert Jahren«, ergänzte Gil Pandra. Damals waren die Berber ein sesshaftes Volk. Sie lebten weit im Westen, an den Rändern des Mühlenlandes, das bis zur Bucht von Settembris reichte. Sie waren mächtig und unterhielten Beziehungen zu Metronas und zum Statthalter. In den Kriegen des Patronars gegen den Statthalter und seine Verbündeten gerieten die Berber zwischen die Fronten. Sie suchten Schutz, und weil das Volk der Berber ein Volk von Baumeistern war, die das Mühlenland kultiviert hatten, legten sie in der Mitte des Sumpflandes eine unterirdische Stadt an: Kartas. An einem Ort, wie gesagt, der nicht ganz so tückisch war wie der Rest der Sümpfe.«

»Eine Stadt unter den Sümpfen? Von Berbern erbaut?«

Die letzten Worte rutschen Alissa in einem Ton ungläubigen Staunens heraus. Gil Pandra reagierte gereizt:

»Ich weiß. Für Metronas sind die Berber herumreisende Primitive«, höhnte er. »Clans ohne Geschichte. Aber wir sind die Reste eines vernichteten Volks. Mordre tan mordre as timpas tornnatanas terron!«

Mit harter Stimme schleuderte er die Worte hervor:

»Vor fünfhundert Jahren lebten Hunderttausende von uns in der Nigrana. Seit den Verfolgungen durch den Patronar, den Schwarzen Lord, haben wir bluten müssen. Kartas und das Sumpfland wurden zu einer sicheren Festung für wenige Jahrhunderte. Aber dann gingen die Verfolgungen weiter. Teile unseres Volkes, viele Wissenschaftler, zogen sich nach Settembris zurück. Andere blieben im Widerstand. Als sich Metronas vor fast zweihundert Jahren anschickte, das Sumpfland zu erobern, war das der vorerst letzte Versuch von Kräften, die uns hassten, uns zu vernichten. Kartas war eine große Stadt, aber die Berber waren nie wieder so stark wie zu den goldenen Zeiten im Mühlenland. Das Leben im Untergrund hatte seinen Preis. Das Volk der Berber war geschrumpft. Dann kamen die Siedler, und wieder metzelte man uns nieder. Sie vertrieben uns endgültig, löschten die Erinnerung an uns aus. Seit damals ziehen die Berber durch die Nigrana, ruhelos, verflucht von den Geistern unserer Toten. Die wenigen, die wir noch sind, fühlen sich hin- und hergerissen. Seit damals gibt es unter uns Berbern solche, die kämpfen wollen gegen das Unrecht, das uns weiterhin angetan wird, und solche, die ihr Schicksal demütig annehmen und hoffen, dass eine bessere Zeit anbricht. Ich will nicht aufgeben, denn bessere Zeiten werden nicht kommen. Posisco ist die Macht, die den Fluch der Berber erfüllen und noch die letzten von uns vernichten wird!«

Als Gil Pandra schwieg, sah Alissa zu Tiras. Diese Geschichte der Berber fehlte in den Chroniken der Nigrana. Vermutlich fand man sie nicht einmal in den Archiven der Universität.

»Und Kartas ist nun verlassen? Eine Geisterstadt?«, fragte Alissa.

Gil Pandra stieß ein sarkastisches Lachen aus:

»Kartas war der erste Akt des Widerstands gegen den Terror aus Metronas. Als die Siedlungen gebaut worden waren, haben die Berber das unterirdische Kartas geflutet. Der Schwemmgrund, auf dem man die lächerliche Siedlung errichtete, war plötzlich instabiler als jeder andere Winkel im Umkreis. Metronas musste die Siedlung aufgeben. Die Siedler sind abgezogen. Wenigstens das haben wir geschafft. Sie hatten die Erinnerung an die Berber und ihre große Stadt so gründlich zerstört, dass das Wissen um die Ebenen von Kartas auch aus dem Gedächtnis der Täter getilgt war. Manchmal haben wir nachhelfen müssen. Der eine oder andere derer, die das Massaker und die Siedlung planten, wurde mit durchschnittener Kehle gefunden. Feige Morde, Heimtücke – nennt es, wie ihr wollt. Für uns war es gerechte Rache.«

»Und wenn wir nach Kartas kommen, was werden wir dort vorfinden, außer Ruinen?«

Gil Pandra seufzte, und sein Blick, der so hasserfüllt gewesen war, wechselte plötzlich zu tiefer Trauer.

»Ich hoffe, wir stoßen auf Baba«, sagte er. »Ich hoffe, es ist Baba gelungen zu entkommen. Ich hoffe, sie konnten flüchten, in die Geisterstadt unter den Sümpfen.«

Dann aber drängte er zum Aufbruch.

ADRIS BRAHMIN

Das kalte Neonlicht verstärkte die nüchternen Kontraste von Weiß und Grau, von Blassgrün und Schwarz und dem matten Edelstahl der Seziertische. Auf den grauen Bodenfliesen des gekachelten Raums, der an den überdimensionierten Sektionssaal eines gerichtsmedizinischen Instituts erinnerte, standen in vier Reihen, großzügig verteilt, je drei dieser Tische. Darauf lagen die mehr oder weniger verstümmelten, verbrannten, zerstörten Körper von Toten, die man von überall aus der Stadt herbeigeschafft hatte.

Die Toten waren nackt. Genauer, das, was von ihnen übrig geblieben war, war nackt. Die Leichen wiesen schwere Kopfverletzungen auf, ihre Schädel waren zu Kohle verbrannt. Manche hatte das Feuer enthauptet. Die Halsstümpfe glichen klaffend schwarzen Mäulern.

Diese Menschen wurden in der Stadt nicht vermisst.

Sie wurden nirgendwo vermisst.

Wasser plätscherte über die leicht geneigten Spülflächen der Tische. Pathologen und ihre Helfer trugen grüne Kittel und Gummihandschuhe und wirkten mit Mundschutz und Hauben wie vermummte Außerirdische, die an Fleischresten hantierten, Knochen zersägten, Schädelreste entfernten, Gewebe zerschnitten.

Die Luftreiniger des fensterlosen Saals summten im Hintergrund. Und die in Diktiergeräte gemurmelten Obduktionsberichte verloren sich in der Weite des Saals und den bizarren Geräuschen der Leichenschau.

An jedem Tisch hielt einer der Assistenten ein Clipboard mit einem Formular, auf dem eine Zick-Zack-Kolumne von Kreuzen länger und länger wurde.

Manchmal öffnete sich eine Stahltür an der Kopfseite des Saals, und auf einem Wagen wurde ein Stapel weißer Kunststoff-Kisten hereingeschoben, quer durch den Saal zu den Leichenkühlzellen am gegenüberliegenden Ende. Dort wurden sie gelagert, bis sie an der Reihe waren, denn in den Kisten lagen weitere Tote.

Das alles geschah wortlos. Gesprochen wurde nur an den Seziertischen: sachlich, unpersönlich, leise. Wenn eine Leichensektion abgeschlossen war, kamen die Reste des Körpers wieder in die Transbox, aus der sie herausgeholt worden waren, wurden zur Destination Z transportiert und mitsamt Box entsorgt – ebenso wie die Leichen, die nicht in der Klinik untersucht wurden.

Destination Z: das Krematorium der Posisco-Werke.

Dann rauchten die Schornsteine der Werke weiß.

Dass die Leichen mit weißem Rauch verbrannten, war eine Folge bestimmter Verbrennungszusätze. Für das friedliche Weiß sorgten Chemikalien im Material der Boxen. Man hatte an alles gedacht.

Wieder öffnete sich die Stahltür am Saalende. Zwei Männer in Arztkitteln erschienen. Da sie weder Mundschutz noch Haube trugen, konnten die Sezierenden im Saal sie erkennen.

Bei den Kittelträgern handelte es sich um Skanda Borlund und Professor Laskoff, den Leiter der Klinik.

Manche unterbrachen die Arbeit, hoben die Gummihandschuh-Hände mit den Werkzeugen darin in seltsam serviler Haltung und nickten den zwei Männern zu – doch Skanda Borlund gab mit finsterer Miene zu verstehen, dass er keine Aufmerksamkeit wünschte.

Borlund und Laskoff traten an den einen, den anderen Seziertisch, betrachteten die Leichen, warfen Blicke auf bereits ausgefüllte Formulare und gingen weiter.

Auf einem der Tische lagen fast vollständig verbrannte Leichenreste. Laskoff ließ sich ein halb ausgefülltes Formular geben, prüfte die Eintragungen und trat mit Skanda Borlund beiseite.

»Ich verstehe nicht, weshalb es überhaupt Tote gibt«, raunte Borlund. »Ich meine: Körper. Beweise. Überreste. Mal abgesehen davon, dass es uns in diesen Tagen entgegenkommt. Aber ich dachte, diese Phase hätten wir hinter uns.«

Er blickte kurz hinüber zu dem Seziertisch, der nun geräumt und für den nächsten Toten präpariert wurde. Laskoff reichte das Formular zurück.

»Vergessen Sie nicht, dass die Implemente derer, die hier liegen, noch älterer Bauart waren.«

»Welche Rolle soll das spielen?«, fragte Borlund verwundert. »Die Impulsgebung der Konverter ist abwärtskompatibel. Das war in den Entwicklungen so vorgegeben.«

Professor Laskoff lächelte gezwungen. Laskoff war mindestens zwanzig Jahre älter als Borlund und ein gutes Stück kleiner. Sein rundes Gesicht voller Falten zeigte eine gewisse väterliche Gelassenheit. Sie strahlte Würde aus, auch wenn Skanda Borlund ihn in diesem Moment dazu brachte, Würde und Gelassenheit sehr vorsichtig einzusetzen. Borlund war unberechenbar.

»Sicher«, sagte Laskoff beschwichtigend, »aber die Adaptation ist gerade in der Testphase schwierig. Die Konverter gehen an die Leistungsgrenze, um Lambda 4 zu erreichen und lange genug zu halten. Niemand hat zuvor getestet, was die Schwankungen zwischen Kontinuum und Individuum bedeuten. Und natürlich die Spannungsdifferenz. Die Ergebnisse der Sektionen werden noch ausgewertet. Wir werden den Basisimpuls auf die Implemente ändern müssen. Aber Verluste werden bei diesen Energien nicht zu verhindern sein.«

In diesem Moment blickte Laskoff nervös zum Ende des Sektionssaals, von wo sich eine junge Ärztin näherte, eine zierliche Frau mit blonden Haaren und selbstbewusstem Blick. Auch Skanda Borlund bemerkte sie – und reagierte alarmiert.

»Wer ist das, Laskoff? Neue Kräfte kommen erst nach eingehender Sicherheitsprüfung in die Innere Sektion!«

Wiederum lächelte Professor Laskoff gezwungen und überbrückte mit einer Willkommensgeste den kurzen Moment, bis die Ärztin bei ihnen war und Laskoff einen Hefter überreichte.

»Direktor Borlund«, sagte Laskoff und nickte der Ärztin wohlwollend zu. »Darf ich Ihnen Dr. di Santis vorstellen. Sie ist die beste Implement-Wissenschaftlerin in ganz Metronas.«

Dann sah er hoch zu Borlund:

»Mich eingeschlossen.«

»Sie spielen mit Ihrer Position, Laskoff«, sagte Borlund und bemühte sich gar nicht, den Satz wie einen Scherz klingen zu lassen. Er musterte Dr. di Santis, die seinem Blick mit herausforderndem Lächeln begegnete.

»Woher kenne ich Sie?«, fragte Borlund lauernd.

Dr. di Santis betrachtete ihn mit provozierender Offenheit.

»Ich vermute, leider nur aus den wissenschaftlichen Unterlagen, die ich der Werksleitung eingereicht habe, als ich mich bei Professor Laskoff vorstellte«, sagte sie, und das Wort »leider« verfehlte seine Wirkung nicht. Skanda Borlund gefiel diese so energisch wirkende Frau. Er würde sie überprüfen lassen. Auf seine Weise.

Laskoff reichte ihm den Hefter:

»Wie ich Ihnen sagte: Dr. di Santis ist weit und breit die beste Expertin auf dem Gebiet der Implementkontrolle. Hier sind die Ergebnisse der letzten Testreihen. Der Basisimpuls kann neu justiert werden.«

Er wandte sich zu Dr. di Santis.

»Respekt, Doktor. Der Zeitplan steht. Keine Verzögerungen.«

»Keine Verzögerungen«, sagte di Santis, nickte Laskoff zu und bedachte Skanda Borlund mit einem zweiten provozierenden *Leider*-Blick, bevor sie den Saal verließ.

Skanda Borlund hatte wieder das Gefühl, ihr schon einmal begegnet zu sein. Ja, er nahm sich vor, di Santis' Akte bei nächster Gelegenheit überprüfen zu lassen.

Dann wandte er sich wieder an den Leiter der Klink:

»Hören Sie, Laskoff: Beim nächsten Test muss alles optimal laufen!«

Laskoff hob den Hefter, den Borlund ihm zurückgereicht hatte.

»Die Auswertungen waren erfolgreich. Es sollte also keine Störungen geben!«

Doch Borlund setzte ihm weiter zu: »Nehmen Sie es nicht auf die leichte Schulter, Laskoff. Jeder weitere Verlust von Bewusstseinseinheiten ist zu vermeiden!«

»Verlust?« Laskoff betrachtete Borlund plötzlich mit beinahe zynischem Blick. »Was wir an Verlusten zu verzeichnen haben, liegt hier auf den Tischen, ist messbar in Kilogramm. Als Restmenge an unvollständig Verbranntem. Was wissen wir schon vom Verbleib der Bewusstseine dieser ...« – er starrte einige Sekunden lang auf die Reste einer Leiche – »... dieser Spenderkörper im Kontinuum.«

Borlund sah ihn argwöhnisch an.

»Spenderkörper? Was reden Sie da, Laskoff?«

Professor Laskoff blickte auf: »Nichts, nichts, schon gut. Wir werden die Adaptationen rechtzeitig vorgenommen haben. Aber vergessen Sie nicht, dass alle Änderungen im Generalplan der Werke kaum älter als drei Wochen sind. Bis vor drei Wochen wussten wir noch nicht einmal von den Konvertern.«

»Laskoff, was soll das?«, unterbrach ihn Skanda Borlund harsch. »Stellen Sie die Arbeit des Lords in Frage? Verfolgen Sie eigene Pläne? Oder sind Sie einfach nur überfordert?«

»Nein, keineswegs!« – Professor Laskoff versuchte abzuwiegeln. »Ich wollte damit sagen ...«

»Machen Sie Ihre Arbeit, Laskoff! Unser Zeitplan steht, und es gibt keine einzige Möglichkeit, die ganze Aktion auch nur zwei Minuten länger laufen zu lassen als geplant. Das wissen Sie. Und nicht erst seit drei Wochen. Haben wir uns verstanden?«

Professor Laskoff sah ihn ausdruckslos an und nickte. »Es wird keine Verzögerungen geben.«

»Gut. Und nun zu Kamladis. Wann haben Sie ihn so weit?«

Laskoffs Blick verdüsterte sich.

»Sein Zustand ist unverändert. Wir hoffen, dass er durchkommt. Aber er ist nicht vernehmungsfähig. Zarno kümmert sich um ihn. Er ist unser bester Mann für diese Fälle.«

»Was heißt, nicht vernehmungsfähig? Kamladis ist der Schlüssel zum Modul. Ohne ihn gerät das ganze Projekt in Gefahr, Laskoff. Sie haben …!« Borlund bemerkte, dass sein aufbrausender Ton im Sektionssaal für Unruhe sorgte. Er zwang sich, ruhiger zu sprechen: »… Sie haben mir gerade eben garantiert, dass es keine Verzögerung geben wird. Was ist also?«

Laskoff schüttelte den Kopf:

»Es ist zwecklos, auch nur irgendetwas in Richtung eines Verhörs zu versuchen. Und das wissen Sie.«

»Laskoff, ich warne Sie. Treiben Sie es nicht zu weit. Auch Sie sind ersetzbar. Sie haben die Verantwortung für Kamladis. Der Lord wird ungeduldig!«

Laskoff schwieg. Die Situation eskalieren zu lassen, wäre ein Spiel nach den Regeln Skanda Borlunds gewesen. Aber die Tatsache, dass Borlund noch nicht informiert war, war ein sicheres Zeichen dafür, dass der Lord den Plan vorantrieb. Borlund spielte darin offensichtlich nur noch eine untergeordnete Rolle.

Doch er, Laskoff, musste Borlund eine Antwort geben.

»Der Lord hat sich bereits ein Bild von Kamladis gemacht. Der Fall hat für den Lord nicht mehr die höchste Priorität.«

»Aber …?« Skanda Borlund war sichtlich verwirrt. An seinen Schläfen glänzten Schweißperlen. »Ohne das Wissen von Kamladis werden wir das Modul nicht bauen können!«

Laskoff erkannte, dass Borlund tatsächlich nichts wusste. Seine Drohungen verloren beträchtlich an Gewicht. Aber was bedeutete das schon.

»Sicher«, sagte er, »Kamladis ist wichtig. Die neue Richtlinie sieht vor, den Bau der Konverter mit aller Macht voranzutreiben. Wir werden Kamladis ein Implement einsetzen. Im Kontinuum wird sich sein Widerstand auflösen. Dort wird alles, was er weiß, Teil des Ganzen sein ...«

Skanda Borlund begriff. Ein Implement war die Lösung. Er hätte selbst darauf kommen können. Und er dachte sich, dass es vielleicht alles geändert hätte, wenn *ihm* diese Lösung eingefallen wäre.

Er konnte sich nicht rühren. Sie hatten ihm etwas gegeben. Ein Sedativum und etwas, das ihn lähmte. Er war nicht gefesselt, aber er hatte keine Kontrolle über seine Muskeln. Das Atmen fiel ihm schwer. Die Bewegungen der Augen waren langsam und gleitend.

Er spürte die betäubten Schmerzen wie durch einen Verband. Die Verhöre waren grausam gewesen. Er hatte das Bewusstsein verloren, wieder und wieder.

Er hatte jegliches Zeitgefühl verloren, aber es war ihnen nicht gelungen, seinen Willen zu brechen.

Er hatte nichts verraten.

Aber er hätte auch nicht viel verraten können. Vielleicht war das der Grund, warum sie irgendwann aufgehört hatten, ihn zu quälen.

Er verstand zu wenig vom Kontinuum und seinen Möglichkeiten.

Doch er hatte die Aufzeichnungen, den letzten Willen Quentin Durandos, sein Vermächtnis: Er wusste nicht, wie er es nennen sollte. Er hatte Quentin Durandos Aufzeichnungen in der Hand gehalten. Also mussten sie davon ausgehen, dass er Durandos Geheimnisse kannte.

Sie hatten ihn aufgegeben und sie würden ihn töten. Bald schon.

So wie sie Jolo getötet hatten.

Er wunderte sich, dass er so ruhig war.

Sein Puls ließ die Sekunden davonziehen.

Er wunderte sich auch, dass er diese Ruhe fühlte, während sein

Blick über die Zimmerdecke glitt und in das blendende Schummern der Rasterleuchten tauchte.

Er sah nichts.

Er konnte die Augen nicht schließen. Die Bilder entbrannten dann in einer schmerzhaften Klarheit, das Geschehen rückte ihm so nah, dass er glaubte, in einen Sog zu geraten.

Die Männer, die ihnen aufgelauert hatten in der Ruine: Er war sich so sicher gewesen, dass niemand das Versteck gefunden hatte. Sie hatten die Ruine kurz zuvor durchsucht und nichts entdeckt. Jetzt konnte er den Gedanken an Verrat nicht unterdrücken. Wen aber sollte er verdächtigen? Jemanden aus dem Umkreis Baba Faahs? Sein ganzes Wesen sträubte sich dagegen, einem der Berber zu misstrauen. Doch die Schwarzen Wächter hätten den Zugang ohne Hinweis nie gefunden, niemals. Und all seine Sicherungen waren unversehrt gewesen. Sie hätten Spuren hinterlassen müssen auf dem Weg zu dem Versteck.

Nichts dergleichen.

Sie standen plötzlich da, in ihren Uniformen, die Gesichter versteinert. Waffen in den Händen.

Das Gefühl, das ihn überkam, als er spürte, dass sich ihre Blicke auf das richteten, was er in der Hand hielt …

Das schwarze Buch.

Er blieb einfach dort stehen. Unter der Erde. In der Tür des Bunkers. Sie schnitten ihnen den Weg ab, und deshalb konnte er nicht entkommen.

Der Blick blieb. Jolos letzter Blick. Der Schreck. Und dann dieses Lächeln, der gutmütige, sanfte Blick in der letzten, langen Sekunde, bevor er das schwarze Buch an sich riss und hinausstürmte.

Jolo hatte ihn völlig überrumpelt.

Ihn und die Männer. Im Bruchteil einer Sekunde hatte er das Buch an sich gerissen und war davongestürmt.

Er konnte nicht entkommen.

Die Schüsse krachten, und der Graf hatte das Krachen in der geheimen Kammer der Ruine noch so laut hören können, dass er den

Schmerz der Treffer beinahe spürte. Die ersten Schüsse hatten ihn bloß erschreckt, der letzte der Schüsse aber war ein tödlicher Schuss gewesen. Ein Nachzügler. Ein geduldiger Jäger, der seinem Opfer auch dann noch auflauerte, wenn andere aufgegeben hatten. Der letzte Schuss hatte Jolo getötet.

Der Graf hatte sich klein gemacht in der Kammer. Er war zu Boden gesunken und hatte die Augen geschlossen. Er hatte dieses widerliche Lächeln nicht sehen wollen. Was danach geschah, hatte jede Ordnung, jeden Sinn verloren: Verhöre, Folterungen, Verhöre. Nachdem sie ihn hierher, in die Klinik, gebracht hatten, wollten sie von ihm wissen, was er Jolo befohlen hatte. Weil er kaum verstand, worauf die Fragen abzielten, setzten die Torturen sehr schnell ein, und er begann zu ahnen, dass ihnen das schwarze Buch nicht in die Hände gefallen war.

Wo war es geblieben?

Waren da weitere Verräter gewesen?

Sie kannten sich zum Glück nicht sehr gut aus in der Kunst des Quälens. Nicht, dass sie nicht brutal waren und das Foltern nicht genossen. Aber da sie psychisch nirgends bei ihm ansetzen konnten, blieb ihre Gewalt körperlich – das war ein großes Glück in dieser furchtbaren Situation. Offensichtlich hielten sie ihn für schwächlich und befürchteten, er könnte die schlimmsten Torturen nicht überstehen. Also hielten sie sich zurück. Sie fesselten ihn auf eine Trage und steckten ihn kopfüber in Wasser. Wenn er nur glaubhaft genug den Ertrinkenden spielte, zogen sie ihn wieder heraus und bestürmten ihn mit Fragen.

»Wo hat er das Buch verschwinden lassen, dein Freund?«

»Gibt es da noch ein anderes Versteck auf dem Gelände?«

»Wenn er es niemandem gegeben hat, dann muss es noch dort sein. Wir haben alles abgesucht. Also raus mit der Sprache!«

Und immer so weiter: Sie schlugen ihn. Aber sie vermieden es, ihm die Knochen zu brechen. Sie wickelten ihm nasse Tücher um den Hals und warteten darauf, dass sich die Tücher beim Trocknen zusammenzogen. Doch sobald er Panik simulierte, brachen sie die Strangulation ab. Sie verabreichten ihm Elektroschocks, doch wenn er unter Atemnot in Zuckungen verfiel, befürchteten sie, sein Herz könnte versagen.

Sie hatten kein Mitleid. Sie hatten Angst vor den Konsequenzen seines vorzeitigen Todes. Wäre er jünger und kräftiger gewesen, dann hätten sie weniger Rücksicht genommen. Und dennoch wunderte er sich über ihr Verhalten. Bis sie zu der Frage kamen, was in dem Buch stand.

Denn diese Frage stellten nicht seine Peiniger.

Diese Frage stellte *er*.

Er erkannte ihn sofort. Es war wie damals, als er ihn das letzte Mal gesehen hatte. Kurz vor dem Unglück. Und doch wirkte er wie jemand anderes. Die Autorität, die er immer schon ausgestrahlt hatte, war zu einer Aura schillernder Dominanz geworden. Das lange weiße Haar machte ihn zu einer Gestalt von mythischer Dimension. Sein Erscheinen hatte alle Geräusche im Raum verstummen lassen. Die Folterknechte waren beiseitegetreten, wenige Sekunden bevor die Stahltür aufglitt. Er hatte sich ihnen angekündigt. Wie auch immer.

Zenon Siborgia.

Der Gründer der Posisco-Werke.

Der Tote.

Der Mann, für den er so lange gearbeitet hatte, bis er erkannte, was Siborgia im Schilde führte.

Zenon Siborgia wirkte Hundere von Jahren alt.

Dennoch war die Erscheinung voller Leben und alterslos. Sie verweigerte sich allen Kategorien. Sie strahlte Kraft aus und Energie. Kalte Energie. Die Augen erteilten Befehle, verordneten Schweigen und Unterwerfung. Es war verwirrend. Dieser Mensch war ein lebender Toter mit alles durchdringenden schwarzen Augen, die, was immer sie sezierend in den Blick nahmen, zugleich abwiesen.

Bilder stiegen auf. Die Zeit vor fünfzehn, sechzehn Jahren, als Zenon Siborgia noch nicht in der Gestalt eines Schamanen auftrat, aber Willen und Wollen bereits in seiner strengen Persönlichkeit bündelte.

Zenon Siborgia, General des Posisco-Konzerns und Partner Quentin Durandos, seines schöpferischen Geists.

Damals hatte Siborgia alles dem Aufstieg Posiscos untergeordnet. Und er und alle Mitstreiter waren ihm gefolgt. Siborgia hatte Visionen. Er arbeitete für eine Zukunft voller Möglichkeiten. Seine Kraft, sein Elan, seine Energie waren mitreißend gewesen. Als die Technik des Memoporting in den Posisco-Werken Einzug hielt, spürte jeder die Verlockungen und Versprechungen des Kontinuums. *Wir werden alles können!* Zenon Siborgia hatte die Qualitäten eines Predigers gehabt, und die Entwicklungen gaben ihm recht. Das schwarze Land begann aus seiner erstarrten Vergangenheit zu erwachen. Die stolze Stadt Metronas lebte wieder auf. Die Transmetronas-Bahn wurde gebaut. Die ersten Kenton-Relaiss-Stationen wurden entwickelt. Die Stadt wurde auf das Zeitalter des Memoporting vorbereitet.

»Wie lange haben wir uns nicht gesehen, Adris?«

Mit jäher Wucht versetzte ihn diese leise und doch so eindringliche Stimme zurück in die Vergangenheit. Ihr Klang war so markant und unverwechselbar, dass sie den Moment ihrer letzten Begegnung augenblicklich wiederherstellte. Und der Name tat sein Übriges.

Adris.

Adris Brahmin.

Der Graf befand sich wieder im Bann des mächtigsten Mannes der Nigrana. So wie damals, als er, der treue Gefolgsmann, erkannte, dass er diesem Mann, Zenon Siborgia, nicht länger dienen durfte.

Damals war er geflüchtet. Aber heute konnte er nicht flüchten.

Damals war er in den Besitz des schwarzen Buches gekommen. Er hatte lange gedacht, dass es sicher aufbewahrt war.

»Adris. Es ist lange her.«

Er lächelte. Die eisige Maske veränderte sich nur um eine Nuance. Auch das Lächeln gehorchte den Gesten der Macht.

»Fünfzehn Jahre, nicht wahr?«

Er schwieg. Als wartete er darauf, dass der Graf – dass Adris Brahmin in seine frühere Rolle zurückfand und ihm die Fragen von den

Augen ablas. Doch der Graf wusste, es war unmöglich und es würde nicht helfen.

Dennoch konnte er nicht verhindern, dass sich in seine Gesichtszüge ein Ausdruck von Furcht schlich.

»Ich sehe, du erinnerst dich. Das ist schön.«

Der Zynismus kam früher als erwartet. Zenon Siborgia würde sich nicht langsam vortasten. Fünzehn Jahre waren vergangen. Eine lange Zeit. Seine Macht war gewachsen. Sie würde ins Unermessliche wachsen, wenn er dieses Buch fand. Das wusste der Graf.

»Du weißt, weshalb ich hier bin«, sagte Siborgia. »Das schwarze Buch. Du hast es uns nicht gegeben. Das war dumm.«

Die Stimme klang noch immer hoch und beinahe mild. Zenon Siborgia trieb ein Spiel. Der Graf versuchte, sich aufzurichten. Aber die Lähmung umfasste ihn wie eine stählerne Klammer.

»Ich weiß nicht, was in dem Buch steht«, brachte er mühsam hervor. »Ich habe diese Dinge nie verstanden, das weißt du.«

Siborgias Mundwinkel zuckten. Die Andeutung eines Lächelns verschwand.

»Du warst mir treu, Adris. Doch dann hast du mich verraten. Und nun hast du mich erneut verraten. Dein Freund musste deshalb sterben. Für ein Buch, mit dem du nicht das Geringste anzufangen weißt.«

Siborgia bemerkte die Wirkung seiner Worte. Der Graf keuchte vor Anstrengung. Sein halb aufgerichteter Oberkörper zitterte. Trotz des Mittels, das sie ihm verabreicht hatten, verlieh ihm die Gegenwart Siborgias diese Kraft. Diese Kraft, allem entfliehen zu wollen.

»Wenn deine Leute das Buch nicht haben, dann weiß ich nicht, wo es ist. Jolo ist fortgerannt, und ihr habt ihn getötet.«

»Ich wünsche mir von dir dieses Buch, Adris. Sonst werden weitere deiner Freunde sterben.«

Ein glühender Schmerz zwang den Grafen zurück auf das Bett. Ihm war übel vor Schmerz und Furcht. Er wollte Jolo schützen, der doch längst tot war. Sie hatten gesagt, dass er tot war. Aber wenn er noch lebte? Und wen außer ihm hatten sie noch in ihrer Gewalt?

Tiras? Alissa? Baba Faah? Bendar: ja, Bendar. Was wollte Zenon Siborgia wirklich? Er wusste doch, dass er das Buch nicht hatte.

»Aber bevor deine Freunde sterben, stirbst du. Wir werden dein Wissen aus dir herausdestillieren. Wir werden dein Gehirn wie ein Buch lesen. Wir werden dich vernichten, nachdem wir all dein Wissen aus den Substanzen deines Körpers herausgelöst haben. Du hast eine einzige Chance, dein Schicksal erträglicher zu gestalten ...«

Er ließ einige Sekunden verstreichen, um seine Worte wirken zu lassen.

»Erzähl mir von dem Buch. Erzähl mir alles, was du weißt. Alles. Verstanden, Adris?«

Der Graf nickte. Die Schlange hatte gesiegt. Es fiel ihm plötzlich leicht zuzustimmen. Er war wieder der dienstbare Geist, der den Wunsch seines Herrn erfüllte. Er war Adris Brahmin, der niemals Widerstand leistete. Und dort stand Zenon Siborgia, der die Welt veränderte. Der Visionär. Der Mächtige.

Der große Mann mit dem gespenstischen Aussehen beugte sich über ihn. Die toten Augen strahlten in rötlich fahlem Glanz. Und dann war da ein eigentümlicher Geruch. Ein Geruch nach ionisierter Luft. Ein Geschmack von Energie. Je näher das Gesicht Siborgias an das des Grafen heranrückte, desto unwirklicher und zugleich präsenter wirkte es.

»Konzentriere dich, Adris. Bereite dich vor. Sammle deine Gedanken und richte sie auf eines – nur auf eines: auf das schwarze Buch. Schon sehr bald werde ich zurück sein. Mit Ärzten, die dir helfen können, Adris, deine ganze Kraft auf meine Wünsche zu lenken.«

Es mochte ein letzter Rest von Widerstand sein, der sich in ihm regte. Der Graf richtete sich noch einmal auf und sah Zenon Siborgia an. Seine Augen wurden schmal, sein Blick ging auf Distanz.

»Du hast dich nicht verändert«, flüsterte er. Er hatte jede Kraft verloren. »Du bist noch immer derselbe und zerstörst, wenn du aufbaust.«

Plötzlich schien Zenon Siborgia zu erglühen:

»Du verstehst nichts«, raunte er. »Ich baue auf, indem ich das Störende, das Kleinliche, das Sentimentale zerstöre!«

Die Stimme loderte auf wie ein Feuer, das den Körper des Grafen von Innen verbrannte. Die Stimme war purer Schmerz. Sie verhöhnte ihn.

»Und wenn du meinst, ich habe mich nicht verändert, dann irrst du dich.«

Das Glühen der Gestalt erlosch – sie kleidete sich augenblicklich in einen diffusen Nebel, der die Ränder des Körpers verschwimmen ließ – und mit einem Lachen, das ein Stück des Raumes mit sich riss, löste sich Zenon Siborgia vollständig auf. Der Graf wusste, dass er die nächste Begegnung nicht überleben würde. Er würde sterben, so oder so. In seinen Gedanken wirbelten Satzfragmente, Formelfetzen, Bilder durcheinander: die Puzzlestücke eines Rätsels – die Fäden einer DNA grausamsten Lebens. Was wusste er schon: … *Das Kontinuum ist ein Medium. Aber ein sich Beteiligendes … – Energiehaushalt heißt: Geben und Nehmen. Der Energiehaushalt des Kontinuums heißt: Nehmen … – … die Energieniveaus des Kontinuums nennen wir Lambda-Varianten. Ihr graduatives Verhalten ist kulminativ bis zu einem Punkt Lambda 4 … – … Transpersonalisation bedeutet autarke Duplikation. Repersonalisation bedeutet freies Fließen. Es ist ideal … – … ich möchte nicht spekulieren, aber Transpersonalisation weist in ihren generellen Koeffizienten Beta-Effekte auf, die auf dem Energieniveau Lambda 2 einen Zustand, den ich manifest resonant nennen möchte, wahrscheinlich machen … – Alles scheint mir eine Funktion von Wahrscheinlichkeiten …*

Diffuse, abstrakte Formeln. Worte. Erinnerungen.

Der Graf fasste einen Entschluss.

UNTER WASSER

Schritte?«
Alissa starrte Tiras ungläubig an.
»Hinter uns«, flüsterte er. »Ich habe Schritte gehört. Ganz deutlich.«

Tiras drückte sich an die Mauersteine. Gil Pandra hatte sie hastig in eine der Nischen gewiesen, die in regelmäßigen Abständen in die Wand des Tunnels eingelassen waren. Er selbst verharrte in der Mitte des Gangs und starrte ins Nichts.

Eine knappe Stunde waren sie nun schon unterwegs in dieser Röhre, die mit ihrer feuchten und fleckigen Ziegelmauerung an den Tunnelgang einer alten Kanalisation erinnerte. Aber mitten im Sumpfland gehörte ein Kanalisationsnetz zum Letzten, was man unter der Erdoberfläche erwartete. Und es handelte sich tatsächlich um ein Netz. Schon wenige Minuten nach ihrem Aufbruch war von links ein schmalerer Tunnelgang in den Hauptgang gestoßen. Und bald ein zweiter. Gil Pandra hatte im abzweigenden Gang nach versteckten Wegmarkierungen gesucht, bevor sie weitergezogen waren. Und immer wieder hatten sie in der Mauerung Stellen bemerkt, an denen ein breiter, ringsum verlaufender Spalt Tunnelwand und Boden durchbrach. Zunächst hatte Alissa gedacht, der Tunnel sei durch Verschiebungen im Sumpfland auseinandergerissen worden, aber diese Unterbrechungen waren keine Zerstörungen.

Alissa horchte. Keine Schritte, keine Stimmen. Die Stille im

Tunnelgeflecht war erdrückend. Im Licht der Fackeln schimmerten Wasserlachen auf dem Boden. Die Mauersteine wirkten porös, an manchen Stellen glänzten Schlieren ausgewaschener, lehmiger Substanzen oder glasige Streifen – dort, wo der wässrige Grund in den Tunnel hineingesickert war.

Und dann hörte sie plötzlich doch einen Laut.

Waren das Schritte irgendwo in der Ferne? Alissa sah hinüber zu Tiras, der mit geschlossenen Augen am Boden hockte. Wie nah waren ihm diese Geräusche? Wie deutete er sie? Waren dort Berber unterwegs?

Alissa meinte, Stimmfetzen zu hören.

Gil Pandra spähte in den Tunnelabschnitt, der vor ihnen lag. Seine Fackel leuchtete nur wenige Meter weit. Er hob den linken Arm, winkelte ihn nach hinten, als wollte er ein Zeichen geben.

Aber er zögerte.

Dann hockte er sich hin und ergriff einen Stein, ein herausgebrochenes Ziegelstück, das da am Boden lag.

Die Nische war nichts als eine muschelartige Vertiefung in der Wand. Dort konnte man hoffen, nicht sofort entdeckt zu werden, wenn sich jemand näherte. Mehr Versteck bot sie nicht.

Gil Pandra hob die Hand und schlug mit dem Stein vorsichtig an eins der schwarzen Rohre, die sie seit Beginn ihres unterirdischen Marsches begleiteten.

Ein kurzes Trommeln, ein schneller Rhythmus: einmal, zweimal, dreimal.

Warten.

Alles war still. Keine Schritte, keine Laute. Und doch …

»Sie kommen«, flüsterte Tiras, die Augen noch immer geschlossen. »Wächter.«

Das Wort elektrisierte Alissa. Bis ins Sumpfland reichte der Arm Posiscos also schon. Aber wie hatten sie Zugang zu diesem Tunnelsystem gefunden?

Die Geräusche schwollen wieder an.

»Sie kommen von dort. Sie sind uns gefolgt.«

Alissa wies in den Teil des Gangs, der bereits hinter ihnen lag. Gil Pandra reagierte sofort.

»Los!«

Er gab ein Handzeichen und hastete los. Als ihre Schritte auf dem harten Tunnelboden widerhallten, wusste Alissa, dass die Verfolgung begonnen hatte.

Hinter ihnen, irgendwo im Dunkel, wurden Rufe laut und sie hörten harte, schnelle Stiefeltritte. Das Tunnelnetz war plötzlich ein Gefängnis. Gil Pandra wies mit dem Fackelarm voraus. Wohin konnten sie fliehen? Kamen die Wächter aus mehreren Richtungen? Alissa rechnete jeden Augenblick damit, dass aus dem Tunnelbogen vor ihnen ein zweiter Trupp heranstürmte.

»Dort in den Gang!«, rief Gil Pandra, als sich im dämmrigen Fackellicht ein weiterer Seitentunnel abzeichnete.

Sie bogen ab, doch unmittelbar hinter der Einmündung stoppte Gil Pandra, drehte sich herum, sah suchend nach oben und langte hinauf. Seine Finger betasteten den Rand oberhalb des Tunnelausgangs, griffen in schwarzes Nichts. Der Tunnel hatte einen kleineren Durchmesser als der, aus dem sie gekommen waren. Die Röhre mündete in einer Art Mauersturz. In dessen Querschnitt erkannte Alissa einen dunklen Schacht, eine rechteckige Öffnung, aus der Gil Pandra eine rostige Kettenleiter zog. Rasselnd fielen die Enden auf den Boden, ein grobes Netz aus daumendicken Gliedern.

»Rauf da! Beeilt euch!«

Sie stellten keine Fragen. Tiras ergriff die baumelnden Ketten und zog sich hoch. Alissa und Gil Pandra folgten. Der Lärm im Tunnel schwoll weiter an.

Als sie sich durch die Öffnung gezwängt hatten, holte Tiras die Leiterketten schnell wieder ein. Die Fackeln, die Alissa und Gil Pandra noch immer in den Händen hielten, waren fast heruntergebrannt. Die tänzelnden, rußenden Flammen züngelten an den Decksteinen und verbreiteten in der Enge des Schachts Wärme.

»Gib her!«

Gil Pandra wies auf Alissas Fackel. Alissa reichte sie ihm.

An den Seitenwänden waren Löcher eingebohrt, in die er die Fackeln steckte. Dann robbte er tiefer hinein in die Höhlung.

»Tiras, hilf mir!«

Seine Stimme kam dumpf aus dem Halbdunkel.

Alissa warf einen Blick hinunter in den Seitentunnel, in die abgeschwächten Reflexe des Lichts. Ihr fiel auf, dass der Schacht von außen wie ein Feuerloch wirken musste. Sie saßen in der Falle, wenn man sie hier entdeckte. Sie mussten weiter. Aber sie konnten in dieser niedrigen Kammer kaum aufrecht sitzen, geschweige denn sich schnell bewegen. Und der nächste Schreck überfiel Alissa, als sie bemerkte, dass sie sich nicht in einem Fluchttunnel befanden. Knapp fünf Meter hinter ihnen endete ihr Blick an einer massiven Wand. Eine dunkle, feste Ziegelmauer. Es war die Einfassung einer Grabkammer, was sonst? Sie konnten in dieser Todesfalle nur hoffen, dass die Verfolger sie nicht entdeckten.

Alissa beobachtete gebannt die hektischen Aktivitäten, die Gil Pandra und Tiras am Rand der Kammer entfalteten. Draußen wurden die Schritte der Heranstürmenden immer lauter.

»Das Licht. Es wird uns verraten«, flüsterte sie. »Wir müssen die Fackeln löschen!«

»Einen Moment noch!«

Gil Pandra keuchte. Er war Richtung Hinterwand gerobbt. Sein rechter Arm steckte bis zur Schulter in einem seitlichen Mauerspalt. Tiras hatte sich Gil Pandra gegenüber an die Wand gedrückt und seinen linken Arm in den Spalt geschoben. Ihre Gesichter leuchteten schweißnass, verzerrt. Sie zogen an etwas.

»Es klemmt. Das Ding bewegt sich nicht!«

Alissas Herz schlug immer schneller.

»Sie kommen! Wir müssen die Fackeln löschen!«

Sie robbte ein Stück nach hinten. Verdammt, warum sagten die zwei denn nichts? Ohne zu überlegen, schob sie sich zwischen Tiras und Gil Pandra, drehte sich zur Seite, streckte ihren Arm aus und erfasste tief im seitlichen Mauerspalt mit der Hand ein dickes Metallstück, einen Hebel. Das musste es sein.

»Dann vielleicht zu dritt!«

Sie blickte zu Tiras, in das vor Anstrengung verzerrte Gesicht. Er versuchte ein Lächeln, das sich aber sofort wieder auflöste, als Gil Pandra hinter ihnen »Alle zusammen also! Zieht! ... Jetzt! Jetzt!« keuchte.

Ein Rucken. Noch eines. Alissa drückte mit der zweiten Hand gegen die Wand. Sie hatte das Gefühl, sich gegen die ganze verdammte, dicke, elende Erde stemmen zu müssen. Und dann, endlich, bewegte sich der Hebel.

Ein knackendes Geräusch. Tief aus dem Bauch der Erde. Es klang wie ein ferner brechender Ast. Und noch einer. Und noch einer. Knack. Knack. Knack. Jetzt war es der Arbeitstakt einer Maschine. Und gleich darauf hörten sie ein Knirschen. Fels, der auf Fels rieb. Dann Rauschen. Und schließlich Schreie. Das sich entfernende Knacken versank schnell in Rauschen, Rufen, Schreien.

»Schließen! Schließen!«

Gil Pandra rollte sich herum, robbte an Alissa vorbei nach vorn, zum Einstieg und wies zu den Seiten der schmalen Öffnung. Rechts und links verliefen dort Schlitze in der Mauer. Und am Boden und an der Decke der Kammer waren Führungsrillen.

»Das Brett. Wir müssen die Öffnung schließen und abdichten. Sofort!«

Gil Pandra griff in die linke Öffnung und zog das Ende eines etwa halbmeterhohen mit Öl imprägnierten Holzbrettes hervor. Das Brett war mehrere Zentimeter dick und dem Gewicht nach zu urteilen vermutlich aus schwerem Eichenholz.

»Was ist mit den Fackeln?«, fragte Tiras nervös. »Der Sauerstoff wird noch schneller verbraucht, wenn die Öffnung geschlossen ist!«

»Wir werden die Fackeln löschen«, antwortete Gil Pandra konzentriert, während er einen Sack aus dunklem Stoff von irgendwo hinter sich aus der Kammer zog. »Aber zunächst muss das Brett abgedichtet werden. Beeilt euch. Nehmt genug von dem Kitt, damit das Wasser hier nicht eindringen kann. Der Druck wird nicht sehr groß sein, aber wenn wir nicht vorsichtig sind, werden wir hier drinnen elendig ersaufen!«

»Aber!« Alissa starrte ihn an. »Das heißt, der Tunnel wird geflutet?«

»Macht schneller«, rief Gil Pandra. »Die Luft wird schon schlechter! Und bis das Wasser kommt, haben wir nur noch ein paar Minuten. Achtet darauf, wie ich den Kitt in die Rillen drücke. Los jetzt!«

»Wir können die Leute doch nicht ermorden!«

»Los! Es sind Wächter! Wächter!«

Alissas Widerstand brach. Sie folgte Gil Pandra wie in Trance: das Brett mit der einen Hand nach hinten drücken, mit der anderen Hand in den Sack greifen, ein Stück aus dem zähen gräulichen Kitt herausreißen und es in die Fuge zwischen Brett und Steinen pressen, festdrücken. Gil Pandra setzte Keile in die Seitenschlitze und dichtete auch die verbleibenden Öffnungen rechts und links ab.

Und wieder waren da Schreie. Gequälte, dünne Stimmen. Stimmen ohne Raum. Jeglicher Hall war aus den Geräuschen verschwunden. Alissa sah vor ihrem inneren Auge ein Gesicht, gegen eine Glasscheibe gedrückt. Ein Körper, der sich im enger werdenden Raum verformte. Das Gesicht verwandelte sich in eine Fratze aus purer Angst.

»Alissa!«

Gil Pandra drückte ihr einen grauen Klumpen in die Hand. Dann wies er in den Winkel zwischen Kammerdecke und Schlitz.

»Das ist noch nicht dicht.«

Alissa nickte und machte sich an die Arbeit.

Doch in diesem Moment rief Tiras:

»Wasser! Hier kommt Wasser!«

Mit zittrigen Fingern tastete er nach einer Stelle, wo Wasser unter dem Holz hervorsprudelte.

»Ich brauche was von diesem Zeug zum Abdichten!«

Die Panik in Tiras' Stimme übertrug sich auf Alissa. Sie schloss die Augen. Sie war unfähig, sich zu bewegen. Sie fühlte einen Druck auf der Brust. Das Gewicht der Erde nahm zu. Es nahm immer weiter zu.

»Keine Sorge.« Gil Pandra versuchte mit beherrschter Stimme, Ruhe auszustrahlen. »Das ist nur ein kleines Loch. Das haben wir gleich.«

Er dichtete die Stelle mit einem Klumpen Kitt ab. Dann warf er einen Blick auf die feuchte Umrahmung des Brettes und löschte die Fackeln.

»Ein, zwei Stunden. Dann ist alles vorbei«, sagte er.

Dann ist alles vorbei – wiederholte das Echo in Alissas Kopf.

Sie hatte sich eng an Tiras gedrückt. Sie spürte sein Herz. Es schlug den gleichen schnellen Takt wie ihres. Als wollten sie gemeinsam ausbrechen aus dieser fürchterlichen Umklammerung.

Rumms!

Ein schwerer Schlag gegen das Brett. Und gleich noch ein Schlag.

Rumms!

Tiras presste seine Hände gegen das Brett.

»Das Wasser!«, rief er. »Jemand versucht, das Brett einzudrücken!«

Rumms!

»Stemmt euch dagegen!«, befahl Gil Pandra. »Es darf sich auf keinen Fall lösen!«

Er und Alissa stemmten die Schultern gegen das Brett. Dann wieder ein Schlag – Rumms! – und eine Stimme: panisch vor Angst.

»Auf! Aufmachen! Macht auf!«

Ein lang gezogenes Heulen. Dann Keuchen. Husten. Röcheln.

Rumms!

»Das Wasser! Die Schläge erschüttern die Abdichtung!«

Draußen tobte ein ertrinkender Wächter. Er schlug mit aller Kraft gegen das Brett. Tauchte und trat. Immer wieder. Taumelte, tauchte wieder unter im Wasser, das bis fast unter die Tunneldecke stehen musste und das immer noch höher stieg.

Da draußen ertrank jemand und wehrte sich mit aller Kraft gegen den Tod.

Rumms! Rumms! Rumms!

»Auf! Macht doch … auf!!«

Wimmern. Luftschnappen. Gurgelnde Geräusche.

Alissa schrie. Sie brüllte, so laut sie konnte. Sie brüllte und hoffte, ihre Stimme lange genug halten zu können, um die Schreie dort draußen nicht hören zu müssen. Und dann war es still.

Tiras atmete schwer.

Die Kälte stieg von unten aus der Nässe auf. Das Wasser stand nun schon einige Zentimeter hoch. Und dann plätscherte es in der Kammer, als Gil Pandra sich aus seiner Erstarrung löste.

»Tiras? Bist du in Ordnung?«

Keine Antwort.

»Tiras? Alissa?«

Alissa konnte nicht sprechen. Der Tod hatte sie umhüllt. Sie fühlte sich schuldig.

»Ihr müsst vorsichtig mit den Handkanten gegen die Fugen drücken, hört ihr?«

Alissa musste wieder an die Ereignisse im Kanaltunnel von Metronas denken. Was war geschehen, was hatten Tiras und Gil Pandra in jener Nacht getan? Und jetzt die Morde – die eiskalte Art, wie Gil Pandra das Tunnelsystem unter Wasser gesetzt hatte. Um sie zu retten? Wenn es nun aber keine Schwarzen Wächter gewesen waren, sondern Berber, die sich genähert hatten? Berber, die sie selbst für Wächter gehalten und sie deshalb verfolgt hatten?

Gil Pandra hatte stumm Zentimeter für Zentimeter der Abdichtung geprüft.

»Wir müssen hier noch ein, zwei Stunden aushalten«, sagte er. »So lange braucht das Wasser, bis es wieder gefallen ist.«

»Was haben wir getan?«, flüsterte Alissa.

Gil Pandra schien den Vorwurf, der in ihrer Stimme lag, zu überhören. »Es ist ein Sicherungssystem«, sagte er. »Bei Gefahr werden die Tunnel geflutet. Die Rohre an der Tunnelwand des Hauptgangs stehen mit dem Teneber in Verbindung. Von dieser Kammer hier und von allen anderen Flutkammern aus kann man die Ventile öffnen. Sobald das erste offen ist und das Wasser zu strömen beginnt, öffnen sich nach und nach auch die anderen. In wenigen Minuten haben sich sämtliche Ventile des Tunnelabschnitts geöffnet, und in kaum einer halben Stunde stehen die Anlagen komplett unter Wasser.«

»Alle Tunnel?«, rief Alissa, die den stolzen Ton in seiner Stimme unerträglich fand. »Du hast alle Tunnel geflutet? Und wenn dort Berber unterwegs waren? Irgendwo in diesen endlosen Gängen? Wie viele Menschen haben wir umgebracht?«

Es war ein absurdes Gespräch in völliger Schwärze. Von Tiras war nichts zu hören. Gil Pandra antwortete ruhig. Die Vorwürfe prallten an ihm ab.

»Es gibt einen Mechanismus, der die Tunnel in Abschnitte unterteilt. In allen Tunneln sind in größeren Abständen Schleusenwände eingefügt. Sobald in einer Flutkammer die Ventile geöffnet werden, schließen sich die Schleusen um diese Kammer herum. Geflutet wird immer nur ein kleiner Abschnitt. Mach dir also keine Sorgen, dass wir Schwarze Wächter, die irgendwo anders in die Tunnel eingedrungen sind, ertränkt haben.«

Sein Sarkasmus machte Alissa noch wütender:

»Todesfallen!«, rief sie. »Mein Respekt!«

Plötzlich stieß Gil Pandra ein Lachen aus, das wie ein Fluch klang: »Die Nigrana ist für die Berber seit fünfhundert Jahren eine Todesfalle«, schleuderte er ihr entgegen. »Dank dieser Tunnel hat man uns nicht vollständig ausgerottet. Sieh es als kleinen Ausgleich an. Es ist eine gerechte Abwechslung, wenn dann und wann diejenigen, die uns abschlachten, in eine Todesfalle geraten, oder?«

Alissa schwieg. Womöglich hatte Gil Pandra recht. Und das Schweigen, das von Tiras kam, verunsicherte sie zusätzlich. In dieser unerträglichen Dunkelheit, in diesem Grab verlor sie die Verbindung zu ihm, und ein tiefes Gefühl von Verlassenheit erfasste sie.

War der Kampf gegen ihre Feinde so unerbittlich geworden, dass die Berber es in Kauf nahmen, auch Berber zu töten? Ihre eigenen Leute?

»Was, wenn die Toten dort draußen nun doch zu euch gehörten?«, fragte sie leise.

Gil Pandra atmete hörbar ein. Doch er ließ sich Zeit, bis er antwortete. Schließlich sagte er: »Wenn es Berber gewesen wären, hätten sie auf die Zeichen reagiert.«

»Die Klopfzeichen?«

»Ja. Sie hätten die Klopfzeichen verstanden – und sie hätten geantwortet.«

Eine Weile sprach niemand. Die Luft war schwer und verbraucht. Der Raum war kleiner geworden. Die Pfütze am Boden stand nun schon mehr als zehn Zentimeter hoch. Beständiges Glucksen und Schwappen gegen das Verschlussbrett deutete an, dass es Bewegung gab dort draußen. Fiel der Wasserstand, so wie Gil Pandra es vorausgesagt hatte? Aber wohin konnten die Fluten abfließen?

Als hätte Gil Pandra Alissas Gedanken erraten, hob er die Stimme: »Die Mühlen am Rand des Sumpflands sind Überbleibsel einer Zeit, als die Menschen der Nigrana noch versuchten, den fruchtbaren Streifen nördlich des Teneber urbar zu machen. Es gibt am Rand des Sumpflands zahlreiche Mühlen. Mühlen, die den Grundwasserstand regulieren. Und mehr noch … Die Beziehungen der Berber zu ihrer alten Heimat sind nie ganz abgerissen.«

Ein melancholischer Ton schwang in seinen Worten mit. Und Alissa hatte das jähe Gefühl, die ganze Geschichte der Berber plötzlich zu verstehen:

»Diese Mühlen entwässern nicht die Sümpfe, sondern die Tunnel?«

»Manche von ihnen«, bestätigte Gil Pandra. »Auch wenn es das Volk der Berber nicht mehr gibt, das Mühlenland ist unsere Heimat, und wir haben noch immer Verbündete in der westlichen Nigrana, unter der Landbevölkerung. Die Mühlen werden jetzt arbeiten. Sie pumpen das Wasser aus den Tunneln heraus. Es wird nicht mehr lange dauern. Als wir in den Tunnel einstiegen, frischte der Wind in der Nigrana auf. Es war ein sonniger, heißer Tag. In der Nacht wird ein starker Wind wehen. Die Mühlen werden den gefluteten Abschnitt in kurzer Zeit leerpumpen.«

Es war so einfach – und doch so kompliziert. Alissa fröstelte bei dem Gedanken, dass der Tod die Beziehung zwischen dem Mühlenland und den Berbern aufrechterhielt.

»Ihr überlebt, weil sie euch unterschätzen, ist es nicht so?«

Es war Tiras, der gesprochen hatte. Alissa durchströmte ein schier unfassbares Gefühl von Freude, weil sich ihre Gedanken wieder berührten. Das Band zwischen ihnen war neu geknüpft.

»Ja«, sagte Gil Pandra. »Wir überleben, weil sie uns unterschätzen. Aber niemand weiß, wie lange noch.«

Eine Weile war es wieder still. Die Luft in der Kammer verbesserte sich – ein Zeichen, dass der Wasserstand in den Tunnelgängen beträchtlich gefallen war.

Schließlich sagte Gil Pandra: »Lasst uns die Kammer öffnen und neue Fackeln anzünden. Wir müssen weiter. Bald erreichen wir Kartas.«

SABOTAGE

Als die Tür zur Seite glitt, nach den schon beinahe vertrauten Klick-Lauten des Sicherungssystems, wunderte er sich, wie ruhig und gefasst er sein Schicksal angenommen hatte. Ein unerwartetes Gefühl von Frieden durchströmte ihn.

Wie auch immer sie das anstellen wollten: Es würde ihnen nicht gelingen.

Nein, der Tod war keine Bedrohung. Jedenfalls keine solche Bedrohung wie die Unwahrheit.

Er hätte Tiras noch so vieles sagen müssen. So viele Dinge, die er ihm verschwiegen hatte, weil ihm die Zeit noch nicht reif schien.

Es war ein Fehler gewesen.

Weil er Tiras nicht verlieren wollte.

Seinen Sohn.

Weil Tiras sich schon so weit von ihm entfernt hatte.

Er blickte ins Nichts, und die Frau, die sich in diesem Moment über ihn beugte und ihm kurz in die Augen sah, kräuselte die Stirn, schien sich über seine Ruhe zu wundern.

Sie hatten also eine Frau geschickt. Eine junge, resolute, vermutlich völlig skrupellose Ärztin aus dem Klinikstab. Eine Frau, die dem Charisma Zenon Siborgias verfallen war, wie einst er selbst. Vielleicht gehörte sie aber auch zu dem Schwarm blendender Schönheiten, mit denen sich Skanda Borlund gern umgab. Dieses fast schmerzlich helle

Blond ihrer Pagenfrisur zusammen mit dem kalkweißen Arztkittel ließ auf eine durchsetzungsstarke Person schließen. Dabei wirkte sie so zierlich – neben den zwei breitschultrigen schwarz Uniformierten, die ihr folgten.

Nein, diese Ärztin würde Skanda Borlund nicht anhimmeln.

Mit schnellen Blicken erfasste sie die losen Gurte am Stationsbett. Sie hatten es nicht einmal für nötig befunden, ihn vor sich selbst zu schützen. Wahrscheinlich würde es Zenon Siborgia besondere Genugtuung bereiten, wenn er sich das Leben nahm. Vielleicht war es eine heimliche Aufforderung gewesen.

Aber war das Leben nicht längst vergangen?

»Professor Laskoff ist gleich hier. Fixieren Sie den Mann. Beeilung.«

Die Stimme der Ärztin klang gepresst – tiefer wohl, als sie normalerweise sprechen würde. Er sah sie jetzt an. Sie wich seinem Blick aus. Sie bemühte sich, überlegen zu wirken, doch die hektische Art, in der ihre Augen hin und her huschten, als suchten sie etwas in diesem Raum, verriet ihm Nervosität. Verstohlen blickte sie auf die Uhr an ihrem Handgelenk. Sie schien unter enormem Druck zu stehen …

Ein seltsam ferner Schmerz durchströmte ihn, als ihn der Größere der beiden Uniformierten mit hartem Griff an der Schulter auf das Bett drückte, während der andere die an den Bettseiten angebrachten Ledergurte ordnete und ihn festschnallte. Ihm blieb die Luft weg, als sich der über die Brust verlaufende Gurt wie eine Stahlfessel zuzog. Das Beruhigungsmittel, das sie ihm gegeben hatten, hatte seine Wirkung verloren, aber in seinem Körper war eine neue, dumpfe, diffuse Schwäche, die den Schmerz verzögerte – und verstärkte. Er stöhnte auf.

»Da ist ja noch Leben drin.«

Der Wächter, der hinter ihm stand, stieß ein heiseres Lachen aus. Mit beiden Händen drückte er ihm die Schultern so fest auf das Bett, als ginge es darum, dem so verletzlich wirkenden Gefangenen das Schlüsselbein zu brechen. Der zweite Wächter zog die Gurte am unteren Teil des Bettes fest und fixierte die Arme.

»Hört sich an, als würde der's nicht mehr lange machen«, schnaubte der zweite Wächter.

»Bestimmt nicht. Jetzt geht's nämlich zur Entsorgung – direkt ins Werk. Destination Z.«

Der Wächter am Kopfteil beugte sich grinsend hinunter, bis sein vernarbtes Gesicht nur noch wenige Zentimeter über den unruhig flackernden Augen des Grafen hing. Der Gestank aus dem Mund des Mannes war beinahe schlimmer als die Schmerzen der Fesseln. Und dann holte er mit widerlichem Geräusch einen Schleimbatzen aus den Tiefen des Halses und schien sein Opfer anspucken zu wollen.

»Was soll das!?«, fuhr die Ärztin dazwischen. Ihre Stimme hatte plötzlich einen drohenden, schneidenden Ton: »Ich weiß nicht, ob ihr zwei ahnt, was sich der Lord für diejenigen ausgedacht hat, die sich in seine Pläne einmischen. Ihr bringt den Gefangenen auf direktem Weg zur Schleuse – ohne ihm auch nur ein einziges Haar zu krümmen!«

In ihrem Blick lag kalte Verachtung. Der Graf sah sie an. Die Fesselung, die ihn fast völlig wehrlos machte, hatte tatsächlich begonnen, seine innere Ruhe zu zerstören. Den Tod fürchtete er nicht – aber die Entwürdigung vor dem Tod. Und von dieser Möglichkeit hatten ihm die zwei Wächter gerade eine Andeutung vermittelt.

Aber weshalb schützte diese Ärztin ihn? Und weshalb hatte er plötzlich das Gefühl, dass er sie kannte? Etwas an ihrem Gesicht, ihrem Haar, wirkte unecht.

Als sie seinen Blick bemerkte, sah sie hastig zur Seite, holte mit nervösem Griff in den Laborschrank eine Spritze hervor und entnahm ihrem Kittel eine grünliche Ampulle. Sie zog die Spritze auf, und es war deutlich, dass sie weitere Blickkontakte vermeiden wollte. Als sie die Spritze an seinem Oberarm ansetzte, wehrte er sich nicht. Nicht, weil die Fesseln ihm jede Bewegungsfreiheit raubten: Im fehlte der Wille zum Widerstand. Er wusste, dass er das Bewusstsein verlieren würde. So oder so.

Er fühlte, wie die Nadel in seinen Arm glitt. Eine Schlange aus glühendem Stahl, die sich ihren Weg in die Mitte seines Körpers suchte. Die Ärztin zog die Spritze aus dem Arm und blickte den Bewusstlosen an, prüfte die Pupillen, nickte.

Sie wandte sich wieder ihren Begleitern zu:

»Der Lord kümmert sich persönlich um ihn. Also reißt euch zusammen. Ablieferung auf direktem Weg. Befehlsänderungen sind zu ignorieren. Kein Raum den Saboteuren. Verstanden?«

Wieder sah sie auf die Uhr. Murrend bestätigten die Wächter die Anweisung, lösten die Arretierung des Bettes und schoben es zur Sicherheitstür. Als sie die Tür öffneten, erschien Professor Laskoff, der Leiter der Klinik, im Gang. Er wirkte überrascht, warf einen fragenden Blick auf die Wächter. Dann sah er die Ärztin an – und als hätten sie sich abgesprochen, schaute auch er nervös auf die Uhr.

»Es darf keine Verzögerung geben, hören Sie, Doktor.«

»Der Lord erwartet den Gefangenen«, gab die Ärztin zurück. »Es wird keine Komplikationen geben, Professor!«

»Gut. Was ist mit den anderen?«

»Die Verlegung erfolgt in diesen Minuten. Genau nach Plan.«

»Dann sollten wir uns beeilen.«

Sie verließen das Krankenzimmer und folgten den Wächtern, die das Stationsbett zum Aufzug am Ende des Gangs schoben. Dieser Teil der Etage machte den Eindruck, als sei die gesamte Klinik evakuiert worden. Die Kameraaugen im Zimmer und auf dem Gang filmten leere Flure. Und außer den schweren Schritten der Wächter und dem harten Ton der Stahlrollen auf dem Flurboden war nichts zu hören.

Die Explosionen waren beinahe lautlos. Es gab ein kurzes Rucken im Gefüge der Relais-Stationen, mit knisterndem Nachhall, der sich unter die Abendgeräusche der Stadt mischte, noch bevor sich jemand irritiert umsehen konnte. Da die Stationen in der Regel an Orten lagen, an denen sich nur selten Menschen aufhielten, war die Zahl der möglichen Zeugen ohnehin gering.

Nur in zwei Fällen gab es größere Schäden: Die Station jenseits der Fischerbrücke, auf einem Brachfeld zwischen Murna und San Mintra, verlor eine Tür des Wartungsschachtes. Sie flog in hohem Bogen davon, aus den Angeln gesprengt und verbogen, wie von einer Stahlfaust getroffen. Als sie zu Boden krachte, flatterten ein paar Dohlen auf. Aus der gähnenden Schwärze des Türlochs der Station verpuffte ein Rauchstoß. Dann war der Spuk vorbei.

Das Relais am nördlichen Ende der Teuferstadt erwischte es am schlimmsten. Nach dem dumpfen Knall entwickelte sich im Rechnerblock des Relais zunächst ein Schwelbrand. Nach einigen Minuten fand das Feuer in einem Nebenraum neue Nahrung. Die Rauchentwicklung war schließlich beträchtlich und der Brand wurde bemerkt. Doch noch immer verging einige Zeit, bis man den Vorfall als außergewöhnlich einstufte. Am Rand der Teuferstadt galt ein Feuer als Beweis dafür, dass dort nach wie vor radikale Kräfte wirkten und dass man sich besser nicht einmischte. Außerdem wusste zu diesem Zeitpunkt noch niemand von den Explosionen in den anderen Relais-Stationen. Erst etwa eine halbe Stunde nachdem die Sprengladungen hochgegangen waren, begann man in der Hauptwache und bei Posisco von einem terroristischen Sabotageakt zu sprechen. Dann liefen die Meldungen aus allen Stadtteilen ein, und man zog Verbindungen zwischen den Explosionen, die fünfzehn der über sechzig in der Stadt verteilten Relais-Stationen betrafen.

Einer aber spürte das Ausmaß der Explosionen sofort. Einer wusste vom Moment der Zündungen an – die Explosionen erfolgten alle exakt in derselben Sekunde –, was geschehen war. Zenon Siborgia hatte mit nachdenklichem Blick die Monitore der Überwachungszentrale im Palast von Natragur beobachtet und war mit gewissem Argwohn der jungen Ärztin gefolgt, die den Weg von den oberen Etagen der Abteilung Implementkontrolle hinunter in die Innere Sektion der Sicherheitszone nahm. Sie war ihm in den vergangenen Tagen mehrfach aufgefallen. Zunächst nur als neues Gesicht, als Farbe im tristen Einerlei der Klinik. Dann hatte er bemerkt, wie sie sich Professor Laskoff näherte. Das war an sich nichts Ungewöhnliches, diese Frau war hochintelligent, das spürte Siborgia sofort, und Laskoff hatte es immer verstanden, die fähigsten jungen Kräfte an sich zu binden. Aber Siborgia war es natürlich nicht entgangen, dass Laskoff vom Moment der ersten Begegnung mit ihr eine Spur unsicherer wirkte. Diese selbstbewusste junge Ärztin schien ihn auf besondere Weise herauszufordern. Und da war noch etwas: Laskoff bewegte sich, als fühlte er sich überwacht. Das wurde er zwar, aber es hatte seine Souveränität bisher nie beeinflusst.

Die junge Ärztin hatte immer wieder auf die Uhr an ihrem Handgelenk gesehen. Sie war auf dem Weg in den Sicherheitstrakt gewesen, wo sich auch Laskoff in Kürze einfinden sollte. Adris Brahmins finale Operation stand bevor.

Was Bendar Kamladis betraf, hatte Siborgia den Plan gefasst, ihm das Implement einzupflanzen. Laskoff hatte diesen Plan nicht gutgeheißen, weil der Zustand des Wissenschaftlers noch immer kritisch war und nicht gewährleistet werden konnte, dass er den Eingriff überlebte. Doch Laskoff war eindeutig zu vorsichtig.

Die Zeit drängte.

Also hatte Siborgia die Sache mit Kamladis selbst in die Hand genommen.

Beim Gedanken an Kamladis hatte er gelächelt. Ein Implement war die eleganteste Lösung, wenn er versuchen wollte, den Widerstand des Wissenschaftlers zu brechen. Er, Zenon Siborgia, der Leviathan, der Herrscher, würde diesen Akt zelebrieren – vor großem Publikum.

Für Adris Brahmin allerdings kam ein Implement nicht infrage. Die Schwäche des alten Mannes hatte ihn beinahe gerührt. Aber Brahmins unverzeihlicher Verrat erlaubte keine andere Lösung. Ein

Weiterleben im Kontinuum würde es für ihn nicht geben, obwohl es für diesen Abtrünnigen vermutlich eine weitaus größere Strafe wäre, auf alle Ewigkeit an das eine, beherrschende Bewusstsein gebunden zu sein. Doch was bedeutete ein kleiner Geist mehr oder weniger schon für das Kontinuum? Die finale Operation, die totale Extraktion, sie war für Adris die einzige Lösung. Bei Kamladis hingegen würde das Implement Großes bewirken. Kamladis war ein weitaus schwierigerer Fall. Er hatte die seltene Gabe des totalen Bewusstseins: Kamladis wusste, was er wusste. Das machte es nahezu unmöglich, ihn zu manipulieren. Also musste er – Zenon Siborgia – ihn stellen. Im Kontinuum. Am Tag der Entscheidung.

Zenon Siborgia hatte kaum noch auf die Monitore geschaut, als er diesen Überlegungen nachging. Bendar Kamladis würde eine Bereicherung für die Kraft, die Eleganz, die Qualität des Kontinuums sein. Dieses besondere, einzigartige Bewusstsein würde aus der Masse herausragen – er hatte es fühlen können. Und zum ersten Mal war ihm der Gedanke gekommen, dass es Auserwählte auch im Kontinuum gab. Er hatte an das große Bild im Salon gedacht, das Bild des Leviathan mit erhobenem Schwert. *Non est potestas super terram quae comparetur ei*, hatte er gedacht. *Keine Macht auf Erden ist ihm vergleichbar*. Der Leviathan. Der Schwarze Lord. Die Verwandlung Tiamandras in seine wahre Gestalt. Ein Schauspiel ohnegleichen stand Metronas bevor, gespeist aus den Kräften außergewöhnlicher Geister, die der Masse Substanz gaben.

Wie Bendar Kamladis.

Dann hatten seine Gedanken einen weiteren Sprung getan: zu jenem Bewusstsein, dessen Anwesenheit im Kontinuum noch weitaus bedeutender sein würde. Die Anwesenheit dessen, der ihm gleich war. Die schwarze Katze hatte sich leise genähert. Mit kaum hörbarem Maunzen hatte sie auf sich aufmerksam gemacht. Siborgia hatte lachen müssen. Er hatte die Katze vorsichtig vom Boden gehoben, hatte sie an seine Schulter gedrückt und geflüstert: »Wie recht du hast, mein Freund. Ich bewundere dich. Du kannst Gedanken lesen. Wenn es uns erst einmal gelungen ist, im großen Strom die …«

Blitzartig hatte es all seinen Gedanken den Boden entzogen. Er stürzte, fiel in sich zusammen. Die Katze löste sich fauchend aus seinen Händen und verschwand im Dunkel des Überwachungsraums, verschwand über ihre geheimen Wege im Labyrinth des Palasts. Dann war nur noch Stille. Die Stille vor seiner Auslöschung, seiner eigenen Vernichtung.

Im ersten Moment war er so überrascht, dass er dem Impuls, laut zu lachen, nachgeben wollte. Wenn er denn gekonnt hätte. Selbst zum Lachen fehlte ihm die Kraft. Was da geschehen war, hatte so wenig Platz in seinem Selbstverständnis, dass es ihm unwirklich bis zur Lächerlichkeit erschien. Und plötzlich bekam er Angst.

Die Energie der Welt, die sich in ihm bündelte und die er nach Belieben aufpeitschte, stockte. Sie ließ ihn wie einen Überrest zurück, stieß ihn ab, legte ihn beiseite. Was blieb, war ein umso klareres Wissen um den Verrat. Zum Greifen nah war die Möglichkeit gewesen, den Verrat zu verhindern. Er hätte es erkennen müssen: Laskoff und diese Frau, das Netz der Relais-Stationen, sein äußerer Blutstrom. Er wusste genau, wie viele der Stationen ausgefallen waren. Er wusste, was es bedeutet hätte, wenn es mehr als die Hälfte gewesen wären, und er musste das Grauen, das dieser Erkenntnis folgte, über sich ergehen lassen.

Mühsam und unendlich langsam hob er den Kopf und sah hinüber zur Monitorwand. Die Bildschirme flimmerten, als sei nichts geschehen. Der Strom der Normalwelt floss. Die Arbeit auf den Stationen der Klinik ging seinen geregelten Gang.

Er hatte es versäumt, die Schaltung ins Innere des Sicherheitstraktes vorzunehmen. Die Bilder zeigten nicht das, was er sehen wollte. Was ihm die Bilder der Monitore vorenthielten, ergänzte die einzige Kraft, die ihm geblieben war. In seiner Fantasie holten Laskoff und diese Ärztin zum Schlag gegen ihn aus. Und einzig Skanda Borlund konnte sie daran hindern.

Ausgerechnet Borlund.

Zenon Siborgia stöhnte auf. Wie eine langgliedrige schwarze Marionette, deren Fäden abgeschnitten worden waren, lag er am Boden. Er würde Stunden brauchen, bis er sich zum Schaltpult geschleppt und jemanden herbeigerufen hatte. Vorausgesetzt, es gab keine weiteren Explosionen in den Relais.

Eine zweite Welle von Angst strömte in die Zellen seines wehrlosen Körpers.

Als Skanda Borlund den Anruf erhielt, wirkte er minutenlang wie gelähmt. Doch je länger er zögerte, desto deutlicher erkannte er, dass ihm die plötzliche Abwesenheit des Lords bedrohlicher erschien als dessen sonst so mächtige Präsenz.

Laskoffs aufgeregte Stimme hatte ihre Wirkung hinterlassen: Welche Kräfte formierten sich in der Stadt? Sprengstoffanschläge? Es war einfach unmöglich, dass diese Sabotageakte gerade jetzt geschahen. Jeder Winkel der Stadt wurde überwacht. Die Stationen waren neuralgische Punkte und genossen besonderen Schutz. Außerdem waren die Berber geflohen. Es hatte zahlreiche Opfer unter ihnen gegeben.

War es ein Racheakt? Aber so verrückt konnten die Berber nicht sein. Anschläge auf das Netz des Kontinuums waren eine Kriegserklärung an die Macht der Stadt. Sie würden es nicht wagen, so weit zu gehen. Sie waren viel zu schwach.

Bisher waren die Berber klug genug gewesen, sich vorsichtig zu verhalten – auch wenn das Bild, das man sich in der Stadt von ihnen machte, ein ganz anderes war. Die Propagandamaßnahmen der vergangenen Woche waren sehr erfolgreich gewesen.

Vielleicht waren tatsächlich andere, aggressivere Kräfte verantwortlich für das Chaos. Laskoff hatte da etwas erwähnt, das ihm zu denken gab. Trotz der Eile, in der Laskoff gesprochen hatte, und der aufgewühlten Stimmung, in der er sich befand, beinhalteten seine Andeutungen einen ungeheuerlichen Vorwurf: Man vermutete Abtrünnige innerhalb des Sicherheitscorps der Vigilanz und der Wachmannschaften. Konterrevolutionäre Kräfte, sozusagen.

Ausgeschlossen. Borlund versuchte, den Gedanken beiseitezuwischen. Andererseits: Sollte es organisierte Aufständische geben, und sie verfolgten ihre Planungen unter seinen Augen, würde der Lord ihn persönlich zur Rechenschaft ziehen.

Er konnte sich ausmalen, was das bedeutete. Laskoff hatte ihm mitteilen müssen, dass der Lord plante, Kamladis ein Implement einzusetzen. Schon das war ein bedenkliches Signal gewesen.

Er musste das Vertrauen des Lords zurückgewinnen.

Skanda Borlund ließ sich mit Che Conano verbinden, der zum wiederholten Male mit Zanja Patrias und Pero Nurta und einer Reihe von Mitarbeitern der Kommandoebene die Arbeiten auf der Columbahöhe abstimmte. Besser gesagt, der ihnen auf subtile Weise diktierte, was er von ihnen erwartete.

Ungeduldig sah Borlund auf die Uhr. In wenigen Minuten mussten sie den Lord und die Gefangenen in Sicherheit gebracht haben. Conano sollte die Truppen innerhalb der Stadt nochmals verstärken und auf Zanja Patrias einwirken. Es war unbedingt erforderlich, die Vigilanzabteilungen und die Wachen der Zitadelle auf Verräter zu durchleuchten. Und Zoran Dakubra sollte sich die Bataillone des Werks vornehmen und sie neu zusammenstellen. Wenn es Rebellen in den eigenen Reihen gab, würden sich Strukturen herausgebildet haben. Diese mussten sie aufbrechen.

So würden sie zumindest Zeit gewinnen.

Endlich erreichte er Conano und Dakubra und gab ihnen hastige Anweisungen. Dann rief er zwei Begleiter herbei und machte sich auf zur Sicherheitsschleuse. Der Lord hatte den vorübergehenden Rückzug noch selbst angeordnet. Die Bestätigung war erfolgt. Laskoff hatte bereits alles Notwendige in die Wege geleitet, hatte Kamladis, Marina Zabrian und Adris Brahmin zur Schleuse bringen und in den Wagen verfrachten lassen, der sie ins Werk bringen sollte. Kamladis war noch immer nicht bei Bewusstsein. Es wurde gemunkelt, er würde sterben. Der Frau ging es schon besser, aber man hatte sie in Narkose versetzt – wie auch Brahmin. Sicher war sicher. Insbesondere die Frau war unberechenbar. Sie würden zwar noch einige Wächter mitnehmen und eines der sichersten Panzerfahrzeuge benutzen, aber die Fahrt durch die unruhige Stadt blieb ein Risiko.

Anschläge auf fünfzehn Stationen – das konnte nur bedeuten, dass sich die Rebellen in Metronas formiert hatten.

Skanda Borlund betrat den Fahrstuhl, gab das Passwort für die Sicherheitszone ein und legte die Hand auf den DNA-Scanner. Seine Begleiter folgten, erledigten den Scan mit kurzem Handausstrecken. Dann bestätigte Borlund ihren Status. Nur wenigen war es gestattet, die Zone allein, ohne die übliche observative Einheit – wie es im Jargon der Geheimen Sicherheitsstatuten hieß – zu betreten. Die Schleuse lag noch unterhalb der Abteilungen der Inneren Sektion. Das letzte Stockwerk mussten er und seine Begleiter nochmals separat bestätigen – qua DNA-Scan und erneuter Autorisierung. Dann schob sich die Tür auf, und die drei traten in eine ausgeleuchtete Fahrzeughalle hinter breiten Rolltoren. Die Implement-Klinik war keine Notfallklinik, und deshalb bestand der Fuhrpark auch nicht aus Rettungswagen. Die Fahrzeuge, die hier parkten, gehörten allesamt zu den Panzerfahrzeugen der Schwarzen Wächter.

Das Fahrzeug, auf das Skanda Borlund zuhielt, stand beleuchtet da und wirkte doch vor allem durch die Düsternis seiner wuchtigen Gestalt. Das grelle Licht in dieser Tiefgarage hob das Fahrzeug sowie zwei weitere, die dort warteten, gespenstisch hervor.

Vor und hinter dem Fahrzeug hatten sich helmtragende Wachsoldaten postiert, metallisch glänzende Schnellfeuerwaffen im Anschlag. Professor Laskoff schloss gerade die beiden hohen Hecktüren des Fahrzeugs und hob die Hand.

»Schnell!«, rief er. »Die Gefangenen sind gebracht worden. Der Lord ist kollabiert. Es hat eine massive Disruption im Kontinuum gegeben. Solange die verdammten Konverter noch nicht …!«

»Wo ist er? Ich will ihn sehen!«, unterbrach Borlund ihn barsch.

Als er die Halle betreten und Laskoff erblickt hatte, war da wieder dieses Schwelen gewesen zwischen dem Professor und ihm.

»Er musste sofort evakuiert werden. Das Sicherheitsfahrzeug mit ihm ist bereits unterwegs ins Werk!«

»Was?!«, brüllte Borlund. »Öffnen Sie den Wagen! Bevor wir losfahren, will ich sehen, wie es ihm geht. Das ist ein Befehl, Laskoff!«

Borlunds Begleiter hatten ihre Waffen gezückt. Laskoff schien überrascht. Sein Blick flog zwischen Borlund und den Wächtern hin und her.

»Ich sagte doch, der Wagen ist unterwegs!«

»Dann stellen Sie eine Funkverbindung mit dem Wagen her. Machen Sie schon!«

Laskoff starrte Borlund fassungslos an:

»Der Code«, rief er. »Haben Sie den Sicherheitscode? Sie wissen doch, dass für einen Fall wie diesen ...!«

»Professor Laskoff, die Rebellen!«, rief plötzlich eine schrille Frauenstimme, und Skanda Borlund sah die blonde Ärztin, die er hatte überprüfen lassen wollen. Bebend vor Wut kam sie hinter dem Fahrzeug hervor:

»Die Rebellen können jeden Moment hier sein. Wir wissen, dass eine Gruppe von Kämpfern in die Klinik eingedrungen ist. Wir haben Kamladis. Wenn sie ihn befreien ...«

»Weshalb ist der Lord nicht in diesem Fahrzeug?«, rief Borlund und versuchte, die blonde Erscheinung, die ihm Unbehagen bereitete, mit seiner Autorität zu beeindrucken. Aber in der Hektik der Situation schlug das gründlich fehl. Dr. di Santis warf ihm einen Blick voller Verachtung zu:

»Verdammt, wir müssen los, sonst setzen wir alles aufs Spiel!«, zischte sie. »Das Niveau hat das unterste Lambda-Level seit mehr als zwanzig Minuten unterschritten! Sie wissen doch, was das bedeutet. Der Lord wird sterben, wenn er nicht innerhalb der nächsten Minuten an den Kreislauf der Werke angeschlossen wird. Hätten wir gewartet, wäre er längst tot. Und jede Sekunde, die wir hier noch länger warten, erhöht die Gefahr, dass uns die Rebellen über den Haufen schießen und Kamladis befreien. Handeln Sie endlich vernünftig und steigen Sie ein!«

Sie starrte ihn an wie einen überforderten Idioten.

Skanda Borlund war verunsichert. Mit Laskoff zu streiten fiel unter das übliche Kompetenzgerangel. Er genoss es bisweilen. Meistens war es nur ärgerlich. Hier war es vielleicht gefährlich. Aber die Situation und diese Ärztin machten es ihm unmöglich, eine überlegte Entscheidung zu treffen. Ihr zorniges, selbstsicheres Verhalten trieb ihn in die Defensive. Seine Begleiter hatten die Waffen im Anschlag und längst entsichert, wirkten alarmiert, als diese so unberechenbar wirkende Person laut geworden war.

Und dann, plötzlich, hörten sie Stimmen. Geräusche. Schritte. Eine Sicherheitstür hatte sich geöffnet. Die Stimmen wurden lauter: Wortfetzen in alarmierender Schärfe.

»... darf nicht entkommen ... Zündungen wiederholen ... Es muss ... Kreislauf lahmlegen ...!«

»Los! Laskoff!!«

Skanda Borlund benötigte nur wenige Gesten, um die Rolle des Befehlsgebenden zurückzuerobern. Man gewährte sie ihm willig. Professor Laskoff, Dr. di Santis und die vier begleitenden Soldaten stürmten ins mittlere Fahrzeug. Die Soldaten zwängten sich durch die offene Hecktür. Laskoff schwang sich ans Steuer. Skanda Borlund und Dr. di Santis setzten sich neben ihn. Auch die zwei anderen Wagen machten sich bereit. Das breite Rolltor hatte rumpelnd begonnen, sich zu heben. Überall war Lärm. Lärm, der die lauter werdenden Schritte, Stimmen aus dem rückwärtigen Teil der Sicherheitsschleuse übertönte. Und dann raste der kleine Konvoi los. Hinaus in die Dunkelheit, die sich mittlerweile über Metronas gelegt hatte. Es war 22 Uhr – die Nacht hatte begonnen.

Als die drei Wagen das Gelände der Klinik verließen, war Skanda Borlund so sehr damit beschäftigt, eine Funkverbindung zu Che Conano aufzubauen, dass er den Weg des Konvois kaum verfolgte. Er registrierte aus dem Augenwinkel, dass draußen alles ruhig schien. Die beleuchtete Klinik. Die Parkplätze am Haupteingang. Die Grünanlagen um den rückwärtigen Teil des Gebäudes mit ihren gelblich schimmernden Wegelichtern: Hier herrschte Frieden, wie immer. War das zu glauben? Reichte die Kampfkraft der Rebellen doch nicht aus für einen Trupp gepanzerter Fahrzeuge? Wenige Minuten zuvor waren fast ein Viertel aller Kenton-Relais-Stationen außer Betrieb gesetzt worden. Borlund dachte sich, dass solche Aktionen das Ergebnis von Überraschungsangriffen waren, nicht von Überlegenheit. Wie aber war die Lage auf der Columbahöhe?

»Conano? Endlich! Verdammt, warum melden Sie sich nicht? In der Klinik gibt es ein Widerstandsnest. Wie ist die Lage an der Statue? Haben sie Patrias instruiert? Ein einziger Fehler und die Lage eskaliert, verstehen Sie?«

Skanda Borlund sprach aufdringlich laut, aber sein Befehlston verriet Unsicherheit anstatt Stärke. Borlund spürte, dass Dr. di Santis ihn beobachtete. Schweiß stand ihm auf der Stirn.

Die Wagen bogen mit hoher Geschwindigkeit nach links. Raffinerieanlagen leuchteten vor dem breiten, düsteren Streifen, den der Teneber im Hintergrund bildete. Das Bild hätte Skanda Borlund stutzig machen müssen, aber das Gespräch mit Conano lenkte ihn zu sehr ab.

»Hören Sie, Conano: Die Klinik scheint in der Hand von Aufständischen zu sein. Ich vermute ...!«

Er richtete sich mit wütendendem Blick auf und schüttelte energisch den Kopf. Das Geräusch des Wagens übertönte die Stimme Conanos, der Skanda Borlund mitteilte, dass auf der Columbahöhe alles in Ordnung war, dass die Arbeiten planmäßig vonstatten gingen, dass es keinerlei Anzeichen von Rebellion gäbe und dass Zanja Patrias selbstverständlich die Wachmannschaften überprüfen werde – das alles aber klang für Skanda Borlund wie Beschwichtigungsversuche eines Mannes, der ihn insgeheim für unfähig hielt. Skanda Borlund holte tief Atem:

»Ich mache keine Witze, Conano. Hier ist der Teufel los. Die Kenton-Relais ...!«

Wieder fiel ihm Che Conano unaufgeregt ins Wort, und Borlund platzte der Kragen.

»Hören Sie endlich zu!«, brüllte er, während Professor Laskoff den Wagen unter einer Bahnbrücke hindurchfahrend auf die geschwungene Rampe jagte, mit der die Fahrbahn über den Teneber setzte. Vor ihnen erstreckte sich ein weites Feld von roten und grünen Lichtern. Rangieranlagen. Rechts davon glomm das diffuse Leuchten städtischer Siedlungen. Auf der Straße herrschte kaum Verkehr. Und immer noch schien alles ruhig.

»Hören Sie, wir sind in wenigen Minuten im Werk, wo der Lord in die Sicherheit des dortigen Kontinuums gebracht wird. Oberste Priorität haben zwei Dinge: Die Relais müssen sofort mit allen technischen Kräften repariert und mit Hilfe der zusätzlichen Wachkräfte gesichert werden. Für beides sind *Sie* verantwortlich. In spätestens einer Stunde melden Sie Vollzug. Und ich will wissen, wem wir es zu verdanken haben, dass sich innerhalb der Sicherheitskräfte Widerständler einnisten konnten. Ich erwarte Ihren Bericht morgen früh!«

Er beendete das Gespräch, indem er das Funkgerät herunterriss und ausschaltete, ohne eine Antwort Conanos abzuwarten. In der ganzen Zeit, seit sie die Klinik verlassen hatten, hatten Professor Laskoff und Dr. di Santis geschwiegen. Skanda Borlund sah nach vorn, wo er die umleuchtete Schwärze der monolithischen Werksanlagen erwartete. Aber davon war nichts zu sehen. Stattdessen fielen ihm zur Linken die Gleisanlagen eines Rangierbahnhofes auf. Und auf der gegenüberliegenden Seite schob sich der alte Bahnhof von Mahnfeld hinter einer leerstehenden Häuserzeile vor. Mit jähem Entsetzen erkannte Skanda Borlund den fürchterlichen Fehler, der ihm unterlaufen war.

Er sagte nichts. Langsam drehte er den Kopf nach rechts, sah in Dr. di Santis entschlossenes Gesicht. Dann senkte er den Blick zu der Stelle, wo er schon seit einiger Zeit ein diffuses Druckgefühl verspürte.

»Machen Sie keine Dummheiten, Borlund«, sagte di Santis. »Sie haben keine Chance. Diese Waffe injiziert Ihnen ein Gift, das Sie im Bruchteil einer Sekunde ins Jenseits befördert.«

Wie um ihrer Drohung Nachdruck zu verleihen, presste sie die Mündung der Waffe fester in Borlunds Seite. Borlund riss den Kopf herum.

»Laskoff, sind Sie wahnsinnig?!«

»Keine Diskussionen!«, zischte sie.

Professor Laskoff schwieg und sah angestrengt geradeaus, als ginge ihn das Geplänkel zwischen Skanda Borlund und seiner Assistentin nichts an.

»Laskoff, das kann nicht Ihr Ernst sein. Sie wissen, dass Sie hier Selbstmord begehen. Sagen Sie ihrer verrückten Assistentin, dass sie die Waffe einstecken soll!«

»Ich wiederhole mich ungern, Borlund: keine Diskussionen!« – wieder war es di Santis, die sprach. Laskoff steuerte den Wagen unbeirrt über die breite Industriestraße und passierte das Nordende der Teuferstadt.

»Also gut«, sagte Skanda Borlund, »keine Diskussionen. Aber ein paar Fakten. Die Stadt ist voller Wachsoldaten. Es sind Tausende, die jeden Versuch einer Rebellion, oder was das hier werden soll, unterdrücken werden. Aber wahrscheinlich braucht es viel weniger. Sie scheinen zu vergessen, dass vier Elitesoldaten im Wagen sind und weitere in den Begleitfahrzeugen. Sie können jedes Wort mithören.«

Er hob die rechte Hand, vorsichtig, um di Santis nicht zu einer vorschnellen Reaktion zu verleiten. Dann wies er zur Bordkommunikation, die er eingeschaltet hatte – was er immer tat, wenn er mit Sicherheitskräften unterwegs war.

Niemand hatte es bemerkt. Da war er sich sicher. Aber schon im Moment, als er seinen Trumpf ausspielen wollte, ahnte er das Ergebnis.

Dr. di Santis lächelte.

»Oh. Sollte die Bordkommunikation tatsächlich eingeschaltet gewesen sein?«, rief sie und ließ Skanda Borlund nicht aus den Augen.

»Scheint so«, kam die Antwort in gepresstem Ton aus dem Lautsprecher. Das klang nicht wie die Antwort von Wächtern, die loyal zu Skanda Borlund standen und dem Treiben der Ärzte in der Fahrerkabine bald ein Ende machen würden.

»Was ist mit den Leuten, die Borlund mitgebracht hat«, fragte di Santis laut.

»Ausgeschaltet. Keine Probleme. Auch in den anderen Wagen. Alles unter Kontrolle. Aber ...«, die Stimme zögerte, »... Kamladis ist verschwunden.«

»Was ist er?« Di Santis blickte ungläubig zu Professor Laskoff, der, nachdem er zunächst ebenso verwirrt schien wie di Santis, mit einem Ausdruck von Entsetzen andeutete, dass er ahnte, was im Transportraum des Fahrzeugs geschehen war.

»Der Körper hat sich aufgelöst«, kam es mit schnarrender Stimme aus dem Lautsprecher. »Vor wenigen Minuten. Kamladis war bewusstlos, die ganze Zeit über. Nichts hatte sich verändert. Aber plötzlich atmete er schwächer. Wir wollten ihm Sauerstoff geben. Und dann hüllte ihn das Leuchten der Rückführung ein. Wir hatten eine Transpersonalisation an Bord!«

»O Gott! Verdammt! Verdammt! Verdammt! Ihr verdammten Mörder!«, brüllte di Santis und presste den Lauf ihrer Waffe brutal gegen Borlunds Hals.

»Hören Sie auf! Was machen Sie da?«, quiekte Borlund völlig überrascht. Aber er ahnte ebenfalls, was im Heck des Wagens geschehen war.

»Ihr verdammten Schweine!«, fauchte sie. »Ihr habt ihm ein Implement eingesetzt. Ihr habt ihn umgebracht. Er hatte eine Dosis Gift geschluckt, die normalerweise tödlich gewesen wäre. Es war ein schieres Wunder, dass wir ihn stabilisieren konnten. Einen instabilen Metabolismus ins Memoportal zu stecken ist glatter Mord. Ihr habt ihn ermordet, Borlund! Ich würde Ihnen jetzt gern zeigen, wie schnell diese Waffe *Sie* ins Jenseits befördert!«

Die letzten Worte hatte sie zwischen ihren Zähnen hervorgepresst. Aber dann brach ihr wütender Blick. Sie waren so nah dran gewesen, Bendar Kamladis zu befreien. Mit dieser Wendung hatte sie nicht gerechnet. Sie hatten ihm ein Implement eingesetzt, im Zustand tiefster Bewusstlosigkeit, und ihn in ein Memoportal gesteckt. Sie hatten ihn in den sicheren Tod geschickt, auf eine Art und Weise, die ihnen als besonderer Triumph erscheinen musste. Sie hatten es den Rebellen gezeigt – mit den Waffen des Kontinuums.

Ein Zucken umspielte ihren Mund. Ihre Hand zitterte, und das kalte Metall der Waffe an Borlunds Hals gab das Zittern wie die Vorzeichen einer Kurzschlusshandlung weiter. Skanda Borlund saß angespannt, den Kopf krampfhaft hochgereckt, mit Schweiß auf der Stirn da, und versuchte, die Waffe zu ignorieren. Professor Laskoff spähte in den Scheinwerferkegel, hinaus in die Nacht, blickte konzentriert auf die Fahrbahn und das Fahrzeug vor ihm. Aber immer wieder warf er einen schnellen Blick zu seiner Begleiterin und zu Borlund hinüber. Di Santis' Wut schien wie eine Sprengladung, die jeden Moment hochgehen konnte.

»Es ist furchtbar, di Santis. Aber ich vermute, Borlund hat nichts damit zu tun«, sagte Laskoff. Die Resignation, die ihn erfasst hatte, bestimmte auch den Ton seiner Stimme. »Es war Siborgia. Er wollte Kamladis das Geheimnis des Moduls entreißen. Zu diesem Zweck hat er ihm wohl ein Implement einsetzen lassen. Im Kontinuum könnte er auf alles zugreifen, was Kamladis denkt und weiß. Er hätte ihn lenken und übernehmen können. Ich habe nicht gedacht, dass sie die Operation so eilig durchführen. Sie wussten um das Risiko. Und sie haben es gewagt.«

Während er sprach, steuerte er das Fahrzeug weiter über die dunkle Straße. Hinter ihnen verschwanden gerade die letzten Häuser des westlichen Mahnfelds. Skanda Borlund saß noch immer da wie erstarrt. Er sagte nichts. Dr. di Santis suchte nach Anzeichen von

Triumph in seinen Zügen. Sie suchte nach einem Motiv, nach einem Grund, ihn auf der Stelle umzubringen. O Gott, dachte sie immer wieder, sie hatten Bendar getötet. Sie hatten ihn getötet. Sie hatten ihn tatsächlich getötet.

»Wir sind da!«

Laskoffs heisere Stimme riss sie zurück in die Wirklichkeit der Nacht. Die Wagen bremsten ab – mitten im Dunkel eines unbekannten verlassenen Ortes nordwestlich von Metronas. Sie fuhren bis an ein Waldstück. Sie waren nicht weit entfernt vom Fluss. Die Fahrzeuge holperten ein Stück weit einen Feldweg hinauf und blieben dann stehen. In derselben Sekunde flammte ein Licht auf. Gab rhythmisch Signal, das vom Fahrer des vorderen Wagens mit den Scheinwerfern erwidert wurde. Dann ging alles sehr schnell.

»Los, raus!«, rief Laskoff und stieß die Tür auf. Nach all der Zeit, in der er ruhig und besonnen gewirkt hatte, schien er das Heft plötzlich an sich zu reißen.

»Was soll das, was wollen Sie hier?«

»Keine Diskussionen, Borlund. Bewegen Sie sich!« Dr. di Santis gab Skanda Borlund mit der Waffe zu verstehen, dass er auf Laskoffs Fahrzeugseite aussteigen sollte. Laskoff, der draußen im wirren Licht von Handlampen und Fahrzeugscheinwerfern stand, war längst nicht mehr allein. Aus dem Waldstück waren mehrere Gestalten getreten und postierten sich im Halbrund neben ihn. Einige huschten zum Heck des Fahrzeugs und öffneten die Türen. Erst jetzt kam Borlund auf den Gedanken, dass diese Rebellen vermutlich auch den Lord in ihrer Gewalt hatten. Die Stimmung der Rebellen war aggressiv. Es waren Berber. Hass. Brodelnder Hass war deutlich zu spüren. Der Wunsch, erlittenes Unrecht zu rächen.

»Los, hierhier!«

Die Gestalten waren vermummt. Zweifellos waren es Berber. Es war seltsam, aber in diesem Augenblick hatte Skanda Borlund Verständnis für sie. Nach all den Lügen, die das offizielle Metronas über die Berber und ihren militanten Widerstand verbreitet hatte, und nach all den Toten, die es gegeben hatte, schien es ihm ganz natürlich, dass die Berber mit Gewalt reagierten.

Allerdings war es sinnlos. Man würde die Berber vernichten. Sie hatten keine Chance.

Ein Stoß in den Rücken brachte ihn zu Fall. Er rappelte sich schnell wieder auf. Die Stimmen im Hintergrund wurden lauter, die Gespräche heftiger. Sie zogen die Fahrtragen aus dem Heck. Es waren mindestens dreißig Vermummte. Ein Teil von ihnen sicherte das Gelände, die anderen unterhielten sich gestikulierend mit Laskoff und der Ärztin und standen um eine der Tragen herum. Um diejenige, die nun leer war. Und allein vier Männer achteten darauf, dass er, Skanda Borlund, keinen Fluchtversuch unternahm.

Was würde mit dem Lord geschehen? Borlund wagte es nicht, die Frage zu stellen, denn in diesem Moment brach Streit aus:

»Es reicht, Laskoff! Er hat es nicht anders verdient!«

Ein hühnenhaft großer Mann schrie Professor Laskoff an, der fassungslos und überrumpelt wirkte. Blass starrte er nicht auf den Mann, sondern auf die Trage, auf die der Hüne wies.

»Nehmt diesen Schlächter und macht kurzen Prozess mit ihm!«

»Suran, das ist gegen die Order!« – Die blonde Ärztin hob abwehrend die Hände.

»Die Zeit des Stillhaltens ist vorbei«, rief der Hüne, »Borlund wird jetzt endlich bezahlen für die Morde der Vergangenheit. Und für den Mord an Bendar Kamladis. Es sind seine Leute, die Kamladis getötet haben. Sie haben das Modul selbst entwickelt – und Kamladis war ihnen nur noch im Weg!«

»Suran. Baba Faah hat nur Anweisung gegeben, die Gefangenen zu befreien!«

»Baba ist gutmütig. Viel zu gutmütig. Wie alle Alten ist er gutmütig und müde!« Der Hüne richtete sich auf und winkte zu den Männern hinüber, die Skanda Borlund in ihrer Mitte hielten.

»Bringt ihn her. Er soll sehen, was ihm bevorsteht!« Ein breites weißes Lachen blitzte in der Dunkelheit auf. Skanda Borlund sah ein wildes Tier, das ein Opfer gefunden hatte.

Professor Laskoff schüttelte den Kopf, griff aber nicht ein.

»Los, geh schon!« Ein Stoß in den Rücken beförderte Borlund fast von den Beinen. Er stolperte hinüber zu dem Pulk von Berbern und sah sich dem Hünen von Angesicht zu Angesicht gegenüber.

»Was wollt ihr von mir?«, winselte er.

Ein Geräusch wie das Fauchen eines Tigers ließ ihn verstummen: »Das ist kein Spiel, Borlund!«, stieß der Hüne aus. »Es war nie ein Spiel. Und jetzt haben wir dich!«

Er packte Borlund am Aufschlag seiner Uniform und riß ihn herum:

»All die Morde, Borlund. Wie lange habe ich auf diesen Tag gewartet. Reventras da terron! Tornatanas reventras!«

Sein zornfunkelnder Blick löste sich von Borlund und flog hinüber zu einer sich halb abseits haltenden Gruppe: Mitglieder seines Clans, Berber aus dem östlichen Tiefland von Porta Cresta.

»Grumas! Paduna! Es ist so weit!«

Die Angesprochenen und fünf weitere folgten dem Befehl. Mit einer Entschlossenheit, die deutlich machte, dass sie ihrem Anführer Suran Barkas unbedingte Loyalität geschworen hatten.

Das Gesicht des Hünen verzog sich zu einer Grimasse, drückte Abscheu und Ekel aus. Er zog Borlund, den er wie ein schlaffes Beutestück in der Hand hielt, nah an sich heran. Dann spuckte er ihm ins Gesicht und Borlund zog den Kopf ein.

»Du kommst mit uns«, raunte Barkas. »Die Abmachung gilt nicht mehr!«

Er stieß Borlund von sich. Zwei seiner Leute griffen den Taumelnden, drehten ihm die Hände auf den Rücken, fesselten ihn und zogen ihm eine Kapuze über die Augen. Plötzlich ein schriller Schrei:

»Suran. Das reicht!«

Dr. di Santis eilte von den Tragen herbei, wo sie sich um die Befreiten gekümmert hatte. Die beiden waren noch immer sediert und wurden soeben auf leichtere Tragen umgebettet.

»Suran, es war abgemacht, dass wir Borlund zu Baba Faah bringen. Wir…!«

Sie stieß einen überraschten Schrei aus:

»Suran, was soll das?!«

Di Santis fuhr wütend zu dem Mann herum, der sie am Arm festhielt und von dem Hünen zurückzog.

»Barkas!« – ein gellender Ruf – »Wir dürfen jetzt nicht den Kopf verlieren!«

Professor Laskoff schob die Leute, die ihn umstanden, beiseite und versuchte, seiner Kollegin zu Hilfe zu kommen. Aus der hitzigen Debatte wurde ein Tumult.

»Der Plan!«, rief er. »Suran. Wir haben einen Plan und liegen bereits über der Zeit. Jeden Moment können Wachtrupps der Werke hier auftauchen!«

»Wir ändern den Plan, ganz einfach«, raunte Suran Barkas. »Sie gehen mit den Befreiten – wie besprochen. Wir nehmen den Massenmörder Borlund mit und führen ihn seiner gerechten Strafe zu. Baba Faah sollte sich nicht mit so unwichtigen Dingen beschäftigen wie diesem Abschaum!«

Das letzte Wort entfuhr ihm wie ein Krächzen. Aber seiner Entschlossenheit tat das keinen Abbruch. Er wandte sich mit seiner Gruppe zum Gehen.

»Suran, Sie machen alles nur schlimmer!«

Dr. di Santis tobte und schlug auf den Mann, der sie festhielt, ein. Der blieb davon jedoch völlig unbeeindruckt. Di Santis keuchte und wand sich verzweifelt in seinem Griff, versuchte immer wieder, Blickkontakt zu Suran Barkas aufzubauen.

»Suran!«, rief sie, »Borlund könnte uns helfen. Hören Sie doch! Mit ihm als Gefangenem könnten wir dem Lord vielleicht Zugeständnisse abringen, die uns Zeit verschaffen, eine wirksame Strategie gegen seine Pläne zu entwickeln!«

Ein ungeheurer Moment von Atemlosigkeit herrschte plötzlich im Dunkel zwischen ihnen. Die Bewegungen stockten. Die Blicke der Anwesenden richteten sich abwechselnd auf di Santis und auf Suran Barkas. Di Santis verstummte, als sie ihren so dummen, so ungeheuren Fehler bemerkte.

Jeder hatte den Fehler bemerkt. Professor Laskoff schloss die Augen.

Suran Barkas, der sich bereits abgewandt hatte, um seinen Männern, die den gefesselten Skanda Borlund mit sich schleppten, zu folgen, unterdrückte den Impuls, herumzufahren und die zierliche Frau zu schlagen. Und Skanda Borlund fühlte eine Erregung, die wie flüssiges Gold durch seinen Körper lief. Es war ein Gefühl des Triumphes – und zugleich ein Gefühl völliger Niederlage.

Sie hatten es nicht geschafft, den Lord gefangenzunehmen. Es war alles ein Bluff gewesen. Womöglich war auch der Aufstand in der Klinik nichts als ein Bluff. Sie täuschten Stärke nur vor, weil sie schwach waren. Weil sie verzweifelt waren.

Der Lord war nicht fortgebracht worden. Es gab kein zweites Fahrzeug.

Sie hatten nur die Frau und Adris Brahmin.

Sie hatten weder den Lord noch Bendar Kamladis. Kamladis war tot.

Mit dieser Erkenntnis erschien ihm sein eigenes Schicksal plötzlich unwichtig. Er wusste, der Lord würde ihm seinen Fehler nicht verzeihen. Und diese Männer hier durften ihn nun auf keinen Fall entkommen lassen. Er war verloren.

Skanda Borlund wusste das alles – und die Gewissheit stimmte ihn ruhig.

Dr. di Santis senkte den Blick. Sie wollte etwas sagen, doch all ihre Wut war verflogen. Und all ihre Kraft.

Auch Professor Laskoff schwieg.

Suran Barkas stand da und betrachtete sie. Er hätte ihr vernichtende Worte entgegenschleudern können, aber er schwieg. Dann nickte er. Und dann wandte er sich endgültig ab und sagte: »Es ist besser, wir führen unseren Plan jetzt durch. Mit meiner kleinen Änderung.«

Dr. di Santis und Professor Laskoff erwiderten nichts.

Suran Barkas gab ein Handzeichen. Seine Männer rissen Skanda Borlund hoch. Er leistete keinen Widerstand. Dann verschwanden sie im Dunkel des Waldstücks.

»Wir müssen weiter. Sie werden gleich hier sein!«

Es war Professor Laskoff, der das Schweigen brach. Viel zu viel Zeit war inzwischen vergangen. Die Gruppe war um etwa zehn Berber geschrumpft. Es waren immer noch mehr als zwanzig, von denen je vier die Tragen mit den Befreiten anhoben und in disziplinierter Marschordnung, einem verschlungenen Pfad folgend, im Dickicht verschwanden. Sie näherten sich dem Fluss an einer dicht bewachsenen Stelle, die tief in einer kaum zugänglichen Überflutungssenke lag.

Schließlich machten sich auch Professor Laskoff und Dr. di Santis auf. Di Santis hatte noch minutenlang auf die Fahrtrage gestarrt, die knapp eine Stunde zuvor von den Sicherheitskräften der Klinik herbeigeschafft worden war. Es war alles nach Plan gelaufen. Sie hatte Bendar sehen können, bewusstlos, auf der Trage. Bewusstlos, aber lebend. Und das Schauspiel hatte funktioniert. Sie hatten Borlund überlistet. Genau im richtigen Moment war der Scheinangriff erfolgt. Zehn Leute aus dem Kreis des Widerstands hatten genügt. Nicht alle, die in der Klinik arbeiteten, waren gleichgeschaltet. Manche waren aufgewacht, hatten das Grauen nicht mehr ertragen. Manche, wie Laskoff, hatten eine mutige Entscheidung getroffen.

Professor Laskoff trat neben die junge Frau, legte ihr einen Arm um die Schulter und sagte:

»Stella. Es ist furchtbar. Aber es gibt noch Hoffnung. Kommen Sie!«

Bendar war tot. Sollte sie Hoffnung empfinden, weil Zenon Siborgia nun nicht so schnell in den Besitz des Moduls gelangen würde. Sollte sie dermaßen zynisch sein?

Nein, es gab keine Hoffnung.

»Kommen Sie!«

Dr. di Santis – alias Stella van Vesperen riss sich von den Fahrzeugen und der leeren Trage los und folgte Professor Laskoff und den Berbern ins Dickicht der Flussaue – im selben Moment als Suran Barkas und die Mitglieder seines Clans, etwa einen Kilometer entfernt und ohne jeden Gedanken an einen Hinterhalt, überrascht in die Mündungen von Schusswaffen blickten und keine Zeit mehr hatten, sich zu fragen, wer ihren Fluchtweg verraten hatte.

Die Waffen feuerten beinahe lautlos, zersprengten Schädel, rissen mit schmatzenden, klatschenden Geräuschen Gehirn aus Knochenschalen. Und der eine, der Zeit hatte, sich über dieses plötzliche Massaker zu wundern, war der einzige Überlebende:

Skanda Borlund.

KARTAS

Was würde sie erwarten?

»Die Dunkelheit ist in allem hier zu Hause«, hatte Tiras ihr zugeflüstert.

Wie recht er hatte.

Vermutlich hatte es aufmunternd klingen sollen, denn Tiras war die Dunkelheit vertraut. Alissa hingegen fühlte sich aufgesogen von der feuchten Düsternis, die hier im Tunnel alles umgab. Eine tiefe Müdigkeit hatte sie erfasst, als sie nach all den Stunden des Marsches durch die Tiefen jenen Abschnitt erreichten, in dem der Tunnel in das Kammersystem von Kartas mündete.

Gil Pandra hatte begonnen, die Stadt zu beschreiben. Kartas war die Festung eines Volkes, das von allen Seiten bedroht wurde: eine Stadt für Hunderttausende, ein steinerner Gigant, der sich allen Blicken entzog. In Kartas herrschte der Gedanke, dass jeder Stein, jeder Weg, jede Mauer Sicherheit bedeuten musste. Er erzählte ihnen, dass sich die Bauarbeiten über mehrere Jahrhunderte erstreckt hatten. Die Ziegelbauweise der Nigrana war eine von Berbern entwickelte Kunst. Tief unter der Erde hatten die Berber diese Baukunst vervollkommnet. Dort hatte Kartas wachsen können, weil das Sumpfland, der mächtigste Gegner aller Heere, die den Berbern nachsetzten, Schutz bot. All die Jahre, Jahrzehnte, Jahrhunderte, in denen Tunnel um Tunnel vorangetrieben und Stein auf Stein gesetzt wurde, blieben die Arbeiten geheim. Was je als Gerücht über Schlösser und Burgen in den Tiefen der Erde in die Welt drang, wanderte weiter ins Reich der Legenden. In den alten Zeiten, in denen Legenden und Mythen noch Macht besaßen, rüstete niemand eine Expedition aus, um der Wahrheit hinter einer Geschichte auf die Spur zu kommen. Im Gegenteil: Gerüchte über einen von Untoten bewohnten, versunkenen Ort hielten die Menschen erst recht davon ab, ins tückische Sumpfland aufzubrechen. So hatten die Berber erreicht, was sie erreichen wollten. Kartas gab ihnen Sicherheit.

Doch sie währte nicht ewig.

Gil Pandra unterbrach seine Schilderungen und blieb stehen. »Gleich haben wir das Ende des Tunnels erreicht«, sagte er. Im Schein der Fackeln erkannte Alissa Veränderungen. Vor ihnen zeichneten sich am Boden diffus Stufen ab. Der Tunnel hatte begonnen, sich wie ein Trichter zu weiten. Die Wände liefen auseinander, und aus den dunklen rot-schwarzen Ziegeln sprangen in kurzen Abständen breite Bänder mit Verzierungen hervor: Masken aus Stein, Fratzen und Grimassen, die wohl schon seit Jahrhunderten Ankommenden ihre furchterregenden Blicke entgegenwarfen.

Das letzte dieser im Halbbogen umlaufenden Bänder war besonders prächtig gestaltet. Der Kopf eines Drachen aus schwarzem Stein schaute von oben, vom Scheitelpunkt der Tunneldecke, herab, aus einer Art steinerner Vignette. Gil Pandra hielt die Fackel hoch, und das Licht spielte in Reflexen auf den Zähnen, den Lefzen, der Zunge des Drachen, die aus dem offenen Maul hing, schwarz und nass glänzend.

Bleibt fort von hier! – dachte Alissa. Das war die Geste des drohend aufgerissenen Rachens, und Alissa sah, wie Wassertropfen die steinerne Zunge herabliefen und von der Zungenspitze zu Boden tropften. Der Geifer eines Zerberus, eines Torwächters aus dem Bestiarium des Mittelalters. Wer vor Hunderten von Jahren an dieser Stelle gestanden hatte und nicht zu den Berbern gehörte, hatte vermutlich alle Hoffnung fahren lassen und war geflüchtet.

Der Drache des Schwarzen Landes. Der Kopf Tiamandras. Dieser mythische Drache, von dem die Berber so oft gesprochen hatten, kam Alissa in den Sinn. Sie schauderte. Tiras aber schien geradezu angezogen von der mächtigen Gestalt, die dort wie eine Trophäe hing und zugleich einem Raubtier glich, das jeden Moment über sie herfallen konnte.

»Kartas«, sagte er. Er berührte die Tunnelwand, das Band der Verzierungen, fuhr mit den Fingern über die Oberflächen der kleineren Fratzen und lächelte.

»Sie haben sich Mühe gegeben, Fremde abzuschrecken. Wie dumm, dass ich blind bin.«

Gil Pandra blickte ernst. »Ohne Kartas und die Drachen der Stadt, die Fallen, die Sicherungen, die Schleusen, gäbe es die Berber nicht mehr«, sagte er. »Ohne alles dies wären wir längst tot, gestorben für den Wahnsinn der Mächtigen von Metronas.«

Dann schritt er unter dem Drachen hindurch.

Alissa folgte ihm und ließ, wie Tiras, eine Hand über den schwarzen Stein gleiten.

»Ja«, sagte sie. »Du hast recht. Eine Zeit, die sich nicht mehr fürchtet vor den Schutzgeistern der Berber, ist wahrscheinlich eine große Gefahr.«

»Eine Zeit, die blind ist für die Geschichte«, sagte Tiras.

Es klang so seltsam kalt und fremd, und das Wort *blind* aus seinem Mund wirkte so zynisch, dass Alissa diesen Totenort plötzlich hasste. Sie wollte so schnell wie möglich weiter. Fort von hier. Die unterirdische Welt griff nach ihnen.

Sie passierten den Drachenkopf – und nach wenigen Metern hatten sie das Ende des Tunnels erreicht. Plötzlich standen sie vor einer bauchigen Schleuse mit einem schwarzen, massiven Tor, das an den Schieber eines Sperrwerks erinnerte. Augenblicklich überkam Alissa die Furcht, Wasser würde hindurchstürzen, sobald das Schleusentor sich öffnete. Nach den vergangenen Stunden lag der Gedanke nahe und bemächtigte sich ihrer Fantasie.

»Wir sind da.«

Gil Pandra nahm die Fackeln und steckte sie in Wandhalterungen in den Ziegelverzierungen am Tunnelende. Er sah sich um, als fürchtete er eine weitere Gruppe von Verfolgern. Dann suchte er nach dem Mechanismus, das Tor zu öffnen.

Alissa wunderte sich darüber, dass niemand hier Wache hielt. War die Stadt etwa doch völlig verlassen? Die Schleuse kam ihr in diesem Moment wie die mächtige, gedrungene Wehrmauer einer Burganlage vor. Was aber taten die Bewohner der Anlage, wenn Trupps heranzogen mit der Absicht, die Mauern zu durchbrechen?

Die bauchige Schleuse schloss nicht dicht ab mit dem sich zum Trichter weitenden Tunnel. Ein Muster von Öffnungen, schwarze Löcher, so schwarz wie Kaminschlote, gähnte im Schlitz zwischen Tunneldecke und Schleusenmauer.

Gil Pandra sah nach oben. Er begann zu summen, als wollte er singen.

Und dann, den Kopf in den Nacken gelegt, den Körper zur Schleusenwand gerichtet, rief er hinauf zu der Stelle, wo sich Schleusenmauer und Tunnelwandung in einem Keil durchlöcherter Dunkelheit annäherten:

»Natis Pangil. Natis Faaba. Skeindo da logon numbra nigra torrnatanas terron. Skeindo bi inunda skol tresda …«

Wie ein Zauberspruch, dachte Alissa. Die Worte wirkten so rein, aber sie verströmten keinen Hall. Sie verklangen im Gegenteil sehr schnell, als würden sie von irgendwo aufgesaugt.

»Das muss die Losung für die Torwächter sein«, flüsterte Tiras, der neben ihr stand.

Dann war alles wieder still. Auch Gil Pandra schwieg.

Im nächsten Moment hörten sie ein hässliches Geräusch, wie das Schmirgeln von schwerem Stahl auf Stein. Es kam aus der Tunnelmündung. Und dann gellte die Stimme Gil Pandras:

»Hierher, zu mir! Kommt schnell!«

Alissa blickte entsetzt auf die mächtige Steinplatte, die sich wenige

Meter entfernt von ihnen, unmittelbar hinter der schwarzen Drachenmaske, durch den Tunnelquerschnitt schob und ihn verschloss.

»Bevor sie die Schleuse öffnen, verschließen sie den Tunnel«, rief Gil Pandra gegen das hässliche Kreischen des Steins an. »Eine Sicherungsmaßnahme. Falls doch noch Eindringlinge irgendwo versteckt im Dunkeln lauern.«

Sie eilten zu ihm. Alissa fröstelte. Ihr Herz begann zu rasen, denn in diesem Moment erkannte sie, dass die Steinplatte unmittelbar vor den in den Wandhalterungen steckenden Fackeln in den Tunnelgang glitt. Da die Schleuse weiterhin geschlossen war, würden sie in wenigen Sekunden in Dunkelheit gefangen sein.

»Das Licht!«

Alissas Körper zuckte zusammen – in einem instinktiven Impuls, zu den Fackeln zu stürzen. Doch Gil Pandra hielt sie zurück:

»Nicht!«, rief er. »Die Fackeln sind Teil des Öffnungsmechanismus. Nur wenn im Vorraum völlige Dunkelheit herrscht, öffnet sich die Schleuse.«

Mit einem dumpfen, knirschenden Laut verschloss die Steinplatte den Raum und verschluckte alles – auch die Antwort Gil Pandras. Eine weitere Sicherungsmaßnahme, ohne Zweifel. Sie befanden sich in einer Kammer kaum größer als eine Gefangenenzelle, die im Moment, als auch der letzte Rest von Licht erlosch, unendlich klein wirkte und zugleich unendlich groß.

Alissa hielt den Atem an.

Sekundenlang geschah nichts. Wieder war sie der Finsternis ausgesetzt, und sie sackte in diese plötzliche tiefe Verunsicherung, fragte sich, ob es je wieder enden würde. Doch als ihr rasendes Herz zu stolpern begann, als hätte es begriffen, wie sinnlos es war, gegen die Wände des unzerstörbaren Gefängnisses zu trommeln, umfasste Tiras ihre Hand.

Tiras, der die Finsternis kannte. Er hielt ihre Hand, und Ruhe und Wärme durchströmten Alissa. Wenn die Dunkelheit sie für immer verschluckte, dann sollte es sein wie jetzt.

Tiras spürte, dass sie sich verlor. In dieser Sekunde, in der sie so nah bei ihm war, in seiner Welt, ließ er sich fallen, in den Impuls hinein, und zog sie an sich, strich mit der Hand über ihren Kopf. Es war wie in diesem kurzen Moment im Flugzeug. Hoch über der Nigrana. Er fühlte ihr Gesicht, die weiche Haut ihrer sanften Wangen, die Tränen, die darüberrannen. Er wusste, dass die Welt seiner Visionen ihn wieder zurückstoßen würde in Unsicherheit und Argwohn.

Er würde wieder allein sein in seiner Dunkelheit.

Aber nicht jetzt.

Nicht jetzt.

Und dann küssten sie sich.

Lange.

Endlos lange.

Mit dem Fauchen eines Raubtiers riss die Schleuse auf, und das Licht, das sie anstrahlte, blendete sekundenlang. Sie standen in einem Käfig und starrten ins Freie.

Wären sie Eindringlinge gewesen, Wächter der Posisco-Werke, Männer der Vigilanz, sie hätten das Öffnen der Schleuse vielleicht zwei, drei Sekunden lang überlebt. Aber es geschah nichts. Die Lichter, die wie mit Brennspiegeln auf sie gerichtet waren, verglommen. In den Augen blieb ein glühendes, nachdunkelndes Rot. Und dann trat das Bild der Kavernen von Kartas aus dem Hintergrund.

Alissa hatte Mühe, sich zurechtzufinden. Ihr Herz schlug noch immer schnell und hart. Der Raum, in dem sie sich befand, war der Raum, den Tiras aufgespannt hatte.

Sie musste sich zurückkämpfen.

Sie hatte einen Auftrag.

Sie betrachtete die Weite, die sich vor ihr auftat.

Und sie staunte.

»Das … das ist alles von den Berbern erbaut worden?«

Alissas Bild von Kartas stammte aus der Stadt Metronas. Kartas war eine Ansammlung von Ruinen im Sumpfland, klägliche Reste von

Siedlungen, die in den unwegsamen Geländen des Sumpfes aufgegeben worden waren. Nun sah sie ein System von Kammern, das alle Bautechniken der Welt vereinte. Alissa blickte in den heiligen Dämmer einer himmlischen Kathedrale – einer sakralen Halle, die in ihrem Inneren aus mehreren in die Ferne wachsenden Abfolgen breiter Ziegelfassaden bestand, entlang einem Fächer sich erweiternder Wege. Die Pfeiler, die riesigen Säulen der Kathedrale und die Verstärkungen der Ziegelmauern waren eins.

Sie betraten einen Raum voller Gewölbe, die sich zwischen den Häusern über die Wege spannten. Am Rand der Stadt schienen diese Häuser in unterirdische Felswände gesetzt, die durchbrochen waren von zahllosen Fenster- und Türöffnungen. Im Inneren der Halle gehörten die Häuser zu einem ausgeklügelten System von Stützen, Pfeilern und Säulen. Nach oben hin schlossen alle Gebäude und Stützen mit dem Deckengewölbe ab. Öffnungen erlaubten Einblick in das darüberliegende Geschoss. Das Licht, das in die Waben der unterirdischen Stadt fiel, quoll aus unzähligen solcher Öffnungen. Säulen aus Licht, dachte Alissa. Wasserfälle aus Licht, die den riesigen Raum in seiner Heiligkeit erst erschufen. Spiegelsteine, Reflektoren und alle Arten lumineszierender Materialien verstärkten die Lichtsäulen in allen Farben – was den Eindruck erweckte, die Tiefe wäre eingewoben in ein Netz, ein schillerndes Gespinst aus Leuchten.

»Den Baumeistern von Kartas ist es gelungen, das Licht aus wenigen Schleusen, versteckt im Sumpfland, bis in die untersten Ebenen der Anlagen zu leiten«, sagte Gil Pandra. Sie hörten den Stolz in seiner Stimme. Und die Trauer – denn Kartas, so wie es vor ihnen lag, war ein verlassener Ort, eine majestätische Ruinenstadt.

Unmittelbar vor ihnen begann der zentrale Weg hinein in die Stadt. Ein Weg, von dem viele Wege abzweigten. In der Ferne wuchs er in die Höhe und schwenkte in einem weiten Bogen zur Seite. Ein Weg nach oben, in Windungen, auf Pfeiler gestützt. Eine Luftbahn durch die Geschosse der teils stämmigen, teils filigranen Ziegelkonstruktionen von Kartas.

Alissa dachte an Tiras, dem all diese Bilder so fremd bleiben mussten.

»Wenn du das sehen könntest«, sagte sie staunend und konnte den Blick nicht abwenden von Lichtsäulen und Spiegelungen, von den zugleich trutzig und leicht wirkenden Fassaden, von der Straße, die in der Ferne anhob und entschwebte.

»Ich kann es sehen!«, rief Tiras zu ihrer Überraschung. Er breitete die Arme aus und lachte und schien plötzlich angekommen in der Helligkeit – sie ließ ihn innerlich tanzen: »Ich kann alles sehen. Du glaubst es nicht! Diese funkelnde Stadt spricht zu mir. Ich sehe ein Feuerwerk sprechender Steine. Es muss riesig sein. Der Atem in dieser Stadt ist so groß!«

Er lief voraus in die Weite und der Hall seiner Stimme sprang über die steinernen Flächen wie über fein gestimmte Instrumente.

Kartas war eine Stadt, die so leicht mit Leben zu füllen wäre …

Gil Pandra hatte minutenlang in die Ferne gestarrt, auf einen Punkt in der Mitte der Halle, an dem ein Ring aus Pfeilern das System der Stützen verstärkte.

Er hielt Ausschau.

Alissa trat zu ihm:

»Wenn Berber in der Stadt sind«, fragte sie, »wo werden wir sie finden?«

Gil Pandra lächelte versonnen.

»Baba«, murmelte er. Für einen kurzen Moment verlor sein Blick den Halt. »Sie werden die Stadt über einen der oberen Zugänge erreicht haben. Hier unten, im alten Zentrum von Kartas, lebt niemand mehr. Die letzten Berber, die hier ausharrten, verließen die Hallen, als es wieder Tote gab. Ich hoffe sehr, dass Baba Kartas erreicht hat und die Hallen beobachten lässt. Dann wird man uns zu ihm führen. Der Öffnungsmechanismus der Schleusen funktioniert nur, wenn sie bewacht werden. Ich habe Hoffnung.«

Sofort aber verdüsterte sich sein Blick.

»Die Berber verlassen die Nigrana«, fuhr er tonlos fort, als wollte er seine eigenen, soeben ausgesprochenen Worte Lügen strafen. »Die Nigrana ist verflucht. Der Schwarze Lord, die Wächter, die Toten geben all denen recht, die der Nigrana für immer den Rücken kehren wollen.«

Es war ein leiser Monolog. Ein Wispern in der Tiefe der Erde.

Und dann war da plötzlich eine Stimme in der Ferne.

Gil Pandra sah auf, spähte hinüber zu dem Pfeilerbogen, gab Antwort: eine Losung in der Sprache der Berber.

Und wieder kam die Stimme.

»Nargo!«

Alissa sah den schwarzen Lockenkopf zwischen den schummrigen Pfeilern hervortreten, lachend und winkend. Wie aus dem Nichts tauchte er auf. Gil Pandra eilte auf ihn zu, und die Brüder fielen sich in die Arme.

»Alissa, Tiras!«

Nargo schien die Fröhlichkeit selbst. Er zog Gil Pandra mit sich, um die Begrüßung im größeren Kreis zu wiederholen. Tiras, der ihm in vielem so ähnlich war, fiel ihm als Erster um den Hals:

»Dein Bruder ist der König der Fährtensucher! Ohne ihn hätten wir es nie geschafft.«

Gil Pandra lächelte und machte eine abwehrende Geste: »Ich wäre längst tot, wenn Tiras nicht gewesen wäre.«

»Wie geht es den anderen?«, fragte Alissa. »Baba Faah, Balda Ssahn, Kahfis und …«

In ihrer Brust verkrampfte sich etwas. Kahfis war tot. Wie viele Opfer gab es noch? Gil Pandra und Tiras schwiegen. Nargos Fröhlichkeit war verschwunden.

»Baba wird sehr glücklich sein, dich zu sehen«, sagte er ausweichend. Dann wandte er sich Gil Pandra zu. »Baba hat Gebete geschickt, dass dir die Flucht gelingt. Wir waren alarmiert, als …«

Er schlug die Augen nieder.

»… Inunda ski ombra terron, da Baba …«, fügte er leise hinzu, und Gil Pandra nickte.

»Wo ist Baba?«

»Kommt«, sagte Nargo. »Ich bringe euch zu ihm.« Ohne ein weiteres Wort drehte er sich um und nahm den Weg in das Innere des Höhlensystems.

Sie folgten.

Das Erste, was Alissa auffiel, je weiter sie sich von der Schleuse entfernten, war die Stille, die von den verlassenen Häusern ausging. Die Ziegelfassaden glichen einander, offene Türen, offene Fenster – schwarze Löcher im Verbund gemauerter Wände.

Als sie den Pfeilerbogen, an dem Nargo sie erwartet hatte, hinter sich gelassen hatten, öffnete sich der Raum zwischen den Häusern zu einem breiten, sehr lang gestreckten Platz. Alissa vermutete, dass er in früheren Zeiten das Zentrum von Kartas gewesen war. Eine stattliche, rechteckige Piazza mit strengen steinernen Figuren an den Ecken. Rechts von der Mitte erhob sich eine Drachengestalt und ihr gegenüber die Gestalt eines Helden oder Drachentöters. Denkmäler, die ihre Bedeutung verloren hatten. Die Häuser am Rand des Platzes starrten mit den schwarzen Löchern ihrer Öffnungen wie die Augen einer Totenstadt in die Höhle hinein.

Und dann erkannte Alissa auf dem vor ihnen liegenden Abschnitt weiße Gräber: Grabplatten aus Marmor und Stelen in allen Größen und Formen. Sie sah unbekannte Symbole, heilige Zeichen auf einem Feld, das unterteilt war wie ein Schachbrett. An den Rändern dieses Friedhofs verliefen meterhohe weiße Wände mit eingelassenen Grabfächern, von denen mehrere offen standen. Und auch im Boden waren hier und dort Löcher ausgehoben. In all ihrer Verlassenheit wirkte diese Nekropole aus Marmor, diese Totenstadt in der toten Stadt, lebendig – auf grausame Weise.

Was aber hatte ein Friedhof auf dem zentralen Platz der Stadt zu suchen?

Alissa wandte sich an Gil Pandra.

»Hier bestatten die Berber ihre Toten«, sagte er. »Seit Kartas verlassen ist, bringen wir unsere Toten hierher. Der *platea da karta* ist der sicherste Ort und der Mittelpunkt der Welt für die Berber. Hierher kommen wir immer wieder, um unseren Angehörigen das letzte Geleit zu geben. Berber aus allen Gegenden der Nigrana. Nicht in Kartas bestattet zu werden, ist das Schlimmste, was sich ein Berber vorstellen kann.«

Alissa dachte an Metronas. An die Menschen, die sie verloren hatte. Sie dachte an Bendar – und an Daila. Sie blickte noch einmal in dieses fragende, enttäuschte, angstvolle Gesicht, und sie sah, wie Daila zurückblieb im Pulk der Verhüller. Wie sie verschwand.

Auch Metronas war eine Totenstadt.

Sie gingen weiter und betraten am Ende des Platzes die Rampe jener Straße, die, auf Pfeilern hinaufwachsend, in die nächste Ebene der Stadt führte – bis zu den obersten Kammern, unmittelbar unter dem Sumpfland.

Diese zweite Ebene kam Alissa kleiner vor als die erste – und niedriger. Alissa vermutete, dass Kartas in der Art einer Halbkugel angelegt worden war: einer in die Erde gesenkten Halbkugel. Wieder erblickten sie Pfeilerkonstruktionen und Gebäude, die mit ihren trutzigen Fassaden als stützende Elemente in der Ebene standen und das Deckengewölbe trugen. Und wieder führte der Weg in Windungen höher, hinauf zur nächsten Ebene. Die Straße wurde immer enger, war bald nur noch ein auf dünne, steinerne Nadeln gestützter Pfad.

In den Tiefen von Kartas war Tiras so weit wie nur irgend möglich von seinen Visionen und Fieberbildern entfernt. Er las die Schwingungen der Stadt und nahm Regungen wahr, die den Stein durchliefen wie elektrische Impulse.

Er könnte der Geist dieser Stadt sein, dachte Alissa – und lächelte.

Als sie die vierte Ebene erreichten, beschränkten sich die Häuserfassaden auf den begrenzenden seitlichen Ring. Der Weg mündete in der Mitte einer kreisrunden Fläche zwischen Pfeilern und einem Quadrat von Lichtschächten.

Alissa wunderte sich:

»Aus diesen kleinen Öffnungen stammt all das Licht in der Stadt?«

Gil Pandra schüttelte den Kopf. »Nein«, sagte er. »Es gibt für die tieferen Ebenen weitere Schächte, die seitlich, in verschieden steilen Winkeln, an Kartas herangeführt werden.«

»Dann sind wir jetzt oben?«

»Ja.« Gil Pandra nickte und und sah sich um.

»Und die Berber? Baba Faah?«

Er gab keine Antwort. Auch Nargo schwieg. Sorgenvoll betrachteten sie die Häuser am Rand der Ebene: Häuser, die auf seltsame Weise noch verlassener wirkten als die Gebäude am Grund der Anlagen. Sie hielten auf die Häuser zu. Nargo und Gil Pandra suchten nach Signalen. Doch von überall her starrte ihnen nur Schwärze und Leere entgegen.

Überraschend meldete sich Tiras.

»Jetzt sind wir gleich da«, flüsterte er. »Sie beobachten uns.«

»Wer?«, entfuhr es Alissa. »Du kannst sie wahrnehmen?«

Tiras lächelte – auf solch herausfordernde Art, dass Alissa stehenblieb. Er war tatsächlich der Geist dieser Stadt.

Sie horchte.

»Ich höre nichts.«

Gil Pandra und Nargo gingen nun langsamer. Nargo beobachtete konzentriert eine Reihe von drei Häusern, die sich zurückgesetzt im Umgebungsgestein erhoben.

»Ein Raum, hier ganz in der Nähe«, flüsterte Tiras. »Sie beobachten uns, seit wir die Ebene erreicht haben. Hier oben ist die Akustik einmalig.«

Alissa schüttelte ungläubig den Kopf.

»Diese Ebene ist wie ein Kontinuum der Stille«, sagte er. »Ich wette, unsere Beobachter verstehen genau, was ich dir sage. Und wenn sie richtig gut sind, hören sie auch, dass unsere Herzen jetzt schneller schlagen.«

Alissa wollte etwas erwidern, doch plötzlich war da ein merkwürdiges, flackerndes Geräusch. Und während sie noch überlegte, ob es vielleicht ein Lachen war, nahm sie im Augenwinkel eine Bewegung wahr und fuhr herum.

In der Tür des mittleren der drei zurückgesetzten Häuser stand jemand. Ein Berberjunge, jünger noch als Nargo.

»Jedes Wort. Du hast recht«, rief er. »Willkommen in Kartas!«

»Kassihn!«

Nargo hob die Hand.

»Weshalb bist du nicht zum Durchstieg gekommen? Wir haben schon gedacht, ihr habt die Stadt verlassen!«

Kassihn verzog den Mund und grinste. Er genoss es sichtlich, sich den Älteren gegenüber als Autorität aufzuspielen.

Das änderte sich jedoch schnell, als Gil Pandra ihm harsch signalisierte, dass er nicht gewillt war, sich an der Nase herumführen zu lassen. Kassihn beeilte sich, die Gruppe ins Haus zu bitten.

Als sie eintraten, verneigte er sich vor Gil Pandra.

»Baba gan trasnit a prago da reteur, da multra!«, flüsterte er. Der strenge Blick Gil Pandras wurde milder.

»Baba da multra bena miraga. Multra onora Baba!«

Kassihn machte ein Handzeichen und führte sie in den Hauptraum des Hauses.

Und dort trafen sie endlich auf die Berber. Es waren Berber aus allen Regionen der Nigrana, unter ihnen einige, denen sie bereits in den geheimen Lagerräumen des Kanaltunnels begegnet waren. Alissa erkannte Mol Pathuk und Balda Ssahn. Aber viele aus der Stadt fehlten. Die vielleicht dreißig oder fünfunddreißig hier anwesenden Berber hatten sich erhoben und sahen die Gruppe erwartungsvoll an – erwartungsvoll und müde, traurig, apathisch, gezeichnet von Verfolgung.

O Gott, dachte Alissa, wie viele müssten hier sein, wenn sie alle die Stadt hätten verlassen können? Hat es so viele Tote gegeben?

Baba Faah wurde von zwei Frauen gestützt. Ein alter König auf der Flucht. Das Leben der Berber war geprägt von Aufbruch, Rastlosigkeit, Vertreibung. Auch dieser Raum, größer als das Stadtlager, mit prächtigen handgeknüpften Teppichen geschmückt, herausgeputzt wie der

Königssaal in einer Burg und erhellt von Kaminfeuer und Fackeln, glich mehr einem Zeltlager als einer Wohnstätte. Dort aber, in Metronas, war Baba Faah der ruhende Pol der Clans gewesen. Ein weiser alter Mann, der alles gesehen hatte und der für alles einen Rat hatte. Jetzt erblickte Alissa einen gramgebeugten Kranken, der überwältigt wurde von freudigem Schmerz. Seine Lippen bewegten sich. Seine Augen blinzelten gerötet und versuchten, Halt zu finden im Blick des Gegenübers. Gil Pandra stürzte auf seinen Vater zu, und für jeden im Raum war klar, dass Baba Faah kaum noch damit gerechnet hatte, seinen ältesten Sohn noch einmal umarmen zu können.

MINOS TABOR

»Lord Patrias, Großrat Tabor ist soeben eingetroffen.«

Zanja Patrias hatte den Morgen in seinem Arbeitszimmer verbracht und die Berichte studiert, die Pero Nurta ihm seit zwei Tagen unter höchster Geheimhaltung einreichte. Der Statthalter hatte Nurta darum gebeten, die Berichte mit seinen ganz persönlichen Einschätzungen zu versehen – was unüblich war: Einschätzungen waren Sache der offenen Ratsrunden. Aber der Statthalter hatte darauf gedrängt, Nurtas Sicht der Dinge zu erfahren, denn er schätzte den Kommandanten der Vigilanz sehr.

Schon als er den ersten Bericht las, verzweifelte Zanja Patrias an der Aufgabe, die notwendigen Schlussfolgerungen zu ziehen. Die vielen Toten, der Aufstand der Berber – und dann diese Explosionen. Che Conano hatte nach den Anschlägen auf das Relais-Netz darauf gedrängt, die Bataillone der Vigilanz zu überprüfen und mit Kräften seines Vertrauens zu verstärken. Nurta hatte aufgrund der unübersichtlichen Lage zugestimmt. Was sonst hätte er tun sollen? Tatsächlich sah alles danach aus, dass die Berber gegen die Ordnung der Stadt rebellierten und dass es in der Vigilanz Unterstützung für sie gab. Aber das Vorgehen der Wächter – so schilderte es Nurta – war von einer Brutalität, die ihn erschreckte. Und der Schrecken übertrug sich nun auf den Statthalter. Die Menschen der Stadt sehnten den Tag der Enthüllung herbei. Sie wünschten sich ein friedliches Fest.

Die Wächter allerdings schienen plötzlich zu glauben, im Zentrum einer allumfassenden Verschwörung zu stehen. Die Verhaftungen waren wahllos. Die Zahl der Opfer unter den Verhafteten, so vermutete Nurta, lag bei Weitem höher, als von den Wächtern angegeben. Wenn von Toten die Rede war, dann meist von toten Wächtern. Doch Nurtas eigene Leute, die Soldaten der Vigilanz, munkelten anderes. Sie sprachen von Hunderten Entstellten, halb Verbrannten, anonymen Opfern. Wo aber waren die Leichen? Vermisste diese Menschen niemand?

Und noch etwas anderes beunruhigte Zanja Patrias. Nurta schien zu befürchten, dass er den Oberbefehl über die Vigilanz an die Kommandantur der Wächter von Posisco verloren hatte. Administrator Conano genoss eine geradezu beängstigende Autorität. Conano vermied es, seine tatsächliche Befehlsgewalt auszuspielen, aber die Machtverhältnisse in der Stadt hatten sich geändert.

»Machtverhältnisse«, so hatte es Pero Nurta genannt. Er hatte tatsächlich dieses Wort benutzt.

Wenn von Machtverhältnissen die Rede ist, ist die Macht etwas Flüchtiges geworden, dachte Zanja Patrias. Es verwirrte ihn, dass die Ordnung im Schwarzen Land in Bewegung geriet, ohne dass er darauf zu reagieren wusste. Es verunsicherte ihn. Er hoffte auf die natürliche Ordnung. Auf die Widerstandskraft dessen, was gut und richtig war.

Die natürliche Ordnung, was blieb ihm sonst?

In diesem Moment wurde die Ankunft seines Vertrauten Minos Tabor gemeldet. Zanja Patrias sah erschrocken auf – und ließ ein hastiges »Ja, bitte. Er soll hereinkommen. Ich bitte darum« folgen.

Minos Tabor war ein über siebzig Jahre alter Mann, den der Statthalter der Nigrana schon seit seiner Kindheit kannte. Tabor war Zanja Patrias' Privatlehrer gewesen, hatte ihn unterrichtet, seit er kaum vier Jahre alt war. Damals hatte Tabor als jüngster Dozent an der Universität von Metronas gelehrt und war berühmt gewesen für seinen scharfen Verstand und seine milde Weisheit. Schon bei der ersten Begegnung hatte das Kind, das Patrias damals war, gespürt, dass es einen Freund fürs Leben gefunden hatte, einen Freund und engen Vertrauten. Und Minos Tabor, der die Sehnsucht im Blick des Kindes las, wusste von jenem Moment an, dass Zanja Patrias ein gütiger Statthalter werden würde, immer in Gefahr allerdings, in widrigen Zeiten zum Spielball fremder Mächte zu werden.

Und so war es gekommen. In den Jahren des Umbruchs, als die Nigrana den schwierigen Wechsel von einer Region des Bergbaus und der Schwerindustrie zum Kernland der Memotechnik vollzog, profitierten die reichen Familien der Stadt so sehr von den Veränderungen, dass die Statthalterschaft Zanja Patrias' unter den Patriziern als goldene Zeit galt. Posisco wuchs und Metronas schien zu blühen. Was im Umland und in den Vorstädten geschah, interessierte kaum jemanden. Es zeigten sich Brüche im Gefüge. Heimlich – und verdeckt durch wirtschaftliche Erfolge der Wohlhabenden – formierten sich jene Kräfte gegen die Herrschaft des Statthalters, die Minos Tabor immer gefürchtet hatte. Zanja Patrias hatte dann Fehler gemacht. Zum Beispiel hatte er die Leitung der Vigilanz in die Hände Pero Nurtas gelegt. Als Minos Tabor Pero Nurta kennenlernte, erkannte er sogleich die Wesensverwandtschaft zwischen Nurta und dem Statthalter. Auch Pero Nurta war ein grundehrlicher, guter Mensch. Er war viel zu gutmütig für das Kommando über die Vigilanz.

Und nun zog Sturm auf.

Minos Tabor sah besorgt aus, als er den von Bücherwänden und dunklen Hölzern bestimmten Arbeitsraum des Statthalters betrat. Zanja Patrias kam hinter dem Schreibtisch hervor und trat dem Großen Rat erwartungsvoll entgegen.

»Minos«, sagte er: »Hast du dir einen Eindruck verschaffen können? Wie ist die Lage in der Stadt?«

Minos Tabor hörte die Verunsicherung in den Fragen des Statthalters. Er wusste, wie sehr Zanja Patrias sich eine beruhigende Antwort wünschte. Und er fragte sich, ob Patrias in den vergangenen Jahren jemals Interesse gezeigt hatte an dem, was in Metronas geschah – nicht an dem, was man in der Zitadelle über Metronas dachte.

Aber konnte er dem Statthalter einen Vorwurf machen? Hatte der Rat nicht selbst den Kontakt zur Stadt verloren und Metronas wie ein Museum verwaltet? Die Einrichtung des Großen Rates und das Zeitalter der Implemente – das passte einfach nicht zusammen. Es würden umfassende Reformen notwendig sein.

Minos Tabor zögerte mit seiner Antwort, und Zanja Patrias wies ihn, um den Moment der Verlegenheit zu überspielen, zu einer Sitzecke in einer Nische des Arbeitszimmers, wo ein Diener bereits Tee servierte.

Als sie sich gesetzt hatten, rührte Minos Tabor nachdenklich in seiner Tasse und sagte:

»Lord Patrias. Ich mache mir Sorgen. Die Stadt hat sich verändert.«

Eine nichtssagende Bemerkung. Das wusste er. Zanja Patrias nickte nur. »Die Verhüllung«, sagte er, wie zur Bestätigung. »Die Verhüllung und die neuen Gesetze. Die Menschen drängen mit Macht in ein neues Zeitalter. Das verwirrt uns alle, die wir die Tradition der Stadt verkörpern.«

Minos Tabor schüttelte den Kopf.

»Die Verhüllung verdeckt etwas, das unter der Oberfläche gärt«, sagte er vieldeutig. »Die Verhüllung lenkt uns ab. Wir sehen nicht, dass hinter den Kulissen der Vorbereitungen ...« – er suchte nach Worten – »... Dinge geschehen. Ich bin in den letzten Wochen immer wieder in der Stadt gewesen. Ich habe die Menschen beobachtet. Die Stimmungen, die Feste an den Ufern. Die Züge der jungen Uniformierten durch die Viertel, hoch zur Columbahöhe. Die Fackeln, gespiegelt im Schwarz des Tenebers. Ich hatte mich anstecken lassen von der Euphorie unter all den jungen Menschen.« – Jetzt lächelte er, und der Statthalter runzelte erstaunt die Stirn. – »Ich stand kurz davor, mich unter die Verhüller zu mischen und teilzunehmen an der großen Aktion. Ich dummer alter Mann. Es war alles so friedlich, so voller Freude. Plötzlich schien mir die Stadt wieder eine Zukunft zu haben, eine Jugend, die mir als Altem Tränen der Freude in die Augen trieb. Und dann ...«

»Was dann? Die Aufständischen? Die Berber?«

Der Statthalter blickte seinen Freund ratlos an, aber Minos Tabors Blick verdüsterte sich.

»Die Berber sind ein Spielball gefährlicher Kräfte.«

»Die Terroranschläge! Denk an die Terroranschläge! Die Explosionen vor drei Tagen!«, fuhr der Statthalter entrüstet auf: »Die Morde! All die Opfer unter den Wächtern!« Zanja Patrias verstand nicht, wohin Minos Tabor mit seinen Andeutungen wollte. Die Richtung gefiel ihm nicht: »Auch ich war zunächst skeptisch«, rief er beschwörend. »Ich habe Administrator Conano nicht glauben wollen. Doch die Anschläge wurden zweifellos von Berbern verübt. Wir haben Beweise! Unleugbare Beweise!«

»Ja, wir haben Beweise«, sagte Minos Tabor nachdenklich. »Viele Beweise. Tote Berber. Schriftstücke. Aussagen von Gefangenen. Unter Folter erpresst zwar, aber ohne Zweifel, es sind Schuldbekenntnisse. Und wir haben Anklagen der Berber. Wütende Anklagen.«

Er sah den Statthalter herausfordernd an.

»Todeswütende Anklagen!«

Der Statthalter nahm einen Stapel Papiere von seinem Schreibtisch und legte ihn, die Papiere einzeln ausbreitend, auf den Teetisch.

»Diese Unterlagen lügen nicht«, sagte er und zog einen Stoß Fotografien hervor, auf denen Grässliches zu sehen war: Menschenfetzen, abgerissene Köpfe, blutige Reste eines gigantischen Fegefeuers. All die Körperteile wiesen Verkohlungen auf. Manche Körper waren geradezu erstarrt zu einer grässlichen Skulptur aus Verbranntem.

»Schau dir die Leichen an, es sind Zeugen der Rebellion. Getötete Mitarbeiter der Werke«, sagte der Statthalter. »Wächter, Arbeiter aus Porta Cresta und Santo Belo. Nurta hat sich alles angesehen. Die Berber müssen furchtbar gewütet haben!«

»Aber Lord Patrias!« – Minos Tabor erhob sich energisch aus

seinem Sessel und zog eines der Fotos zu sich. Dann ein weiteres. Und noch eines.

»Was beweisen diese Fotos? Berber haben diese Menschen umgebracht? Die Toten sind also Mitarbeiter unseres Freundes Borlund, der sich nun mit einem Heer von Bewaffneten vor den Berbern schützen muss? Bewaffnete, die aus Posisco einen Militärstützpunkt machen?«

Seine Augen funkelten, und der Statthalter schwieg alarmiert.

»Sind dies die Beweise, die Conano meint? Immer dieselben seltsamen Beweise?«

Seine rechte Hand tippte schnell auf Fotoausschnitte, auf denen Utensilien zu sehen waren, wie sie Berber benutzten: Fellstücke, Decken, Lederbeutel, Messer und ähnliche Dinge.

»Wie intakt, wie unversehrt diese Beweise doch immer sind«, höhnte Tabor. »Und wie dumm von den Berbern, dass sie bei ihren Morden immer wieder Spuren hinterlassen!«

»Aber diese Spuren sind doch das Ergebnis der Untersuchungen, die der Administrator und auch Pero Nurta durchgeführt haben. In der Stadt ist niemand mehr sicher, seit die Unruhen ausgebrochen sind.«

»Unruhen? Lord Patrias, weshalb sollten die Berber sich gegen die Stadt organisieren? Wo sind ihre Forderungen?«

Der Statthalter griff nervös nach seiner Teetasse.

»Die Technik«, sagte er. »Die Implemente. Die Berber sind ein Volk der Vergangenheit. Sie lassen sich einspannen von Kräften, die alles boykottieren, was in die Zukunft weist. Der Widerstand ist militant geworden. Aber vielleicht sind die Berber tatsächlich gar nicht die eigentlichen Drahtzieher des Terrorismus gegen die Stadt.«

»Lord Patrias, verzeiht meine Direktheit, aber das sind Phrasen aus dem Munde Skanda Borlunds. Die Berber haben mit den Implementen, dem Kontinuum, der Verhüllung nichts, rein gar nichts zu tun. Und die Kritiker des Memoporting sind niemals als Gruppe aufgetreten. Wer außer Bendar Kamladis und seinen zwei, drei Mitarbeitern soll es denn sein, der die Ordnung der Stadt bedroht?«

»Aber wenn Kamladis ...!«

»Der verschwunden ist, weil ihn Posisco vermutlich hat verschwinden lassen!«

Zanja Patrias stieß ein verzweifeltes Lachen aus: »Der verschwunden ist, weil er in den Untergrund gegangen ist. Und sich dort mit den Berbern zusammengeschlossen hat! Was hältst du davon? Die Feindschaft zwischen Kamladis und Borlund war doch offensichtlich!«

Minos Tabor nickte. Dann hob er den Kopf. Auge in Auge stand er dem Statthalter gegenüber und sagte, jedes Wort betonend:

»Lord Patrias, ich habe in eurem Auftrag Nachforschungen angestellt. Die Fotos, die ihr als Belege für die Schuld der Berber auf den Tisch gelegt habt, zeigen deutlich eine Reihe von Gegenständen, die in der Hauptwache in den vergangenen Jahren gesammelt wurden – bei Razzien, bei Durchsuchungen von Quartieren der Berber in der Stadt, bei Festnahmen vor langer Zeit. Diese Gegenstände wurden beschlagnahmt, bevor sie bei einer der Mordaktionen der vergangenen Tage hätten gefunden werden können. Die Berber stehen ja nicht erst seit gestern unter Generalverdacht.«

Lord Patrias wollte etwas erwidern, aber Minos Tabor hob abwehrend die Hand:

»Diese Beweise« – er ließ das Wort wie ein Schimpfwort klingen – »sind vor einigen Tagen aus den Asservaten der Hauptwache verschwunden. Ich glaube kaum, dass die Berber die ihnen einmal abgenommenen Gegenstände aus der Wache stehlen, um sie anschließend bei Terrorakten als Beweise gegen sich selbst zu hinterlassen.«

»Was sagst du da?!«

»Ich sage, dass die Beweise aus der Stadt selber stammen. Aus der Hauptwache. Aus dem Fundus der Vigilanz. Es war gar nicht so einfach, das herauszufinden. Aber ich habe gute Kontakte. Und ich sage, dass die Berber von Skanda Borlund und seinen Leuten als Schuldige präsentiert werden. Indem Borlund das tut, verschafft er sich die Möglichkeit, die Stadt zu kontrollieren. Ich bin in Metronas gewesen. Die Stadt ist nicht wiederzuerkennen. In den Vierteln laufen mehr schwarz Uniformierte herum als Bürger. Man hat das Gefühl, die Zitadelle habe das Kriegsrecht verhängt und die schwarzen Kettenhunde losgelassen. Nein, ich korrigiere mich: Die wenigen, denen noch bewusst ist, dass es auch etwas anderes gibt als die Einstimmung auf das Fest, haben dieses Gefühl!«

Minos Tabor schwieg. Dann nahm er wieder Platz. Zanja Patrias erwiderte nichts. Nickte nur. Die Wächter des Werksschutzes von Posisco und die Brutalität ihres Vorgehens waren ihm ein Greuel. Sie waren ihm ebenso wenig geheuer wie dem Großen Rat Minos Tabor. Aber Zanja Patrias steckte zu tief in Zweifeln, um sich Tabors Meinung anzuschließen. Die Beweise waren erdrückend. Es mochte Widerspüchlichkeiten geben, doch es gab ganz eindeutig unwiderlegbare Beweise für die Schuld der Berber. Noch einmal trat Zanja Patrias hinüber zu seinem Schreibtisch und kehrte mit Unterlagen zurück.

Er hielt Tabor einen Bericht hin, den dieser mit fragendem Blick entgegennahm.

»Was ist das?«

»Es hat einen Vorfall in der Klinik gegeben«, sagte der Statthalter. »Eine Gruppe von Berbern ...«

Minos Tabor wollte einwenden, dass der Statthalter den Berbern gegenüber zu misstrauisch sei, aber diesmal hob Zanja Patrias abwehrend die Hände: »Es sind Berber gewesen«, sagte er. »Nurta hat es bestätigt. Pero Nurta hat den Film gesehen. Es besteht kein Zweifel.«

»Film? Lord Patrias, wovon sprecht ihr?«

Der Statthalter holte tief Atem. Es fiel ihm nicht leicht, die Ergebnisse der Untersuchungen, die er Minos Tabor gegeben hatte, zusammenzufassen. All diese Dinge, die das Dossier ihm mitgeteilt hatte, befremdeten ihn.

»In der Klinik hat es einen Überfall gegeben. Vermutlich sollte es eine Entführung werden.« Er wies auf die Unterlagen, als wollte er Minos Tabor ermuntern, die unvermeidlichen Schlüsse beim Studium der Papiere selbst zu ziehen: »Es sind eindeutig Berber. Wie gesagt, auch Pero Nurta hat die Aufnahmen gesehen. Der Bericht sagt, dass sie versucht haben, Skanda Borlund zu entführen. Die Kameras der Schleusenzone in der Klinik haben alles aufgezeichnet. Borlund wollte einen Patiententransport begleiten, als der Überfall geschah. Er konnte mit dem Transportfahrzeug entkommen in Begleitung von Professor Laskoff, dem Leiter der Klinik, seiner Assistentin und einigen Schutzleuten.«

»Und weiter?«, fragte Minos Tabor überrascht.

Der Statthalter wandte sich achselzuckend ab.

»Nichts. Die Gruppe, die den Überfall durchführen wollte, verschwand. Als Borlund zusammen mit Laskoff, der Ärztin, den Schutzleuten, zwei Begleitfahrzeugen und den Patienten das Gebäude verlassen hatte, verschwanden die Berber.«

»Patienten? Welche Patienten meint Ihr, Lord Patrias? Was hat Skanda Borlund mit Patiententransporten zu tun? Und zwei Begleitfahrzeuge?«

Unwirsch schüttelte Zanja Patrias den Kopf. »Du musst diese Sachen mitnehmen und sie dir in Ruhe ansehen. Sprich mit Pero Nurta. Es waren Berber, eindeutig. Auch bei den Sprengstoff-Anschlägen auf die Relais-Stationen waren Berber am Werk. Es gibt auch dort Aufzeichnungen.«

Der Statthalter stockte und schloss die Augen. Er wirkte müde und hilflos. Minos Tabor bemerkte, dass Zanja Patrias sich gegen den Gedanken wehrte, die Berber für alles verantwortlich zu machen. Aber da war das schleichende Gift, das Posisco verabreichte und auf die Herren der Zitadelle einwirken ließ.

Minos Tabor erhob sich und schritt in den Raum. Er nahm aus der Entfernung das Fenster in den Blick, schaute hinaus über die westlichen Vororte von Metronas. Wie zu sich selbst sagte er: »Ich bin in der Teuferstadt gewesen. Ich stieß dort auf etwas, das ich mir nicht erklären kann. Die Teuferstadt ist leer, mein Lord, verlassen. All die Häuser, diese Kilometer um Kilometer gleichförmiger grauer Siedlungen, stehen leer. Die Menschen der Teuferstadt sind verschwunden. Und die wenigen, die ich traf und die sich wie Verfolgte in den leeren Häusern verstecken, flüchteten vor mir, als sei ich der Teufel persönlich. Nur weil ich sie fragte, wo die Menschen geblieben sind.«

Minos Tabor drehte sich um und sah, dass Lord Patrias wie erstarrt neben ihm stand.

»Was sagst du da? Was soll das bedeuten, Minos?«

»Die Teuferstadt ist eine Geisterstadt, Lord Patrias. Und Metronas hat nichts davon bemerkt. Im Gegenteil, wir haben das Schweigen der Teuferstadt willkommen geheißen, als Zeichen, dass dort endlich Frieden einkehrt. Und diejenigen, denen wir den Frieden zu verdanken glaubten, die Wächter der Werke, die im Namen der Zitadelle für Ordnung in der Teuferstadt sorgten, haben uns nie über den Verbleib der Menschen informiert. Findet Ihr das nicht auch seltsam?«

»Die Menschen sind fort!?«, rief Lord Patrias. »Aber es hieß doch immer, dass viele die Nigrana verlassen hätten, weil es keine Arbeit mehr für sie gab. Waren es so viele?«

Er wusste, dass sein Erklärungsversuch kindisch war. Er wusste, dass die Zitadelle versagt hatte. Er, der Statthalter der Nigrana, der Herr von Metronas, war vollkommen ahnungslos, was das Geschehen in seiner nächsten Nachbarschaft betraf. Die Menschen der Teuferstadt waren den Herren von Metronas gleichgültig gewesen. Wenn sie nicht störten, dann existierten sie auch nicht. Zanja Patrias sah aus dem Fenster.

»Minos, was hast du dort gemacht? Weshalb bist du dort gewesen?«, fragte er, als richtetete er die Fragen an sich selbst. »Sie haben die Nigrana verlassen, um anderswo Arbeit zu finden«, wiederholte er, wie ein Mantra. Aber Minos Tabor widersprach:

»Nein«, sagte er. »Etwas anderes ist geschehen. Die Menschen sind verschwunden. Aber es ist etwas geblieben. Etwas Mächtiges, das den wenigen, die geblieben sind, die Augen aufreißt. Etwas, das die Seelen der Menschen umklammert hält und sie schweigen lässt, wenn man nach ihren Angehörigen fragt. Alles, was mir die wenigen, die ich traf, zur Antwort gaben, war ein entsetztes Zurückweichen vor der größten Macht, die Menschen fürchten. Vor der alles erobernden, bis in die letzte Körperzelle eindringenden Macht der Angst.«

Zanja Patrias betrachtete die Reihen gleichförmiger Häuser, die wenige Kilometer von der Zitadelle entfernt hinter dem Bahnstrang und den verfallenden Kokereien und Lagerhäusern begannen: schnurgerade Reihen steinerner Kästen. Die Sonne legte einen hellen Schleier auf die ausgebleichten Dächer. Auf das Gitternetz von Straßen ohne Bewegung. Die Luft flimmerte, als versuchte sie, an etwas zu rütteln, einen Spuk zu vertreiben, eine alte Geschichte.

Der Statthalter konnte sich nicht daran erinnern, jemals hier am Fenster gestanden zu haben, um die Teuferstadt zu betrachten.

»Angst«, sagte er, um das Wort in der Wiederholung abzuschwächen. Doch es gelang ihm nicht.

»Angst vor dem Schwarzen Lord«, sagte Minos Tabor. »Die Menschen in der Teuferstadt haben der Angst einen Namen gegeben: Der Schwarze Lord.«

Langsam kehrten die Kräfte zurück. Erst mit dem Ende der Löscharbeiten war diese mächtige, unbekannte Furcht gewichen – und der Schmerz, der Wundschmerz auf den brennenden Flächen des Bewusstseins. Die Feuer in der Stadt hatten in ihm getobt. Die Löschenden hatten seinen Körper betreten. Er hatte Menschen, Fleisch und Blut, in sich hineingelassen: Wesen, die er so sehr hasste, dass sie sich verstört von ihm zurückgezogen hätten – wären nicht die Feuer gewesen als vermeintlicher Grund für ihr dumpfes Verlangen nach Flucht, das sie bei den Löscharbeiten spürten.

Sie hatten die Relais-Stationen, so gut es ging, wieder in Betrieb genommen. Das war ihr Auftrag gewesen. Löschen und In-Betrieb-Nehmen.

Seine Kräfte kehrten zurück, doch noch war er schwach. Die Relaisstationen hatten ihren Dienst getan. Die Konverter würden sie ersetzen – und mehr als nur ersetzen. Auf der Columbahöhe waren die Arbeiten beinahe abgeschlossen: Cubras Paldian hatte es geschickt verstanden, die Augen der Öffentlichkeit zu täuschen. Ein fähiger Mann, den in der Stadt jedoch kaum jemand kannte. Ganz anders als Skanda Borlund, der nun schon seit mehreren Minuten vor ihm stand und schwieg und auf geradezu lächerliche Weise Schicksalsergebenheit zeigte.

Zenon Siborgia lächelte im Halbdunkel, das ihn einhüllte, und Skanda Borlund reagierte mit verräterisch zuckendem Kehlkopf. Dieser Mensch namens Zoran Dakubra stand hinter ihm und Siborgia verglich ihn unwillkürlich mit Cubras Paldian und Che Conano. Zoran Dakubra würde nie ein Mann vom Format Che Conanos sein, doch Dakubra bewies immerhin, wie wenig von Borlund zu halten war.

Nun ja: Das Problem würde sich lösen. Noch brauchte er Borlund. Borlund war das beliebte Gesicht der Firma. Die dumme Öffentlichkeit verlangte nach Gesichtern. Solange die Öffentlichkeit sich an beliebten Gesichtern orientierte, gab es keine Probleme.

Die Anlagen auf der Columbahöhe waren bereit, die Memoportale, dieser perfekt getarnte Verbund, und die Umschaltanlagen. Tjoser Bran hatte vom Ardenfels gemeldet, dass die Schäden an den Konvertern vollständig behoben waren. Der nächste Versuch würde seine Feuerprobe sein. Nein, keine Feuerprobe. Eine weitere Überlastung war schlichtweg nicht möglich.

Sie war auch nicht zu befürchten, denn die Kommandanten der Türme von Silurgo und Cabalusa und die faszinierende Kiru Santri hatten gemeldet, dass die Anlagen zur Stabilisierung der Verbundschaltung eingerichtet waren. Beim nächsten Hochfahren würde der Ardenfels die Hauptlast seiner Konverterleistung auf sämtliche Generatorenblöcke der Nigrana verteilen. Allein die Vorstellung der einsetzenden Energieströme, diese sich ausbreitenden gigantischen Schwingen des Kontinuums, ließ ihn aufleben.

Vier Tage noch. Und schon in der kommenden Nacht sollte der Verbund den Generaltest durchführen. Er stellte sich vor, wie einer der Geflüchteten das Schauspiel zufällig beobachtete, von einem der Schlupflöcher im Sumpfland aus. Was würde er sehen? Was würde er später seinen Verbündeten berichten? Wie würden sie die Erzählungen in ihre lächerliche Geschichte einfügen? Als »Die Nacht des Feueratems«?

Er lachte ins Halbdunkel. Ja, er würde ihnen die Nacht des Feueratems bringen. Sie sollten ihre Bilder bekommen. Tiamandras – und am Tag des Finales die Verwandlung in den Leviathan. Zenon Siborgia meinte, die Hitze der kommenden Nacht wie ein belebendes Fieber aufziehen zu spüren.

Er erhob sich. Er atmete noch immer schwer, aber er beherrschte die Kunst, dieses Anzeichen seiner Schwäche als Ausdruck kontrollierter Wut zu tarnen. Sie befanden sich im großen Salon des Palastes. In den Stunden der Erniedrigung hatte er sich im nebenan gelegenen Überwachungsraum mühsam, Zentimeter für Zentimeter wie eine kraftlose Schlange zum Schaltpult geschleppt. Als er sich am Block des Pultes hochgezogen hatte, war die Entscheidung, Skanda Borlund um Hilfe zu rufen, der schlimmste Schmerz in seinem brennenden, vernichteten, toten Leib gewesen.

Der Schmerz der Niederlage.

Aber Borlund hatte versagt.

Es war Dr. Zarno gewesen, der ihn fand und stabilisierte und – einen Zornausbruch hinnehmend – ihn in den Salon gebracht hatte. Zarno hatte kaum verstanden, dass man ihm medizinisch nur helfen konnte, wenn die Relais-Stationen wieder funktionsfähig gemacht wurden, denn Zarno wusste nicht, wie sehr er, Zenon Siborgia, eins war mit dem Kontinuum. Zarno hatte keine Ahnung davon, dass der Körper des Lords den Brand nur dank des Kontinuums überlebt hatte – damals, im Werk. Er war gestorben, um von den Kräften des Kontinuums unsterblich gemacht zu werden. Er war ein biologischer Schatten.

Nein, er war der Wille des Kontinuums.

Niemand außer ihm hatte solche Willensmacht.

Niemand außer Zenon Siborgia.

Er hatte abgewartet. Transpersonalisation war vorerst nicht möglich, aber sein Bewusstsein war das Zentrum aller memotechnischen Energieströme der Stadt, auch wenn der Zugriff noch höchst unvollkommen war. Dass sie Borlund überlistet hatten, war nichts als eine diffuse Spur im energetischen Spektrum der Nigrana, doch die wenigen Eindrücke genügten für ein ernüchterndes Bild.

Dakubra schien zu lächeln. Siborgia fragte sich, ob er ein Gespür für fremde Gedanken hatte. Eine seltene Gabe bei denen, die bloß ausführten, dachte er.

»Laskoff war seit Jahren unser bester Mann!«, stammelte Borlund plötzlich. »Sein Anruf und die Nachricht ... Es gab gar keinen Zweifel ..., es bestand allerhöchste Gefahr! Ihr, mein Lord, Ihr wart in Gefahr. Niemand hätte doch Laskoff für einen Verräter gehalten. Ihr selbst hattet doch ...!«

»Laskoff und sein Verrat sind nicht das Thema«, sagte Siborgia schroff. »Die Stadt ist voller Verräter, die deine Wächter übertölpeln wie Taschendiebe eine alte Frau. Die Straßen wimmeln von Uniformen, und es gelingt den Aufständischen, die Relais zu sprengen. Wie erklärst du dir das, Borlund?!«

Skanda Borlund wand sich: »Es müssen ... Die Berber ... Die Schlupfwinkel hatten wir in der Nacht zuvor in einer großen Aktion, als wir schon ahnten, dass ...!«

Der Schwarze Lord lachte. Ein zorngetriebenes Lachen, dessen Energie an den Dimensionen rüttelte. Er gewann seine Macht zurück.

»Du willst mir nicht erzählen, Borlund, dass die Toten, die ihr in der Stadt verteilt habt, Saboteure hätten ködern sollen?«, raunte er. »Dass ihr die Pläne zur Sprengung der Stationen kanntet? Nein, diese Dinge haben nichts miteinander zu tun. Du bist ahnungslos. Du hast die Kontrolle verloren. Adris Brahmin ist verschwunden. Mitgeschleppt von Laskoff und seinen Komplizen. Marina Zabrian ist ebenfalls verschwunden. Wie leicht muss es gewesen sein, deine Leute an der Nase herumzuführen. Und du selbst, Borlund, hast unsägliches Glück gehabt, dass man dich nicht mit einer Kugel im Kopf am Flussufer gefunden hat.«

Er wandte den Blick Dakubra zu, der sich lauernd hinter Skanda Borlund aufgerichtet hatte.

»Sehr viel Glück hast du gehabt, dass der Leiter deiner Wachmannschaften die Züge der Berber vorausahnte und deine Entführer rechtzeitig liquidieren konnte.«

Dakubra ließ keine Regung erkennen, während Siborgias Blick auf ihm verharrte.

»Er ist doch der Leiter der Wächter, oder?«, fügte er wie beiläufig hinzu.

Skanda Borlund sah irritiert auf, doch dann verstand er:

»Ja. Natürlich. Dakubra ist ein äußerst fähiger Mann. Und selbstverständlich ist er der Leiter der Wachmannschaften. Er untersteht direkt Administrator Conano.«

»Gut«, sagte Siborgia, der den selbstsicheren Blick des Killers plötzlich abstoßend fand und sich wieder Borlund zuwandte.

»Deinen größten Fehler, Borlund, konnte allerdings auch Dakubra nicht verhindern. Ich versuche mir auszumalen, was passieren wird, wenn Bendar Kamladis den Aufständischen mit seinem Wissen zur Seite steht. Hilf mir bei diesen Überlegungen, Borlund, denn leider ist auch Bendar Kamladis verschwunden. Wir müssen wohl davon ausgehen, dass die Rebellen ihn ebenfalls entführt haben.«

Skanda Borlund kapitulierte. Er hatte längst damit gerechnet, dass der Lord ihn degradieren würde. Er hatte es akzeptiert – mit allen Konsequenzen. Jeder weitere Versuch, sich zu rechtfertigen, würde ihn in den Augen des Lords nur noch weiter erniedrigen. Sollte er sagen, dass Bendar Kamladis tot war? Dass er nur als Transpersonalisation eines Bewusstlosen entkommen war? Als Körper, der sich aufgelöst hatte in dem Moment, als der Fluchtwagen das Kontinuum verließ oder als der wirkliche Kamladis starb? Er verschwieg es, weil er wusste, dass der Lord mit ihm spielte – denn der Lord wusste, dass Kamladis tot war. Letale Transpersonalisation, metabolische Überlastung im Komazustand. Der Lord trieb ein letztes Spiel mit ihm, und er, Skanda Borlund, wollte ein würdiger Spieler sein. Also hob er den Kopf und sah in das herausfordernde Lächeln des Lords.

In diesem Moment bemerkte er einen Schatten im Dunkel hinter dem Thronsessel. Die Katze näherte sich ihrem Herrn, machte auf sich aufmerksam, wie sie das oft getan hatte in den vergangenen Jahren. Und wie immer bewirkte das Auftauchen der Katze eine seltsame Wandlung im Verhalten des Lords:

»Tiras«, sagte er mit fremdartig sanfter Stimme. Dakubra blickte irritiert zu Skanda Borlund. Dann sahen sie, wie die schwarze Katze auf den Schoß des bleichen Greises glitt und die langgliedrige Totenhand anstupste, die ihr entgegengehalten wurde.

»Tiras«, wiederholte Siborgia und begann das Nackenfell der schnurrenden Katze zu streicheln. »Du hast natürlich recht. Bendar Kamladis könnte bei den Aufständischen unseren Freund treffen und ihm Dinge über das Geheimnis des Kontinuums verraten, die er besser von uns erfahren sollte, nicht wahr?«

Die Katze schloss die Augen und genoss die Liebkosungen. Ihre Ruhe erschien dem Lord als Quelle kluger Antworten.

»Oh ja«, sagte er. »Es schmerzt, dass es die Verfehlungen eines Auserwählten waren. Es schmerzt sehr. Was schlägst du also vor, Tiras?«

In diesem Moment trat Zoran Dakubra vor. Er achtete nicht auf Skanda Borlund, der sich schweigend im Hintergrund hielt. Er schritt auf den Lord zu. Der sah auf, als Dakubra ihn ansprach:

»Bendar Kamladis wird den Rebellen nichts verraten, mein Lord. Als ich erkannte, dass man ihn aus der Klinik entführen wollte, haben wir ihn ins untere Memoportal verfrachtet und in seinem Zimmer eine Transpersonalisation hinterlassen. Narkotisiert natürlich. Sie wird sich aufgelöst haben, nachdem Kamladis das memoradiale Feld verlassen hatte.«

Siborgia rührte sich nicht. Die Katze sprang von seinem Schoß und verschwand.

»Kamladis war in einem Zustand, in dem ihn eine Transpersonalisation umbringt«, sagte er leise. Zoran Dakubra wusste, dass er mit seinem Schicksal spielte. Aber er ließ sich nichts anmerken.

»Es gab keine andere Möglichkeit. Die Rebellen waren bewaffnet«, antwortete er. »Sie hatten uns überrumpelt. Bis Verstärkung gekommen wäre, hätten sie Kamladis entweder mitgenommen oder getötet.«

»Du hast ihn getötet«, sagte der Lord.

Dakubra wagte es zu lächeln.

»Er lebt«, sagte er. »Dr. Zarno hat das Memoporting überwacht. Zarno ist ein ausgezeichneter Mediziner. Er scheint Wunder vollbringen zu können. Er ist über sich hinausgewachsen – mit ein bisschen Ansporn.«

Einen Moment lang schwieg der Lord. Dann, plötzlich, musste er lachen.

»Du riskierst viel, Dakubra. Aber du weißt, wann sich der Einsatz lohnt. Wo befindet sich Kamladis jetzt?«

»Am sichersten Ort der Stadt, mein Lord«, gab Dakubra zurück – und konnte der Versuchung nicht widerstehen, seiner Stimme einen überheblichen Ton zu geben.

ENTSCHEIDUNGEN

Sie hatten sich vor einem Altar versammelt, so dachte Alissa, als sie den Mauerblock mit der aufliegenden schwarzen Steinplatte betrachtete. Auf der glattpolierten Fläche lag ein zerschlissenes Stück Fell, vermutlich ein Hasenfell, und darauf ein brüchiger Lederbeutel, der wie ein totes, vertrocknetes Herz aussah, einige blassbraune Federn von Sumpfvögeln, ein Dolch mit abgebrochener Klinge und eine Art Stoffband, fleckig weiß, bestickt mit einem Spruch in der Sprache der Berber. Alissa wusste, dass das Stoffband und die anderen Dinge heilige Gegenstände waren. In diesem Raum – dem Lichtraum der Clans um Baba Faah – wurden sie aufbewahrt.

Baba Faahh saß vor dem schmucklosen Altar, auf einem steinernen Podest. Die übrigen Berber, auch Tiras und Alissa, hatten sich im Halbkreis vor ihm auf den Boden gesetzt, auf Fellstücke, Sitzteppiche und dergleichen. Einzig die zwei Frauen, die sich um den kränkelnden Baba kümmerten, und seine Söhne Gil Pandra und Nargo, saßen links und rechts von ihm ebenfalls auf gemauerten Podesten. Als Alissa dieses Bild sah, kam ihr zum ersten Mal die Frage, wie viele seiner Söhne Baba Faah wohl schon verloren hatte in den zermürbenden Kämpfen der Berber mit Metronas.

Raina Tabra hatte sich erhoben. Ihr Clan hatte die vergangenen Jahre östlich des Sees von Porta Cresta gelebt. Sie hatte gute Verbindungen zu den Berbern hinter dem Palustrinawald, die das Schwarze

Land verlassen hatten, weil ihnen das Leben dort zu unsicher geworden war.

Als sie nun sprach, war sie nur ein Schatten ihrer selbst. Das Entsetzen über die Nacht des Schreckens hatte sie gezeichnet. Ihre Stimme schleppte sich mühsam durch die Worte, wie ein Verwundeter durch ein Feld von Toten. Denn sie sprach von einem Totenfeld – nördlich des Sees, im südöstlichen Teil von Santo Belo, wo die Berber selten behelligt worden waren. Die Patrouillen der Vigilanz und die Wächter der Werke hatten den Frieden der Siedlungen am See nie gestört. Aber dann …

»Es war vor vier Tagen«, sagte sie. Mit geröteten Augen sah sie zu Alissa und Tiras hinüber. »Kassihn, mein jüngster Sohn, kam am Morgen aufgeregt zum Lager und berichtete von einem Aufmarsch nah der Ausbuchtung am nördlichen Seeufer. Tantra da scurrita!«

Die Berber nickten. Balda Ssahn und Mol Pathuk und andere, die Alissa nicht kannte. Aber sie hatte von ihnen gehört. Siliva Aduun, eine Clanführerin, die großen Respekt genoss. Und ein stummer, argwöhnisch blickender, hagerer Mann mit dem Gesicht eines Waldläufers: Danias Bargu, der Freund Gil Pandras. Manche munkelten sogar, der Blutsbruder.

»Fünfzig Wächter. Und mehr«, fuhr Raina Tabra fort. »Sie bemühten sich, lautlos zu sein, und doch war alles voller Anspannung. Befehle schlugen an wie ferne, kläffende Hunde. Der Morgen war noch kühl. Ich hatte mich mit einigen meiner Leute so weit genähert, dass wir sie erkennen konnten. Wir ahnten, was dort vor sich ging. Torrnatanas da murda. Conflagra da murda da sciro! Mein Herz zerbrach, als die Schwarzen Wächter Säcke herbeischleppten. Da waren Fahrzeuge der Werke, Panzerfahrzeuge. Sie standen aufgereiht an der Straße von Cabalusa, im Schutz der Bäume. Sie hatten die Straßen abgesperrt, damit niemand Zeuge wurde, wie sie …«

Sie stockte. Ein Zittern lief über ihr Gesicht. Dann schloss sie die Augen und sprach weiter, flüsternd, in das aufnehmende Schweigen hinein:

»Sie legten die Säcke auf das Feld. Nicht weit von der Relaisstation. Dann schlitzten sie den Stoff auf, rissen ihn fort, und der Inhalt lag da. All die zerstörten Leben. Manche der Schwarzen Wächter konnten sich plötzlich nicht mehr zurückhalten. Sie heulten wie Wölfe, traten nach den Körpern, den Leichenteilen, den geköpften, aus dem Feuer gerissenen Leibern. Ich weiß nicht, ob mir meine Erinnerungen nicht die Bilder der Fieberträume der kommenden Nächte zeigen. Die Männer genossen die Gegenwart des Todes. Sie spielten mit der Entwürdigung der Toten«, flüsterte sie. »Männer und Frauen. Sie trugen, wo noch Kleidungsfetzen zu sehen waren, die Kleider der Arbeiter von Posisco. Wir haben gewartet. Eine Stunde, vielleicht länger. Die Wächter waren mit ihren Fahrzeugen verschwunden. Das Feld lag gespenstisch still da. Die Stadt war leer. Schon seit Tagen. Inunda scolpa da columba scardo. Multa da columba … Terron, torrnatanas terron … Aber jetzt weiß ich, dass sie nur darauf gewartet haben, bis wir aus der Deckung kamen. Sie hatten sich zurückgezogen. Und als wir das Totenfeld betraten … Als wir … Ich war dumm. Ich war so dumm!«

Sie schrie. Sie schlug die Hände vor die Augen:

»Terron as scira. Multa scira torrnatanas terron. Culpa da tantras. Culpa ma tantra torrnatan!«

Danias Bargu erhob sich, ging auf Raina Tabra zu und berührte sie mit der Hand an der Schulter. Es war eine Geste, die so gar nicht passen wollte zu diesem verschlossen wirkenden Mann. »Nas culpa«, sagte er mit heiserer Stimme. Er wirkte so anders als die Berber um Baba Faah, die Ältesten der Clans. Alissa bemerkte die Ähnlichkeit zwischen ihm und Gil Pandra. Und sie bemerkte die Spannung im Raum.

»Nas culpa«, wiederholte er. »Wenn Hilfe ein Fehler ist, ist die Welt nicht mehr unsere.«

Raina Tabra schüttelte den Kopf: »Nein«, flüsterte sie, »ich hätte es wissen müssen. Es war eine Falle. Sie haben uns schon so oft Fallen gestellt. Wir standen zwischen den Toten und waren fassungslos, und dann fielen die Schüsse. Durga und Alba Bena, der doch kaum fünfzehn Jahre alt war. Sie wurden vor meinen Augen erschossen. Sie sackten zu Boden. Sie fielen einfach nieder, lautlos in dem Lärm, der nun losbrach. Wir stürzten davon. Wir haben die Kinder im Stich gelassen. Wir rannten feige davon, sind vor dem Morden geflüchtet. Und überall in der Stadt heißt es nun, die Berber töten, sie morden, sie begehren auf gegen die Herrschaft, die Zitadelle, die Zukunft. Nigranta di salva sco urbe di nigranta! Terron torrnatan!«

Immer wieder diese Worte, dachte Alissa. Terron torrnatan. In allem, was die Berber taten und dachten, immer schwangen diese Worte mit. Worte, in denen sich all ihre Furcht und all ihr Schicksal und ihre verlorene Geschichte bündelte.

Raina Tabra setzte sich, ließ sich zu Boden sinken. Sie hatte die Geschichte, an der sie zerbrochen war, erzählt. Andere traten vor und berichteten von der Nacht der Morde. Auch Danias Bargu. Überall in der Stadt hatten sich vor Tagen ähnliche Szenen abgespielt. Mehr als fünfzig Berber waren erschossen worden. Und Hunderte von Verbrannten, entsetzlich zugerichteten Leichen waren in Metronas aufgetaucht – herbeigeschleppt und an Orten abgelegt, die sich nachträglich in Schlachtfelder verwandelten. Überall hatte eine unheimliche Macht Berber herbeigelockt und ins Unglück gestürzt.

Nachdem mehrere der jüngeren Berber gesprochen hatten, erhob sich Ma-Una Nardi, eine zierliche Frau mit kurzem dunklem Haar und hagerem Mausgesicht. Ma-Una Nardi gehörte keinem Clan an. Sie war eine der von den Berbern geachteten Weisen des Schwarzen Lands, zog allein oder in Begleitung einer Schülerin durch die Nigrana und schloss sich nur dann und wann einer Gruppe an. Nun stand sie inmitten der Versammlung und berichtete in seltsamem Singsang von Leuchterscheinungen im Sumpfland und auf dem Teufergrat. Sie beschwor Flammen und Geister, Geschöpfe der Energie, und Alissa fühlte den Sog ihrer Worte.

Plötzlich aber nahm sie ein Geräusch neben sich wahr und blickte zur Seite.

Tiras.

Schweiß glänzte in seinen Augenschatten. Sein leerer Blick jagte wie ein aufgeschreckter Vogel hin und her, während der Körper in einer Pose verharrte, die höchste Konzentration verriet.

Alissa erschrak und beugte sich zu ihm.

»Tiras, was ist?«, flüsterte sie. Die raunende Stimme Ma-Una Nardis trat für einen Moment in den Hintergrund.

»Die Feuer ...«, brachte er mühsam hervor. »Sie hat die Feuer gesehen.«

Alissa nahm seine Hand. Sie war eiskalt.

Sie zog seinen Kopf zu sich, strich ihm die schweißnassen Haare aus der Stirn und dachte mit aufkommender Panik an die Ereignisse im Flugzeug.

»Sie spricht von den Feuern.«

Seine Stimme war kaum zu hören.

»Die Flammen. Sie brennen. Mein Kopf ... Sie ...«

Er krümmte sich, unterdrückte ein Stöhnen.

Ma-Una Nardi hatte die riesige Gestalt des Drachen in jener Nacht gesehen, während Alissa dasselbe Schaupiel hoch über dem Sumpfland an Bord der Weißen Taube erlebte und Tiras bewusstlos am Boden des Flugzeug-Frachtraums lag. Aber Ma-Una Nardi hatte noch mehr gesehen an ihrem Standort im großen Bogen des Aldion unterhalb des Teufergrats:

»Umbra da torran carmina gliss, torr haloan ar montas! Tiamandras! Die Berge!«, rief sie. »Die Schlange der großen Flamme. Der Ardenfels brennt und der Geist des Feuers löst sich aus dem Stein der Berge und speist das Ungeheuer Tiamandras!«

Die Berber wurden unruhig. Tiamandras. Der sagenhafte Drache ihrer Erzählungen.

Alissa hatte sich fesseln lassen von der Art, wie die hagere Frau mit den schwarzglühenden Augen dastand, die Arme bewegend, als würde sie mit jeder Hand Zauberkräfte dirigieren und ihre Beschwörungsformeln dazu sprechen.

Und Tiras kämpfte, stemmte sich gegen eine Vision. Alissa wusste nicht, was sie tun sollte. Aber dann wurde er mit einem Mal ruhiger, als ließen böse Geister von ihm ab.

»Tiamandras ist der Geist der Schwarzen Berge«, flüsterte er. »Der Graf hat mir erzählt, dass die Berber den Bergrücken des Teufergrats für den Körper des Riesendrachen halten. Der schlafende Drache Tiamandras. Sie glauben, dass er eines Tages geweckt werden wird …«

»Aber wer weckt den Drachen? Der Schwarze Lord?«, fragte Alissa ungewollt laut.

Wieder lief ein Zittern durch Tiras. Seine Augen waren nun schon seit Minuten geschlossen. Was er unter höchster Anspannung hervorbrachte, stand im Kampf mit seinen inneren Bildern.

Der Schwarze Lord – kaum hatte Alissa die Worte ausgesprochen, kam Unruhe auf.

»Der Schwarze Lord«, raunte Mol Pathuk, »centras da milia tenebra!«

Balda Ssahn nickte. »Centras da milia inunda nigrana! Torrnatanas terron retoura!«

Worte, die Tiras und Alissa im Kreis der Berber schon mehrmals gehört hatten. Nun aber wurde der Riss, der durch die Reihen der Clans verlief, deutlich. Die Beschwörungen des Schwarzen Lords und die Art, wie Ma-Una Nardi die Stimmung aufpeitschte, spalteten die Berber in zwei Gruppen: eine, die sich um Ma-Una Nardi scharte und den Lord als mächtige Sagengestalt beschwor, und eine andere – viele der jüngeren Berber –, die den Geschichten mit Skepsis begegnete.

Ein neuer Schub von Visionen quälte Tiras:

»Das Feuer«, stöhnte er. »Es ist ein Feuer im Kopf. In meinem Kopf verbrennen Menschen. In dieser Nacht, als du den Drachen gesehen hast …«

Dann versagte ihm die Stimme. Er bewegte nur noch die Lippen, legte die Hände vor die Brust und duckte sich unter den Bildern hinweg, bis sie von ihm abließen.

Und plötzlich verstand Alissa.

»Die Leichen!«, rief sie – und sprang auf. Die Berber und Ma-Una Nardi verstummten und sahen sie überrascht an:

»Die verbrannten Toten. Es ist die Energie des Kontinuums. Es ist kein Drache, kein Tiamandras. Es ist … ein Feuer, das … es hat nichts zu tun mit dem Schwarzen Lord. Es ist die Energie, die Entwicklungen bei Posisco, vor denen mein Vater immer wieder gewarnt hat. Tiras. Tiras kann diese Energie spüren. Diese Energie verbrennt Menschen!«

Die Berber schwiegen, starrten sie an.

Selbst Baba Faah, der seit Beginn der Gespräche nur apathisch dagesessen hatte, verloren in Reden und Reaktionen, sah entgeistert zu ihr auf: ein trauriger, verwirrter alter Mann mit den Augen eines Kindes.

Ma-Una Nardis Augen hingegen blitzten vor Zorn.

»Die Sage vom Drachen Tiamandras stammt aus dem Herzen der Weisheit meines Volkes«, sagte sie, um Beherrschung bemüht, als würde sie Rücksicht nehmen auf Baba Faah. »Die Weisheit unserer Geschichten ist die Kraft, die uns hilft zu überleben!«

»Ja«, erwiderte Alissa vorsichtig. »Ich respektiere diese Geschichten. Ich glaube, sie sind eine höhere Form von Wahrheit. Aber die Toten, die Ermordeten …«

»Wir sind zu weit gegangen!«, unterbrach Ma-Una Nardi sie harsch. »Einige von uns sind zu weit gegangen, und die Schwarzen Berge schicken uns ihre Antwort! Tiamandras as petrana igna retours da terron torrnatan!«

»Unsinn!«, zischte in diesem Moment Danias Bargu mit heiserer Stimme. »Die alten Geschichten haben mit den Morden, den Toten, den Vertreibungen und Verfolgungen nichts zu tun. Die toten Berber, die Toten aus der Stadt, sind das Werk von Posisco!«

Er war aufgestanden und trat Ma-Una Nardi herausfordernd entgegen. Stimmen wurden laut: Empörung, Widerspruch. Baba Faah schien etwas sagen zu wollen, wollte sich erheben – was Ma-Una Nardi zögern ließ, auf Danias Bargu ebenso aufbrausend zu reagieren wie er auf sie. Tiras saß nur da – isoliert und stumm –, dennoch bewegt von den Gefühlswallungen der Berber. Alissa erkannte das unsichtbare Band zwischen Baba Faah und ihm. Wie sie beide auf die Spannungen in der Gruppe reagierten, glich sich auf unheimliche Weise.

Da erhob sich Gil Pandra, warf Ma-Una-Nardi einen finsteren Blick zu und kniete sich vor seinen Vater. Er nahm die große, so täppisch wirkende Hand, die der alte Mann ihm entgegenstreckte, und sagte:

»Baba, ma una da Danias Bargu da Alissa. Formida Baba. Wir müssen uns wehren. Danias Bargu hat recht. Und Alissa. Auch ich habe den Drachen gesehen. Im Sumpfland. Es war ein furchtbarer Anblick, und ich wollte den alten Geschichten wieder glauben. Aber Alissa hat recht. Sie kämpft gegen den Drachen. Der Drache ist ein Geschöpf der Kraft, die Posisco entfesselt. Es ist eine fürchterliche Macht, die Menschen auslöschen kann. Alissas Vater hat das gewusst. Alissa kämpft für ihren Vater. Und sie kämpft, weil sie weiß, dass wir dem Drachen nicht entkommen können. Sie beide kämpfen, Alissa und Tiras. Wir müssen uns erheben, sonst ist die Zeit der Berber vorbei, und Kartas wird untergehen. Endgültig.«

Mit fester Stimme drängte er das aufgebrachte Gemurmel zurück. Er sagte, was er sagen musste.

»Du weißt, Baba«, fuhr er fort, »es sind Menschen, die uns verfolgen. Es ist kein Drache. Es sind seit Hunderten von Jahren Menschen. Tiamandras no na vista san linga.«

Baba Faah öffnete den Mund. Seine traumverlorenen großen Augen füllten sich mit Tränen. Er flüsterte etwas Unverständliches. Er zog seinen Sohn an sich, umarmte ihn lange, und alles schwieg.

Ma-Una Nardi indes wartete mit brennender Ungeduld, bis Gil Pandra sich wieder setzte. Zwischen ihr, Danias Bargu und Siliva Aduun, einer Clanführerin, deren graues, langes Haar Alissa wie die Mähne eines Löwen erschien, entspann sich ein stummer Dialog des Hasses. Als Ma-Una Nardi schließlich wieder vortrat, wählte sie deutliche Worte – und eines davon hatte die Wirkung eines Geschosses:

»Die Toten, die Verbrannten ... sie haben uns angelockt zu den verbotenen Orten der Stadt. Es war eine Warnung, Danias Bargu – vor eurem Verrat!«

Sofort war es aus mit dem Schweigen. Danias Bargu schwang herum, und Alissa dachte eine Schrecksekunde lang, er würde Ma-Una Nardi schlagen.

»Verrat!?«, rief er drohend. »Was meinst du mit Verrat? Und eine Warnung wovor? Ich frage mich, ob der Verrat, auf den du so geheimnisvoll anspielst, nicht von jemandem begangen wurde, der unsere Pläne für gefährlich hält. Du denkst also, wir hätten die Kenton-Relais nicht zerstören sollen? Du denkst, es war den Wächtern bekannt, dass wir Anschläge auf die Stationen planten, und deshalb haben sie die Toten dort platziert? Als Warnung? Du denkst, sie hätten uns verschont? Sie hätten niemanden erschossen, wenn wir uns, wie sonst immer, friedlich verhalten hätten!?«

Er ließ die Kaskade von Fragen und Vorwürfen sekundenlang wirken, bevor er fortfuhr:

»Du irrst dich, Ma-Una. Und du weißt das. Du sprichst aus Furcht. Du fürchtest, dass die Maßnahmen gegen uns Berber härter werden, wenn wir uns gegen den Terror stellen. Aber ich frage dich: Kann uns etwas Härteres treffen als der Tod Hunderter, wie wir ihn seit Jahren wieder und wieder erleben? Hast du die Vergangenheit vergessen? Terron, Ma-Una. Tantras torrnatanas terron! Und all die Toten aus der Stadt? Die Getöteten aus der Teuferstadt? Diese Menschen haben sich nicht gewehrt. Sind sie verschont worden?«

»Du Wahnsinniger!«, schrie Ma-Una Nardi. »Sie werden uns vernichten. Endgültig vernichten. Sie haben bereits begonnen, uns zu bestrafen für unser Tun. Auch Kahfis ist tot. Der große, tapfere Kahfis!«

Baba Faah zuckte zusammen – und Gil Pandra sprang auf:

»Hör auf!«, rief er und betrachtete Ma-Una Nardi mit dem Blick eines Raubtiers. »Du solltest begriffen haben, dass die Sprengungen in der Stadt die einzige Möglichkeit waren, unsere Vernichtung aufzuhalten. Dem Schrecken Einhalt zu gebieten. Posisco beherrscht Metronas, und die Herrschaft der Werke ist längst zur Diktatur geworden. Wir müssen dagegen kämpfen, sonst wird uns unser Zögern in den Abgrund reißen. Uns alle. Ohne Ausnahme!«

Die letzten Worte Gil Pandras hallten nach. Alissa sah, dass Ma-Una Nardi den Sohn Baba Faahs mit einer Mischung aus Verwunderung und Hass anstarrte. Balda Ssahn, Mol Pathuk und andere der älteren Berber schienen von Gil Pandras Reaktion völlig überrascht. Alissa erkannte jäh, dass die Rebellen unter den Jüngeren ihre Aktionen nicht mit den Ältesten abgestimmt hatten. Tumult brach aus. Gil Pandra bemühte sich um seinen Vater. Baba Faah gestikulierte aufgeregt, verwirrt, fassungslos. Worte wie »Verrat!« und »Tod!« machten die Runde. Tiras, der geschwächt und wie apathisch dagesessen hatte, versuchte, die Berber zu beschwichtigen. Doch seine Gesten wirkten nur hilflos. Die erregten Debatten schlugen über ihm zusammen.

»Baba!«, rief da Ma-Una Nardi: »Nie haben die Berber Widerstand geleistet. Wir sind das Volk der Flüchtenden. Wenn man uns hasst und verfolgt, weichen wir. Wir kennen Orte, zu denen uns niemand folgen kann. Die alten Labyrinthe im Hochland von Arden. Die Höhlen von Scalandron weit im Osten des Palustrinawalds. Die Silberberge und das verlassene Stollensystem im Norden, und auch in Settembris finden wir Schutz!«

»Das sind Illusionen, Ma-Una!«, rief Danias Bargu. »Die Zeit der Flucht ist vorbei. Sie werden uns überall finden, weil ihr giftiger Geist begonnen hat, den Raum zu erobern. Sie werden den Raum, jeden Raum, bald beherrschen wie Haifische das Meer. Keine Höhle wird uns dann noch verbergen können. Sie werden freie Menschen wie uns nicht dulden. Kein Labyrinth wird unsere Wege verschlüsseln. Posisco wird uns jagen mit der Übermacht ihrer Technik. Unser Gegner heißt nicht Tiamandras!«

Ma-Una Nardi stieß einen Schrei aus. Ihre Hände hatte sie zu Fäusten geschlossen: die Fingernägel so fest ins Fleisch der Handballen gepresst, dass Blut hervorquoll. Mol Pathuk und Balda Ssahn machten Anstalten, auf Danias Bargu loszugehen, als ein schriller Ruf vom Eingangsraum der Kammer ertönte:

»Nigranta san appira! Dis-quatu!«

Alles verstummte.

»Sie kommen!«, rief Danias Bargu – alle Strenge war aus seinen Zügen verschwunden. Ma-Una Nardi, die Streitigkeiten der vergangenen Stunde, alles schien plötzlich nebensächlich. Er winkte zu Gil Pandra und Siliva Aduun: »Sie kommen. Sie bringen die Befreiten. Sie haben es geschafft!«

Sie hasteten hinaus, und innerhalb der nächsten Sekunden wurde es laut im Vorraum der Kammer. Dann taumelten Professor Laskoff, Stella van Vesperen und mehrere Berber herein. Abgekämpft, müde, erschöpft. Die Arztkittel, die Stella und Laskoff noch immer trugen, waren verdreckt, zerrissen. Die Berber schleppten zwei Tragen, auf denen Kranke lagen, Patienten – die Befreiten. Alissa erkannte Marina. Sie sah abgemagert aus, hob kraftlos den Kopf, lächelte, wusste nicht, was um sie herum geschah. Und auf der anderen Trage lag der Graf.

Plötzlich taumelte Alissa in einem Wirbel widerstreitender Gefühle.

»Schnell!«, rief Stella, die Alissa und Tiras noch gar nicht wahrgenommen hatte. Sie kümmerte sich um den wie tot auf der Trage Liegenden. Es schien ihm nicht einmal möglich, den Kopf zu heben.

Alissa blieb fast das Herz stehen. Es war tatsächlich der Graf. Und Stella. Sie hatte irgendwas mit ihrem Gesicht gemacht, hatte sich die Haare blond gefärbt und trug den zerrissenen Kittel einer Ärztin, doch es bestand kein Zweifel: Stella van Vesperen, die Mitarbeiterin und beste Freundin ihres Vaters. Wenn es jemanden gab, der vielleicht wusste, was Bendar zugestoßen war, dann Stella. Doch Alissa unterdrückte den Impuls, sie jetzt anzusprechen. Sie wandte sich herum, sah, dass Tiras die Aufregung im Raum zu verstehen begann.

»Tiras«, flüsterte sie. »Es ist der Graf. Dein Vater. Sie haben ihn befreit. Aber er muss verletzt sein. Schwer verletzt!«

Tiras nahm all seine Kraft zusammen und stolperte dem Tumult entgegen, der sich um die Tragen und die Neuankömmlinge gebildet hatte. Die Berber, die mit Stella gekommen waren, waren junge Leute aus dem Clan Siliva Aduuns. Andere gehörten zu jenen Einzelgängern, die Danias Bargu als ihren Anführer akzeptierten.

»Tiras?«

Stella war das Entsetzen anzuhören, als sie den blonden, schmächtigen Jungen mit dem totenblassen Gesicht erblickte.

»Tiras? Was machst du hier?«

Seine Anwesenheit, seine Schwäche, der Ausdruck von Angst in seinem Gesicht war Antwort genug. Stella schaute zur Seite und wusste nun, dass auch Alissa hier war. Dann nahm sie Tiras' Hand und führte sie zu der wächsernen, schmalgliedrigen Hand, die auf dem Körper des leblosen alten Mannes lag. Tiras hockte sich neben die Trage und strich vorsichtig über die kalten Finger, den Körper. Der Graf atmete nur schwach. Tiras spürte, dass der Puls jeden Moment aussetzen konnte.

»Er stirbt!«, rief Professor Laskoff und sah sich hilfesuchend um. »Er hat Gift genommen. Das Mittel, das wir ihm zur Sedierung gegeben haben, hat den Prozess verlangsamt. Wir haben viel zu spät bemerkt, dass er Gift genommen hat. Und wir haben hier keine Medikamente, kein Gegengift. Wir brauchen Wasser!«

»Was können wir tun?«, fragte Gil Pandra.

»Atropin! Wir brauchen unbedingt Atropin!«

»Tollkirschen«, sagte Gil Pandra. »Unsere Leute sind erfahren im Umgang mit Pflanzen. Warten Sie!«

Er hastete davon. Professor Laskoff wandte sich wieder dem Grafen zu. Stella beobachtete Tiras, der sich über die Trage gebeugt hatte. Als Laskoff verwundert zu Stella blickte, nahm sie ihn beiseite und erklärte ihm, wer Tiras war.

»Vater?«

Immer wieder flüsterte Tiras dieses Wort, wie eine Beschwörungsformel. Das Wort, das den Hauch von Hoffnung trug, der ihm nun noch blieb.

Alissa, die sich im Hintergrund hielt, kämpfte mit den Tränen. Sie hätte die Gelegenheiten, bei denen Tiras den Grafen *Vater* nannte, an einer Hand abzählen können. Nun war da nur noch dieses Wort. Doch der Graf hatte das Bewusstsein verloren, schwebte am Rand des Todes, war nicht zu erreichen.

Gil Pandra kam mit einer Schale zurück.

»Hier«, sagte er zu Professor Laskoff. »Der Saft ausgepresster Tollkirschen. Hilft Ihnen das?«

Laskoff nahm die Schale, prüfte die Substanz, indem er sich eine Fingerspitze davon auf die Zunge tupfte, und nickte. Dann ging er zu Tiras und bat ihn, das Mittel verabreichen zu dürfen. Tiras hob den Kopf des Grafen, und Laskoff träufelte ihm vorsichtig eine kleine Menge der Flüssigkeit in den Mund.

Tiras bemerkte sofort, dass Puls und Atmung kräftiger wurden. Der Graf keuchte und stöhnte. Seine Augenlider flatterten. Er schien etwas sagen zu wollen. Tiras bettete den Kopf vorsichtig zurück auf die Trage.

»Kannst du mich hören? Ich bin es. Tiras.« Immer wieder redete er auf den Grafen ein. Und immer wieder schien der Graf aus der Bewusstlosigkeit aufzutauchen. Für Sekunden nur. Immer nur für Sekunden.

Alissa war bei ihm, aber sie konnte nicht helfen.

Im Hintergrund kümmerten sich andere um Marina. Sie blickte verstört in die fremden Gesichter, die fremde Umgebung. Sie schien noch nicht zu begreifen, wohin man sie gebracht hatte. Die Berber hatten begonnen, über die Ereignisse der vergangenen Stunden zu sprechen, über die Geschehnisse in der Klinik. Über die Explosionen. Über Suran Barkas und Skanda Borlund. Man hatte nichts mehr von Suran Barkas gehört. Das war ein schlechtes Zeichen. Gil Pandra,

Danias Bargu und Siliva Aduun führten die Gespräche mit den Neuankömmlingen und beendeten manches mit geheimen Parolen, Mitteilungen an die in der Stadt untergetauchten Rebellen, die Berber im Widerstand. Es waren Botschaften, die schon in den nächsten Minuten ihre Wege zurück finden würden, Anweisungen in der Sprache des Kampfes. Die jüngeren Berber beherrschten diese Sprache. Die älteren um Mol Pathuk und Balda Ssahn fürchteten sie. Aber jetzt standen sie loyal zu Baba Faah und mischten sich nicht ein in die Gespräche.

Ma-Una Nardi jedoch war verschwunden.

»Tiras? Bist du es?«

Die Lippen des Grafen waren blutleer, verkrustet wie nach einem Marsch durch die Wüste. Die Worte, die sie formten, gingen immer wieder verloren. Tiras hielt seinen Kopf nah an diese zitternden Lippen, flüsterte Beruhigendes, wartete auf die flüchtigen Worte des Sterbenden.

»Tiras … Dein Vater … Du musst wissen, ich …, ich bin nicht … nicht dein Vater … Du musst … Du musst wissen, dass … Es ist … so schwer …«

Ein Hustenanfall nahm dem Grafen jede Kraft, weiterzusprechen. Seine Augen suchten nach Tiras. Sie fixierten ihn und verloren ihn doch immer wieder.

»Du bist mein Vater! Niemand anders als du!«, sagte Tiras beschwörend, und auch *seine* Stimme wollte versagen. Wieder setzte der Graf an und presste mühsam Worte hervor:

»Nein …«, sagte er. »Du bist … Dein Vater ist … Du musst … Du musst wissen … Du bist … Du …!«

Der Tod kam mit brutaler Selbstverständlichkeit. Eine Demonstration von Macht, ohne jede Floskel. Der Körper des Grafen sackte in sich zusammen. Die Augen brachen. Die Schwäche und Verzweiflung seiner letzten Anstrengungen flog wie ein schneller Schatten hinüber zu Tiras, der ihn aufnahm und dann über dem Toten zusammensank. Alissa setzte sich stumm neben ihn und nahm ihn in die Arme. Und in diesem Moment wurde Stella van Vesperen bewusst, dass sie irgendwann in den nächsten Stunden die fürchterlichste Mitteilung ihres Lebens würde machen müssen.

Alle nahmen sie Abschied von dem Toten. Die Totenfeier für den Grafen bezeugte, dass die Berber einen wahren Freund verloren hatten. Sie betteten ihn auf den Schwarzen Stein des Lichtraums. Er trug in seinen Händen die Feder des Windgottes Zephayas und die Friedensklinge der Stämme der Nigrana. Seine Stirn schmückte das Band der vereinigten Clans mit der Losung für die jenseitigen Länder. Baba Faah und Tiras saßen lange bei ihm, hielten Totenwache und sprachen mit ihm – in den Worten der Stille.

Aber die eine Frage, die Tiras bedrängte, die ihn beschämte, weil sie seine Trauer störte, konnte der Graf nicht mehr beantworten. Und Tiras ließ es gut sein und verabschiedete sich von ihm als seinem Vater. Der Graf war sein Vater gewesen. Niemand würde ihm diese Rolle je streitig machen.

Der tote Körper wurde in ein großes, buntes Tuch gehüllt und von sechs Berbern in die Tiefen von Kartas gebracht, um auf dem weißen Totenfeld in der Mitte der Stadt begraben zu werden. Auf dem *platea da karta*.

In der Stille, die dem Abzug des Totengeleits folgte und in der jeder der Berber seinen eigenen Gedanken nachhing, zog sich Stella van Vesperen in einen Winkel des Raums zurück und beobachtete Alissa und Tiras, die wie ein verlorenes Geschwisterpaar dasaßen, Kopf an Kopf, in enger Umarmung.

Stella hatte bemerkt, wie sehr Alissa darauf drängte, mit ihr zu sprechen, und wie sehr sie sich zurückhielt, wegen Tiras.

Nun war Tiras vaterlos. Und Alissa?

Stella zerriss es fast, aber die Frage würde kommen:

Was ist mit Bendar? Hast du Nachrichten von Bendar? Weißt du, wohin sie ihn verschleppt haben? Lebt er noch?

Stella sah hinüber zu den anderen.

Die Berber kümmerten sich rührend um die Frau namens Marina. Unterwegs, durch die langen Tunnelgänge, hatte Stella bisweilen befürchtet, dass auch Marina den Transport nicht überleben würde. Aber man hatte ihr schon in der Klinik ein wirksames Gegengift verabreicht. Es würde ihr bald wieder so gut gehen, dass sie aufstehen konnte.

Wie würde es Alissa gehen? Nach dem Moment der Wahrheit?

Der Moment war gekommen.

»Stella? Ich muss mit dir sprechen.«

Alissa stand vor ihr. Stella sah hoch, und in diesem Augenblick war es auch schon geschehen: die Spur der Verzweiflung, eine Geste der Hoffnungslosigkeit, die ihr entschlüpft war, die Tatsache, dass sich Alissa selbst wohl innerlich schon abgefunden hatte mit dem Schlimmsten – eines davon oder alles zusammen hatte sie verraten.

Stellas Augen hatten sie verraten.

Alissa gab sich Mühe, ihr Erkennen nicht zu zeigen. Aber auch Stella hatte ein feines Gespür für kaum kontrollierbare Gesten.

Alissa setzte sich neben sie und atmete tief durch.

»Bendar«, sagte sie – und dann, mit entschlossenem Blick: »Du weißt, was mit meinem Vater geschehen ist, nicht wahr?«

Stella erwiderte den Blick, hielt ihm stand. Ihr Kopf wurde zu Eis. Ihr Kopf brannte.

»Sie haben ihn umgebracht. Sie haben so viele umgebracht, und er war ihr größter Feind. Er ist tot, nicht wahr?«

»Ja«, sagte Stella und schlug die Augen nieder. »Er ist tot.«

Sie erhob sich und nahm Alissa in den Arm. Alissa stand nur da, verkrampft, unfähig, die Umarmung zu erwidern. Und doch wusste sie, dass der Überbringer der schlechten Nachricht nicht verantwortlich war für die Nachricht. Wen nur sollte sie anklagen für diese Tat? Wen?

»Hast du ihn gesehen?«, fragte sie mit leiser, brüchiger Stimme.

Stella war froh, dass sie Alissa in diesem Moment nicht in die Augen sehen musste.

»Ja«, sagte sie. »Ich habe ihn gesehen.«

So viele Fragen gingen Alissa durch den Kopf. Die Tage, die sie nun getrennt war von Bendar, kamen ihr vor wie ein ganzes Leben. Sie hatte Fragen für ein ganzes Leben. Aber er war tot.

»Wo hast du ihn gesehen? Was haben sie mit ihm gemacht?«

Sie brach ab, rang mit einer weiteren Frage. Stella ließ ihr Zeit.

»Warum?«, fragte Alissa schließlich. »Warum haben sie ihn umgebracht?«

Stella schüttelte den Kopf.

»Ich weiß es nicht.«

War sie selbst schuld? War der Versuch, Bendar zu befreien, das Todesurteil gewesen? Ihr wurde schwindelig. Sie drückte Alissa ein Stück von sich und sah ihr in die Augen.

»Ich weiß es nicht. Ich kann es mir nicht erklären. Wir wollten ihn befreien. Er war in der Klinik, wie die anderen Gefangenen. Sie hatten ihn entführt, weil sie Informationen von ihm wollten. Sehr wichtige Informationen. Sein Tod macht keinen Sinn, Alissa. Es macht alles überhaupt keinen Sinn!«

Stellas Stimme war schrill geworden. Alissa nickte nur.

»Es macht keinen Sinn«, wiederholte sie, wie für sich selbst. »Aber er ist tot.«

»Ja«, sagte Stella.

»Haben sie ihn …« Alissa schreckte vor dem Wort zurück. Aber die Antwort war wichtig: »Haben sie ihn gefoltert?«

Stella atmete tief durch. Vermutlich hatten sie ihn gefoltert. Aber das Bild des Bewusstlosen auf der Trage war ein friedliches Bild gewesen.

»Er ist gestorben, weil sie ihm ein Implement eingesetzt hatten. Er war bewusstlos. Bendar hatte versucht, sich das Leben zu nehmen, um seine Geheimnisse zu bewahren. Sie haben ihn retten können. Aber noch im kritischen Zustand haben sie ihm das Implement eingesetzt. Dann hätten sie ihm im Kontinuum die Geheimnisse seiner Wissenschaft entreißen können. Als wir ihn befreien wollten, haben sie ihn in ein Memoportal gesteckt und eine Transpersonalisation erzeugt. Das hat er nicht überlebt. Die Energie des Kontinuums war zu viel für seinen geschwächten Körper.«

»Ein Implement? Sie haben Bendar ein Implement eingesetzt?«

»Ja.«

Mit einem Mal begriff Alissa. Die Energie des Kontinuums. Sie hatten ihren Vater umgebracht wie so viele in den letzten Tagen. Sie riss sich los. Alles, was sie bereits wusste oder ahnte, es bündelte sich nun neu – um den Tod Bendars.

»Die Ermordeten. Die Toten in der Stadt. Verbrannte. Sie haben Bendar genauso getötet wie all die anderen. Das Kontinuum. Die Energie dieses Drachen. Sie wird angefacht von Posisco!«

»Drachenenergie?«

Stella verstand nicht.

»Die Toten. Die Verbrannten. Der Ardenfels!«, rief Alissa. »Wir haben es doch gehört. Die Energie geht vom Ardenfels aus und sie verbrennt Menschen. Sie tötet. Ma-Una Nardi hat davon gesprochen. Tiamandras. Der Drache, der gespeist wird vom Feuer auf dem Berg. In den Aufzeichnungen, in dem schwarzen Buch, das Jolo uns zugeworfen hat, als sie ihn erschossen, da war auch vom Ardenfels die Rede. Auf dem Ardenfels sitzen die Mörder!«

Alissas Stimme gellte durch den Raum. Sie schrie sich ihre Wut aus dem Leib. Der Ardenfels war ihr ein fernes Ziel gewesen, als sie glaubte, ihr Vater würde noch leben. Nun verwandelte sich die mysteriöse Ruine in ein Monstrum, das verantwortlich war für Bendars Tod, für den Tod des Grafen. Alissa war umringt von Menschen, die bereit waren, sich der Macht des Bösen in der Nigrana zu stellen:

Gil Pandra, Danias Bargu, Siliva Aduun, Raina Tabra.

Die Ardenburg, die Drachenburg, dorthin würden sie aufbrechen. Gleich am nächsten Morgen. Niemand würde Alissa aufhalten können.

Stella betrachtete Alissa. Sie erkannte Bendars Tochter nicht wieder. Das behütete Mädchen aus dem Cabanisviertel war eine Kämpferin geworden, die auch den Berbern imponierte. Aber da war noch etwas anderes – etwas, das Stella hellhörig gemacht hatte:

»Welche Aufzeichnungen meinst du?«, fragte sie. »Du hast von einem Buch gesprochen.«

»Das schwarze Buch«, sagte Alissa. »Es stammt von …« Sie zögerte, sah zu Tiras. Aber auch er war entschlossen, der Spur zu folgen und den Tod seines Vaters zu rächen.

Alissa holte das Buch hervor.

»Ein schwarzes Notizbuch. Vermutlich gehörte es dem Grafen. Es ist voller wissenschaftlicher Aufzeichnungen.«

Sie übergab es Stella, die es interessiert betrachtete.

»Vielleicht ist es gut, wenn du dir das Buch ansiehst. Du verstehst mehr davon als wir. Vielleicht findest du in den Aufzeichnungen etwas, das uns weiterhelfen kann?«

Stella nickte. Sie hatte das Buch bereits geöffnet und den Namen Narud Capra gelesen. Und sie wusste ganz genau, was sie da in den Händen hielt.

DIE TEUFERSTADT

Am frühen Morgen des 12. September fuhr ein gepanzertes Fahrzeug mit getönten Scheiben den Mühlenweg entlang, der sich von der Zitadelle nach Westen zum Teneber hin schlängelte. Der Wagen überquerte die ungesicherte Brücke über den Teneberarm am Zitadellenberg und näherte sich bald einem schwarzen, doppelflügligen Eisentor, das die Straße absperrte. Jenseits des Tores stand ein kleines Wächterhaus. Es war die zentrale Durchfahrt in einer hohen Bruchsteinmauer, die unmittelbar hinter dem Fluss verlief. Im Norden endete sie hinter den Hafenbecken von Mahnfeld. Im Süden reichte sie bis an die ersten Häuser von San Mintra. Wer die Stadt Metronas nicht kannte und an diese Mauer kam, konnte meinen, an die Landesgrenze gestoßen zu sein. Doch die Mauer dokumentierte nur die unselige Geschichte der vergangenen Jahrzehnte, die Zeit der Spannungen zwischen der Teuferstadt und den wohlhabenden Inneren Vierteln von Metronas.

Der Wagen durfte das Tor passieren und fuhr geradewegs in die Teuferstadt hinein. Trotz getönter Scheiben hatten die Insassen des Wagens plötzlich das Gefühl, dass sich mit den ersten Häusern links und rechts der Straße Schatten über sie senkten. Die dunklen, hohen Gebäude glichen einander: heruntergekommene Mietskasernen mit zerschlagenen Scheiben, Wohnsilos mit zerstörten Holztüren, beschmiert mit kämpferischen, wie mit Blut geschriebenen Parolen – die Hauseingänge genutzt als Müllabladeplätze. Überall lag Müll.

Doch es fehlten die Menschen.

Der Wagen überquerte die erste der Kreuzungen im Gitternetz der Teuferstadt. Für Sekunden konnten die Insassen des Fahrzeugs die schnurgerade Längsstraße einsehen, die im Verzeichnis der Stadt nur *Straße* 2 hieß. *Straße 1* war der *Teuferkreis* und umschloss sämtliche Gebäudeblöcke dieser Vorstadt wie ein riesiges, abgerundetes Rechteck. *Straße* 2 bis *Straße 9* durchschnitten die Teuferstadt in engem Abstand. Die kürzeren Querstraßen hießen Traversen, und auch diese waren durchnummeriert, von *Traverse 1* bis *Traverse 16*.

Im Wagen saßen vier Personen: ein Fahrer aus dem engsten Kreis der Bediensteten des Statthalters, der Statthalter selbst, Pero Nurta, der Kommandant der Vigilanz, und der Großrat Minos Tabor. Sie hatten seit Beginn der Fahrt kein Wort miteinander gewechselt. Aber nun wollte Zanja Patrias nicht länger schweigen. Seine Nervostiät war von Minute zu Minute gestiegen.

»Niemand zu sehen«, sagte er nachdenklich und hielt den Blick zur Seite, aus dem getönten Fenster gerichtet. »Es kommt mir fast wie ein Fehler vor, dass ich keine Abteilung der Vigilanz dabei haben wollte, Pero.«

Pero Nurta seufzte. »Die Vigilanz ist ohnehin in der Stadt gebunden. Die Anschläge der vergangenen Tage …«

Minos Tabor stieß einen verächtlichen Ton aus, sodass Pero Nurta seine Worte mit Nachdruck wiederholte:

»Die Anschläge der vergangenen Tage mit all den Toten haben mich dazu bewogen, Che Conano zuzustimmen. Das heißt, absoluter Vorrang für den Schutz der Inneren Viertel!«

Er warf einen nervösen Blick zu Zanja Patrias hinüber:

»Ich weiß nicht, Lord Patrias, ob es eine gute Idee war, hierherzukommen. Mir ist immer noch nicht klar, welchem Ziel dies hier dient.«

Zanja Patrias schwieg. Er hatte ebenfalls begonnen, sich Gedanken zu diesem morgendlichen Ausflug zu machen: Gedanken, die Fragen aufwarfen, und Minos Tabor wusste das. Er wählte seine Worte mit Bedacht:

»Es ist doch völlig richtig, dass sich Lord Patrias ein eigenes Bild von den Zuständen in der Teuferstadt machen will. Schauen Sie sich die Stadt an, Kommandant Nurta. Haben Sie das Gefühl, hier sei alles in Ordnung?«

»Ich habe das Gefühl, dass wir uns um die Sicherheit von Metronas kümmern sollten und nicht um verfallende Häuser«, antwortete Nurta. Aber der Ton seiner Worte war unsicher. Er klammerte sich daran, dass die Abwanderung aus der Teuferstadt ein normaler Vorgang war.

Minos Tabor betrachtete nachdenklich das ausgebrannte, halb zerstörte Haus, das sie passierten. Der Wagen fuhr sehr langsam. Die Stille der Straßen, das Fehlen von Fahrzeugen verunsicherte den Fahrer so sehr, dass er jeden Moment mit einer Überraschung rechnete und also Vorsicht walten ließ. Minos Tabor meinte, den Schatten eines davonhuschenden Tieres gesehen zu haben. Eine Katze? Nein, es war größer gewesen. Ein Hund vielleicht. Herrenlose Hunde waren ein untrügliches Zeichen für den Niedergang eines Viertels.

Oder war es doch ein Mensch gewesen? Minos Tabor wusste, dass hier in den Häuserruinen Menschen lebten. Menschen, die sich versteckten.

Er wusste auch, wo.

»Es gibt tatsächlich einen Grund, weshalb die Menschen die Teuferstadt verlassen haben, Kommandant Nurta«, sagte er gedehnt. »Dieser Grund hat nur sehr indirekt mit der Lage der Arbeiter in den östlichen Vorstädten zu tun. Sehr viel mehr jedoch mit Posisco, mit Skanda Borlund und Administrator Conano.«

»Bitte, Minos«, unterbrach ihn Zanja Patrias, »ich weiß um deine Befürchtungen. Und ich habe mich entschieden, deine Befürchtungen ernst zu nehmen, mir selbst ein Bild zu machen. Aber lasst uns notwendige Schritte besprechen, wenn wir uns mit deiner Kontaktperson getroffen haben.«

Pero Nurta unterdrückte den Impuls, etwas zu dem Wort *Kontaktperson* zu sagen. Sie gingen ein viel zu großes Risiko ein, mit Kräften des Aufruhrs zu sprechen. Ja, es war ein Fehler gewesen, nicht wenigstens einige erprobte Kämpfer aus den Eliteeinheiten mitzunehmen. Aber Zanja Patrias selbst hatte darauf bestanden, von Begleitschutz abzusehen aus Sorge, dass die um die Sicherheit der Inneren Viertel fürchtenden mächtigen Ratsmitglieder aus dem Cabanisviertel, aus Antra Nigra und der Domstadt den Besuch in der Teuferstadt missverstehen könnten.

Der Wagen war in die fünfte Straße eingebogen und folgte ihr in südlicher Richtung bis kurz vor die Einmündung in den Teuferkreis. Als sie ein Haus mit verbarrikadiertem Eingang erreichten, dessen Fenster im Erdgeschoss schwarz verhangen waren, ließ Minos Tabor den Fahrer anhalten.

»Hier?«, fragte Zanja Patrias und wirkte überrascht. Minos Tabor nickte und dachte bei sich, dass wohl jeder Ort außerhalb der Palasträume der Zitadelle den Statthalter überrascht hätte.

»Und nun?«

»Einen Moment noch«, sagte Tabor und behielt das Haus im Blick.

Weitere Minuten vergingen – und nichts geschah.

Dann aber beobachteten sie etwas Merkwürdiges. Etwa fünfzig Meter weiter die Straße hinab, auf der anderen Straßenseite, öffnete sich die Tür eines ebenso heruntergekommenen Hauses und schloss sich nach wenigen Sekunden wieder. Das Türöffnen selbst blieb dem Statthalter und seinen Begleitern verborgen. Aber sie sahen den roten Ball, der plötzlich auf die Straße rollte. Und sie sahen das Kind, das dem Ball hinterherlief.

Es war eine groteske Situation. Pero Nurta dachte beim Anblick des Balls an einen Anschlag. Sein ganzer Körper spannte sich an. Er wollte Befehle brüllen, den Fahrer beordern, sofort kehrtzumachen, das Viertel zu verlassen, so schnell wie möglich. Als er das Kind erblickte, blieben ihm allerdings die Worte im Hals stecken. Und als er sah, wie das Kind dem Ball folgte, ihn gegen den Mauerrand des gegenüberliegenden Grundstücks kickte, dann spielend auf der leeren Straße herumtänzelte, saß er bloß verkrampft da, unfähig zu atmen, und wartete ab. Zanja Patrias erging es ähnlich. Irgendwo in seinem Hinterkopf stellte er sich die Frage, wie sehr er der Situation in der Stadt schon misstraute, um so zu reagieren. Und tief versteckt in diesen Überlegungen schlummerte die Erkenntnis, dass Minos Tabor vielleicht recht hatte.

So ließ er Tabor gewähren, als der nach einigen weiteren Sekunden die Tür des Fahrzeugs öffnete und ausstieg.

Das Kind sah hinüber zu dem großen alten Mann und nahm den Ball hoch. Minos Tabor lächelte, und das Kind blickte zu Boden. Dann schaute es flüchtig hinüber zu dem Hauseingang, aus dem es gekommen war. Hatte von dort jemand gerufen? Wieder blickte es Minos Tabor an, mit Angst in den Augen, und kam schließlich zögernd näher. Die letzten Schritte lief es, vermutlich, weil es sich überlegt hatte, dass es dann auch schneller wieder fortlaufen konnte. Minos Tabor rührte sich nicht, verharrte an der Fahrzeugtür.

Als das Kind wenige Meter vor ihm stehen blieb, lächelte Minos Tabor wieder. Das Kind haspelte ein paar wie auswendig gelernte Worte herunter und rannte davon, zurück zu dem Haus, aus dem es gekommen war. Vor dem Eingang bog es nach links ab und verschwand in dem engen Spalt zwischen den Brandmauern.

Minos Tabor setzte sich zurück in das Fahrzeug und schloss die Tür: »Straße 7, Traverse 2, dritter Block rechts.«

»Was?«

»Der Treffpunkt«, sagte er, als der Wagen anfuhr und wendete.

»Er liegt am anderen Ende dieser Totenstadt«, erwiderte Pero Nurta aufgebracht. »Was soll das?«

»Ich weiß es nicht.« Minos Tabor blickte nervös hinüber zu Zanja Patrias, der wie abwesend schien. »Ich vermute, sie vertrauen uns nicht.«

»Vertrauen uns nicht?« Pero Nurta lachte auf. Er hoffte darauf, dass sich der Statthalter seiner Haltung anschließen und den Wagen zurück zur Zitadelle beordern würde. Doch Zanja Patrias blieb stumm. Er starrte weiter nachdenklich auf die tote Stadt, die langsam am Wagenfenster vorbeiglitt.

Als der Wagen den angegebenen Ort erreicht hatte und vor dem dritten Gebäudeblock anhielt, dauerte es nicht lange. Die Tür des Hauses öffnete sich und ein Mann trat auf die Vortreppe des erhöhten Eingangs. Ein blasser, gedrungener, älterer Mann in undefinierbarer grauer Arbeitskleidung. Er hätte ein Werksarbeiter von Posisco sein können, der Schnitt der schlichten Montur zeigte eine gewisse Ähnlichkeit zu den schwarzen Uniformen der Wächter. Er blickte auf das Fahrzeug und hob halb die Hand, beobachtete dabei gleichzeitig die Straße.

Minos Tabor atmete tief durch und nickte Zanja Patrias zu. »Ich kenne den Mann«, sagte er. »Ich verbürge mich für ihn. Gehen wir?« Dann stieg er aus, ohne auf Antwort zu warten. Zanja Patrias und Pero Nurta folgten ihm nur zögernd. Der Fahrer des Wagens blieb sitzen. Er hatte Order zu warten, bis der Statthalter und seine Begleiter zurückkehrten.

Der Mann begrüßte den Statthalter mit einer scheuen Geste, beugte den Kopf. Dann begrüßte er auch Pero Nurta und schüttelte Minos Tabor stumm die Hand. Minos Tabor merkte ihm an, dass er so schnell wie möglich wieder im Haus verschwinden wollte. »Hier?«, fragte er freundlich, wies mit einer Kopfbewegung zur Tür, und der Mann nickte. »Ja, bitte folgen Sie mir«, sagte er und hatte sich auch schon umgedreht und war im Dunkel des Hausflurs abgetaucht.

Der Mann brachte sie in einen Kellerraum des Hauses. Das Treppenhaus war eng und machte, wie alles an dem Haus, einen stark vernachlässigten Eindruck. Bewohner, die sich um Räume und Mobiliar kümmerten, schien es hier nicht zu geben. Der Kellerraum hatte den Zuschnitt eines halb geräumten Lagerraums: ein einfacher Tisch in der Mitte, über dem eine Funzel schwaches Licht spendete, vier Stühle um den Tisch und Regale an den gekalkten Wänden, mit wenigen angerosteten Konserven auf rohen Brettern, die Wände waren rissig, Putz und Dreck war zu Boden gerieselt.

Als sie den Raum betraten, trafen sie auf zwei weitere Bewohner des Hauses, die sich, wie bereit zur Flucht, an eine der Wände drängten. Ein schmächtiger junger Mann mit dunklen, zurückliegenden Augen, ausgehungertem Gesicht voller schütterer Bartstoppeln. Und eine ältere Frau mit freundlichem, schüchternem Lächeln. Ihr weißes Haar stand in feinem Gegensatz zu dem dunklen Haar der Männer. Im trüben Licht des Raums betrachtete Zanja Patrias den Mann, der sie am Eingang empfangen hatte. Er wirkte kantiger, widerständiger als der junge Mann und die ältere Frau. Eine schmale Haarlocke wippte aus dem Stirnhaar herunter. Die Tränensäcke traten deutlich hervor. Dieser Mann brauchte die Augen nur etwas zu verengen, und aus Scheu wurde Argwohn. Und aus Argwohn Wut.

Aber jetzt schien er nicht zu wissen, wie er sich verhalten sollte. Die Anwesenheit des Statthalters verunsicherte ihn. Zanja Patrias und Pero Nurta wirkten angespannt, und wieder war es Minos Tabor, der das Wort ergriff:

»Lord Patrias«, sagte er, »darf ich euch Andrias Zabrian vorstellen? Ich kenne ihn schon lange und kann euch, wie ich bereits sagte, versichern, dass wir ihm vertrauen können.«

Dann wandte er sich an Andrias Zabrian.

»Andrias: Lord Patrias und Kommandant Nurta sind gekommen, um von Ihnen zu erfahren, was in der Teuferstadt in den letzten Monaten geschehen ist. Wollen Sie dem Lord erzählen, was Sie mir bei unserem letzten Treffen gesagt haben?«

Andrias Zabrian nickte kaum merklich. Dann sah er Lord Patrias und Pero Nurta an, und der Statthalter hatte den Eindruck, dass die Augen des Mannes Zweifel und Vorsicht – und auch Feindschaft – signalisierten. Er hatte beinahe damit gerechnet.

»Lord Patrias. Wollen wir uns nicht setzen?«, fragte der Mann – und wies auf den einfachen Tisch und die Stühle in der Mitte des Raums.

Als sie Platz nahmen, hielt er plötzlich in der Bewegung inne, weil er bemerkte, dass er etwas vergessen hatte. Halb gebückt wandte er sich um und sagte entschuldigend: »Verzeihung, Lord Patrias, ich möchte euch meine Familie vorstellen. Das sind meine Frau Nadela und mein Sohn Taron. Wir sind zu dritt entkommen.«

Auf *entkommen* reagierte Pero Nurta alarmiert:

»Entkommen? Wie meinen Sie das?«, raunte er und beugte sich zu dem Mann vor. Zabrian saß zu seiner Rechten, dem Lord gegenüber. Sein Sohn und seine Frau standen schweigend im Halbdunkel hinter ihm.

Andrias Zabrian warf einen unsicheren Blick zu Minos Tabor. Es wunderte ihn, dass das Wort »entkommen« auf Unverständnis stieß.

Zanja Patrias jedoch verstand. Was er in den vergangenen Stunden gesehen und erlebt hatte, hatte ihn mehr als nur nachdenklich gestimmt.

»Andrias Zabrian«, sagte er, »ich muss gestehen, dass ich vor vielen Jahren schon den Blick auf die Teuferstadt verlor. Der Rat und ich, wir haben die Teuferstadt sich selbst überlassen. Das war ein Fehler, ein schweres Versäumnis. Die Teuferstadt und die Menschen dieser Stadt sind ein Teil von Metronas. Es gab Unruhen, was Metronas zu strengen Reaktionen veranlasst hat. Es gab Tote … Letztlich bin ich dafür verantwortlich, und es tut mir leid. Aber als ich heute, nach vielen Jahren, erstmals wieder in die Teuferstadt kam, war ich vor allem erschrocken, entsetzt, verwirrt. Bitte sagen Sie mir: Was ist geschehen? Wo sind die Menschen, die hier leben?«

Andrias Zabrian saß nur da, stumm. Er hatte alles andere erwartet als ein Schuldeingeständnis. Doch seine Frau sprach:

»Sie sind tot«, sagte sie kühl. »Und diejenigen, die jetzt noch leben, werden bald tot sein, Lord Patrias.«

Der Statthalter nahm die Aussage scheinbar regungslos hin. Die Worte der Frau bestätigten etwas, vor dem er die Augen nicht mehr würde verschließen können.

»Tot?«

Pero Nurta sprang auf. »Die Menschen haben die Teuferstadt verlassen. Sie sind nach Zittkau gegangen, nach Bagun. Manche sind in den Süden gezogen. Das wissen wir doch!«

»Nein, die Menschen sind tot oder sie sind Gefangene und warten auf ihren Tod«, unterbrach ihn die Frau. Ihre Stimme zitterte. »Andrias, mein Sohn und ich wären auch längst tot, wenn es nicht gelungen wäre, uns zu befreien. Wir hatten das zweifelhafte Glück, noch in den Werken von Metronas gefangen gewesen zu sein. Wir mussten keinen der Verträge unterschreiben. Die anderen …«

Plötzlich brach sie ab. Zanja Patrias sah, dass sie einen besorgten, fast ängstlichen Blick zu ihrem Sohn warf.

»Meine Schwiegertochter«, sagte Andrias Zabrian und erhob sich. »Meine Frau hat recht. Sie müssen die Wahrheit erfahren. Die Verfolgungen werden nicht aufhören. Mein Sohn hat seine Frau verloren. Unsere Schwiegertochter Sabiana …«

Er unterbrach sich. Er wusste, dass die Worte Wunden aufreißen würden. Er sah, wie sein Sohn mit den Tränen kämpfte. Aber er sah auch die Erschießungen, das Blut.

»Wenn Sabiana noch lebt, wäre das ein unglaubliches Glück. Wenn man die Wächter aber nicht stoppt, ist der Tod ihr sicher. So sicher wie den anderen Tausenden.«

»Tausende?«

»Tausende, Lord Patrias. Tausende, die abgeholt, deportiert wurden. Nach den Morden. Sie kamen vor knapp vier Monaten. Es war der 22. Mai. Ich weiß es noch. Es war ein Sonntag. Taron und …« – wieder zögerte er – »… Sabiana waren zu Besuch.«

»Ja«, fuhr seine Frau Nadela fort. »Es war der 22. Mai. Sie kamen gegen Mittag. Wir haben uns zunächst nicht viel dabei gedacht. Wie oft waren Patrouillen in großer Zahl in der Teuferstadt gewesen, um die Ruhe wiederherzustellen, wie sie es nannten. Die Wächter hatten Metronas ja das Angebot gemacht, für die Ordnung in der Teuferstadt zu sorgen. Und Metronas war willig darauf eingegangen. Metronas hat einfach weggesehen, als die schwarzen Wächter ihr Werk begangen. Die Zitadelle wollte nichts wissen von dem, was hier geschah.«

Sie warf einen schnellen Blick zu Zanja Patrias. Dann wich sie seinen Augen wieder aus und fuhr fort: »Die Stimmung war friedlich an diesem Tag. In den Monaten zuvor hatten sich fast alle Bewohner der Teuferstadt Implemente einsetzen lassen. Sie hatten extra mehrere behelfsmäßige Kliniken eingerichtet in der Stadt. Ich vermute, die Klinik in Metronas hätte gar nicht die Kapazitäten gehabt für all diese Menschen, und es hätte dort viel zu viel Aufsehen erregt. Es gab Geldgeschenke für jeden Freiwilligen. Wir haben sie willig genommen, denn das Geld war immer knapp in der Stadt, und es gab kaum Hilfen. Und dann, an diesem Sonntag, kamen sie, und wir bemerkten gar nicht, wie viele es diesmal waren. Sie brachten Verträge. Arbeitsverträge für ein fernes Werk. Weit außerhalb der Stadt. Verträge, die plötzlich gekoppelt waren an die Implemente. Wer ein Implement bekommen hatte, musste solch einen Vertrag unterschreiben. Es gab Unruhen deswegen. Aber sie waren so viele. Sie waren bewaffnet. In Metronas hieß es später, es habe wieder einen Aufstand gegeben. Von der Brutalität der Arbeiter war die Rede. Schüsse fielen. Überall. Sie erschossen wahllos jeden, der ihnen nicht sofort gehorchte. Sie hatten die Stadt abgesperrt, und dann …«

Sie sah zu ihrem Mann, zu ihrem Sohn. Andrias ergriff das Wort. Er sprach leise, mit schleppender Stimme:

»Sie trieben alle zusammen, auf den Feldern hinter der Stadt. Einer ihrer Offiziere hielt eine Rede, eine hämische Rede, sprach von unserer Undankbarkeit. Nannte es Rebellion und dass er uns demonstrieren würde, wie die Antwort auf Rebellion aussähe. Und dann zeigte er uns die Macht. Die furchtbare Macht, der wir uns ausgeliefert hatten. Er nannte eine Zahl. *Fünfzig von euch,* rief er. Seine Leute lachten. Und dann geschah es. Sie nannten es *Das Melonenspiel*. Plötzlich, die Luft schien zu vibrieren, zerplatzten vor unseren Augen Köpfe. Hier, dort, mitten unter uns. Die Sterbenden schrien vor Schmerz, der sie erfasste, kurz bevor der Kopf zerplatzte, als hätte man ihn mit Sprengstoff gefüllt. Die Kinder sahen ihre Eltern sterben. Die Schreie der blutbesudelten Kinder ... Mein Bruder und seine Frau ... Sie ...«

Andrias Zabrian brach in Tränen aus. Zanja Patrias, Minos Tabor und Pero Nurta schwiegen, entsetzt von dem, was sie hörten. Die Worte überfielen sie mit Bildern. Bilder, denen sie nicht ausweichen konnten.

»Dann haben sie die Menschen deportiert«, fuhr Nadela Zabrian flüsternd fort. »Zug um Zug setzten sich Marschkolonnen ab aus der Stadt, zogen in die Sümpfe. Sie hatten den Willen der Menschen gebrochen. Niemand rebellierte. Seitdem ist die Teuferstadt eine Totenstadt. Wir wissen nicht, wohin sie die Deportierten gebracht haben und ob sie überhaupt noch leben.«

Mit ohrenbetäubendem Krachen flog in diesem Moment die mit hölzernen Sperrriegeln gesicherte Kellertür aus dem Rahmen. Lord Patrias, Pero Nurta und Minos Tabor fuhren hoch. Da wurden sie auch schon von hereinstürmenden Männern ergriffen und überwältigt. Innerhalb weniger Sekunden waren sie alle, ohne Rücksicht auf Stand und Rang, gefesselt, und aus dem Dunkel der offenen Tür trat Che Conano.

Zanja Patrias wusste, dass er in eine Falle gegangen war.

Che Conano sah sich im Raum um, bemerkte die schreckstarren Gesichter von Minos Tabor und den Zabrians, die empörten Blicke Pero Nurtas, überhörte dessen Proteste und blickte zum Statthalter, indem er langsam eine Zigarre aus der breiten Tasche seines Uniformhemds zog und sie anzündete.

»Lord Patrias«, sagte er, »Sie sind Ihres Amtes enthoben. Sie sind nicht länger der Statthalter der Nigrana. Der Vorwurf lautet auf Hochverrat. Für Kommandant Nurta gilt dasselbe. Die Vigilanz wird mit den Wachmannschaften Posiscos zu einer neuen, schlagkräftigen Truppe vereinigt.«

Er nahm einen tiefen Zug von seiner Zigarre und schien amüsiert auf Widerstand zu warten. Zanja Patrias jedoch schwieg.

»Was fällt Ihnen ein, Conano!«, brüllte Pero Nurta. »Der Statthalter kann allein von der Vereinigten Ratsversammlung, einstimmig, ohne Enthaltung, abgewählt werden. Und welche grotesken Vorwürfe erheben Sie? Wer hat Sie überhaupt …!?«

»Schweigen Sie!«, raunzte Conano. Er bleckte die Zähne und ließ satten weißen Qualm aus seinem Mund hervorströmen.

»Die Befehle erteilt nun einzig und allein der neue Patronar der Nigrana. Ab sofort ist die alte Ordnung wiederhergestellt.«

Nun konnte sich auch Zanja Patrias nicht länger zurückhalten:

»Die alte Ordnung? Conano, wovon reden Sie? Der Patronar? Was soll dieses Theater!?«

»Theater?« Der bärtige General täuschte lachend einen Hustenanfall vor. Dann trat er so nah an Zanja Patrias heran, dass er das flackernde Pulsen am Hals des Statthalters wahrnehmen konnte.

»Zanja Patrias, ihr wollt mir nicht erzählen, dass ihr nicht wisst, mit wem ihr euch hier getroffen habt?«, fragte er lauernd.

Der Statthalter sah den General verständnislos an.

Che Conano nickte.

»Andrias Zabrian«, fuhr er fort, »gehört zur Familie Marina Zabrians. Und Marina Zabrian ist eine der Drahtzieherinnen im Widerstand gegen die Stadt. Sie ist vermutlich verantwortlich für Hunderte von Toten in Metronas.«

»Nein!«, schrie Andrias. »Die Menschen sind von euch ermordet worden! Von den Wächtern! Von Posisco! Ihr seid die Mörder! Ihr Bestien!«

»Bringt den Mann zum Schweigen!«, rief Conano harsch. »Und dann fort mit ihm und seiner Baggage. Zu den anderen Erwartenden«, fügte er hinzu und wandte sich wieder an Zanja Patrias.

»A propos Tote. Auf dem Fest der Enthüllung werdet ihr, wie auch euer unfähiger Vigilanz-Kommandant und der gesamte Große Rat, in den bekannten, den gewohnten Rollen auftreten. Das Volk wird erst nach der Enthüllung von der Wiederkehr des Patronars und der Wiederherstellung der alten Ordnung erfahren. Bis zum Festtag bleibt ihr in Haft. Und solltet ihr während des Festes versuchen, dem Volk Märchen über euer Schicksal zu erzählen, wird es tatsächlich Tote geben. Tausende Tote. Ihr kennt es ja mittlerweile das Spiel.«

In diesem Moment sah Zanja Patrias so klar wie nie zuvor ein Bild, das ihm das Ende der Nigrana zeigte. Das Ende der Geschichte des Schwarzen Landes.

DAS VERMÄCHTNIS DES QUENTIN DURANDO

Alissa hatte kaum geschlafen in der Nacht. Immer wieder war sie aufgewacht, weil sie im Traum Bilder vom Tod ihres Vaters gesehen hatte. Furchtbare Bilder. Lähmende Bilder. Zerstörerische Bilder: Bendar, wie er ihr im letzten Moment etwas sagen wollte. Im Moment, bevor die Kugel ihn traf. Im Moment, bevor es ihn zerriss, verbrannte, vernichtete.

Tiras hatte ihre Bilder gesehen. Sie hatte die seinen gesehen, den Tod des Grafen, den Abschied von der gütigsten Seele der Nigrana. In dieser Nacht der Verwundungen waren sie unzertrennlich. Und nun, in den frühen Morgenstunden, saßen sie mit den Berbern zusammen.

Nichts und niemand würde sie davon abhalten können, zum Ardenfels aufzubrechen, in das Zentrum des Verbrechens. Die Berber, die jüngeren Kämpfer unter den Berbern, unterstützten sie. Der Ardenfels war ihr Ziel.

Es war ein anmaßender, ein gefährlicher Plan. Aber es war beschlossen. Sie würden es wagen: Alissa und Tiras, Gil Pandra und Danias Bargu. Und Stella van Vesperen. Professor Laskoff würde bei den Berbern bleiben und sich um Baba Faah kümmern, dessen Gesundheitszustand allen Sorgen bereitete. Die Berber und Marina würden Kartas nicht verlassen. Sie hatten jetzt nur noch die tote Stadt und die Hoffnung, dass sie ihnen weiterhin Schutz bot.

Gil Pandra und Danias Bargu präparierten mehrere Kilogramm eines Sprengstoffs, der schon beim Anschlag auf die Kenton-Relaisstationen gute Arbeit geleistet hatte. Sie wollten die Anlagen auf dem Ardenfels zerstören. Vielleicht würde es ihnen gelingen, einen neuralgischen Punkt innerhalb der Burg zu finden. Es war zwar mehr als unwahrscheinlich, dass ihr Plan aufging. Aber wenn sie es schafften, den Sprengstoff zu zünden, hatte der Anschlag vielleicht eine Signalwirkung. Vielleicht wurde eine Explosion zum Auslöser für Aufruhr und Rebellion, führte dazu, dass sich die Menschen erhoben, um ihr Joch abzuschütteln und den Schwarzen Lord zu stoppen.

Träumereien, dachte Alissa. Aber waren die Geschehnisse der vergangenen Wochen nicht allesamt Träume und Albträume gewesen?

Stella van Vesperen sprach am Morgen länger mit Professor Laskoff. Dann setzte sie sich zu Tiras und Alissa. Sie zog etwas aus der Tasche ihrer Felljacke, die zu den Kleidungsstücken gehörte, mit denen die Berber den Trupp ausgestattet hatten.

Alissa sah auf das schwarze Notizbuch, das sie Stella am Abend zuvor übergeben hatte. Sie blickte auf.

»Das Notizbuch? Hast du etwas damit anfangen können?«

Alissas Stimme klang kratzig und müde.

Stella nickte.

»Ja. Ich habe eine Menge Nützliches – und Erschreckendes – gefunden. Ich vermute …« Sie brach den Satz ab. Sie wollte sagen, sie vermutete, dass Bendar das Buch wohl wie eine Offenbarung gelesen hätte. Stattdessen sagte sie:

»Habt ihr den Namen Narud Capra schon einmal gehört?«

Alissa schüttelte den Kopf. Tiras war sich nicht mehr ganz so sicher wie an dem Morgen im Sumpfland, als Alissa das Buch zum ersten Mal aufgeschlagen hatte.

»Irgendwo in meinem Hinterkopf meldet sich was«, sagte er. »Es ist der Name, der vorne in dem Buch steht, nicht wahr?«

Stella bejahte. »Wir haben bei Kamdihla nur durch Zufall erfahren, wer sich hinter dem Namen verbirgt. Bendar sagte mir vor einiger

Zeit, dass die Streitigkeiten zwischen Quentin Durando und Zenon Siborgia zum Schluss wohl so heftig gewesen sein müssen, dass Durando seine letzten wissenschaftlichen Arbeiten unter Pseudonym veröffentlichte. Insbesondere solche Sachen, die er als Warnung verstand.«

»Moment mal!« Alissa runzelte die Stirn. »Du behauptest, dieser Narud Capra ist Quentin Durando? Der Mann, der das Kontinuum und die Memotechnik erfunden hat?«

»Der Gründer der Posisco-Werke, das wissenschaftliche Gehirn der memotechnischen Revolution – und der Geschäftspartner von Zenon Siborgia«, ergänzte Stella. »Dein Vater hat ihn sehr bewundert. Quentin Durando war ein Genie. Das Kontinuum ist seine Schöpfung. Er wird vielleicht für immer der bedeutendste Wissenschaftler der Nigrana sein.«

Alissa stieß ein kraftloses, zugleich höhnisches Lachen aus: »Aber nur, wenn diese Technik uns nicht alle umbringt ...« – Und nachdenklich fügte sie hinzu: »Bendar hat sie schon auf dem Gewissen.«

Sie blickte zu Tiras und bemerkte, wie bleich er war. Die Wunden der vergangenen Nacht waren noch frisch.

»Ich habe vorhin mit Marina gesprochen«, fuhr Stella fort, als wollte sie das Thema wechseln. »Auch sie kennt den Namen Narud Capra.«

Alissa sah sie erstaunt an:

»Marina?«

»Wartet«, sagte Stella. Sie erhob sich und ging zu einer Gruppe von Frauen, die sich um Marina kümmerten. Sie wechselte ein paar Worte mit ihnen. Dann blickte Marina scheu zu Alissa. Langsam erhob sie sich, gestützt von einer der Frauen, und kam zu ihnen. Marina wirkte erschöpft, aber es war deutlich, dass ihr etwas auf dem Herzen lag.

»Hallo, Alissa«, sagte sie. »Du bist sehr mutig gewesen.«

Ihre Augen glänzten.

»Sie haben euch nicht aufhalten können. Ich habe es gewusst.«

Alissa wusste nicht, wie sie reagieren sollte. Sie hatten Glück gehabt, dass sie mit dem Leben davongekommen waren. Erreicht hatten sie nichts.

»Viele bewundern euren Mut«, fuhr Marina fort und schien darauf zu warten, dass Alissa etwas entgegnete. Dann aber wandte sie sich Tiras zu, und Alissa war froh. Sie fühlte sich in Marinas Gegenwart unwohl.

Marina setzte sich Tiras gegenüber und nahm dessen Hände. Er hob den Kopf.

»Ich habe deinen Vater gekannt, Tiras«, begann sie. »Ich habe ihn gut gekannt. Er war ein wunderbarer Mensch. Stella hat mir von dem schwarzen Buch erzählt und von Narud Capra. Dein Vater gehörte zu den Tapferen, die gegen die wachsende Macht der Werke kämpften. Er war stark. So viel stärker, als alle dachten.«

Tiras hörte ihren Worten gedankenverloren zu – von einem Ort aus, den nur er kannte. Dann aber huschte der Anflug eines Lächelns über sein Gesicht.

Marina lächelte ebenfalls. Aber als sie weitersprach, wurde ihr Blick sehr ernst:

»Er hatte die Aufzeichnungen Capras, die Aufzeichnungen Quentin Durandos gefunden und wusste sofort, dass sie niemals in die Hände Zenon Siborgias fallen durften.« Sie sprach so langsam und deutlich, als müsste sie diese Dinge einem Kind erklären. »Zenon Siborgia hat viele Menschen versklavt und getötet, und dein Vater hat versucht, sie zu retten. Vor allem aber wollte er dich aus all dem heraushalten. Er wollte verhindern, dass Siborgia von dir erfährt …«

Alissa fuhr plötzlich auf. »Aber Siborgia ist tot! Umgekommen bei einem Brand in dieser Villa Durando. Zusammen mit Quentin Durando. Skanda Borlund ist der Herr von Posisco!«

»Nein!« Marina richtete sich mühsam auf. Ein Ausdruck tief empfundenen Hasses verzerrte ihr Gesicht. »Nein, Zenon Siborgia lebt. Zenon Siborgia, der Schwarze Lord, lebt und beherrscht Metronas. Er beherrscht die gesamte Nigrana. Skanda Borlund ist nichts als seine Marionette!«

»Das kann nicht sein!«, rief Alissa verwirrt. »Bendar hätte mir ...« Sie hielt inne. Nein, Bendar hätte versucht, all dies von ihr fernzuhalten. So wie der Graf Tiras die Wahrheit verschwiegen hatte. Alissa sah zu Stella und wusste augenblicklich, dass Marina die Wahrheit gesagt hatte.

Stella sah so traurig aus.

»Es stimmt«, sagte sie. »Zenon Siborgia lebt. Irgendwie hat er den Brand, bei dem Quentin Durando damals starb und bei dem die Villa zerstört wurde, überlebt. Seit einiger Zeit ist Siborgia dabei, das Kontinuum umzuwandeln in seinen persönlichen Machtraum. Er geht über Leichen. Über Tausende von Leichen. Professor Laskoff hat es selbst erlebt. Er kennt furchtbare Geschichten von den Morden Siborgias. Laskoff war lange einer seiner besten Mitarbeiter. Bis er bemerkte, wie mörderisch Siborgias Pläne sind. Er wandte sich damals an Bendar. Ich habe mich daraufhin in die Klinik eingeschleust. Ich wollte nach Möglichkeiten suchen, Siborgia noch zu stoppen.«

Sie hielt inne, und Alissa dachte, dass Stella van Vesperen, die tapfere Stella, im tiefsten Inneren aufgegeben hatte. Stella wusste, dass die Rebellen einen aussichtslosen Kampf führten. Gegen eine Macht, die nicht zu fassen war. Doch sie wollte den Weg bis zum Ende gehen.

So wie sie selbst. Und wie Tiras.

Tiras hatte die Wortwechsel schweigend verfolgt. Keine Regung verriet, was er dachte. Als Stella jedoch zu den Morden Siborgias kam, zuckte es in seinem Gesicht. Und als alle gesprochen hatten, erhob er sich.

»Zenon Siborgia also«, sagte er, als ob er die Worte prüfen müsste. Er legte den Kopf zurück und schloss die Augen. »Ich glaube, der Graf wollte nicht nur verhindern, dass Zenon Siborgia von mir erfährt. Vor allem wollte er nicht, dass ich erfahre, wer mein wirklicher Vater ist. Viele Jahre lang hat er es vor mir verheimlicht. Er wusste es, seit er mich aufgenommen hatte. Ich war noch nicht zwei Jahre alt.

Seit damals war ich sein Sohn, und er war mein Vater. Der Graf war ein wunderbarer Vater, weil er mich vor dem Mann beschützt hat, der mich vermutlich als sein Fleisch und Blut bezeichnen würde. Das weiß ich jetzt. Mit jedem Bild dieser verfluchten Visionen wurde es mir klarer. Die Dunkelheit der Bewusstseinsströme ist Siborgias düsterer Geist.«

Er atmete tief durch.

»Mein Vater heißt Zenon Siborgia. Es erklärt so vieles. Und jetzt sollten wir dafür sorgen, dass ihm das Handwerk gelegt wird. Erzähl uns von dem schwarzen Buch, Stella. Was steht da drin? Was? Wie können wir ihn aufhalten, zu Fall bringen – meinen furchtbaren Vater?«

Er lachte – und sein Lachen schmerzte Alissa. Die Vorstellung, dass Tiras der Sohn Zenon Siborgias war, wollte ihr nicht in den Kopf. Siborgia erschien ihr als ein Kunstwesen, ein dunkler, überirdischer Geist, dessen Einfluss auf die Nigrana wie ein Fluch war.

Wie konnte dieser Geist der Vater eines Menschen sein?

Eines Menschen wie Tiras?

Stella zog das schwarze Buch hervor und schlug es auf.

»Quentin Durando hat das Kontinuum angelegt und geprägt«, sagte sie. Nur ihre Augen verrieten, dass die vergangenen Minuten in ihr nachwirkten. »Durando hat das Kontinuum geschaffen. Aber er hat auch die Gefahren gesehen. Ich will jetzt nicht versuchen, alles zu erklären. Wichtig aber ist, dass Quentin Durando zunächst glaubte – wie übrigens auch Bendar –, dass die Technik des Memoporting tatsächlich sicher ist. Er hat das Kontinuum geschaffen und geeicht und war überzeugt von einer fantastischen Zukunft des freien Bewusstseins.«

»Geeicht?«

Tiras machte ein fragendes Gesicht.

»Ich erkläre das später«, sagte Stella. »Lasst mich zunächst bei den Gefahren des Kontinuums bleiben. Quentin Durando hat gedacht – und so verkündet es Posisco ja noch heute bei jeder Gelegenheit –, dass Menschen, die ein Memoportal betreten und eine Transpersonalisation vornehmen, im Bewusstseinsstrom autark bleiben, also unabhängig und unbeeinflussbar.«

Alissa nickte. Sie lauschte Stella ebenso gebannt wie Tiras.

Stella schlug nun eine der Seiten des zum Teil schon vergilbten, unregelmäßig bekritzelten Notizbuchs auf:

»Diese Aufzeichnungen aber bestätigen, was Bendar immer wieder behauptet und öffentlich gesagt hat – gegen den Widerstand Skanda Borlunds und der Wissenschaftler von Posisco: Wenn die Energie, mit der das Kontinuum erzeugt und stabilisiert wird, angehoben wird, ändern sich die Bedingungen für die Bewusstseine im Kontinuum – je nach Einstellung bis zur Vernichtung des Trägers.«

Alissa sah sie fragend an. »Heißt das, die Implemente können unterschiedlich eingestellt werden, und die Wirkung kann tödlich sein?«

»Ja«, bestätigte Stella. »Vermutlich können sie die Einstellung der Implemente sogar nachträglich ändern. Die Teufelsdinger funktionieren dann wie auf Funkempfang. Als Marina mir schilderte, auf welche brutale Weise die Wächter in der Teuferstadt Menschen ermordeten, war mir klar, dass sie die Implemente fernsteuern und eine Einstellung wählen können, die schon bei geringer Erhöhung der Frequenz die Geräte sprengt. Aber dies sind noch nicht einmal die schlimmsten Auswirkungen der Technik. Bendar hat schon vor Jahren begonnen, die Forschungen Durandos zu den Lambda-Koeffizienten fortzusetzen. Sie bezeichnen die verschiedenen Energieniveaus, die im Kontinuum möglich sind.«

Alissa dachte an ihre Aufzeichnungen. Der Begriff Lambda-Koeffizient war in den Artikeln, die sie in der Universität gelesen hatte, wiederholt gefallen. Lambda 1 und Lambda 2.

»Bendars Forschungen und die Aufzeichnungen hier stimmen im Wesentlichen überein«, sagte Stella. »Das Energieniveau, mit dem Quentin Durando das Kontinuum schuf, nennt er Lambda 1. Auf diesem Niveau ist tatsächlich alles das gegeben, was das ideale Kontinuum auszeichnet …«

»Also Memoporting ohne Nebenwirkungen – wie in der Werbung«, meinte Tiras.

»So in etwa«, sagte Stella. »Doch bereits als die ersten Testläufe des Memoportals in den Posisco-Werken absolviert wurden, stellte Durando fest, dass die für die Stadt geplanten Energieanlagen, die späteren Kenton-Relais-Stationen, ein höheres Niveau würden erzeugen können. Ein Niveau, das er zunächst nicht vorausgesehen hatte. Zumindest kurzzeitig würde das von Kenton-Relais erzeugte Kontinuum zu einem Energieniveau Lambda 2 in der Lage sein. Dieses höhere Niveau bewirkte eine Art Quantensprung innerhalb des Kontinuums. Quentin Durando holte die theoretische Begründung für den Effekt später nach. Lambda 2 bedeutet nicht bloß ein höheres Niveau, sondern es verändert die Struktur der Bewusstseinsströme im Kontinuum. Bendar nannte das Phänomen, nachdem er es durch seine eigenen Forschungen bestätigt hatte, Konglomerations-Effekt.«

Ein Schauer durchlief Alissa.

»Was bedeutet das?«, fragte sie hastig. Sie kannte den Begriff. Sie erinnerte sich. Er war genau dort aufgetaucht, wo es um die Auseinandersetzungen Posiscos mit Bendar ging. Hatte sie in den Zeitschriften nicht gelesen, dass Skanda Borlund behauptete, es gebe diesen Effekt nicht?

Stella wägte ihre Worte ab: »Dieser Konglomerations-Effekt ist der Ausgangspunkt für alle Machenschaften Siborgias.« Und wie an sich selbst gerichtet fügte sie hinzu: »Vermutlich ist er auch der Grund für den Tod deines Vaters.«

Alissa erstarrte.

Stella blätterte wieder in dem Buch.

»Beim Sprung auf das Energielevel Lambda 2 werden die Bewusstseine im Kontinuum plötzlich fassbar. Sie verlieren ihre Unabhängigkeit. Es ist, als ob …«, sie suchte nach Worten, um den Prozess möglichst bildhaft zu beschreiben: »Es ist, als würden sie ihr Geheimnis aufgeben. Bendar hat einmal gesagt, die Bewusstseine fallen aus ihrem flüchtigen Zustand heraus. Sie kristallisieren aus, werden manipulierbar, steuerbar, lesbar. Bendar hat Posisco diesen Konglomerations-Effekt als die größte Schwachstelle der gesamten Memotechnik vorgehalten: eine Schwachstelle allerdings, die zugleich wohl der größte Trumpf Zenon Siborgias ist.«

Alissa hatte eine dumpfe Ahnung, was nun folgen würde. Stella warf ihr einen flüchtigen Blick zu. Einen Blick voller Schmerz. Dann berichtete sie weiter:

»Normalerweise verschwindet der Konglomerations-Effekt, sobald das Energieniveau auf die Stufe Lambda 1 zurücksinkt oder sobald die Ausgangsperson das Memoportal und das umgebende memoradiale Feld verlässt. Die für kurze Zeit manipulierbaren, abhängigen Bewusstseine der Menschen kehren in ihren unabhängigen, im Kontinuum frei fließenden Zustand zurück oder fallen ganz zurück an den Implement-Träger. Bendar aber hat bewiesen, dass man den Zustand der Konglomeration dauerhaft stabilisieren kann, und zwar auf einem besonderen Energieniveau Lambda 3. Wenn Posisco dieses gelingt, so hat er Skanda Borlund vorgeworfen, dann kann Posisco die Menschen dauerhaft von sich abhängig machen. Und bei einem der letzten Streitgespräche mit Borlund …«

Stellas Stimme wurde plötzlich sehr leise:

»… bei einem dieser Versuche, auf Posisco einzuwirken, hat Bendar seinen größten Fehler begangen …«

»Was ist geschehen?«, fragte Alissa alarmiert.

»Bendar hat Posisco gegenüber erwähnt, dass er in der Lage sei, ein Amplifikations-Modul zu bauen. Das ist eine Art Hochenergie-Transformator. Wenn man dieses Modul in den Relais-Kreis zur Erzeugung des Kontinuums einbaut, sorgt es dafür, dass im Kontinuum immer dieses spezielle Level Lambda 3 herrscht. Ganz gleich, welches Energieniveau im Kontinuum tatsächlich vorliegt. Das Amplifikations-Modul täuscht Lambda 3 sozusagen vor. Es ist eine geniale Erfindung. Ist das Amplifikations-Modul in Betrieb, bleibt ein einmal durch Transpersonalisation – also durch Benutzung eines Memoportals – ins Kontinuum geflossenes Bewusstsein immer dort gebunden. Es wäre für immer manipulierbar und steuerbar.«

Stella verstummte. Alissa versuchte, ihre Gedanken zu ordnen.

Es war Tiras, der das Schweigen mit einer zynischen Formulierung beendete:

»Als Bendar dieses Amplifikations-Modul – was immer das nun genau ist – vor den Leuten von Posisco erwähnte, war die Jagd auf ihn wohl eröffnet. Kann man das so sagen?«

Stella nickte. »Ja, so kann man es sagen. Wenn Bendar geahnt hätte, dass Zenon Siborgia noch lebt und mit größter Anstrengung nach solch einem Modul sucht, weil es ihm helfen würde, die Menschen in Metronas von sich abhängig zu machen … O Gott!«

Sie schlug die Hände vor die Augen.

»Wie naiv wir waren! Wie verdammt naiv!«

In Stellas Augen schimmerte ein melancholischer Glanz, der Alissa verriet, was sie schon so lange ahnte: Stella liebte Bendar. Sie war durch Bendars Tod genauso getroffen wie sie. Sie waren Verbündete in ihren Gefühlen für Bendar. Stella hatte dieselben Gründe, Bendar zu rächen, wie sie selbst.

»Dieses Amplifikations-Modul«, fragte Alissa zögernd, »hat Bendar es jemals gebaut?«

Stella schüttelte den Kopf. »Nein. Es gab nur die Pläne dafür. Pläne, wie sie auch Quentin Durando hier in seinen Aufzeichnungen skizziert hat. Das Modul war für Bendar wie eine furchtbare Waffe. Er hatte es berechnet. Er hatte die theoretischen Grundlagen dazu. Aber niemals hätte er es gebaut. Stell dir vor, mit Hilfe dieses Moduls wären plötzlich alle Menschen, die einmal ein Memoportal benutzt haben, nicht mehr sie selbst. Weil es da im Hintergrund jemanden gibt, der ihre Gedanken liest, der ihr Bewusstsein im Kontinuum lenkt und manipuliert. Nie wieder würden diese Menschen dem Gefängnis der Kontrolle entkommen. Wenn es Zenon Siborgia gelingen sollte, an die Pläne für das Modul zu gelangen, sind die Menschen der Nigrana verloren.«

»Glaubst du, Bendar hat ihm die Pläne gegeben?«

Im Moment, als Alissa diese Befürchtung aussprach, war ihr die Naivität der Frage schon bewusst. Bendar war tot. Weshalb hätte Zenon Siborgia ihn umbringen lassen sollen, wenn er noch nicht im Besitz der Pläne war?

Da meldete sich wieder Tiras:

»Ich verstehe nicht, was Siborgia gewinnt, wenn er an dieses Modul gelangt. Wenn die Energie des Kontinuums hoch genug ist, hat er doch sowieso Macht über die Bewusstseine, oder? Wegen dieser Lambda-2-Geschichte, richtig?«

»Tiras hat recht«, sagte Alissa. »Es werden doch diese Konverter gebaut. Ich habe in der Bibliothek von Zenon-Konvertern gelesen. Die erzeugen doch noch viel mehr Energie!«

»Das ist alles richtig«, sagte Stella, »aber sobald das Energieniveau auf Lambda 1 zurücksinkt oder wenn derjenige, der ein zweites Bewusstsein von sich erzeugt hat, das Memoportal und das memoradiale Feld darum herum verlässt, fällt die erzeugte Persönlichkeit wieder zurück an ihren Besitzer. Es bleiben also Fluchtmöglichkeiten. Wenn Zenon Siborgia die Menschen der Nigrana versklaven will, dann hat er vielleicht nur einen einzigen Versuch. Misslingt der, entschlüpfen ihm die Bewusstseine. Es würde ein Aufstand drohen. Denn die zurückkehrenden Bewusstseine würden ihren Implement-Trägern ja mitteilen, was sie im Kontinuum erlebt haben. Sie würden mitteilen, dass es einen Herrscher des Kontinuums mit finsteren Plänen gibt. Zenon Siborgia würde riskieren, dass die Zitadelle gegen Posisco vorgeht. Seine Machtübernahme wäre vielleicht gescheitert. Ohne Amplifikations-Modul müsste Siborgia sich schon sehr gut absichern, bevor er den Griff nach der Macht wagt.«

Tiras ließ sich Stellas Worte durch den Kopf gehen. Die Welt von Implementen und Memoporting hatte ihn abgestoßen, solange er denken konnte. Dass sich sein Vater – sein leiblicher Vater – als Tyrann entpuppte, der die Welt mit Hilfe der Implemente erobern wollte, machte die Sache nur schlimmer. Aber eines verstand er, auch nach allen Erläuterungen, ganz und gar nicht.

»Gut«, sagte er, »so weit ist alles klar. Aber ich begreife noch immer nicht, weshalb ausgerechnet Zenon Siborgia solche Macht haben soll. Ich meine, das Kontinuum ist voller Bewusstseine. Weshalb ist seines mächtiger als das anderer? Weshalb kann *er* Einfluss nehmen auf andere? Weshalb kann *er* die Gedanken der anderen lesen, den Willen anderer brechen? Wie passt das alles zusammen?«

Stella seufzte. »Das war unser zweiter großer Fehler. Eine fatale Fehleinschätzung. Bendar und ich, wir haben viel zu lange geglaubt, die Gefahren der Konglomeration würden sich darauf beschränken, die Bewusstseine im Kontinuum einsehbar, also lesbar zu machen. Das allein wäre ja schon schlimm genug; denn natürlich wären diejenigen, die das Kontinuum mit ihren Relais-Stationen und Memoportalen kontrollieren, auch diejenigen, die mittels spezieller Sensoren die aufgeschlüsselten Bewusstseine lesen und steuern könnten. Posisco wäre natürlich der Nutznießer. Aber dass es ein Bewusstsein gibt, das über allen anderen steht ...«

Stella hielt inne und blätterte in den Notizen Quentin Durandos.

»... dieser Gedanke ist uns überhaupt nicht gekommen. Posisco ist weit weniger gefährlich als dieser Eine. Auch Posisco gehört zu seinem Machtbereich. Der Eine, der Meister des Kontinuums, der Schwarze Lord, wie er sich selbst nennt, trägt eines jener Implemente, auf die das Kontinuum geeicht ist.«

Geeicht – da war der Begriff wieder. Tiras hatte aber noch etwas anderes herausgehört:

»Soll das heißen ... Moment!«, rief er. »Willst du damit sagen, Zenon Siborgia ist auch ein Implement-Träger?«

»Aber ja«, sagte Stella, »alles, was mit dem Kontinuum zu tun hat, hat auch mit Implementen zu tun. Als Quentin Durando das Kontinuum schuf – es trägt ja nicht von ungefähr den Namen Durando-Kontinuum – musste er es eichen, einstellen, in seinen Grundbedingungen festlegen. Das Kontinuum ist und bleibt ja ein gigantischer Bewusstseinsraum. Der genaue wissenschaftliche Hintergrund ist zu kompliziert, um ihn kurz zu umreißen, aber es gibt Implemente, die dem

Kontinuum auf gewisse Weise die Form, die Struktur, das Wesen vermitteln. Durando hat all dies in seinen Aufzeichnungen notiert. Leider ist mir nicht ganz klar, wie diese Leit-Implemente funktionieren. Die Aufzeichnungen sind so was wie Arbeitsprotokolle zu verschiedenen Stadien der Forschungen. Durando beschreibt vieles, was dann aber vielleicht ganz anders umgesetzt wurde. Die Aufzeichnungen deuten zum Beispiel an, dass Durando mit seinem Partner Siborgia in Streit geriet über die Frage, wie die Rangordnung der Implemente gestaltet sein sollte, damit ein Missbrauch durch die leitenden Persönlichkeiten des Kontinuums ausgeschlossen blieb. Durandos ursprüngliche Pläne sahen vor, Implemente erster, zweiter, dritter und vierter Ordnung zu schaffen. Da das Kontinuum nur dann stabil sein kann, wenn es auf Leit-Implemente geeicht ist, kam aber das Problem der Hierarchie ins Spiel. Die Träger von Leit-Implementen haben immer Einblick in die Bewusstseine derer, die Implemente niederen Ranges tragen. Nur gleichrangige Träger können sich im Kontinuum nicht kontrollieren oder einsehen. Und wenn das Energieniveau des Kontinuums höher liegt als Lambda 1, haben die Träger von Leit-Implementen Befehlsgewalt über die Bewusstseine derer mit niederen Implementen.«

»Oder wenn dieses Amplifikations-Modul in Betrieb ist. Ich verstehe«, sagte Tiras. »Quentin Durando konnte es also nicht verhindern, dass zumindest die Leit-Implemente Macht verleihen. Also musste er versuchen, die Macht der Mächtigen zu kontrollieren, einzuschränken.«

»Quis custodiet ipsos custodes: Wer überwacht die Wächter? – Genau so ist es«, sagte Stella.

»Ja, aber was soll das mit den vier Rangstufen?«, fragte Alissa. »Das ergibt doch keinen Sinn. Ich verstehe nicht, wie Durando das gemeint haben könnte.«

Stella wiegte nachdenklich den Kopf. »Ich bin mir nicht sicher, inwieweit Quentin Durando das Konzept mit vier Hierarchie-Ebenen weiterverfolgt hat. Er ist viel zu früh gestorben. Er ging jedenfalls davon aus, dass der Träger eines Leit-Implements notfalls gestoppt oder ausgeschaltet werden musste. Sollte ein Mächtiger beginnen, seine Macht zu missbrauchen, musste ein anderer, gleichrangiger Träger gegen ihn aktiv werden können. Vielleicht vermochten es mehrere Träger eines Implements zweiter Ordnung, einen Träger erster Ordnung zu kontrollieren oder im Konfliktfall zu besiegen. In einem anderen Teil der Aufzeichnungen entwirft Durando ein Modell, das auf nur drei Leit-Implementen beruht. Drei Implemente erster Ordnung, sonst nichts. Die Träger dieser Implemente kontrollieren sich quasi gegenseitig. Zwei von ihnen müssen, wie Durando es nennt, dauerhaft in einem harmonischen Zustand sein. Die Grundschwingungen ihrer Persönlichkeiten müssen übereinstimmen, dann bestimmen sie die Ausprägung des Kontinuums. Bei diesem Modell war die Auswahl der geeigneten Träger besonders wichtig. Persönlichkeiten, die brutal nach Macht streben, können das Kontinuum missbrauchen, wenn sie gemeinsam auftreten.«

Tiras schüttelte den Kopf.

»Das ist doch viel zu riskant. Wen hat sich dieser Durando denn als Träger für seine Leit-Implemente ausgeguckt? Hat er dazu auch was geschrieben? Ich ahne ja, was kommt.«

Stella nickte. »Ja«, sagte sie, »er hat sich Gedanken gemacht. Er hat das Für und Wider einer solchen Lösung lange abgewogen. An einer Stelle, die ganz offensichtlich geschrieben wurde, bevor die Träger tatsächlich ausgewählt wurden, nennt er als Kandidaten sich selbst, da er natürlich um alle Risiken des Kontinuums und der Implemente am besten Bescheid weiß. Dann nennt er seine Frau Anuuna. Sie sei, sagt er, von ihrem Wesen her am besten geeignet, den Frieden im Kontinuum zu sichern.

Sie starb zusammen mit Quentin Durando bei der Brandkatastrophe, damals in der Villa Durandos.«

Alissa nickte nachdenklich.

»Und der dritte Träger war Zenon Siborgia«, sagte Tiras.

Stella machte ein finsteres Gesicht: »So ist es. Zenon Siborgia.«

Tiras stöhnte auf.

»Na fantastisch. Das spricht dafür, dass Durando genau dieses Modell gewählt hat. Wie konnte er auf die Idee kommen, meinem machtgierigen Erzeuger-Vater ein Leit-Implement zu geben?«

»Vielleicht war Zenon Siborgia damals ganz anders als heute«, sagte Alissa, als sie bemerkte, wie kalt Tiras von seinem Vater sprach und wie angestrengt er es vermied, emotionale Nähe zu diesem Mann zu zeigen. Alissa konnte es verstehen – und doch verstörte es sie. Sie dachte an Lando Dandihla und an die Zeit, als er und Bendar ein Herz und eine Seele gewesen waren. Bendar, Lando und Stella …

Tiras wischte Alissas Einwand beiseite. »Es stellt sich eine ganz andere Frage«, meinte er düster. »Wenn Zenon Siborgia einer der Implement-Träger ist, dann gibt es einen zweiten Träger, mit dem er harmoniert. Oder? So war das doch mit den Übereinstimmungen zwischen den Leit-Implementen. Wenn Siborgia seine Macht missbraucht, muss es mindestens einen zweiten Träger eines Leit-Implements geben, der bei seinen Verbrechen mitzieht.«

»Ja«, bestätigte Stella. »Zwei Träger-Bewusstseine müssen in Harmonie miteinander sein, dürfen sich nicht widersprechen. Dann ist das Kontinuum auf diese Harmonie geeicht. Aber ob das System wirklich so funktioniert, wie Durando es hier skizziert hat, kann ich nicht sagen. Zu vieles bleibt widersprüchlich. Quentin Durando hat zum Beispiel einige kryptische Notizen hinterlassen, in denen er andeutet, wie beim Ausfall eines Implement-Trägers erster Ordnung die Re-Harmonisierung mit einem anderen, normalen Implement-Träger gesichert werden kann. Ich befürchte, Siborgia ist es gelungen, den Sicherheitsmechanismus Durandos auszuschalten. Vermutlich trugen er, Quentin und Anuuna Durando Leit-Implemente. Nach dem Tod der Durandos – woran Zenon Siborgia zweifellos die Schuld trägt – hatte er viele Jahre Zeit, die Technik seines genialen Partners zu manipulieren für seine eigenen, finsteren Zwecke. Denn wenn ich an die weiteren Notizen Durandos denke, befürchte ich, Siborgia ist es tatsächlich gelungen, das Mittel der totalen Kontrolle über das Kontinuum zu finden …«

Der Ton, den Stella in diesem letzten Satz anschlug, alarmierte Alissa und Tiras. Stella schien an einem Punkt angekommen, an dem es ihr zunehmend schwerer fiel, über die nächtliche Lektüre zu sprechen. Müde sah sie aus. Ein Zucken im Mundwinkel zeugte von der Anspannung, unter der sie stand. Mit schleppender Stimme fuhr sie fort:

»Quentin Durando hat in diesem schwarzen Buch ein bisher völlig unbekanntes Energielevel berechnet. Er nennt es Lambda 4. Das Energieniveau Lambda 4 zu erzeugen, so vermute ich, ist die Hauptaufgabe der großen Konverteranlagen auf dem Ardenfels und den alten Wachtürmen der Nigrana. Lambda 4 bedeutet in den Worten Durandos *Fusionale Energie*. Auf der Ebene dieser fusionalen Energie vermag der Herrscher des Kontinuums, Zenon Siborgia, alle Bewusstseine, alle Transpersonalisationen in ein einziges, gigantisches, die Mächte und Kräfte des Kontinuums und der enthaltenen Bewusstseine bündelndes Wesen zu zwingen. Ein riesenhaftes Wesen. Sein eigenes Wesen. Er ist in der Lage, die Bewusstseine unter seinem Kommando in eine neue Inkarnation zu pressen – eine übermächtige Gestalt nach seinem Willen. Wir werden gegen ein Ungeheuer kämpfen müssen, wenn es ihm tatsächlich gelingen sollte, diesen Zustand zu erreichen.«

»Tiamandras!«, stieß Tiras plötzlich aus. »Der Fluch des Schwarzen Landes!«

Und Alissa dachte an den Drachen über dem Sumpfland. Der Schwarze Lord hatte also tatsächlich begonnen, nach der Allmacht zu greifen.

DIE WASSERFÄLLE VON NICOBRA

Es war fast Mittag geworden, als sie aufbrachen. Sie verabschiedeten sich von den Berbern, von Marina, die sich sichtlich erholt hatte, und von Professor Laskoff. Besonders herzlich verabschiedeten sie sich von Baba Faah, der seinen Sohn Gil Pandra lange und innig umarmte. Auch Tiras, Alissa und Stella van Vesperen drückte er an sich und wünschte ihnen Glück und Erfolg. Und zum Schluss standen sich Baba Faah und Danias Bargu gegenüber. »Liondra Danias«, sagte Baba. »Liondra Danias da scinta da coradur saviandor.« Dann legte er Danias Bargu die Hände auf die Schultern, und sie sahen sich fest in die Augen, und alle wussten, dass Baba Faah die Pläne der Rebellen unterstützte.

Mit diesem Segen zogen sie los.

Bepackt mit Rucksäcken voller Sprengstoff und mit Proviant für mehrere Tage stiegen sie hinab zum *platea da karta*, wo sie an einem frischen weißen Grab Abschied nahmen vom Grafen. Zu dieser Mittagsstunde waren sie nicht allein im alten Kartas. Andere Berber bestatteten ihre Toten. Tote aus der Stadt, die nach und nach, unter schwierigsten Bedingungen, hergebracht wurden, gerettet vor den Wächtern und den Leichenfledderern der Implement-Klinik.

Schließlich verließen sie Kartas, wie sie gekommen waren: durch einen der Tunnel tief unter den Sümpfen. Gegen Abend erreichten sie einen Tunnelausgang im Norden der Ebene, versteckt in schwer zugänglichem Gelände unweit des Teufergrats. Gil Pandra schätzte, dass sie etwa zwanzig Kilometer zurückgelegt hatten. Der Zugang zum Tunnel lag in einer von Büschen und Schilfinseln geschützten Senke zwischen kleineren Sumpfseen, die sich am Gebirgsrand wie eine unregelmäßige Perlenkette erstreckten. Über Dutzende von Kilometern waren die Sümpfe hier besonders tückisch. Der Rand des Teufergrats, diese himmelhohe Steilwand, hatte sich im Laufe von Jahrhunderttausenden geneigt. Die weichen Erd- und Lehmschichten vor dem harten Fels waren in die Tiefe gedrückt worden und der Fels staute das Sumpfwasser. Die monumentale schwarze Wand begrenzte das Sumpfland wie eine gigantische Mauer, die eines fernen Tages in die Ebene stürzen würde. Wenn man unmittelbar vor dem Teufergrat stand und in die Höhe blickte, lehnte sich der Fels mit massiver Gewalt, schwarz und rissig, über den Betrachter, als wollte er ihn verschlucken, vernichten.

Jetzt, als die Sonne unterging und die Schatten der Nigrana ihre Spiele begannen, war das Gebirge ein überwirklich nahes, diffus strahlendes Dunkel. Wie schon die vergangenen Tage war auch dieser warm und trocken gewesen. Das schwarze Felsmassiv saugte das Sonnenlicht tagsüber auf und gab es in den Dämmerstunden wieder ab. An manchen Abenden leuchtete der schwarze Fels so intensiv, als wollte er die Sage vom schlafenden Drachen Tiamandras Wirklichkeit werden lassen. Atemberaubend groß und lebendig lag der Bergrücken dann da.

Es war in diesen späten Stunden, als Gil Pandra und Danias Bargu den Ausstieg sicherten, während die Gruppe den Schacht verließ. Sie marschierten ein Stück weiter, Richtung Norden, auf den Gebirgshang zu. Für die Nacht richteten sie sich in einem geschützten Keil zwischen meterhohen Schotterausläufern des Teufergrats ein. Früh am nächsten Morgen, noch vor Sonnenaufgang, wollten sie weiterziehen Richtung Osten, zum Fuß der Wasserfälle von Nicobra.

Die Nacht war ein einziger Albtraum. Sie verzichteten auf ein Lagerfeuer. Wilde Tiere, die ein Feuer fürchteten, waren keine Gefahr.

Menschen würde ein Feuer anlocken. Und wie sollten sie sich bei einem nächtlichen Überfall schützen? Sie hatten zwar Sprengstoff dabei, doch als Waffe im Kampf Mann gegen Mann war der nicht zu gebrauchen. Die Messer, die Danias Bargu und Gil Pandra trugen, würden ihnen allenfalls gegen einzelne Angreifer helfen. Auf Schusswaffen, die den Berbern durchaus zur Verfügung standen, hatten sie verzichtet. Sie hatten Wichtigeres im Gepäck, und wenn es zu Schießereien kam, war die Sache so oder so verloren. Sie mussten sich auf ihre größten Stärken verlassen: auf ihr Wissen als Waldläufer und ihre Vorsicht.

Und auf das Glück.

Gil Pandra und Danias Bargu wachten abwechselnd über die Gruppe. Tiras wurde von furchtbaren Träumen heimgesucht. Er sah das Schwarze Heer, den Schwarzen Lord und die geheimnisvolle schwarze Katze – die immer wieder durch seine Visionen schlich, wie ein unfassbarer Geist.

Alissa ging es kaum besser. Stella befürchtete, die Nachrichten vom Tod des Grafen und vom Mord an Bendar waren einfach zu viel gewesen für die zwei. Stella lauschte hinaus in die Nacht. Dann und wann meldete sich Tiras, schrie auf und alarmierte den Wachenden. Alissa und er hielten sich eng umschlungen, und Stella fand den Gedanken tröstlich, in all der Finsternis, die sie umgab, nah bei diesen Unschuldigen zu sein.

Unschuldige …

Ein Wort, das es gar nicht gab in der Nigrana.

Die hohe Gebirgswand im Rücken ihres Lagerplatzes bot Schutz. In der Nacht wirkte sie jedoch wie ein die Geräusche und Gedanken verstärkender Reflektor. Seltsame Laute schwebten über die Ebenen des Schwarzen Landes herbei. Manchmal klang es wie das schwere Rollen von Zügen. Manchmal schienen die Lüfte ein lang gezogenes, düsteres Heulen anzustimmen.

Einige Zeit nach Mitternacht wurde Tiras immer unruhiger. Alissa war aufgewacht und beobachtete ihn mit flatterndem Herzen. Tief im Süden glaubte sie Gewitter zu sehen. Dann grollten die Ebenen. Dann wieder leuchtete es unheimlich. In der Ferne zuckten Glutfarben auf, so schnell, dass der Hintergrund diffuser rötlicher Wolkenbilder wie von Blitzkaskaden erhellt zu tanzen schien.

Blut und Feuer, dachte Alissa. Es sind immer Blut und Feuer.

Gegen vier Uhr früh, als sie vielleicht zwei oder drei Stunden Schlaf gefunden hatten, bereitete Danias Bargu ein karges Frühstück aus dem Proviant, den sie mitgenommen hatten. Nach einer schnellen Mahlzeit zogen sie weiter.

Als die Sonne aufging, war der Anblick der aufflammenden Botenstromschneisen hoch über dem fernen Metronas ein verstörender Moment. Bis Metronas mussten es Dutzende von Kilometer sein. Die Schneisen waren kaum mehr als ferne Schemen. Es widersprach vollkommen dem Bild, das Alissa gesehen hatte, als sie in der Weißen Taube, hoch über dem Sumpfland plötzlich inmitten gigantischer glühender Himmelswülste dahingeflogen war. Sie erkannte jetzt, dass das Aufleuchten der Botenstromschneisen in jener Nacht ein untrügliches Zeichen für die Vergrößerung des Kontinuums gewesen war. Als der Drache sich erhoben hatte und das Flugzeug wie ein lästiges Insekt zu verscheuchen drohte, war die Konverteranlage auf dem Ardenfels in Betrieb gewesen. Und vermutlich auch die Anlagen auf den alten Wehrtürmen: dem Torre Dalagan, dem Turm von Silurgo und dem Turm von Cabalusa.

Das war die einzige Erklärung.

Die Eroberung des Schwarzen Landes schritt unaufhaltsam voran.

Die Wasserfälle lagen noch ein gutes Stück entfernt. Manchmal glaubte Alissa, ein dumpfes Rauschen zu hören. Von Osten her. Dann war es wieder still und nur die im Felshang kreisenden Winde flüsterten. Die Geräusche waren trügerisch an diesem Morgen.

Die Quellen des Aldion lagen weit jenseits des Hochlands von Arden, das er durchfloss. Zwar war der Teneber der längere der beiden Ströme, aber dort, wo der Aldion in den Teneber mündete, viele Kilometer nordwestlich von Metronas, führten sie annähernd gleich viel

Wasser, zumal in den regenreichen Monaten. Vom Punkt der Vereinigung an war der Teneber ein mächtiger Strom, der das Sumpfland mit seinen Überschwemmungen schuf und prägte.

Der Wasserreichtum des Aldion sorgte dafür, dass die Fälle von Nicobra das ganze Jahr über einen imposanten Anblick boten. Diese Wasserfälle waren im Grunde ein einziger breiter, wie ein Hufeisen geformter Fall. Da aber zahlreiche Felsnasen aus den abstürzenden Fluten ragten, erschien er wie ein Verbund mehrerer Kaskaden.

Die Kräfte des Wassers hatten die Fälle im Laufe der Zeit Stück für Stück in die Felswand zurückwandern lassen. Der Strom hatte sich in den harten Fels gefräst und eine trichterförmige Schlucht gebildet, aus der beständig gigantische Gischtwolken quollen. Das die Sonnenhitze aufsaugende Gestein und die Form der Schlucht förderten die Gischtbildung noch zusätzlich. Am Grund der Schlucht kam der wirbelnde Aldion nach dem Sturz aus fast fünfhundert Metern Höhe nur langsam wieder zur Ruhe und schäumte hinaus in die Ebene des Sumpflands. Der Trichter des Einschnitts war am Ende der Schlucht mehrere Kilometer breit und verengte sich zu den Fällen hin bis auf wenige hundert Meter.

Der Ardenfels mit der Burgruine darauf lag am Rand des Hochlands auf der östlichen Seite des Flusses, unweit der Absturzkante. Es gab in der Nigrana die Sage, dass der Erbauer der Burg verflucht war und eines Tages wahnsinnig wurde, weil er das beständige Tosen der Wasserfälle nicht ertrug.

Als die Gruppe in der Mittagszeit rastete, schon deutlich in Hörweite der Fälle, machte sich Tiras Gedanken über den Aufstieg. Sie hatten sich auf die Berber verlassen. Jetzt aber bedrängte ihn etwas:

»Wie wollen wir das Hochland erreichen?«, fragte er. »Gibt es eine Route durch die Felsklüfte? Wie sollen wir hinaufgelangen, ohne dass man uns entdeckt? Sie werden die Burganlagen bewachen.«

»Es gibt mehrere Wege«, antwortete Danias Bargu. »Die bekannten sind alte Handelsrouten, enge Gebirgspfade mit steilen Felstreppen. Kaum ein Lasttier konnte sie überwinden: Aufstiege für Männer mit Tragen auf dem Rücken. Männer, die ihre Wege *Stiege des Todes* nannten. Und es gibt versteckte Routen, die Berber in den vergangenen Jahrhunderten angelegt haben. Die meisten sind zerstört worden in den Zeiten der Verfolgungen. Viele sind in Vergessenheit geraten.«

»Können wir keinen anderen Weg nehmen als einen der gefährlichen Klettersteige, die so nah an den Wasserfällen liegen?«, fragte Stella nervös. Das Rumoren des Aldion zerrte an ihren Nerven. Doch sie ahnte die Antwort bereits. Der Aufstieg ins Hochland hatte nichts von seiner Abenteuerlichkeit verloren. Vor allem der westliche Teil des Hochlands war wirtschaftlich nicht wichtig genug, um Metronas zu bewegen, einen Verkehrsweg in die Felsen zu sprengen. Die Welt von Arden lag herausgehoben aus den angrenzenden Ländern. Die Menschen dort lebten abgeschieden von der Nigrana und den alten Bergbauregionen von Zittkau und Bagun oder den fruchtbaren Weidelanden von Dunaar im Norden und Nordwesten. Das Hochland war eine Welt mit eigenen Gesetzen.

»Innerhalb der Schlucht von Nicobra befinden sich die meisten Aufstiege, die vom Sumpfland aus hinaufführen«, sagte Gil Pandra. »Die Felsstürze, die das Wasser im Lauf der Jahrtausende ausgelöst hat, haben der Bergwand zum Teil künstliche Treppen eingefügt – über Schuttkegel, Abbruchkanten und Rissen im Fels.«

»Da ist noch ein anderer Weg. Mehrere Wege, um genau zu sein. Tiefe Einschnitte im Fels. Spalten, bis hinunter zur Ebene. Westlich der Schlucht«, fügte Danias Bargu hinzu. In einem Ton, der Alissa ahnen ließ, wie unsicher auch die besten Fährtensucher der Berber waren angesichts der unbekannten Gefahren, die von der Ardenburg ausgingen.

»Der schwarze, aus den Tiefen der Erde stammende Fels des Hochlands ist hart«, sagte er. »Er enthält aber weichere Schichten. Bänder, die zum Teil senkrecht verlaufen. Ausläufer der Kohleflöze aus der Gegend um Zittkau, oben im Hochland, einige Dutzend Kilometer vor dem Wasserfall. Dort zweigen Bachläufe aus dem Aldion ab. Sie haben einen eigenen Weg in die Tiefe gefunden durch die weichen Schichten in der Nähe des Flussplateaus. Dort haben sie die Kammklammen geschaffen: enge Spalten, die nur wenige hundert Meter voneinander getrennt, unweit der Wasserfälle liegen. Auch dort könnten wir hochsteigen. Die Klammwege sind allerdings ziemlich lang. Sie würden uns weit abseits des Ardenfels ins Hochland bringen. Es gibt Abkürzungen, die Steilwände hinauf. Zum Teil noch gangbar. Aber kaum jemand hat diese Wege benutzt in der letzten Zeit.«

Gil Pandra schüttelte missmutig den Kopf.

»Die Klammen sind ein viel zu großes Risiko. Du weißt, Danias, dass ihre Ausgänge leichter zu überwachen sind als die Steigen der Schlucht. Und die Abkürzungen, die Steigen in den Klammen kommen nicht infrage. Das wäre Selbstmord.«

Danias Bargu sah zu Boden und bewegte scheinbar gedankenverloren die Stücke eines trockenen Zweigs, den er zerbrochen hatte und nun wie eine Strichliste vor sich ordnete.

»Wenn sie die Klammen im Visier haben, wird es schwierig werden«, entgegnete er. »Aber die Schlucht und der Aufstieg an den Fällen sind in diesen Monaten mindestens ebenso riskant. Denk an den Wasserstand und die Gischtwand.«

Gil Pandra nickte. »Der Aldion führt Hochwasser. Wir müssen abwägen«, erwiderte er – und sie debattierten hin und her, als gäbe es bei diesem Thema kein Ende.

Stella und Alissa lauschten den wechselnden Argumenten mit wachsendem Unbehagen. Tiras hingegen horchte in die Weite und wirkte so konzentriert, als empfange er Signale aus den Bergen.

Nach einer Weile sagte er, wie zu sich selbst:

»Sie überwachen die Anlagen und sie halten die Ausgänge der Klammen im Hochland besetzt. Aber sie vertrauen auf die undurchdringliche Wolkenwand in der Schlucht.«

Gil Pandra und Danias Bargu hörten es, sahen auf und betrachteten Tiras argwöhnisch.

»Du könntest recht haben. Aber woher willst du das wissen?«

Tiras antwortete nicht gleich. Alissa erkannte darin eine Resignation, die seinen Worten und Gesten auf paradoxe Weise Kraft und Glaubwürdigkeit verlieh.

»Eine Ahnung«, sagte er. »Die Träume ... Die Bilder der letzten Nacht ... Manchmal denke ich, ich reise in der Nacht zu fernen Orten und belausche Gespräche am anderen Ende der Welt.«

»Das Kontinuum«, entfuhr es Alissa. Sie erinnerte sich an die Himmelserscheinungen, die Lichter in der Nacht. Das Grollen der Ebenen. In diesem Moment ahnte sie, dass sie in der Nacht den Drachen gespürt hatte. Und nicht nur sie ...

Tiras lächelte müde.

»Ja, das Kontinuum. Aber ich verstehe es nicht. Die Nähe des Kontinuums ist manchmal wie ein Feuer, in dem ich verbrenne. Und manchmal gibt diese Nähe Antworten. Ich verstehe es einfach nicht.«

»Danias Bargu blickte zu Gil Pandra. Der sah nachdenklich zur Schlucht:

»Es ist möglicherweise eine Chance. Die Wächter der Anlagen werden die Fälle für sicher halten. Der Aldion führt seit Wochen Hochwasser. Der Wolkendunst um die Wasserwand ist in diesen Tagen vermutlich dichter als der dichteste Nebel, und die Fälle sind mörderisch. Wer sollte es also wagen, diesen lebensgefährlichen Aufstieg zu wählen? Die Wächter werden die Klammausgänge im Auge behalten. Aber nicht die Fälle.«

Und Tiras wird den Aufstieg im Nebel lieben, dachte Alissa fröstelnd.

Sie entschieden sich also, den Weg zur Schlucht fortzusetzen. Doch als sie am späten Nachmittag in der Ferne den bewaldeten Ufersaum des Aldion erblickten und Gil Pandra ein Stück vorausging, um die Lage zu erkunden, sahen sie sich plötzlich mit einem unerwarteten Problem konfrontiert:

»Sie haben den Eingang zur Schlucht abgesperrt. Da drüben sind Wachstationen, wie an einem gesicherten Grenzübergang!«, fluchte

Gil Pandra, als er wieder zu den anderen stieß, die im Schutz eines Bruchwaldes gewartet hatten.

Danias Bargu legte die Stirn in Falten. »Diese Anlagen können kaum älter sein als eine Woche«, sagte er düster, »sonst hätten uns Berichte darüber erreicht. Sie haben Großes vor, dort oben. Und sie schreiten zügig voran.«

Gil Pandra setzte sich und schilderte die Lage:

»Sie haben vom Eingang der Schlucht bis zum Ufer des Aldion und auf der gegenüberliegenden Seite Stacheldraht gezogen. Mehrere Meter hoch. Befestigt an Betonpfosten. Es sieht aus wie der Zaun um ein Gefangenenlager. Posten patrouillieren in engen Abständen. Da ist kein Durchkommen. Und vermutlich steht der Zaun unter Strom.«

»Und wenn wir in der Dunkelheit versuchen, über den Fluss in die Schlucht zu gelangen?«, fragte Stella, der ihr eigener Gedanke allerdings ganz und gar nicht behagte. »Obwohl«, korrigierte sie sich, »wenn der Sprengstoff nass wird …«

Danias Bargu winkte ab:

»Der Sprengstoff ist wasserunempfindlich. Selbst wenn wir tauchen, nimmt er keinen Schaden. Aber wenn sie den Fluss nachts mit Scheinwerfern bestreichen, sind wir verloren. Sobald sie uns entdecken, werden sie feuern. Gnadenlos. Wir werden kaum flüchten können im Wasser.«

»Die Strömung des Aldion ist ohnehin viel zu stark unterhalb der Fälle«, meinte Gil Pandra und beendete diese Diskussion. »Über den Fluss werden wir es nicht schaffen. Es muss eine andere Lösung geben.«

»Dann bleiben nur die Kammklammen.«

Gil Pandra erhob sich und schüttelte den Kopf:

»Danias, diese Schluchten sind eine Falle! Sie …«

»Es gibt vielleicht einen Weg«, fiel ihm Danias Bargu ins Wort. »Und es ist ein Weg zu den Fällen. Erinnerst du dich nicht? Vor Jahren haben Berber einen Stollen angelegt, der die innere Klamm mit der

Schlucht verbindet. Bevor der Ardenfels zu unsicher wurde, planten wir hier einen weiteren Tunnelschacht, den wir allerdings besonders gut tarnen mussten.«

»Ein Tunnelschacht, hier?«, wunderte sich Alissa.

»Der Tunnel ist nie gebaut worden. Der Stollen sollte ein Teil der Außenanlagen werden. Um den Eingang zu verbergen.«

»Und was ist, wenn sie den Stollen entdeckt und gesprengt haben?«

Danias zuckte mit den Schultern. »Es ist unsere einzige Möglichkeit«, sagte er und fügte hinzu: »Die Berber tarnen ihre Bauten perfekt. Vielleicht haben wir Glück und die Wächter der Burg halten uns für genauso dumm und rückständig wie die Herren von Metronas.«

»Der Stollen zur Schlucht«, sagte Gil Pandra nachdenklich. »Ich habe gedacht, sie hätten die Arbeiten damals noch vor dem Durchstich abgebrochen.«

»Nein«, sagte Danias Bargu. »Der Durchstich ist erfolgt – erst danach wurden die Arbeiten abgebrochen. Ich weiß nicht, wo sich der Eingang befindet. Aber wir sollten versuchen, ihn zu finden.«

Gil Pandra blieb skeptisch. Doch er sah keine Alternative zu Danias Bargus Vorschlag. Also machten sie sich auf zum Teufergrat.

Die innere Spalte der Kammklammen lag ein gutes Stück vom Gebirgsaustritt des Aldion entfernt. Von Weitem waren die Spalten in der Felswand je nach Lichteinfall entweder kaum zu erkennen oder sie wirkten wie dunkle Risse, wie schwarze Blitze im Gefüge der Wand. Es gab zwar Wege durch die einzelnen Spaltentäler, aber die waren auch in ruhigeren Zeiten nur selten benutzt worden. Die verwinkelten Aufstiege erhoben sich fast senkrecht, und häufig gingen dort Steinschläge nieder. Manchmal löste sich aus den oberen Abschnitten ein Felsblock und riss wegen der Enge der Spalte beim Absturz links und rechts ganze Schwünge von Schutt nieder. Wer dann zufällig in der Klamm unterwegs war, wurde darunter begraben. In der Sprache des Hochlandes hießen die Klammen auch *Die fünf Menschenfresser*.

Die Gruppe folgte dem Bachlauf, der die Spalte der inneren Klamm geschaffen hatte. Gil Pandra und Danias Bargu ließen äußerste Vorsicht walten, denn die Umzäunung am Fuß der Aldion-Schlucht lag nah an ihrem Weg.

Tatsächlich mussten sie mehrfach in Deckung gehen, weil sie auf bewaffnete Patrouillen stießen. Schwarze Wächter waren es, ausgerüstet wie Soldaten. Gegen die Waffen dieser Wächter waren sie machtlos.

Danias Bargu hatte im Bruchwald nah der Schlucht vermutet, dass der verborgene Stollen ein gutes Stück oberhalb des Eingangs zur Klamm begann. Jetzt wirkte er nervös, ein Anblick, der Alissa verstörte – mehr noch als sein schmales, von Schatten und Furchen gezeichnetes Gesicht. Seit sie aufgebrochen waren, hatte sie gerätselt, welches Geheimnis sich hinter diesem Gesicht verbarg. Sie hatte den Eindruck, dass die Verfolgungen der Stadt Metronas ihn mehr noch geprägt und abgehärtet hatten als Gil Pandra.

Tiras wurde von der schwarzen Spalte der Klamm geradezu magisch angezogen. Er hatte sich an die Spitze des Trupps gesetzt und bewegte sich mit der Sicherheit einer Katze von Deckung zu Deckung auf den Felsrand zu. Alissa wusste, dass er die Dunkelheit suchte.

Stella unterhielt sich leise mit Gil Pandra. Sie befürchtete, dass die Abenddunkelheit sie mitten in der Klamm überraschen würde. Der lange Schatten der Felswand war längst über sie gefallen, und bald würde die Dämmerung beginnen.

»Wir werden in der Klamm übernachten müssen«, sagte Gil Pandra. »Tiras zumindest macht es nichts aus.«

Stella zwang sich zu einem Lächeln.

»Wenn wir den Stollen bis zur Dunkelheit gefunden haben, werden wir immerhin geschützt sein.«

Gil Pandra hob den Blick zu der Stelle, wo die Felskante in tief leuchtende Bläue überging. Er hatte das Gefühl, dass der Berg in Bewegung geriet. Ein Schwindelgefühl erfasste ihn, verwischte die schwarzen Punkte der Vögel, die hoch am Fels kreisten. Es gab in der Nigrana keine größere Macht als die stummen schwarzen Felsen, dachte er. Dann schloss er die Augen und sagte:

»Der Stollen wird sicherer sein als ein Lager außerhalb der Felsen. Wir sollten es wagen.«

So betraten sie die Klamm. Der Bach führte reichlich Wasser und rauschte mit mächtigem weißem Schwall aus dem Gebirge. Es war nicht einfach, neben den Wildwassersprüngen einen trockenen Weg zu finden. Würden sie diesem Weg bis zum Hochland folgen, hätten sie noch zwei Tagesreisen vor sich. Doch sie setzten alle Hoffnung auf den Stollengang.

Sie hatten die Dunkelheit unterschätzt. Schon nach wenigen Metern war außer drohenden Schemen und Schattenschwärze kaum noch etwas zu erkennen. Als sie sich einem Felsblock näherten, der aus der Wand gebrochen ins Bachbett gerollt war, nahm das Dunkel Nachttiefe an. Die Wasser gurgelten wie ein hungriger Schlund. Alissa rutschte auf einem der glatten, rundpolierten Steine aus und stürzte in die kalte Nässe. Stella griff instinktiv nach ihrem Arm, riss sie hoch, und Alissa tauchte wieder auf. Das Tosen des Wassers und das Rasen ihres Herzens waren eins.

Kein Wort, kein Schrei kam über ihre Lippen. Felsen und Schwärze und das Lärmen des Wassers ließen keinen Platz für Worte. Die Strudel, die sich unter dem Felsblock durchgearbeitet hatten und vor dem Fels wie erzürnt über das Hindernis umeinanderwirbelten, hatten einen tiefen Kolk gebildet. Jenseits des Kolks beschleunigten sie wieder. Das Wasser schien die schwarzen Felsen ebenso schnell verlassen zu wollen wie Alissa.

Tiras war im Dunkel verschwunden. Gil Pandra und Danias Bargu hielten den Kontakt zwischen ihm und Stella und Alissa am Ende der nun weit auseinandergezogenen Gruppe. Wenn Tiras zu weit nach vorn stieß, gab Danias Bargu ihm ein Signal. Aber die Berber wussten, dass Tiras derjenige von ihnen sein würde, der den Stollenzugang fand.

Er spürte den Weg voraus, die Geheimnisse des Weges, mögliche

Abzweigungen, versteckte Zugänge zu einem Stollen. Er kam langsamer voran, als er gewollt hätte. Die anderen, Alissa und Stella zumal, hatten dennoch Mühe, mit ihm Schritt zu halten. Tiras horchte sich die Felsen hinauf, las in den widerhallenden Klängen des Sturzbaches, klopfte das Gestein ab. Längst war es so dunkel geworden, dass die Berber den Stollenmund nicht mehr hätten sehen können. Nicht vor dem nächsten Morgen.

Die Düsternis offenbarte die Geheimnisse der Klamm. Auf bizarre Art tauchten aus der im Dämmer versinkenden Spalte jene Relikte auf, die den Kammklammen ihren zweiten Namen gegeben hatten. Sie stießen auf Knochenreste, auf Gerippe, Schädel und Teile von Schädeln, auf zerbrochene Schenkelknochen, zerstoßene Fingerknochen – Knochen, deren bleiches Weiß aus dem Dunkel heraustrat. Ein Schauer lief Alissa über den Rücken, als sie die ersten Knochen, ein fast noch intaktes Skelett, am Rand eines Felsblocks entdeckte. Und dann tauchten weitere Gerippe auf, als hätten sich Alissas Augen nur an das Dunkel gewöhnen und lernen müssen, die bleich leuchtenden Wegmarken des Todes zu sehen. Ihr kam der Gedanke, es habe vor vielen Jahren eine Schlacht in der Klamm gegeben, deren Tote nie geborgen worden waren.

Und dann fand Tiras den Einstieg, und Alissa atmete auf.

Die Öffnung lag an einer Stelle, wo der Bachlauf ein Stück weit ruhig dahinplätscherte, aufgestaut an einem Steinwall, der sich um einen Felsblock angesammelt hatte. Dort hatten die Berber unterhalb der Wasserlinie einen halbmeterbreiten Durchschlupf angelegt, mit einem nach oben steigenden Gang zum Stollen hin. Sie mussten also in die Öffnung hineintauchen, bevor sie ihren Weg durchs Gebirge antreten konnten, was selbst Tiras nicht besonders angenehm fand. Aber die Aussicht, weitere Stunden zwischen Knochen und Totenschädeln zu verbringen, gefiel ihnen noch weniger.

Die Nacht hatte begonnen, und sie bereiteten ihr Lager im Stollen, mitten im Gebirge. Ein kaum spürbarer, warmer Windzug brachte Luft von irgendwo aus den Rissen des Felsmassivs herbei. Alissa und

Stella brauchten lange, bis ihnen das Atmen leichter fiel: das Atmen, mit dem sie ein Gebirge heben mussten. Gil Pandra und Danias Bargu waren abgetaucht in völliges Schweigen, und es schien ewig zu dauern, bis Alissa auch ihre Gedanken von der Last des Massivs und von den Toten, die darin ruhten, befreit hatte.

Plötzlich erschrak sie. Tiras berührte ihre Hand. Sie bemerkte die furchtbare Anspannung, unter der sie stand. Sie war so sehr für sich gewesen in den vergangenen Stunden. Trotz ihrer Nähe hatte sich zwischen ihnen eine gewaltige Distanz aufgetan.

Seine Berührung traf sie wie ein Schlag, und dann schien alles, was sie belastete, von ihm aufgenommen zu werden. Dann waren sie wieder vereint …

Sie dachte an den Moment, als sie in der Schleuse vor Kartas gestanden hatten.

»Wie spürst du das Dunkel?«, fragte sie nach einer Weile, und ihre Frage umschloss einen Raum nur für sie beide.

»Dunkelheit gibt es nur, wenn du allein bist«, sagte er. Und sie hielten sich fest, schmiegten sich aneinander, um die Dunkelheit des Berges auszulöschen.

»Tiras?«

Alissas Flüstern und seine Antwort gerieten viel zu laut.

»Ist es schon Morgen?«

»Wir brechen auf«, sagte Gil Pandra mit fester Stimme. »Die Sonne wird bald aufgehen!«

Sie wollte fragen, wie Gil Pandra wissen konnte, dass es früher Morgen war, aber es wäre eine naive Frage gewesen. Die Berber hatten gelernt, mit dem Dunkel zu leben. Sie aber wollte so schnell wie möglich raus aus dieser Dunkelheit und keinesfalls zurück zu den Toten.

Es gab nur den Weg voran – und der war ungewiss.

Für den Weg durch den Stollen benötigten sie mehrere Stunden. Sie konnten sich allenfalls gebückt oder kriechend fortbewegen, weil das Hangende an manchen Stellen bis auf einen halben Meter über den Boden herunterreichte. Mehr als ein Durchstich war der Stollen nie gewesen.

Alissa fiel auf, dass es immer leicht bergauf ging.

Wieder führte Tiras der Gruppe an – schweigend, eins mit der Dunkelheit. Hinter ihm folgte Danias Bargu, dann Alissa, Stella, am Schluss Gil Pandra.

Je tiefer sie in den Berg eindrangen, desto unruhiger wurde Alissa. Und irgendwann wusste sie den Grund für diese Unruhe.

Sie hörte ein fernes, gleichförmiges Geräusch.

Maschinen?

Ein Summen, wie aus einer anderen Welt.

Sie alle hielten inne und horchten.

Das Summen aus einem weit entfernten Maschinenraum?

Wohin führte der Stollen?

Hatte Tiras keine Erklärung für das Geräusch? Tiras, der in dieser Dunkelheit doch sehen konnte? Oder Gil Pandra und Danias Bargu?

Alissa sprach ihre Fragen nicht aus. Sie lauschte und rätselte – und dann verkündete Tiras, sie seien angekommen.

Der Ausgang des Stollens war auf dieselbe Weise gesichert wie der Eingang. Tiras gelangte nach einigen Metern stark abfallenden Geländes an ein Wasserloch. Danias Bargu stieg hinein und tauchte ab, und sie warteten, bis er zurückkehrte.

Es dauerte nur wenige Minuten.

»Alles in Ordnung«, sagte er. »Auf der anderen Seite liegt der sicherste Ausgang der Welt.« Und zum ersten Mal seit Tagen lachte er.

VOR DER ENTHÜLLUNG

Am 14. September des 21. Jahres der Statthalterschaft Zanja Patrias' erwachte die Columbahöhe bereits eine Stunde vor Sonnenaufgang. In den kommenden Tagen sollte sich das Leben der Stadt Metronas zum großen Teil hier oben abspielen, auf jenem Plateau am östlichen Ende des Teufergrats, wo seit neunundneunzig Jahren und dreihundertvierundsechzig Tagen das Monument zur Ehre der Arbeit in der Nigrana wachte.

Die Columbastatue trug nun schon seit Wochen ihre dichte silberweiße Tuchumhüllung, die das geheimnisvolle Wesen der riesigen Figur noch in der Nacht bleich illuminierte – wie von innen beseelt, aber von merkwürdiger Kälte.

Die Verhüller hatten ihre Arbeit getan. Die neue Statue sollte die Verwandlung des Schwarzen Landes versinnbildlichen. Die Statue wurde zur Königinnengestalt der memotechnischen Zukunft. Niemand wusste, wie sie bei der Enthüllung aussehen würde. Die Erwartungen aber waren groß.

Schon um diese frühe Stunde wirkte das Festgelände im diffusen Dunkel seltsam lebendig. Seit zwei Tagen waren mehr und mehr Menschen herbeigeströmt, waren von den zahlreichen Wächtern hierhin, dorthin gewiesen worden, um unter freiem Himmel zu übernachten und auf den Beginn des Festprogramms zu warten. Sie alle, ganz gleich ob jung oder alt, trugen die Uniformen der Verhüller.

Das Plateau war über und über gefüllt mit Menschen, die sich den Schlaf aus den Augen rieben und sich umsahen. Musik ertönte. Schwebende, sphärische Klänge wie aus den Tiefen des Alls. Mit der Dämmerung hatte es begonnen.

Die Zeltstadt, in der die Verhüller während der Arbeiten gelebt hatten, reichte für die Massen aus Metronas und den umliegenden Städten Zarena, Bagun und Zittkau bei Weitem nicht aus. Einzig die Zufahrt zur Statue – der rondellartig verbreiterte Vorplatz mit der Haupttribüne am Fuß der Statue und den lang gestreckten Zuschauerrängen – war frei geblieben. Auf den Wiesen, die den Platz der Statue großflächig umgaben, auf den sanften Hängen bis zur äußeren Umzäunung und selbst auf den Kästen der Containerblocks des Planungsstabs hatten Menschen übernachtet. Das Gelände umfasste eine Fläche fast so groß wie das gesamte Cabanisviertel. Zahlreiche Bildschirmwände waren aufgebaut worden, auf denen das Geschehen an der Statue überlebensgroß zu sehen sein würde.

Diese Bildschirmwände waren futuristische Konstruktionen, und sie hatten schon manches Staunen hervorgerufen. Die Bildwände selbst glichen Würfeln und ragten mehr als ein Dutzend Meter im Quadrat hinauf: Würfel, die auf allen vier Seiten zeigten, was vorne auf der Haupttribüne geboten wurde oder was die Kameras der Festleitung aufnahmen. Jeden dieser Würfel überragte ein weit ausladender Schirm mit einem Durchmesser, der den des Würfels noch um ein Vielfaches übertraf. Hoch über den Würfeln aufgespannt, boten diese leuchtend orangfarbenen, lichtdurchlässigen Konstruktionen aus feinem Metallgewebe Schutz, falls das Wetter schlecht sein sollte. Doch man ging davon aus, dass Posisco auch für gutes Wetter sorgen würde. Das Vertrauen in die Möglichkeiten des Konzerns war grenzenlos.

Und tatsächlich, die Schirme würden während des Festes bloßer Schmuck sein. Schon der in Bläue verschwindende Nachthimmel versprach einen wolkenlosen Tag. Und jetzt, noch vor Sonnenaufgang, ging auf der Columbahöhe strahlend ein Gestirn auf: auf den Bildschirmwürfeln, in Gestalt der Statue.

Scheinwerferbatterien, verteilt um die Statue, warfen ihre Lichter auf den hundert Meter hohen Block im Zentrum der Anlage. Die Musik war verstummt und der Stoff erglühte wie in einem gigantischen Brennglas. Aus kaltem, lumineszierendem Weiß wurde ein so kräftiges, so strahlendes Gold, dass die Nacht mit einem Schlag endete und die Erwachten ihre Augen schließen mussten, weil das Licht so sehr blendete. Der Stoff der Verhüllung entpuppte sich als Zaubergewebe, dessen Energie auf der Oberfläche der Statue pulsierte.

Der Berg jubelte, Applaus raste die Hänge hinunter und hallte bis nach Metronas hinein, nach Santo Belo und Natragur und bis in die Inneren Viertel. Die Statue glühte, brannte, heller und weiter sichtbar als die berühmten Leuchtfeuer an der Küste von Settembris. Die Statue strahlte wie das Gestirn einer neuen Epoche. Und das Licht dieses Gestirns sprang plötzlich wie ein lebendiges Wesen aus Feuer über die Weiten der Nigrana, denn in diesem Moment erglühten tief im Osten, Süden und Westen weitere Feuer: auf den Türmen von Silurgo und Cabalusa, dem Torre Dalagan und auf der Ardenburg. Die alten Türme der Nigrana gaben das Signal des Aufbruchs zurück. Die Vereinigung der Lichter eröffnete den Tag.

Und dann brannte der Himmel.

Die Menschen hatten sich erhoben. Sie standen dicht an dicht gedrängt und wiesen staunend in die Höhe, wo die Botenstromschneisen ein Muster erzeugten, wie es die Nigrana noch nie gesehen hatte. Alle Weiten wurden erfasst von einem wirbelnden Netz aus glühend orangefarbenem Gewebe, einem Netz ohne Grenzen, leuchtender, intensiver, himmlischer als jemals zuvor.

Und während das Licht seine Verwirrspiele trieb, ging das Raunen der Menge über in das Rumoren von Flugzeugmotoren. Sekunden später sah man am Himmel die Weiße Taube. Sie überflog das Festgelände und ließ Schauer von flirrenden, mit einer besonderen Beschichtung versehenen Papierstreifen fallen. Als diese im leichten

Morgenwind taumelnden Fetzen niedersanken, blitzten sie auf, als würden am Himmel Hunderttausende Insekten in winzigen Feuern verbrennen. Und wieder erhoben sich Jubel und Applaus. Die Streifen waren bedruckt mit den bekannten Botschaften des Festes:

»Mach auch DU mit, dann gehört die Zukunft auch DIR!«

»Die Freiheit wird grenzenlos sein!«

»Spüre die Flügel der Seele – nutze sie!«

Erneut ertönte Musik. Der Showteil des Festes wurde eröffnet. Die Stimmen von Drago und Dragona Bliss waberten über dem Plateau. Nun, im frühen Tageslicht, wirkte die Columbahöhe so überfüllt, dass man hätte denken können, mindestens die Hälfte der hier Anwesenden sei das Produkt von Transpersonalisationen. Doch die Columbahöhe gehörte noch nicht zum Kontinuum. Wer das Fest erleben wollte, musste anreisen – und alle hatten das getan. Kein einziger Bewohner der Stadt hatte sich auf die Columbahöhe memoportiert. Das neue, erweiterte Kontinuum würde erst ab dem 15. September, nach Enthüllung der Statue, in Funktion sein.

Als die Sonne endlich aufgegangen war, begann das offizielle Programm auf der Haupttribüne, wo das geschmückte Podium auf die Ehrengäste wartete. Erst am nächsten Tag, zur Feierstunde, würden die Plätze dort oben besetzt sein, mit Zanja Patrias, dem Großen Rat, dem Kommandanten der Vigilanz, dem Vorstand von Posisco und dem Administrator der Verhüllung. Heute würden sich diese Ehrengäste nur kurz zeigen, um das Fest zu eröffnen.

Mit ihrem Erscheinen wurde jede Minute gerechnet.

Mittlerweile füllten sich die Plätze auf den orangefarbenen überdachten Tribünen links und rechts der langen Zufahrt. Wer das Glück hatte, eine Karte für diese Tribünen erhalten zu haben, würde das Programm aus bester Perspektive erleben und immer gut versorgt sein. Zahlreiche Stände, an denen Getränke und kulinarische Köstlichkeiten aus der Nigrana angeboten wurden, öffneten jetzt. Bis zur großen Stunde am kommenden Tag würde das Fest vor allem ein riesiger Jahrmarkt mit bunter Unterhaltung sein.

Und dann fuhren, in einer Kavalkade von Fahrzeugen, Limousinen vor. Gleich hinter dem vorderen Sicherungsfahrzeug die des Statthalters. Anschließend die des Rates und der Vigilanz. Zum Schluss die schwarzen Wagen der Abgesandten Posiscos. Alles hatte seine Reihenfolge. Nichts war dem Zufall überlassen worden. Die Wagen glitten in einen Kordon Schwarzer Wächter. Administrator Conano hatte für höchste Sicherheit gesorgt.

Zanja Patrias, Minos Tabor, Pero Nurta und weitere Ehrengäste stiegen aus den Wagen, nachdem ihnen Ordner die Türen geöffnet hatten. Zanja Patrias blickte hoch zur Statue. Dann hinunter in die Menge. Die Menschen auf den Tribünen sahen einen Mann in vollem Ornat, der sich der Distanz zum Publikum bewusst war. Die Hunderttausende auf den Wiesen um das Gelände sahen auf den Bildschirmwürfeln einen alten Mann, bleich, mit eingefallenen Wangen und gequältem Lächeln. Pero Nurta, Minos Tabor und die übrigen Mitglieder des Großen Rates blickten ebenso versteinert, grau, wie gelähmt. Und selbst der sonst so agile, mitreißende Skanda Borlund, das junge Gesicht der Werke, machte einen verstörten, abwesenden Eindruck.

Doch die vielleicht Drei-, Vierhunderttausend bemerkten in ihrer Feierstimmung nichts von alledem. Sie nahmen es nicht wahr. Als Zanja Patrias und Skanda Borlund auf dem Podium an die Mikrofone traten und das Fest in einer gemeinsamen Rede eröffneten, gingen die kraftlosen Worte im tosenden Applaus unter.

Den besten Blick auf das Geschehen an der Statue hatte Zenon Siborgia. Er saß vor der Wand von Monitoren im Überwachungsraum des Palastes von Natragur. Von seiner Schwächung nach den Anschlägen auf die Relais-Stationen spürte er nichts mehr. Er hatte die Kraft der Konverter bei den letzten Tests wie einen göttlichen Energieschub erlebt und war bester Laune, obwohl es ihn störte, dass Skanda Borlund, Zanja Patrias und der Rat ihre Rollen dort draußen so schlecht spielten.

Wäre die Menge aufmerksam und kritisch gewesen, hätte er vielleicht besorgt sein sollen. Doch es bestand kein Anlass zur Sorge. Die Menge benahm sich ideal, wie es ihrer Rolle entsprach: Sie war dumm und erlebnissüchtig.

Zenon Siborgia tippte eine Zahlenkombination ins Tastenfeld auf der Lehne seines Sessels, der ihm vor den Monitoren als Kommandosessel diente. Das Bild wechselte auf Skanda Borlund, der mit zittriger Stimme die Grußworte der Werksleitung an die Zitadelle sprach.

Siborgia lächelte ein kaum wahrnehmbares Lächeln, das die wächserne Haut seiner bleichen Wangen dennoch beanspruchte. In seinen Augen mit ihren roten Pupillen schimmerte Verachtung.

»Ein Tag noch. Dann hat er seine Rolle erfüllt.«

Siborgias Stimme klang künstlich hoch. Seltsamerweise schien sie bedrohlicher, drückte mehr Verachtung aus, je leiser er sprach.

Er ließ die Kameras auf die Menge schwenken. Langsam strichen die Massen vorbei, als würde unbemerkt über den Köpfen eine tückische Drohne schweben.

»Hat Kamladis die Folgen der Operation überwunden?«, fragte er wie nebenbei, während sein Blick weiter über der Columbahöhe kreiste. »Die Sache mit dem Memoportal war genial – aber riskant.«

»Er hat sich erholt, mein Lord«, antwortete Che Conano. »Zarno hat ihn tatsächlich gerettet und stabilisiert. Er wird einsetzbar sein, wenn die Anlagen in Betrieb sind.«

Siborgia nickte.

»Sehr gut. All seine Theorie wird ihm nichts nützen im offenen Kampf. Er wird die Größe und die Natur des Kampfes nicht einmal ahnen können. Auch seine kühnsten Theorien werden ihm nicht verraten, was ihm droht. Und ich bezweifle, dass er sich vorbereiten kann auf den Kampf.«

Conano schwieg. Nach einer Weile fragte Siborgia in provozierendem Ton:

»Was macht dein Stellvertreter? Der junge Mann mit dem Mut zum Risiko.«

Che Conano ließ sich von der Frage nicht beeindrucken. »Dakubra hat eine wichtige Aufgabe als Kommandant des Lagers«, sagte er – und Zenon Siborgia lachte.

»Schlau, General Conano. Du hältst dir die Konkurrenz vom Leib, verbannst sie auf den Teufergrat und bleibst in meiner Nähe. Sehr, sehr schlau.«

Dann betrachtete er Pero Nurta, der ein paar kindische Verse mit einem der Bevollmächtigten von Posisco tauschte. Natürlich fiel der Menge nicht auf, dass Che Conano dort oben auf der Ehrentribüne fehlte. Morgen, am Tag der Enthüllung, würde er allerdings dabei sein. Heute war Vorgeplänkel – morgen war der Tag des Kampfes.

Zenon Siborgia verlor plötzlich das Interesse an den Geschehnissen auf dem Plateau. Die Bilder, die er nun mit raschen Fingerbewegungen auf die Monitore holte, zeigten Maschinen, zylindrische Kessel, Reihen von haushohen Konvertern auf einem Sockel aus Lichtpunkten. Diese Lichter ließen Schaltpulte erahnen und Transformatoren-Elemente. Am oberen Ende der Kessel, hoch in den Hallen, züngelten leuchtgrüne Gasschlieren über das dunkle Metall. Die Bilder waren stumm, aber es ging ein unhörbarer Lärm von ihnen aus.

Siborgia verzichtete darauf, sich Details anzusehen. Er betrachtete die Bilder versonnen, genoss die Weite und die Größe der Räume. Die Bewegungen der Menschen an den monströsen Aggregaten erinnerten ihn an Ameisen in höchster Betriebsamkeit. Ameisen, die seinen Impulsen gehorchten. Er war ein Dirigent und beherrschte diese Kunst nun beinahe wie im Schlaf.

Er war der Meister.

Zufrieden lächelnd ließ er die stummen Szenen auf sich wirken, bis er aus dem dunklen Hintergrund des Raumes ein Räuspern vernahm, eine Geste der Ungeduld, wie sie zu Che Conano passte, der sich nicht so leicht beeindrucken ließ wie Skanda Borlund.

»Ich erwarte, dass die Testläufe bis zum Abend abgeschlossen sind«, sagte Siborgia.

Che Conano nickte nur und antwortete: »Sie sind bereits abgeschlossen, mein Lord«, in einer so selbstverständlichen Art, dass es Zenon Siborgia beeindruckte.

Dann wechselte Siborgia ein letztes Mal die Kameraperspektiven. Wieder zeigten die Bilder auf den Monitoren Innenräume. Diesmal allerdings wirkten die Räume sehr viel kleiner, dunkler, filigraner. Sie waren gefüllt mit Schaltkästen und Leiterbahnen und Elementen jener Regeltechnik, wie sie in den Memoportalen der Stadt Anwendung fanden. Von diesen Räumen oder Kammern ging nicht die Wucht, die strahlende Eleganz krafterzeugender Aggregate aus. Gleichwohl stimmten sie Zenon Siborgia zufrieden, wie der entspannte Ausdruck auf seinem Gesicht verriet.

Einer der Monitore – man hätte denken können, er sei abgedunkelt – zeigte eine fast leere Kammer mit einer im fahlen Kontrast kaum sichtbaren Pritsche am Bildrand. Auf der Pritsche lag ein Mensch, der sich nicht rührte. Er schien zu schlafen.

Siborgia betrachtete das Bild, holte es näher heran, sodass die Fixierungsgurte zu erkennen waren, die über Brust, Becken und Beine des Schlafenden gespannt waren.

Bendar Kamladis. Das künstliche Koma hatte seine Aufgaben fast erfüllt.

Lange betrachtete Siborgia den Schlafenden. Dann unterbrach ihn Che Conano:

»Mein Lord, die Operationen sind nun abgeschlossen. Tjoser Bran meldet, dass sich die verabreichten Sedativa bewähren. Dakubra befürchtet jedoch Schwierigkeiten, sollte es zu Unruhen kommen. Die Hallen sind – das war in der Eile der vergangenen Wochen nicht anders möglich – noch nicht ausreichend befestigt für einen ...«

»Tjoser Bran hat eine Aufgabe zu erfüllen, und er wird sich hüten zu versagen. Und Dakubra erst recht – er hat ja noch viel vor«, fuhr ihm Zenon Siborgia ins Wort. Es genügte ein kurzes Aufblicken des hageren Mannes, um Che Conano verstummen zu lassen. Conano hatte gesagt, was er sagen musste, und im Übrigen wusste er ja, dass

Tjoser Bran nicht versagen würde. Er gehörte zu den Auserwählten. Er und die anderen Kommandanten der Türme. Über Dakubra dachte er nicht weiter nach.

Zenon Siborgia konnte die Gedanken des Generals lesen. Was er las, gefiel ihm. Mit Conano hatte er eine gute Wahl getroffen. Das stimmte ihn versöhnlich.

»Wie sollen wir die Hallen nennen, Administrator? Was denkst du?«, fragte er mit beinahe freundlicher Stimme. Siborgias Freundlichkeit hatte immer etwas Lauerndes, doch es beeindruckte ihn, wie souverän Che Conano bei dieser Frage blieb.

»Hallen der Erwartung, mein Lord«, sagte er wie beiläufig und ohne jeden Ton, der nach Bestätigung suchte.

»Hallen der Erwartung«, erwiderte Siborgia. Die Bezeichnung war perfekt.

»Sehr gut. Hallen der Erwartung. Später werden die Hallen der Demut hinzukommen. Ja, das ist gut: Wir werden die Hallen am Torre Dalagan Hallen der Demut nennen. Silurgo erhält die Hallen der Vereinigung ... Und Cabalusa die Hallen der Freiheit. Wir müssen in die Zukunft denken.«

Wieder lächelte er. Freiheit war die höchste Steigerung aller Begriffe. Die Benennung der Hallen war unwichtig, aber es gab dem Moment der Übernahme, dem Moment der totalen Machtergreifung, schon im Voraus etwas Feierliches, Weihevolles. Die Kommandanten würden es zu schätzen wissen – auch wenn diese Namensgebung nur dazu diente, ihre Wachsamkeit bis zum Moment der Übernahme zu erhöhen. Ab der Übernahme war ohnehin jede Gefahr gebannt. Vorher jedoch ... Conano hatte vielleicht nicht unrecht. Zenon Siborgia hatte die Explosionen in den Kenton-Relais nicht vergessen. Ein weiterer Sabotageakt musste verhindert werden.

In diesem Moment huschte ein Schatten durch das Dunkel am Boden, so plötzlich und unerwartet, dass sogar Conano zusammenzuckte. Da schnurrte die schwarze Katze auch schon am Fuß des Sessels und sprang auf den Schoß Siborgias.

»Tiras, mein Freund!«

In der Stimme des Schwarzen Lords lag Stolz.

»Wo bist du gewesen, Tiras?«

Er hob die rechte Hand und ließ die Katze unter die schlanken Finger gleiten. Das Schnurren des schwarzen Körpers verwandelte sich in ein geheimnisvolles Geräusch.

»Du bist fort gewesen«, sagte Siborgia und bewegte die Hand liebevoll und vorsichtig über den Körper der Katze.

Ein leises, hüstelndes Lachen erklang.

»Du bist auf der Jagd gewesen, nicht wahr?«

Zenon Siborgia erblickte auf dem Boden, unweit des Sessels, eine tote Maus. Die Szene berührte ihn. Die kleine Welt der Katze schien ihm plötzlich in reinster Form etwas zu vermitteln, was ihn selbst betraf. Und dann dachte er daran, dass der kleine Jäger ihm vielleicht helfen konnte bei der wichtigsten Jagd seines Lebens.

Die schwarze Katze blickte Siborgia an. In den goldglühenden Augen aber war nichts, was die Regungen des Tieres verriet.

IN DEN TIEFEN DES ARDENFELS

Auf der anderen Seite des Wasserlochs hatte Alissa die Schlucht erwartet, vielleicht eine stillere Zone, einen Winkel am Ufer des Aldion, nicht weit von den Fällen entfernt. Aber als sie aufgetaucht war und die Augen öffnete, war die Umgebung dämmrig, und um sie herum war es höllisch laut. Sie befanden sich in einer Felsenhöhle. Der Ausstieg war ein Becken in ausgespültem Gestein.

»Gib mir die Hand«, sagte Danias Bargu. Dann zog er Alissa aus dem Wasser.

Tiras war schon da. Stella und Gil Pandra tauchten nacheinander aus dem dunklen Loch im Felsboden. Alissa sah sich um und musterte ein Relief wassergerundeter Formen, in dem zahlreiche Pfützen und dunkle Tümpel oder Becken standen, ähnlich dem Ausstieg, den sie gerade genommen hatten. Alles war feucht, Wasser rann von den Wänden. Rinnsale, einige Meter von den Becken im Fels entfernt, zeugten von Abzweigungen aus dem großen Aldion, die einen geheimen Weg in diese Felsen gefunden hatten.

Alissa erkannte Auswaschungen im Fels, Kies und Schotter bedeckten den Boden. Dort, wo die Rinnsale durch enge Vertiefungen flossen, beschleunigte das Wasser und gluckste das Gefälle des Höhlenbodens hinab.

Das Glucksen allerdings war pure Einbildung, denn es gab in der Höhle nur ein einziges Geräusch: tosenden Lärm.

Erst jetzt begriff Alissa, wo sie sich befanden. Und sie verstand, weshalb Danias Bargu gelacht hatte.

Stella rätselte noch. »Was ist das?«, fragte sie – wegen des Lärms mit deutlich lesbaren Mundbewegungen. Sie wies auf den unförmig ovalen Schlitz, durch den Licht in die Höhle drang, gefiltert wie durch Milch.

Im selben Moment beantwortete sich Stella die Frage selbst: »Der Wasserfall!«

Alissa nickte. Sie befanden sich in einer Höhle hinter dem Fall. Knapp unterhalb des Höhlenlochs traf das Wasser auf den Grund der Schlucht und donnerte in die Gumpe am Fuß der Felswand.

Der Stollen musste weit tiefer in der Klamm gelegen haben, als sie gedacht hatten. Möglicherweise machte der Gang im Fels einen langen Schwenk, der ihnen nicht aufgefallen war. Einen Ausstieg an diesem Ort hatten sie nicht erwartet. Alissa jedenfalls nicht. Bei Tiras allerdings war sie sich nicht sicher.

»Und nun?«

Stella schien die Einzige zu sein, die der Höhle nichts abgewinnen konnte. Doch die Frage, wie es weitergehen sollte, beschäftigte auch die beiden Berber. Danias Bargu inspizierte den Ausgang, vor dem die Wassermassen herabstürzten.

»Ich kenne einen Aufstieg an der linken Seite der Fälle!«, brüllte er gegen das infernalische Rauschen an.

Allein der Gedanke, den Wasservorhang zu durchstoßen, der aus fünfhundert Metern Höhe und mit der Masse eines breiten Stromes am Höhlenloch niederging, ließ Alissa erschauern.

»Vielleicht gibt es einen Gang hinter dem Wasser!«, rief Gil Pandra.

Tiras war in der Nähe des Tümpels stehen geblieben, einige Dutzend Meter entfernt von dem Höhlenloch. Er hatte sich umgedreht, und man konnte meinen, er würde die Düsternis im hinteren Teil der Höhle betrachten.

Danias Bargu näherte sich indessen der milchweißen Wand. Die Felsen waren abschüssig und glitschig. Als er sich zum Felsrand vorgetastet hatte und hinaussah, stellte er fest, dass zwischen Fels und Wasser ein Spalt verblieb mit einer schmalen Trittkante, ein Pfad zur rechten Seite hin. Da der Wasserfall einen Bogen beschrieb, konnte Danias Bargu nur einige Meter des Pfades einsehen. Aber er wusste sofort, dass der Weg künstlich aus dem Fels herausgearbeitet worden war. Also war dieser schmale Grat vermutlich tatsächlich ein Weg hinaus aus der Höhle.

Danias Bargu machte kehrt und berichtete, was er gesehen hatte. Doch Tiras stand noch immer in Gedanken versunken da und lauschte. Gil Pandra sprach ihn an.

Tiras wies ins Dunkel.

»Was soll dort sein?«, rief Alissa. Ihr gefiel diese Höhle immer weniger.

Tiras sprach mit Stella und Gil Pandra. Sie hatten die Köpfe zusammengesteckt. Alissa sah nur die Gesten des Gesprächs und ahnte, dass sie sich darauf verständigten, Tiras zu folgen – in den rückwärtigen Teil der Höhle.

In das Dunkel.

Hinein in den verdammten Berg des Tiamandras.

Aber vielleicht war es besser, den Weg in den Berg zu wählen, anstatt den schmalen Pfad an der Felswand entlang, hinter der Sturzflut. Tiras hatte Kontakt aufgenommen mit etwas, das niemand von ihnen wahrnahm. Er war dem Dunkel auf der Spur.

Und Alissa vertraute ihm.

Sie gingen los.

Schon nach wenigen Metern veränderte sich die Höhle. Die Gruppe gelangte an einen Punkt, wo der Querschnitt plötzlich regelmäßig wurde, ein fast kreisrundes Profil zeigte. Die Augen stellten sich auf das Restlicht ein. Am Boden und an den Wänden entdeckte Alissa Rillen, Schleifspuren, Vertiefungen, teils so gradlinig wie Schienen. Der Boden war, bis auf ein leichtes Gefälle, seltsam eben. Aber die Spuren im Fels hatte nicht das Wasser gegraben. Hier gab es kein Wasser. Der Höhlenboden war trocken. Jemand hatte diesen Schacht künstlich angelegt. Oder er hatte die Höhle künstlich erweitert, in den Berg hineingetrieben. Hier waren Arbeiter am Werk gewesen, Arbeiter vom Ardenfels. Männer von Posisco.

Ein Gedanke durchzuckte Alissa: Sie näherten sich dem Ardenfels wie einer unterirdischen Stadt. Einer Stadt wie Kartas.

Aber diese Stadt lebte.

Sie hatten einen Teil des Schachts erreicht, in den nun kaum noch Licht drang. Die Rillen, die Schleifspuren im Fels und am Boden verliefen weiterhin regelmäßig.

Es war wie der Lauf eines riesigen Kanonenrohrs im Fels, eine steinerne Röhre. Wann würde sie enden? Und dann?

Das Rauschen des Wasserfalls war noch immer nicht verklungen. Seit Minuten war es auf merkwürdige Weise konstant geblieben, und nun begann es, den Ton zu wechseln, sich in ein Summen zu verwandeln. Und das Summen wurde lauter.

Das ist kein Wasser, dachte Alissa. Sie hörte Maschinen. Sie befanden sich in der Nähe von Maschinen, ohne Zweifel.

Aber sie hatten die Höhe des Ardenfels noch längst nicht erreicht. Sie steckten irgendwo tief unten im Berg, nicht weit vom Fuß der Fälle entfernt. Der Weg hatte nicht hinaufgeführt.

»Vorsicht!«

Tiras.

Ein unterdrückter Warnruf. Sofort war Danias Bargu bei ihm. Und dann hörte Alissa das Flüstern:

»Metall. Schienen. Oder Bohrgestänge für einen Vortrieb.«

Die Stimme hatte einen scharfen Ton, der das sonore Summen, das irgendwo aus dem Fels drang, übertönte. Wovon sprach Tiras? Alissa ging ein paar Schritte weiter, gelangte an einen zweiten Felsbrocken, der aus der Decke gebrochen war. Kaum dass sie sich um den Fels herumgetastet hatte, dämmerte Licht. Sehr schwach, aber nun konnte sie das Metall, auf das Tiras hingewiesen hatte, erkennen. Drei dicke Metallbündel ragten in die Höhle hinein. Alissa dachte im ersten Moment, die Metallbündel würden durch eine Wand in den

Schacht stoßen. Dann aber sah sie, dass die Bündel zu einem Metallblock gehörten, einem Maschinenblock, der den Ausgang der Höhle fast vollständig verschloss. Und hinter dem Maschinenblock leuchtete Licht. Ein Raum außerhalb der Höhle.

Der Spalt neben dem Block war groß genug, dass sie hindurchschlüpfen konnten. Tiras und Danias Bargu wagten es als Erste. Dann folgten Stella, Alissa und schließlich Gil Pandra.

Sie gelangten in eine ausbetonierte Halle, deren vordere Seite in rohen Fels überging. Der Maschinenblock trennte den vorderen vom hinteren Teil der Halle. Das metallene Ungetüm war auf Schienen montiert und ließ sich offensichtlich vor und zurück bewegen, vielleicht um den Zugang frei zu machen.

Sie vermuteten, dass der Block Teil einer Tunnelvortriebsmaschine war. Der Bohrkopf fehlte, aber den brauchte man wohl gar nicht mehr – der Schacht war ja angelegt.

Doch welche Bedeutung hatte diese Halle?

Niemand hielt sich dort auf. Es schien eine Lagerhalle zu sein. Ein Teil der Halle war mit Hochregalen bestückt. Irgendwo in der Nähe arbeiteten Menschen. Von der Hallendecke strahlte kaltes Licht aus roh verkabelten Leuchten. Der Raum wurde genutzt.

Stella und die Berber sahen sich um. Tiras bezog einen Horchposten und achtete auf schwarze Wächter.

An der Wand zu ihrer Linken erhob sich eine Konstruktion, die Alissa zunächst ebenfalls für eine Maschine hielt, wie man sie im Tunnelbau benutzt. Es war eine Art Schaufelrad. Die einzelnen Schaufeln maßen in der Breite fast zwei Meter und das Rad ragte mindestens zehn Meter in die Höhe. Alissa fragte sich, wie diese Schaufeln den Höhlengang, durch den sie gekommen waren, angelegt haben konnten. Er war viel kleiner als das Schaufelrad.

Plötzlich hörte sie, wie Stella neben ihr »ein Turbinenrad« sagte. Sofort richtete sich die Aufmerksamkeit aller auf die Konstruktion.

»Ein Turbinenrad?«

Alissa betrachtete das Ungetüm. Den Schaufeln fehlten tatsächlich die für Abraumarbeiten in Fels oder Erde notwendigen Zähne. Das Metall der Schaufeln war abgerundet – wie bestimmt für den wirbelnden Einsatz in Wasser.

»Ich vermute, sie erweitern die Anlagen, mit denen sie Energie gewinnen. Sie nutzen die Kraft der Wasserfälle.«

Stella wies zu diversen Maschinenteilen und herumliegenden Gegenständen: Stahlplatten, Werkzeuge, Teile von Verstrebungen.

»Wir sind durch den Richtschacht gekommen«, sagte sie. »Wir haben Glück, dass hier niemand arbeitet. Ich vermute, sie werden diesen Richtschacht bald erweitern und das Turbinenrad so einsetzen, dass es in den Wasserfall hineinragt. Sie werden Generatoren installieren und wer weiß was noch, um weitere Energie für die Konverter zu gewinnen.«

»Hier?« Gil Pandra klang verwundert. »Wenn die Turbine noch gar nicht eingebaut ist, wie können die Konverter dann schon arbeiten?«

Danias Bargu warf kurz einen Blick zu ihnen. Er hatte am Ende des Raums Position bezogen und spähte durch eine offen stehende Tür.

»Ich vermute, diese Turbine ist nur eine Erweiterung. Es geht um zusätzliche Energie«, sagte Stella nachdenklich. »Sie werden die Wasserfälle längst nutzen, mit großen Anlagen. Oben, vor der Absturzkante, ist die Kraft des Wassers am größten. Dort werden sie, quer über den Fluss, die Hauptturbinen installiert haben. Hier unten, am Fuß der Fälle, erzeugt der Aldion zwar ein gewaltiges Getöse, aber im freien Fall hat das Wasser den Zusammenhalt verloren. Ganz anders im Strombett. Es kann auch sein, dass sie oben den Fluss anzapfen und das Wasser über Sturzrohre auf tiefer gelegene Turbinen leiten. Es gibt viele Möglichkeiten, sich der Wasserkraft von Nicobra zu bedienen.«

»Anscheinend versuchen sie, das Maximum an Energie aus dem Aldion herauszuholen«, sagte Gil Pandra.

Stella nickte.

Danias Bargu winkte sie hinüber zum Ausgang der Halle, der versteckt hinter einem Mauerwinkel lag. Tiras war schon durch die Tür geschlüpft.

»Ja, vermutlich ist der Bedarf gigantisch«, sagte Stella. Sie kauerte sich neben Danias Bargu und sah zu Tiras in den Nachbarraum. »Sie werden für ihre Pläne Unmengen von Energie benötigen.«

»Und die anderen Türme?«, fragte Alissa. »Wenn sie auch die anderen Türme zu Konverter-Anlagen umbauen, wie werden sie dort Energie erzeugen?«

Stella zuckte die Schultern. »Ich kann nur spekulieren«, sagte sie. »Bendar vermutete, dass der Ardenfels der wichtigste Baustein in den Plänen Posiscos ist.«

»Denk an das alte Kraftwerk bei Bagun«, sagte Gil Pandra. »Berber aus den östlichen Regionen haben von Arbeiten im Kraftwerk berichtet. Das könnte bedeuten, der Turm von Cabalusa wird vom alten Kraftwerk aus gespeist. Und auf den Höhenzügen des Midianischen Gebirges wurden Windräder errichtet.«

»Für den Turm von Silurgo und den Torre Dalagan«, sagte Alissa. Das Bild nahm Konturen an.

Stella nickte nachdenklich.

»Dennoch, dies hier sind die Hauptanlagen«, sagte sie. »Die Wasserfälle von Nicobra sind ideal für die Pläne Siborgias. Ich bin mir ziemlich sicher, dass ...«

Tiras stürzte plötzlich aus dem Nebenraum zurück: »Es kommt jemand«, zischte er. »Ich kann jemanden hören!«

»Schnell! Dort, hinter die Platten!«

Gil Pandra wies auf mehrere gegen die Wand gelehnte Stahlplatten. Im Spalt hinter den Platten war Platz, und sie schlüpften hinein. Danias Bargu lief zu einer Reihe von Regalen, in denen Werkzeuge und ähnliche Dinge lagerten.

Schritte waren zu hören.

Ein in graue Arbeitskluft gekleideter Mann betrat den Raum. In der Hand hielt er einen zerknitterten Zettel. Er wirkte geschäftig und ging auf ein schmales Hochregal im gegenüberliegenden Teil der Halle zu. Ein Lager für kleinere Montageteile. Alissa beobachtete ihn aus dem Spalt hinter den Stahlplatten. Viel konnte sie nicht erkennen.

Als der Mann zwischen den Regalen verschwunden war, vernahm sie plötzlich einen dumpfen Schlag. Ein Gegenstand fiel klirrend zu Boden. Dann hörte sie einen Laut, der wie Stöhnen klang. Und schließlich Schleifgeräusche.

»Schnell, Tiras! Kommen noch mehr?«

Danias Bargus Stimme. Tiras hastete wieder hinaus in den Nebenraum. Eine halbe Minute lang sagt er nichts. Schließlich rief er: »Nichts zu hören!«

Sie verließen ihr Versteck hinter den Stahlplatten.

Danias Bargu hatte den Mann niedergeschlagen, und als Alissa den am Boden Liegenden betrachtete, wusste sie sofort, dass er starb. Ein schwächer werdender Blutpuls pumpte einen Rest von Leben aus einer klaffenden Wunde am Kopf. Der Schädel war zertrümmert, der halbe Hinterkopf eingedrückt. Ein Stahlhammer lag mit hässlich blutnasser Spitze auf dem Boden. Danias Bargu hatte bereits begonnen, den Sterbenden auszuziehen.

Alissa fühlte Übelkeit aufsteigen.

Uniformen. Arbeitsoveralls. Sie mussten sich tarnen. Aber mussten sie dafür morden?

Die mechanischen Bewegungen des Berbers erschienen ihr plötzlich wie Bewegungen eines Panthers, der das getötete Beutetier zerfetzte.

Danias Bargu schlüpfte in die Kluft des Mannes, während Gil Pandra den Körper fortschaffte, mit Stellas Hilfe.

Sie entsorgten den Mann.

Entsorgen – Alissa konnte nur dieses eine Wort denken, als sie die Leiche in den Richtschacht schleppten, aus dem sie gekommen waren. Und als Alissa auf das dunkle, dicke Blutgeschmiere am Boden starrte, begann sie wie automatisch, die Spuren zu beseitigen. Ein Zittern ging durch ihren Körper, als sie das Blut mit Sand und einer der zahlreichen Platten, die am Boden herumlagen, bedeckte.

»Versteckt euch in diesem Raum und wartet«, sagte Danias Bargu und zog die grauen Sachen an seinem Körper zurecht. Dann hastete er hinüber zu Tiras, der im Nebenraum wieder Wache schob.

Dieser Raum grenzte an einen Gang, der im Nirgendwo verschwand. »Wenn ich in einer Stunde nicht zurück bin, streicht mich aus euren Gedanken.«

Danias Bargu zog eine finstere Mine – und verschwand.

Nach anderthalb Stunden war er noch immer nicht zurück. Aber Gil Pandra wollte noch warten. Zweimal waren Arbeiter in den Raum gekommen, hatten die Regale angesteuert, kleinere Teile mitgenommen und waren wieder gegangen. Noch schien niemand den Mann zu vermissen, den Danias Bargu getötet hatte.

Wenn hier ein Suchtrupp auftaucht, sind wir verloren, dachte Alissa. Sie befürchtete, dass Gil Pandra den nächsten Mann, der den Raum betrat, töten würde, wie Danias Bargu es getan hatte. Und er würde töten, um die Sachen des Mannes zu nehmen und nach Danias Bargu zu suchen. Und dann würde er noch jemanden töten, bis sie alle in der Kluft der Arbeiter getarnt weiter vordringen konnten in die Anlagen.

Die unbekannten Anlagen, die sie so leicht in die Irre führten.

»Ich gehe und suche ihn«, flüsterte Alissa in die Stille hinein.

»Was?« Gil Pandra fuhr herum. »Das kommt überhaupt nicht infrage. Ich werde gehen!«

»Nein!« Alissa wollte jede Diskussion vermeiden. Es kostete nur Zeit. »Du bist der Einzige, der die Gruppe weiter anführen kann, wenn wir nicht zurückkommen. Und Stella kennt die Technik der Anlagen. Ich gehe!«

Von Tiras sprach sie nicht. Es war unmöglich, dass Tiras ging oder sie begleitete.

Alissa erhob sich, widerstand all den Beschwörungen, die nun einsetzten: »Das ist Irrsinn, Alissa! Wir werden noch warten! Was ist, wenn Danias Bargu zurückkommt und stattdessen du durch die Anlagen irrst? Es ist Wahnsinn!«

»Alissa!«

Tiras hatte den Nebenraum, in dem er Wache schob, verlassen und redete hektisch auf sie ein. Aber es gab für Alissa keine andere Wahl, und Gil Pandra wagte es nicht, sie zurückzuhalten.

Liondrana Alissa.

»Ich suche den Weg, den Danias Bargu genommen hat«, sagte sie. »Ich kehre sofort zurück, wenn es keinen Sinn macht.«

Es war eine Beschwichtigung. Jeder wusste es. Sie eilte in den Gang vor der Turbinenhalle und warf einen letzten Blick zu Tiras, der seinen Wachposten wieder bezog.

Sie sah die Panik in seinem Gesicht. Plötzlich hatte sie das Gefühl, dass er sie sehen konnte. Sie war Teil seiner Visionen. Doch als Alissa hinter der Gangbiegung verschwand, riss dieser innere Blick ab.

Alissa versuchte, die wirren Gedanken in ihrem Kopf auszublenden. Sie musste die Lage analysieren, mit klarem Verstand.

Wohin war Danias Bargu verschwunden? Welchen Weg hatte er genommen?

Der Gang verlief in einem lang gestreckten Bogen. In regelmäßigen Abständen unterbrochen von Türen und Abzweigungen, die ins Dunkel führten. Im Hauptgang brannte Licht, aber in den Seitengängen herrschte Dunkelheit. Die Türen waren verschlossen.

Zu ihrer Beruhigung stellte sie fest, dass in diesem Abschnitt der Anlagen kaum jemand unterwegs war. Die Maschinengeräusche im Fels waren ein fernes Brummen. Stimmen, Schritte oder Ähnliches waren nicht zu hören.

Die dunklen Seitengänge boten Verstecke, falls jemand auftauchte. Alissa bewegte sich mit größter Vorsicht, tastete sich voran, immer einen Schlupfwinkel im Auge. Sie entschied sich, die Seitengänge erst dann zu untersuchen, wenn sie herausgefunden hatte, wohin der Hauptgang führte. Noch hatte sie das Gefühl, keinen Fehler gemacht zu haben in ihrem Schachspiel von Schritten und Bewegungen. Sollte Danias Bargu zurückkehren, würde sie das von ihrem Standort aus bemerken, hoffte sie.

Nach einigen hundert Metern endete der Bogen, und der Gang ging über in ein schnurgerades Stück ohne Abzweigungen und Türen. Am Ende des Gangs erkannte sie einen Aufzugschacht. Der Geräuschpegel war gestiegen. Alissa war den Maschinen näher gekommen, den Anlagen, von denen sie nichts wusste. Dem Monstrum, das Danias Bargu vielleicht verschluckt hatte.

Hatte er diesen Aufzug betreten? Oder war er in einen der Seitengänge abgetaucht, die sie noch absuchen wollte?

Wie viel Zeit war bereits vergangen und wie viel Zeit blieb ihr?

Der Punkt war gekommen, an dem Alissa achtgeben musste, nicht in Panik zu verfallen. Ihr Herz schlug schneller. Die Geräusche in der Nähe des Aufzugs überdeckten womöglich jene Geräusche im Gang, die sie nicht überhören sollte. Wächter, die sich näherten, Arbeiter – oder Danias Bargu.

In diesem Moment summte der Aufzugschacht, und eine Kette von Lichtern oberhalb der Tür blinkte in schnellem Rhythmus, verkürzte sich.

Er kommt herunter, dachte Alissa.

Im Bruchteil einer Sekunde fasste sie den Entschluss. Sie sprintete los, auf die Tür zu, die in einen breiten, vorspringenden Mauerrahmen eingefügt, rechts und links schmale Verstecke bot.

Sie konnte sich neben der Tür verbergen, solange niemand aus Richtung des Gangs kam und den Weg zum Aufzug nahm; und solange diejenigen, die den Aufzug in wenigen Momenten womöglich verlassen würden, sich nicht umwandten.

Alissa wurde immer deutlicher bewusst, dass ihr die Situation entglitt. Aber es war zu spät. Sie presste sich neben den Mauerrahmen und wartete.

Ein scharrendes Geräusch – die Tür. Dann ein Rasseln, gefolgt von Gemurmel und einem Rumpeln.

Alissa atmete kaum. Ein schwerer Transportkarren auf Gummirädern wurde aus dem Fahrstuhlschacht geschoben. Zwei Arbeiter mühten sich, den mit diversen Metallteilen und Kästen beladenen Karren über den Gang zu rollen. Würden sie die Halle aufsuchen, aus der sie gekommen war?

Mit quietschenden Rädern bewegte sich der Karren nur langsam weiter. Die Arbeiter schwiegen. Alissa konnte sehen, wie schwer es für sie war, den Karren zu schieben. Immerhin hielt diese Arbeit sie davon ab, zurückzuschauen.

Der Aufzug blieb offen. Alissa hörte es am hellen Summton, der in den Gang drang. Als der Karren im Bogengang verschwunden war, hastete sie in den Aufzugkorb und ließ ihren Blick über die Etagentasten neben der Tür gleiten.

Keine Beschriftungen. Nur Farben. Sie war auf der untersten Etage. Aber das hatte sie ja geahnt.

Und dann hörte sie, gedämpft durch die Entfernung, Rufe aus dem Gang. Harte, aberissene Rufe: ein Streit oder ein Kampf.

Die Arbeiter hatten jemanden entdeckt.

Danias Bargu.

Sofort eilte Alissa zurück in den Gang, lief bis zum ersten Seitengang und drückte sich in der Dunkelheit an die Wand.

Stille.

Was war geschehen? Wohin waren die Arbeiter verschwunden? Konnten sie Hilfe herbeiholen, wenn sie auf Danias Bargu gestoßen waren? Gab es in den Gängen und Räumen hier unten Alarmknöpfe?

Wieder hörte sie Stimmen. Ganz in der Nähe. Alissa spähte hinaus auf den Hauptgang und lauschte.

Die Stimmen blieben: eine Unterhaltung mit gezückten Waffen, so kam es ihr vor.

Als sie in das Dunkel des benachbarten Seitengangs schlüpfte, sah sie sofort den schwachen Lichtschein im verwinkelten Hintergrund. Und den Karren, der verlassen dort nahe der Wand stand.

Und sie hörte die Stimmen. Sie verstand nun jedes Wort:

»Bleib da stehen! Wir sind zu zweit, also bleib da stehen! Sei vorsichtig. Geh nicht zu nah dran, der ist ... He, bleib, wo du bist, hab ich gesagt!«

»Was wollt ihr zwei denn machen? Warten, bis zufällig jemand kommt? Das kann dauern.«

Die zwei Arbeiter und Danias Bargu. Alissa hörte den angespannten Ton in seiner Stimme. Er bluffte. Aber er war geschickt. Sie schob sich leise an dem Transportwagen vorbei. Wenn jetzt nur keine Wächter kamen.

»Ich mache euch einen Vorschlag.«

Wieder Danias Bargu.

»Ihr verschwindet und lasst mich laufen. Ich tue euch nichts – und ihr habt keinen Ärger. Glaubt ihr wirklich, ihr könnt mich mit euren Eisenstangen überwältigen?«

Er pokerte hoch. Aber die Arbeiter fürchteten die Konsequenzen, wenn sie nicht versuchten, den Eindringling zu stellen. Einer der beiden machte einen weniger nervösen Eindruck. Alissa konnte sie jetzt sehen, alle drei. Sie hatte sich herangeschoben an die Szene: ein Lagerraum, der sich am Ende des Gangstutzens öffnete.

Was tat Danias Bargu hier?

»Wir müssen nur den Alarm auslösen, dann haben sie dich bald«, sagte der Arbeiter mit den besseren Nerven. Alissas Blick flog unwillkürlich über die Wände. Ganz sicher gab es hier irgendwo einen Alarmknopf.

»Weshalb tut ihr es dann nicht?«

Danias Bargu versuchte zu lächeln. Sein hageres Gesicht wirkte angespannt und bleich im hässlichen Licht des Raums.

»Kann es sein, dass ihr an mir vorbeimüsst, um den Alarm auszulösen?«

Der Arbeiter lachte auf. Auch er war hochnervös. Aber er hatte sich unter Kontrolle.

»Keine Sorge«, sagte er. »Es ist einfacher, als du denkst!«

»So? Ich bin gespannt.«

Danias Bargu trat einen Schritt zur Seite, als wollte er beginnen, seine Gegner zu umtänzeln.

»He, bleib stehen! Ich habe gesagt, du sollst stehen bleiben!«

Die zwei rückten auseinander, um ihn in die Zange zu nehmen. Alissa spürte, wie ihr die Hände zitterten. Die Rufe, der Lärm, das konnte nicht lange unbemerkt bleiben. Sie musste etwas tun.

Danias Bargu war nun hinter einer halbhohen Konsole hervorgetreten, die in den Raum hineinragte und ihn von den zwei Arbeitern trennte. Alissa konnte erkennen, dass auch er eine Waffe in der Hand hielt: eine Eisenstange, wie seine Gegner.

Zwei gegen einen.

Aber der eine war ein Kämpfer – und das wussten die Arbeiter.

Und sie wussten, wo sich der Alarmknopf befand.

Alissa überlegte, ob die Konsole, die den Raum dort teilte, für Danias Bargu ein Hindernis war oder eine Hilfe.

Sie zwang sich, ruhig zu bleiben.

Zwei gegen zwei, dachte sie.

Zwei gegen zwei. Und er ist ein Kämpfer ...

»Danias! Wir kommen!«, rief sie mit gedämpfter Stimme – und trat plötzlich vor. Die Arbeiter konnten den Reflex nicht unterdrücken, schwangen entsetzt herum – und dieser Moment genügte. Danias Bargu sprang vor, holte kurz und schnell aus und schlug den Überraschten die Schädel ein. Zwei Schläge, die er mit tödlicher Präzision ausführte. Das dumpfe Geräusch der Schläge und das klagende Röcheln aus den Kehlen der Männer ließen Alissa zusammenzucken.

Die Brutalität traf sie unvermittelt und hart. Irgendwo in ihren Gedanken hatte sie sich ein Szenario zurechtgelegt, in dem die Arbeiter bewusstlos zu Boden sanken und gefesselt wurden. Aber schon in dem Moment, als Danias Bargu die Waffe hob, war ihr klar, dass es keine andere Möglichkeit gab als Mord. Nicht, wenn sie ihre eigene Sicherheit nicht gefährden wollten. Sie mussten kämpfen. Niemand würde sie schonen im Reich des Schwarzen Lords.

Alissa war unfähig zu sprechen.

Danias Bargu legte die Eisenstange beiseite, griff sich einen Leinensack, den er abgelegt hatte und trat zu ihr. Seine Augen waren kalt.

»Danke«, sagte er. »Das kam in letzter Minute. Aber jetzt komm. Wir müssen zurück.«

Sie nickte.

Gil Panda umarmte Danias Bargu wie einen Bruder, als sie zurück in der Turbinenhalle waren. Lange und herzlich begrüßte er auch Alissa.

»Liondrana Alissa«, sagte er. »Du hattest recht.«

Alissa nahm wie apathisch seinen und Stellas Dank entgegen. Als Tiras sie schließlich umarmte, ahnte er, was geschehen war. Er hielt sie fest und sagte nichts, denn es gab keine Antworten auf das, was sie erlebten.

Danias Bargu drängte zur Eile. Er ließ den Leinensack, den er über der Schulter trug, zu Boden fallen. Er hatte viel von den Anlagen gesehen in den vergangenen Stunden:

»Wir sind in einer Schachtanlage«, sagte er. »Es gibt einen Aufzug im hinteren Teil. Auf verschiedenen Stockwerken über uns wird die Energie dieser Turbinen bereits genutzt.«

Er wies auf das große Schaufelrad.

»Wir haben Glück, dass wir uns auf der untersten Ebene befinden, wo die Arbeiten unterbrochen sind. Ich vermute, es ist reiner Zufall, dass der Stollen der Berber mit den Anlagen in Verbindung steht. Sie müssen bei ihren Arbeiten von ihren Plänen abgewichen und in die Höhle am Fuß des Wasserfalls vorgestoßen sein.«

Gil Pandra nickte und sah sich sorgenvoll um.

»Und vermutlich ist es ebenso Zufall, dass der Stollen noch nicht entdeckt wurde. Wir haben den Toten dort im Schacht versteckt.«

Danias Bargu wusste, worauf Gil Pandra hinauswollte:

»Wir lassen ihn dort. Wir haben keine Zeit, die Leiche bis zum Wasserfall zu schleppen. Wenn wir sie in den Aldion werfen, würden die Wächter unten am Fluss sie finden. Wir müssen los. Der Aufzug wird meist nur von einzelnen Wächtern oder Arbeitern benutzt. Ich habe auf den unteren Etagen nur wenige Menschen gesehen. Der Schacht führt hinauf auf den Ardenfels. Aber dort oben werden wir auffallen, wenn wir uns nicht alle tarnen. Hier!«

Er hockte sich nieder und öffnete den Leinensack. Dann zog er mehrere Kleidungsstücke heraus und reichte sie weiter.

»Ich hoffe, sie passen einigermaßen. Ich hatte keine Zeit auszuwählen.«

Sie wussten alle, wie er an die Kleider gekommen war. Alissa zögerte, als Danias Bargu ihr einen der grauen Overalls reichte. Er blickte sie an.

»Nimm!«, sagte er.

Sein Blick war der Blick eines Jägers. Und Alissa hatte ihn als Jäger erlebt.

Sie nahm den Overall und konnte die Wärme darin noch fühlen. Am Kragen klebte Blut. Sie sah auf das Messer, das er an seiner Seite trug. Er hatte den Männern die Kehlen durchschnitten, schnell und skrupellos. Kein anderer Laut als das Glucksen des Blutes aus den offenen Arterien, das grässliche Pfeifen aus der Luftröhre war zu hören gewesen. Kein Schrei. Kein Geräusch, dass den Mörder verraten hätte.

Alissa bemerkte, dass alle auf sie warteten. Sie schlüpfte in den Overall, dann eilten sie los. Den Sprengstoff aus den beiden Rucksäcken hatte Gil Pandra in einen jener weißen Leinensäcke gestopft, wie sie vom Werk benutzt wurden. Sie hatten einen ganzen Stapel solcher Säcke in den Regalen gefunden.

Alissa befürchtete, dass man die Leichen der zwei Arbeiter inzwischen gefunden hatte. Danias Bargu hatte sie in einen Winkel des Lagerraums gezerrt, bevor sie zurückgeeilt waren in die Turbinenhalle.

Aber als sie nun den Gang betraten, schien die Lage unverändert. Auf dieser Ebene war niemand unterwegs. Zählte das Leben hier unten so wenig, dass man Vermisste einfach vergaß?

Es befremdete sie, aber diese Möglichkeit erschien ihr plötzlich wie ein großes Glück.

Sie legten den Weg zum Aufzug zügig und ohne Störung zurück. Nun starrten sie auf die breite Stahltür. Wenn sie jetzt auf Wächter stießen, saßen sie in der Falle. Ihr Versteck war eine Nische in der Gangbiegung. Es gab nur das volle Risiko oder Flucht und Abbruch des Unternehmens.

Gil Pandra, Stella und Danias Bargu hatten sich kurz gestritten. Gil Pandra wollte hoch bis zum Ardenfels, aber Stella hatte gesagt, sie vermute die zentralen Energieanlagen, die Transformatoren, die Turbinen, die Leitungen für die Energieströme zu den Konvertern im mittleren Drittel der Anlagen, was Danias Bargu bestätigte. Zumindest legten seine Eindrücke diese Schlussfolgerung nahe. Stella hatte nie einen Plan der Anlagen gesehen. Aber dass alle wichtigen Maschinen und Konverterblöcke innerhalb der Burganlagen konzentriert waren, wie Gil Pandra meinte, hielt sie für unwahrscheinlich. Sie behauptete, dass die Anlagen sehr viel mehr Platz brauchten und sich also auf die unterirdischen Hallen verteilten.

Alissa hörte ein fernes Rumpeln, ein felsiges Schaben, mal lauter, mal leiser.

Der Aufzug.

Sie hatten ein paar Gegenstände aus den Regalen der Turbinenhalle mitgenommen: Werkzeuge, Rohrstücke, Kästen mit elektronischen Bauteilen. Der Zettel, den der getötete Arbeiter bei sich getragen hatte, wies auf solche Bauteile hin. Vielleicht dienten sie ihnen als Tarnung.

Auf ein Zeichen von Danias Bargu erhob sich Gil Pandra und trat zur Stahltür, drückte an der Seite auf eine Taste.

»Wie besprochen«, sagte Danias Bargu in angespanntem Ton. »Wir sind eine Gruppe von Arbeitern. Wenn man uns anspricht, antwortet Stella. Die Leinensäcke immer über der Schulter lassen. Keinerlei Gesten, die das Augenmerk auf die Säcke richten könnten. Ich gehe in der Mitte und trage den Sprengstoff. Die Blicke immer ausdruckslos und geradeaus. Keine Gespräche. Bei Ansprache kurze Antworten. Ich habe die Arbeiter auf den höheren Etagen beobachtet. Sie alle wirken wie in Trance. Vermeidet jedes Anzeichen von Angst oder Nervosität!«

Er sah Alissa kurz an. In ihrem Körper tobten all die Gefühle, die sie unterdrücken musste. Sie würde ihre Aufgabe erfüllen.

Und sie würden alle sterben.

Es gab keinen anderen Weg. Sie würden sterben, auch wenn sie Erfolg hatten, denn es ging um vollständige Zerstörung. Mit sehr viel Glück würden sie die Anlagen an einer Stelle treffen, deren Ausfall den Zusammenbruch, die Vernichtung des gesamten Ardenfels-Komplexes zur Folge hatte. Es hing alles an Stella.

Und wenn sie eine solche Stelle nicht fand?

Stella hatte gesagt, dass die Zerstörung eines zentralen Transformatorenblocks oder einer Konvertereinheit die Pläne des Schwarzen Lords um einen, vielleicht zwei Monate zurückwerfen würde. Das war nicht viel, aber vielleicht war unter den gegebenen Umständen nicht mehr möglich.

Dann musste in dieser Zeit der Aufstand gegen Posisco erfolgen.

Dann hing es an den Berbern und den übrigen Rebellen.

Das Rumpeln des Aufzugs wurde lauter. Die Tür glitt auf, mit dem Geräusch eines Stahlmessers, das durch eine gigantische Kehle schnitt.

Zum Glück war der Fahrkorb leer.

Alissa war sich sicher, dass sie ihre Augen im Moment, als die Tür aufglitt, aufgerissen hatte. Und als sie mit klopfendem Herzen in den Fahrkorb stieg, kam ihr der absurde Gedanke, dass es Tiras war, der von ihnen allen am besten angepasst war an diese Situation.

Keine Regung ging von ihm aus.

Die Stahltür glitt zu, und hinter der Tür schloss sich scheppernd eine Art Faltgitter. Der Fahrstuhl war ein Relikt der alten Zeit und zugleich ein Baustein der neuen Macht.

Langsam fuhr der Korb an und hob sich so gemächlich, dass Alissa dachte, die Machthaber würden darauf achten, ihre Sklaven nicht aufzuwecken.

Nach endlosen Minuten ruckelte der Fahrkorb und Alissas Herzschlag jagte hoch. Sie würden anhalten. Waren sie angekommen oder würden Menschen zusteigen? Arbeiter? Wächter?

Alles war so ungeplant. Alissa schloss die Augen, rekapitulierte die Anweisungen. Sie würde ruhig bleiben. Sie würde ihre Rolle spielen. Perfekt.

Das Faltgitter rasselte zur Seite, die Stahltür glitt auf. Gil Pandra und Danias Bargu rührten sich nicht. Draußen, vor der Tür, leuchtete ein breiter, belebter Gang. Schwarz und grau gekleidete Menschen bewegten sich stumm. Die Geräusche, die sie hörten, waren Maschinengeräusche.

Eine Gruppe stieg ein: drei Arbeiterinnen und ein Wächter.

Der Wächter musterte die Gruppe im Fahrkorb nur kurz. Er schien keinen Verdacht zu schöpfen. Es war so unwahrscheinlich, dass sich Rebellen verkleidet ins Zentrum der Anlagen wagten.

Alissa achtete darauf, die Fahrgäste nicht anzustarren. Sie sah geradeaus. Sie versuchte, den Lidschlag in langsamem Rhythmus zu halten. Niemand sprach. Nicht einmal Atemgeräusche waren zu hören. Das Summen des Berges überdeckte alles.

Dann schoss ihr ein Gedanke durch den Kopf. Aus dem Augenwinkel sah sie, wie eine der Arbeiterinnen ihr einen scheuen Blick zuwarf: ein Blick, der alles verriet. Diese Frau war keine Mitarbeiterin von Posisco. Die graue Kluft, der Overall, den sie und all die anderen wie eine Uniform trugen, täuschte. Sie war eine Gefangene.

Auch die Menschen, die Danias Bargu getötet hatte, waren womöglich Gefangene gewesen. Menschen, die von Posisco geknechtet wurden. Nicht alle hier in den Tiefen des Ardenfels waren willige Mitarbeiter von Posisco oder deren Transpersonalisationen. Wie hatte sie das denken können? Die Frau neben ihr war eine Sklavin der Werke. Diese Menschen zu töten, war ein Verbrechen.

Alissa konnte es nicht verhindern, sie warf einen schnellen, hilfesuchenden Blick zu Tiras. Und sie erschrak, als sie sah, wie bleich er war. Wieder schien eine ungeheure Anspannung auf ihm zu liegen. Alissa hoffte, dass er dem Druck standhielt.

Der Druck war so unermesslich groß. Wie viel Anstrengung hatten ihn die letzten Wochen gekostet, die Visionen, unter denen er immer wieder zusammengebrochen war. Und dann der Tod des Grafen. Trotz all dem hatte er sich in den vergangenen Tagen in einen Jäger verwandelt.

War seine Kraft jetzt am Ende? Oder spürte er die Nähe des Kontinuums hier in den Anlagen?

Sie verdrängte diese Gedanken. Und sie verdrängte die Gedanken an die Morde.

Wieder ruckelte der Fahrkorb. Wieder öffnete sich die Tür. Die Gruppe der Zugestiegenen verließ den Aufzug, und Stella machte mit der Hand eine Andeutung, wies in die Halle.

Alissa verstand die Geste.

Sie waren angekommen.

Wie abgesprochen gingen Stella und Danias Bargu voraus, ihnen folgten Tiras und Alissa, am Schluss Gil Pandra.

Sie betraten eine Welt von ganz anderen Ausmaßen als die der unteren Ebene mit ihrem engen Ganggeflecht. Lichter glühten an der hohen Decke und über den Maschinenblöcken, die sich in mehreren langen Reihen durch diese Halle zogen. Alissa hielt den Blick streng geradeaus, aber im Augenwinkel erkannte sie große, im Querschnitt quadratische Betonschächte, die, von Stahlbändern gehalten, in steilem Winkel über sie hinweg in die Halle hineinragten.

Waren es Fallrohre für das Wasser des Aldion, das auf dieser Ebene in Turbinen geleitet wurde? Hatte Stella nicht vorhin von solchen Konstruktionen gesprochen? Stella und auch Danias Bargu, der sich in den Anlagen bereits umgesehen hatte? Alissa brachte die hektischen Eindrücke der vergangenen Stunden durcheinander, aber wenn es sich um Fallrohre handelte, wo blieb das Wasser? Wurde es wieder zurückgeleitet in den Fluss, unterhalb der Fälle?

Der Lärm war gewaltig. Alissa empfand ihn als Schutz. Er gab ihr das Gefühl, ihre verräterischen Handlungen zu tarnen. Der Lärm bestimmte jede Bewegung in den Weiten der Halle. Die Menschen gehorchten Befehlen. Niemand sprach. Es war schnell zu erkennen, dass mindestens neun von zehn Menschen hier Arbeiter waren. Auf neun graue Arbeiter kam ein Schwarzer Wächter. Aber auf wie viele Arbeiter kam ein Gefangener?

Sie befanden sich im Herzen der Sklavenrepublik von Metronas.

Also schritten sie roboterhaft voran – und fielen nicht auf.

Stella hatte die schwierigste Aufgabe. Sie musste ein Ziel finden, schnell und treffsicher. Sie durfte keinen Fehler machen. Je weiter sie vordrangen in die Halle, desto eher konnten sich Wächter die Frage stellen, welchen Auftrag diese Gruppe ausführte.

Wohin zog es Stella?

Alissa hatte das Gefühl, die Halle nähme gar kein Ende. Sie erstreckte sich tief in den Teufergrat hinein, und mit jedem Schritt wurde ihr bewusster, welche Energiemengen diese endlosen Reihen von Generatoren oder Konvertern erzeugten.

Nach einigen hundert Metern erreichten sie einen Abschnitt, in dem die von oben kommenden Schächte, die Fallrohre, wie Alissa vermutete, in imposanten Betonkuppeln endeten. Es waren insgesamt drei solcher Kuppeln, jede etwa zwanzig Meter hoch. In jede der drei Kuppeln mündeten drei der Fallrohre.

In der mittleren dieser Kuppeln klaffte eine Öffnung. Eine betongraue Tür auf der Rückseite stand offen. Mehrere Menschen waren im beleuchteten Inneren der Kuppel zu erkennen. Techniker, die an den Anlagen oder Schaltpulten dort drinnen gearbeitet hatten. Jetzt waren sie im Begriff, die Kuppel zu verlassen.

Plötzlich zögerte Stella. Etwa fünfzig oder sechzig Meter vor ihnen endete der Betonboden der Halle. Alissa blickte auf eine schier endlose Fläche aus Gitterrosten, auf denen schmale graue Streifen aus Stahlplatten Wege markierten. Die Gitterroste begannen etwa auf Höhe der Kuppeln. Unterhalb der Gitterroste schimmerten die Lichter des nächst tieferen Stockwerks, dessen Maschinenlärm mit wabernden Mustern in den Lärm dieser Turbinenhalle griff.

Stella bog nun ab und orientierte sich nach links, hielt auf die mittlere Kuppel zu.

Die Techniker, die im Inneren der Kuppel gearbeitet hatten, brachen auf. Drei Männer, die ausgebaute Metallteile trugen.

Wollte Stella die Sprengladungen in der Kuppel platzieren?

Alissa verstand: Dort unten befanden sich irgendwo die Konverter. Die neuen Zenon-Konverter. Das Herz der Anlagen. Sie versuchte sich vorzustellen, was passieren würde. Wenn die Betonschächte Fallrohre waren und Wasser führten, würde ihre Zerstörung die Hallen und die Maschinenanlagen dort fluten. Der Schaden wäre immens. Wenn es nicht schnell gelang, den Zustrom des Wassers zu stoppen, würde es vielleicht zu Folgeexplosionen kommen, sobald das Wasser die Konverteranlagen erreichte. Und vielleicht hatte Stella erkannt, dass diese Kuppeln zentrale Schaltungen für die Maschinen enthielten, womöglich auch für die Konverter. Liefen die Lichtbänder der Halle nicht allesamt auf die Kuppeln zu? Würden ihre zusammenbrechenden Schaltkreise ein Zerstörungsfeuer erleichtern, vielleicht sogar anfachen? Bis zur völligen Vernichtung all dieser Maschinen?

So etwas musste Stella vermuten.

Alissa fühlte die Hitze, die von den Anlagen im Stockwerk unter ihnen ausging. Sie erkannte durch das Gittermuster der Roste drei lange Reihen von Maschinen. An mehreren Stellen sah sie Metalltreppen, die hinabführten. Die Konstruktion der Roste hing an der Hallendecke an dicken, in regelmäßigen Abständen angeordneten Stahltrossen. Sie befanden sich an Bord eines gigantischen Ozeanriesen, der bald ein riesiges Leck haben würde und mit explodierenden Maschinen versank.

Alissa genoss die Bilder. Doch sie musste sich konzentrieren. Sie konnte nicht sehen, wo dieser offene Abschnitt der Halle endete. In der Ferne waberte ein grünliches Leuchten, auf das die Maschinenreihen unter ihr ausgerichtet schienen. Dort unten wirkte alles dunkler, schummriger, allein von Maschinenlichtern bestimmt. Hier oben war die Helligkeit nahezu gleißend. Eine Helligkeit, die keine Verstecke bot ...

Sie waren nur noch wenige Meter von dieser Tür entfernt. Die Techniker waren gegangen. Die Tür war jetzt geschlossen.

Hitze durchpulste Alissas Kopf. Die Kuppel ragte vor ihnen auf. Sie wirkte wie ein Teil eines lebendigen Wesens. Ein tiefer Brummton ging von diesem nackten Betonschädel aus, versetzte das Metall unter ihren Füßen in Schwingungen. Sie befanden sich im Zentrum der Energie. Die Energie griff nach ihnen.

Alissas Herz geriet aus dem Takt, als Stella die Hand nach der halb herabhängenden Türklinke ausstreckte, und sie konnte ihren Augen kaum trauen, als sich die Tür öffnete und den Blick freigab in das schimmernde Innere der Kuppel. Ohne Hast betraten Stella, Gil Pandra, Danias Bargu und Tiras den Raum. Alissa machte einen stolpernden Schritt, um das Schwindelgefühl aufzufangen, das sie taumeln ließ. Dann befand auch sie sich in der Kuppel, und Gil Pandra zog die Tür zu, klemmte eine dicke Metallstange hinter die Klinke.

Jetzt ging alles sehr schnell. Alissa hatte kaum Zeit, den Raum zu erfassen. Sie sah ein Hufeisen von Schaltanlagen um ein meterhohes Gebilde, ein tiefgrünes Riesenschneckenhaus, in das von schräg oben drei Stutzen mündeten, ein sich dreifach ins Nirgendwo verzweigender Kopf. Der Kopf einer Hydra. Die Vereinigung der Fallrohre.

Das Wort »Turbine« jagte durch Alissas Gedanken, als Stella begann, Anweisungen zu geben. Alissa griff sich die Zünder. Danias Bargu nahm den Sprengstoff, verteilte ihn. Stella brüllte gegen den Lärm:

»Unter die Zuführung! Hier! Und hier! Das Schaltpult ... Die Druckentwicklung ... am größten ... Schnell!«

Abgehackte Sätze. Herausgeschleudert gegen das Kreischen der Turbine. Danias Bargu und Gil Pandra drückten das auf kleinere Blöcke verteilte Material zwischen Boden und Zuführung fest. Sie quetschten die knetgummiartige Masse in den engen Winkel, wo es bei einer Detonation den größtmöglichen Schaden anrichten konnte. Sie präparierten das Schaltpult, arbeiteten mit präzisen, schnellen Bewegungen. Ihr Atem ging keuchend, aber zu hören war nichts. Wangen blähten sich, fielen wieder zusammen, blähten sich.

»Die Zünder! Wo sind die Zünder!?«

»Hier!«

Alissa reichte ihnen die Zünder mit zitternden Händen und trat zurück.

Wo war Tiras?

»Wie viel Zeit haben wir?«

»Dreißig Sekunden. Höchstens!«

Das Kreischen fraß die Worte.

Dreißig Sekunden? Waren es dreißig Sekunden?

»Schnell! Schnell! Schnell!«, schrie eine Stimme in Alissas Kopf. Tiras hatte sich neben der Tür an die Wand gedrückt. Seine Augäpfel zuckten wie unter Stromstößen.

»Tiras! Tiras!«

»Zwanzig Sekunden. Dann raus …! Die Treppen …! Nach oben …!!«

Alissa sah, wie Gil Pandra und Danias Bargu sich anblickten, dann brachen sie in derselben Sekunde die Köpfe der Phosphorzünder ab.

Zwanzig Sekunden …

»Die Tür! Die Tür!«

Stella schrie. Danias Bargu und Gil Pandra sprangen auf. Nur Tiras blieb wie erstarrt, sank in sich zusammen. Alissa stürzte zu ihm, riss ihn hoch. In ihren Armen loderte die Kraft der Entschlossenheit, doch Tiras drohte ihr in seiner Schwäche zu entgleiten wie Wasser.

Die Tür rasselte gegen das Metall der Sperrstange. Ein heftiger Schlag und die Tür brach auf. Wächter stürmten herein.

Alissa brannte vor Wut. Sie hatte keine Kontrolle mehr über ihr Handeln, trat sich den Weg frei, schlug und kämpfte, sah einen Körper zu Boden gleiten, sah das Stöhnen, das sie nicht hören konnte, und endlich gelang es ihr, Tiras mit sich zu ziehen. Sie hielt ihn fest. Nur fort, fort von hier. Raus aus dem Raum. Die Gruppe war zerrissen wie ein getötetes Beutetier, geteilt von der schwarzen Meute. Und dann fielen Schüsse. Sie stürzten aus der Kuppel hinaus …

Die Nullkurve des Todes löschte alles aus. Die Explosion vernichtete ihre Spuren sofort. Als der orangerote Feuerball aufflammte und einen Regen von Körperteilen gegen Beton und Metall warf, gab es eine Mauer, die der Detonation widerstand. Aber nur wenige fanden dahinter Schutz.

GEFANGEN

Alissa erwachte.

In einem letzten kristallklaren Moment spielte sich alles noch einmal Szene für Szene vor ihrem inneren Auge ab. Sie hatte es alles gesehen und doch nicht wahrnehmen können. Der grelle Blitz, der die gigantische Turbine köpfte, die Schaltungen zerstörte. Betonstücke mit der Kraft von Bomben und verbogenes Metall, das wie Sichelfetzen in alle Richtungen raste und Menschen wie aus einer Laune heraus zerschnitt, zerstörte, zerschmetterte. Köpfe, auf deren Gesichtern noch der Ausdruck furchtbarster Entwürdigung stand. Köpfe mit staunend offenstehenden Augen zerspritzten an Beton oder Metall oder Fels. Köpfe wie Kanonenkugeln aus einer längst vergangenen Zeit hüpften in hohem Bogen hierhin, dorthin. Das zerrissene Fleisch der Vernichteten verdampfte im Feuer der Explosion oder wurde davongeschwemmt mit der brüllenden Flut der tief in die Halle gelenkten, losgelassenen Wasserfälle.

Die Wucht der Explosion durchschlug die Betonhülle der Kuppel. Sie durchschlug die Zusammenführung der Fallrohre, und mit ungeheurem Ächzen schossen die Fluten aus dieser riesigen durchtrennten Arterie in die Maschinenhalle. Sie wälzten sich ein Stockwerk tiefer, umspülten die Konverter, die plötzlich wie in einem fremden, feindlichen Medium zu erwachen schienen, sich verwandelten, aufbrachen, als sei die Metallhülle der hohen Zylinder nichts als eine

Eierschale und das Wesen, das Leben, das Ungeheuer darin bereit zu schlüpfen, Leben zu vernichten.

Explosionen rasten durch den Berg. Eine imaginäre Macht nahm die lange Strecke der Halle unter Feuer und setzte seine Geschütze zielsicher ein. Wohin das Wasser gelangte und auf jene Energien stieß, zu denen es sich verhielt wie ein Zünder zu Sprengstoff, verwandelte sich alles in Zerstörungskraft. Die Explosionen rissen das Netz der Gitterroste über der Maschinenhalle aus ihren Verankerungen und schleuderten im unvorhersehbaren Muster der nachfolgenden Detonationen Stück für Stück fort. Die Tausenden, die in den Hallen arbeiteten oder die Arbeiter beaufsichtigten, waren nicht mehr da. Sie würden von nun an zum Berg gehören – Tausende von Opfern wie aufgelöst in den Mineralien des Gesteins.

Und während all diese Bilder zugleich und nacheinander auf Alissa einstürzten, formten sich Visionen. Sie nährten sich aus dem, was geschah. Die Wassermassen, die aus den wie vom Turbinenmantel abgeköpften Rohrenden schossen, entströmten bald dem fratzenhaften Barschmaul der Kanaltunnelöffnung in Metronas. Es war die Nacht der ersten Morde. Sie sah Nargo. Sie erlebte den Verlust aller Unschuld.

Und die Toten, die schon im Moment ihres Todes keine Rolle mehr spielten, bekamen ein Gesicht. Alissa sah in die so ruhigen, so melancholischen, dunklen, gütigen Augen Bendars. Sie sagten: Ich habe dich lange nicht gesehen, Alissa. Ich vermisse dich, Alissa. Ich muss fort, Alissa …

Sie sah Tiras, das morgenhelle Haar, die Engelsgestalt …

Sie sah Tiras, und sie erwachte.

Sie sah in das Lächeln Lando Dandihlas.

Es war alles vergebens gewesen. Sie hatten es nicht geschafft. Alissa hatte Tiras gerettet, aber die Explosion war erfolgt, nachdem es den durch die aufgesprengte Tür hereinstürmenden Wächtern gelungen war, den Sprengsatz aus seiner Fixierung unter dem Stutzen der Fallrohre und dem Schaltpult zu ziehen. Es hatte Schäden gegeben und Tote, viele Tote. Aber die Maschinen liefen, die Konverter, die Anlagen der Ardenburg arbeiteten einwandfrei.

Lando genoss den Triumph. Tiras schien kaum ansprechbar. Er lag mit verbundenem Arm, Spuren von Schweiß und Schmutz im Gesicht, einer verkrusteten Wunde unter dem linken Auge auf einer Pritsche. Er hatte seinen Vater verloren. Er war der Gefangene eines Mannes, der sein Vater war – und sein größter Feind.

Er hatte sich aufgegeben.

Wo waren Stella, Gil Pandra und Danias Bargu?

Lebten sie? Hatten sie die Explosion überlebt? Hatte man sie gefangen genommen und an einem anderem Ort festgesetzt?

Lando Dandihla antwortete allein mit seinem triumphierenden Lächeln.

Das Band, die Verbindung, die einmal bestanden hatte zwischen Alissa und Lando, war zerrissen. Die Nachsicht, die er ihr gegenüber gezeigt hatte, im Flugzeug, an Bord der Weißen Taube, gab es nicht mehr. Der Flug hatte ihn verändert, endgültig. Er war ein skrupelloser Diener des Schwarzen Lords geworden und er würde sie nicht noch einmal entkommen lassen. Er würde seinen Auftrag erfüllen, denn er war ein Auserwählter und trug kein Implement. Keiner der Auserwählten trug ein Implement. Implement-Träger waren die Sklaven der niedersten Ordnung. Lando faszinierte der Gedanke, dass Bendar immer schon gesagt hatte, Implemente seien eine Gefahr.

Alissa war ebenfalls verletzt. Sie hatte Prellungen und am Oberschenkel eine nicht allzu tiefe Splitter-Wunde, von herumfliegenden Metallteilen verursacht.

Man hatte die Wunden gut versorgt.

Lando wusste, dass der Schwarze Lord Verwendung für sie hatte. Lando hatte sie gefangen genommen. Sie und Tiras. Das hatte seinen Fehler in der Nacht der Drachenerscheinung mehr als wettgemacht, denn die Gefangennahme der beiden geschah zum richtigen Zeitpunkt.

Unmittelbar vor der Enthüllung.

Zenon Siborgia erwartete sie.

Alissa hatte keine Vorstellung, wo sie sich befanden. Lando Dandihla hielt sich auch in dieser Frage bedeckt. Vermutlich steckten sie in einer Gefangenenzelle in den Felsen unterhalb der Ardenburg. Vielleicht auch in der Ruine selbst, die ja längst keine Ruine mehr war. Als Alissa erwacht war, hatte sie auf dieser Pritsche gelegen, an der Zellenwand. Sie auf der einen Seite, Tiras auf der anderen.

Lando hatte zwischen ihnen gestanden, in seiner schneidigen schwarzen Uniform. Hinter ihm Wächter und ein Arzt. Lando Dandihla wollte kein Risiko eingehen.

»Du bist ein Verräter«, hatte Alissa gesagt, und ihre Stimme hatte versagt. »Du bist ein Verräter und du hast Bendar auf dem Gewissen.«

Für einen kurzen Moment war der selbstzufriedene Ausdruck auf Landos Gesicht verschwunden. Ein Zucken im Mundwinkel, ein fragendes, überraschtes Lächeln war über seine Züge gehuscht. Aber das hatte sich alles sehr schnell zurückverwandelt in die Gewissheit des Triumphs.

»Der Schwarze Lord ist die Zukunft der Nigrana, Alissa. Ich habe immer für die Zukunft gearbeitet. So wie Bendar.«

Alissa wollte sich aufrichten. Aber der Schmerz war zu groß. Nicht der Schmerz der Verwundungen. Diesen Schmerz nahm sie gar nicht wahr. Es war der Schmerz ihrer inneren Wunden: des Verlustes, der Demütigung, des Versagens.

»Du hast auch Stella umgebracht«, flüsterte sie. Alissa wusste, wie nah Lando und Stella sich einmal gewesen waren. Vor vielen Jahren. Auch als Alissa später bemerkt hatte, wie sehr Stella sich von Bendar angezogen fühlte, war doch immer eine besondere Achtung zwischen Lando und Stella geblieben.

So dachte sie.

Lando zog nur spöttisch die Augenbrauen hoch.

»Stella?«, sagte er – und es klang beinahe überrascht. »Stella ist eine wertvolle Wissenschaftlerin, Alissa. Solch ein Mensch findet Verwendung im Reich des Schwarzen Lords. In welcher Gestalt auch immer.«

Die kryptische Formulierung ließ Alissa aufhorchen.

»Was soll das heißen? Lebt sie? Und Danias Bargu? Gil Pandra?«, fragte sie, beinahe flehend. Lando genoss seine Macht. Er betrachtete Alissa wie eine dumme Schülerin: mitleidig, verachtend, voller Arroganz. Doch das nervöse Zucken seines Munds verriet, dass er mit dem Gedanken spielte, ihr etwas anzuvertrauen. Er wollte seinen Triumph in vollen Zügen genießen. Er schien bereit, seine Kompetenzen zu überschreiten. Alissa ahnte, dass er sie weiter demütigen wollte, doch sie würde, seine Demütigungen ertragen. Es ging um die Wahrheit. Sie musste die Wahrheit erfahren.

Sie erhob sich von der Pritsche, langsam, um die Wächter nicht herauszufordern. Aber man schien zu erwarten, dass sie sich erhob. Lando war gekommen, um sie abzuholen.

Tiras blieb mit offenen, toten Augen liegen. Sein Atem ging flach. Sein blondes Haar hatte jeden Glanz verloren. Alissa fürchtete, dass er den Wächtern nicht aus eigener Kraft würde folgen können. Sie würden nur Ballast in ihm sehen, so wie in der Nacht, im Flugzeug. Und dann …

Nicht aufgeben – immer wieder peitschte sie diese Worte durch ihre Gedanken. Sie durften Tiras nicht töten. Sie hatten ihn gefangen genommen. Vielleicht brauchten sie ihn. Wie Stella. Aber was war mit Stella? Sie musste Lando zu einer Antwort bewegen. Sie musste Gewissheit haben.

»Stella wird euch nichts verraten. So wenig wie Bendar euch verraten hat«, sagte sie. Die Worte zitterten, aber sie hatten Kraft.

Wieder spitzte Lando den Mund ruckartig.

»Der Schwarze Lord hat Möglichkeiten, von denen du dir keine Vorstellung machst«, antwortete er. »Nicht einmal Bendar hätte sich vorstellen können, wie mächtig der Lord ist«, fügte er hinzu und musterte Alissa.

»Vermutlich erweckt er Tote zum Leben, der große Lord«, sagte Alissa. Sie stieß ein Lachen aus. Es klang schwach, aber Lando bemerkte das nicht.

Er starrte sie an. Fast eine Minute lang starrte er sie an. Seine Begleiter standen da wie abgeschaltete Roboter, die niemanden betrachteten, die aber jederzeit aktiviert werden konnten.

»Du sollst etwas sehen«, sagte Lando schließlich, in beiläufigem Ton – was Alissa alarmierte. »Du und der Junge da.« Er nickte, ohne den Blick von Alissa zu nehmen, zu Tiras hinüber – obwohl Tiras für seinen Plan ungeeignet und unerheblich war.

Er fragte sich ohnehin, was der Schwarze Lord an dem schwächlichen, blinden Berber fand. Der Schwarze Lord wollte den Jungen sehen.

Ihn und Alissa.

Der Lord schien die beiden zu lieben. Besonders aber den Jungen. Es war erstaunlich, mit welcher Zuneigung dieser unnahbare, geheimnisvolle, mächtige Mann von Tiras sprach. Die Verehrung des Lords verwirrte Lando.

Er schüttelte das Gefühl ab.

Lando würde die beiden in wenigen Stunden an Bord der Weißen Taube nach Metronas fliegen. Er würde Alissa kein zweites Mal die Möglichkeit geben, ihn zu hintergehen. Im Gegenteil, er würde sich rächen für ihren Verrat. Er würde ihr die Hallen der Erwartung zeigen.

Alissa konnte die Selbstgespräche in Landos Kopf verfolgen – nicht die Worte, aber die Absichten. Er blickte sie an und sah doch durch sie hindurch. Und dann lächelte er, und seine Augen blitzten auf, nahmen Kontakt auf, und er gab seinen Begleitern ein Zeichen. Einer der Wächter legte Alissa Handschellen an und kettete sich selbst an das andere Ende. Tiras wurde von seiner Pritsche hochgerissen und ebenfalls an Handschellen gefesselt. Er stand da und wankte. Aber er konnte ohne Hilfe gehen. Alissa schöpfte aus diesem unerwarteten Zeichen von Stärke Hoffnung. Sie wollte ihn stützen, doch sie wurde zurückgerissen.

Dann verließen sie die Zelle.

»Die Hallen«, sagte Lando beim Hinausgehen, »geben dir einen Vorgeschmack vom Triumph des Lords. Von seinem Sieg in wenigen Stunden.«

Alissa fühlte einen Stich. Sie wusste, dass die Enthüllung bevorstand. Wenn sie Landos Worte richtig deutete, dann war das aktuelle Datum der 14. September. Vielleicht auch schon der Morgen des 15. September.

Alles Schreckliche lief hinaus auf den 15. September. Auf das Fest und den Moment der Enthüllung.

Sie verließen die Zelle. Noch immer befanden sie sich in einer Umgebung, die Alissa an das Innere einer Schachtanlage erinnerte. Vermutlich waren sie nicht allzu weit vom Ort ihrer Gefangennahme entfernt – wo die Sprengung der Turbinen fehlgeschlagen war. Die Farbe der Hämatome an ihren Armen hatte Alissa verraten, dass der Kampf mit den Wächtern noch nicht sehr lange zurückliegen konnte.

Das Gangstück, dem sie von der Zelle aus folgten, mündete in einen Quergang mit seitlich angebrachten hohen Fenstern. Als Alissa hindurchblickte, erkannte sie die Lichter, die Maschinenblöcke, die wie ferngesteuert zwischen den Maschinen wimmelnden Menschen in der großen Konverterhalle. Aber sie betraten diese Halle nicht. Nach wenigen Schritten bogen sie wieder ab in einen Schacht, der zu einem versteckten Aufzug führte.

Sie fuhren nach oben.

Was hatte Lando vor?

Der Fahrkorb hielt an und die Tür glitt auf. Alissa blickte in das neongrelle Licht eines schmucklosen Gangs. Befanden sie sich noch immer unter der Erde?

Sie verließen den Fahrstuhl, bogen nach rechts, und nach einigen Metern kamen sie an einen Kontrollpunkt.

Sie konnten problemlos passieren. Alissa vermutete, dass Lando Dandihla in kürzester Zeit aufgestiegen war in der Hierarchie Posiscos. Er hatte ihnen alles verraten, was er wusste, dachte sie. Er hatte Bendar geopfert und er hatte ihnen Einblick gewährt in die Forschungen von Kamdihla Cybercom. Er war ein skrupelloser Karrierist, und Alissa war jetzt froh, dass er nie ein guter Wissenschaftler gewesen war.

Sie schritten durch einen kurzen Tunnelabschnitt, der besonders hell erleuchtet war. Alissa dachte spontan an eine Röhre, die sie auf versteckte Waffen durchleuchtete. An den Wänden schimmerten breite Abschnitte aus dunklem Metall. Das tiefe Summen im Tunnel ließ vermuten, dass sie sich durch eine Todesfalle bewegten, die jederzeit aktiviert werden konnte.

Im Anschluss an den Tunnelgang erreichten sie einen weiteren Kontrollpunkt, eine Schleuse, hinter der sie einen zweiten Lift betraten, der sie endgültig nach oben brachte. Sie traten aus einer Art Wachhäuschen hinaus ins Freie – innerhalb der Wehrmauern der Burganlage.

Alissa sah sich um. Die Ardenburg war alles andere als eine Ruine. Jetzt hatte sie den Beweis aus nächster Nähe. Nichts wirkte verfallen, unfertig oder verlassen. Menschen strömten über den Innenhof, hielten die Wehrgänge besetzt, Wächter bewegten sich in geordneten, militärischen Formationen. Der schwarze Fels der Burgmauern glänzte im abendlichen Licht, wie von Feuer glasiert. Drachenfeuer, dachte sie. Der wuchtige Wohnturm war der Drachenkopf aus schwarzen Mauersteinen. Die Fensteröffnungen mit ihrem Feuerleuchten waren die Augen des Drachen, die alles auf diesem Innenhof beobachteten. Zugleich strahlten sie hinaus in die Nigrana. Und die flatternden Oriflammen auf den Türmen glichen in der Abenddämmerung Feuerzungen. Das Rot und Gold der im Wind der Hochebene züngelnden Kriegsfahnen war eine beängstigende Geste der Macht.

Zwischen den Fahnen ragten metallene Masten zwanzig, dreißig Meter in die Höhe. An der Spitze waren die Masten kugelartig verdickt und über ein Geflecht aus Stahlseilen miteinander verbunden. Das Gestänge wirkte auf Alissa wie eine überdimensionale Antennenanlage. Und dann sah sie in einer blitzartigen Vision, wie dort oben ein Feuerball aufglühte, wie der schwarze Berg seine Energie in die Botenstromschneisen speiste und die Türme des Schwarzen Landes ein Feuernetz über der gesamten Nigrana aufspannten.

»Wenn ich bitten darf?«

Lando Dandihla riss sie aus ihren Gedanken. Er grinste. Er hatte zur Verstärkung eine Gruppe von Wächtern herbeigeholt und wies zum Burgtor.

»Die Hallen der Erwartung liegen dort draußen, vor der Burg«, sagte er. Dann ließ er Alissa und Tiras die Handschellen abnehmen.

»Hier entkommt ihr mir nicht«, setzte er arrogant hinzu und wandte sich zum Gehen. Die begleitenden Wächter mit Tiras und Alissa in ihrer Mitte folgten. Niemand nahm von der Gruppe Notiz. Die Menschen auf der Ardenburg hatten eine Aufgabe, die ihre Körper und das, was von ihrem Geist geblieben war, ganz und gar in Anspruch nahm. Einige Wächter standen stumm und bewegungslos wie Steinfiguren an den Mauern, als litten sie unter der Gegenwart des Kontinuums. Tiras brachte diese Gegenwart an den Rand der Selbstauslöschung. Er wandelte neben Alissa wie ein Untoter.

Als sie den Torbogen passiert hatten, blickte Alissa hinunter in eine lang gestreckte Senke auf dem Hochland. Der Ardenfels war der Anstieg zum Teufergrat, der sich von hier aus weit nach Osten erstreckte. Wie ein Schulterstück erhob sich der Fels am Ufer des Aldion. Die Burg wachte über die Wasserfälle. Etwa zweihundert Meter flussaufwärts, am Fuß des Felsens, hatte der Aldion in früheren Zeiten eine Mulde ausgewaschen, in der Alissa ein bizarr wirkendes Geflecht von Bauten und weißen Lichtern sah.

Gebäude, Umzäunungen, Türme und Scheinwerfer.

Sie gingen den Felshang hinunter, über den Zugangsweg zur Burg, und Alissa dachte an den Flug an Bord der Weißen Taube. Große Hallen mit dunklen Dächern – beim Überflug waren sie ihr aufgefallen. Und der Rauch: Sie erinnerte sich an den Rauch, den sie über dem Fels hatte aufsteigen sehen, als sie durch das Sumpfland streiften. Von einem Brand in der Burg hatte sie keinerlei Spuren entdecken können. Hatte der Brand – wenn es hier denn je ein Feuer gegeben hatte – mit diesen Hallen, den Anlagen zu tun, auf die sie gerade zuhielten?

Sie hatten den Fuß des Felsens erreicht und näherten sich einem Tor. Dem Eingangstor einer äußeren Umzäunung: ein hohes, eisernes Schwenktor. Es wirkte wie ein Relikt aus einer vergangenen Zeit. Über dem Tor verlief in Form einer geschweiften Klammer in doppelt eingefassten Eisenbuchstaben der Schriftzug Hallen der Erwartung.

Zenon Siborgia hatte die Benennung vornehmen lassen, unmittelbar nachdem Che Conano den Namensvorschlag gemacht hatte. Aber davon wusste Alissa natürlich nichts. Der Wind zog mit trostlosem Pfeifen am Fuß des Grates entlang.

Das Tor wirkte grotesk. Es war der Zugang zu einem nochmals abgezäunten Gelände. Zwischen dem äußeren Zaun und der inneren Anlage erstreckte sich ein breiter Grünstreifen.

Handelte es sich um ein Schussfeld?

Natürlich wurde das Eingangstor bewacht.

Aber Lando Dandihla hatte auch diesmal keine Schwierigkeiten, die Kontrollen zu passieren. Sie bewegten sich durch den Grünstreifen, und Alissa hatte das Gefühl, dass Lando langsamer ging.

Jenseits des Eisentores fiel der Weg sanft ab. Er führte auf ein von hohen Sicherheits-Drahtzäunen, hohen Masten und dunklen Wachtürmen umgebenes Arreal zu. Die gesamte innere Anlage in dieser Senke stand unter Flutlicht. Die Dämmerungsphase war fast vorüber. Lichtmasten ragten hoch in den Himmel, dürr und gespenstisch. An den Köpfen der Masten brannten Scheinwerfer und richteten ihre Lichtkegel auf den weiten Platz innerhalb der Umzäunung.

Dort drinnen befanden sich die geduckten Lagerhallen. Die Hallen, die sie bisher nur von oben gesehen hatte.

Gebäude ohne Fenster.

Und dort, zwischen den Hallen, sah Alissa Menschen.

Tausende von Menschen, die nicht in das Schwarz der Wächter oder das Grau der Arbeiter gekleidet waren und sich kaum rührten. Sie standen, wo sie standen, oder saßen, wo sie saßen.

Menschen ohne Willen.

Sie alle starrten ins Leere.

Sie hielten die Menschen wie Vieh. Es schnürte Alissa die Luft ab. Sie begriff, was dieses Lager bedeutete: ein zigtausendfaches Menschenexperiment für die Herren von Posisco. Alissa verlor die Kontrolle. Sie brüllte Lando an. Sie raste vor Zorn. Der Tod Bendars war nichts im Vergleich zu dem, was hier geschah. Sie hatten ihren Vater umgebracht, aber dies hier war so barbarisch, so bestialisch, dass ihr Landos hochmütige Art, die Pläne des Schwarzen Lords zu verherrlichen, den Verstand raubte. Alissa tobte, bis Lando einem der Wächter zu verstehen gab, sie zum Schweigen zu bringen.

Der Mann ergriff Alissa und schlug ihr hart ins Gesicht.

Sie verstummte.

Tiras reagierte mit keiner Geste. Er nahm das Geschehen um sich herum nicht mehr wahr.

»Lass uns noch ein Stück näher herangehen«, sagte Lando. »Dein Geschrei nützt niemandem. Dir nicht, und den Erwartenden erst recht nicht. Du störst ihre Ruhe, Alissa.«

Lando wies zum Drahtzaun, und der Mann, der Alissa geschlagen hatte, gab ihr einen Stoß.

Wie betäubt stolperte sie vorwärts. »Na los!«, rief Lando, »geh bis an den Zaun. Aber fass ihn nicht an!«

Er lachte.

Sie näherte sich dem Drahtzaun an einem der Wachtürme, einem Turm aus dem schwarzen Gestein des Teufergrats, hoch und spitz wie ein Kirchturm. Jeder der Türme wirkte in seiner Form so grotesk wie das Eingangstor mit seinen Verschnörkelungen. Zwischen den Spitzen der Türme aufgespannt, erkannte Alissa ein Geflecht aus Drahtseilen, ein Netz, das sich über das gesamte Lager erstreckte. Und unterhalb der Spitzen umlief dunkel getöntes Glas die vier Seiten des Turms. Dahinter waren die Schatten der Wächter zu sehen. Aus schmalen Öffnungen im Glas ragten die kurzen Läufe von Maschinengewehren. Kaum wahrnehmbar schwenkten sie hin und her, bewegt wie vom gleichmäßig wehenden Wind des Hochlands. Doch die Waffen bestrichen das Lager sehr präzise. Und als Alissa nur noch wenige Meter vom Zaun entfernt war, nahmen die Wächter auch sie ins Ziel, obwohl Lando Dandihla die Männer über seine Begleitung informiert hatte.

Lando war zurückgeblieben, als wollte er Alissa Zeit lassen, sich selbst ein Bild zu machen. Sie trat nah an den Zaun heran und spürte das Summen der Elektrizität, die durch den Draht floss.

Fass den Zaun nicht an …

Wahrscheinlich war eine Berührung des Zauns tödlich. Alissa verspürte den Wunsch, sich gegen den summenden Draht zu werfen. Schluss zu machen. Sich mit einem Blitz zu verabschieden und Lando Dandihla noch einmal ein Schnippchen zu schlagen. Noch einmal abzuspringen – und dann für immer zu fliegen.

Aber war da nicht immer noch ein Rest von Hoffnung? Sie dachte an Tiras und sie sah die Menschen im Lager. Plötzlich wusste sie, dass sie auf derselben Seite des Zauns standen. Die Menschen im Stich zu lassen, hieß, sie zu verraten. Niemand dort hinter dem Zaun konnte fliehen. Man hatte sie willenlos gemacht. Die Bewegungen der Menschen verliefen wie in Zeitlupe. Gesättigte Tiere mit schläfrigen Augen: Männer, Frauen, Kinder. Die Kinder müde und schmutzig. Die Frauen mit monotonen, langsamen Mundbewegungen und wirrem Haar. Die Männer mit ungepflegten Bärten und erschöpften Gesichtern. Tausende Unbekannte, die den Schergen der Macht in die Hände geraten waren. Menschen, die niemand vermisste, weil auch diejenigen, die sie hätten vermissen können, hier in der Senke am Fuß des Ardenfels gefangen waren und warteten. Sie wurden gefüttert und warteten.

Plötzlich flammte in Alissas Fantasie eine Szene auf, die sie nie gesehen hatte. Eine Szene auf der Columbahöhe, wo in diesem Moment ähnlich viele Menschen lagerten und warteten. Massen in blauen Uniformen, Singende, Verzauberte, Entrückte. Das dicht gefüllte Plateau über der Stadt war ein Lager wie dieses. Die Uniformierten dort oben, auf den Höhen im Osten, und die Betäubten hier im Westen, sie gehörten zusammen. Sie waren alle auf derselben Seite des Zauns. Die Sklavenhalter pressten ihnen die Kraft ihrer Bewusstseine ab.

In diesem Moment dröhnten Lautsprecher an den Lichtmasten und es klang wie ein Chor von Nebelhörnern: ein lang gezogener Ton und anschließend mehrere einzelne Hornstöße. Kurz darauf schritten schwarze Wächter mit Körben unter die Menschen. Sie kamen aus den Hallen in der Mitte des Lagers, griffen in die Körbe und schleuderten Brotstücke in die Menge. Überall waren plötzlich diese Wächter und verteilten Nahrung, fütterten ihr Vieh. Die Gefangenen erhoben sich, unendlich träge. Manche bewegten sich zu einer der Hallen zurück, verschwanden im Inneren. Die Türen standen nun offen.

Die Gefangenen, die zu schwach oder zu willenlos waren, um den Gang in die Hallen anzutreten, griffen nach den Broten – so unglaublich langsam, als müssten sie ihre Hände durch teigige Luft schieben und wieder zurückziehen.

Alissa konnte das Bild nicht länger ertragen und wandte sich ab.

Sie hob den Blick zum Abendhimmel, wo die Sterne sichtbar wurden. Dem Grauen dieses Lagers würde sie nie mehr entkommen. Das wusste sie. Die Fänger des Himmels hatten ganze Arbeit geleistet: Der Schwarze Lord und seine Helfer.

In vergangenen Tagen, in glücklichen Tagen, als Tiras und Alissa gemeinsam durch Träume und lichthelle Visionen jagen konnten, waren sie die Fänger des Himmels gewesen. Aber jetzt, unter der Herrschaft Posiscos, hatte sich alles verändert. Alles hatte sich ins Gegenteil verkehrt.

Alissa senkte den Blick. Ihre Augen waren feucht.

Sie sah Lando an.

»Ist Stella hier? In diesem Lager?«, fragte sie. »Wolltest du mir das sagen? Wolltest du mir zeigen, wie viel Macht du hast über das Leben in der Nigrana? Über den Tod?«

Lando betrachtete sie. Diesmal war kein Ausdruck von Triumph in seinem Blick. Kühl und sachlich musterte er sie.

»Stella ist nicht hier«, sagte er. »Sie ist an dem Ort, wo sie gebraucht wird. Hier, in den Hallen der Erwartung, findest du die Ausgestoßenen. Diejenigen, denen der Lord die Würde einer Funktion zurückgibt. Du missverstehst den Lord, wenn du ihn für grausam hältst. Jeder Mensch ist ihm wichtig und wertvoll. Jeder kann seinen Beitrag leisten. Die Menschen aus der Teuferstadt – und sogar deine Freunde, die zwei Verbrecher, die ihr mitgeschleppt habt. Sie sind übrigens hier in den Hallen. Sie haben ihre Operation hinter sich.«

Alissa erstarrte:

»Gil Pandra und Danias Bargu sind hier? In diesem Lager? Was meinst du mit Operation? Kann ich sie sehen?«

»Sie sind Erwartende«, sagte Lando. »Du solltest sie jetzt nicht stören.«

»Bitte! Ich muss wissen, ob es ihnen gut geht!«, rief Alissa. Aber Lando hob die Hände und zeigte wieder sein triumphierendes Lächeln.

»Genug«, sagte er gebieterisch und gab den Wächtern ein Zeichen: »Bringt sie weg. Morgen, bei Sonnenaufgang, fliegen wir nach Metronas. Zum Schwarzen Lord. Er selbst wird entscheiden, was du wissen darfst und was nicht.«

Die Wächter rissen Alissa gegen ihren heftigen Widerstand fort vom Zaun und brachten sie zurück in die Burg.

Sie verbrachten die Nacht in bewachten Sicherheitszellen in den Tiefen der Anlagen. Alissa fand keinen Schlaf. Die Andeutungen Landos gingen ihr durch den Kopf. Die Andeutungen und die Bilder des Lagers. Und die vielen Fragen: Lebten Stella, Gil Pandra und Danias Bargu tatsächlich noch? Was hatte der Lord mit ihnen vor? Was drohte den Tausenden in den Lagern? Und was wollte der Schwarze Lord von Tiras und ihr?

Das Wort Operation beschäftigte sie. Sie ahnte, was Lando damit gemeint hatte. Am schlimmsten aber waren die Ängste, die immer wieder aufwallten, weil sie mit ansehen musste, wie Tiras seit Stunden schwächer wurde. Seit sie gefangen waren, schien sein Lebenswille gebrochen.

Kurz vor Sonnenaufgang erschien eine Gruppe von Wächtern und brachte sie und Tiras zum Wasserflugzeug. Die Weiße Taube lag auf einem künstlichen See, gespeist aus den Wassern des Aldion, einige hundert Meter oberhalb der Fälle. Lando Dandihla befand sich bereits an Bord und war bester Laune.

»Ihr seht müde aus!«, rief er gegen den Lärm der laufenden Propeller. »Gönnt euch noch ein paar Stunden Ruhe vor dem großen Auftritt!«

Lachend winkte er einen Mann aus dem Cockpit herbei, einen Arzt, der Alissa und Tiras eine Spritze verabreichte.

»Das Sedativum hat in den Hallen der Erwartung schon gute Dienste geleistet«, lautete die lakonische Erklärung. Das Letzte, was Alissa dann sah, war das Grinsen auf Lando Dandihlas zerfließendem Gesicht.

Die Weiße Taube startete und flog in den Morgenhimmel hinein, folgte den Schwarzen Bergen des Teufergrats, der sich aus den Nebelmeeren der Frühe heraushob. Auf halber Strecke zur Columbahöhe schwenkte das Flugzeug nach Süden und streifte das Sumpfland.

Dann überflog die Maschine einen Zipfel des Mühlenlands und nahm zwischen den Bergketten des westlichen und östlichen Midianischen Gebirges Kurs auf den See von Porta Cresta, wo es gegen 8 Uhr morgens landete.

Es blieben vier Stunden bis zur Enthüllung.

Metronas schien noch immer zu schlafen, denn die Menschen der Stadt bevölkerten die Columbahöhe.

Sie konnten das große Ereignis kaum erwarten.

DER TAG DER SCHWARZEN TRÄNEN

Als Alissa erwachte, saß sie zurückgesunken in einem bequemen, dunklen Sessel, umgeben von Musik. Der Raum war groß und dämmrig. Sie nahm die Umrisse eines breiten Schreibtisches wahr, einen jener Schreibtische, an denen Herrscher ihre Entscheidungen fällten. An den hohen tiefroten Wänden glommen feine, sich nach oben verbreiternde Lichtmuster. Sie umschatteten Bilder und hoben Kaminsims, Pilaster und Deckenfries aus den Wandstrukturen hervor. Der Raum vermittelte Würde und Erhabenheit, wie die Säle der Zitadelle.

Jemand spielte ein klassisches, schwermütiges Stück am Klavier. Alissa brauchte einen Moment, um zu begreifen, dass sie die zähen Träume der vergangenen Stunden verlassen hatte und in der Wirklichkeit von Metronas angekommen war.

Aber wo? An welchem Ort?

Wohin hatte Lando Dandihla sie gebracht?

Sie richtete sich auf. Wie auf ein heimliches Signal ruckte ihr Blick nach links, wo ein zweiter Sessel stand. Dort saß Tiras. Wach, aber abwesend, in verkrampfter Haltung, wie gepeinigt, hypnotisiert. Er zitterte unmerklich. Ein Flimmern lief über seinen Körper. Alissa erschrak. Sie hatte das Gefühl, die Musik greife ihn an wie ein Schwarm unsichtbarer Raubfische, die ihm das Fleisch in kleinen Stücken aus dem Leib rissen.

Irgendetwas in ihr wollte schreien: *Aufhören! Stopp! Hört auf mit dieser Musik!*

Aber die Musik war friedlich. Und Alissa war nicht in der Lage zu schreien.

Dann wurde es hell. Über sie hinweg stürzte ein erster Schwall Tageslicht in den Raum und Alissa fuhr herum, was ihr Kopf mit einem dumpfen Schmerzgefühl quittierte.

Die hohe, breite Wand in ihrem Rücken hatte begonnen, sich zu öffnen. Nach links und rechts glitten Schieber vor der Glasfront zur Seite und gaben den Blick durch ein Panoramafenster frei – auf die verlassene, im Sonnenglanz leuchtende Stadt. Kilometerweit glitt der Blick hinaus, über die fein verschachtelten Häuser von Antra Nigra und der Domstadt, über die Villen des Cabanisviertels zur Rechten, zum Teil verdeckt vom alten Eisenbahn-Viadukt, und über die fernen Häuser des Fischerviertels und der Unterstadt. Aber die markanten Punkte der Inneren Viertel hoben sich aus dem erdfarbenbunten Häusermeer heraus: der Dom, die Universität, der Ferrobotanische Garten, die Hauptwache.

Der Teneber erinnerte an ein dünnes Silberband, das hier und dort glänzte. Zur Linken lag die breite Fläche des Sees von Porta Cresta: das fahle Blau des Wassers unter dem glühenden Azur des Vormittagshimmels. Und im Vordergrund, unmittelbar unterhalb des Panoramafensters, erkannte Alissa die rückwärtigen Flügel der Implement-Klinik, dahinter das Gitternetzmuster der Straßen von Porta Cresta. Ganz in der Ferne, schwarz und mächtig, thronten die Werke von Posisco. An diesem Sonnentag schien sogar dort alles Leben stillzustehen. Die hohen Schlote qualmten nicht.

Auf den Straßen war kein einziges Fahrzeug unterwegs. Der Fluss trug keine Lastkähne. Der Schienenverkehr war eingestellt. In knapp einer Stunde wurde die Statue enthüllt, und das alles wurde gesteuert und dirigiert von diesem Raum aus, im Palast von Natragur – von der Hand Zenon Siborgias.

Alissa wusste längst, wo sie sich befanden.

Sie hörte das Blut in ihren Ohren rauschen, als die Musik verstummte.

»Tiras, mein Freund. Es ist so schön, dass du endlich den Weg zu mir gefunden hast. Ich habe gewartet. Ich habe dich beobachtet. Ich habe von deinen Abenteuern gehört. Sie haben mich amüsiert. Du hast Fehler gemacht, die du gar nicht machen wolltest. Aber Kinder machen Fehler. Viele Fehler. Auch wenn ihre Herzen gut und rein sind.«

Alissa hatte sich die Stimme Zenon Siborgias mächtig vorgestellt. Drohend, grollend. Männlich. Aber sie klang leise, sie war beinahe ein hohes, fast heiseres Singen.

Sie drehte sich herum.

Zenon Siborgia hatte den Platz hinter dem Konzertflügel verlassen und schritt auf die Mitte des Raums zu. Dort nahm er in einem hohen, thronartigen Sessel Platz.

»Tiras und Alissa«, sagte er, sinnierend, und gab den Worten einen melodischen Klang. »Du musst ein guter Mensch sein, Alissa, mit einem guten Einfluss auf meinen Tiras. Ein sehr guter Mensch musst du sein.«

Tiras sagte nichts, saß noch immer da, wie eingespannt in einen unsichtbaren Schraubstock und zitterte stärker. Die Sanftheit des alten Mannes, dessen fast kindliche, voller Freude leuchtenden Augen standen in schroffem Gegensatz zu den Qualen, die Tiras erlitt. Er schwieg und litt. Und auch Alissa schwieg. Sie kämpfte gegen das Schweigen, aber noch war sie zu schwach, um zu sprechen. Noch wirkte das Sedativum, das Lando ihr hatte verabreichen lassen, nach.

Zenon Siborgia trug eine schwarze Uniform mit goldenem und leuchtend rotem Besatz. Nichts, was Prunk ausstrahlte, dafür Strenge und Autorität. Links über der Brust konnte Alissa eine metallene Spange sehen, den goldenen Schriftzug Z n S.

Das Zeichen der neuen Stadt.

Zenon Siborgia.

Zentrales Nervensystem.

Die Assoziationen kamen ganz unvermittelt. Zenon Siborgia erhob sich und trat näher. Alissa wunderte sich darüber, keine Wächter in der Nähe zu sehen, nicht an den Türen, nirgendwo in diesem Raum, in dem sich der neue Herrscher der Nigrana mit zwei jungen Menschen aufhielt, die ihn, den Alten, Gebrechlichen, vielleicht töten könnten. Auf dem Schreibtisch sah Alissa Gegenstände, die schwer genug sein mochten, einen Schädel einzuschlagen.

Konnte man Zenon Siborgia töten?

Er ging auf Tiras zu und betrachtete den zitternden, erschöpften Körper.

»Du hast mich nie enttäuscht, Tiras«, hauchte die Schlangenstimme. »Wir beide sind die Pfeiler des Universums. Du hast mich groß werden lassen. Das werde ich dir nie vergessen.«

»Was sagen Sie da? Was wollen Sie von Tiras?«

Jetzt, endlich, hatte sich Alissa befreien können, hatte ihre Lethargie, ihre Schwäche überwunden, obwohl sie noch strauchelte in deren Fesseln.

»Was wollen Sie? Sie sind ...!«

Ein Mörder – wollte sie sagen. Aber er war Tiras' Vater.

Sie musste dieses Monstrum als einen Vater ansehen. Auch wenn sie wusste, dass er Bendar umgebracht hatte und die furchtbaren Lager neben dem Ardenfels hatte errichten lassen. Alissa war noch immer eine Gefangene ihrer Gefühle.

Als hätte Zenon Siborgia den Widerstreit in ihren Gedanken bemerkt, griff er das Wort Vater auf:

»Du bist stark, Alissa«, sagte er. »Du kämpfst für deinen Vater, und Tiras, mein Tiras, hat dich unterstützt. Der Kampf für den Vater bedeutet Stärke. Liondrana Alissa. Nennen dich die Berber nicht so? Liondrana. Du hast ein Löwenherz, Alissa. Und der Kampf für deinen Vater soll nicht umsonst gewesen sein. Mutige Alissa!«

Alissa sprang auf.

»Mein Vater ist tot!«, schrie sie. »Mein Vater ist ermordet worden, von Ihren Leuten!«

Zenon Siborgia sah sie traurig an. Er legte den Kopf schräg, ein wenig nur, und hob die Hände wie in einer Geste von Demut. Mit seinem langen, leuchtend weißen Haar und dem hageren Gesicht glich er nun auf groteske Weise einem gealterten Heiland.

»Dein Vater lebt«, flüsterte er.

Alissa starrte ihn fassungslos an.

»Was?«

»Er lebt. Du wirst ihn bald sehen können. Er muss mir noch einen Dienst erweisen. Aber das wird er tun. Dann kannst du ihn sehen.«

»Wo … ist er?«

Alissa brachte die Worte kaum heraus. Sie konnte es nicht glauben. Sie spürte allzu deutlich, dass Siborgia ein Spiel mit ihr spielte. Aber der Gedanke, dass Bendar lebte, ließ sie jedes Spiel, unter welchen Bedingungen auch immer, mitspielen.

»Er befindet sich an einem sicheren Ort«, sagte Siborgia. »Nach dem Fest wirst du ihn sehen können. Aber du musst mir einen Gefallen tun.«

Alissa ließ sich langsam zurück in den Sessel sinken. Auge in Auge mit Zenon Siborgia. Das Spiel war ein Spiel mit klaren Regeln. Ein Spiel mit logischen Zügen. Diese Züge waren ihr nur jetzt noch nicht bekannt. Sie durfte sich nicht irreführen lassen vom Sturm, der in ihrem Inneren tobte. Sie durfte sich nicht ablenken lassen von Tiras, dessen Schmerzensschreie sie tief in ihrem Inneren hören konnte. Sie blickte Zenon Siborgia mit kalten Augen an und nickte.

»Was soll ich tun?«, sagte sie.

»Tiras ist schwach«, erwiderte er. »Die Energien sind ihm ungewohnt. Er sträubt sich dagegen.«

»Die Energien? Was hat das mit mir zu tun?«

»Du bist seine Energie. Du hast ihm in der Vergangenheit geholfen, die Energien zu akzeptieren. Er war in Harmonie mit mir. Da war diese wunderbare Harmonie zwischen Tiras und mir. Ich konnte wachsen und mächtiger werden. Er ist im Grunde wie ich. Er weiß es nicht, aber es ist so. Das gab uns die Harmonie, die ich brauchte, um zu wachsen. Tiras weiß nicht, wie sehr wir uns gleichen, aber ich verdanke ihm die Macht über das Kontinuum. Ja, Tiras ist wie ich. Und jetzt sollten wir endlich eins werden.«

Alissa runzelte fragend die Stirn. Die Worte Siborgias waren ihr ein Rätsel. »Sie sind sein Vater«, sagte sie vorsichtig und sah zu Tiras hinüber, der nach wie vor nichts von dem, was um ihn herum geschah, wahrzunehmen schien, gefangen in der Hölle seiner Visionen.

Zenon Siborgia starrte Alissa ausdruckslos an. Sein Blick gefror für Sekunden. Dann lief ein Zucken um seine Lippen.

»Ja, sein Vater«, sagte er langsam, und wiederholte nachdenklich: »... sein Vater.« Das kalte Rot seiner Albino-Augen gewann an Intensität.

»Was sagt Tiras über seinen Vater?«, fragte Siborgia lauernd. »Seinen Vater, der ihm alles gegeben hat?«

»Sie machen Witze!«, entfuhr es Alissa. Die Worte lösten sich von selbst. Sie konnte sie nicht zurückhalten. »Tiras hat den Menschen verloren, der ihm ein wirklicher Vater war: den besten, den gütigsten Menschen auf der Welt. Und Sie ...!«

Sie stieß die Hand vor und wies anklagend auf Siborgia ...

»... Sie haben diesen Menschen getötet! Sie haben den Grafen umgebracht! Tiras hasst Sie. Sie mögen sein Vater sein, aber Tiras wird Sie immer hassen. Für den Tod des Grafen wird er Sie hassen. Und für das Schreckliche, das Sie über die Nigrana gebracht haben. Sie und Ihre Helfer von Posisco!«

Die Wut pulste in ihrem Kopf. Sie wusste, dass sie ihre Gefühle hätte bändigen sollen. Aber es war geschehen. Früher oder später hatte sie alles herausschreien müssen. Die Kälte dieses Menschen war unerträglich.

Sibrogia lächelte nur. Jetzt lächelte er, und Alissa konnte nicht verhindern, dass ihr Mund zu zittern begann.

»Das Schreckliche, von dem du sprichst, ist nichts als der Beginn des Wunderbaren. Des Großen. Es gibt den Menschen eine neue Bestimmung.«

Er hob den Arm, hielt ihn halb angewinkelt am Körper und wies mit beinahe höflicher, gebender Geste zu Tiras.

»Alles, was ist, hat Tiras zusammen mit mir erschaffen. Das Kontinuum ist das Produkt unserer Harmonie. Wir beide leiten das Kontinuum.«

Jetzt erst begriff Alissa. Sie erinnerte sich plötzlich an all das, was Stella ihnen in Kartas erläutert hatte: was in dem schwarzen Notizbuch über die Hierarchie der Implemente stand, die Macht der Leit-Implemente – und die furchtbare Erkenntnis ließ alle Dämme der Zurückhaltung brechen. Alissa sprang auf und wollte sich auf Zenon Siborgia stürzen. Doch in einem Spiel fauchender Lichtschimmer vervielfältigte sich der Körper des hageren Mannes mit den langen schlohweißen Haaren, und er umzingelte Alissa in Gestalt von acht Generälen, von Heerführern in den prächtigen Uniformen des Schwarzen Landes.

Alissa nahm die Verwandlung kaum wahr. Ihre Wut, ihr Zorn ließen keinen Raum für diese Ablenkungen. Zenon Siborgias Metamorphose nahm ihr allerdings das eindeutige Ziel, und der Halbkreis der Gestalten kam ihr vor wie eine Umklammerung:

»Nein!«, schrie sie. »Was haben Sie getan? Das ist Wahnsinn! Sie haben ihrem eigenen Sohn ein Implement eingesetzt? Ein Leit-Implement? Sie haben Tiras für Ihre Experimente missbraucht. Ein Kind!«

Ein Schauer von Gelächter ging durch den Raum. Jede der acht Generalsgestalten betrachtete Alissa auf eigene Weise amüsiert, aber ihr Lachen klang so gleichförmig, dass es zu einer Welle von Hohn anschwoll.

»Ja«, sagte der Mann in der schwarzen Uniform, der dem Halbkreis seiner acht Transpersonalisationen gegenüberstand: »Ja, Tiras trägt eines der drei Leit-Implemente. Und er ist würdig, ein solcher Träger zu sein. Sein Bewusstsein hat das Gespür für wahre Größe. Es war eine gute Entscheidung, Tiras das Implement einzusetzen, als er noch ein Säugling war. Ich habe in den vergangenen Jahren oft gedacht, es sei ein Fehler gewesen. Aber als meine Macht wuchs, wusste ich, es war richtig.«

Alissa keuchte, rang nach Luft. Ihre Kehle schnürte sich zusammen. Sie wand sich in einem Schmerz, der sich wie ein Glutreif um sie legte. Sie fuhr herum und lief zu Tiras, umschlang ihn, schrie auf ihn ein: »Wach auf!«, schrie sie. »Bitte, bitte, Tiras! Wach auf! Es ist nicht wahr! Es ist nicht wahr! Es kann nicht wahr sein!«

Dann sank sie zu Boden, glitt an Tiras herab, der teilnahmslos dasaß. Seine Augen blitzten. Die Pupillen zuckten in einem verzweifelten Kampf gegen die inneren Bilder. Sein Gesicht war schweißnass. Das blonde Haar klebte an der Stirn. Seine Haut war so fahl und bleich wie die des furchtbaren alten Mannes, der sein Vater war.

Alissa konnte noch durch den Schleier in ihren Augen erkennen, wie sehr sie sich glichen, Tiras und Zenon Siborgia.

Als wären die acht Gestalten nur eine Möglichkeit gewesen, mit lässiger Art zu zeigen, dass er keine Wächter brauchte, ließ der alte Mann sie verschwinden. Sie verrauchten spurlos. Die Technik in diesem Raum war perfekt. Dann ging er zurück zu seinem Thron, nahm Platz und verfolgte ohne jede Regung Alissas Gefühlsausbruch.

»Denk an deinen Vater«, sagte er schließlich. »Du hast eine Aufgabe.«

Das Wort Vater hatte in den vergangenen Minuten eine solche Wandlung erfahren, dass Alissa sich mühsam zurückkämpfen musste zu dem Punkt, wo sie an Bendar dachte.

»Dein Vater lebt«, sagte Siborgia. »Er lebt. Und ich werde dich zu ihm führen. Aber ich brauche die Verbindung zu Tiras. Du bist seine Energie. Bring mich in Kontakt zu Tiras, und du wirst deinen Vater nach dem Fest der Enthüllung wiedersehen. Du musst dich allerdings beeilen. Wir haben nicht mehr viel Zeit. In wenigen Minuten werden wir aufbrechen müssen – zur Statue.«

Bei seinen letzten Worten hatte Siborgia leiser gesprochen – und wieder hatte die Stimme an eine Schlange erinnert. Alissa überlegte verzweifelt, was sie tun könnte? Wie sollte sie zu Tiras vordringen?

Der Mensch, den sie doch zu kennen glaubte wie ihren eigenen Bruder, schien ihr plötzlich so fremd. Sie war hin- und hergerissen zwischen ihrer Liebe zu ihm und dem Gefühl, ihn hassen zu müssen, weil er der Sohn Siborgias war und die Verbrechen des Kontinuums ermöglicht hatte.

Tiras – der Träger eines Leit-Implements.

Tiras, dessen Bewusstsein zur Todeszone wurde.

Tiras, der Siborgia zur Macht verhalf.

Tiras, den sie liebte.

Nein, Siborgia spielte ein Spiel mit ihr. Siborgia kannte alle Tricks, sie zu manipulieren.

Plötzlich geschah etwas Merkwürdiges. Aus dem Halbdunkel des Salons, einem versteckten Winkel seitlich des Flügels, schlich eine schwarze Katze herbei. Mit goldenen Augen und gelbem Fleck auf der Stirn. Sie kam aus dem Nichts und verharrte, kaum dass sie bemerkt worden war. Die Katze musterte Alissa. Dann huschte sie weiter zu Zenon Siborgia.

Als Alissa die Katze erblickte, erfasste sie ein Schwindelgefühl – wie ein Sog. »Die Katze«, flüsterte sie. Und dann strömte Erleichterung in ein Vakuum von Empfindungen und Gedanken. Sie konnte sich das Gefühl nicht erklären.

Auch Zenon Siborgia sah das Tier.

»Tiras!«, rief er, und Alissa, noch ganz überrascht von der Ruhe, die sie erfasst hatte, wandte sich wie auf Zuruf nach links, zu dem Sessel, in dem Tiras saß.

Doch Siborgia meinte die Katze.

Tiras, die Katze.

»Tiras. Du bist wieder unterwegs gewesen, auf der Jagd in deinen geheimen Verstecken, nicht wahr, mein Freund?«

Zenon Siborgia sprach zärtlich mit der Katze, wie ein Vater mit seinem Kind. Es schien gar nicht mehr wichtig zu sein, dass er kurz zuvor noch drängend verkündet hatte, in den nächsten Minuten aufbrechen zu müssen.

Die Katze hatte das Verhalten Siborgias schlagartig verändert.

Der schwarze Körper glitt elegant um die Beine des hageren Mannes, der sich herabgebeugt hatte, um das seidige schwarze Fell unter seinen Händen zu spüren. Da hob die Katze den Kopf und betrachtete Tiras, der ebenfalls auf das Erscheinen des Tieres reagierte und aufsah.

Die Katze aus seinen Visionen, dachte Alissa.

Mit unglaublich langen und geschmeidigen Sätzen sprang die Katze auf Tiras zu, maunzte und landete in seinem Schoß. Tiras war plötzlich ruhig und gefasst. Sein Gesicht glänzte noch immer schweißnass, aber seine Pupillen flackerten nicht mehr, sondern blickten voller Ruhe auf das Tier. Und dann lächelte er.

Zenon Siborgia beobachtete das Geschehen interessiert. Er schien ganz und gar nicht neidisch auf Tiras zu sein, der die Katze so magisch anzog.

Den die Katze auserwählt hatte.

Tiras und Tiras.

Zenon Siborgia genoss das Bild.

»Schön, dass du dich mit Tiras so gut verstehst, mein Sohn«, sagte er, und Alissa meinte, nur den Hauch eines Tons von Erwartung aus der Stimme herauszuhören.

Tiras streichelte die Katze. Sie hatte die Augen geschlossen und ließ sich verwöhnen.

»Ja«, sagte er. »Wir verstehen uns.« Jeder Ton von Anspannung war aus seiner Stimme gewichen. Tiras atmete ruhig. Er hatte die Qualen überwunden.

Alissa legte ihm vorsichtig die Hand auf die Schulter. Er sah zu ihr auf und lächelte. In seinem Blick war plötzlich Kraft. Kraft und Energie und Härte.

Nun war es Alissa, deren Kräfte nachließen.

Was geschah hier?

Wer war Tiras?

Zenon Siborgia erhob sich und schritt auf Tiras zu. »Mein Sohn«, sagte er und nickte versonnen.

Tiras streichelte die Katze, sah aber nicht auf. Zenon Siborgia beobachtete die beiden und nach einer Weile drängte er zum Aufbruch:

»Es wird Zeit, mein Sohn. Die Verwandlung des Kontinuums steht bevor. Du hast mich immer unterstützt. Ich gehe davon aus, dass du weiterhin an meiner Seite sein wirst?«

Zenon Siborgia sprach ruhig. In seinen Worten lag etwas Lauerndes.

Tiras wirkte jetzt hochkonzentriert.

»Die Harmonie ist das Fundament«, sagte er. Seine Stimme klang hart. Seine Augen leuchteten, fixierten Siborgia. All das Suchende, Verlorene, ins Nichts Weisende, das seinen Blick ausgezeichnet hatte, solange Alissa ihn kannte, war verschwunden.

»Die Harmonie ist das Fundament«, wiederholte Siborgia. »Wir sollten gehen.«

»Ja«, sagte Tiras.

Er erhob sich, die Katze auf dem Arm. Sie schmiegte sich an ihn wie ein hilfloses Junges. Zenon Siborgia strahlte vor Freude über das friedliche Bild.

Jetzt schien er die Güte in Person zu sein: »Du sollst deinen Vater wiedersehen«, versprach er Alissa. »In weniger als einer Stunde wirst du ihn sehen können. Dann wird er getan haben, was ich von ihm verlange. Danach brauche ich ihn nicht mehr. Dann ist er frei, hörst du? Nimm es als Dank für deine positive Energie. Und nun kommt.«

Er trat noch einmal zum thronartigen Sessel in der Mitte des Salons und drückte eine Folge von Tasten auf der Armlehne. Die Tür des Salons glitt auf und Che Conano erschien. Die Uniform, die er trug, glich einem schwarzen Kampfanzug mit Schwertgurt. Das Bild irritierte Alissa – die schwarze Uniform eines modernen Kriegers und dieses Schwert aus der Geschichte der Nigrana: ein kurzes, gebogenes Schwert mit geschmücktem Knauf. Mehr ein Symbol denn eine Waffe – ein Symbol für den Krieg, in den Che Conano zog. Er glühte vor Entschlossenheit.

»Die Konverter sollen koppeln«, befahl Siborgia knapp. »In fünfzehn Minuten ist es so weit.«

»Ja, mein Lord!«, antwortete Conano, salutierte und verschwand. Zenon Siborgia blickte sich um und wies zum Ausgang.

»Wenn ich bitten darf? Der Lift zur Statue wartet.«

Dann schritt er aus dem Raum. Alissa und Tiras folgten.

Tiras hielt noch immer die Katze auf dem Arm.

Danias Bargu stand nicht weit entfernt vom Kommandanten des Lagers. Gil Pandra hatte eine etwas ungünstigere Position. Die Reihen der Wächter hier drinnen, in den Hallen der Erwartung, und die Reihen draußen, an den Zäunen, hatten Aufstellung genommen, nachdem sie die Erwartenden ein letztes Mal gefüttert hatten. Sie hatten die Dosis der Sedativa in den letzten Stunden heruntergesetzt. Es waren Stunden voller Unruhe gewesen – deswegen die erhöhte Wachsamkeit.

Deswegen und wegen des Schauspiels.

Sie waren bewaffnet und würden von den Waffen Gebrauch machen. Wenn sich unter den Erwartenden Widerstand regte, wurde er gnadenlos niedergemacht. So war der Befehl.

Der Befehl des Kommandanten.

Hin und wieder fielen Schüsse. Manche waren aus Sicht der Wächter notwendig – manche eine Reaktion des Überdrucks. Die Wächter fieberten vor Aufregung. Der Kommandant gönnte ihnen einen kleinen Spaß, dann und wann. Er hatte selber schon Spaß und Freude gezeigt in ähnlichen Situationen. Sie waren die Elite unter den Wächtern des Schwarzen Landes, gehörten zur besonderen Schutzstaffel des Lords.

Sie waren Auserwählte, denn sie trugen keine Implemente.

Danias Bargu biss die Zähne zusammen.

Sie standen hier aufgereiht wie bei einer Militärparade, um den großen Moment zu genießen. Über dem Lager summte die Energie der Konverter. Das zwischen den Wachtürmen aufgespannte Memoportal leuchtete kaum merklich – im Mittagslicht ergänzten sich die Helligkeiten der Sonne und der feinen Aureole und gelangten beinahe zur Deckung.

Danias Bargu war ein nahezu perfekter Wächter. Sein Blick hatte die natürliche Strenge, die Kälte, die Ausdruckslosigkeit der Gesichter all der schwarz Uniformierten, die dort mit ihm aufgereiht auf ihre Befehle warteten. Gil Pandra und er hatten keine Mühe gehabt, den Operationsraum als Wächter zu verlassen. Und es hatte sie ebensowenig Mühe gekostet, diesen Raum als Wächter zu betreten. Diejenigen, die gekommen waren, um sie für den Eingriff abzuholen, die das Einpflanzen der Implemente überwachen sollten, waren leichtsinnig gewesen. Sie hatten keine Ahnung gehabt von den grausamen Künsten der Waldläufer. Danias Bargu unterdrückte ein Lächeln. Der Schmerz half ihm dabei. Man hatte die Operationen durchgeführt.

Aber nicht an Gil Pandra und ihm.

Die Wächter hatten das Bewusstsein auch nach Einsetzen der Implemente nicht wiedererlangt. Verletzungsbedingte letale Schwäche. Exitus. Trauriger Abgang – aber kein Verlust in diesem Lager, wo das Leben nichts zählte.

Tod durch Ersticken. Die Wächter hatten sich nicht lange gewehrt. Sie waren keine Gegner gewesen für Danias Bargu und Gil Pandra.

Nun warteten sie auf den Beginn des Schauspiels. Die meisten Gefangenen befanden sich in den Hallen. Eng zusammengepfercht und gut zu überwachen. Danias Bargu sah ihre Furcht.

Er roch ihre Furcht.

Sie hatten begonnen, alles Menschliche zu verlieren.

Jetzt spürte er die Verletzung wieder. Es erforderte immense Willensanstrengung, die Schmerzen zu unterdrücken. Aber es half, der Strenge seines Blicks die notwendige Glaubwürdigkeit zu verleihen.

Sie hatten sich abgesprochen. Derjenige von ihnen, der näher am Kommandanten stand, würde es wagen. Mit allen Konsequenzen.

Sie hatten noch eine Rechnung offen mit Zoran Dakubra. Und der Moment war gekommen, sie zu begleichen.

Fünf Minuten vor der Enthüllung hatte die Stimmung auf der Columbahöhe die knisternde Energie des großen Momentes erreicht. Von Ermüdung war bei den Hunderttausenden, die überall auf dem Gelände lagerten, keine Spur zu sehen. Sie alle ahnten, dass sie am Tage danach vor Schwäche kaum aus den Betten kommen würden. Aber heute pulste Energie wie eine herrliche Droge durch ihre Adern. Heute war der Beginn der Zukunft.

Das Programm des Festes hatte einen Höhepunkt nach dem anderen geboten. Auf der Haupttribüne, übertragen auf die großen Leinwandwürfel im Umfeld der Statue, hatten sich die Showgrößen der Nigrana die Hand gegeben. Die Mitglieder des Großen Rates hatten Stunde um Stunde ausgeharrt und dann und wann steife Reden gehalten. Auch Zanja Patrias hatte mehrmals seltsam fahrig und angespannt gesprochen. Es war alles bejubelt worden. Und selbst der sonst so telegene Skanda Borlund war kaum anders in Erscheinung getreten als durch bloßes Ablesen von Grußbotschaften.

Niemanden hatte es gestört. Es dominierten Farben, Klänge, Gesänge. Es herrschte der Rausch von Freude über die Nüchternheit von Worten. Ein Ring von Enthüllern – ausgewählt in einem Wettbewerb, an dem viele Tausende begeistert teilgenommen hatten – umgab die Statue. Die Enthüller hielten in den Händen Seile, die hinauf zur Statue reichten, zum Kopf und zu den Seiten der Figur. Sie erschien in diesen Minuten eingespannt in ein Netz aus Seilen. Ein prächtiges Bild, zumal die Seile mit einer Farbe imprägniert waren, die das Gewebe im Sonnenlicht schillern ließ und ihm etwas Irisierendes gab.

Es war ein stattliches Schauspiel gewesen, die vielen bewaffneten, in prächtig verzierte schwarze Uniformen Gekleideten an der Haupttribüne Wache stehen und dann und wann paradieren zu sehen. Die Macht der Nigrana und die Freude des Volkes – nie war beides so fühlbar eins gewesen.

Um fünf Minuten vor zwölf zogen am westlichen Himmel, mitten im strahlenden Blau dieses grandiosen Spätsommertages, dunkle Wolken auf. Niemand sah sie, denn die Blicke aller waren nach Norden, auf die verhüllte Statue gerichtet, die plötzlich mit einem hohen, weithin hörbaren, brummenden Ton zu erwachen schien. Das Donnern in den Wolkenbewegungen wurde zum Hintergrund-Feuerwerk des Fests. Man erwartete einen Zauber von Bildern, wenn die im Licht silberhell glänzenden Stoffbahnen fielen.

Was niemand sah, waren die Wolken im Westen. Irgendwo tief über dem Sumpfland verdichteten sie sich, wuchsen säulenartig in die Höhe, nahmen an Schwärze zu, innerhalb nur weniger Minuten.

Und niemand bemerkte, dass die wie überdimensionale Pilze über die Bildwandwürfel gespannten Schirme – diese ausladenden Regen- oder Sonnenschutz-Bespannungen – zu leuchten begannen. So wie das Leuchten über den Hallen der Erwartung mit dem Sonnenlicht verschmolz, so vereinigten sich auch hier Licht und Effekt. Und jedem, dem das Leuchten dennoch auffiel, erschien es als Teil der Show.

Lichteffekte waren erwünscht.

Weiterhin konnte niemand sehen, dass in einer länglichen Kammer, einer gesicherten Zelle, in die durch zwei Fenster fahles Tageslicht fiel, zwei Menschen erwachten und sich die schmerzenden Köpfe hielten. Ein Mann und eine Frau. Bendar Kamladis und Stella van Vesperen. Sie sahen sich erstaunt an. Die unglaubliche Freude, die sie beim Wiedersehen empfanden, währte nur kurz, versank in furchtbaren Ahnungen. Etwas hatte sie geweckt: die erwachende Energie, die sie tief in den Strukturen ihrer Zelle spürten. Diejenigen, die ihre Zelle bewachten, schienen nicht besonders aufmerksam oder sie waren abgelenkt. Etwas Unheimliches bahnte sich an. Bendar blickte sich um. Er versuchte die Augen, die noch gar nicht arbeiten wollten, mit Hilfe der Hände, die er sich an die Augäpfel presste, zu justieren, und nahm seine Zelle in den Blick. Stella erhob sich und schritt taumelnd zu einem jener Fenster, durch die gedämpftes Licht in die Zelle drang. Sie versuchten zu begreifen, was um sie herum geschah, aber sie wussten ja noch nicht einmal, wo sie sich befanden.

Sie begannen, die Zelle zu untersuchen. Bendar stellte fest, dass eine kleine Kammer an den Raum grenzte und dass die Tür zu dieser Kammer unverschlossen war. Sie öffneten die Tür und fanden in der Kammer einige schwere, angespitzte Metallstäbe und ein paar Eimer schwarze Farbe: schwarze Farbe, die Posisco immer gut gebrauchen konnte. Die Metallstäbe waren Bauteile von Schaltanlagen. Bendar kannte solche Bauteile. Die Zelle nebenan war ein kleiner Lagerraum, wie sie etwa zu Relaisstationen gehörten.

Sie rätselten über ihre Funde und die Frage, was sie nun tun konnten. Als sie aber einige Zeit später Rauch bemerkten und ihnen klar wurde, dass ihre Bewacher verschwunden waren, suchten sie nach einer Möglichkeit, zu entkommen.

Jetzt, dachte Danias Bargu. Unter den Tausenden dort vor ihren Augen kam Unruhe auf. Und dann hörten sie Geräusche aus den Körpern der Menschen. Er hatte nicht gedacht, dass es so furchtbar sein würde. Die Bewegungen der Menschen wurden schneller – und verlangsamten sich sogleich wieder. Der Fluchtimpuls, der die Leiber mit einsetzendem Schmerz erfasste, wurde aus ihnen herausgerissen, aus allen Menschen zugleich. Die Wächter vibrierten vor Freude über die Qualen der Opfer. Danias Bargu musste ein Würgen unterdrücken. Die Elite der Wächter genoss es, wie den Erwartenden die Bewusstseine entrissen wurden. Ein Stöhnen aus zehntausend Kehlen.

Nicht alle widerstanden dem Sturm der Energie. Fehljustierungen,

Fehler in der Massenabfertigung bei den Operationen ließen Köpfe zerplatzen, und Wächter, die das Schauspiel kannten, wiesen mit Kennerblick auf die Körper, die dort vor ihnen umkippten und sich mit den letzten Zuckungen der Herzen leerpumpten. Das Schmatzen der zerrissenen Halsstümpfe, die Leiber, die zu Boden klatschten, das Johlen der Wächter, denen die Bilder neu waren, löste einen zweiten Würgereflex aus.

»Was ist los, nichts gewohnt?«, fragte der Wächter neben ihm grunzend. Danias Bargu reagierte nicht. Sein funkelnder Blick galt Gil Pandra, der sich umgesehen hatte, ihn nun anschaute.

Vorsicht! – signalisierte er. *Wir dürfen nicht auffallen!*

Aber vielleicht wollte Gil Pandra ihn nur ein letztes Mal sehen?

Und dann krachte es plötzlich, als schlüge ganz in der Nähe ein Blitz ein. Die Energie, die alles umgab, wurde instabil, schien zu flackern. Es war förmlich zu spüren, wie mitten im Energiefeld Lücken aufbrachen. Zonenweise versagte die Kraft, die alles gefangen hielt, gab die Körper der Menge frei. In den Hallen schrien sie auf. Erhoben sich, stolperten, stürzten hoch. Schüsse fielen. Die Wächter brüllten: »Verdammt! Was ist das? Haltet sie in Schach! Schießt! Schießt!«

Jetzt! – dachte Danias Bargu. Die Reihen lösten sich auf. Die Wächter holten ihre Pistolen hervor. Stürmten hierhin, dorthin.

Auch Danias Bargu zog die Waffe.

»Schießt! Aber nur auf die Meute am Rand. Nur außen! Haltet sie zusammen! Die Energieschwankungen sind gleich vorbei!«

Der Speichelwerfer – dachte Danias Bargu, als er hinter ihm stand. Hinter dem Mann mit dem wutroten Kopf. Er tippte ihn an. Zoran Dakubra fuhr herum, starrte Danias Bargu wütend, überrascht, dann entgeistert an.

Zoran Dakubra erkannte ihn.

Danias Bargu hob die Pistole, setzte sie punktgenau auf Dakubras schweißfeuchte Stirnmitte und drückte ab. Er konnte nicht verhindern, dass er den Triumph, die Freude, die Lust der Wächter am Töten verstand. Er konnte es nachempfinden. Seine Lippen zitterten und gaben zusammengepresste Zähne frei. Sie zeigten die Wut des Raubtiers.

Und nur eine Sekunde später starb Danias Bargu auf fast die gleiche Weise. Er hörte den Knall der Pistole nicht mehr. Er sah nicht den Blick von Gil Pandra, der noch versucht hatte, ihn im Tumult zu Boden zu reißen, ihm das Leben zu retten – auch auf die Gefahr hin, mit ihm zu sterben. Gil Pandra konnte ihn nicht mehr erreichen. Aber Danias Bargu hatte gesiegt.

Die Menschen auf der Columbahöhe fühlten plötzlich, dass sich in ihren Köpfen ein fremdes Wesen regte. Sie begannen zu jubeln. Wellen von Jubel zogen über die Menschenflächen hinweg. Das neue Gefühl erschien ihnen als letzte Steigerung ihrer Wahrnehmung vor dem feierlichen Anblick und dem Glücksgefühl, mit dem das neue Jahrtausend beginnen sollte. Das Hochgefühl, das sie nie wieder verlassen würde.

Hinter der Haupttribühne, im Sockel der Statue, der nur bis zum oberen Rand verhüllt worden war, öffnete sich in diesem Moment eine breite Tür, beinahe ein Tor. Sie führte hinein in ein Spalier von Wächtern in der Kampfmontur von Kriegern aus der Geschichte der Nigrana. Die Seile haltenden Enthüller, die vor der Tür gestanden hatten, waren einige Schritte zur Seite getreten, nach links oder rechts. Es war wie das Zeichen, dass jemand Bedeutendes erschienen war. Und das Summen der Energien über der Statue, über den Bildwürfeln, glich auf unbestimmte Weise einem Trommelwirbel.

Durch die geöffnete Tür und durch das Spalier der Wächter schritten Zenon Siborgia, Tiras, Alissa und Che Conano. Die Luft schien zu knistern, als sie ins Freie traten. Alissa verzog angewidert das Gesicht. Ein starker Geschmack von Metall bildete sich auf ihrer Zunge. Wie auf einen plötzlichen inneren Befehl hin suchte sie Blickkontakt zu denjenigen, die dort im Spalier standen. Wie konnten diese Wächter die Spannung ertragen? Jeden Moment erwartete Alissa mächtige Energieentladungen, die Schneisen in die Menschenmenge schlugen. Doch nichts dergleichen geschah, und die Augen der Wächter starrten wie unbeteiligt ins Leere. Sie glichen Wachsfiguren, geschmückt mit den Uniformen einer längst vergangenen Reiterarmee. Und auch sie trugen Schwerter. Länger und schmuckloser als das im Waffenrock Che Conanos. Waffen jedoch, die ihnen in einem modernen Kampf kaum nützen würden.

Sie schritten weiter. Tiras hielt die Katze auf dem Arm. Der aufbrandende Jubel, die summenden Energien, das Vibrieren des Festes auf der Columbahöhe schien die Katze nicht zu beeindrucken. Tiras hingegen bebte innerlich – nicht länger vor Schwäche, sondern vor Kraft, vor neuer Energie. Sein Blick ging gefasst ins Weite. Alissa hatte das Gefühl, dass ihre Gedanken der Lösung eines Rätsels ganz nahe waren – des nebulösen Rätsels, das sie alle umgab. Ihre Gedanken tasteten in diesem Nebel umher, fanden nach und nach die Kombination, die sie wählen musste, um den Albtraum zu beenden – triumphal oder alles vernichtend.

Zenon Siborgia bestieg das Podium über eine rückseitig angebrachte Treppe. Die Mitglieder des Großen Rates, Zanja Patrias, Pero Nurta und auch Skanda Borlund, rührten sich nicht. Man hätte meinen können, sie seien in einen Schlaf gefallen.

Tiras und Alissa wurden zu einem Platz unterhalb des Podiums geleitet. Che Conano blieb im Hintergrund. Er war der Einzige, der nicht in eine andere Welt starrte. Er beobachtete die von den schwerttragenden Wächtern flankierte Szenerie und behielt die Gestalt seines Meisters im Blick.

Als Zenon Siborgia das Podium betrat, schossen im Westen Salven von Blitzen durch den massiven Wolkenturm, als würde eine gewaltige Folge von Detonationen das Gebilde von innen heraus zerstören. Das anschließende Grollen rollte über die Columbahöhe hinweg, und zum ersten Mal seit Stunden reagierte die Menge auf eine

Abwechslung im Programm nicht mit Jubel. Plötzlich verstummten die Menschen. Fragende Blicke, Verunsicherung und Verwirrung begannen die Gesichter zurückzuerobern. Zenon Siborgia nahm jede dieser Veränderungen wahr.

Der Wolkenturm fiel keineswegs in sich zusammen. Im Gegenteil: Durchzuckt von glutroten Blitzen wölbten sich aus dem Schwarz der Säule Formen. Die Wolke spaltete sich am Boden in zwei stämmige Beine. Die Mitte des Turms mutierte zum schuppigen, aufrechten Leib einer Drachengestalt, dessen gigantischer Rachen schnappend durch die Luft fegte und Rauchspuren zog wie ein feuerspeiendes Ungeheuer.

Zenon Siborgia stand auf der Plattform und lachte. Sein Lachen war leise und unhörbar, verschwand in den Klagelauten der Menge, dem Stöhnen, dem Heulen der Gequälten. Jetzt spie der Rachen des Drachen Tiamandras, des Hunderte Meter hohen Monstrums inmitten des Sumpflands, bei jedem Lachen Siborgias tatsächlich Feuer. Und dann stapfte das Ungeheuer auf die Stadt zu, ließ die Erde unter seinen Tritten erbeben. Die Menschen, die so sehr gefiebert und das Fest befeuert hatten, verloren alle Kraft, verblassten, wurden ihrer Bewusstseine beraubt. Zurück blieben atmende, wimmernde Hüllen. Zurück blieb eine apathische Menge. Die Columbahöhe war übersät mit blau gekleideten Untoten.

Als der Drache den Rand der Stadt erreicht hatte und mit den nächsten Schritten die Teuferstadt, die Ansammlung von Häuserhüllen aus der Vergangenheit des Schwarzen Landes, zu zerstören drohte, fauchte er wieder. Und dann erfolgte eine Verwandlung, die den blauen Himmel über der Nigrana aus dem Bild verbannte. Die Gestalt erzitterte in Farbkaskaden, gab den Myriaden von Molekülen in ihrem Bau neue Befehle. Der Drache stand auf den festen Fundamenten seiner stämmigen Beine, während ihn schwarze Rauchwolken wie flinke Arbeitskolonnen umkreisten: wirbelnde Wolken, die die Schuppenhaut des Drachen modellierten, an seinem Panzer, seinen Klauen, seinem aufgerissenen Rachen. Die Brust des Drachen wölbte sich. Die Klauen streckten sich und Arme bildeten sich heraus, Hände, Finger.

Der Kopf des Drachen hob sich – die gesamte Gestalt wuchs noch ein Stück über sich hinaus –, und dann stand er da, der König. Die Herrschergestalt. Der Patronar der Nigrana. Der Leviathan. Der Blick des riesigen Mannes starrte über die Stadt hinweg. Sein Haar bestand aus Feuerzungen. Seine Krone war ein in Form gezwungener Brand auf den züngelnden Locken. In der linken Hand schwang der König ein Schwert aus Licht. In der Rechten glühte das Zepter des Patronars. Die Brust, der Körper, der gesamte Leib des Herrschers schien aus brodelndem Granulat zu bestehen. Der Leib erinnerte an die Oberfläche der Sonne mit ihren Konvektionsströmungen. Das Feuer der Gestalt sandte einen Hitzesturm über die Stadt. Ein Fauchen, ein Brüllen, ein heiserer Schrei jagte über das Schwarze Land hinweg.

»Bendar, füge dich ein. Jetzt bist du ein Teil von mir! Jetzt kannst du dich nicht mehr entziehen!«

Es war grotesk, die Stimme des Schwarzen Lords war ein brüllender Feuersturm. Alissa glaubte zu verbrennen. Niemand konnte den Blick abwenden, nicht einmal die Hüllen der leblosen Massen, die auf die Anwesenheit des Lords, des Leviathans wie Marionetten reagierten, die der Puppenspieler, der Herrscher, in Position zog. Und er hob das Schwert aus Licht.

Die Zeit stand still. Alissa sah den Schmerz in Tiras' Augen. Den toten Augen. Den lebenden Augen. Den Feueraugen.

Sein ganzer Körper schien zu glühen. Er kämpfte. Tiras kämpfte mit der Macht, die alles in ihre Energieströme hineinzwang. Plötzlich verengte sich die Welt um Alissa herum auf einen kleinen Raum, und die Geräusche der Gequälten, der Gefangenen, der Sterbenden verstummten.

In diesem Raum gab es nur die Wächter, die Wachsfiguren am Rand einer Straße, in dessen Mitte der Kampf stattfand, es gab Zenon Siborgia, lichtumhüllt, am Horizont des Raums, und es gab den Schmerz, der Tiras im Kampf erfasst hatte: Tiras, der dem Ungeheuer entgegentrat.

Und dann sah sie den Mann, der den Rand des Raums durchbrach – den Mann, der aus dem Dunkel heraustrat.

Sie sah den General, der alles beobachtete.

Sein Blick war düster wie der Himmel über der Stadt und zugleich so klar wie die Gedanken in Alissas Kopf. Che Conano zog das Schwert. Jetzt war das Schwert, das kurze Schwert, eine Waffe. Eine gefährliche Waffe.

Alissa wirbelte herum:

»Tiras! Tiras!«

Ihre Schreie erreichten ihn nicht.

Che Conano kam näher. Er sah die Gefahr, in der sein Meister schwebte. In den toten Augen der Wächter lebte nur noch die Hingabe an die Macht des Einen. Das demütige Wissen, in der Gestalt des Einen zu den Kräften des Herrschers zu gehören. Sie erfüllten ihre Funktion. Die Wächter mit ihren Schwertern waren nicht mehr Teil dieser Welt. Ihre Kraft war ihnen entzogen worden.

Alissa verstand und griff zu.

Che Conano holte aus. Sein Schwert zielte auf Tiras' Kopf. Conanos Augen fixierten die zarte Gestalt mit dem wirren blonden Haar, gefangen in ihrem Kampf gegen den Lord.

Und dann kehrte der Lärm zurück. Die Schreie der Sterbenden zerbrachen die Wände des Raums. Das Stöhnen, das Weinen, das Zischeln zerplatzender Köpfe, alles kehrte zurück. Alissa schwang herum. Der Aufschlag riss sie fast von den Beinen. Sie legte ihre ganze Kraft in den Schwung, und das dumpfe Gurgeln aus der Kehle Che Conanos erfüllte sie mit Triumph. Sie schrie, zeigte dem Raubtier die Zähne. Doch der Blick des Raubtiers glitt ab in Staunen. Der Blick gefror und verblasste. Und dann hielt sich nur noch Angst in den Resten jener herrischen Züge, die Che Conanos Aura ausgemacht hatten. Seine Eingeweide, die sich aus der gräßlichen Wunde in der Mitte seines Leibs schälten, klatschten zu Boden. Alissa warf das blutige Schwert jenem teilnahmslos dahinstarrenden Wächter vor die Füße, dem sie es entrissen hatte.

Und dann brach alles zusammen. Der Himmel geriet ins Wanken. Von einer Sekunde auf die andere wurde der Körper des Herrschers schwarz. Er schien plötzlich eine schwarze Rüstung zu tragen, in der es flackerte. Glutstellen brachen auf wie vergängliche Orden. Die Brust schillerte. Es war ein kraftloses Glühen in ausgebrannter Schwärze. Der Blick des Leviathan veränderte sich, kehrte aus der Weite zurück, verlor seine überirdische Strenge, wandelte sich zum Blick eines lebendigen, um seine Vergänglichkeit wissenden Wesens. Und der Körper des Herrschers krümmte sich. Rauch stob aus den Schultern, aus dem Schwarz der Brust, aus dem flatternden Haar, Rauch wie der Staub von fein zermahlenem Fels. Das Donnern, das nun über die Ebenen rollte, war nicht mehr das Donnern der Blitze und der Energie, sondern der Lärm einer Riesengestalt aus schwarzem Fels, die unter ihrem eigenen Gewicht klagend zusammensackte, niedersank, verging. Das Lichtschwert verblasste, wurde ebenfalls schwarz, nachtschwarz, zerbrach in Hunderte Teile, die wie Trümmerstücke zu Boden fielen. Der Kopf des Herrschers trug im letzten Moment den staunenden, verunsicherten, den angstvollen Blick der Vielen, die Zenon Siborgia zuvor in seine Transpersonalisation hineingerissen hatte. Und dann, mit einem finalen Donnergrollen, schlug der Kopf mit zerbrechender Krone in die Ebene und löste sich auf in Staub und Nichts, verebbte in Wellen von schwarzen Wolken, die langsam davonzogen.

Auf den Bergen brannten die Türme. Die Ardenburg, der Turm von Cabalusa, der Torre Dalagan und der Turm von Silurgo – sie brannten lichterloh. In den Konverteranlagen wüteten Feuer, die keine Ruhe gaben, bevor sie nicht alles zerstört hatten, was Posisco in den vergangenen Monaten in tiefen Hallen installiert und aufgebaut hatte.

Auch die Statue auf der Columbahöhe brannte. Aber sie wurde nicht zerstört. In ihr zerschmolzen die Anlagen, die aus der Statue die zentrale Schaltstation für den Verbund der Konverter in der Nigrana gemacht hätten. Rauch quoll aus der noch immer verhüllten Gestalt. Vom Kopf der Statue herab zogen sich zwei lange schwarze Bahnen wie Brandfahnen bis zum Boden. Auf gespenstische Weise markierten sie Spuren schwarzer Tränen oder schwarzes Blut, das aus dem verhüllten Kopf der Statue, aus ihren toten Augen geplatzt war.

Die Columbahöhe bot das Bild eines Schlachtfelds. Wer unverletzt war, irrte verwirrt über das Plateau, versuchte zu begreifen, was geschehen war, suchte unter den Toten nach Verwandten, Freunden, seinen Kindern. Es kam allein deshalb nicht zu einer Massenpanik, weil das schreckliche Ausmaß von Tod und Verletzung alles lähmte und jeden betraf.

Vom Sieg gegen die Mächte des Schwarzen Lords war kaum etwas zu spüren.

Doch es gab sie, die Zeichen des Sieges.

Zenon Siborgia war verschwunden. Von seinem Körper war nichts geblieben als ein Rest Asche vor dem Podest auf der Haupttribüne. Der Wind, der im Hitzesturm des Leviathan aufgekommen war, fegte die Asche hinweg, verteilte sie im Raum um das Podium, blies ihn in versteckte Winkel. Zenon Siborgia war ab der Sekunde seines Verschwindens ein böser Traum. Vielleicht aber war er im Tod, mit dem Leid, das er gebracht hatte, mächtiger als jemals zuvor. Siborgia war der Herrscher gewesen einer Zeit von Träumen und Albträumen. Metronas würde noch lange in einer solchen Zeit leben müssen.

Tiras lebte. Er war bleich und geschwächt. Alissa hatte ihn gerettet – und er hatte Alissa gerettet. Er hatte all seine Kräfte aufgebraucht im Kampf gegen den Lord. Er verharrte noch immer auf der Tribüne, neben dem Podium. In seinen Armen hielt er die tote schwarze Katze. Das Band zwischen ihm und der Katze, seiner Katze, die wie er ein Leit-Implement getragen hatte, war stärker gewesen als der Schwarze Lord, der die Allmacht mit Hilfe der Konverter hatte an sich reißen wollen.

Tiras hatte den Schwarzen Lord besiegt, doch er fühlte sich nicht als Sieger. Die Trauer über das, was geschehen war, raste auf ihn zu wie der Feueratem eines unsichtbaren Drachen. Tiras musste den Kampf auch mit dieser Kraft, mit diesem Drachen aufnehmen. Später. Mit Alissas Hilfe.

Und Alissa?

Sie hatte den Tod Che Conanos genossen. Jetzt kam ihr dieses Gefühl falsch und lähmend vor – wie etwas, das in ihr ausgebrochen war, obwohl sie es mit aller Kraft hatte verhindern wollen.

Es war nicht zu verhindern gewesen – so wie der Tod Bendars.

Der Tod Che Conanos und der Tod Zenon Siborgias waren die Momente gewesen, in denen Alissa das Gefühl hatte, dass sie ihren Vater opferte.

Sie tötete ihn, indem sie half, seine Entführer zu töten.

Alissa stand in geronnenem Blut und hielt sich an Tiras – der langsam erwachte aus dem Traum des Kampfes. Sie wusste irgendwann nicht mehr, wie lange sie schweigend, die Augen ins Weite gerichtet, dort gestanden hatten.

Dann war Tiras wieder bei ihr, und die Welt um sie herum begann sich zu öffnen.

Sie wandte sich um, zur Statue, diesem unter der Stoffhülle zerstörten Denkmal. Die schwarzen Bahnen, die vom Kopf hinabliefen wie dunkle Tränenstreifen, reichten bis zu ihr: ein Band, das sich auf halber Strecke aus zwei schwarzen Bahnen vereinigte.

Es glänzte wie Blut, aber es war schwarze Farbe.

Alissa sah hinauf und entdeckte hoch oben am Kopf der Statue den Ausgangspunkt der schwarzen Tränen. Dort oben, wo sich Fenster befanden, Kammern, eine Zelle hinter dem Stoff.

Sie sah Tiras an und seine Augen begannen zu leuchten. Es überraschte Alissa nicht einmal, dass er sehen konnte. Er konnte sehen, und seine Augen nahmen sie zum ersten Mal wahr: das lange schwarze Haar mit sanften Wellenwürfen, die wunderbarsten Augen der Nigrana: leuchtend, klug, achtsam. Alissas zartes Gesicht mit den so feinen Zügen, den schmalen Linien von Augen und Mund. Sie sah ihn an. Und er wusste, er hatte sie immer so gesehen …

»Dort oben halten sie Bendar und Stella gefangen«, sagte er. »Ich habe sie gefunden. Als ich im Kontinuum war. Komm!«

EPILOG

Viele auf dem Areal um die Columbahöhe waren tot. Viele Tausende. Die Macht des Kontinuums hatte sie verschlungen, als das Kontinuum sich auflöste. Die Columbahöhe war ein Leichenfeld. Ein Feld von Verbrannten, tödlich Verwundeten, Geköpften, Verblutenden. Ein Schlachtfeld.

Fern, auf dem Hochland von Arden, in den Gefangenenlagern, den Hallen der Erwartung, gab es ein weiteres Leichenfeld. Auch hier waren Tausende Gefangene aus der Teuferstadt gestorben. Dass die Zahl der Toten nicht noch höher lag, war Gil Pandra und einigen befreiten Berbern zu verdanken. Sie verhinderten, dass die Wächter nach dem Zusammenbruch des Schwarzen Lords auf die Insassen des Lagers losgingen und ihren Blutdurst an ihnen stillten. Gil Pandra organisierte den Widerstand unter den Menschen der Nigrana, die den Zusammenbruch des Kontinuums überlebt hatten. Es gab Kämpfe und es gab Tote. Aber Gil Pandra war ein Kämpfer wie Danias Bargu. Im Chaos nach dem Sturz des Lords schlugen seine Verbündeten die Herrscher der Ardenburg in die Flucht und nahmen Tjoser Bran gefangen.

Doch die Trauer würde das Schwarze Land nie wieder verlassen. Es dauerte Wochen, alle Toten zu bergen und zu bestatten. In den Nachwehen des Todes von Zenon Siborgia kam es auch noch zu Auseinandersetzungen zwischen der Vigilanz und den Wächtern von

Posisco, den Mitstreitern Siborgias. Es waren harte Kämpfe, in denen es weitere zahlreiche Tote gab. Der Schwarze Lord war vernichtet, aber seine Vasallen, die Elite derer, die er begünstigt hatte, wehrte sich lange gegen den Untergang.

Pero Nurta siegte schließlich und stellte die Macht des Statthalters Zanja Patrias wieder her. Bei diesen Gefechten fielen einige der schlimmste Schergen, die das Regime Zenon Siborgias hervorgebracht hatte. Der Kommandant des Turmes von Silurgo, Dubas Balaan. Auch die faszinierende und grausame Kiru Santri, die Kommandantin des Torre Dalagan, sowie Cubras Paldian, dem die Anlagen auf der Columbahöhe unterstanden.

Die anderen wurden gefangen genommen. Lando Dandihla hatte versucht, sich aus der Nigrana abzusetzen. Man spürte ihn in einem Dorf in Dunaar, jenseits des Hochlands von Arden, auf und nahm ihn fest. Ebenso Ma-Una Nardi, die sich nach Osten abgesetzt hatte. Die Berberin war eine Verräterin gewesen, wie Verhöre mit Wächtern der Werke ergaben. Sie hatte mit Posisco kooperiert, im Irrglauben, Schaden von ihrem Volk abwenden zu können.

Skanda Borlund gehörte zu denen, die gestorben waren, weil sie ein Implement trugen und im Wüten des zusammenbrechenden Kontinuums vernichtet wurden. Er war der erste Tote unter denjenigen gewesen, die den Hochverrat gegen Metronas angeführt hatten. Aber als er starb, war er der ohnmächtigste der Gefolgsleute Siborgias, denn als Zenon Siborgia ihn wegen Unfähigkeit verstoßen hatte, war das Implement sein Todesurteil gewesen.

Niemand weinte Skanda Borlund eine Träne nach.

Andere betrauerte man sehr. Der schlimmste Tod war der Tod so vieler Kinder, die ein Implement erhalten hatten, weil sich die Menschen auf eine glorreiche Zukunft im Kontinuum des Schwarzen Landes gefreut hatten. Die meisten Kinder hatten den Ansturm der Energien nicht überstanden. Nun war eine ganze Generation ausgelöscht. Überlebende des Energiesturms waren vor allem Erwachsene.

Auch Daila war gestorben.

Als man es Alissa sagte, hatte sie sich stundenlang zurückgezogen, die alten Briefe gelesen. Die Briefe aus helleren, glücklicheren Tagen.

Viele Menschen wie Daila waren gestorben. Viele, die voller Sehnsucht zu den Wundern des Lebens hatten fliegen wollen.

Alissa hatte sich so sehr gewünscht, Daila wiederzusehen. Mit ihr wäre es vielleicht möglich gewesen zu flüchten vor dem, was Metronas nun war: eine alte, trauernde Stadt. Mit Daila hätte sie von Zeit zu Zeit davonfliegen können aus dieser Stadt.

Mit Daila und Tiras.

Als Alissa und Tiras zum ersten Mal seit den dramatischen Ereignissen wieder zusammen am Lagerfeuer unter der Eisenbahnbrücke am Teneber saßen, war es merklich kühler geworden. Der November hatte begonnen. Die Stadt wirkte noch immer wie gelähmt. Die Menschen hatten sich zurückgezogen. Manche hatten ihre Häuser seit Wochen nicht verlassen. Jeder hatte mit der Trauer zu kämpfen. In jeder Familie hatte es Tote gegeben.

Nur hin und wieder glitt ein Güterzug über die Brücke Richtung Mahnfeld. Und als die Dämmerung kam, früh, wie in dieser Jahreszeit üblich, blieb das Glühen der Botenstromschneisen aus.

Das Kontinuum gab es nicht mehr.

Alissa sah Tiras an, der die Stadt betrachtete. Er war älter geworden in den vergangenen Wochen. Er hatte als Blinder Dinge gesehen, die kein Sehender jemals ertragen hätte.

Er hatte das Sterben aus dem Blickwinkel des Kontinuums erlebt. Das Sterben der Kinder. Er war mit jedem von ihnen mitgestorben.

Er sah auf ein kleines Holzkreuz nah dem Lagerplatz. Dort lag Tiras begraben. Die Katze. Die schwarze Katze mit den golden glühenden Augen und dem gelben Fleck auf der Stirn.

Seine Katze.

Die Katze, die ihm sein Vater geschenkt hatte, als er auf die Welt gekommen war.

Die Katze, die das dritte Leit-Implement trug. Sie war im Zusammenbruch des Kontinuums ebenfalls getötet worden.

Er hatte all ihre Kraft gebraucht.

Auch Alissa betrachtete das Holzkreuz.

»Ich bin froh, dass Siborgia nicht dein Vater war«, sagte sie.

Tiras nickte und versuchte ein Lächeln. Aber es gelang ihm nicht.

»Zenon Siborgia hätte mein Vater sein können. Ich war in Harmonie mit ihm, mit seinen fürchterlichen Plänen. Ich hätte alles verhindern können, wenn ich die Zeichen richtig gedeutet hätte.«

Das Gefühl, an der Katastrophe des Schwarzen Landes schuld zu sein, lastete schwer auf ihm. Wieder sah Alissa im Geist das Bild des zusammenstürzenden Herrschers. Tiras hatte ihm die Kontrolle über das Kontinuum entzogen – in Harmonie mit der Katze. In einem gewaltigen finalen Kräftemessen.

»Weshalb hat Siborgia zuerst die Gestalt dieses Drachen geschaffen?«, fragte Alissa.

»Weil er größenwahnsinnig war«, sagte Tiras. »Er hätte jede andere Gestalt wählen können. Posisco hatte die Technik für den Wahnsinn dieses Mannes weiterentwickelt. Ich glaube, er wählte den Drachen, weil er mit dem Mythos des erwachenden Tiamandras den Menschen am leichtesten Angst einflößen konnte. Die vielen Versuche im Sumpfland, bei denen Posisco die Konverter testete, hat sicher der eine oder andere beobachtet. Die Berber zum Beispiel. Wann immer sie von den Erscheinungen sprachen, waren es Gespräche über den Drachen Tiamandras. Siborgia operierte im Schutz von Ängsten und alten Geschichten. Und dann hat er sich einen Spaß mit den Menschen gemacht, als er den Drachen aufmarschieren ließ. In seinen Augen war es ein Spaß. Menschen zu ermorden, war ihm nichts als ein Spaß auf dem Weg zur absoluten Herrschaft.«

Alissa dachte an den Moment, als Tiras erkannt haben musste, dass er ein Leit-Implement trug und dass er die totale Machtübernahme

Siborgias verhindern konnte, zusammen mit der Katze. Und sie dachte an die Vorwürfe, die er sich seitdem machte.

»Du hast die Katze immer nur in deinen Träumen und Visionen gesehen«, sagte sie. »Du konntest ja nicht ahnen, dass dein Vater ...«

Tiras stieß einen verächtlichen Laut aus.

»Quentin Durando war ein Kindskopf. Was für eine verrückte Idee, nicht sich selbst und seiner Frau die Leit-Implemente einzusetzen, sondern einem Säugling und einer kleinen Katze. Weil es keine größere Harmonie gibt als die zwischen Tier und Kind? Und keine, die unschuldiger ist? Weil niemand weniger auf Besitz und Herrschaft setzt als Tiere und Kinder? So muss es gewesen sein. So stelle ich mir seine naiven Überlegungen vor. Mein Gott, wie romantisch!«

»Aber du und Tiras. Ich meine: Du und die Katze, ihr habt Siborgia die Macht entzogen. Eure Harmonie war sein Ende.«

»Ja«, sagte Tiras sarkastisch. »Vorher aber hat er sich als Katzenfreund erwiesen, und das Tier hat es ihm gedankt, indem es ihn gewähren ließ. So viel zu der klugen Idee meines Vaters Quentin Durando.«

»Du tust ihm Unrecht«, sagte Alissa. »Immerhin hast du grade selbst zugegeben, dass nicht du schuld bist an Siborgias Machtentfaltung, sondern die Katze.«

»Das ist doch Haarspalterei«, sagte Tiras. »Die Katze kann nun gar nichts dafür. Wie hätte sie denn ahnen, geschweige denn wissen sollen, was da vor sich ging? Sie war ein Tier! Dass sie sich mit jedem gutstellt, der sie füttert und streichelt, hätte sich auch mein kluger Vater denken können.«

»Ich weiß nicht«, sagte Alissa. »Ich vermute, er hat die Katze gewählt, damit niemand herausfindet, wer der dritte Träger des Leit-Implements ist. Er hat Zenon Siborgia wohl schon damals nicht mehr getraut. Doch Siborgia hatte längst das Implement. Das war nicht mehr zu ändern. Ich bin mir sicher, Siborgia hat nie gewusst, nicht einmal geahnt, dass die Katze ebenfalls ein Leit-Implement trägt. Er hat die ganze Zeit über gedacht, dass du so bist wie er. Deshalb hat er dich so lange in Ruhe gelassen. Erst zum Schluss, in Erwartung der Macht, die ihm die Konverter geben würden, und der Möglichkeit, auch deine Persönlichkeit ganz an sich zu reißen und die alleinige Kontrolle zu erlangen, hat er dich austricksen wollen. Dabei war es immer die Katze gewesen, die ihm erlaubt hat, zu wachsen. Die unschuldige, geheimnisvolle, schwarze Katze. Die Katze, der du in deinen Visionen so nahe warst.«

Tiras seufzte.

»Nicht auszudenken, wenn er dem Geheimnis der Katze auf die Spur gekommen wäre.«

»Wie hätte er?«, fragte Alissa. »Du weißt doch, was Stella gesagt hat: Die Träger von Leit-Implementen können zwar jeden anderen Implement-Träger im Kontinuum aufspüren, nicht aber gleichrangige.«

Sie zögerte. Dann fragte sie:

»Wie bist du eigentlich dahintergekommen, dass die Katze ein Implement trägt?«

Tiras zuckte mit den Schultern. Dann sah er Alissa an, mit einem melancholischen Lächeln, das ihm fast gelang.

»Ich glaube, es war Intuition. Als Blinder gewinnt man ein paar Fähigkeiten, die dann und wann nützlich sind. Aber das Wichtigste war: Als die Katze erschien, konnte ich plötzlich wieder sehen. Ich hätte mich fast verraten, so hat mich diese unerwartete Veränderung erschreckt. Es war wie ein Schock. Aber es war auch der Moment, in dem ich erkannte, dass nicht Zenon Siborgia mein Vater ist, sondern Quentin Durando. Und dann schoss mir der Gedanke durch den Kopf, der alles erklärte. Vermutlich konnte ich all die Jahre über sehen: Die Signale erreichten mich, doch irgendetwas in meinem Gehirn hat verhindert, dass ich die Bilder, die Welt da draußen, erkannte. Der innere Alarm, den der Brand in der Villa meiner Eltern bei mir ausgelöst hat, ist nie wieder deaktiviert worden. Damals, als der Graf mich rettete und zu sich nahm. So muss es gewesen sein.«

»Adris Brahmin«, sagte Alissa. »Er war ein wunderbarer Mensch.«

Tiras nickte.

»Wie Jolo. Und wie dein Vater. Wie geht es ihm?«

»Er erholt sich gut«, sagte Alissa. »Er und Stella haben endlich zueinandergefunden. Kamdihla ist Vergangenheit. KamVesperen könnte die Zukunft sein, klingt nur ein bisschen sonderbar, fürchte ich. Ich hatte bei Bendar schon jede Hoffnung aufgegeben. Aber als sie beide in dieser Zelle aufwachten, da haben sie erkannt, dass sie zusammengehören. Sie lassen sich das Implement nächste Woche wieder herausnehmen. In der Klinik.«

»All die Operationen, die diese Klinik in den vergangenen Jahren vorgenommen hat, müssen nun rückgängig gemacht werden.«

»Ja«, sagte Alissa. »Der Teneber wird die nächsten Jahre den Weg zur Quelle fließen.«

»Wenn man vor der Wand steht, gibt es nur ein Zurück«, sagte Tiras. Und dann lächelte er müde. Die Schlussfolgerungen aus dem, was geschehen war, schienen ihm seltsam pathetisch.

Alissa legte ihren Arm um ihn, rückte in der Kühle des Abends näher an ihn heran. »Wie geht es Gil Pandra?«, fragte sie.

»Er hat Glück gehabt«, sagte Tiras. »Er macht sich Vorwürfe wegen Danias Bargu. Aber er hat viele Menschen gerettet. So viele aus der Teuferstadt haben dank ihm überlebt. Er hätte dasselbe getan wie Danias Bargu, wenn er an seiner Stelle gewesen wäre.«

»Und die Berber?«

Tiras schlug die Augen nieder.

»Gil Pandra wird nach Kartas gehen. Zu seinem Vater und den Berbern, die in der Nigrana geblieben sind. Auch Marina wird bei ihnen bleiben. Sie hat ihre gesamte Familie verloren. Unter den Toten im Lager auf dem Ardenfels waren auch ihr Onkel Andrias und seine Familie. Der Name Zabrian steht auf vielen Gräbern, für die Posisco verantwortlich ist.«

Eine Weile schwieg er. Dann fuhr er fort:

»Kartas, die Totenstadt, die riesige Nekropole unter den Sümpfen. Ich frage mich, ob die Berber jemals Vertrauen zu den Menschen von

Metronas fassen werden und zurückkehren. Nach all den Jahrhunderten der Verfolgung, nach so viel Leid und Tod.«

Er sah Alissa an.

»Wusstest du, dass die Berber das Tunnelsystem von Kartas nicht allein zu ihrem Schutz angelegt haben?«

Alissa blickte fragend auf.

»Sondern?«

»Es ist eine unglaubliche Geschichte, die mir Gil Pandra vor wenigen Tagen erzählt hat: ein Geheimnis, das unter den Berbern streng gewahrt wird. Das Volk der alten Baumeister hatte trotz aller Verfolgungen nie die Hoffnung aufgegeben, eines Tages in die Nigrana zurückkehren zu können, in Frieden und Freundschaft, ohne Nachstellungen fürchten zu müssen. Sie hofften noch lange, nachdem sie begonnen hatten, Kartas zu bauen, auf Verständigung. Ihr Bild einer goldenen Zukunft war keine Zukunft allein des technischen Fortschritts. Sie wollten zusammen mit den anderen Völkern der Nigrana das Land voranbringen. Sie wollten ein friedvolles Zusammenleben. Wäre dieser Tag jemals gekommen, hätten sie der Nigrana ein unglaubliches Geschenk gemacht. Die Tunnel von Kartas. Das gesamte System von Kartas ist auf eine Art und Weise angelegt worden, dass die unterirdischen Schächte und die Mühlen das Sumpfland hätten entwässern können. Es sind nur wenige Umbaumaßnahmen notwendig, um die Zugangstunnel in ein gigantisches Entwässerungssystem zu verwandeln. Was Metronas nie gelungen ist, den Berbern wäre es möglich gewesen. Sie hätten die Anlagen von Kartas geopfert. Sie hätten ihre eigene Stadt aufgegeben, um der Nigrana zu ermöglichen, das Sumpfland urbar zu machen.«

Sein Blick verklärte sich und er sah in die Ferne.

»Aber so weit sollte es ja nie kommen. Es blieb, wie es war. Die Berber wurden verfolgt, vertrieben und getötet. Sie fanden niemals ein Ende, die Zeiten des Schreckens.«

Alissa dachte an Baba Faah, an den alten Mann, der die Welt der Nigrana plötzlich nicht mehr verstand. Tiras hatte recht: Würden

Baba Faah und die Berber je Vertrauen fassen können zur Welt von Metronas?

»Was ist in der Nacht im Kanaltunnel geschehen?«, fragte Alissa. Sie wusste, jetzt war die Zeit gekommen für die Antwort auch auf diese Frage.

Tiras blickte nach Süden, wo in den aufglimmenden Lichtern der Stadt ein dunkler Fleck blieb. Posisco, die schwarzen Hallen der Werke. In der Zitadelle würden sie noch wochenlang darüber beraten, was mit Posisco geschehen sollte. Die Werke waren wichtig für die Zukunft der Stadt. Noch immer. Es musste also eine Zukunft geben auch für die Werke.

»Gil Pandra hatte mich in jener Nacht befreit«, sagte er. »Dakubra gelang es, mit Marina zu entkommen, aber mich konnte Gil Pandra befreien – und sie nahmen dabei die Begleiter Dakubras fest.«

Er brach ab, sah zu Boden.

»Und dann?«

»Die Leute wurden gefesselt.«

»Aber sie wurden umgebracht«, sagte Alissa.

»Ja«, sagte Tiras. »Gil Pandra hat ihnen, als sie gefesselt vor ihm saßen, einzeln die Kehlen durchgeschnitten. Ich habe nicht einmal versucht, ihn zurückzuhalten. Ich habe es gespürt. Ich habe das Blut gespürt. Seinen Blutdurst. Ich habe in schrecklichen Bildern sehen können, wie auch diese Verbrecher am Leben hingen. Ich habe gehört, wie sie wimmerten. Er hat einfach weitergemacht. Schnitt für Schnitt.«

»Und die anderen Berber?«

»Sie haben ihn töten lassen. Gil Pandra hat erlebt, wie Berber in den Werken von Posisco benutzt wurden, um die Wirkung verschiedener Energiestufen auf Implemente zu testen. Wie sich die Transpersonalisation auf das Bewusstsein auswirkt. Es waren unglaublich viele Versuche nötig, um die Technik zu entwickeln und zu vervollkommnen. Versuche mit Menschen. Berber, die man bei Razzien in der Stadt festgenommen hatte. Gil Pandra musste eines Tages miterleben, wie es einen Unfall gab. Mehreren Berbern zerplatzten vor seinen Augen die Köpfe. Die Ärzte und Wächter haben gelacht. Und dann haben sie ein Spiel daraus gemacht. Immer wieder wurden vier oder fünf Berber ausgesucht. Dann haben die Wächter Wetten abgeschlossen, in welcher Reihenfolge die Köpfe zerplatzen würden. Gil Pandra hat all das erlebt.«

»War er …?«

Tiras nickte. Sie hatten ihn gefangen. Ihn und Danias Bargu. Aus dieser Zeit rührt ihre enge Freundschaft. Zwei Wochen lang waren sie als Gefangene in den Werken eingesperrt. Seit dieser Zeit kannten sie Zoran Dakubra. Gil Pandra hat immer wieder gesehen, wie unter dem Gelächter der Ärzte und Wächter Köpfe zerplatzten, als hätte jemand mit einer schweren Büchse aus kurzer Entfernung auf die Schädel gezielt und abgedrückt. Zoran Dakubra hatte ein regelrechtes Wettbüro laufen. Berberroulette haben sie es genannt und später, als sie in der Teuferstadt wüteten, das Melonenspiel.«

Tiras versagte die Stimme. Der letzte Satz verschwand in gepresster Heiserkeit.

Er schloss die Augen. Er wusste, dass nichts die barbarischen Morde im Kanaltunnel rechtfertigte. Die Gewalt hatte sie alle zu Opfern gemacht.

»Gil Pandra und Danias Bargu konnten entkommen, kurz bevor sie operiert werden sollten«, sagte er leise. »Und ausgerechnet Dakubra ist ihm an jenem Abend im Kanaltunnel entkommen.«

Posisco hatte Tausende Menschen missbraucht und getötet. Um die Möglichkeiten der Implemente zu verbessern, wurden immer wieder Simulationen durchgeführt, auch mit fehlerhaften Implementen, Versuche, deren tödlicher Ausgang allen Ausführenden bewusst war. Posisco hatte keine Rücksicht genommen. Menschen, die in der Stadt als Ausgestoßene galten, kamen ihnen für ihre Experimente gerade recht. Sie waren in den Augen der Herrenmenschen Posiscos bloße Versuchsobjekte: die Berber und die Arbeiter aus der Teuferstadt. Sie wurden vernichtet für die Zukunft der Stadt.

Die Schutz- und Rechtlosen der Stadt und der Nigrana.

Die Lastträger der Vergangenheit.

Die Vergessenen.

Doch das Morden musste aufhören: das Töten, die Rache. Sie mussten die Spirale der Gewalt durchbrechen.

Alissa fröstelte. Das Feuer war ausgegangen. Es war dunkel geworden. Da legte auch Tiras seinen Arm um sie und sah sie lange an.

Irgendwann dachte Alissa, dass sie den nächsten Schritt wohl selbst würde tun müssen, sonst würde Tiras nur weiterhin dasitzen und sie ansehen.

Sie legte ihre Hand hinter seinen Kopf, den wunderbar widerspenstigen strohblonden Kopf mit den Engelszügen, und zog ihn an sich. Ganz nah. Als ihre Lippen sich berührten, spürte sie die Harmonie. Die unzerstörbare, immerwährende Harmonie.

Sie verschmolzen miteinander. Und er war wieder blind. Für die endlose Dauer des Kusses war er wieder blind.

Und es war gut.

ENDE

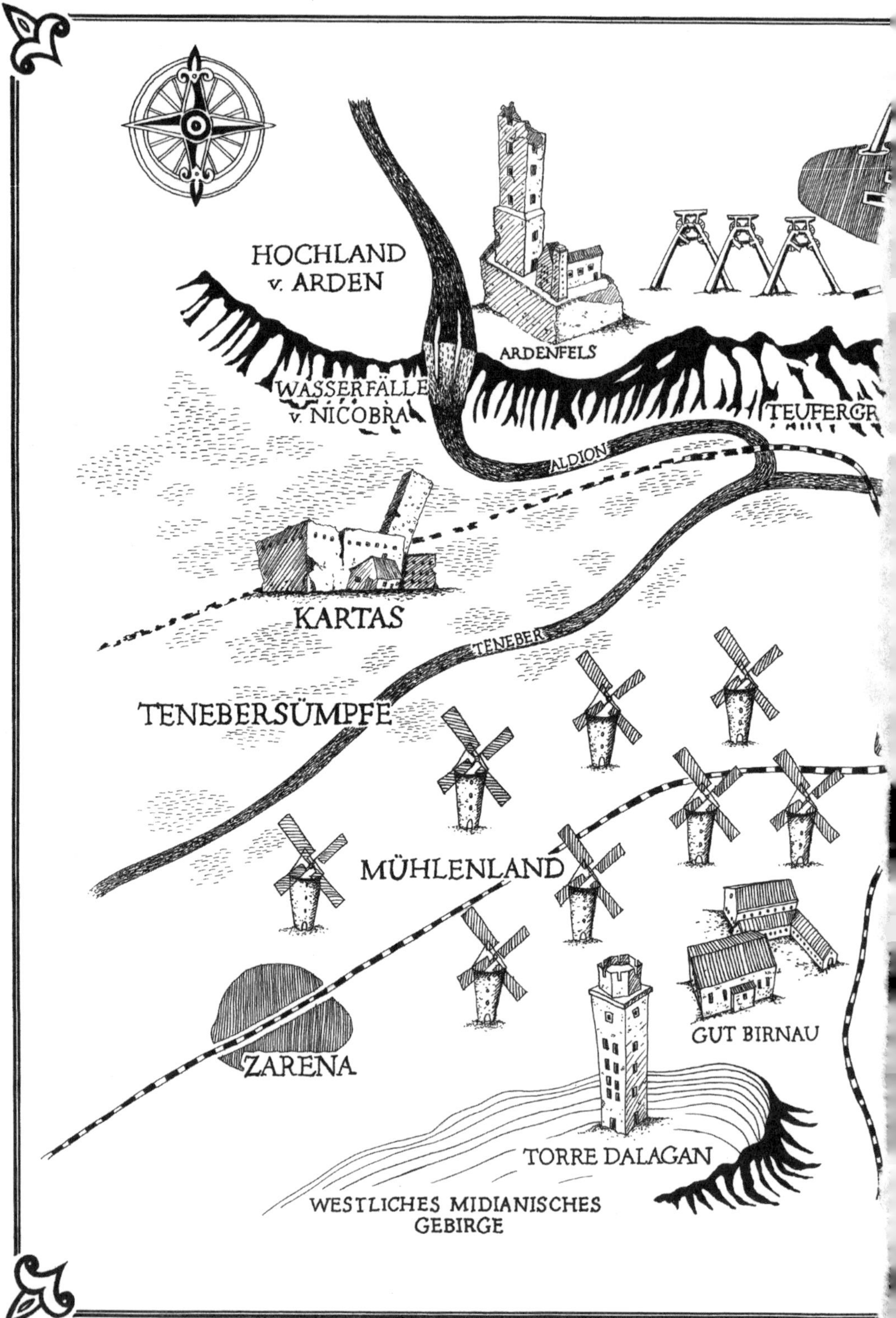
HOCHLAND
v. ARDEN
ARDENFELS
WASSERFÄLLE
v. NICOBRA
TEUFERGR
ALDION
KARTAS
TENEBER
TENEBERSÜMPFE
MÜHLENLAND
GUT BIRNAU
ZARENA
TORRE DALAGAN
WESTLICHES MIDIANISCHES
GEBIRGE